DIE ZEIT

Wissenschaftskrimis

Sven Böttcher

Prophezeiung

Thriller

Mit einer Krimi-Analyse
der ZEIT WISSEN-Redaktion

Zeitverlag Gerd Bucerius GmbH & Co. KG

Lizenzausgabe des Zeitverlag Gerd Bucerius GmbH & Co. KG, Hamburg, für die ZEIT-Edition »Wissenschaftskrimis«, 2015
Herausgeber: Andreas Sentker

MIX
Papier aus verantwortungsvollen Quellen
FSC® C014496
FSC
www.fsc.org

Umschlaggestaltung: Christin Zühlke, Ingrid Wernitz
Satz und Repro: Buch-Werkstatt GmbH, Bad Aibling
Druck und Bindung: GGP Media GmbH, Pößneck

Printed in Germany

ISBN: 978-3-944227-59-7

Bildnachweis Einband: James Thew/Fotolia

Inhalt

Gewidmet denen, die nach uns kommen und sich etwas Originelleres werden einfallen lassen müssen, als nacheinander alles abzufackeln.

Versucht uns nachzusehen, dass wir nicht mehr für euch übrighatten.

Prolog

Wenn das Meer vom Himmel gefallen ist, mitten in der Wüste, ein Meer aus Wellen, deren Wasser niemand zu trinken vermag, werdet ihr eure Stämme nach Norden führen und das Land eurer Väter verlassen, für immer.

Djamal stand am Ufer des kalten Meeres, im heißen Saharawind, und fror unter seiner blauen Tunika.

Es konnte nicht sein.

Sie hatten doch alle gewusst, dass Mohammed Omar bloß ein alter Narr gewesen war, ein Wahnsinniger. Der seine letzten Lebensjahre in einer Welt zwischen dieser und dem Himmelreich verbracht und Dinge gesehen hatte, die niemand sah. Dinge, die es nicht gab. Und nie geben würde.

Sie hatten über ihn gelacht. Hinter seinem Rücken, versteht sich, denn es gehörte sich nicht, über die Alten zu lachen.

Zwei Tage war Djamal geritten. Zwei Tage lang, nachdem der Führer der Salzkarawane von Bilma nach Agadez ihm und den Seinen bei seiner Rast in der Oase berichtet hatte von dem silbernen Meer, das aus dem Himmel über die Wüste gefallen war.

Djamal hatte es nicht geglaubt.

Und jetzt stand er am Ufer, kniete sich hin und griff in die spiegelnde, silberne Fläche, die sich bis zum Horizont erstreckte.

Ungläubig betrachtete er den schmalen Silberstreif zwischen seinen Fingern. Ungläubig ließ er ihn los und sah zu, wie der Streifen abwärtssegelte, wie eine Feder im Wind, schaukelnd von links nach rechts, und sich wieder einfügte zwischen seine unzähligen Brüder.

Wo der Wüstenwind nach den Streifen griff und mit ihnen spielte, sah es tatsächlich aus wie das, was Djamal nur aus dem schrecklichen Fernsehapparat kannte, den Ahmed aus Agadez mitgebracht hatte, letztes Jahr. Wasser. Wellen. Ein Meer.

Ein Meer aus wehenden Wellen, deren Wasser niemand zu trinken vermag.

Der Targi setzte sich ans Ufer und blickte düster über die gleißende Fläche. Was Mohammed Omar, der Verrückte, der Narr, vorhergesagt hatte, war geschehen.

Das Meer bringt Staub. Auch die letzten Sträucher werden vergehen, auch die letzten Ziegen werden die Tuareg verlieren, und vergehen wird ihr stolzes Geschlecht, wenn sie nicht das Land ihrer Väter verlassen und nach Norden gehen, zum Wasser.

Sie würden das Land ihrer Väter verlassen, für immer.

Sie würden nach Agadez gehen, zunächst. Dorthin, wo alle Trecks begannen, seit Jahren, die Trecks der Verzweifelten und Verlorenen, die aufbrachen ins Gelobte Land, nach Norden.

Er hatte viel darüber gehört.

Niemand kehrte je zurück.

Und niemand wusste, wie viele von denen, die aufgebrochen waren, ihr Ziel erreicht hatten.

Djamal erhob sich aus dem Sand, stieg auf sein Dromedar und brachte das Tier mit einem scharfen Befehl auf die Beine.

Er fluchte, als er das Dromedar wendete.

Verfluchte den alten Narr.

Und betete zu Allah.

Steh uns bei.

I

Prometheus

Was unsere Vorstellungen und unser Denken dominiert, bestimmt unser Leben und unseren Charakter. Daher obliegt es uns, den Gegenstand unserer Anbetung mit Bedacht zu wählen, denn was wir anbeten, dazu entwickeln wir uns.

– RALPH WALDO EMERSON –

I think, therefore IBM.

– DAVID OGILVY –

1

Als sie dachte, *sogar der Regen wird mir fehlen,* musste Mavie Heller über sich selbst lachen. Was zum Glück niemand hörte, da sie allein auf der großen überdachten Terrasse stand, im sanften Januarwind mit dem Rücken gegen das Geländer gelehnt. Ihr letztes Champagnerglas war leer, ihre Gäste hatten sich verabschiedet, bis auf Daniel und Helen. Mavie hatte beim Zusammenräumen der Teller und Gläser helfen wollen, die der Cateringservice am nächsten Morgen abholen würde, aber das hatten die beiden ihr untersagt. Und sie nach draußen geschickt, zum stillen Abschiednehmen.

Der Blick, der sich ihr bot, half dabei allerdings wenig. Niemand, der von hier oben, aus dem obersten Stockwerk der verglasten *Hafen City,* über den Hamburger Hafen schaute, nach links auf die Landungsbrücken und die majestätisch aus dem Strom ragende Elbphilharmonie, konnte ernsthaft abreisen wollen. Auch jetzt, um kurz vor ein Uhr morgens, wurde am gegenüberliegenden Ufer gearbeitet, entluden fahrbare Riesenkräne Containerschiffe und zauberten Schattenspiele auf die Dächer der Lagerhäuser unter ihnen, unterlegt vom stetigen leisen Rauschen der Stadt, die nie so ganz schlief. Nicht hier, nicht am Hafen, nicht auf dem nahen Kiez.

Unter sich, auf dem Wasser, sah sie die Schlepper. Die würden ihr allerdings nicht fehlen. Erst recht nicht das, was sie ausdauernd aus dem Hafenbecken zogen, Tag und Nacht. Mavie dachte an die gallertartige Plage, unausrottbar seit nun fast zwei Jahren, und schauderte. Von allen Elementen konnte sie mit Wasser am wenigsten anfangen. Mit bewohntem Wasser erst recht nichts, und doppelt und dreifach nichts, wenn die Bewohner keine richtigen Tiere waren, sondern bloß willenlos im Strom schaukelnde Feuerquallen.

So gesehen war das Hafenbecken doch der richtige Anblick zum Abschiednehmen.

Und auf La Palma gab es keine Quallen. Behauptete jedenfalls Google. Schon gar nicht *craspedacusta virulenta,* die sonderbare Kreuzungslaune der Natur, die sich seit nun fast zwei Jahren im süßen und zu warmen Elbbrackwasser heimisch fühlte. Auf La Palma gab es angeblich nicht einmal Mückenplagen. Und keine Zeckenplagen. Dafür, wie im Norden, jede Menge Spinnen, aber die störten Mavie nicht.

Sie wandte sich vom Hafenbecken ab und sah durch das große Panoramafenster in die Penthousewohnung über den Dächern der Stadt. Das neue Zuhause von Helens großem Bruder Philipp. Noch nicht ganz fertig eingerichtet. Zwischen Kamin und Designersofas standen noch immer etliche Umzugskartons an den Wänden, aber für ein Abschiedsfest war der große Raum mit der offenen Küche wie gemacht. Sie hatte sein Angebot dankend angenommen.

Und er hatte offensichtlich sogar die Fensterputzer bestellt, zur Feier des Tages, denn vor der Scheibe hingen höchstens zwanzig Spinnen. Die dicksten Exemplare in der Mitte, in den größten Netzen, die kleinsten an den Rändern, im Halbschatten, wohin sich nur die allerdümmsten Opfer verflogen.

Die Terrassentür rollte leise murmelnd nach links, und als Mavie den Kopf wandte, sah sie Daniel auf sich zukommen. Daniel, der Spinnen erklärtermaßen hasste wie die Pest.

»Hey.«

»Hey.« Er trat mit einem raschen Schritt auf die Holzterrasse und blieb neben ihr stehen. »Wir sind fertig.«

»Ich komme gleich.«

»Wir sind doch wohl interessanter als diese … Viecher.«

»Ich brauchte nur mal zwei Minuten frische Luft.«

Daniel nickte und atmete tief ein. »Verstehe. Mit ein bisschen Algen drin. Und Öl.«

»Vergleichsweise frisch.«

Wieder nickte Daniel und strich sich über die kurz geschorenen Haare. Es stand ihm, aber sie vermisste immer noch seine Studentenfrisur, die lange Surfermatte, an die sie sich im Lauf der gemeinsamen Jahre gewöhnt hatte. Sie war regelrecht schockiert gewesen, als er vor einem halben Jahr plötzlich keine Haare mehr gehabt hatte.

»Toller Blick.«

Sie nickte.

»Was macht der Typ? Helens Bruder?«

Mavie zuckte die Achseln. »Soweit ich weiß, nichts.«

»Ziemlich schicke Bude für einen Arbeitslosen.«

»Er hat wohl genug verdient.«

Sie wusste es selbst nicht genau. Helen hatte es ihr irgendwann erzählt, aber sie hatte nicht richtig zugehört. Irgendeine Community zu Zeiten des Web 1.0, vor mehr als fünfzehn Jahren, die Philipp gegründet und die man ihm für sagenhaft viel Geld abgekauft hatte.

Sie sah Helen durch den großen Raum auf die Wohnungstür zugehen.

»Kannst ihn ja selbst fragen«, nickte sie an Daniel vorbei.

Beide traten in den großen Raum. Mavie zog die Terrassentür hinter sich zu und sperrte das Geräusch des Regens aus.

Philipp von Schenck ließ den iAm in seiner Jacketttasche verschwinden, mit dem er die Wohnungstür aufgeschlossen hatte, und begrüßte seine Schwester mit einer Umarmung. »Na, alles gut?«

»Alles prima. Bis auf deine blöden Kisten. Was machen die Banker?«

»Das Übliche. Nicht genug aus meinem Geld.«

»Ach, Geld. Gib mir Skandale, kein Geld.«

»Um die Zeit? Ich hab dir doch gesagt, du sollst nach Mitternacht nicht arbeiten, das macht einen ganz komischen Eindruck.« Er bemerkte Mavie und trat lächelnd auf sie zu. »Hey, Prinzessin, schon alles vorbei?«

Sie nickte und lächelte, und er begrüßte sie mit einem angedeuteten Kuss auf die Wange. Er roch gut, wie üblich, und er war perfekt rasiert, frisiert und gekleidet. Wie üblich. Dunkelgrauer Anzug, maßgeschneidert, das Diesel-Hemd über der Hose, dazu Budapester, ebenfalls maßgefertigt. Seine graublonden Haare waren deutlich länger geworden, seit sie ihn zuletzt gesehen hatte, und reichten ihm inzwischen bis fast auf die Schultern, aber der spöttische Blick war derselbe geblieben.

Er sah wieder Helen an, gespielt vorwurfsvoll. »Da denkt man, jetzt fängt die Party erst richtig an und alle schönen Single-Frauen haben inzwischen zwei Glas Champagner im Kopf, und dann versteckt ihr die vor mir?«

Helen lächelte. »Als ich gesagt hab, Philipp kommt gleich, mussten alle Frauen ganz plötzlich los.«

»Saboteur.« Er sah Mavie an. »Aber die schönste Frau ist ja auch die mutigste. Wollen wir noch irgendwohin?«

»Ja«, sagte sie. »Ins Bett.«

»Okay, aber lass mich dir vorher einen Drink ausgeben, ich bin altmodisch.«

»Allein.«

Er verzog das Gesicht. »*Allein* klingt fast so deprimierend wie *November.*«

Mavie lächelte weiter. Er meinte es weder ernst noch persönlich. Er sah gut aus, das wusste er, aber er war nicht ihr Typ, und das wusste er erst recht.

»Daniel«, sagte Mavie, »Philipp. Philipp, Daniel.«

»Hi«, sagte Philipp, ließ sich ein Klappmessergrinsen ins Gesicht springen, schüttelte Daniel die Hand und sah wieder Mavie an. »Wann fährst du?«

»Morgen früh.«

»Nach?«

»Norwegen.«

»Bist du sicher?«

Helen lachte. »Du bist so blöd, Phil.«

»Nein, ernsthaft, Norwegen? Was gibt's denn in Norwegen? Sattelst du um, von Klima auf Elche?«

»Ich bleibe beim Klima«, sagte Mavie. »Fürs NCC, in Oslo, da kann ich weiter meine Eiskerne sortieren. Und ich muss wirklich früh raus.« Sie umarmte Helen. »Danke.« Sie sah Philipp an. »Danke auch dir. War toll, dass wir hier feiern durften.«

»Jederzeit. Demnächst auch ohne Umzugskisten, nach unserem Candle-Light-Dinner.«

Mavie sah Daniel an. Er nickte, lächelte Philipp an und schaffte es, dessen souveränen Blick zu kopieren. Dann wandte er sich wieder Mavie zu, wies lässig Richtung Tür und sagte: »Nach dir, Süße.«

Mavie brauchte fast zehn Minuten, um ihren Chauffeur wieder zu beruhigen. Ja, das hatte gesessen. Ja, sie hatte Philipps Blick bemerkt. Ja, das hatte ihn getroffen. Dass der Typ, den er bis dahin bloß angesehen hatte wie irgendwas, das aus seinem Essen gekrabbelt war, einfach die schöne Frau mitnahm, die er gerade angebaggert hatte.

»Ha!«, sagte Daniel, inzwischen zum zehnten Mal, und Mavie fand das spätestens seit dem achten Mal lustig.

»Jetzt hör endlich auf.«

»Ha!«

»Daniel!«

»Der kauft sich jetzt bestimmt einen Porsche! Um das zu kompensieren!«

»Den hat der vermutlich schon.«

»Macht nichts, dann kauft er sich halt noch einen. Einen für jedes Mal, wo er gegen einen Verlierer verliert, gegen einen Studenten oder Laborsklaven! Der soll mir nicht zu oft begegnen, sonst wird das *sehr* teuer!«

Mavie lachte noch einmal, während der kleine Mazda geräuschlos langsamer wurde und am rechten Straßenrand in eine Parkbucht rollte, direkt vor dem Mietshaus in Eimsbüttel, in dem sie wohnte, auf zwei Zimmern im ersten Stock.

Der Hybridmotor schaltete sich von selbst ab, und Daniel sah Mavie an. Sie erwiderte den Blick.

»War 'ne schöne Zeit«, sagte er.

Sie nickte.

»Sechs Jahre.«

Sie nickte wieder.

Er fasste sich unsicher auf den Kopf, lächelnd. »Ich dachte, ich mach die mal ab, nachdem meine Matte mir auch nichts genützt hat. Aber irgendwie lag's nicht daran, oder?«

Sie lachte schallend und zog ihn in ihre Arme. »Du bist so süß«, sagte sie und dachte im gleichen Augenblick, dass genau das sein Problem war. Oder ihres mit ihm, denn sie hatte ihn nie als Mann ernst genommen, immer nur als Kollegen und als guten Freund.

»Süß«, sagte er. »Na, super. Süß sind Stofftiere.«

»Gut, so süß dann auch wieder nicht.« Sie küsste ihn auf die Wange, drückte ihn an sich und ließ sich fest umarmen.

»Du wirst mir fehlen«, sagte er.

»Und du mir«, sagte sie und löste sich aus der Umarmung. »Aber wir bleiben in Kontakt. Mal sehen, vielleicht komme ich ja wieder.«

»Ja, Norwegen klingt nicht *so* spannend.« Er sah sie an, weiterhin lächelnd. »Norwegen?«

Sie nickte.

»Norwegen.«

Sie nickte.

»Okay.« Er gab sich ächzend geschlagen. »Ich erwarte nicht, dass du mir sagst, wohin du wirklich gehst. Aber sobald du dich von da meldest, weiß ich's sowieso. Außer, wenn du bei der CIA anfängst und dir von denen die Leitungen verschlüsseln lässt. Alles andere kriege ich raus.«

Mavie seufzte. »Ja, das befürchte ich.«

»Das heißt, du meldest dich nie wieder?«

Sie schwieg für einen langen Augenblick. Dann sagte sie: »Ich kündige dir die Freundschaft«, und ließ es in der Luft hängen.

»Musst du nicht«, sagte er. »Wohin?«

»La Palma.«

Daniel zog erstaunt die Augenbrauen hoch. »Was ist auf La Palma, bitte?«

»IICO.«

Diesmal schwieg er. Lange. Und mit ausdauernd hochgezogenen Brauen.

»Das gibt's wirklich?«

»Ja.«

»Nicht dein Ernst.«

»Doch.«

Natürlich verstand sie seine Überraschung. Das IICO, das *International Institute for Climate Observation*, war nicht mehr als ein Gerücht, sogar in ihren Kreisen, denen der Klimaforscher und Geoingenieure. Alle redeten seit Jahren darüber, aber niemand wusste Genaues über das Projekt, selbst der Name konnte ein bloßer Platzhalter sein. Man hörte dies und jenes, von einem geplanten Start, dann wieder von Absagen und fehlenden Mitteln, als Nächstes hieß es, das Projekt laufe bereits, mal auf Hawaii, mal in Indonesien, mal auf den Kanaren, mal mithilfe der US-Regierung, mal mit Unterstützung von E.ON, Iberdrola, SSE, GE oder des NASP-Konsortiums, mal dank angeblicher heimlicher Spendenmilliarden von Gates, Buffett oder der Lovelock-Foundation.

Auch Mavie wusste erst seit drei Wochen, dass IICO kein Hirngespinst war.

»Wie jetzt?«, fragte Daniel, und falls er Sekunden vorher noch den Plan gehabt hatte, sich in ihrer letzten Nacht in Hamburg auf einen späten Kaffee einzuladen, hatte er jetzt ein noch interessanteres Thema gefunden. »Wer? Wieso? Und wie kommst du …?«

»Eisele hat mich angerufen.«

Daniels Augen wurden noch ein bisschen größer. »Eisele hat dich angerufen.«

»Ja.«

»Okay.« Er nickte, und Mavie las seine Gedanken.

»Warum mich? Gute Frage. Keine Ahnung.«

»Na ja, so wie der dich schon damals immer angeguckt hat, ich meine, ich versteh's ja, versteh mich nicht falsch …«

»Vielen Dank. Du meinst, der hat mich nur angerufen, weil er mich irgendwie sexy findet, ja?«

Sie hatte den richtigen Ton getroffen, um diesen Teil der Erklärung umgehend zu versenken, denn natürlich schüttelte Daniel den Kopf und ruderte zurück. »Nein, natürlich nicht, also, er wird schon wissen, dass du gut bist, also, anders gut, ich meine, fachlich.«

Und in seinen Augen stand stumm und vorwurfsvoll die Feststellung: *Wir waren beide brillant. Wir beide waren seine besten Studenten in den Kursen, die er damals gegeben hat, in diesem einen Jahr. Warum du? Warum nicht ich?*

Sie hätte antworten müssen: *Weil du ein Mann bist. Und weil Fritz Eisele auch einer ist. Und auf Frauen steht. Und zwar offensichtlich besonders auf hübsche, junge, blonde Frauen mit großer Klappe und guter Figur. Und sofern die dann auch noch brillante Studentinnen sind – hast du nicht den Hauch einer Chance.*

Stattdessen sagte sie: »Eben.«

Er schwieg einen langen Augenblick. »Ist der auch da?«

»Am IICO?«

Er nickte.

»Nein. Zu beschäftigt damit, die Welt zu retten. Er hat mich nur empfohlen, er kennt den Institutsleiter.«

»Und wer ist das?«

Lächelnd schüttelte sie den Kopf. »Glaub mir, schon dafür, dass ich dir gesagt habe, wohin ich gehe, können die mich in hohem Bogen feuern.«

»Schweigegelübde?«

»Bei Zuwiderhandlung ewige Verdammnis.«

»Und du bist sicher, dass du den Job nicht noch im letzten Moment einem guten Freund überlassen willst – fachlich in deiner Liga, aber *on top* mit Nerven aus Stahl?«

Sie lachte.
Er lächelte und nickte. »Na, fein. Dann nicht. Selber schuld. Aber da ich jetzt sowieso weiß, wo du bist: Melde dich.«
»Mach ich.«
»Die Bücher und die Matratze hole ich morgen ab. Ich lass dann den Schlüssel auf dem Tisch liegen.«
»Übermorgen reicht. Der Vermieter kommt erst Freitag.«
Er nickte. »Pass auf dich auf, Mavie.«
»Mache ich. Du auch«, sagte sie, öffnete die Autotür und stieg aus.
Sie winkte ihm noch einmal zu, als er den Wagen wieder in Gang setzte und losfuhr, dann zog sie ihren iAm heraus und hielt ihn vor den Scanner neben der Haustür. Ein halbes Dutzend Mücken stieg unter der Scanner-Abdeckung auf, und Mavie erwischte zwei mit der Linken und zerquetschte sie. Verärgert runzelte sie die Stirn. Ein, zwei Nächte Frost würden doch reichen, um den Viechern den Garaus zu machen. Und das war doch wohl nicht zu viel verlangt, erst recht nach den zurückliegenden zwei warmen Wintern. Konnte sich das Wetter nicht wenigstens für einige Nächte wieder ein Vorbild nehmen an den ersten zehn Jahren des 21. Jahrhunderts, den vernünftigen Jahren? Nicht nur wegen der Mücken.
Aber als sie sich gerade vorstellte, wieder einmal eine halbwegs kühle Nacht bei weit offenem Fenster durchzuschlafen, fiel ihr ein, dass sie gerade auf dem Weg war, zum letzten Mal in der Wohnung zu schlafen, die sechs Jahre lang ihr Zuhause gewesen war.
Sie würde eine ganze Weile auf die nächste kalte Nacht warten müssen.

2

Die Demonstranten waren früh dran, aber nicht besonders zahlreich. Als Mavie vor dem Abflugterminal des Hamburg Airport aus dem Taxi stieg, drückte ihr einer der verschlafenen, missmutigen Protestler einen Zettel in die Hand, auf dem ein großes »Nein!« stand, darunter »Stoppt die CO_2-Abzocke!«, kleiner »Reisefreiheit für alle!« und eine URL. Sie lächelte, half dem pakistanischen Taxifahrer, ihre Taschen auszuladen, und zahlte Rechnung und Trinkgeld, indem sie ihren iAm vor das Lesegerät des Fahrers hielt. Der

Demonstrant war längst weitergeschlurft und belästigte die nächsten Fluggäste mit einem seiner Zettel, und Mavie fragte sich, wieso die Revoluzzer ausgerechnet vor dem Flughafen standen. Konnten die sich nicht denken, dass Menschen, die vor dem Flughafen aus Taxis stiegen – fliegen wollten? Und es sich leisten konnten, im Gegensatz zu den meisten anderen?

Es schienen besondere Demonstranten zu sein. Besonders begriffsstutzige. Jedenfalls wurden sie offensichtlich nicht von der Tourismusbranche bezahlt, so wie ihre zahlreichen Vorgänger in den ersten Monaten nach der drastischen Erhöhung der Flugpreise vor zwei Jahren. Was war das für ein Aufschrei gewesen. Zunächst die seit Jahrzehnten überfällige Besteuerung von Flugbenzin mit Mineralöl- sowie Ökosteuer und vollem Mehrwertsteuersatz, und dann hatte die Einführung der »Cops«, der Carbonpunkte, die jeder Bürger automatisch durch seinen tagtäglichen Energieverbrauch sammelte, der Tourismusbranche den letzten empfindlichen Schlag versetzt.

Flugreisen waren über Nacht fast dreimal so teuer geworden wie noch im ersten Jahrzehnt des 21. Jahrhunderts, und es hatte ein paar Monate gedauert, bis die deutschen Anbieter begriffen, dass darin nicht nur ein Fluch lag, sondern auch ein Segen. Denn verreisen wollten die Leute natürlich weiterhin, und das dringend. Also buchten sie, zunächst murrend, näher liegende Ziele als solche in der Karibik oder in Asien. Die Reichen verreisten weiterhin, wohin sie wollten, die Betuchteren verreisten weiterhin bis auf die Kanaren, aber auch die weniger Wohlhabenden benötigten Tapetenwechsel und dazugehörige Unterkünfte – und waren, wie sich rasch herausstellte, gar nicht so unglücklich, in den wie Pilze aus dem deutschen Boden schießenden neuen Erlebnisparks und Wohnanlagen ihre Urlaubszeit zu verbringen. Und so waren schon zwei Jahre nach Einführung der »Cops« fast alle Proteste verstummt – denn abgesehen von den Fluglinien, die ihre Flotten hatten verkleinern müssen, dafür aber reich von der EU entschädigt worden waren, hatten alle gewonnen. Vor allem die Tourismusbranche selbst und die Regierung. Denn das in Deutschland verdiente Geld floss nicht mehr in Milliardensturzbächen nach Spanien oder in die Türkei, sondern sorgte im Land selbst für Beschäftigung, und wer in den Sommermonaten auf Urlaub verzichtete und stattdessen einheimischen Touristen die Betten machte oder Eistüten verkaufte, verdiente mit etwas Glück genug, um den Rest des Jahres alles deutlich geruhsamer angehen zu lassen.

Die Protestler vor dem Flughafen schienen davon auch nach all den Jahren noch nichts mitbekommen zu haben, aber Mavie verzichtete darauf, sie darauf hinzuweisen. Nicht nur, weil sie keine Zeit hatte.

Am Automaten ließ sie sich die Bordkarte auf ihren iAm übertragen und nahm erleichtert zur Kenntnis, dass ihr »Cop«-Konto nicht mit der Klimawirkung von 1,8 Tonnen CO_2 belastet wurde, dem »Budget« eines Inders für ein ganzes Jahr. IICO zahlte, nicht nur den Flugpreis erster Klasse.

Die Maschine nach Palma war nur zu einem Drittel gebucht, in der ersten Klasse saß außer Mavie nur ein einziger weiterer Fluggast, ein älterer Herr mit verwegener Frisur, der sie an ihren Vater erinnerte, an Edward. Nur dass Edward sich nicht in ein Flugzeug gesetzt hätte, nicht mehr, nie mehr. Vor nun schon fast 25 Jahren, quasi mit dem Tag der Beerdigung von Mavies Mutter Christina, hatte Edward sein Cabrio verkauft und sich strikt geweigert, jemals wieder ohne Not irgendetwas Gefährliches zu tun. Er hatte sogar aufgehört, morgens schwimmen zu gehen. Schließlich war er von diesem Tag an der einzige noch lebende Verwandte seiner damals achtjährigen Tochter Mavie gewesen, und Edward hatte seine Verantwortung ernst genommen. Sehr ernst. Es war seine Antwort auf den Schicksalsschlag gewesen, seine einzige Möglichkeit, mit dem Verlust der Frau, die er liebte, fertigzuwerden: ein verbissener Sprung in ein neues Projekt, das Projekt Tochter.

Er hatte seine Sache gut gemacht, fand Mavie. Es war anstrengend gewesen mit ihm, manchmal, aber sie hatte in ihrer Kindheit und Jugend weit mehr Zuwendung, Liebe und Förderung erfahren als alle anderen Menschen, die sie kannte. Sie wusste, dass sie ihn vermissen würde, seine Nähe. Die regelmäßigen Treffen mit ihm, einmal in der Woche, meist am Samstag, um zusammen auf dem Markt einkaufen zu gehen, zu kochen, zu essen, zu reden und zu trinken, oft bis in den Abend hinein. Der Termin mit ihm war eine wichtige Konstante in ihrem Leben gewesen.

Aber es war höchste Zeit, alles zu ändern. Auch die Konstanten in ihrem Leben, die angenehmen ebenso wie die unangenehmen.

Als Fritz Eisele sie angerufen hatte, war sie überrascht gewesen, denn sie hatte mehr als zwei Jahre nichts von ihrem ehemaligen Professor gehört. Noch überraschter war sie gewesen, als er ihr ohne Umschweife einen Job anbot. Am IICO, das offiziell nicht einmal existierte.

Das Gespräch war kurz gewesen. Ob sie die Inhalte komplett für sich behalten könne? Ja. Ob sie den Job wolle, als Nachfolgerin eines jungen Forschers, spezialisiert auf Eiskerne, Datenerhebung und integrierte Klimasystemanalyse, alles im Rahmen eines ehrgeizig angelegten Geoengineering-Projekts? Ja. Ob sie den Job binnen zwei Wochen antreten könne, sofern er, Eisele, mit Rieter spräche, dem Leiter der Hamburger *Climate System Analysis and Prediction,* wo sie seit Jahren als Forschungsassistentin feststeckte? Ja. Ob sie sich ihr Talent erhalten habe, jenseits ausgetretener Pfade kreative Abkürzungen zum Ziel zu finden? Sie bejahte auch diese Frage, obwohl sie nicht sicher war. Die letzten Jahre am CLiSAP hatten sie mancher Illusion beraubt, aber das musste Eisele nicht wissen.

Er versprach ihr einen Anruf der Assistentin von Bjarne Gerrittsen, des IICO-Leiters. Und er werde sich bei ihr melden, sobald sie auf Palma gelandet sei und sich akklimatisiert habe.

Nach dem Gespräch hatte Mavie ihren iAm eine ganze Weile einfach angestarrt und sich gefragt, ob sie noch ganz bei Trost war. Ihren Job, ihre Stadt, ihren Freundeskreis einfach über Nacht aufzugeben, alles wegzuwerfen, um für ein Institut zu arbeiten, über dessen Projekte und Ziele sie praktisch nichts wusste – nur weil irgendein Exprofessor sie anrief und fragte?

Aber Fritz Eisele war nicht irgendein Exprofessor und schon gar nicht irgendwer. Sondern »Al Gores attraktiver europäischer Bruder« (laut *FAZ*), was er nicht gern hörte, weil er weder Gore noch die USA sonderlich schätzte, wahlweise der »Weltmahner« (laut *taz*), was er erst recht nicht gern hörte, weil er die Linke noch viel weniger schätzte als Gore und die USA. Tatsache war aber, dass er mahnte – und dass man ihm zuhörte, seit Langem, und seit einigen Jahren weltweit. Ganz gleich, wohin er reiste, um über den Klimawandel und die Optionen der Menschheit zu sprechen, diesem Klimawandel zu begegnen, füllte er Hörsäle und Veranstaltungshallen. Was nicht nur an seinem Thema lag, sondern auch und nicht zuletzt daran, dass er, anders als die meisten Wissenschaftler, ein charismatischer Redner war, der seine Zuhörer nicht langweilte, sondern es verstand, hochkomplexe Sachverhalte auf das Wesentliche zu reduzieren – auf prägnante Formulierungen und Schlagsätze, die jeder Zuhörer sofort verstand. Und die jeder Journalist dankbar aufnahm. *Der Planet kommt ohne uns klar, aber wir nicht ohne ihn. Energie ist nicht erneuerbar, aber unser Denken und Handeln ist es. Wer die Welt verbessern will, muss sie zuerst verstehen. Die Erde hat alle Zeit der Welt – wir nicht. Den Untergang der Titanic verhindert man nicht mit einem Teelöffel.*

Man schätzte und bewunderte ihn für deutliche Worte wie diese – und Mavie respektierte ihn, weil sein Ziel, sein Anliegen, für das er so vehement und leidenschaftlich stritt, auch ihres war: die Welt zu verstehen, mittels strenger Wissenschaft – und mitzuwirken, egal, auf welchem Weg, diese Welt vor dem drohenden Kollaps zu bewahren. Auch wenn Mavie durchaus nicht immer gefiel, was Eisele von sich gab, denn bei mancher Vereinfachung zuckte sie innerlich zusammen, weil sie nur zu genau wusste, dass sie alles Wesentliche unberücksichtigt ließ. Aber die Hintergründe dieser seiner »Neigung zum Simplen, nicht Fachsimpeln«, hatte er ihr schon vor Jahren erklärt, als sie ihn unter vier Augen, bei einem Abendessen, freundlich darauf angesprochen hatte. Er müsse nicht die Zustimmung von Wissenschaftlern gewinnen, von ein paar Gelehrten, die sich intellektuell mit ihm auf Augenhöhe befanden, sondern die Zustimmung der Massen, der Ungebildeten, der Dummen, die über die Aufmerksamkeitsspanne von Stubenfliegen verfügten und dennoch über das Schicksal des Planeten und all seiner Bewohner entschieden – mit der Fernbedienung, an der Supermarktkasse, an der Wahlurne. Und er meinte nicht nur den sprichwörtlichen Mann von der Straße, sondern auch dessen gewählten Vertreter. Politiker gehörten in Eiseles Augen ausdrücklich zu denen, die nur einfache Wahrheiten verstanden – Wahrheiten, die man problemlos zu Wahlslogans machen konnte. Um also diese Menschen, das Volk und seine Vertreter, auf Kurs zu bringen oder zu halten, im Sinne der Menschheit, um zu verhindern, dass sie alles vernichteten, brauchte es klare und deutliche Formulierungen. Bei Bedarf Vereinfachungen. Notfalls Übertreibungen. Jedenfalls Worte, die Eindruck machten. Die blieben. Und etwas bewirkten.

Etwas bewirkt, wenngleich nur im Kleinen, hatte auch sein Anruf bei ihr. Es war wie ein Weckruf gewesen. Sie steckte fest, sie drehte sich im Kreis, schon seit Langem. In der immer gleichen Stadt und mit dem immer gleichen Abteilungsleiter im CLiSAP, der sie aus ganz und gar egoistischen Gründen nie im Leben vorankommen lassen würde. Sie steckte fest in ihren Routinen, vom allmorgendlich gleichen Müsli über die Pilates- und Tai-Chi-Kurse dienstags und donnerstags bis zu den immer gleichen Samstagsbesuchen bei ihrem Vater.

Und erst als die Maschine Hamburg hinter sich zurückgelassen und Reiseflughöhe erreicht hatte, fiel Mavie auf, dass sie, obwohl sie Flugzeugstarts furchterregend fand, die ganze Zeit selig gelächelt hatte.

3

Beim Landeanflug auf den Flughafen von La Palma lächelte Mavie nicht. Stattdessen krallte sie sich mit beiden Händen in den Sitz, als der Pilot die Maschine bei starkem Seitenwind erst nach rechts, dann nach links kippen ließ, um die direkt am Meer auf einer Klippe gelegene und, von oben betrachtet, unmöglich kurze Landebahn zu treffen. Auch nachdem die Maschine endlich zum Stehen gekommen war, blieb Mavie noch eine ganze Weile erstarrt sitzen, im felsenfesten Glauben, sie werde im nächsten Moment hören, wie sich das Flugzeug mit einem fiesen Knirschen nach vorn neigte, weil der vordere Teil des Fahrwerks längst meterweit über dem Wasser hängen musste. Erst als ihr Mitreisender mit der verwegenen Frisur an ihr vorbei aus der Maschine schlenderte und sie mitleidig anlächelte, brachte sie es fertig, ihren Gurt zu lösen und auf wackligen Beinen die Flucht anzutreten.

In der Ankunftshalle des kleinen Flughafens erwartete sie ein unauffällig uniformierter Mann, der ein Plastikschild hochhielt, auf dem ihr Name geschrieben stand, in ordentlichen Druckbuchstaben. Sie lächelte ihn freundlich an, kriegte aber nichts zurück. Der Mann stellte sich knurrend als »José« vor, nahm ihr die zwei schweren Reisetaschen ab und ging voraus, demonstrativ ächzend, zu einem vor dem Terminal geparkten SUV.

Mavie trat ins Freie, in die sonnenwarme Luft, schloss die Augen und atmete tief ein. Alles fühlte sich richtig an. Als empfinge die neue Welt, für die sie sich entschieden hatte, sie mit einem Lächeln und mit offenen Armen.

»Señorita?«, knurrte José, und Mavie öffnete die Augen und beeilte sich, in den Wagen zu klettern.

Eine kurze Fahrt führte sie über die Hauptstraße nach Santa Cruz, und unmittelbar vor der Hauptstadt bog José nach links ab und steuerte den SUV unter üppig mit Mispeln behangenen Bäumen hoch in die Caldera, einen in sich zusammengesackten Vulkankrater oberhalb der Stadt. Mavie hatte die Insel ausführlich studiert, mithilfe von Google Earth, und natürlich war ihr der Krater aufgefallen. Aber auf den offenbar nicht ganz aktuellen Bildern der Urbanisación hatte das wichtigste Gebäude gefehlt – ein schmucklos weißer, unauffälliger Betonkomplex, den man erst vor knapp zwei Jahren dort errichtet hatte, kurz vor dem Ende aller Billigflugreisen, und der jetzt vor den ehemaligen Ferienreihenhäusern im schwarzen Sand thronte.

José brachte den Wagen vor einem Pförtnerhaus zum Stehen. Der Mann, der heraustrat, trug eine hellgraue Uniform, wie José, war aber, anders als José, bewaffnet. Er winkte dem Fahrer mürrisch zu, zog seine Keycard durch den Schlitz am Torpfosten, und das schwere Eisentor glitt zur Seite. Während José weiterfuhr, nahm Mavie erstaunt zur Kenntnis, dass das ganze Gelände streng gesichert war. Das Eisengitter erstreckte sich um die ganze Anlage, drei Meter hoch, von Stacheldraht gekrönt, und in regelmäßigen Abständen waren Überwachungskameras an den Eisenstreben befestigt.

José parkte den Wagen vor dem Hauptgebäude und wies sie auf Spanisch an, sich zum Empfang zu begeben. Ihre Taschen werde sie in ihrem Quartier finden.

Ob die Taschen verschlossen seien? Mavie nickte, verwundert, und José hielt die Hand auf und sagte: »Code«. Mavies Erstaunen nahm zu, aber sie verriet dem Fahrer die Kombination, ohne Fragen zu stellen. Sein Blick verriet, dass er die sowieso nicht beantwortet hätte.

Sie musste zehn Minuten am Empfang warten, dann holte Gerrittsens Assistentin sie ab. Mavie hatte dreimal mit Agneta Olsen gesprochen, per Vidline, und erwartete auch von ihr keinen sonderlich herzlichen Empfang. Schon bei den kurzen Videotelefonaten hatte Olsen kein einziges Mal gelächelt, sondern sich darauf beschränkt, mit in sämtliche Züge betoniertem Ernst von der neuen Angestellten lückenlose Dokumentationen ihres gesamten Werdegangs anzufordern, inklusive polizeilicher Führungszeugnisse, Auskünften der Schufa sowie einer vollständigen Krankenakte. Aber obwohl Mavie alles wie gewünscht geliefert und alle Verträge unterschrieben zurückgemailt hatte, verbrachte sie nach der kühlen Begrüßung durch Olsen die nächsten zweieinhalb Stunden mit sachlichen Verwaltungsangestellten, die ihr nicht nur eine Keycard aushändigten, sondern sie nachdrücklich auf ihre Aufgaben und vor allem ihre Pflichten hinwiesen. Sowie auf die Paragrafen 16 bis 36 in Vertragszusatz 8, die sehr genau regelten, was sie alles nicht durfte, und, in Prosa übersetzt, wie vollständig ihre Insolvenz lebenslänglich ausfiele, verstieße sie jemals gegen auch nur eine der zahllosen Vorschriften. Mavie nickte zu allem freundlich. Weshalb niemand etwas über das IICO wusste, war ihr schon beim ersten Durchlesen der Verträge in ihrer Hamburger Wohnung klar gewesen. Aber sie hatte nichts dagegen, die Verschwiegenheitserklärungen zu unterschreiben. Den Preis zahlte sie gern für die Aufnahme in diesem exklusiven Klub. Und es war allenfalls eine angenehme Zugabe, dass ihr Anfangsgehalt beim IICO doppelt so hoch sein würde wie ihr bisheriges.

Nachdem sie alles artig beantwortet, abgenickt und unterschrieben hatte, hießen die Verwalter sie mit einem Händedruck als Mitglied des Teams willkommen. Man übertrug ihr eine Karte des Geländes auf den iAm, in der das ihr zugewiesene Quartier verzeichnet war, und teilte ihr mit, Olsen werde sie benachrichtigen, sobald Professor Gerrittsen Zeit für sie habe.

Mavie begab sich in ihr Quartier, eines der kleinen Reihenhäuser, die vor der Tourismuskrise Teil einer Ferienanlage gewesen waren. Ein Wohnzimmer unten, mit winziger Terrasse Richtung Gebirge, im Obergeschoss ein Schlafzimmer, ein kleineres Zimmer und ein Badezimmer. Vom Schlafzimmerfenster aus konnte sie einen Zipfel Atlantik sehen, links neben der Fassade des Hauptgebäudes, und zu ihrer Rechten lagen die Tennisplätze, die offensichtlich schon seit Jahren nicht mehr benutzt wurden. Nur auf einem der acht Plätze hing noch ein einsames Netz, aber auch das sah aus, als würde es beim ersten Ballkontakt zerbröseln.

Mavie packte ihre Taschen aus. José und seine Security-Freunde hatten offensichtlich alles durchsucht, aber nichts konfisziert. Sie fragte sich, ob die Jungs wenigstens Spaß an ihrer Unterwäsche gehabt hatten, und ihre Freude, angekommen zu sein, wurde von ihrem Befremden überdeckt, dass sie am nächsten Tag mit Unbekannten in der Kantine zusammensitzen würde, die wussten, was sie unter dem Laborkittel trug.

Anderthalb Stunden nach ihrer Ankunft ertönte der dezente Summton der Klingel neben der Tür ihres Quartiers. Mavie öffnete, und vor ihr stand eine junge blonde Frau, die tatsächlich: lächelte.

»Hi«, sagte Mavie, hocherfreut über das unerwartete Geschenk.

»Hi«, sagte die junge Blonde. »Sandra Goldt.«

Mavie schüttelte Sandras Hand, Sandra nickte über die Schulter in Richtung Hauptgebäude.

»Kommst du mit? Der Boss will dich sprechen.«

Mavie nickte lächelnd. »Dann lassen wir ihn nicht warten.«

Auf dem Weg versuchte sie es mit Small Talk und erfuhr, dass Sandra aus München stammte, seit gut einem Jahr am IICO tätig war, als Assistentin Gerrittsens beziehungsweise Assistentin seiner Assistentin, gern hier arbeitete und das Klima schätzte – sowohl das der Insel als auch das betriebliche. Die Kollegen seien nett, jedenfalls die meisten.

»Privates fällt demnach nicht unter das Schweigegelübde?«, sagte Mavie und war erleichtert, dass Sandra lachte.

»Nein«, sagte sie. »Solange es nicht nach draußen dringt.«

Sandra ging voraus, zog ihre Keycard durch den Schlitz neben dem Seiteneingang des Hauptgebäudes und führte Mavie durch einen langen Korridor nach rechts, zu den Fahrstühlen. Mavie sah sich um, und Sandra erklärte ihr, während die Fahrstuhltüren aufglitten, oben befänden sich fast ausschließlich die Räume der Verwaltung sowie die Büros von Gerrittsen und seinen Abteilungsleitern.

Auf der Stockwerkleiste des Fahrstuhls befanden sich fünf Knöpfe. EG, 1 und drei Kellergeschosse. Sandra drückte auf »-2«.

In dem etwa zehn mal zehn Meter großen Raum, den sie nach kurzem Marsch durch einen unterirdischen Korridor erreichten, standen neben vier Schreibtischen und diversen großformatigen Servern fünf Männer vor einem großen, frei schwebenden Display, leise murmelnd vertieft in die Betrachtung eines impressionistischen Gemäldes aus silbernen und schwarzen Flecken vor sandfarbenem Hintergrund. Jedenfalls sah es für Mavie im ersten Augenblick so aus, von der Tür aus, durch die Sandra sie in den Raum führte.

Eine unsichtbare Hand zoomte in eine höhere Auflösung, und auf den zweiten Blick erkannte Mavie, was das Bild tatsächlich zeigte. Aluminiumschnipsel im Sand. Sehr viele Aluminiumschnipsel, verteilt auf einer Wüstenfläche, die etliche Quadratkilometer groß sein musste. Sie hatte von der Idee gehört, denn sie gehörte zu den beliebteren Steckenpferden der globalen Geoingenieure, aber sie hatte nicht gewusst, dass tatsächlich jemand im großen Stil damit experimentierte.

Einer der Männer, in dunkelgrauem Anzug, drehte sich zu den beiden eintretenden Frauen um, im nächsten Augenblick war der Bildschirm urplötzlich verschwunden, und auch die anderen Männer wandten sich Sandra und Mavie zu. Keines der Gesichter blickte freundlich.

Sandra wollte eben zu einer Erklärung ansetzen, als der Mann im grauen Anzug begriff, wer die hübsche junge Frau war, die sie ihm mitgebracht hatte. Sein finsterer Gesichtsausdruck wich einem breiten Grinsen.

»Ah. Frau Heller«, sagte Gerrittsen und kam auf Mavie zu, eine große Hand in ihre Richtung ausstreckend. Mavie nahm sie und lächelte.

»Freut mich sehr«, sagte sie.

Er war fast kahl und kleiner, als sie erwartet hatte. Sie hatte sich seine im Netz verfügbaren Vorträge angesehen, aber dabei hatte er natürlich immer auf einem Podest gestanden und natürlich immer allein. Zudem lagen die Vorträge schon eine Weile zurück, und bei allen hatte er noch Haare auf dem Kopf gehabt.

Sie ging unauffällig ein bisschen in die Knie, um ihn mit ihren einssechsundsiebzig nicht zu überragen. Das änderte aber nichts daran, dass er zunächst einmal erfreut ihre Brüste begrüßte.

»Wie schön, wie schön. Sehr erfreulich.« Er sah ihr endlich in die Augen. »Fritz schwärmt ja sehr von Ihnen.«

Mavie bemerkte die Blicke, die die anderen Männer austauschten. Das fing ja gut an. Sie war noch keinem von ihnen vorgestellt worden, und schon hatte sie ihren Stempel weg. *Blond, schlank, sportlich, 70C. Eine von Eiseles Gespielinnen und demnächst die vom Boss. Solange wir nicht mit der arbeiten müssen: kein Problem.*

Sie lächelte weiter. »Er sagte, Sie brauchen jemanden, der um die Ecke denken kann – da konnte ich nicht Nein sagen.«

Immerhin. Die Herren hinter Gerrittsen sahen jetzt in ihre Richtung und schienen zumindest bereit, ihr endgültiges Urteil zu verschieben. Vielleicht war sie nicht bloß hübsch, sondern auch noch gefährlich.

»Sehr gut«, sagte Gerrittsen. »Sehr gut. Recht hat er. Aber das ist ja bei ihm nicht ungewöhnlich. Wenn Sie so gut sind, wie er sagt, werden wir viel Freude miteinander haben.«

Mavie lächelte weiter. Gerrittsen machte es ihr nicht leicht.

Er entließ Sandra mit einer Handbewegung, dann wandte er sich den anderen Herren zu und stellte sie Mavie vor. Die beiden Forscher in den weißen Laborkitteln hießen Holger Sandhorst und Hugo Sastre, beide waren Geoingenieure; der kleinere Mann dazwischen, aus dessen Kittel der Kragen eines schwarzen Rollis lugte, war Thilo Beck, zuständig für »Architektur und Design«. Den Anzugträger, einen gewissen Edgar Sawyer, bezeichnete Gerrittsen einigermaßen vage als Mitarbeiter der Geschäftsleitung.

Mavie schüttelte Hände, lächelnd, und die Herren erwiderten das Lächeln ökonomisch. Bis auf Beck, der Mavie unverhohlen ablehnend musterte.

»Thilo wird Sie unter seine Fittiche nehmen«, sagte Gerrittsen, und Becks Blick wurde noch ein bisschen finsterer. »Aber natürlich werde auch ich mich um Sie kümmern. Sofern meine Zeit es erlaubt.«

»Architektur?«, fragte Mavie und ließ ihr Lächeln zwischen Beck und Gerrittsen hin und her pendeln.

»Ja«, sagte Gerrittsen. »Auch ein Universalgenie braucht irgendeinen Titel. Und *Institutsleiter* war schon vergeben.«

Die Herren lachten. Sogar Beck lachte höflich mit. Aber mit dem Blick, den er dabei mitten in Mavies Augen abfeuerte, hätte man den Rest von Grönland im Vorbeigehen eisfrei bekommen.

4

Nach drei Tagen unter Thilo Becks sogenannten Fittichen gab Mavie die Hoffnung auf, den arroganten Rollkragenpullover mit irgendetwas gnädig stimmen zu können. Er reagierte nicht auf Höflichkeit, nicht auf intelligentes Nachfragen, nicht auf ihre dezenten Hinweise, sie habe zeit ihres Studienlebens keinen Repetitor gebraucht, sondern sei immer die Beste ihres Jahrgangs gewesen, und es beeindruckte ihn erst recht nicht, und zwar nicht im Geringsten, dass der große Fritz Eisele große Stücke auf sie hielt.

Am ersten Tag hatte Mavie noch geduldig gelächelt und ihn sehr höflich darauf hingewiesen, sie brauche keinen kompletten Grundkurs für Idioten in Sachen Klimamodelle und Geoengineering, aber das hatte Beck offenbar erst recht davon überzeugt, dass sie außer guten Zähnen nichts im Kopf hatte, denn seine Ausführungen waren von da an noch ein gutes Stück gründlicher und langatmiger geworden. Ihr Job, erfuhr Mavie, würde zunächst darin bestehen, Datensätze zu überprüfen. Das klang ungefähr so anspruchsvoll wie »Kaffee kochen«, und am Abend des zweiten Tages fragte sie Beck, ob das IICO für derartige Tätigkeiten keine Praktikanten habe.

Er beantwortete die Frage mit einem dünnen Lächeln. Mehr musste er auch nicht tun, um Mavie klarzumachen, wofür er sie hielt.

Den dritten Tag verbrachte sie im langweiligsten Teilbereich der langweiligsten Datenbank, die sie je gesehen hatte, einem Teilbereich, in dem Siebzigerjahre-Klimadaten aus dem Großraum Bonn erfasst worden waren; Niederschlagsmengen, Tages- und Nachttemperaturen, Wind, Luftdruck. Sie fand keinen einzigen Fehler. Jedenfalls nicht in den Daten. Aber sie vermutete einen in ihrem Leben, und der hieß, sofern nicht ein Riesenmissverständnis vorlag, IICO.

Am Abend trat sie an Becks Schreibtisch, verschränkte die Arme vor der Brust und sagte, ohne zu lächeln: »Wir müssen reden.«

»Worüber?«, sagte Beck, ohne den Blick von seinem Display zu wenden.

»Über meine Aufgabe.«

»Qualitätssicherung. Wird unterschätzt, ist aber essenziell.«

»Ohne Frage. Ich mach's auch gern weiter, sofern ich neben meiner eigentlichen Tätigkeit dazu komme. Aber dazu brauche ich ein paar grundsätzlichere Ausführungen. Sollte Fritz Eisele mich als Mädchen für die Qualitätssicherung empfohlen haben, müsste ich nämlich mal ein ernstes Wort mit ihm sprechen.«

Beck sah sie kurz an und wieder auf das Display. »Ich sehe seine schuldbewussten Sorgenfalten förmlich vor mir.«

Mavie atmete tief ein und gründlich wieder aus. »Was soll das?«, sagte sie.

»Was?«

»Das. Hab ich irgendwas verpasst? Kennen wir uns von früher oder aus einem früheren Leben? Und hab ich dich unwissentlich verletzt oder schwer beleidigt? Was hab ich gemacht? Deine Katze überfahren? Deine Sartre-Sammlung versehentlich in Brand gesetzt?«

Für einen Augenblick dachte sie, er werde sie anschnauzen oder, schlimmer noch, einfach weggehen und sie kommentarlos stehen lassen.

Aber sein finsterer Blick hielt diesmal nicht lange. Sondern verwandelte sich nach und nach in ein feines, wenn auch fast unmerkliches Lächeln. Als er mit der Metamorphose fertig war, schnaubte er belustigt. »Camus«, sagte er.

»Gut«, sagte sie ernst. »Wollte ich trotzdem nicht, das Feuerzeug ist mir aus der Hand gefallen. Außerdem war das meine letzte Inkarnation, und in dieser bin ich wesentlich netter.«

Das Lächeln stand ihm viel besser als der finstere Blick. Es blieb zwar nicht lange in seinen Mundwinkeln, aber es blieb in seinen Augen. Er nickte fast unmerklich.

»Nett wäre eine Zugabe. Entscheidend ist was anderes.«

»Intelligenz?«

»Würde helfen.«

»Hilft immer. Und ob du's glaubst oder nicht, das weiß ich nicht aus der *Gala,* sondern aus Erfahrung. Du müsstest mir allerdings eine Chance geben, meine unter Beweis zu stellen. Ich bin zwar blond, aber man muss mich nicht nach jeder Mittagspause neu anlernen. Und dass Milchkaffee der Knopf in der Mitte ist, hab ich inzwischen gespeichert.«

Sie kriegte ein weiteres belustigtes Schnauben. Und einen weiteren fast freundlichen Blick. »Was willst du wissen?«

»Danke«, sagte sie erleichtert und zog sich einen Stuhl heran. »Du machst mich zu einem glücklichen Menschen.«

»Ach, deshalb die Camus-Verbrennung, mangels Bedarf?«

»Genau«, lächelte sie. »Wenn der nur mit so anspruchslosen Mädchen wie mir unterwegs gewesen wäre, hätte er sich den ganzen Sisyphos glatt geschenkt.«

»Ich sehe Fragen auf mich zukommen, die mich unterfordern.«

»Was ist IICO?«

»Wie der Name schon sagt – das Internationale Institut für Klimabeobachtung, und weil die Welt englisch spricht ...«

»Ja. Danke«, sagte sie und setzte dazu ihr freundlichstes Buddha-Lächeln auf. »Beobachtung ist ein relativ weiter Begriff. Konkret?«

»Konkret alles«, sagte er. »Und nichts davon im kleinen Stil. Datenerhebung und Sammlung in beispiellosem Umfang, Experimente ...«

»Welcher Art?«

»Der nützlichen. Keine Caldeira-Schornsteine bis rauf in die Stratosphäre, um CO_2 loszuwerden, aber das ist dir vermutlich schon aufgefallen.«

»Die hätte ich vermutlich beim Anflug nicht übersehen können.«

»Wohl kaum. Derzeit vor allem unsere zwei Salter-Prototypen.«

»Wolkenboote?«

Er nickte. »Liegen vor der Nordküste. Nicht, dass wir hier direkt von Paparazzi verfolgt werden, aber unten im Hafen wären die zwei doch ein ziemlicher Hingucker.«

»Sag nicht, dass die funktionieren.«

»Wir machen interessante Fortschritte.«

»Das klingt gut«, sagte Mavie. »Und wirklich spannend, ohne Frage. Aber für zwei Boote und sehr viele Wolken braucht man nicht die Niederschlagsmengen im Großraum Bonn für jeden Tag der letzten hundert Jahre. Und erst recht keine hundert Wissenschaftler.«

»Hundertvierunddreißig. Und noch mal die doppelte Zahl an Angestellten in der Verwaltung, für die Security und für die Gartenpflege. Nein, die Boote sind spannend, aber weiß Gott nicht das Hauptthema. Vor allem sind wir Sammler.«

»Datensammler.«

Beck nickte. »Und deshalb ist dein Job so wichtig.«

»Bonn.«

»Genau.«

»Komm.«

Beck lächelte wieder, wenn auch wieder nur kurz. Dann seufzte er, wandte sich seinem Display zu, ließ mit einer Handbewegung alle Fenster verschwinden und ein einzelnes Eingabefenster aufspringen, das ihn zur Eingabe eines Passworts aufforderte. Er sah Mavie kurz an, und sie wandte sich gehorsam ab und fegte sich mit der Rechten einen Vorhang aus Haarsträhnen vor die Augen.

Aus dem Augenwinkel sah sie Beck zufrieden lächeln, durch den Vorhang, der weit weniger dicht war, als er glaubte. Sie sah genau hin, als seine Finger sich bewegten. Acht Sternchen. Anschlag eins, drei, vier und acht mit dem kleinen Finger, unten links auf der Display-Tastatur.

»Voilà!, Praktikantin«, sagte Beck, und sie tauchte artig wieder hinter ihrem Haarvorhang auf. »Sag *Prometheus* Guten Tag.«

5

Sie ging nach dem fast einstündigen Rundgang durch *Prometheus'* Reich direkt in ihr Quartier. Duschte, setzte sich im Bademantel auf die kleine Terrasse und schenkte sich ein Glas aus der Viña-Sol-Flasche ein, die sie in dem kleinen Kühlschrank des Apartments vorgefunden hatte. Schaute hoch in den Himmel, in dem so viele Sterne leuchteten wie nirgendwo sonst auf der Welt, und fühlte sich kleiner denn je, aber gleichzeitig weniger unbedeutend als sonst. Denn mit etwas Glück würde sie eine Rolle spielen können, eine Rolle in einem Stück mit weltveränderndem, weltverbesserndem Happy End.

Was Beck ihr geboten hatte, war ein Crashkurs gewesen. Fragen hatte er kaum zugelassen auf seinem Weg durch die Screens und Datenbanken, er hatte einfach die Fakten vorgetragen, emotionslos. *Prometheus'* Herz waren die Daten, sein Hirn ein Cray Panther, ein XT10, den es offiziell nicht gab. Gerüchten zufolge rechnete zwar ein weiterer XT10 in Diensten der CIA und spuckte in Langley *Echelon*- und *Promis*-Prognosen aus, aber offiziell war der weltweit schnellste Rechner weiterhin der XT6, der für das US-Energieministerium rechnete, und der erreichte nicht annährend die 3,8 Petaflops, mit denen der Panther im Schnitt arbeitete, bei einer Maximalleistung von unglaublichen 6,4 Petaflops.

Beck erklärte ihr, was das Programm dereinst, in wenigen Jahren, sein würde: das perfekte Prognose-Tool, zuverlässig und präzise in der Vorhersage aller globalen Wetterveränderungen, bis ins letzte Detail und für fast jeden Ort auf dem Planeten. Zunächst hatte das in Mavies Ohren geklungen wie der feuchte Traum eines größenwahnsinnigen Klimagrundschülers, aber je weiter Beck sie durch die Architektur geführt hatte, die bereits bestand, desto stiller war sie geworden, hatte mit offenem Mund dagesessen und war fassungslos seinen Ausführungen gefolgt.

Das Deutsche Klimarechenzentrum, an dem sie all die Jahre in Hamburg gearbeitet hatte, galt als leistungsfähigstes Rechenzentrum Europas, spätestens seit 2010. Die Datenbank umfasste 220 Terabyte, der Prozessor arbeitete mit bis zu 1,5 Teraflops, aber verglichen mit der Rechen- und Speicherkapazität, über die das IICO offensichtlich verfügte, war Hamburg so leistungsfähig wie der Apple IIe aus den Achtzigern des letzten Jahrhunderts, den Mavies Vater noch immer in seinem Keller stehen hatte, im Vergleich zum letzten 2013er MacBook Pro.

Prometheus war die Zukunft. Eine Zukunft, die die meisten erst in weiter Ferne erwarteten, frühestens in zwanzig Jahren, und auch das nur, sofern Moores Gesetz der ständig exponentiell weiter wachsenden Prozessorleistung weiterhin gültig blieb. Aber Gerrittsen war seiner Zeit offensichtlich voraus.

Weit voraus.

Beck hatte sich mit wirbelnden Fingern durch diverse Frames und Ebenen geklickt, vom Pleistozän bis in die Siebziger des letzten Jahrhunderts, von Kleinstädten in Südafrika bis in die Metropolen der Welt, und rief Informationen ab – wobei er die ganze Zeit redete. Wassertemperaturen, Lufttemperaturen, Niederschläge, Aerosolkonzentrationen, Kohlendioxid-, Distickstoffoxid-, Schwefelhexafluorid- und Methanwerte, Wasserdampf – er ignorierte das betont skeptische Räuspern, mit dem sie ihn an dieser Stelle zu unterbrechen versuchte –, aber auch Geburtsraten, Ausbreitung von Seuchen, Migrationsbewegungen – hatte er das eben wirklich für ein Kaff im Zweistromland abrufen können, und zwar vor 4000 Jahren? –, Wind- und Strömungsgeschwindigkeiten, Bevölkerungsdichte, Verkehrsbewegungen, Mortalität.

Mavie war vollkommen überwältigt gewesen, aber als Beck ihren

Geburtsort und Geburtstag eingegeben und, ausgehend von diesen Koordinaten, eine Wettervorhersage für einen Termin drei Jahre später abgefragt und – zutreffend – bekommen hatte, war ihr Finger fast automatisch hochgewandert und hatte auf den kleinen Button auf dem Display gezeigt, der sich direkt unter dem befand, den er zuletzt gedrückt hatte.

Forecast F.

Direkt unter *Forecast Sim.*

»Wofür steht das F?«

Er hielt inne. Und als er sie ansah, wusste sie, dass der Rundgang beendet war.

»Zukunftsmusik«, sagte er und loggte sich aus dem Programm aus. »Sphärenklänge. Irgendwann werden wir auch das anklicken können, aber das wird noch ein paar Jahre dauern. Ich hab ihn nur eingebaut, damit ich meinen Nordstern nicht aus dem Auge verliere.«

»Verstehe«, sagte sie.

»Wer Vorhersagen über das Klima der Zukunft machen will, muss das Ende der letzten Eiszeit verstehen«, sagte Beck.

Sie nickte und sagte: »Wally Broecker.«

Beck nickte ebenfalls. Anerkennend, weil sie die Bemerkung als Zitat erkannt hatte.

»Wir sind auf dem Weg. Aber es ist noch weit.«

Sie sah auf das leere Display. »Und du glaubst gar nicht, wie sehr ich mich freue, dass ich dabei sein darf.«

Sie hatte die Wahrheit gesagt. Aber er hatte gelogen, das stand für sie fest. Niemand baute sich einen *Forecast*-Button, nur um sich den allabendlich vor dem Einschlafen anzuschauen, als poetischen Wegweiser Richtung Vorhersage-Nirwana. Beck war eindeutig merkwürdig, aber so merkwürdig dann doch wieder nicht.

Der iAm, der neben ihr auf dem kleinen Plastiktisch lag, brummte sein Signal in die stille Nacht. Mavie sah auf das Display, schaltete das Kameraauge aus und nahm den Anruf entgegen. »Hallo, Helen.«

»Süßilein. Was soll das denn? Kamera kaputt, oder ist es so kalt in *Norwegen*, dass du total entstellende Frostbeulen an der Nase hast?«

Mavie lachte. Helen wusste, wo sie war, als Einzige neben Edward und, seit dem Abschiedsabend, Daniel. Es gab nichts, was sie und Helen nicht besprachen, und »Verschwiegenheitserklärung« stand nicht in beider privatem Wörterbuch.

»Es ist schön hier. Angenehm warm. Keine Mücken, keine Quallen.«

»Und keine Männer?«

»Doch. Wissenschaftler.«

»Die auch so aussehen?«

»Ja.«

»Au.«

»Ich bin zum Arbeiten hier.«

»Klar, aber doch nicht nachts.«

»Gib mir ein paar Tage Zeit. Bisher bin ich nur einem unfreundlichen Existenzialisten nähergekommen, und der sieht nicht so aus, als hätte er jemals Spaß gehabt.«

»Au.«

»Und du?«

Und Helen berichtete. Von Felix, den sie auf *Facedate* getroffen hatte, aber noch nicht leibhaftig – Künstler, Holz, Öl und Spraydosen, durchgeknallt, in dicken unsichtbaren Lettern »Trouble« auf der Stirn. Sie würde ihn treffen, übermorgen, um herauszufinden, ob sie ihn auch riechen konnte. Und falls, wäre sie vorbereitet, in jeder Hinsicht und auf alles.

Ein kurzes Lokalnachrichten-Update folgte – keine vernünftigen Unruhen, keine vernünftigen Partys, der neue Tarantino leider schon wieder nicht halb so gut wie *Kill Bill*, und abgesehen von einem auf dem Weg Richtung Europa frisch von 4000 nigerianischen Boatpeople gekaperten Containerschiff, der *Eastern Star*, keine akuten Bedrohungen für den deutschen Mittel- und Wohlstand. Ansonsten milder Frust, also das Übliche. Zapf, ihr Ressortleiter, ging ihr seit geraumer Zeit auf die Nerven und hatte nun schon zum zweiten Mal die Frechheit besessen, ihre gründlich recherchierte und vor Fakten nur so strotzende Klimastory über den seit Jahren in der Planung befindlichen Offshorewindpark, das *Northern Wind Project*, als »zu spekulativ« abzulehnen und stattdessen, zum zweiten Mal, ein windelweiches Stück ins Heft zu nehmen, in dem der Kollege Hilgenbocker sich wie ein Schulmädchen für das *North African Solar Panel* begeisterte, das *NASP*, das spätestens 2020 ganz Südeuropa mit Sonnenstrom versorgen sollte. Hilgenbocker. Immer wieder Hilgenbocker. Helens Nemesis, Helens Albtraum, Helens Feind. Der keine Ahnung von gar nichts hatte, geschweige denn Klima studiert, aber dafür industriefreundlichen Sabber im Schlaf absonderte und, entscheidend, mit Zapf Squash spielen ging, also förmlich in dessen Rektum logierte. Mitsamt Gummibällen.

Was Helen zu einer heiteren Variation ihres Lieblingsthemas animierte: Männerfreundschaften, Männerseilschaften, Männer, die Angst vor allen Frauen hatten, die sich nicht um eine 9-to-5-Missionarsfestanstellung bewarben, also Frauen wie sie, Männer mit zu wenig Haaren auf dem Kopf und zu vielen auf dem Rücken, Männer, die eigentlich am liebsten wieder zu Hause einziehen würden, in den Hobbykeller, mit einer Gummipuppe für den kleinen Hunger zwischendurch.

Mavie hörte zu, lächelnd, und betrachtete die Sterne.

»Aber den kriege ich noch, den mach ich alle«, sagte Helen. »Spätestens, wenn du mich anrufst und sagst, psst, Eisele ist hier, und er hat Al Gore *und* den US-Verteidigungsminister im Koffer!«

»Ich rufe dich sofort an.«

»Ist der da?«

»Wer? Gore?«

»Quatsch, dein Stecher in spe.«

»Er ist nicht mein Stecher in spe.«

»Was dann, schwul?«

»Du kennst doch seinen Ruf.«

»Ja, lässt keine scharfe Frau kalt werden. Aber vielleicht steht der nicht auf Grace Kelly, sondern mehr so auf Thai?«

»Helen.«

»Eine Pulle Tönung, dazu 'ne Pulle Wodka, zack, hast du am nächsten Morgen, alles, was der braucht. Schwarze Haare und Schlitzaugen …«

Mavie lachte.

»Nee, wirklich, was stimmt denn nicht mit dem, deinem Eisele-Gott? Ich meine, einsvierundsiebzig, das ist ja dann doch eher ein *Halb*gott … oder verarschst du mich und warst damals doch mit dem …«

»Nein.«

»Gut. Das ist mir zu hoch.«

Mavie zuckte die Achseln. »Ich hätte nicht Nein gesagt, aber er hat's nicht versucht.«

»Du musst einfach selbstbewusster werden.«

Wieder lachte Mavie. »Sich als Studentin seinem Professor an den Hals werfen? Das ist nicht selbstbewusst, das ist ganz schlechter Stil.«

»Aber du bist doch keine Studentin mehr!«

»Stimmt. Gut, dann ziehe ich mich sofort aus, sobald Eisele mal herkommt.«

»Oder du nimmst dir diesen Institutsleiter. Wie ist der?«

»Klein, bestimmt behaart und gierig. Redet bisher nur mit meinen Brüsten.«

»Da kann die Konkurrenz einpacken!«

»Du bist doof.«

»Du mich auch.«

»Pass auf dich auf.«

»Selber.«

6

Als Mavie Thilo Beck am nächsten Morgen fröhlich begrüßte, sah er sie an wie ein Familienvater in Begleitung von Frau und Kindern, dem gerade der One-Night-Stand vom Vorabend zuwinkte. Sie zog die Augenbrauen hoch. »Alles klar?«

»Sicher«, sagte er feindselig und schickte sie zurück in die Datenminen.

Sie verstand nicht, was mit ihm los war. Aber sie tat, ohne weitere Fragen zu stellen, was er ihr auftrug. Immerhin schickte er sie nicht zurück nach Bonn, sondern ließ sie diesmal die Qualität von Daten sichern, mit denen sie sich auskannte, nämlich solchen aus der zwei Kilometer langen Zeitmaschine GISP 2, ihres bevorzugten, weil »hochauflösenden« grönländischen Eiskernes. Das war zwar nicht das, was sie wollte, aber doch ein Fortschritt, verglichen mit dem miesen Wetter in einer miesen deutschen Siebzigerjahre-Hauptstadt.

Ab und zu sah sie zu Beck hinüber und fragte sich, ob er vielleicht unmittelbar vor seinen Tagen stand, denn eine bessere Erklärung für seinen fast aggressiven Autismus fiel ihr zunächst nicht ein.

Das aber legte sich im Lauf des Tages. Genauer, beim Mittagessen in der Kantine. Denn Beck, wurde ihr bewusst, sah nicht exklusiv sie so an, als hätte sie seine Camus-Sammlung angezündet, sondern jeden. Er ging allein zum Essen, er holte sich allein etwas vom Buffet, er aß allein, möglichst weit weg von allen anderen, und niemand wagte es, sich zu ihm zu setzen. Es war, als hinge eine dunkelgraue Gewitterwolke über seinem Kopf, aus der jeden Augenblick alles vernichtende Blitze zucken konnten. Mavie schloss daraus, dass er kein persönliches Problem mit ihr hatte, sondern eins mit sich selbst. Oder mit der Welt im Allgemeinen.

Sie setzte sich zu zwei Kollegen, Holger Sandhorst, der ihr schon vorgestellt worden war, und einem anderen, den sie noch nicht kannte, und stellte sich als »die Neue« vor. Sandhorst war Schwede, fast zwei Meter groß, sanfte graue Augen, Meteorologe und »Verbindungsoffizier« zum Observatorium auf dem 2400 Meter hohen Roque de los Muchachos. Mavie nahm überrascht zur Kenntnis, dass auch das Observatorium, das größte auf der Nordhalbkugel, das IICO mit Daten versorgte, aber Sandhorst winkte bloß freundlich ab. Das IICO zahlte gut und ermöglichte so den offiziellen Hauptbetreibern des Observatoriums, den Regierungen von Spanien, Schweden, Dänemark und England, die kostspielige Anlage auch in finanziell angespannten Zeiten weiter zu betreiben. Und die Weltraumdaten, die das Observatorium lieferte, insbesondere das schwedische SST, waren unverzichtbar für Gerritsens großes Ziel.

Prometheus, wie Mavie vermutete. *Prometheus,* wie Sandhorst bestätigte. Und Mavie nahm erleichtert zur Kenntnis, dass nicht alle IICO-Mitarbeiter so verschwiegen waren wie Thilo Beck.

Der andere Mann am Tisch, Ray Mayeaux, war Amerikaner und hatte sein bisheriges Leben nach eigenen Angaben als »Streetworker auf der Hurricane Alley« zugebracht, jenem breiten Wasserstreifen zwischen afrikanischer Küste, Karibik und amerikanischer Küste, aus dem alljährlich im Herbst die verheerenden Stürme entstanden. Aufgewachsen war Mayeaux in New Orleans, hatte die Flut von 2005 miterlebt und die folgenden Jahre damit zugebracht, einen Zaun zu bauen, damit eine solche Tragödie nie wieder passierte. Einen Zaun aus Reifen und Schläuchen. Vielen Reifen und sehr großen Schläuchen mit bis zu vierzig Meter Durchmesser, die als natürliche Hydraulikköpfe fungierten, das warme Oberflächenwasser selbsttätig nach unten schleusten und so die Entstehung von Hurricanes verhinderten, denn Hurricanes benötigten warmes Wasser – weshalb sie grundsätzlich nur zwischen August und November auftraten. Ihnen das warme Wasser wegzunehmen war daher eine endgültige, wenn auch sehr sanfte Art der Geburtenkontrolle.

Die ursprünglich auf James Salter zurückgehende Idee war wunderbar einfach gewesen, Mayeaux hatte mit Begeisterung daran gearbeitet, aber es war immer schwieriger geworden, Geld für das Projekt aufzutreiben – erst recht, nachdem Al Gore seit 2011 wiederholt sämtliche Geoengineering-Versuche als »gefährlichen Irrsinn« über einen Kamm geschoren hatte. Die *Homeland Security* hatte den vom Nobelpreisträger geworfenen Ball mit Freude aufgenommen und die Förderung des Projekts umgehend eingestellt. Mayeaux erlaubte sich hinzuzufügen, mit Reifen und Schläuchen ließen sich zwar nachweislich Katastrophen verhindern, aber ebenso nachweislich ließ sich mit Reifen und Schläuchen kein Geld verdienen. Was natürlich bei der Entscheidung der Behörden, das Projekt einzustellen, keine Rolle gespielt hatte. Natürlich nicht.

Danach war Mayeaux dem Ruf des IICO gern gefolgt. Denn auch wenn er hier keine Hurricanes mehr verhindern konnte, verfügten er und seine Mitstreiter über ausreichende Mittel, um weitere Weltverbesserungsvorschläge zu machen sowie wenigstens als Prototypen zu realisieren.

Mavie fragte ihn, woran er gerade arbeitete, und bemerkte aus dem Augenwinkel, dass Gerrittsen die Kantine betreten hatte und mit seinem Tablett schnurstracks auf Thilos Tisch zuging.

Während Mayeaux ihr erklärte, er arbeite an der »grünsten Idee der Welt«, nämlich der Erzeugung von CCI, *Cloud Condensation Nuclei,* künstlicher tief hängender Wolken über den Meeren, mittels der vor der Nordküste der Insel liegenden Wolkenboote, sah Mavie, dass Gerrittsen vor Becks Tisch stehen geblieben war und mit seinem Designer sprach. Beck schüttelte den Kopf, Gerrittsen blickte ernst und fragte noch einmal nach. Beck schüttelte abermals den Kopf, was Gerrittsen nicht zu gefallen schien. Er sagte etwas zu

Beck, Beck nickte unfreundlich, und Gerrittsen sah sich um. Als er Mavie, Mayeaux und Sandhorst entdeckte, hellte sich seine finstere Miene auf, und er setzte sich in ihre Richtung in Bewegung.

»Schon wieder eine Idee von Salter«, sagte Mayeaux, »und seine genialste, in meinen Augen. Die Boote werden von Wasserkraft angetrieben, von Wellengeneratoren, und inzwischen betreiben wir sogar die Rotoren, die wir zum Erzeugen der Gischt, des Wasserdampfs verwenden, fast vollständig mit dem, was das Meer uns an Energie liefert ...«

Er verstummte, als Gerrittsen sich neben Mavie setzte.

»Guten Appetit«, sagte der Institutsleiter und nickte den dreien zu. Sandhorst und Mayeaux saßen einen Augenblick mit halb offenen Mündern da, dann nickten sie und wünschten ihrem Boss das Gleiche. Der entrollte seine Serviette, lächelte Mavies Brüste an und sagte: »Herzliche Grüße von unserem gemeinsamen Freund Eisele. Ich habe seine Frage, ob Sie gut angekommen sind, mit einem Ja beantwortet, und hoffe, das war in Ihrem Sinn.«

»Sehr«, sagte Mavie und nahm zur Kenntnis, dass Sandhorst und Mayeaux abermals kurz die Kinnladen heruntersackten. Der Boss setzte sich neben Mavie und richtete ihr Grüße von *Gott* aus?

»Fahren Sie nur fort«, sagte Gerrittsen zu Mayeaux und schnitt sein Schnitzel an. »Ich wollte Sie nicht unterbrechen.«

»Ja«, sagte Mayeaux unsicher. »Ja, wir ... Doch, wir kommen gut voran. Ich denke, der schwierigste Teil des Weges liegt hinter uns.«

»Das will ich doch hoffen«, sagte Gerrittsen freundlich, »denn noch einmal dreißig Millionen werden wir kaum auftreiben können.«

»Die werden wir auch nicht brauchen«, sagte Mayeaux, ebenso freundlich, und erklärte, an Mavie gewandt: »Der Antrieb war das größte Problem. Der Antrieb und die Filter, denn die Boote dürfen nicht alle paar Wochen in der Werkstatt stehen, sondern sollen draußen bleiben, auf dem Meer.«

»Ferngesteuert?«

Mayeaux nickte. »Und doppelt so groß wie das, was wir bisher haben. Unsere Prototypen sind zwanzig Meter lang, mit jeweils vier Gebläsen, am Ende brauchen wir 45 Meter lange Trimarane, die auch im Sturm nicht absaufen. Aber ich bin zuversichtlich – und wir hätten damit ein wirksames Mittel, das Klima zu beeinflussen.«

»In der Tat«, sagte Gerrittsen. »Albedo nach Belieben, auf Bestellung.«

Mavie nickte. Sie hatte nicht gewusst, dass jemand tatsächlich an den Salter-Booten arbeitete, denn bislang hatte niemand die Mittel aufgebracht, Prototypen zu bauen. Die Grundüberlegung allerdings hatte ihr schon immer eingeleuchtet, so wie den meisten Klimaforschern. Die Wolkenboote sollten einen permanenten Gischtnebel erzeugen, der sich über den Meeren zu großen Wolkenformationen verband. Im Ergebnis würde das dazu führen, dass erheblich mehr Sonnenlicht von der künstlich hergestellten weißen Wolkendecke reflektiert wurde als von der dunklen Meeresoberfläche, und damit stünde der Menschheit eine nach Belieben an- und abschaltbare Kühlmaschine für den gesamten Planeten zur Verfügung. Aber der Plan hatte einen Haken, ihres Wissens.

Glücklicherweise musste sie sich nicht unbeliebt machen, denn Mayeaux verstand ihren Blick richtig.

»Wir werden noch ein bisschen Überzeugungsarbeit leisten müssen.«

Gerrittsen nickte und kaute fröhlich weiter.

»1500 Schiffe. Damit könnten wir die Temperatur konstant halten.«

»Sofern die CO_2-Werte bleiben, wie sie sind«, sagte Sandhorst.

»Und da wir nicht zum Träumen neigen: 3000 Schiffe«, sagte Gerrittsen.

»Wasserverdrängung 300 Tonnen, 8 Flettner-Rotoren, Stückpreis 2,5 Millionen Dollar.«

»Und für den laufenden Betrieb veranschlagen wir zusätzliche 200 Millionen«, sagte Gerrittsen, immer noch fröhlich.

Mavie rechnete und kam nicht ans Ziel.

»Sofern auch noch jemand daran zu verdienen gedenkt«, sagte Gerrittsen und legte seine Serviette ab, »schlagen wir wohl besser noch einmal 300 Millionen drauf. Aber das, meine Herren, meine Dame, soll im Moment nicht unser Problem sein. Wir können ja nicht alles allein machen. Geben wir uns einstweilen damit zufrieden, dass wir technische Lösungen finden. Wir sind Forscher, keine Erbsenzähler. Kaffee?«

»Ich gehe«, sagte Sandhorst und stand eilig auf. Mayeaux erhob sich ebenfalls, räumte die Tabletts zusammen und machte eine abwehrende Handbewegung, als Mavie sich anschickte, ihm zu helfen. Er folgte Sandhorst zu den Espressoautomaten und zur Geschirrrückgabe.

»Benimmt Beck sich?«, fragte Gerrittsen.

Mavie sah ihn überrascht an. Überrascht und erfreut, dass er ihr ins Gesicht sah. »Ja«, sagte sie. »Ja, er ist … nett.«

Gerrittsen lachte. »Das kann ich mir beim besten Willen nicht vorstellen.«

»Gut«, sagte Mavie. »Im Rahmen seiner Möglichkeiten. Er ist ein bisschen …«

»Ernst«, sagte Gerrittsen und nickte. »Zu wenig Lebensfreude. Immun gegen die Verlockungen der Schönheit und der Sinnlichkeit.«

Er ließ es einen Augenblick stehen. Einen Augenblick zu eindeutig. Aber sie lächelte weiter, sah aus dem Augenwinkel, dass Beck aufstand und sein Tablett zurückgab und sich in Richtung Kantinenausgang in Bewegung setzte.

Gerrittsen zuckte unterdessen kurz die Achseln und fuhr fort. »Er ist ein brillanter, akribisch arbeitender Wissenschaftler und Programmierer. Und ein sehr ernster junger Mann. Das ist seine große Schwäche, aber auch seine große Stärke.«

Beck musste auf dem Weg zum Ausgang an ihrem Tisch vorbei, hatte aber offensichtlich nicht die Absicht, ein freundliches Gesicht aufzusetzen oder Mavie und seinen Boss überhaupt wahrzunehmen. Gerrittsen ließ ihn gewähren.

»Man könnte ihn auch unfreundlich nennen«, gab er zu.

Mavie nickte, während Mayeaux und Sandhorst mit dem Kaffee zurückkehrten.

»*Prometheus*«, sagte Gerrittsen. »War seine Idee.«

Mavie sah ihn verwundert an.

Gerrittsen lachte. »Nein, nicht das Programm, ich bitte Sie! Der Name. Er liebt seine Mythen. Natürlich vor allem die finsteren, aber *Prometheus* erschien mir passend für ein Programm, das den Menschen einen Fortschritt bringt, der fast so wichtig ist wie das Feuer. Eine Formel für das Chaos.«

Mavie schwieg. Gerrittsen verstand es richtig, als Aufforderung.

»Freies Chaos«, sagte er. »Das, was uns alle wahnsinnig macht – oder gemacht hat. Abgesehen davon, dass unsere Grids viel zu weit gespannt waren, unsere Daten nicht weit genug zurückreichten und nicht hoch genug hinaus, dass unsere Rechner zu klein waren und unsere Modelle Krücken – vor allem aber, dass zwischen all den Zyklen, Algorithmen, Parametern, Variablen jenes Verbindungsstück fehlt, das genauso chaotisch ›denkt‹ wie das System Erde. Und ich gebe zu, dass es eine große Herausforderung war, dieses Verbindungsstück zu finden und in eine mathematische Form zu gießen. Das ist es, was *Prometheus* am Ende mitbringen wird: das Feuer, das alles in neuem Licht erscheinen lässt.«

Mavie brauchte sich keine Mühe zu geben. Das Hauchen kam ihr von selbst über die Lippen. »Das klingt … unglaublich.«

Gerrittsen sah ihr mit freundlichem Gönnerblick in die Augen und danach etwas länger auf die Brüste, dann leerte er seine Kaffeetasse.

»Das ist es«, sagte er. »Und Sie werden zu gegebener Zeit mehr darüber erfahren. Bei guter Führung«, fügte er hinzu und lächelte. Er nickte Mayeaux und Sandhorst zu, »meine Herren«, stand auf und ging.

Und Mavie sah ihm nach. Und wusste, dass er etwas von ihr verlangte, was sie ihm nicht geben konnte. Weil sie es nicht besaß und nie besessen hatte.

Geduld.

7

Sie tat ja nichts Verbotenes. Sie griff lediglich vor, geringfügig, denn spätestens in ein, zwei Monaten würde Gerrittsen ihr ohnehin jeden Zugriff auf jede Datenbank und jedes Programm erlauben, so viel stand fest, sie hatte seine Andeutungen durchaus richtig verstanden. Niemand konnte etwas dagegen haben, dass sie schon vorher einen Blick riskierte. Solange es niemand wusste.

Dass sie länger als die anderen an ihrem Terminal blieb und GISP-Daten abglich, daran hatten die anderen sich inzwischen gewöhnt. Man wünschte ihr einen angenehmen Abend, man scherzte, sie solle sich zwischendurch mal die Beine vertreten, man wies sie darauf hin, das Leben bestehe nicht nur aus Eiskernen, sondern auch aus gelegentlichen Eiswürfeln in entspannenden Drinks – sogar am IICO –, und sie lächelte freundlich zurück.

Um kurz nach acht war sie allein.

Um halb neun winkte sie Ruben zu, dem Wachmann, der seinen Kopf vom Flur aus in das Großraumbüro steckte, und als die Tür ins Schloss zurückgefallen war, streckte sie einmal die Hände durch und rief den *Prometheus*-Startbildschirm auf.

Passwort.

Sie schickte ein Stoßgebet gen Himmel. Das System würde jeden fehlgeschlagenen Log-in-Versuch protokollieren und Beck bei nächster Gelegenheit darauf hinweisen, selbst wenn er gar nicht danach suchte. Sie hatte nur einen Versuch.

Acht Klicks. Acht Buchstaben.

Das konnte natürlich alles Mögliche sein, aber sie hatte ein paar Anhaltspunkte, dank ihres Seitenblicks durch den eigenhändig manipulierten Haarvorhang. Kein Finger auf den Zahlentasten. Dreimal der kleine Finger der linken Hand, weit außen und unten auf der Tastatur, dreimal die gleiche Taste: X, Y, A oder S, X und Y kamen kaum infrage, sofern es sich, wie sie hoffte, um ein sinnvolles Wort handelte. Es blieben also entweder drei A oder drei S, zwei davon am Wortanfang, nur durch einen Buchstaben getrennt. Und Mavie hatte sich entschlossen, das Naheliegendste einzugeben – das Naheliegendste für einen Rollkragenpulloverträger, der nicht Sartre gelesen hatte, sondern Camus, der sich humorlos durch Datengebirge in Richtung seines fernen Nordsterns vorwärtsmühte und seinen Boss überredete, ein Hi-End-Prognose-Programm nach einer mythologischen Griechengestalt zu benennen.

Sie gab die acht Buchstaben ein, langsam, um sich nicht zu vertippen, hielt die Luft an und drückte auf Enter.

Das Passwortfenster löste sich in Luft auf.

Sie war drin. Mühelos. *Sisyphos* sei Dank.

Sie sah sich um, erinnerte sich dann selbst daran, dass sie nichts Verbotenes tat, und studierte die zahlreichen Navigationselemente auf dem Schirm. Sie ließ den Mauszeiger wandern, nach oben, und wunderte sich nicht, dass dort oben weitere Navigationselemente aufklappten – die *Prometheus*-Oberfläche war nicht schlicht und sachlich wie die der meisten Prognoseprogramme, sondern fast so elegant wie die eines Apple-Rechners. An Manpower schien es dem IICO also nicht zu mangeln.

Forecast F.

Mavie ließ den Cursor für einen Sekundenbruchteil über dem Button stehen. Ein Button, der nur als Wegweiser diente? *Das glaubst du doch wohl selber nicht, Beck.*

Ihr Zeigefinger klickte auf die Schaltfläche, und im nächsten Augenblick machte die elegante Oberfläche Platz für eine wesentlich nüchternere Variante. Graustufen statt Farben, nur noch eine grobe grafische Darstellung der ausgewählten Region und eine Typo *sans serif* in den Menüs. Schmucklos, wie es sich gehörte für ein statistisches Programm. *Prometheus* bat um Ort und Datum für seine Zukunftsprognose.

Mavie gab Hamburg ein. 16. Januar. Das Wetter von morgen. *Prometheus* spuckte wenig Überraschendes aus. Regen. Vierzehn Grad. Windstärke drei. Sie ließ den Mauszeiger auf die rechte Menüleiste wandern und wunderte sich, dort doch noch einen vergleichsweise eleganten Mouse-over-effect vorzufinden. Unter den etwa zwanzig untereinander angeordneten Kürzeln für Sonne, Wind, Gaskonzentration, Luftdruck, Wolken und diverse andere, überwiegend kryptische Variablen erschienen jeweils weitere Kürzel, mal wenige, insbesondere bei den Treibhausgaskonzentrationen, was Mavie verwundert zur Kenntnis nahm, mal mehrere Dutzend, insbesondere unter dem Kürzel *Sol* und dem Kürzel *C*, das offensichtlich für *Clouds* stand, Wolken.

Mavie verstand nicht, was genau *Prometheus* diesbezüglich rechnete oder zu rechnen meinte, aber dass das Programm überhaupt Werte für die Menge und Zusammensetzung der lokalen Wolkendecken angab, musste ohnehin ein Insiderscherz sein, eine Simulation ohne tieferen Sinn. Niemand verstand die Wolken. Und niemand konnte ihr Verhalten vorhersagen. *Wasserdampf* war, trotz des angenehmen Klangs, fraglos ein entscheidender Faktor für die Erwärmung oder Abkühlung der unter ihm liegenden Ozeane und Landmassen, denn Wasserdampf machte mehr als 75 Prozent der Partikel aus, die in der Atmosphäre und Stratosphäre Treibhauseffekte verursachten. Da jedoch niemand in der Lage war, Wolken zu vermessen, geschweige denn ihre Entstehung oder ihr exaktes Verhalten formelhaft zu erfassen, ließ man den entscheidenden 75-Prozent-Faktor ausnahmslos, auch in den besten Modellen, stillschweigend unter den Tisch fallen. Alle Prognosen, auch die der größten Institute, auch die des IPCC, basierten ausschließlich auf

Proxydaten und Annahmen über die verbleibenden 25 Prozent der Partikel, über die man meinte, überhaupt irgendwelche Aussagen treffen zu können. Dass alle bisherigen Modelle somit, streng genommen, wertlos waren, da sie den entscheidenden Faktor gar nicht berücksichtigten, wurde aber auch in Fachkreisen nicht unbedingt betont, sondern mit höflichem Schweigen als bekannt hingenommen. Niemand konnte Wolken simulieren. Geschweige denn ihr Verhalten prognostizieren. Die *Prometheus*-Programmierer verfügten also entweder über reichlich Selbstbewusstsein oder über reichlich Humor.

Mavie ließ den Mauszeiger über *Sol* wandern und überflog einigermaßen ratlos die lange Kürzelliste darunter. Sie ahnte wohl, dass sich hinter *Pz* die Präzession der Erdachse und unter *Tl* ihr Tilt, die Neigung, verbergen musste und unter den meisten der anderen Dezimal- und Gradzahlen orbitale Konstellationen, zurückzuführen auf Milanković Schwabe, Bond und deren Epigonen, aber diese galaktischen Zusammenhänge hatte sie schon während ihres Studiums als allzu weit hergeholt empfunden, ergo als vernachlässigenswert.

Focus.

Auch das hatte sie von klein auf gelernt. Leg einen Pfeil auf die Sehne und du triffst dein Ziel. Leg zehn Pfeile gleichzeitig auf, und du triffst zehnmal Gott weiß was, aber mit keinem Pfeil dein Ziel. Sie hatte nie das ganze Universum verstehen wollen, von Hale-Bopp bis zum Andromedanebel, sondern ausdrücklich den Planeten, auf dem sie lebte. Wenigstens ein bisschen besser, in groben Zügen.

Mavie klickte sich nach rechts, durch die Woche. Der Regen blieb, die Temperatur stieg, die lange Liste der restlichen Werte veränderte sich nur unwesentlich.

Siebzehn Grad am 22. Januar?

Bei einer Niederschlagsmenge von 170 mm/m^2?

Mavie klickte weiter. 21 Grad? 140 mm? Was sollte das sein, die Juli-Werte für Bangladesch? Sie runzelte die Stirn, ungläubig, belustigt. Das Programm schien wirklich nicht besonders viel zu taugen. Aber ganz unten in der Menüleiste auf der rechten Seite war neben dem Kürzel *CD* eine völlig neue Zahl aufgetaucht, für den 26. Januar. 900.

Mavie klickte sich durch die Tage zurück. *CD* hatte auf null gestanden, bis zum 23. Januar, war dann auf 10 gestiegen, am nächsten Tag auf 90, dann auf 900.

Sie klickte sich weiter in den Februar. 2000. 3000. 5000.

Was sollte das sein, *CD?*

Sie klickte sich zurück auf den 16. Januar und bemerkte, dass sich im langen *Sol*-Menü auch der Wert für *SHR* veränderte, ganz unten in der Liste, rot aufleuchtend, obwohl die Änderung von 1,35442 auf 1,36442 marginal war, aber mit *SHR* konnte sie genauso wenig anfangen wie mit *CD*. Wofür standen all diese Kürzel? Wieso operierte *Prometheus* mit Variablen, die kein anderes Programm kannte, mit denen kein Wissenschaftler arbeitete? Und wieso lieferte ihr niemand eine Gebrauchsanweisung oder wenigstens ein *Help*-Fenster?

Was rechnete *Prometheus* da eigentlich?

Für einen Augenblick verharrte sie vor dem Bildschirm, mit gerunzelter Stirn. Nie im Leben würde sie mit dem gleichen banalen Passwort in die Programmstruktur eindringen können. Oder doch? Sie konnte es natürlich versuchen, aber falls Beck auch nur halb so schlau war, wie er aussah, würde sie damit zumindest deutliche Spuren hinterlassen – sofern das Programm nicht gleich bei ihrem ersten erfolglosen Versuch seinen Administrator aus dem Bett klingelte.

Mavie verwarf den Gedanken, *Prometheus* unter die Haube sehen zu wollen. Sie ließ das Datum stehen und änderte den Ort. Sie ersetzte Hamburg durch La Palma.

Sonne. Sonne. Sonne. Steigende Temperaturen. Kein nennenswert steigender *CD*-Wert. Null im Januar, sechs im Februar, zwanzig im Mai.

Sie versuchte es mit Paris. Steigende Temperaturen. Steigendes *CD* ab Ende Januar. Dauerregen.

Nach und nach klickte sie sich um die Welt, durch die großen Städte, beginnend im Norden; London, New York, Moskau, Toronto, langsam nach Süden wandernd. Überall das gleiche Zahlenbild. Regen. Deutlich zu hohe Temperaturen. *SRH* rot blinkend. Steigendes *CD*.

Das Bild änderte sich, als sie weiter im Süden gelegene Städte einzugeben begann. Für Nizza, Rom und Athen prognostizierte *Prometheus* freundlicheres Wetter. Keinen Regen. Dafür aber Tageshöchsttemperaturen zwischen 26 Grad Ende Januar und mehr als 32 Grad Ende März. Sowie weniger *CD* als für die Städte im Norden.

Mavie dachte an Thilo und Camus und gab Algier ein.

Und während sie sich durch die Tage des neuen Jahres klickte und die *CD*-Zahl rapide hochschnellen sah, begann sie zu ahnen, was das sachliche Kürzel bedeutete. Nur glauben wollte sie es nicht.

Sie wechselte von Algier nach Tripolis, nach Teheran, nach Neu-Delhi, nach Peking. Die *CD*-Zahl wurde größer und größer und sprengte ab Ende Februar den vorgesehenen Rahmen, sodass Mavie im Datenfeld von rechts nach links scrollen musste, um die Zahl des jeweiligen Tages ganz sehen zu können. März, April, Mai. Stabil hohe Zahlen. *CD*.

Und dann löschte sie den letzten Ortsnamen, den sie eingegeben hatte, São Paulo, und ließ das Feld leer. Gab wieder den 30. Januar ein und betätigte die Enter-Taste.

Prometheus zeigte ihr die Erde. Nicht blau und grün in ihrer ganzen Schönheit, sondern grau in grau mit grob animierten Hoch- und Tiefdruckgebieten darauf, mit hell- und dunkelgrauen Niederschlagsmengen. Viel tiefes Dunkelgrau über der Nordhalbkugel. Ein weißer Streifen rund um den Äquator.

Mavie klickte sich durch den Februar, den März, mit zitterndem Zeigefinger.

Und sah, wie die *CD*-Zahl größer und größer wurde. Das Programm warf keinen kumulierten Wert aus, sondern nur erbarmungslose Zahlen für den jeweiligen Tag, aber Mavie überschlug im Kopf, dass das Programm bis Ende Mai einen *CD*-Wert von mehreren Hundert Millionen auswarf – und sie war fast erleichtert, dass sie sich geirrt hatte, geirrt haben musste.

CD konnte nicht für *Collateral Damage* stehen.

Prometheus musste etwas anderes meinen. *CD* musste irgendetwas anderes bedeuten, einen obskuren Fantasiewert beschreiben wie *SHR* – nur dass *CD* eben nicht im Dezimalbereich anstieg wie *SHR*, sondern offenbar ganz neu entstand, der Prognose nach. Selbst wenn das Programm offensichtlich vorhersagte, dass es bei außergewöhnlich hohen globalen Temperaturen im Norden durchgehend heftig regnen würde, während der Süden und erst recht die Äquatorialregionen offenbar keinen Tropfen Wasser abbekommen sollten – *Prometheus* konnte nicht 400 Millionen Tote prognostizieren.

Nie im Leben.
Er musste sich irren.
Sie musste sich irren.
Sie schüttelte den Kopf.

All das konnte keine Prognose sein. Schon gar nicht für einen so langen Zeitraum. Kein Programm konnte das leisten, auch kein *Prometheus*.

Andererseits – das ließ sich überprüfen.

Sofern sie die alten Prognosen nicht aus den *Forecast-Sim*-Archiven gelöscht hatten. Sofern es solche Archive gab.

Sie probierte es, indem sie das Datum eingab, an dem sie auf La Palma eingetroffen war. *Prometheus* spuckte artig seine alten Prognosedaten aus.

Sie öffnete ein neues Fenster, diesmal ein Browser-Fenster, durch das sie ins Web schauen konnte, in ein allgemein zugängliches Archiv des deutschen Wetterdienstes.

Sie verglich die Daten mit denen, die *Prometheus* prognostiziert hatte.

Sie klickte sich nach links, rückwärts, auf beiden Seiten. Ließ den Blick zwischen den beiden Fenstern hin und her springen. Wechselte die Städte. Kopenhagen. London. Peking.

Und spürte den Kloß in ihrem Hals größer und größer werden.

Die archivierten Prognosen entsprachen exakt den Werten, die dann auch tatsächlich gemessen worden waren.

Sie klickte sich weiter zurück, rasch, in den November des Vorjahres.

Das war nicht möglich. *Prometheus* sagte schon seit *Monaten* zuverlässig das richtige Wetter voraus? Für wie lange im Voraus?

»Señorita?«

Mavie zuckte zusammen, als hätte man ihr ein Stromkabel in den Nacken gedrückt. Sie fuhr herum und sah in das vergrätzte Gesicht von Enrique, dem Wachmann, der Ruben jeden Abend um 22 Uhr ablöste – und sie schon an den Abenden zuvor, die sie allein in dem großen Büro verbracht hatte, jedes Mal angesehen hatte wie eine Einbrecherin. Das tat er auch diesmal, allerdings anders als sonst nicht aus dem Türrahmen, sondern aus höchstens einem Meter Entfernung.

Sie hatte ihn nicht näher kommen hören.

»Enrique«, sagte sie und brachte ein Lächeln zustande.

Der Wachmann sah an ihr vorbei. Auf den Schirm. Er wirkte nicht sonderlich intelligent, aber dass sie keine Eiskerndaten abglich, war offenbar sogar ihm klar.

»Ich bin … gleich fertig«, sagte Mavie und brachte ein umso breiteres Lächeln zustande. »Ich melde mich dann bei Ihnen ab.«

Enrique ließ seinen Blick nur kurz vom Schirm in ihr Gesicht pendeln, dann sah er wieder auf die Erdkugel, mit gerunzelter Stirn.

»Alles in Ordnung?«, fragte er, aber es lag keine Sorge in seinem Tonfall, sondern tiefes Misstrauen. Als fragte er nicht sie, sondern sich selbst. *Muss ich das melden?*

»Natürlich«, sagte Mavie. »Alles gut. Ich bin sofort fertig.«

Er blieb noch einen Augenblick stehen und versuchte mit einem harten Blick, sie zu einem freiwilligen Geständnis zu bewegen, aber den Gefallen tat Mavie ihm nicht. Tapfer lächelte sie ihr buddhistisches Lächeln weiter, bis er endlich auf dem Absatz kehrtmachte und unter skeptischem Schlüsselklirren langsam den Raum verließ.

Mavies Gedanken rasten. Allerdings nicht zielgerichtet, sondern kreuz und quer durcheinander. Und ganz weit nach vorn drängte sich binnen weniger Sekunden eine Frage, die ihr besonders dringlich und gleichzeitig besonders albern vorkam. *Wieso hast du deinen iAm auf dem Zimmer gelassen? Wieso hast du nur diesen winzigen Mem-Stick in der Tasche, auf den nicht mal beschissene 32 Gigabyte passen?*

8

Sie schaffte es, sich von Enrique zu verabschieden, lächelnd, gelöst, als wäre nichts passiert, als stünde sie nicht auf Bambusbeinen, als trüge sie nicht die Vorhersage einer Katastrophe fingernagelgroß in ihrer Hand. Als wäre alles normal, wie immer. Sie hatte nichts getan, nichts Verbotenes. Sie hatte keine Spuren hinterlassen, jeden Verlauf, jede Spur gelöscht. Der Rest waren bloß belanglose Zahlenkolonnen, sachlich komprimiert auf dem elektronischen Fingernagel, auf dem vorher ihr ganzes Leben als Back-up gespeichert gewesen war, alles Private, alle Fotos, Filme, die ganze Musik. Ersetzt durch 200 Tage à dreißig Seiten Zahlen, die sie natürlich ebenfalls umgehend löschen würde. Um wieder ihr ganz normales Leben auf dem Mem-Stick zu sichern. Sobald man ihr erklärte, was das alles zu bedeuten hatte.

Sie schaffte es in ihr Quartier, benommen, über die menschenleeren Wege, begleitet nur vom Lärm der Zikaden und einem fast genauso lauten Dröhnen zwischen ihren Ohren.

Betäubt drückte sie die Tür hinter sich ins Schloss und ging wie ferngesteuert auf ihren iAm zu, der auf dem Couchtisch lag und mit sanftem Blinken den Eingang diverser Nachrichten verkündete. Sie zog den Mem-Stick aus ihrer Hosentasche, kopierte die Daten auf den iAm und sah, dass Helen viermal versucht hatte, sie zu erreichen. Außerdem Edward. Sowie zwei weitere Anrufer, deren Rufnummern unterdrückt geblieben waren.

Sie ging ins Bad, drehte den Wasserhahn auf und klatschte sich kaltes Wasser ins Gesicht, aber das Dröhnen in ihrem Kopf blieb.

»Herrgott«, sagte sie laut zu sich selbst und übertönte so das Geräusch, allerdings nur für einen Augenblick. Es kehrte binnen Sekunden zu alter Lautstärke zurück. In Begleitung diverser leiser Stimmen, die durcheinanderwisperten. Einige der Stimmen klangen beruhigend, beschwichtigend, andere alarmiert, wieder andere sachlich, aber offensichtlich konnten sie sich nicht auf ein gemeinsames Thema einigen.

Mavie zog den Mem-Stick erneut heraus. Eine der Stimmen war deutlich zu vernehmen und verlangte nicht viel. Mavie war finster entschlossen, wenigstens sie zum Schweigen zu bringen. Sie dachte nach. Sah sich im Bad um und entschloss sich für die Kulturtasche. Öffnete diese, nahm einen Tampon heraus, ritzte das Plastik am unteren Ende des Wattebauschs mit dem Nagel an, drückte den Mem-Stick vorsichtig hinein und steckte den Tampon zurück zwischen seine Geschwister. Die Stimme verschwand, die Kakofonie nicht.

Sprechen.

Gedanken austauschen. Zu viele für einen Kopf. Sprechen. Aber mit wem? Eine Stimme von außen hören, die relativiert, die beruhigt, die die Geräusche ordnet. Wer? Wessen Stimme?

Edward.

Sie griff nach dem iAm, wischte zweimal über das Display und wollte gerade die Nummer ihres Vaters antippen, als das Gerät zu vibrieren begann. Ungläubig starrte Mavie auf die Anzeige. *Unbekannter Anrufer?* Der einzige ihrer Freunde, der seine Rufnummer unterdrücken ließ, war Daniel. Aber konnte Daniels Stimme jene sein, die all die anderen zum Schweigen brachte?

Sie nahm den Anruf entgegen, mit einem zittrigen »Ja«.

»Eisele«, sagte die sanfte, tiefe Stimme ihres Mentors, und Mavie seufzte ein »Oh«, das von Herzen kam.

Die Stimmen schwiegen.

Eisele auch. Jedenfalls für einen Augenblick, dann fragte er: »Habe ich Sie geweckt?«

»Nein«, sagte sie. »Nein, ganz und gar nicht.«

»Ich hatte vorhin schon versucht, Sie zu erreichen. Sind Sie gut angekommen?«

»Ja.«

»Und Bjarne hat Sie angemessen begrüßt und aufgenommen?«

»Sehr nett, ja. Ich danke Ihnen für die ... Vermittlung, ich hätte Sie ohnehin in den nächsten Tagen angerufen, ich dachte nur – hatten Sie nicht gesagt, Sie sind in Asien?«

»Doch. Noch drei Tage, in Tokio, dann geht es nach Rotterdam. Sehen wir uns da?«

»Ich denke: ja. Akkreditiert bin ich seit Monaten, und sofern Professor Gerrittsen mir erlaubt ...«

»Das wird er. Sonst rufen Sie mich an.«

»Ja, danke.«

»Ist wirklich alles in Ordnung?«

Sie schwieg für einen langen Moment. Offensichtlich klang sie genauso, wie sie sich fühlte.

»Nein«, sagte sie. »Offen gestanden, nein.«

Und wieder schwieg sie. Was sollte sie sagen? Was konnte sie sagen? Natürlich konnte sie ihm vertrauen, und natürlich war das, was sie gefunden hatte, ungeheuer wichtig für ihn, der rund um die Welt Vorträge über den Klimawandel und die Möglichkeiten der Menschheit hielt, diesen Wandel aufzuhalten, aber musste er nicht längst wissen, was sie erst an diesem Abend erfahren hatte? Er kannte und unterstützte Gerrittsen, Eisele musste doch wissen, was der Professor tat?

»Was ist los, Mavie?«, fragte Eisele und klang ernstlich besorgt.

»Kennen Sie *Prometheus*?«

Für einen Augenblick war es still in der Leitung. Dann sagte Eisele: »Ich habe davon gehört. Warum?«

»Kennen Sie die Prognosen?«

»Prognosen? Meines Wissens macht das Programm keine Prognosen.«

»Das behauptet Gerrittsen jedenfalls, aber es stimmt nicht.«

»Sagt wer?«

»Sage ich.«

»Wie kommen Sie darauf?«

»Weil ich sie gesehen habe.«

Wieder schwieg Eisele, aber diesmal wartete Mavie nicht auf seine Antwort. »*Prometheus* prognostiziert eine monatelange Dürre für den Süden sowie ebenso langen Dauerregen auf der Nordhalbkugel – alles bei konstant höheren Temperaturen als im Jahresmittel der letzten Jahrhunderte. Ich weiß noch nicht, von welchen exakten Folgen für die Meere und die Windverhältnisse das System ausgeht, aber es greift auf Daten zu, vor allem auf Datenmengen, wie sie kein anderes System verarbeitet – glauben Sie mir, ich habe so etwas noch nie gesehen, ich habe mir nicht einmal vorstellen können, dass das je möglich sein würde. *Prometheus* berücksichtigt reihenweise Faktoren, die kein anderes Programm berücksichtigt, und ich verstehe bislang höchstens die Hälfte der Kürzel. Alles andere, alles, womit wir arbeiten, sind Krücken, und das haben wir immer gewusst – Herrgott, unsere Modelle berücksichtigen ja nicht einmal Wolkenbildung und Wasserdampf, weil wir all das nicht erfassen, geschweige denn berechnen können – aber *Prometheus* arbeitet damit.«

»Das ist unmöglich«, sagte Eisele, aber sie hörte ihn kaum. Ihre Gedanken rasten, und plötzlich begriff sie, was sie in der rechten Menüleiste gesehen hatte. *SHR*. Marginale Ausschläge in den roten Bereich. Von 1,35 auf 1,37. Das war keine kleine Veränderung, das war – unmöglich.

»Das Observatorium«, sagte sie, mehr zu sich selbst.

»Was?«

Sie dachte schnell und sprach ihre Gedanken ebenso schnell aus. »*Solar heat radiation*, das ist *SHR*, abgeleitet aus E_0, aber ein Mittelwert, keiner für irgendwelche Höhenlagen, er berechnet die Einstrahlung, deshalb Kilowatt pro Quadratmeter, und deshalb springt der Wert Mitte Januar in den roten Bereich.« Sie verhaspelte sich, während sie weitersprach, laut dachte, ohne überhaupt noch wahrzunehmen, dass sie auch noch mit jemand anderem sprach. »1,37 ist unmöglich hoch, aber die Veränderung geht ja auch graduell vor sich, in wenigen Monaten, beginnend mit leichten Ausschlägen im Dezimalbereich, das sind maximal 5 Watt pro Quadratmeter, aber welche Erwärmung haben wir mit dem gesamten Treibhausgasausstoß ausgelöst, anderthalb Watt?«

»Mavie«, sagte Eisele.

»Wir müssen wissen, aufgrund welcher Messergebnisse er zu diesen Werten kommt, wir brauchen die Algorithmen und Parameter, die das Programm verwendet, ich weiß nicht einmal genau, woher die restlichen Daten kommen – abgesehen von denen, die hier vom Observatorium direkt eingespeist werden. Und auch auf die brauchen wir Zugriff.«

»Mavie«, sagte Eisele etwas lauter, aber immer noch sehr ruhig.

»Ja.«

»Wir reden von einer Simulation, richtig?«

»Ja«, sagte sie und war selbst erstaunt, wie verärgert sie klang. »Wovon sonst, das ist unser Job. Ich habe nicht behauptet, Gerrittsen hätte da drüben eine Zeitmaschine stehen. Nur ein erschreckend präzises Programm.« Sie atmete tief durch und erinnerte sich, mit wem sie sprach. »Entschuldigung. Aber glauben Sie mir, Professor, so etwas haben Sie noch nie gesehen, das Ganze ist eine Sensation, ein Quantensprung – das, worauf wir alle immer gewartet haben, nur dass wir alle dachten, es sei erst in frühestens zwanzig Jahren überhaupt auch nur annähernd zu programmieren, weil uns die Rechnerkapazität fehlte. Gerrittsen hat einen Weg gefunden, ohne Frage …«

»Mavie«, unterbrach Eisele sie erneut. »Das ist unmöglich.«

»Ich weiß, aber …«

»Nein«, sagte Eisele. »Was auch immer Sie da gesehen haben …«

»Eine Prognose für den Weltuntergang …«

»Nein, Mavie. Eine Simulation.«

Sie schwieg. Alles hatte Grenzen, auch ihr Respekt vor seiner besonnenen Art.

»Ich kenne Bjarne«, sagte er, besonnen. »Seit vielen, vielen Jahren. Bjarne ist … exzentrisch. Egozentrisch. Ehrgeizig. Ein bisschen verrückt, meinetwegen. Aber er ist kein Fantast. Er träumt von diesem Programm, sicher, aber er hat es noch nicht.«

»Bei allem Respekt, Professor, wenn Sie gesehen hätten, was ich ...«

»Bei allem gegenseitigen Respekt, Mavie, ich glaube Ihnen aufs Wort. Ich verstehe Ihre Aufregung, aber lassen Sie den Gedanken zu, dass Sie sich irren.«

Sie schwieg. Ein halbes Dutzend Stimmen erwachte in ihrem Kopf wieder zum Leben und protestierte lautstark.

»Mavie«, sagte Eisele. »Ich rede mit Bjarne.«

»Er weiß nicht, dass ich die Prognose gesehen habe.«

»Das wird er von mir auch nicht erfahren. Er wird sich nicht einmal wundern, wenn ich ihn auf seine Fortschritte anspreche, denn das tue ich regelmäßig. Seien Sie versichert, dass ich aus ihm herausbringe, was es mit dieser Prognose auf sich hat.«

Sie schwieg.

»Mavie?«

»Ja«, sagte sie leise, konnte den Trotz nicht unterdrücken und kam sich vor wie ein dummes Kind.

»Ich telefoniere mit ihm. Ich kann Ihnen nicht versprechen, dass ich das gleich noch schaffe, und der morgige Tag ist randvoll mit Terminen, aber ich telefoniere mit ihm. Und danach sprechen wir miteinander und entscheiden, wie wir weiter vorgehen. Sollte Bjarne tatsächlich am Ziel sein, wird er mir erklären müssen, weshalb er sein Wissen für sich behalten hat – sollte er hingegen, was ich annehme, nur Sandkastensimulationen in dieses System eingepflegt haben, sollten Sie es für sich behalten, dass Sie seine Sandkastenspiele bereits kennen.«

Die Proteste in ihrem Kopf wurden leiser. Was, wenn er recht hatte?

Eisele lachte, leise und freundlich. Sie sah ihn förmlich den Kopf schütteln, so wie er es oft getan hatte, wenn sie in seinen Seminaren allzu langsam denkende Kommilitonen angefahren hatte. Sie sah ihn vor sich. Seinen Blick. Seine großartigen Augen. Grün und blau, wie das Meer an einer Stelle, an der sogar sie ihre Abneigung gegen alles Wasser vergessen hätte und sofort tauchen gegangen wäre.

»Ich schätze Sie«, sagte er. »Sie sind schnell. Ihre Auffassungsgabe ist beeindruckend, Sie haben mich oft verblüfft. Aber auch wenn Sie die Erfahrung noch nicht gemacht haben: Sie sind vor Irrtümern nicht gefeit.«

Ihr blieb kaum etwas anderes übrig, als das einzuräumen, also tat sie es. Und er lachte wieder freundlich, versprach ihr, sie umgehend nach seinem Telefonat mit Gerrittsen anzurufen. Um ihr zum Abschluss des Gesprächs ein Versprechen abzunehmen.

»Keine Gespräche in der Kantine, nicht darüber.«

»Natürlich nicht.«

»Ich melde mich.«

Nachdem er aufgelegt hatte, saß sie da, auf der Bettkante, starrte den iAm eine ganze Weile an und versuchte, Eisele dankbar zu sein. Denn er meinte es ja gut. Vermutete sie. Hatte es immer gut gemeint. Ein Förderer und väterlicher Freund. Der sie nie angebaggert hatte. Obwohl sie ihm signalisiert hatte, er solle es tun. Ein guter Mensch. Ein kluger Mann. Ihr Gönner.

Je länger sie da saß, desto kleiner und blöder kam sie sich vor. Und desto wütender wurde sie.

Gönnerhaft.

Hatte er das nicht immer so gemacht, schon damals, wenn sie mit einer Lösung vorgeprescht war? Hatte er sie nicht immer lächelnd gebeten, sich zurückzuhalten, um dann, fünf oder zwanzig Seminarstunden später, exakt die gleiche Antwort zu geben wie sie? Allerdings, natürlich, nach der Herleitung, nach hundert Erörterungen, nach viel Abwägen, Thesen bilden, Antithesen, Synthesen. Alles, damit auch die Begriffsstutzigen mitkamen. Bloß nichts überstürzen. Immer mit der Ruhe. Wofür hielt er die Prognose? Für eine akademische Übung? Für etwas, das man ein paar Monate diskutieren konnte? Abwägen?

Sie ließ den Zeigefinger über das Display gleiten, tippte auf die Anruferliste und dann auf Helens daumennagelgroßes Gesicht.

»Hmm?«, murmelte eine Stimme, die entfernt nach der ihrer Freundin klang, allerdings sehr belegt.

»Helen?«

»Hmm. Dassisnichwahrweissuwiespätdasis?«

Mavie sah auf die Uhr. Halb zwei war in der Tat ein bisschen zu spät, jedenfalls mitten in der Woche.

»Entschuldige«, sagte sie. »Ich versuch's morgen noch mal, hab nur gesehen, dass du …«

»Issjagut«, sagte Helen, und wühlte sich aus den Kissen. »Ich wollt ja mit dir sprechen, das glaubst du nicht.«

»Was ist passiert?«

»Das glaubst du nicht. Der Typ? Hammer.« Sie ließ Mavie einen Laut hören, der sich nicht so recht zwischen Ponyhofbegeisterung und Wollust entscheiden konnte. »Der kann küssen, das glaubst du nicht. Und sonst auch.«

»Wer?«

»Felix.«

»Wer ist Felix?«

»Hab ich dir doch erzählt.«

»Nee.«

»Mein Date. Aus dem Netz, *Facedate?*«

»Kann sein, dass ich nicht mehr mitkomme bei deinen Affären.«

»Sind ja auch fürchterliche Flops, eigentlich. Aber er nicht, der nicht. Meine Fresse, bin ich verliebt.«

»Verliebt? Geht's nicht ein bisschen kleiner?«

»Nee, die Phasen haben wir alle ganz schnell erledigt, Werbewochen, schick essen gehen, Vorlieben austauschen, geil sein – alles heute Abend durchgehechelt, und, hey, hattest du schon mal Sex zwischen Hauptgang und Dessert?«

»Was?«

»Im *Plato.*«

»Wo, auf dem Klo?«

»Nee, auf dem Weg dahin. Da ist so 'n Büro, und die Tür war auf, und der Schreibtisch war absolut perfekt …«

Mavie schüttelte den Kopf. »Erspar mir die Details.«

»Nee, eben nicht! Der hat …«

»Helen, bitte.«

»Ich frag den morgen, ob er noch einen Bruder hat, den kriegst du dann – glaub mir, da bleibt dir sogar ohne CO_2 die Luft weg, da vergisst du alles …«

»Helen.«

»Ja, Schatzi?«, schnurrte Helen.

»Das ist schön.«

»Oh ja.«

»Und du bist ganz sicher, dass das kein One-Night-Stand war?«

»Und wenn schon. Nein, war's nicht.«

»Und dass er kein Psychopath ist.«

»Ein Tier, ja, aber kein Psychopath.«

»Herrgott.«

»Na, so weit würde ich nun nicht gehen. Aber frag mich noch mal, wenn wir 'ne ganze Nacht Zeit hatten.«

Mavie lachte. Und es tat gut. Es tat gut, Helen zu hören, und es tat gut zu lachen. Es nahm dem, was sie zu sagen hatte, die Schwere.

»Arbeitest du zwischendurch auch noch – oder kommt er vorbei und sieht sich mit dir den Kopierer an?«

»Hoffentlich. Nein, ich arbeite, klar. Und zwar sozusagen gleich wieder.«

»Tust du mir einen Gefallen?«

»Jeden.«

»Ruf mal deine Kontakte an und frag, ob irgendjemand was gehört hat. Von Klimaprognosen fürs Frühjahr, die über das normale Zeug hinausgehen.«

»Wohin hinaus?«

»Über die normalen Liebesdienste fürs IPCC. Ob jemand was anderes hat als ›es wird 0,1 Grad wärmer und der Meeresspiegel in Tuvalu steigt mittelfristig um 0,06 Zentimeter‹.«

»Weil?«, fragte Helen und klang plötzlich sehr wachsam.

»Weil ich dich bitte.«

»Und weil ich zwei und zwei zusammenzählen kann, gestatte mir die Ergänzung: ›Weil ich hier am IICO bin und etwas gefunden habe, was eine Hammerstory für meine Freundin Helen sein könnte.‹«

Mavie seufzte. »Ich will erst mal nur wissen, ob ich Gespenster sehe.«

»Beschreib mir, von welchem Designer deine Gespenster eingekleidet werden, und schon bin ich bei dir.«

Mavie seufzte noch einmal. Und dann fasste sie in gebotener Kürze zusammen, was *Prometheus* vorhersagte – und was Eisele von der Prognose hielt. Helen stellte keine Fragen, Helen hörte zu. Mavie hörte sie nicht einmal atmen. Erst als sie fertig war, sagte Helen: »Wow.«

Es klang nicht mitfühlend. Es klang gierig.

»Es ist keine Story, Helen«, sagte Mavie.

Helen schwieg.

»Sollte was dran sein, ja«, sagte Mavie. »Dann ist es eine Story. Eine Riesenstory, du kriegst einen Pulitzerpreis und meinetwegen den Nobelpreis obendrauf. Aber erst mal brauche ich bloß deine Antennen. Frag …«

»Ich weiß schon, was ich tue, Süße«, unterbrach Helen sie und klang halb beruhigend, halb indigniert, dass Mavie offenbar an ihrer Professionalität zweifelte. »Keine Sorge. Ich reiße dich nicht rein, ich kenne dich überhaupt nicht. Ich frage nur mal rum, es gibt ja reichlich Leute, die gerade mal wieder am Wissensstandbericht mitbasteln oder am *Policy Brief*, und natürlich hängen die nichts an die große Glocke. Aber reden tun sie dann manchmal doch, wenn man sie lieb fragt oder ihnen droht, ihre Youporn-Logs bei Facebook ans Board zu hängen. Auch wenn dein IICO hundertmal besser gesichert ist als die chinesischen Goldreserven, irgendwer weiß immer was, und du kannst sicher sein, dass ich diesen Irgendwer morgen finde. Sofern ich die infrage kommenden Kandidaten nicht sofort aus dem Bett klingle.«

»Du sollst nicht Leute aus dem Bett klingeln, sondern mal vorsichtig deine Fühler ausstrecken.«

»Ich kann auch Leute mit vorsichtigen Fühlern aus dem Bett klingeln. Hey, Schatzi, bitte – ich mache das schon ein paar Tage länger.«

»Ich will nur nicht …«

»Ich auch nicht. Wollte ich nie. Ich passe auf. Auf dich und auf mich. Wer denn sonst?«

Aber erst nachdem Mavie aufgelegt hatte, hörte sie eine der Stimmen in ihrem Kopf plötzlich sehr laut und vernehmlich brüllen: *Bist du eigentlich vollkommen wahnsinnig geworden?*

9

Sie war überrascht, als der iAm sie am Morgen um halb neun aus einem tiefen, ruhigen, traumlosen Schlaf weckte. Überrascht, dass sie nicht wach gelegen, keine Albträume gehabt hatte und nicht aufgeschreckt war. Wie hatte sie so seelenruhig schlafen können, wo doch das Ende der Welt unmittelbar bevorstand?

Nur weil sie Fritz Eiseles beruhigende Stimme gehört hatte? Sie nahm sich fest vor, ihn ein bisschen weniger zu bewundern. Es war ja schön und gut, dass er diesen mäßigenden Einfluss auf sie hatte, aber Fernheilungen auf diese Distanz waren ihr entschieden zu esoterisch. Sie hatte schließlich einen wissenschaftlichen Ruf zu verlieren, und sei es auch in diesem besonderen Fall nur vor ihrer strengsten Kritikerin, sich selbst.

Die innere Ruhe blieb ihr erhalten, während sie ihre morgendlichen Tai-Chi-Übungen absolvierte, ebenso danach, auf dem Weg unter die Dusche. Erst als sie im heißen Wasser stand und versehentlich mit dem Ellenbogen die Duschgelflasche gegen die Glasscheibe beförderte und diese in dumpfe Vibration geriet, fiel die Paranoia vom Vorabend ihr in den Rücken und ersetzte ihr klares Denken ohne Vorwarnung durch nackte Panik und durcheinanderspringende Fluchtgedanken.

Eisele hat unrecht. Sie werden es bestreiten. Und ihn beschwichtigen. Er wird ihnen glauben. Er wird einen wichtigen Termin absagen und zu deiner Beerdigung kommen. Niemand wird je erfahren, dass es kein Unfall war. Aber Millionen Menschen werden dir in den Tod folgen, bald, denn niemand wird die Welt warnen.

Sie drehte den Mischhebel auf eiskalt und schrie sich den ganzen Unsinn aus dem Kopf. Dann trat sie in die Nebelschwaden im Bad, und ihr Blick fiel auf ihre Kulturtasche. Sie würde nicht nur ihren iAm bei sich behalten, sondern auch alle anderen Informationen, die sie besaß. Nur für den Fall.

Den Fall, dass sie dich obduzieren?

Sie schaffte es, ihr Spiegelbild auszulachen.

Als sie durch die milde Morgenluft hinüberging zum Haupthaus, lag der Geschmack von Salz im sanften Wind, der vom Meer heraufwehte, und der Himmel sah aus wie frisch lackiert. Sogar die unvermeidlichen Wolken an der Ostflanke des hoch hinter ihr aufragenden Roque de los Muchachos glänzten an diesem Morgen durch Abwesenheit.

Mavie trank einen Kaffee in der Cafeteria, plauderte gelöst mit Sandhorst, darüber, wo man auf der Insel die beste *Seezunge an Papas arrugados con mojo* bekam, sowie, ebenso gelöst, über ihre unerwartete Festanstellung als Qualitätssicherungskraft in Sachen Eiskerndaten, vulgo als Datenbergarbeiterin im GISP, und tat anschließend, was man ihr aufgetragen hatte. Folgsam, sorgfältig, geduldig. Im Wissen, dass Fritz Eisele mit Gerrittsen sprechen würde und dass dieser sie anschließend zu sich bitten und sie einweihen würde in *Prometheus'* Geheimnisse. Sie war darauf vorbereitet, Gerrittsen mit leuchtenden Augen anzuhimmeln. Und es fiel ihr nicht schwer, sich das vorzustellen, denn sie würde nicht schauspielern müssen. Was er mit *Prometheus* geschaffen hatte, verdiente uneingeschränkte Bewunderung.

Aber wie sollte sie sich verhalten, wenn ihr unfehlbarer Mentor sich irrte? Wenn Gerrittsen nicht überzeugend erklären konnte, weshalb *Prometheus* in der Simulation nachweislich unfehlbar war, aber bei seiner Prognose angeblich ebenso unfehlbar falsch lag?

Falsche Frage.

Sie konzentrierte sich auf ihre Daten.

Um zwölf sah sie auf die Uhr und dann hinüber zu Sandhorst, der normalerweise, ebenso wie sie selbst, nicht frühstückte, sondern früh zu Mittag aß. Er telefonierte, bemerkte ihren Blick und erwiderte ihr aufforderndes Lächeln nicht so, wie sie erwartet hatte. Er sah sie bloß kurz an, konzentriert seinem Anrufer zuhörend, und wandte den Blick wieder ab.

Er nickte. Hörte zu. Bestätigte, bestätigte nochmals und legte auf. Dann sah er sie wieder an, stand auf und kam zu ihr herüber.

»Kommst du mit?«, fragte sie.

Er atmete ein und wieder aus. »Kleines Problem«, sagte er. »Der Chef will dich sehen.«

»Gleich?«, sagte sie, weiterhin lächelnd. Das war schnell gegangen, selbst für Eiseles pragmatische Verhältnisse.

»Gleich«, sagte Sandhorst. Und blieb stehen.

Mavie stand auf. »Okay«, sagte sie. »Tut mir leid. Gehen wir morgen Mittag wieder zusammen.«

Sandhorst nickte bloß. Aber er lächelte nicht. Und blieb vor ihrem Schreibtisch stehen, während sie auf den Flur zuging und das Großraumbüro verließ.

Sandra erwartete sie, als sie im Obergeschoss aus dem Fahrstuhl stieg. Mavie lächelte, als die Fahrstuhltüren aufglitten, aber Gerrittsens Assistentin erwiderte das Lächeln nicht, und Mavie bemerkte, dass Wachmann Enrique neben ihr stand.

»Alles in Ordnung?«, fragte sie.

Sandra wies nach rechts. »Bitte«, sagte sie.

Mavie sah sie fragend an, erhielt keine Antwort und setzte sich in Bewegung. Gefolgt von Sandra und Enrique. Beide schwiegen, während sie sie über den langen Korridor nach hinten begleiteten, zu Gerrittsens Büro.

Sandra öffnete die Tür zum Vorzimmer, Mavie folgte, ihrerseits gefolgt von Enrique, vorbei an Agneta Olsen, die hinter ihrem Schreibtisch saß wie verbitterter Beton, also wie immer. Sandra öffnete die Tür zu Gerrittsens Zimmer, steckte den Kopf hinein, sagte »Frau Heller« und gab dann den Weg frei, mit einem angedeuteten Nicken in Mavies Richtung. Sowie einem Blick, als hätte Mavie ihre Katze angefahren.

Die Blicke der drei Männer hinter dem Schreibtisch waren finsterer. Nicht halb bekümmert, halb entrüstet wie der von Sandra, sondern gespickt mit Dolchen.

Mavie schenkte sich das freundliche Lächeln, während die Tür hinter ihr ins Schloss fiel. Gerrittsen, der hinter dem Schreibtisch saß, flankiert von Thilo Beck zur Linken und einem groß gewachsenen Anzugträger zur Rechten, wies mit einer energischen Handbewegung auf den Besuchersessel. »Setzen Sie sich.«

Mavie tat es.

»Wir können wohl davon ausgehen«, sagte der Anzugträger, ohne sich vorzustellen, »dass Sie lesen können. Der Vertrag, den Sie unterschrieben haben, enthält einige Klauseln, die selbst in Fällen, in denen kein nachweislicher Schaden für unser Unternehmen entsteht, bei nicht weisungsgebundenem Verhalten Regresszahlungen in Höhe von zwei Millionen Euro vorsehen. Etwaige Schadenersatzforderungen unsererseits bleiben hiervon unberührt, ebenso Ihre Verpflichtung zu vollständiger Verschwiegenheit auch über das Vertragsende hinaus.«

»Was soll das?«, fragte Mavie Gerrittsen.

Der Professor sah überrascht den Anzugträger an, als könne er nicht glauben, dass er dessen Ausführungen auch noch übersetzen sollte.

»Sie sind fristlos entlassen«, sagte der Anzug. »Ob wir eventuell bestehende berechtigte Forderungen gegen Sie gerichtlich durchsetzen, werden wir nach Rücksprache mit dem Vorstand in den nächsten Tagen entscheiden.«

»Was soll das?«, fragte Mavie erneut und sah wieder Gerrittsen an.

Diesmal antwortete Beck für seinen Boss. »Hören Sie auf«, sagte er, mühsam beherrscht. »Ersparen Sie uns dieses ganze *Ich hab doch gar nichts gemacht.* Sie waren im System. Mit meinem Passwort, unautorisiert.« Er nickte grimmig. »Ich weiß, Sie haben hinter sich aufgeräumt, aber das kann man eben auch zu gründlich machen, zum Beispiel indem man Verlaufszeilen seines Vorgängers versehentlich mitlöscht. Ich kann nur für Sie hoffen, dass Sie lediglich strunzdumm und neugierig waren und nicht auf der Payroll eines unserer Konkurrenten stehen. In dem Fall – also, sofern wir bei Ihnen irgendwelche vertraulichen Daten finden – verbringen Sie den Rest Ihres Lebens bei Verwandten, die ein Zimmer frei haben.«

»Jetzt ist aber gut«, sagte Mavie und stand auf. »Es reicht. Okay, ich war in Ihrem *System.*« Sie sah Beck an. »Beziehungsweise an der Oberfläche, also genau dort, wo Sie mich sowieso herumgeführt hatten. Und ich habe mir ein paar Daten angesehen, ja, ohne Autorisierung, meinetwegen. Das war falsch, das war jenseits meiner Befugnisse, es tut mir leid. Aber ich habe weder in Hochsicherheitsakten geblättert noch irgendwas … geklaut. Was ist das für eine absurde Idee?«

Gerrittsen drückte auf den Sprechknopf seiner Gegensprechanlage. »Sandra, bringen Sie Frau Heller bitte nach drüben?«

Mavie sah ihn an. Fassungslos.

»Warum? Weil ich mich für das interessiere, was wir hier machen?«

»Den Zeitpunkt …«, sagte Gerrittsen.

»Ja«, unterbrach Mavie ihn, laut. »Ja, fein. Ja. Verstanden. Und noch mal: Das war nicht korrekt, das hätte ich nicht tun sollen, mea culpa. Aber Sie können mich doch nicht ernsthaft *feuern?* Nur weil ich Ihre Prognose gesehen habe?«

Die Tür hinter ihr war aufgegangen, aber Mavie drehte sich nicht um. Sie sah weiter Gerrittsen an, der jetzt, zum ersten Mal, seit sie sein Büro betreten hatte, den Blick erwiderte.

Er starrte Mavie an.

Ebenso wie Beck und der Anzug.

Becks Hand zuckte kurz aus der Hüfte in Richtung der offenen Tür hinter Mavie. Ein leises Klicken folgte.

»Welche Prognose?«, sagte Beck.

»Die für die nächsten Monate.«

Das Schweigen der drei war kurz, aber für Mavies Geschmack dauerte es dennoch einen Sekundenbruchteil zu lange.

»Es gibt keine Prognose«, sagte Beck.

»Sicher«, sagte Mavie und fand ihr Lächeln für einen Augenblick wieder. »*Prometheus* sagt weder eine verheerende Dürre für den Süden voraus noch monsunartigen Dauerregen für den Norden.«

»Sicher nicht«, sagte Beck und klang so endgültig spöttisch, dass Mavie ihm unter anderen Umständen sofort geglaubt hätte, und zwar alles. Aber nicht in diesem Fall, denn was sie gesehen hatte, hatte sie gesehen.

Sie wandte sich an Gerrittsen. »Herr Beck ist offenbar nicht ausreichend darüber informiert, was Ihr Programm zu leisten in der Lage ist«, sagte sie, fast ebenso spöttisch wie Beck, und meinte in Gerrittsens Augen für einen Sekundenbruchteil den ganzen Stolz des Erfinders aufblitzen zu sehen. Aber ehe der Professor etwas erwidern konnte, antwortete Beck.

»Wir alle, Frau Heller, wissen sehr genau, was *Prometheus* kann – und was nicht. Noch nicht. Das habe ich Ihnen klar und deutlich mitgeteilt, aber offensichtlich ist es nicht zu Ihnen durchgedrungen, wie so manches.«

Mavie versuchte ihn zu unterbrechen, aber er ließ sie nicht zu Wort kommen.

»Gleichwie«, sagte er, »das Gespräch ist beendet – und unsere Zusammenarbeit auch. Sofern es erforderlich ist, erklärt Ihnen Dr. Mager«, er nickte in Richtung des Anzugs, »gern noch einmal im Detail, welchem Prozedere Sie für den Fall einer fristlosen Kündigung zugestimmt haben, und ich bin sicher, dass er sehr kurze und einfache Sätze finden wird. Erst recht aber bin ich sicher, dass uns allen an einem zivilisierten Ende unserer kurzen Bekanntschaft gelegen ist.«

Mavie bemerkte erst jetzt, dass ihr Mund inzwischen einen Spalt weit offen stand. Sie schloss ihn, schluckte deutlicher, als sie wollte, und sah erneut Gerrittsen an.

»Haben Sie mit Professor Eisele gesprochen?«

Gerrittsen sah sie wieder irritiert an. Sein Blick sagte *Nein* – und gleich danach, umso irritierter: *Ihren Fürsprecher verlieren Sie doch noch schnell genug – reicht denn nicht für einen Vormittag der Verlust Ihres Jobs und Ihrer Zukunft?*

Mavie schwieg. Sah den Anzug namens Mager an, dann wieder

Gerrittsen, dann wieder Beck. Offensichtlich hatte keiner der drei die Absicht, »April, April« zu rufen oder den groben Initiationsscherz wenigstens mit einem Grinsen zu beenden.

Sie meinten es vollkommen ernst.

»Zivilisiertes Ende«, echote Mavie. In Magers Richtung.

»Nun ja«, sagte der Anwalt und klang zumindest für einen Augenblick wie ein menschliches Wesen. »Sie sehen Herrn Beck sicher nach, dass er hier einen Begriff gewählt hat, den Sie im Vertragstext so nicht finden. Aber es ist ja alles im Detail geregelt, und seien Sie unbesorgt, juristisch gesehen befinden Sie sich in Europa und gottlob nicht auf der Höhe von Afrika.«

II

Kassandra

Der Weg zur Hölle ist gepflastert mit guten Vorsätzen.

– BLAISE PASCAL –

Das Problem ist nicht, dass der Weg zur Hölle
mit guten Vorsätzen gepflastert ist –
sondern dass der Weg zur Hölle gepflastert ist.

– GUY MCPHERSON –

10

Es dauerte Stunden, bis sie wieder einen klaren Gedanken fassen konnte. Stunden, in denen sie immer wieder, wie in einer Endlosschleife, den Punkt zu fassen zu bekommen versuchte, an dem alles endgültig surreal geworden war. Den Moment, in dem Beck Sandhorst angerufen haben musste. Das Gespräch mit Gerrittsen, Beck und Mager. Das Danach.

Es hatte fast drei Stunden gedauert. Man hatte sie förmlich abgeführt, zuerst aus dem Büro, in ein höchstens sechs Quadratmeter kleines fensterloses Zimmer im Keller des Haupthauses, in dem lediglich eine Patientenliege, ein Ultraschallgerät, ein Tisch voller medizinischer Utensilien und ein Stuhl gestanden hatten.

Dorthin hatten Sandra und Enrique sie begleitet. Die Tür von außen geschlossen. Verschlossen. Sie warten lassen, eine halbe Stunde.

Olga Fromm. Einziges weibliches Mitglied der IICO-Security-Garde. Fromm war beinahe nett zu ihr gewesen. Hatte sie höflich aufgefordert, sich frei zu machen, bis auf den Slip. Nicht ohne den Hinweis, andernfalls müsse sie, Olga, ihr behilflich sein und, falls sie es allein nicht schaffte, Enrique hinzuziehen.

Sie hatte sich Gummihandschuhe angezogen und Mavie abgetastet, fast höflich. Danach hatte sie die Ärztin hinzugebeten, eine Frau, die sich nicht namentlich vorstellte, sondern Mavie bloß wortlos anwies, sich auf die Liege zu legen, ihr kaltes Gel auf den Bauch klatschte und ihre Innereien schallte. Sie verneinte Olgas Frage, ob ein Klistier notwendig sei. Und sie verzichtete nach einem raschen Blick in Ohren und Nase auf eine gründliche manuelle Untersuchung sämtlicher Körperöffnungen.

Mavie hing fest, in ihren Gedanken. Sie wusste, dass all das passiert war, dass es ihr passiert war, aber sie konnte es nicht glauben.

Das lange Warten nach der Untersuchung. Enriques nächster wortloser Auftritt, ihr Weg zum Wagen, auf die Rückbank. Wo waren ihre Sachen? Enrique schüttelte den Kopf. Reichte ihr ihren Ausweis und eine ihrer Kreditkarten sowie eine ihrer Jacken vom Vordersitz, eine Jeansjacke, ungefüttert. Zwei der Knöpfe fehlten.

Die Fahrt zum Flughafen. Der Weg zum Automaten, hinter Enrique her. Die Bordkarte, die er für sie trug. Sein Securitypass, der ihm erlaubte, sie durch die Sicherheitskontrolle zu begleiten, bis zum Gate. Wo er schweigend neben ihr wartete. Sie eincheckte. Sein Blick in ihrem Kreuz, während sie im Schlauch verschwand und schließlich in der Maschine.

Ihr Schweigen.

Ihre Gedanken, immer wieder in derselben Schleife.

Nach drei Stunden Flug griff sie nach dem Bordmagazin und las, ohne zu verstehen, was sie las. Nach dreieinhalb Stunden bat sie die Stewardess um ein Glas Wasser und einen Kaffee.

Nach viereinhalb Stunden landete die Maschine in Hamburg, und eine halbe Stunde später, fünf Minuten nach Mitternacht, stand Mavie draußen vor der Ankunftshalle, unter einem Vordach geschützt vor dem Regen, der unablässig fiel.

Hinter ihr, im Inneren des Gebäudes, tauchte ein schwarz uniformierter Mann auf, eine Pistole an der Hüfte, und verriegelte den Airport. Mitternacht in Hamburg. Sie war tatsächlich wieder zu Hause, auf dem einzigen größeren europäischen Flughafen, der nachts geschlossen blieb.

Taxi?, fragte eine Stimme.

Sie schüttelte den Kopf, unsicher.

Wohin?

Sie sah den Fahrer an, der sie angesprochen hatte. Ein junger Mann. Schlecht rasiert. Kaugummi kauend. Freundliches Gesicht.

Ob sie sich sein Handy leihen dürfe? Für zwei oder drei Telefonate?

Er sah sie verwundert an. Aber er erlaubte es, nachdem sie ihm versprochen hatte, er dürfe zehn Euro mehr von ihrer Kreditkarte abbuchen, als der Taxameter am Ende der Fahrt auswies.

Sie erreichte Helen nicht. Sie erreichte Daniel nicht.

Sie erreichte ihren Vater.

Ob sie bei ihm übernachten dürfe?

Er stellte keine Fragen. Natürlich.

11

Der Fahrer des Taxis spähte durch die winternackten Laubbäume zur Fahrbahnrechten und zog die Augenbrauen hoch, während er den Rechnungsbetrag von Mavies Kreditkarte abbuchte – unter Verzicht auf die versprochenen zehn Euro Handynutzungsgebühr, denn die 98 Euro, die der Taxameter für die Fahrt vom Hamburger Flughafen nach Buchholz auswies, erschienen ihm offensichtlich ausreichend als Honorar für die erbrachten Leistungen.

»Das ist ja 'ne schräge Bude«, sagte er.

»Eher rund als schräg«, sagte Mavie abwesend, ohne nach rechts zu sehen, und nahm die Karte entgegen.

Der Fahrer lachte. »Wie kriegt man denn für so was 'ne Baugenehmigung?«

»Mit sehr viel Geduld.«

Und dann stand sie draußen, vor dem Grundstück. Ohne Tasche. Wie ausgeraubt oder ausgesetzt. Vor dem runden Haus, in dem sie ihre Kindheit und Jugend verbracht hatte, dem Irrenhaus. Edward hatte nicht nur Geduld und gute Worte gebraucht, um seine Vision tatsächlich bauen zu dürfen, sondern auch eine Menge Geld. Und einen Architekten, der die richtigen Leute gekannt hatte. Am schwierigsten war es gewesen, den Verordnungshütern zu erklären, dass es sich bei dem Haus überhaupt um eine Immobilie handelte, denn der berechtigte Einwand war gewesen, eine Immobilie zeichne sich vor allem dadurch aus, dass sie immobil war. Und genau das war Edwards Haus nicht.

Es war nicht deshalb rund, weil Edward rund besonders schön gefunden hätte – im Gegenteil, er hatte schon während der Planung gewusst, dass er Probleme mit dem Aufstellen seiner Bücherregale bekommen würde, aber ein eckiges Haus konnte sich nun mal nicht drehen – und genau das hatte Edward gewollt. *Funktion zwingt Form. Ziel zwingt Verhalten.* Edwards Mantra. Ergebnisorientiertes Denken und Tun.

Jetzt, mitten in der Nacht, stand das Haus still. Die Sonnenkollektoren auf dem schrägen Dach wiesen nach Osten, in Erwartung eines neuen Tages, die Jalousien waren heruntergelassen. Sobald die Sonne sich wieder zeigte, würden die Kollektoren wieder zu sammeln beginnen, den Generator im immobilen Keller antreiben und das Haus auf seine tägliche Reise schicken – immer der Sonne nach, auf einer Kugellagerbahn, die Edwards Architekten schier in den Wahnsinn getrieben hatte. Aber am Ende hatten die beiden Männer ihr Ziel erreicht: ein Haus, das mit der Sonne wanderte.

Erst einige Jahre nach dem Bau war Edward aufgefallen, dass es gereicht hätte, die Kollektoren selbst beweglich zu gestalten, aber zu dem Zeitpunkt hatte er sich längst an seine runde Behausung gewöhnt, ja, hatte sie von Herzen lieben gelernt, weil sie ihn so gründlich und permanent daran erinnerte, dass alles im Leben Bewegung war, Kreislauf – und garantiert nicht rechteckige Begrenzung.

Er und seine Tochter hatten immer als sonderbare Menschen gegolten, gerade in der Satteldachnachbarschaft, die Edward für seinen kühnen Bau gewählt hatte. Dem Grundstück, 2000 Quadratmeter groß und auf einem Hügel gelegen, hatte er einen Kahlschlag verordnet, außer auf der Nordseite, und die Energie, die die Sonne ihm nicht lieferte, trotzte er der Erde ab, in Form von Wärme. Für Notfälle verfügte er über einen Dieselgenerator im Keller und einen 1000-Liter-Tank im Garten.

Denn Edwards Motiv, dieses sich selbst versorgende Haus zu bauen, war kein vorbildliches gewesen. Nicht die Rettung der Welt vor irgendwelchen Treibhausgasen hatte er als seine Aufgabe begriffen, sondern seine eigene Rettung im Fall der Fälle – den er schon vor zwanzig Jahren in seinen Albträumen hatte kommen sehen, und zwar sozusagen umgehend. Das Ende des Öls. Das Ende des Geldes. Das Ende des Stroms. Das Ende des Wassers (er verfügte sogar über einen Brunnen, allerdings war das Wasser so eisenhaltig, dass er es nicht als Trinkwasser verwenden konnte). Den Dritten Weltkrieg. Den Zusammenbruch der staatlichen Ordnung.

Die Hobbypsychologen in Edwards Bekanntenkreis attestierten dem Patienten wahlweise Paranoia oder einen eklatanten Mangel an Humor. Aber niemand bestritt, dass er wie in seinem vorherigen Leben als EADS-Manager ganze Arbeit geleistet hatte. Seine Zielsetzung nach dem Tod seiner Frau war klar gewesen – seine Tochter zu beschützen und zu begleiten – und seine Methode fraglos effektiv – von der Wahl des Wohnortes, des Hauses bis zur Wahl von Schule, Umfeld und Zusatzausbildungen für die Tochter. Mavie war behütet aufgewachsen und hatte alles Wesentliche gelernt, nicht nur Lesen, Schreiben, Rechnen und Eiskern-Analyse, sondern auch Bogenschießen, Fischefangen und giftige von ungiftigen Pflanzen zu unterscheiden. Aber Gelassenheit? Leichtigkeit? Damit hatte Edward nie dienen können, und als sie beides für sich zu entdecken begann, mit sechzehn, siebzehn, war ihre Beziehung auf eine schwere Probe gestellt worden. Er hatte sich schwergetan mit ihrer Emanzipation. Mit ihrem Schweigen ihm gegenüber, damit, dass sie ihre eigenen Entscheidungen traf, ihn nicht mehr um Rat fragte. Schwerer als andere Väter, andere Eltern, denn sie war sein Projekt gewesen. Sein einziges Projekt.

Aber am Ende hatte er es geschafft. Hatte losgelassen, so wie er seine erste Karriere losgelassen hatte, das Projekt als erfolgreich beendet betrachtet und sich ein neues gesucht. Das war 2001 gewesen, im Frühjahr. Damals hatte er begonnen, seine Weggefährten von einst erneut zu kontaktieren, seine Fühler ausgestreckt in die alte Geschäftswelt und hatte im Herbst wieder anfangen sollen, ehrgeizig, diesmal nicht mit Flugzeugen, sondern mit landwirtschaftlichen Maschinen.

Aber dann war ihm der 11. September dazwischengekommen. Seither hieß Edward Hellers einziges Projekt »Die ganze Wahrheit«. Seither galt er seinen Freunden von einst nicht mehr nur als Apokalyptiker und Paranoiker, sondern zudem als durchgedrehter Konspirologe.

Was Mavie normalerweise wahlweise bloß lustig oder lästig fand.

Aber jetzt war es genau das, was sie brauchte.

Sie hörte Dubya im Haus anschlagen, genau zweimal, als sie sich der Haustür näherte. Dann öffnete ihr Vater, den Golden Retriever mit den sanften Augen neben sich, und hieß seine Tochter mit einem ernsten Lächeln willkommen.

»Du hast hoffentlich Hunger«, sagte er.

Sie lächelte. Nickte. Sie erwiderte seine Umarmung und war froh, zu Hause zu sein.

Aber das sollte sich rasch legen.

12

Auch nach dem zweiten Glas Barolo konnte sie noch nicht glauben, dass er, ausgerechnet er, sie hängen ließ. Ja, seine vegetarische Lasagne war wunderbar gewesen, ja, die Bio-Rohmilchkäseauswahl, die noch auf dem Tisch stand, exzellent und genau nach ihrem Geschmack, und nein, das konnte einfach nicht sein. Sie hatte ihm geschildert, was sie gesehen hatte und was geschehen war, sie war sicher gewesen, dass er das ganze Ausmaß der Verschwörung erkannte, in die sie hineingeraten war – und er blieb skeptisch. Mehr als skeptisch. Schwieg, hörte zu, ließ den Wein im Glas kreisen, schürzte nachdenklich die Lippen, mit bedauerndem Gesichtsausdruck. Schüttelte den Kopf.

»Tut mir leid, Mädchen, aber das ergibt keinen Sinn.«

Mädchen. Sie biss die Zähne zusammen. Zum Glück hatte sie gerade ein Stück Käse und einen Cracker dazwischen. »Welcher Teil?«, sagte sie. »Dass die mich behandeln wie eine Terroristin oder dass sie eine globale Katastrophe auf ihrem Rechner haben?«

»Sie haben dich nicht behandelt wie eine Terroristin, sondern wie einen Industriespion. Hättest du das unter meiner Führung gemacht, in meinem Team, hätte ich dich genauso hinausgeworfen.«

»Aber nicht vorher nackt ausgezogen.«

»Doch. Die Chips waren zu meiner Zeit zwar noch etwas größer als heute, aber ohne gründliche Leibesvisitation hätte auch ich dich nicht gehen lassen.«

»Begründung? Deine neue Angestellte hat sich etwas angesehen, was du ihr sowieso irgendwann gezeigt hättest?«

»Das ist nicht der Punkt. Es geht um Regeln, Hierarchien und Befehlsketten. Du hast dich disqualifiziert, du hast dich als unzuverlässig erwiesen. Und ganz gleich, was das Ziel dieses Unternehmens ist – Insubordination ist inakzeptabel.«

»Gut«, sagte sie. »Ist angekommen. Verstanden. Ganz deiner Meinung, Leute wie mich kann man nicht brauchen.«

»Das habe ich nicht gesagt.«

»Ich hab schon verstanden, was du gesagt hast.« Sie nahm einen Schluck Wein und nickte eine ganze Weile energisch vor sich hin. »Bleibt die Prognose. Was ist damit? Wer ist hier der Verschwörungstheoretiker, du oder ich?«

»Das sind wir beide nicht, will ich hoffen.« Er sah sie an, brachte ein ernstes Lächeln zustande und schenkte ihr und sich selbst etwas Wein nach. »Wir sind beide logisch denkende Menschen. Hoffentlich beide. Ich jedenfalls entwickle keine Verschwörungstheorien, wo Verschwörungen keinen Sinn ergeben. Es gibt Absprachen, und diese Absprachen dringen nur in den seltensten Fällen an die Öffentlichkeit, aber sie müssen ein klares Ziel haben, zumindest ein klares denkbares Ziel. In der Regel ist das die Maximierung des Nutzens oder des Gewinns derer, die die Absprache treffen. Ganz gleich, ob es sich dabei um ein Kaffeerösterkartell handelt oder die Aktivitäten von Geheimdiensten, die ihrer Regierung die Legitimation verschaffen wollen, einen Krieg zu beginnen. Und in dem hier vorliegenden Fall sehe ich, bedaure, keinen Profiteur. Ergo auch keine Verschwörung.«

»Und ich sehe das, was ich sehe – nämlich die Prognose eines bahnbrechend exakten Programms, nach der uns eine Katastrophe bevorsteht.«

»Mavie«, sagte Edward, beugte sich vor und betrachtete für einen Augenblick den Inhalt seines Weinglases. Er wählte seine Worte mit Bedacht, dann sprach er sie aus. »Kein Weltverschwörer macht Bedrohungen kleiner, als sie sind. Das Gegenteil ist der Fall. Angst verkauft – Versicherungen gegen Unfälle, Zahnpasta gegen Parodontose, neue Kühlschränke gegen die Klimakatastrophe, Atomwaffen gegen den bösen Nachbarn. Die finsteren Herren, an die du denkst, blasen Bedrohungen auf. Oder erfinden sie einfach. Sie erfinden al-Qaida. Sie erfinden die Schweinegrippe, angereichertes Uran im Irak oder im Iran, die menschgemachte globale Erwärmung.«

Er ließ eine Pause entstehen. Sie ließ sie verstreichen.

»Welches Marketinggenie«, fuhr er fort, »hätte ein Interesse daran zu verschweigen, dass es auf der Nordhalbkugel wochen- oder gar monatelang regnen wird? Würden die Hersteller von Schlauchbooten, Konservendosen und Generatoren das für sich behalten? Die Immobilienhändler? Die Veranstalter von sündhaft teuren Fernreisen? Dass die Endzeit vor der Tür steht, mit deren Vorhersage ich mich seit Jahren zum Narren mache? Im Gegenteil – sie würden das Problem aufblasen …«

»Das müssen sie nicht, es ist eindeutig schon zu groß.«

Edward seufzte. »Ach, Mädchen.«

»Und nenn mich nicht Mädchen. Wie soll ich dich nennen, Opa?«

Edward sah seine Tochter irritiert an. Sie atmete tief durch und schüttelte den Kopf. Er war keine Hilfe. Ganz und gar nicht. Sie hatte ja selbst keine Erklärung für Gerrittsens Verhalten, aber es musste eine geben. Und die lautete bestimmt nicht, dass sie sich alles nur einredete.

»Du hast recht«, sagte Edward entschuldigend. »›Mädchen‹ ist unangemessen. Es war aber nicht so gemeint.«

»Ich weiß.«

»Ich möchte dir ja recht geben, Mavie. Diese Prognose ist … merkwürdig. Aber wieso sollte Gerrittsen …?« Er verstummte und schüttelte wieder bedauernd den Kopf. »Er ist doch Wissenschaftler. Und es ist sein Programm, seine Schöpfung. Wenn seine Kreation so epochal ist, wie du sagst, wenn er seiner Zeit tatsächlich zwanzig Jahre voraus ist und etwas geschaffen hat, was die gesamte Klima- und Wettervorhersage revolutioniert, indem es dutzendweise Faktoren berücksichtigt, die bislang nicht zu berücksichtigen waren – weshalb sollte er damit hinter dem Berg halten? Deiner Schilderung nach zeichnet sich dieser Professor Gerrittsen nicht durch Bescheidenheit aus, eher durch das Gegenteil, und so ein Mann würde doch nicht zögern, seinen Platz in der Geschichte zu reklamieren. Sowie den Nobelpreis.«

Mavie atmete laut und deutlich aus.

Und nahm noch ein Stück Käse.

Edward schenkte den verbliebenen Barolo aus der Flasche in die Gläser, Mavie hob dankend die Hand. Das Zeug war ihr längst als leichter Glimmer zu Kopf gestiegen, und sie merkte, wie unendlich erschöpft sie war. Dass sie noch am Morgen des Tages 4000 Kilometer südlich dieses zerschrammten Esstisches gefeuert worden war, kam ihr vollkommen unwirklich vor. Als wäre sie noch nicht angekommen. Als hinge ein Teil von ihr noch in der Luft, irgendwo über dem Atlantik.

»Danke, dass ich hier sein darf«, sagte sie.

»Du bist hier zu Hause«, sagte Edward und schenkte ihr ein Lächeln. »Du bist hier immer zu Hause.«

13

Sie erwachte im Dunklen. In einem Raum, den sie zunächst für Sekunden nicht erkannte und dann, nachdem sie ihn als ihr ehemaliges Jugendzimmer identifiziert hatte, als sicheren Ort empfand, an dem nichts Unbekanntes und potenziell Bedrohliches ihre Aufmerksamkeit verlangte. Einen Ort, an dem sie sich auf andere Fragen konzentrieren konnte, kompliziertere. Fragen wie die, die sie aus dem Schlaf mitgebracht hatte. Denn während ihr Körper geruht hatte, war ihr Gehirn offenbar keineswegs untätig geblieben.

Milanković + x + Heinrich + y + Bond + SRH x G_z *= ?*

Das genügte zwar noch nicht, um sie mit einem »Heureka!« aus dem Bett zu treiben, aber der Gedanke sah logisch aus. Nach der richtigen Spur im Chaos.

Milanković hatte sich geirrt. Die Strahlungskurven, die der serbische Exzentriker in den Dreißigerjahren entwickelt hatte und mit denen sich die Schwankungen der jährlichen Sonneneinstrahlung für jeden Breitengrad berechnen ließen, taugten trotz scheinbarer Korrelationen nicht als alleinige Erklärung für das Auftreten von Warm- und Eiszeiten. Immerhin stand aber noch als These im Raum, dass die zyklischen Veränderungen der Präzession, der Neigungsachse der Erde, eine gewichtige Rolle beim Klimageschehen spielten, und unbestritten war, dass die Unterschiede im Strahlungshaushalt der Erde das Klima der Vergangenheit maßgeblich beeinflusst hatten. Was allerdings weder Milankovićs Zyklen noch die der in Sedimenten operierenden Spurensucher erklärten, war der von *Prometheus* prognostizierte hochschnellende Durchschnittswert für *SHR*, die solare Wärmestrahlung, denn zum einen veränderte sich diese im Jahresmittel nur minimal, zweitens befand sich die Erde, was ihre Achsneigung betraf, keineswegs am Minimalpunkt von 24,5 Grad, sondern bei etwa 23,6 Grad, was abermals keine hinreichende Erklärung für das prognostizierte Szenario lieferte.

Woher hatte *Prometheus* diesen Wert, diese Prognose?

Niemand verfügte über exakte historische Daten, was die Strahlungsintensität der Sonne betraf. Die ältesten Messdaten waren keine hundert Jahre alt, daraus ließen sich keine Gesetzmäßigkeiten ableiten. Woher nahm *Prometheus* sein Wissen, über das niemand sonst verfügte? Niemand verfügen konnte?

Prometheus wusste nichts, korrigierte sich Mavie. Er meinte nicht einmal, etwas zu wissen. Er rechnete. Er fraß Daten und Formeln, emotionslos, unbestechlich. Er verliebte sich nicht in Ideen, wie es Menschen, Wissenschaftler gewohnheitsmäßig taten, und er verrannte sich nicht. Sondern rechnete. Und sah offensichtlich Dinge in diesem Meer aus Informationen, die sie, die Menschen, nicht sehen konnten.

Was sah er?

Milanković hatte ein ganzes Menschenleben gebraucht, um der Natur wenigstens ein paar wenige Gesetzmäßigkeiten abzutrotzen. Aber er war ja nicht der Einzige gewesen. Klimatologen, Astronomen, Paläontologen, Forscher aus allen Disziplinen hatten Zyklen entdeckt, aber bislang hatte niemand sie in einen sinnvollen, aussagekräftigen Zusammenhang bringen können. Bis jetzt?

Wie viele x, y und z, wie viele nachgewiesene Zyklen hatte Gerrittsen an seine Kreation verfüttert? Außer denen, die Milanković, Bond und Heinrich gefunden hatten? Bond war bis zu seinem Tod im Jahr 2005 überzeugt gewesen, die »kleine Eiszeit« vom 17. Jahrhundert bis etwa 1850 sei wie die mittelalterliche Warmzeit zwischen 900 und 1400 auf einen zyklisch auftretenden Sonnenpuls zurückzuführen, der regelmäßig etwa alle 1500 Jahre zu massiven und vor allem sehr raschen Klimaänderungen führte – ganz unabhängig von Milankovićs sgroßen orbitalen Zyklen. Und Hartmut Heinrich, Mavies persönlicher Held und Eiskernforscher, hatte erst in jüngerer Zeit, nämlich den 1980er-Jahren, den zweifelsfreien Nachweis erbracht, dass es weitere Zyklen gab, die verblüffend regelmäßig auftraten und Sedimentschichten zurückließen, die auf dramatische Weise anders zusammengesetzt waren als all jene aus den vergleichsweise ruhigen Jahrhunderten dazwischen. Die »Heinrich-Ereignisse« wiesen auf großflächige Vereisungen und Eisbergwanderungen alle 8000 Jahre hin, aber dazwischen pulsierte der ganze Planet ganz offensichtlich in Zyklen zwischen sehr kalt und sehr warm – regelmäßig, aber das sprunghaft. Heinrich hatte den Finger auf die Erde gelegt und einen Puls gefunden.

Was hatte *Prometheus* gefunden?

Dansgaard-Oeschger fügte Mavies Unterbewusstsein der Formel hinzu. Hatten D&O nicht weitere dramatische Klimaverwerfungen gefunden, neben dem Zyklus, der ihren Namen trug? Und zwar nicht abrupte *Abkühlungen* wie die der jüngeren Dryas, sondern abrupte *Erwärmungen,* global belegt durch veränderte Sauerstoffisotop- und Beryllium-18-Veränderungen in den Sedimentschichten nicht nur im grönländischen Eis, sondern auch in Proben aus der Karibik und chinesischen Höhlen? Und wie passte Schwabes Elf-Jahres-Zyklus in dieses Bild? Wann hatte der jüngste begonnen, der vierundzwanzigste? 2009, 2010? Was war mit den anderen Schwabe-Zyklen, dem 85er und dem 210er? Was war mit dem Perihel, dem sonnennächsten Punkt, den die Erde in diesem Jahr auf ihrem 26000 Jahre währenden Präzessionsschwanken um die eigene Achse durchlief? Irrte sie sich, oder korrespondierte das Datum mit dem, das *Prometheus* für den Beginn der Katastrophe angegeben hatte? 12. Januar? Dieses Jahres, ausgerechnet? *Loutre und Berger,* flüsterte ihr die nächste nervige Stimme zu. *Interferenz der Laufbahnparameter, Dummkopf. Ausnahmezustand seit 2012. Erdbahn nahezu kreisförmig, keine Ellipse, zum ersten Mal seit 400000 Jahren.*

Und was hatten Svensmark und Christensen damals veröffentlicht, über Sonnenwind, *cosmic rays* und – Wolken? Es gab, verdammt, einen Zusammenhang zwischen *SHR,* Schwefelsäure und Wasserdampf, zumindest theoretisch, aber das war, erst recht verdammt, so ganz und gar nicht ihr Spezialgebiet.

Und sie hielt sich den brummenden Kopf, schüttelte ihn und wusste, dass sie vor allem anderen, vor allen weiteren Überlegungen, Telefonaten und Recherchen, dringend einen Kaffee brauchte.

Ihr Vater begrüßte sie mit einem Lächeln, als sie die offene Küche betrat. Der Kaffee, nach dem sie sich sehnte, stand bereits auf dem Tresen, neben zwei akkurat gefalteten Tageszeitungen, *Morgenpost* und *Welt.* Sie begrüßte Edward mit einem Kuss auf die frisch rasierte Wange und sah auf die Küchenuhr. Es war kurz vor sieben, aber ihr Vater hatte sein Morgenprogramm offensichtlich schon hinter sich. Seine Yogamatte stand ordentlich zusammengerollt an der Wohnzimmerwand, die Enden des Therabandes schauten über den Rand, exakt auf gleicher Höhe.

»Warst du auch schon laufen?«, fragte Mavie, während sie die Zeitung auf der letzten Seite aufschlug und sich die Wettervorhersage ansah, über den dampfenden Kaffee hinweg.

Edward schüttelte den Kopf und deutete auf sein Knie. »Ungeeignetes Werkzeug. Nur noch bei Schönwetter zu gebrauchen.«

Sie nickte. »Na, es wird ja wärmer.«

Er nickte ebenfalls, allerdings bedauernd. »Das nützt mir nichts, wenn es dabei junge Hunde regnet. Aber vielleicht haben wir ja Glück und deine Prognose tritt nur zum Teil ein. Wärme ohne Regen käme mir sehr zupass.«

»Bleiben wir optimistisch«, sagte sie und sah sich um. Als sie zuletzt bei ihm gewesen war, zu Weihnachten, hatte sein Schreibtisch vor den Fenstern gestanden. Jetzt stand dort nur noch ein großer Sessel, eingerahmt von Bücherstapeln. Sie runzelte die Stirn.

»Wo ist dein Schreibtisch?«

»Im Keller.«

»Weil?«

»Weil meine gesamten Unterlagen unten sind. Und die Technik.«

»Was ist passiert? Neue Erkenntnisse zum Weltuntergang?«

Er nickte kurz. »Auch das war ein Thema in Berlin. Und ich beabsichtige nicht, mich nach dem finalen Stromausfall zunächst als Möbelpacker zu betätigen. In dem Moment werden andere Dinge weit wichtiger sein.«

Mavie nickte. Nachsichtig. Berlin, das bedeutete den alljährlich im November stattfindenden Kongress der weltweit führenden Verschwörungsspinner. Von November bis März war Edwards To-do-Liste immer besonders lang.

»Kann ich an deinen Rechner?«

»Ich fahre ihn dir gleich hoch.«

»Kann ich selbst.«

»Nein, kannst du nicht. Weil ich vom Satelliten auf die DSL-Leitung umstecken muss.«

»Verstehe«, sagte sie, weil sie den Rest nicht wissen wollte. Das war seine Sache, nicht ihre. Sein harmloses, wenn auch kostspieliges Altmännerhobby. Iridium-Telefone, CB-Funk, Leatherman-Tools, Klappangeln und Spaten, Messer, Flinten, Pistolen, Leuchtmunition: all das gehörte zu seinem großen Vorbereitungsprogramm. Ihr erstes eigenes Nachtsichtgerät hatte sie mit zehn Jahren bekommen, zum Geburtstag, kurz nach Fertigstellung des Hauses. Benutzt hatte sie es genau einmal, an ihrem zehnten Geburtstag.

»Und ich brauche ein Telefon«, sagte sie.

Er zog seinen iAm aus der hinteren Hosentasche, schaltete ihn ein und überreichte ihn Mavie, zögernd. »Bitte schalte ihn direkt nach dem Telefonat wieder aus.«

Sie nickte und fragte nicht, wieso. Vermutlich, weil *sie*, der CIA, der BND, die Bilderberger und dazu ein paar Dutzend Aliens oder Eidechsenmenschen, ihn sonst umgehend orten und ihm seinen Generator aus dem Keller klauen würden. Oder den Dieseltank. Für 1000 Liter Treibstoff gingen *die* garantiert nicht zur nächsten Jet-Tankstelle, sondern umgehend über Leichen.

Edward verschwand in den Hausflur. Mavie hörte, wie er die schwere Eisenklappe hochzog, die das runde Haus vom bunkerartigen – quadratischen – Keller trennte, dann hörte sie seine Schritte auf der Treppe, dann herrschte Stille.

Sie nahm ihren Kaffeebecher und ging quer durch den Raum zu dem großen Sessel. Sie setzte sich, wählte Helens Nummer und ging im Kopf noch einmal die Liste der kritischen Forscher durch, die sich intensiver als sie mit Sonneneinstrahlung beschäftigt hatten. Eine unvollständige Liste. Sie brauchte Helens Hilfe. Und erst recht wollte sie wissen, was Helen herausgefunden hatte.

Die Stimme ihrer Freundin bat fröhlich um eine Nachricht nach dem Signal. Mavie legte auf und wählte Helens Festnetznummer. Der Anruf wurde weitergeschaltet, und sie hörte erneut die Ansage des iAm. Diesmal sprach sie eine Nachricht aufs Band. Sie bat Helen um einen möglichst umgehenden Rückruf. Mittendrin fiel ihr auf, dass ihr etwas fehlte. Glücklicherweise kehrte Edward gerade ins Wohnzimmer zurück und stellte den Laptop auf den Esstisch.

»Paps, wie lautet deine Nummer?«

Er zögerte kurz und nannte ihr dann eine Festnetznummer. Sie diktierte Helen die Nummer aufs Band, legte auf und sah Edward erstaunt an. Sie hatte offenbar einiges verpasst in den letzten Monaten.

»Du übertreibst«, sagte sie.

»Nein«, sagte er. »Das Telefon bitte wieder ausschalten.«

»Darf ich noch mal telefonieren? Ein Mal?«

»Sicher.«

»Danke.«

Sie wählte Daniels Nummer und erreichte ein Band. Sie bat um Rückruf. Auf Edwards Festnetznummer. Dann schaltete sie das Handy ab.

»Brunch um zehn«, sagte er, ohne von seiner Zeitung aufzusehen. »Ist das recht?«

»Perfekt«, sagte sie. Wie immer. Wie alles.

Sie nahm am Tisch Platz, vor dem Laptop, rief Google auf und recherchierte ins Blaue. Sofern *Prometheus'* Prognose auf irgendeiner wissenschaftlichen Grundlage stand, musste jemand diese Grundlage kennen. Und vermutlich hatte derjenige sein Wissen ins Netz gestellt. Oder wenigstens eine Theorie oder ein Gerücht.

Mavies Finger schwebten über dem Keyboard.

Schön und gut.

Suchbegriffe? Was sollte sie eingeben? *Wie wär's mit Klimakatastrophe,* fragte die nervigste Stimme in ihrem Kopf.

Sie begann mit Milanković *SHR Heinrich Dansgaard* und grenzte die Suche auf den Zeitraum des letzten halben Jahres ein. 47 absolut unbrauchbare Ergebnisse. *Prometheus prognosis IICO.* 117 000. *Prometheus conspiracy Gerrittsen.* 5400.

Edward deutete ihr Seufzen richtig. »Noch einen Kaffee?«

»Gern.«

Sie beschloss, die Suche einen Augenblick aufzuschieben. Und zu Ende zu bringen, was ihre Intuition ihr freundlicherweise ermöglicht hatte. Sie griff sich mit spitzen Fingern in die Hosentasche, zog den Chip heraus, den weder Olga noch die namenlose Ärztin gefunden hatten, weil beide einen Rest Anstand gewahrt hatten.

»Hast du einen Adapter? Ich müsste die mal kurz kopieren, auf deinen Rechner. Und dann brauche ich zwei oder drei Kopien auf Mem-Sticks oder Karten.«

»Was ist das?«, fragte er.

»Das, was ich nicht geträumt habe. Zwar nur als Datenwüste, ohne schicke Grafiken, aber immerhin für 200 Orte und Tage. Die Ansage für Hamburg für heute war 17,6 Grad, mittags. Die Morgenpost hat zwölf geschätzt. Und zum Wochenende eine Regenpause. Was wollen wir wetten?«

Er zog nur sehr kurz die Augenbrauen hoch. Dann verschwand er wieder aus dem Zimmer, um das Gewünschte aus dem Keller zu holen.

Nach einer sinnlosen halben Stunde im Informationsmeer rief sie erneut bei Helen an. Wieder sprang nur die Mailbox an. Sie versuchte es wieder bei Daniel, ohne Erfolg. Suchte weiter im Weltgehirn, mal mit groben, mal mit präzisen Wortfolgen, auf Deutsch, Englisch, Französisch und Spanisch, ohne auch nur den leisesten Hinweis auf die prognostizierte erhöhte Strahlung oder eine wie auch immer geartete Verschwörung zu finden. Geschweige denn auf die Variable, die sie überall in den entwendeten Prognosedaten wiederfand: G_z. Ohne Erklärung.

Im Web gab es dazu nicht einmal ein Gerücht. Nichts. Sonnenaktivität, ja. Veränderungen derselben, ja, immer. Vermutungen, ja. Ein paar Hunderttausend Hits. Genug Material für sechs Doktorarbeiten.

Nach einer Stunde versuchte sie es wieder bei Helen und bei Daniel. Ergebnislos. Wieder hinterließ sie Nachrichten. Und machte sich Sorgen.

Edward stellte einen Korb mit Brötchen auf den Tisch, dazu Butter, Marmeladen, Lachs und Zitrone. Er sah sie bedauernd an.

»Ich fürchte, das ist meine Schuld«, sagte er.

»Was?«

»Deine Paranoia. Ich war ein schlechtes Leitbild. Ich hätte dir das Thema Klima verbieten sollen und das Studium erst recht. Zudem hast du als Kind vermutlich zu viel Endmoränenerde gegessen.«

Sie musste lachen, obwohl er es seinem betroffenen Blick nach ernst gemeint hatte. »Ja, genau. Du bist schuld. Weil du dein Haus auf dem ganzen Müll gebaut hast, den die letzte Eiszeit vor sich hergeschoben hat. Und weil du deine unschuldige kleine Tochter mit diesem Dreck hast spielen lassen. Meinst du, ich könnte auf seelische Grausamkeit klagen?«

»Wegen vielleicht, nicht auf.«

»Auf Schadenersatz?«

»Hast du einen guten Anwalt?«

Sie lachte wieder, und diesmal lächelte er mit.

Er hielt ihr den Brötchenkorb hin. »Mach dir keine Sorgen. Sie wird sich schon melden, deine Freundin.«

Mavie nahm das Brötchen und nickte. »Helens Handy ist *immer* an. Tag und Nacht, in jeder Besprechung, bei jedem Rendezvous. Es könnte ja der Whistleblower anrufen, auf den sie immer gewartet hat, auch morgens um vier. Es gibt keine Erklärung dafür, dass sie nicht zurückruft.«

»Diebstahl.«

»Dann hätte sie mich …«, sagte Mavie und bemerkte ihren Denkfehler im gleichen Augenblick. Sie griff nach Edwards drahtlosem Festnetzapparat. Nein, Helen hätte sie eben nicht anrufen können, wenn sie vorübergehend keinen Zugriff auf ihren Account gehabt hatte, wegen eines Diebstahls des iAm. Was bedeutete, dass sie allenfalls von selbst bei Mavie angerufen haben konnte, und zwar auf deren iAm. Der allerdings auf La Palma lag und inzwischen ihren Ex-Arbeitgebern verraten hatte, was sie alles gesehen und gespeichert hatte.

Sie klickte den Nummernspeicher des Festnetztelefons an und bemerkte ihren nächsten Denkfehler. Das war nicht ihr Telefon, nicht ihr Speicher. Sie war derartig daran gewöhnt, alle Telefonnummern ihrer Freunde und Bekannten quasi auf der Handfläche mit sich herumzutragen, dass sie ohne ihren persönlichen Helfer vollständig in der Luft hing. Sie wählte die Nummer der Auskunft und ließ sich von der Computerstimme zum Hamburger *Spiegel* durchstellen.

Edward schmierte ihr kommentarlos ein Brötchen, schlug leise seufzend die Zeitung wieder auf und überflog blätternd, was der Mainstream an diesem Tag an Nichtigkeiten aus aller Welt für berichtenswert hielt.

Mavie landete bei einer Frau Ropp, Redaktionsassistentin. Die ihr keine Auskunft geben konnte oder wollte. Mavie fragte nach Zapf, Helens Ressortleiter, Ropp bedauerte, Zapf sei außer Haus, und Mavie erinnerte sich an den Namen von Helens redaktionsinternem Lieblingsfeind, Hilgenbocker. Nach kurzem Zögern stellte Ropp sie durch. Auch Hilgenbocker wusste nicht, wo Helen steckte, fragte aber aufmerksam nach, worum es denn ginge. Was Helen freundlich als *privat* bezeichnete. Sie diktierte Hilgenbocker Edwards Nummer und bat ihn, Helen auszurichten, dass sie angerufen hatte. Er versprach es, gelangweilt.

»Ich denke«, sagte Edward, nachdem sie aufgelegt hatte, »wenn du hier fertig bist, brauche ich eine neue Festnetznummer.«

»Wer hört dich denn ab?«

»Alle Teilnehmer am Kongress werden abgehört.«

»Oha. Weil sie die Wahrheit über *Area 51* wissen?«

»Möglich.«

»Und die Wahrheit über 9/11, Kennedy, Pearl Harbor, den Irak, die Geldverschwörung und über alles, was so läuft.«

»Vieles, ja. Aber das meiste ist ja kein Geheimnis. Erst wenn Leute Dinge herauskriegen, die nicht an die Öffentlichkeit gehören, verschwinden sie.«

»Oder werden auf offener Straße erschossen.«

»Nur Journalisten. Und auch nur, wenn man sie nicht spurlos verschwinden lassen kann.«

»Paps, du bist ... irre. Aber ich liebe dich.«

»Ich liebe dich auch. Trotz deiner kompletten Fehleinschätzung.«

»Was machen die Eidechsenmenschen?«, fragte sie lächelnd und hoffte, ihn endlich zum Lachen zu bringen. Aber Edward schüttelte nur den Kopf.

»Nicht mein Thema. Ebenso wenig wie Kassiopeia. Knight Jadczyk war in Berlin und hat ihre Theorie vorgetragen, die ganze *secret history of the world,* aber mir ist das – trotz der durchaus logisch klingenden Entwicklung der Indizienkette – entschieden zu unwissenschaftlich. Ich bleibe hier, auf der Erde und auf dem Boden der Tatsachen. Und bei den menschlichen Motiven. Gier verstehe ich. Machthunger. Ich verstehe sogar Opfer und Liebe. Aber Aliens nicht.«

Sie nickte. Sie kannte den Vortrag. *Follow the Money.* Und du findest alle Antworten auf alle Fragen. Das hatte sie oft genug gehört. Oder mindestens einmal zu oft. Aber Edward war in seinem Element, und so hörte sie zu. Mit einem Ohr, während sie sich ein weiteres Brötchen schmierte und einen verstohlenen Blick auf die Titelseite der Tageszeitung warf, die vor ihm lag. Edward erzählte. Geschichten vom Ende der Welt. Nicht vom anderen Ende der Welt. Vom Ende der ganzen Welt. Das Geld, das sie ausgaben, sei schon lange nichts mehr wert, im Grunde seit der Aufkündigung des Bretton-Woods-Abkommens Anfang der 1970er-Jahre, aber seit 2008 endgültig, seit der totalen Kapitulation der Menschheit vor dem Bankensystem. Die letzte große Bombe werde demnächst platzen und nur noch Trümmer hinterlassen. Altersarmut, das Ende der Mittelschicht und aller sozialen Netze, das Ende jedes Zusammenhalts, elend verreckende Rentner und Kinder in den Gossen, Leben in Pappkartons, *gated communities* für die Reichen, Brasilien weltweit: im Helikopter über die tödlichen Slums auf die Dächer der gut gesicherten Malls. Die USA ein vollkommen gesetzloses Land, der Mittlere Westen Dantes Vorhölle, der Atomkrieg unausweichlich. Hunderte Millionen Tote. Milliarden. Ganz Afrika ein Gemälde von Breughel und Bosch.

Als er begann, ihr zu erklären, dass auch die gesamte seit Anfang des Jahrtausends gestrickte »CO_2-Legende« nur dazu diene, dem weltweiten Mittelstand das allerletzte Geld mittels Verordnungen und Neuwagen- und Neubauzwängen aus den Taschen zu ziehen, unterbrach sie ihn dankend.

»Mach mir einen guten Preis, und ich kaufe dir jedes UFO ab. Aber verschon mich mit deiner Weltklimaverschwörung.«

»Wenn's doch stimmt.«

»Es stimmt eben nicht. Es ist nur ein bisschen komplizierter als deine Weltwirtschaft und die paar Jahrhunderte, in denen du dich so hervorragend auskennst. Und du verbrennst dir die Zunge.«

Er schwieg. Nicht vergrätzt, sondern lächelnd.

Und sie versuchte es erneut bei Helen.

Mailbox.

Sie schüttelte den Kopf, im Wissen, dass ihr die vernünftigen Erklärungen für Helens Schweigen inzwischen ausgegangen waren. Sie verlegte sich darauf, an irgendeine diffuse unvernünftige Erklärung zu glauben, denn wenn sie etwas wirklich nicht brauchen konnte, dann waren es panische Fantasien.

Also rief sie erneut die Auskunft an. Philipp von Schencks Nummer war tatsächlich bekannt, Mavie ließ sich durchstellen und hatte nach zweifachem Klingeln eine Frauenstimme im Ohr, die klang, als wehe sie von einem Eisberg. Mavie fragte Frau von Schenck höflich, ob sie etwas von Philipps Schwester gehört habe, Frau von Schenck verneinte indigniert. Auf Mavies Frage, wo sie Herrn von Schenck erreichen könne, verriet die kalte Stimme ihr die Nummer seines Büros.

Dort erreichte sie eine freundlichere Frauenstimme. Nachname Weiß. Mavie fragte nach Philipp, Weiß sagte, er sei unterwegs. Worum es ginge? Um seine Schwester. Weiß schwieg einen Augenblick, und als sie wieder sprach, kehrte Mavies Panik mit Macht zurück. Weiß bat sie um ihre Festnetznummer und versprach gedämpft, Herrn von Schenck von ihrem Anruf zu unterrichten. Nein, dessen Handynummer dürfe sie nicht herausgeben. Sie bedauerte. Und klang auch so.

Mavie legte auf.
Versuchte Daniel zu erreichen.
Mailbox.
»Vielleicht lieber einen Tee, diesmal?«, sagte Edward. »Ich habe bestimmt irgendwas mit beruhigenden Kräutern.«
Sie sah ihn an. Unschlüssig, ob er sich einen Scherz erlaubte. Aber sein Gesichtsausdruck erinnerte sie daran, dass Edward gar nicht scherzen konnte.
Sie nickte.
Das Telefon in ihrer Hand klingelte.
Sie sah auf das Display und hoffte, Helens Nummer zu sehen.
Unbekannter Anrufer. Sie drückte auf den grünen Knopf.
»Heller.«
»Mavie, hier ist Philipp.«
»Danke, dass du so schnell … Ich versuche seit Stunden, Helen zu erreichen.«
»Ja, ich hab die ganze Zeit versucht, dich zu erreichen«, sagte er, und ihr war, als hörte sie eine laute Stimme aufschreien, von weit her, *Nein*.
»Meine Schwester ist tot«, sagte er.
Sie schwieg. Ungläubig. Und spürte, wie ihr Herz ein paar Takte aussetzte.
»Was?«, sagte sie und atmete weiter.
»Heute Morgen. Ein Unfall mit dem Auto, auf einer Landstraße. Sie ist von der Straße abgekommen, in einen Fluss gerutscht und ertrunken.«
»O mein Gott«, hörte Mavie sich sagen, mit einer Stimme, die nicht ihre war.
Sie bemerkte Edwards Blick. Sie hatte ihren Vater noch nie so besorgt gesehen.
»Buchholz, ja?«, sagte Philipp.
»Bitte?«
»Deine Nummer.«
»Ja. Ich bin bei meinem Vater.«
»Ich dachte, in Norwegen.«
Sie schwieg. Was sollte das?
»Kurzer Ausflug«, sagte er, und seine Stimme war leise und in ihren Ohren unpassend kalt.

»Lange Geschichte«, sagte sie.

»Die will ich gelegentlich hören«, sagte er. »Du weißt nicht zufällig, was Helen da gemacht hat?«

»Was?«, sagte Mavie wieder.

»Was sie da wollte. An was für einer *Story* sie gerade dran war? Einsame Landstraßen mitten in der Pampa waren nicht direkt Helens Revier, schon gar nicht frühmorgens.«

»Ich weiß es nicht«, sagte Mavie tonlos.

»Ihr habt so circa alle halbe Stunde telefoniert, jeden Tag, und du weißt nicht, was sie gemacht hat?«

Sie schwieg.

Er seufzte. Nicht müde, sondern wütend. »Pass auf, Mavie«, sagte er. »Es gibt eine klare Unfallursache. Ich habe vor einer Stunde mit den Beamten gesprochen, die den Unfall aufgenommen haben. Helen hatte 1,8 Promille.«

Jemand schüttete einen Becher Eiswürfel in Mavies Kragen. »Helen …«, sagte sie.

»Ja, das wissen wir beide«, sagte Philipp. »Und zwar keinen Tropfen. Deshalb frage ich ja dich, noch mal«, wiederholte er, und seine Stimme klang jetzt nur mehr mühsam beherrscht. Wie die eines *Cop*, der es zum letzten Mal im Guten versuchte, ehe er den Verdächtigen zusammenschlug. »Du weißt nicht zufällig, was sie da gemacht hat?«

»Nein«, sagte Mavie. »Nein, ich …« Sie wollte das alles nicht wissen. Sie wollte wissen, dass Helen am Leben war. Und erst recht wollte sie wissen, dass sie selbst nichts mit alldem zu tun hatte.

»Weißt du, mit wem sie gesprochen hat?«, fragte sie.

»Was?«

»Hast du ihren iAm?«

»Nein. Den hat die Polizei, aber der ist defekt. Angeblich irreparabel, das sehe ich gleich, ich darf ihre Sachen abholen. Es gibt ja keinen Fall, nur einen Unfall. Aber den iAm brauche ich nicht, ich habe die Daten sowieso.«

Mavie kam nicht dazu, ihn zu fragen, woher.

»Wer ist Felix?«, sagte er.

»Ein … Verehrer.«

»Den du kennst.«

»Nein. Sie hat mir von ihm erzählt, ja.«

»Gestern.«

»Vorgestern, wir haben telefoniert ...«

»Ich weiß. Aber ich weiß auch, dass du garantiert mehr weißt als ich. Zum Beispiel über Felix. Und wer hinter diesen ganzen Telefonnummern steckt – und was sie bis mitten in der Nacht in Lüneburg gemacht hat. Und *ich* will wissen, wer meine Schwester mit 1,8 Promille umgebracht hat. Um sechs in meiner Wohnung, du weißt ja, wo.« Er legte auf, ohne sich zu verabschieden.

Mavie ließ den Apparat sinken und sah fassungslos ins Leere. Es konnte nicht sein. Es war nicht möglich.

Sie sprach es aus. »Helen ist tot.«

Sie hoffte, ihr Vater würde sich treu bleiben. Ihr sagen, dass das nichts mit ihr zu tun hatte, nichts mit ihr zu tun haben konnte, mit ihrer idiotischen eingebildeten Verschwörung, mit *Prometheus*, mit dem IICO.

Edward schwieg. Dass sein ernstes Gesicht erheblich an Farbe verloren hatte, machte nichts besser.

Mavie stand auf.

»Ich brauche dein Auto.«

14

Sie stellte den winzigen Neo zwischen Kofferraum und Motorhaube zweier großer BMWs ab, direkt vor dem Glaskubus am Hafen, in dem sie keine zwei Wochen zuvor ihren fröhlichen Aufbruch in eine neue Zeit gefeiert hatte. Es kam ihr vollkommen absurd vor, als hätte nicht sie das erlebt, als gehörte ihr früheres Leben nicht mehr zu ihr. Denn die Frau, die den größten Teil ihres Erwachsenenlebens behütet und in akademischen Kreisen zugebracht hatte, konnte nicht dieselbe sein, die wie eine Kriminelle behandelt wurde und deren Freundin offensichtlich ihretwegen umgebracht worden war.

Ihretwegen?

Ihr Blick fiel auf den Beifahrersitz, auf die neue Tasche und die fünf Tüten, die sie auf dem Weg eingesammelt hatte. Minimale Basisausstattung einer Ausgesetzten. Unterwäsche, zwei T-Shirts, ein Pullover, eine Jeansjacke, Drogerieartikel, ein einfaches Handy mit

Prepaid-Karte. Nichts davon hatte mit ihrem Leben zu tun. Aber sie hatte die Hoffnung noch nicht aufgegeben, ihr früheres Ich zurückzubekommen. Edward musste einfach recht haben. Es handelte sich um eine Simulation, nicht um eine Prognose. Und Helens Tod konnte nichts mit dem IICO zu tun haben. Mavie wusste, dass sie ihrem Kummer nicht würde entkommen können, aber noch konnte sie daran glauben, die Angst wieder loszuwerden, die sie nahen spürte. Eine Angst, die sie nur mit Mühe auf Distanz hielt.

Durch den warmen Dauerregen lief sie die Treppen hoch zum Eingang, drückte auf den obersten Klingelknopf neben den Initialen »PvS«. Die schwere Tür summte leise, sie drückte sie auf, trat in den Marmorflur und fuhr mit dem verglasten Lift nach oben.

Philipp erwartete sie in der Tür seines Apartments. Sie ging auf ihn zu, bemerkte seine bandagierte Hand und umarmte ihn wortlos. Sogar die Umarmung fühlte sich falsch an. Die Frau, die sie bis vorgestern gewesen war, die Frau aus der heilen Welt, hätte ihn niemals so nah an sich herangelassen.

Aber er war es, der die Umarmung fast sofort wieder auflöste. Ein kurzes Drücken, sachlich, dann schob er sie an den Schultern ein Stück von sich weg, sah sie ernst an, trat beiseite und bat sie mit einem knappen Nicken herein.

Sie ging voraus, sah sich fragend um, und er deutete auf die flachen Sofas vor dem Kamin, in dem ein Feuer brannte. Die Umzugskartons waren verschwunden, die Einrichtung war dezent geblieben, elegantes, reduziertes Design. Sie nahm Platz, er holte eine Flasche Wasser und zwei Gläser vom Tresen und setzte sich ihr gegenüber in den Ledersessel. Ein Stapel Ausdrucke lag vor ihm auf dem Couchtisch, Text und Karten, soweit Mavie erkennen konnte, bearbeitet mit gelbem Marker und verziert mit reichlich Kugelschreiberanmerkungen.

Philipp sortierte den Stapel auseinander.

»Aus Helens iAm?«, fragte Mavie.

Er schüttelte den Kopf, sortierte dabei jedoch weiter, ohne aufzusehen. »Cloud«, sagte er. »Mein Account, den nutzt die ganze Familie. Back-ups alle halbe Stunde, sämtliche Daten.«

Er hatte gefunden, was er gesucht hatte. Eine GPS-Routenkarte, in verschiedenen Maßstäben ausgedruckt. Er hielt die gehefteten Seiten kurz hoch, als präsentierte er ein Beweisstück, dann blätterte er und fasste zusammen. »Lüneburg. Um neun war sie im Ratskeller, bis halb elf. Sie ist sitzen geblieben, sie war nicht mal auf dem Klo. Um halb elf verlässt sie den Laden, um elf ist sie im Lüneburger Gewerbegebiet. Unter der Adresse sind eine Spedition und ein paar kleine Firmen eingetragen – außerdem eine Lagerhalle, nicht vermietet, leer. Da bleibt sie bis eins und rührt sich wieder die ganze Zeit nicht vom Fleck. Dann bricht sie auf, zurück nach Hamburg, fährt in diesen Scheißfluss und ertrinkt.« Er sah sie an. »Wer ist Felix? Jemand aus Lüneburg?«

»Weiß ich nicht«, sagte Mavie. »Sie hat mir nur kurz von ihm erzählt, als wir Dienstagabend telefoniert haben. Da hatte sie ihn gerade getroffen, zum Essen.«

Philipp blätterte in dem Papierstoß. »*Plato?*«, sagte er.

Mavie nickte.

»Gut. Geklärt. Und er war auch ihr Date für den Mittwoch?«

Mavie nickte.

»Den kannte sie noch nicht lange.«

»Nein.«

»Aus dem Web.«

»Ja.«

»Und hat sich sofort mit ihm eingelassen, wenn ich ihre SMS aus der Nacht danach richtig lese.«

Mavie war nicht sicher, ob diese SMS überhaupt jemand außer dem Adressaten lesen sollte, geschweige denn richtig, aber sie sagte nichts.

Philipp schüttelte den Kopf. »Ihr seid so gottverdammt irre.« Er griff nach seinem iAm und gab eine Nummer ein, dann schaltete er den Lautsprecher ein und wartete, während das Rufsignal den Raum erfüllte. Sein Blick sprach Bände, und Mavie wagte nicht, ihn zu korrigieren. Was hätte es genützt, ihn darauf hinzuweisen, das *ihr* sei deplatziert, denn sie selbst hätte sich nie im Leben so leichtsinnig verhalten wie Helen?

»Gentner«, sagte eine jugendlich und charmant klingende Stimme.

»Schenck«, sagte Philipp. »Du bist Felix?«

Felix schwieg einen Augenblick, überrascht, dann sagte er: »Ja? Und Sie sind?«

»Wohnst du in Lüneburg?«

»Nein«, sagte Felix, wieder mit fragendem Ton. »Und Sie sind?«

»Du warst gestern Abend mit meiner Schwester unterwegs. Und ich frage mich, wer ihr zuerst circa eine Flasche Whisky in den Kopf geschüttet und sie danach im Fluss ertränkt hat. Irgendeine Idee, Felix?«

Felix schwieg wieder, und Mavie konnte es ihm nicht verdenken.

»Ich war nicht mit ihr verabredet«, sagte er schließlich.

Philipp wechselte einen Blick mit Mavie.

»Blöd, dass sie das einer Freundin erzählt hat. Und ich denke, mein Freund, nachdem du schon nach so einer einfachen Frage nur Scheiße redest, du solltest dich einfach stellen und sehr gründlich wegsperren lassen, bevor ich dich finde …«

Felix unterbrach ihn, obwohl Philipps Tonfall das eigentlich nicht zuließ.

»Ich *war* mit ihr verabredet. Sie hat abgesagt. Helen ist … tot? O mein Gott.«

Philipp schwieg. Entweder war Felix ein begnadeter Schauspieler oder er war wirklich schockiert. »Sie hat mich angerufen, ich meine, wir, wir waren am Abend vorher zusammen, und das war, das war total … nett, wir wollten uns wiedersehen, am Mittwoch. Sie hat mich angerufen, irgendwas Wichtiges, irgendein Job. O mein Gott.«

»Bisschen genauer?«, sagte Philipp.

»Was, genauer? Ich weiß nichts genauer, Mann. Irgendwas Wichtiges. Ich kenn die Frau doch erst seit zwei Tagen, soll ich sie fragen, was sie macht? Scheiße. Sind Sie ihr Vater?«

»Bruder.«

»Hey, tut mir wirklich leid. Das ist … furchtbar. Und ich kann natürlich zur Polizei gehen, wenn Sie das meinen. Wenn das was bringt.«

Philipp seufzte. »Ich hab ja deine Nummer.« Und legte einfach auf.

Mavie sah ihm zu, wie er sich zurücksinken ließ, die Hände hinter dem Kopf verschränkte und dann mit einem Ruck wieder nach vorn kam, auf seine Unterlagen zu. »Hab ich befürchtet«, sagte er.

Sie fragte nicht, was. Er würde es ihr schon sagen.

»Worüber habt ihr gesprochen?«

»Über eine Story«, sagte sie.

»Eine norwegische Story?« Er wiegte den Kopf, mit Blick auf die Unterlagen. »Verdammt wenig Anrufe nach Norwegen.«

»Ich war auf La Palma.«

»Und ihr habt alle paar Tage telefoniert. Zuletzt Dienstagabend, dann Mittwochmittag und danach gar nicht mehr. Dazwischen liegen aber auffällig viele Telefonate meiner Schwester mit diversen Leuten, deren Namen ich noch nie gehört habe, und mit diversen unterdrückten Rufnummern. Sowie eine süße kleine SMS an mich, auf meine Frage ›Heute Abend Zeit?‹ vom Mittwoch, eine SMS, in der lediglich *Nope. Bigtimebingo!* stand – ein Wort, das unter uns zwei exklusiv reserviert ist für Lottogewinne, Hochzeiten und ähnlich große Lebensereignisse …«

Mavie versuchte sich einen Reim auf das zu machen, was er ihr erzählte, aber etwas stimmte nicht. Und sie korrigierte das Detail.

»Ich habe Mittwoch nicht mit ihr telefoniert.«

Philipp sah auf den Ausdruck, auf dem die von Helen gewählten Nummern untereinander aufgelistet waren. »Doch«, sagte er. »Sie hat dich angerufen, um 16.31 Uhr. Zuerst hat sie offenbar versucht, dich auf La Palma zu erreichen – dich oder sonst wen, jedenfalls ist das hier eine spanische Nummer. Acht Minuten. Und danach hat sie dich auf dem iAm erreicht. Sechs Minuten.«

Mavie schloss kurz die Augen. »Da hatte ich meinen iAm schon nicht mehr.«

Philipp sah sie einen Augenblick lang an, als wollte er sie am liebsten ohrfeigen. Wieso sagte sie ihm das erst jetzt? Aber ihm fiel offensichtlich auf, dass sie ihm das vorher gar nicht hatte sagen können.

»Ich höre«, sagte er.

Sie erzählte es ihm. Alles. Vom Geheimprojekt IICO, von der Katastrophenprognose, die angeblich keine war, von ihrem Verhör, ihrer Entlassung und den Begleitumständen, von den Daten, die sie dennoch mitgenommen hatte, von ihrem Telefonat mit Helen, ihrer Bitte, die Freundin möge sich umhören. Vorsichtig. Von Beck, Gerrittsen und Mager, von Eisele und ihrem Vater, dem Paranoiker. Und von beider überzeugender Einschätzung, an der Prognose könne nichts dran sein.

Philipp nickte. »Offenbar doch.«

»Sofern Helen deshalb …«, sagte sie, aber er unterbrach sie sofort, mit einem ungeduldigen Nicken. »Wen hat Helen erreicht? Auf deinem iAm?«

»Weiß ich nicht«, sagte sie. »Vermutlich Beck, Gerrittsen oder die IICO-Security.«

Er blätterte in den Telefonlogs. »Schneider, Schulz, Chao, Orgun, Reimann, sagt dir das was?«

»Ja, zum Teil. Reimann hat sie mal erwähnt, der war früher beim IPCC. Schulz ist bei RWE gelandet, Chao kenne ich aus dem Studium, aber ich wusste nicht, dass sie noch Kontakt zu ihm hat. Das Letzte, was ich von dem gehört habe, war, dass er wieder in Asien ist, irgendwas mit Emissionshandel. Sie wird nach dem Telefonat mit mir einfach all ihre Kontakte angerufen haben, die über Insiderinformationen verfügen könnten.«

»Und danach? Hat sie das IICO direkt angerufen?«

Mavie zuckte hilflos die Achseln. »Es scheint so.«

Philipp schüttelte den Kopf. »Meine Fresse«, sagte er, mehr zu sich selbst, »wie blöd kann man sein? Und danach hat sie versucht, dich zu erreichen, hatte direkt deinen Boss oder diesen Beck dran, hat, so wie ich sie kenne, ins Blaue geschossen und ins Schwarze getroffen.«

Mavie nickte. Es klang logisch, leider.

»Worauf dann«, sagte Philipp und blätterte wieder, »nur noch unterdrückte Rufnummern mit ihr telefonieren. Eine nach der anderen. Worauf sie dann am Abend nach Lüneburg fährt, sich mit irgendwem zum Essen trifft und danach mit dem in eine Lagerhalle fährt. Wo sie dann eine weitere Stunde unbeweglich sitzt ...«

Mavie schüttelte den Kopf. Ihre Fantasie ging mit ihr durch sie stellte sich allzu deutlich vor, wie Helen unbeweglich in einer Lagerhalle saß, dem Besitzer einer der unbekannten Rufnummern gegenüber. Sie konnte sich nicht vorstellen, dass Helen freiwillig sitzen blieb.

»... um dann sturzbesoffen in einen Fluss zu fahren und zu ertrinken.«

Philipp nickte und sah Mavie an. Sie hatte seine Augen immer gemocht, auch wenn die manchmal zu dreist und selbstbewusst blickten, aber im Lauf der letzten Stunde hatte sie vieles hinter diesen Augen gesehen, was sie nicht dort vermutet hatte. Und was sie jetzt sah, ließ ihr einen kalten Schauer über den Rücken laufen.

»Es tut mir leid«, sagte sie leise.

Er sah sie weiter an, eisig, endlos. Bis er endlich nickte und seinen Blick von ihr abwandte. Er sah ins Feuer, in den Kamin.

»Ja«, sagte er. Nichts weiter.

Und sie schwiegen.

Sahen zu, wie die Flammen das Holz verzehrten. Unaufhaltsam, unwiederbringlich. Bis nur noch Asche bliebe.

Schließlich war es Mavie, die das Schweigen brach. »Was machen wir?«

Philipp nickte in Richtung Flammen. »Gute Frage.«

»Die Polizei?«

»Klar. Warum nicht. *Hey, ihr irrt euch, macht die Akte wieder auf. Es war gar kein Unfall. Der Securitychef einer Forschungsfirma auf La Palma hat Helen ermorden lassen, weil ihre Freundin eine Scheiß-Simulation gesehen hat und die Bosse Schiss bekommen haben.* Sicher.«

»Was sonst?«

Er zuckte die Achseln. »Keine Ahnung. Noch nicht. Was sagt denn dein Professor dazu?«

»Ich hab ihn nicht erreicht. Der ist in Asien oder Gott weiß wo. Gehört aber sowieso nicht zu den Menschen, die leicht zu erreichen sind oder sofort zurückrufen.«

»Sofern er noch zurückrufen kann?«, bot Philipp an.

Sie runzelte die Stirn. »Wieso sollte er das nicht können?«

»Er wusste von der Prognose. Genau wie Helen.«

»Aber das wussten … *die* nicht.« Sie korrigierte sich, unsicher und plötzlich besorgt. »Jedenfalls wussten sie es noch nicht, als sie mich rausgeschmissen haben. Zumindest haben sie das gesagt …« Sie verstummte. Dass Gerrittsen ihr gegenüber bestritten hatte, mit Eisele gesprochen zu haben, musste ja nicht stimmen. Philipp hatte völlig recht. Sie konnten nicht sicher sein, ob nicht auch Eisele ins Visier des IICO geraten war.

Philipps grüne Augen blickten noch immer angriffslustig, aber sein Hass galt nicht mehr ihr. »Mit wem hat sie gesprochen?«

»Beck«, sagte sie. »Nehme ich jedenfalls an. Ich bin nicht sicher. Aber ich hatte bei dem Gespräch den Eindruck, dass er mehr weiß als Gerrittsen. Nicht nur über das Programm – oder die sogenannte Simulation. Außerdem ist er ein gestörter Nerd, ein Autist und was weiß ich, was noch.«

»Wer ist IICO?«

»Wie, wer?«

»Wer betreibt den Laden?«

»Gerrittsen. Offiziell.«

»Gerrittsen ist Wissenschaftler, kein Manager. Das, was du beschreibst, diese Simulation, die Forschung, aber erst recht diese sauteuren Boote, das bedeutet sehr viel Geld. Sehr, sehr viel Geld. Und das muss ja irgendwo herkommen. Woher?«

Mavie schüttelte den Kopf. »Forschungsministerien?«

»Sicher«, sagte Philipp.

»Warum nicht? Andere Länder investieren auch, genau wie wir ins Excellence Center …«

»Ja, in aufgepimpte PCs wie den hier in Hamburg, meinetwegen. Aber nicht in so was wie diesen Super-Pentagon-Cray, den du da beschreibst. Und wir investieren auch nicht in Millionen-Boote auf der Elbe. Außerdem macht Hamburg kein Geheimnis aus seiner Forschung, genauso wenig wie alle anderen Städte oder Länder. Das ist Bullshit, Mavie. Die Kohle kommt irgendwo anders her, und Kohle kommt nie irgendwohin, wenn sie nicht noch mehr Kohle wittert.«

Er verstummte und sah wieder ins Feuer.

»Das heißt?«, sagte sie.

»Das heißt«, sagte er, »du versuchst weiter, deinen Professor zu erreichen. Sofern der noch lebt, könnte er nämlich mehr über das IICO wissen als du, und das sollte er mit uns teilen. Vertraulich, in seinem eigenen Interesse. Und was er nicht weiß, kriegen meine Leute raus.«

»Deine Leute«, echote sie.

»Ja. Langweilige Leute. Anwälte, Banken, Behörden.«

»Die dir das alles verraten.«

»Alles, was ich wissen will.« Er beantwortete ihren skeptischen Blick mit dem mitleidigen Spott des gemachten Mannes. »Datenschutz ist nur ein Wort. Und ich will wissen, mit wem wir es zu tun haben. Dann weiß ich nämlich auch, wen ich fragen kann, wer Helen auf dem Gewissen hat. Wer dafür bezahlt.«

Er sah sie an, und seine Augen sprachen eine klare Sprache. Er meinte es vollkommen ernst.

Sie nickte. Stand auf und nickte noch einmal, während auch er sich erhob. »Gut. Ich fahre nach Hause und versuche, Eisele …«

Klaviermusik erklang aus dem Nichts, laut, und Mavie brauchte einen Augenblick, um zu begreifen, dass nicht Philipps Surround-System verrückt spielte, sondern dass sein Festnetztelefon um Aufmerksamkeit bat. Er sah sich suchend um, fand den drahtlosen Hörer auf dem Tresen, schaute aufs Display und runzelte die Stirn. Er nahm den Anruf entgegen. Und hörte zu. Sein Blick fand Mavie, er sagte »Ja«, dann reichte er ihr den Hörer.

»Dein Vater«, sagte er und ließ ein verwundertes Fragezeichen mitklingen.

Sie nahm den Hörer. »Hallo, Edward. Ich bin auf dem Weg …«

»Nein«, sagte Edward. »Du bleibst, wo du bist.« Er klang ruhig, aber sehr bestimmt.

»Weil?«, sagte Mavie.

»Weil ich aus verschiedenen Gründen davon ausgehe, dass man dich sucht. Und weil ich der Ansicht bin, dass man dich derzeit nicht finden sollte.«

Mavie wechselte einen Blick mit Philipp. Er lud sie mit einer Geste ein, auf dem Barhocker vor dem Tresen Platz zu nehmen.

»Dein Freund Daniel hat zurückgerufen«, sagte Edward. »Eine halbe Stunde nachdem du weg warst. Zu dem Zeitpunkt wusste ich aber schon von deinem Vorgänger beim IICO …«

»Von wem?«

»… außerdem stand dieser BMW ein paar Minuten zu lange auf der Straße vor meinem Haus. Für sich genommen nicht beunruhigend, aber im Zusammenhang mit allem anderen durchaus. Ich habe das Gespräch mit deinem Freund sofort beendet und bin umgezogen, zu Peters, nach nebenan. Daniel habe ich von hier aus zurückgerufen und instruiert, du erreichst ihn jetzt ebenfalls unter der Nummer eines Freundes, im Festnetz. Schreibst du mit?«

Mavie sah sich um. Philipp trat um den Tresen herum, öffnete eine der Schubladen und hielt ihr einen Kugelschreiber und einen Block Post-its hin.

»Danke«, sagte sie, dann schrieb sie die Nummer mit, die Edward ihr diktierte.

»Daniel war in deiner Wohnung«, sagte ihr Vater.

»Ja, das hatten wir so besprochen …«

»Die Tür war nicht abgeschlossen.«

Mavie spürte wieder das unsichtbare Eispaket in ihrem Nacken. Natürlich hatte sie die Tür abgeschlossen, bevor sie sich zum Flughafen hatte fahren lassen. »Der Vermieter hat einen Schlüssel …«, sagte sie, aber es klang nicht besonders überzeugend.

»Das erklärt es hoffentlich«, sagte Edward. »Lass uns keine Debatte beginnen, ob ich zu Recht oder zu Unrecht vorsichtig bin. Dein Vorgänger am IICO hieß Nyquist, richtig?«

»Keine Ahnung«, sagte Mavie. »Ich habe nicht gefragt, so weit bin ich gar nicht gekommen …«

»Ich schicke dir einen Link, sieh es dir selber an. Hat dein Freund einen Account, der nicht auf ihn selbst läuft? Eine Firma?«

Mavie sah ihren »Freund« an, der weiterhin am Ende des Tresens stand und ihr interessiert beim Telefonieren zusah. Sie fragte ihn nach einem alternativen Account, er diktierte ihr eine seiner geschäftlichen E-Mail-Adressen, die seiner Assistentin Lisa Weiß, Mavie gab sie an Edward weiter.

Philipp griff nach seinem iAm, begann zu telefonieren, mit Weiß, wie Mavie vermutete, und holte seinen Laptop vom Couchtisch.

»Ein Unfall«, sagte Edward. »Keine große Meldung, keine Erwähnung seines Arbeitgebers, nur ein paar Zeilen in der Inselgazette, ein Forscher, der tragisch umgekommen ist – übrigens das einzige Unfallopfer des letzten Jahres auf La Palma, sonst hätte ich ihn gar nicht gefunden. Aber *La Palma Forscher Unfalltod* reicht in *Nexis*, um den kurzen Nachruf aus dem schwedischen Blatt zu finden, aus der Lokalzeitung seines Heimatortes, wo er beigesetzt worden ist. Ich habe es vom Programm übersetzen lassen, es ist etwas holprig, aber ich hatte keine Zeit zum Redigieren. Das findest du im Anhang – und in dem Artikel wird auch der Arbeitgeber erwähnt, IICO, weil vermutlich Nyquists Witwe wusste, wo er war. Seine Biografie ist im Übrigen nicht besonders interessant. Davon abgesehen, dass er nicht nur Experte für Eiskerne war, sondern auch Programmierer. Außerdem war er offenbar Alkoholiker, denn er ist auf dem Weg vom Roque de los Muchachos nach Santa Cruz von der Straße abgekommen, mit fast zwei Promille im Blut. Das Foto des Wracks ist nicht sonderlich gut, der Fotograf hatte vermutlich kein Interesse, sich in diese Schlucht abseilen zu lassen. Man kann es ihm nicht verdenken.«

Philipp drehte den Laptop so, dass Mavie den entsprechenden Anhang zu Edwards weitergeleiteter Mail sehen konnte. Sie sah das Bild und nickte. Sie konnte sich nicht einmal vorstellen, dass

Bergungsmannschaften sich die Mühe gemacht hatten, mehr als Nyquists Leiche aus dem verdrehten Klumpen Metall heraufzuholen. Die Natur würde den Rest erledigen müssen, im Lauf der Jahrzehnte.

»Ich denke aber«, sagte Edward, »dass wir Glück im Unglück haben, jedenfalls vorläufig und was dich betrifft. Du warst nicht zu orten, nachdem sie deinen iAm konfisziert hatten, spätestens nach deiner Landung in Hamburg bist du ganz vom Schirm verschwunden. Offenbar wissen die zwar inzwischen, dass du einen Vater hast und wo der wohnt, aber beim Vater bist du nicht. Und der wird seine Jalousien oben lassen, durchgehend, und heute Abend sehr allein seine Mahlzeit einnehmen, fernsehen und nicht einmal telefonieren. Er ist halt ein Einsiedler, und von seiner Tochter hat er nichts gehört. Falls denen das nicht reicht und sie doch ins Haus kommen möchten, um mich zu befragen, weißt du ja, dass ich darauf vorbereitet bin. Den Keller kriegt keiner auf.«

Mavie schüttelte den Kopf. Das konnte alles nicht wahr sein. Das alles durfte nicht wahr sein. Aber diesmal konnte sie sich nicht einfach damit beruhigen, ihr Vater sei nun mal paranoid und sehe überall Gespenster. Sie sah ja selbst welche. Klar und deutlich.

»Das Auto lasse ich abholen«, sagte Edward. »Von Peters' Sohn. Der ist in Hamburg und will übermorgen sowieso rauskommen, um seine Eltern zu besuchen. So muss er nicht Bahn fahren, sondern fährt zur Abwechslung Neo. Sei einfach so gut und steck den Schlüssel unter die Sonnenblende.«

»Ja«, sagte sie tonlos. »Mache ich. Papa?«

»Ja, Mavie?«

»Es tut mir leid.«

»Unsinn. Es tut *mir* leid. Und ich hoffe, dass wir beide uns irren.«

»Ja. Aber pass bitte auf dich auf.«

»Mach dir keine Sorgen um mich. Ist Helens Bruder im Bilde? Versteht er, was hier passiert?«

Mavie sah wieder zu Philipp hinüber, der seinen Laptop auf dem Tresen hatte stehen lassen und jetzt vor dem Panoramafenster stand und telefonierte. Er hatte ihr den Rücken zugewandt, und sie sah, dass er sich mit der Linken den Nacken massierte. Was das betraf, konnte Edward unbesorgt sein; die Anspannung war längst bei Philipp angekommen.

»Ja«, sagte Mavie. »Er weiß Bescheid.« Aber das war auch schon alles. Er wusste Bescheid. Und was sollte das nützen?

»Ich melde mich«, sagte sie zu ihrem Vater.

»Bei Peters«, sagte er.

»Ich habe ein neues Handy und eine Prepaid-Karte. Das dürfte ja erst mal sicher sein. Ich rufe dich an, wenn ich mit Daniel gesprochen habe. Und mit Philipp. Sobald ich irgendeine Ahnung habe, wo ich bleibe. Und was wir jetzt machen.«

»Du weißt, dass ich kein Freund der Behörden bin, aber in diesem Fall …«

»Ja, kann sein«, unterbrach sie ihn. »Lass mich nachdenken, okay?«

»Sicher. Aber halte die Füße still. Und den Kopf unten.«

»Mache ich.«

Sie legte auf.

Starrte durch die großen Scheiben hinaus in den Dauerregen, über den Fluss, auf die langen Arme der Verladekräne am weit entfernten anderen Elbufer. Was passierte mit ihr? Hatte sie nicht eben noch, vor Sekundenbruchteilen oder wenigstens nur ein paar Stunden oder Tagen, draußen gestanden, auf der gleichen Terrasse, optimistisch, aufgeregt und randvoll mit Vorfreude auf ihr neues Leben? Hatte sie nicht gerade eben noch mit ihren quicklebendigen besten Freunden Daniel und Helen den Rest vom Abschiedsfest weggeräumt und den Wohnungsbesitzer abblitzen lassen?

Philipp ließ das iAm sinken, senkte kurz den Kopf, hob ihn wieder und sah sie an. Mavie wünschte sich einen Spruch. Einen sinnlosen, spielerischen Baggerversuch, im gegenseitigen Wissen, dass sie ihn würde abprallen lassen. Ein Lachen von Helen. Daniels empörten Blick.

Sie biss sich auf die Lippe. Das fehlte ihr noch. Sie würde nicht vor ihm anfangen zu heulen.

»Was sagt dein Vater?«, sagte er und kam zu ihr herüber.

»Fragt sich und mich, ob Philipp Bescheid weiß. Ob ihm klar ist, womit wir es zu tun haben.«

Philipp nickte. »Gib Philipp noch eine halbe Stunde, dann weiß er zumindest mehr über IICO. Was ist passiert?«

»Jemand war in meiner alten Wohnung. Und mein Vater meint, dass er beobachtet wird.«

Mehr brauchte sie nicht zu sagen. Er nickte wieder und deutete Richtung Flur. »Gästezimmer, erste rechts. Sofern die paar Umzugskartons dich nicht stören.«

»Tun sie nicht. Danke.«

Philipps iAm klingelte wieder. Er begrüßte den Anrufer geschäftsmäßig mit einem Dank für den raschen Rückruf und wandte sich von ihr ab, während er sein Anliegen schilderte. Alles über das IICO. Finanziers, Zahlen, Firmenstruktur, Beteiligungsverhältnisse.

Mavie nahm ihre Tasche, die sie an die Garderobe neben der Wohnungstür gehängt hatte, und ging über die Marmorfliesen nach links. Sie öffnete die Tür zum Gästezimmer. Ein rotes Ligne-Roset-Sofa hockte zwischen diversen Umzugskartons an der Wand, noch eingehüllt in Plastik, durch die Fenster grüßten die Giebel der Speicherstadt. Ein Zwischenlager, eindeutig.

Sie setzte sich auf das Plastiksofa. Ließ die Arme sinken und die Hände fallen. Legte den Kopf in den Nacken und atmete tief durch. Rollte ihre Fingerspitzen ein, klappte die Handflächen zurück, drückte sich die Handballen auf die geschlossenen Augen und atmete noch einmal tief ein und wieder aus. Und weiter. Über den Schmerz hinweg.

Sie wollte die Tränen nicht, die von innen gegen ihre Augen drängten. Wollte nicht, dass der Stein aus ihrem Magen aufstieg und ihr in der Kehle stecken blieb. Aber die Tränen ließen sich nicht aufhalten, und der Stein machte, was er wollte. Am Ende ließ sie beiden freien Lauf und akzeptierte, dass ihr Körper zuckte und leise schluchzte, so lange, bis alle Wege wieder frei waren.

Beim nächsten erschöpften, aber wieder kontrollierten Ausatmen brachte sie einen Laut zustande, ein leises *Fuck.* Sie wiederholte es, mehrfach hintereinander, mit dem nächsten und jedem weiteren Ausatmen, obwohl es als Mantra wenig taugte. Es klang einfach angemessen, nicht schicksalsergeben, sondern nach Widerstand. Kummer und Selbstmitleid lockten erneut, aber diesmal wies sie beide energisch zurück. Sie brauchte ihren Verstand und ihre Wut, nicht ihre Trauer.

Nach zehn Runden Atmen und provisorischem Mantra war sie wieder halbwegs bei sich. Nicht im Einklang mit dem Universum, sondern auf Konfrontationskurs. Das konnten *die* nicht machen. Wer auch immer *die* waren, damit kämen *die* nicht durch. Sie würde sich ihr Leben zurückholen. Und *die* würden sie nicht zum Schweigen bringen. Die Welt würde von der drohenden Katastrophe erfahren, und sie würde Helens Mörder nicht irgendwelchen zivilisierten Behörden zuführen, sondern Philipp. Oder wem auch immer, der sich in Philipps Umfeld mit Folter und Mord auskannte.

Als ihr Mantra sie bis an diese Stelle getragen hatte, bremste sie sich. Das war mehr als genug Wut.

Sie nahm das Handy aus ihrer Tasche, baute die Prepaid-Karte ein und wählte Eiseles Nummer. Ließ es klingeln. Ins Leere. Keine Mailbox.

Etwas sagte ihr, dass sie sich Sorgen machen sollte. Machen musste. Eisele ließ sich zwar generell Zeit mit Rückrufen, aber normalerweise sprang wenigstens seine Mailbox an. Durchaus denkbar, dass ihm etwas zugestoßen war. Dass die ihn gekriegt hatten. Hatte er versucht, sie zu erreichen? Auf ihrem iAm? Wen hatte er erreicht? Beck, vermutete sie. Aber damit wusste Beck noch lange nicht, wo Eisele sich aufhielt. Und der war doch wohl klug genug, sich keine Blöße zu geben.

Helens Schicksal zum Trotz gelang es Mavie nicht, sich Sorgen zu machen, nicht um ihn. Diesbezüglich fehlte ihr weiterhin jedes Talent. Wo andere sofort *Filme fuhren,* sobald ein Freund, ein geliebter Mensch nicht pünktlich zum verabredeten Zeitpunkt am verabredeten Ort erschien oder Anrufe nicht beantwortete, nicht zurückrief, blieb sie normalerweise ungerührt und unbesorgt. War dem geliebten Menschen etwas so Schreckliches passiert, dass er nicht mehr telefonieren konnte? Was denn? Tod, Verstümmelung, Entführung? Man würde sie in Kenntnis setzen. Das Krankenhaus, die Leichenhalle, die Entführer. Und falls sie dann noch helfen konnte, würde sie sich umgehend in Bewegung setzen. Aber was nützte ihr die Sorge vorher?

Eltern, ja. Das verstand sie, das konnte sie sich vorstellen, und die Vorstellung war grauenhaft. Kinder, die nicht von der Schule nach Hause kamen. Das war ein Grund, sich Sorgen zu machen, gewaltige, fürchterliche Sorgen. Aber um Erwachsene? Weil die sich nicht meldeten? Helen, ja, vielleicht, nach zwei, drei Tagen Schweigen. Daniel, vielleicht, denn der war extrem zuverlässig. Edward, vielleicht, nach einer Woche. Aber Eisele? Es passte nicht. Eisele war souverän. Vermittelte einem das Gefühl, dass er sogar ein brennendes Flugzeug würde sicher landen können, ohne dabei ins Schwitzen zu geraten.

Sie machte sich keine Sorgen um Fritz Eisele. Aber sie wünschte sich, *er* würde sich ein paar mehr Sorgen machen, nämlich um sie. Oder ihre Bitte um Rückruf ernster nehmen. Was er offensichtlich nicht tat. Und falls seine Mailbox ausgeschaltet bliebe, konnte sie ihn auch nicht auf den neusten Stand bringen. Geschweige denn ihn bitten, ihr zu helfen. Und ihn schon gar nicht warnen.

Rotterdam.

Natürlich. Wieso hatte sie das vergessen? Er würde da sein. Darüber hatten sie doch schon vor Wochen gesprochen, als er sie gefragt hatte, ob sie an dem Job am IICO interessiert sei. Er würde in Rotterdam vor Regierungsvertretern, Umweltministern und Journalisten sprechen, die sich wieder einmal zusammenfanden, um Meinungen und Positionen auszutauschen, und sich am Ende, wieder einmal, bestenfalls zu einer Absichtserklärung durchrangen, die niemandem half. Seit dem Kopenhagener Gipfel wiederholte sich das Spiel alljährlich, und alljährlich ermahnte Klimakoryphäe Eisele die Versammelten mit eindrucksvollen Reden, endlich Maßnahmen zu ergreifen – mit dürftigem Ergebnis. Denn trotz der europäischen Maßnahmen gegen den Klimawandel, trotz aller Energiepässe, der Einführung der »Cops«, des bevorstehenden Startschusses für das NASP im Norden Afrikas und des fast ebenso gewaltigen Windenergieprojekts NWP in der Nordsee waren der Energiebedarf ebenso wie die CO_2-Emissionen weltweit nicht gesunken, sondern Jahr für Jahr weiter gestiegen.

Aber Eisele wurde nicht müde. Und er würde wieder zu Delegierten, Industriebossen und Politikern sprechen.

Rotterdam.

Konnte sie fliegen? Wie weit reichten *deren* Arme? Bis in die Buchungscomputer der Fluggesellschaften? Hatte Philipp ein Auto?

Nachdem auch nach dem fünfzehnten Klingeln noch immer keine Mailbox angesprungen war, beendete Mavie ihren Versuch bei Eisele und wollte schon zurück ins Wohnzimmer gehen, um Philipp von ihrem neuen Plan zu unterrichten, als ihr einfiel, wem *sie* noch einen Rückruf schuldete. Sie wählte die Nummer von Daniels Freund. Daniel war selbst am Apparat.

»Hey«, sagte Mavie.

»Hey. Mann, Gott sei Dank … Was ist denn das für eine Scheiße, sag mal …«

»Mein Vater hat mir gesagt, die waren in meiner Wohnung.«

»Die? Irgendjemand, ja, vermute ich, die Tür war nicht abgeschlossen. Wer, die? Die, die Helen …?« Er beendete den Satz nicht.

»Vermutlich«, sagte sie. »Oder haben die irgendwas mitgenommen?«

»Waren die Kisten zu, als du gegangen bist?«

»Ja.«

»Dann haben die zumindest reingeschaut. Ob was fehlt, weiß ich nicht. Die Kisten sind bei mir, den Schlüssel hab ich dagelassen, wie verabredet. Oder brauchst du die Wohnung jetzt wieder?«

»Garantiert nicht.«

»Wo bist du?«

»Bei Freunden.«

»Bei wem?«

Sie schwieg und wusste selbst nicht genau, weshalb.

»Du kannst zu mir kommen«, sagte Daniel.

»Danke. Es geht schon.«

»Hast du die Polizei angerufen?«

»Wegen eines Einbruchs, bei dem nichts geklaut worden ist?«

»Mavie, was ist los? Wieso bist du wieder hier? Hat das was mit Helens Unfall zu tun – sag mir bitte, dass es *nichts* damit zu tun hat.«

Erneut schwieg sie. Es gab keinen vernünftigen Grund, es ihm nicht zu sagen. Sie kannten sich seit Ewigkeiten, sie konnte Daniel vertrauen. Aber sie sagte nur: »Ich hab gestern den ganzen Tag versucht, dich zu erreichen.«

»Ja, hab ich gesehen«, sagte er. »Sorry, ich war nackt.«

»Was?«

»Ich hab … meinen iAm vergessen. Hier, bei Tim. Und ich war doch bei meinen Eltern, meine Mom hatte Geburtstag. Ich bin erst heute Nachmittag wieder hergekommen, und dann hab ich meine Mailbox abgearbeitet – und deinen Vater erreicht. Mavie?«

»Ja?«

»Kann ich irgendwas tun?«

»Im Moment nicht. Glaube ich.« Ihr Blick fiel auf ihre Tasche. *Die* wussten, was sie wusste. Die waren hinter ihr her, und die wussten auch, wo ihr Vater wohnte. Aber Philipp hatten sie noch nicht auf dem Schirm, und von Daniel konnten sie erst recht nichts wissen. Bestenfalls seinen Namen, als einen von mehr als 400 in ihrem Adressbuch, und das machte ihn nicht verdächtig. Was bedeutete …

»Doch«, sagte sie. »Doch, du kannst was tun. Heb was für mich auf. Ich schick dir nachher einen Mem-Stick, nicht per Mail, sondern per Kurier. Sei so lieb und verwahr den absolut sicher. Und solltest du demnächst in der Zeitung lesen, dass ich einen Unfall hatte, sieh dir die Daten an, geh damit zur Polizei und sag denen, dass all diese tödlichen Unfälle keine sind.«

»Mavie. Geh zur Polizei.«

»Daniel. Pass auf die Daten auf. Ich ruf dich an. Okay?«

Diesmal schwieg er. Dann sagte er: »Was auch immer. Wird gemacht. Pass auf dich auf.«

»Mach dir keine Sorgen.«

»Sehr witzig. Ruf mich an, ja?«

»Versprochen.«

Als sie ins Wohnzimmer zurückkehrte, saß Philipp auf dem Sofa, das Earpiece an der unrasierten Wange, den Laptop vor sich auf dem Couchtisch. Er klickte auf dem Trackpad herum, während er sprach, mit gerunzelter Stirn.

»Ja«, sagte er. »Hab ich, sehe ich. Kriegst du die Besitzverhältnisse von diesen ganzen kleinen Klitschen raus?« Er hörte zu, dann sagte er: »Sobald du es hast. Alles an Lisas Adresse, ich hol's mir von da. Danke.«

Er legte auf und sah sie an. »Da ist noch Plastikfolie drauf, oder?«

»Die kriege ich schon ab. Was sagen die Broker, Banker und Informanten?«

Er ließ sie einen skeptischen Laut hören, ein missbilligendes Schnalzen. »Keine Kaufempfehlung. Selbst wenn IICO an der Börse wäre, was es nicht ist. Das Ding ist kompliziert, und zwar viel komplizierter als nötig.«

»Warum?«

»IICO gibt es nicht. Was ja kein Wunder ist, so wie du die Typen und ihr Getue beschreibst. Aber es gibt auch nicht, sagen wir mal, fünf Firmen, von denen zum Beispiel eine das Grundstück offiziell besitzt und die nächste die Forschung finanziert, sondern es gibt einen ganzen Sack Firmen, die alle irgendwie aneinander beteiligt sind.«

»Aber die gehören doch auch irgendjemandem?«

Er nickte. »Ja. Firmen, die Firmen gehören. Beteiligungsgesellschaften. Venture Capital, Private Equity, alles, was das Herz begehrt. Was dann wieder mehr Firmen bedeutet, von denen ich noch nie gehört habe. Soweit ich das alles bisher kapiere, sind aber an diesen kleinen No-Names wieder diverse Versorger beteiligt, beziehungsweise deren Venture-Tochterunternehmen – von Siemens, Bosch, E.ON, RWE, Franzosen, Engländern, Schotten, Skandinaviern …«

»Und? Das klingt doch logisch, oder? Dass Energiefirmen investieren?«

»Ja.« Er nickte. »Klar, alles richtig, alles logisch. Sollen alle mitmachen und Geld in Wolkenboote und Weltraumschornsteine investieren, aber warum so kompliziert, wenn's auch einfach geht?«

Mavie sah ihn fragend an. Und hoffte, dass er selbst eine Antwort hatte.

Aber Philipp schüttelte den Kopf. »Ich versteh's nicht. Bislang. Aber meine Informanten, wie du sie nennst, buddeln weiter. Bis wir kapieren, wer wie mit wem zusammenhängt – und woher das Geld wirklich kommt, das in dem Projekt steckt. Das sollte uns dann ja zumindest verraten, wer die Verantwortung trägt. Und wen wir fragen können, was der ganze Scheiß soll.«

»Wie wär's mit Gerrittsen?«

»Wie wäre was mit Gerrittsen?«

»Der müsste das doch wissen.«

»Vielleicht. Sofern er kein typischer Wissenschaftler ist, den Geld nicht interessiert, klar, kann sein. Und du meinst, dass er ans Telefon geht und gern deine Fragen beantwortet, wenn du ihn anrufst?«

»Nein, aber er ist übermorgen in Rotterdam, nehme ich an. Genau wie Eisele. Und wenn wir ihn gemeinsam mit Eisele zur Rede stellen, beim Kongress, wird er vermutlich nicht einfach weglaufen können.«

Er sah sie erstaunt an. »Jedenfalls würde er dann nicht weit kommen.« Er nickte und griff nach seinem iAm. »Ich lasse Lisa buchen …«

»Hast du ein Auto?«, sagte sie.

»Flugangst?«

»Nein, Flughafenangst. Weißt du, worauf die alles zugreifen? Meine Adresse war leicht, die meines Vaters schon ein bisschen schwieriger, jedenfalls in der kurzen Zeit. Und falls die mich suchen – mein Name würde auf dem Ticket stehen, wäre also im System.«

Er ließ den iAm sinken. Und nickte wieder. »Gut. Dann solltest du aber auch deine Kreditkarte nicht mehr benutzen. Hast du, seit du wieder hier bist?«

»In ein paar Läden.«

»Wo?«

»Innenstadt.«

»Lass sie ab morgen stecken.«

»Dann müsstest du mir was auslegen.«

Zum ersten Mal, seit sie bei ihm war, fand er sein charmantes Lächeln wieder. »Du siehst kreditwürdig aus.«

»Danke.«

Sein iAm klingelte. Er sah aufs Display. »Mehr Informanten ...«, konnte er noch sagen, dann erklang ein anderes Signal aus dem Nichts – nicht das Klavierspiel des Festnetzapparats, sondern ein harmonischer Dreiklang.

Mavie sah irritiert zum Laptop hinüber, aber Philipp deutete an ihr vorbei in Richtung Wohnungstür, während er seinen Gesprächspartner begrüßte, auf Englisch. Er nestelte in seiner Hosentasche, murmelte »wait a sec«, hielt Mavie einen Hundert-Euro-Schein hin und legte kurz die Handfläche auf den iAm. »Öffner ist neben der Videoanlage, neben der Tür. Falls das zwei Typen mit Maschinengewehren sind, drück nicht auf den Knopf und sag mir Bescheid. Falls es ein kleiner Japaner mit 'ner schwarzen Styroporkiste ist, magst du hoffentlich Sushi.«

»Trotzdem, dir entgeht was«, sagte er, während er sich den finalen Sashimi-Haufen zuwandte. Mavie dippte den letzten verbliebenen Gurken-Maki in die Sojasauce und wiegte den Kopf. Die Frage *Hakenwürmer?* lag ihr auf der Zunge, aber dort blieb sie auch liegen.

»Kein Fleisch, keinen Fisch?«

»Fisch, manchmal«, sagte sie. »Aber nicht roh.«

»Auch keine Eier und kein Honig, weil sonst die Mütter leiden?«

»Ich bin keine Veganerin.«

»Na, immerhin.« Er nickte und kaute weiter Sashimi. Mavie hatte noch nie jemand so viel Sushi essen sehen wie Philipp, die Riesenportion war fast vollständig verschwunden, und sie selbst hatte lediglich die vegetarischen Makis gegessen. Sie hatte schon beim Zusehen das Gefühl, platzen zu müssen, aber Philipps schlanker und athletischer Körper schien all die rohen Fische prima verkraften zu können.

Na, immerhin?

»Was soll das denn heißen?«

»Auch noch Veganer wäre zu viel gewesen.«

»Zu viel?«

Er gestikulierte mit seinen Stäbchen zwei, drei Kreise in die Luft, ohne sie anzusehen. »Na, neben dem ganzen Öko, Klima, politisch voll korrekt.«

»Wende dich an meinen Vater«, sagte sie. »Alles seine schlechte Erziehung. *Es ist nicht deine Schuld, dass die Welt ist, wie sie ist, es ist nur deine Schuld, wenn sie so bleibt.*« Sie zuckte die Achseln. »Da ergibt sich dann die Berufswahl von selbst, mehr oder weniger.«

Er nickte. »Fein. Muss es ja auch geben. Wo wären wir sonst? Wenn alle so wären wie ich, egoistische Machos, die nur an ihren Kontostand denken.«

»Dynamite fishing for compliments?«

Er ließ seine zerknüllte Serviette auf den Teller fallen und nickte kurz. »Stimmt, Blödsinn in 'nem Teich aus Granit.«

Sein iAm bettelte mit dem *Raiders March* um Aufmerksamkeit. Er sah fragend auf das Display, und seine Miene veränderte sich. Es war ein Lächeln, das sie noch nicht kannte, ein weiches, liebevolles Lächeln. Er nahm den Anruf entgegen. »Hey, Hannah.« Er hörte einen Augenblick zu, dann unterbrach er die Anruferin, sehr höflich. »Große, ich rufe dich in einer Minute zurück, und dann quatschen wir, okay? Muss nur noch kurz … ja. Bis gleich.«

Er sah Mavie an. »Tochter. Das dauert jetzt einen Augenblick, geht nicht anders. Sie hat den vollsten Terminkalender der Welt, ich kriege nur einmal in der Woche einen Termin, und zwar immer unverhofft, also: jetzt oder nie. Und ich fürchte, ich muss ihr das mit ihrer Tante sehr schonend beibringen. Frag mich nicht, wie.« Er sah sie an und atmete bekümmert tief ein und wieder aus. Dann zuckte er die Achseln, mit einem traurigen Lächeln. »Wein?«

Sie nickte. »Rot.«

Er erhob sich, trat hinter den Tresen, holte nach kurzem Suchen eine Flasche heraus, entkorkte sie, hielt sich die Flasche kurz prüfend unter die Nase und schenkte dann in zwei *Ballons* großzügig ein.

Sie stand auf, als er mit den Gläsern zurückkehrte, er reichte ihr das eine. »Rancia«, sagte er, »ein guter Freund. Schwer genug für einen ruhigen Schlaf, freundlich genug für einen konzentrierten Morgen danach.«

»Danke«, sagte sie. »Ich nehme ihn mit ins Bett, wenn du erlaubst.«

»Klar«, sagte er und hob das Glas einen Millimeter höher.

»Möge sie recht gehabt haben«, sagte er und fügte hinzu, mit einem Blick nach oben: »Möge das alles stimmen, *Cara,* alles, was du immer über diesen Scheiß erzählt hast, über Seelenwanderung, Seelenwiesen und Nirwana und dass danach kein Kummer mehr ist, nur Licht. Aber hier *ist* Kummer, und du kannst dir, verdammte Scheiße, gar nicht vorstellen, wie sehr du hier fehlst.«

Er sah wieder Mavie an, und seine Augen waren feucht.

Sein Glas stieß gegen ihres, leicht.

»Auf Helen. Auf ein Wiedersehen.«

»Auf ein Wiedersehen«, sagte Mavie.

Und hob den Arm, legte ihn um seine Schultern und hielt ihn fest, so wie auch er sie festhielt, mit einem Arm, Seite an Seite, Kopf an Kopf, für einen langen Augenblick.

Bis er sich von ihr löste, mit einem schwachen Lächeln noch einmal ihr Glas mit dem seinen berührte und beide die Gläser zum Mund führten und den Blick gen Himmel wandten.

»Bis morgen«, sagte Mavie leise.

Er nickte. »Sieben Uhr?«

Sie nickte. Und wandte sich ab und ging und hörte, wie er mit neuer Stimme seine Tochter begrüßte. Weicher, optimistischer, stark und zuversichtlich. Für einen egozentrischen Macho, der nur an seinen Kontostand dachte, waren seine Blicke und seine Tonfälle ein bisschen zu facettenreich, aber Mavie war finster entschlossen, all das geflissentlich zu ignorieren. Denn was sie bei einer Konfrontation mit *denen* garantiert am allerwenigsten brauchte, war ein sanfter Mann, der sich seiner Tränen nicht schämte. Sie brauchte einen Begleiter, der ein breiteres Kreuz hatte als sie selbst, der lauter werden konnte als sie und bei Bedarf zuschlagen und echten Schaden anrichten.

Heulen konnte sie selbst, und garantiert besser als er.

15

Mavie nahm erleichtert zur Kenntnis, dass er morgens nicht redete, denn auch sie selbst brachte vor dem zweiten Kaffee meist nur schlecht gelaunte Bemerkungen zustande. Außerdem nahm sie zur Kenntnis, dass er Cornflakes in den gleichen absurden Mengen zu sich nehmen konnte wie Sushi. Und dass er gute Essmanieren hatte, bolzengerade saß und nicht schmatzte, was nicht zum Etikett *neureich* passte, mit dem sie ihn intern versehen hatte. Das »von« in seinem und Helens Familiennamen, für Generationen lediglich Ausdruck längst vergangenen Wohlstandes, betrachtete er offensichtlich als Ansporn, wenigstens in Sachen Körperhaltung.

Sie fuhren mit dem Lift in den Keller, und als sie die Tiefgarage betraten, zog Philipp seinen Schlüssel heraus und entriegelte den dunkelblauen Porsche, der in der Parkbucht direkt neben der Glastür hockte. Er ging voraus, öffnete die Beifahrertür und hielt sie Mavie auf. Mavie nickte dankend und fragte sich, ob ihr überhaupt schon mal jemand die Autotür aufgehalten hatte. Wozu gab es Zentralverriegelungen?

Er stieg ein. Und sagte entschuldigend: »Hat einen CO_2-Fänger.«

Was sie regelrecht sensibel fand. Regelrecht süß. Und deshalb schrecklich. Denn *süß* passte zu ihrem Begleiter wie rosa Hausschuhe zu Bruce Willis. *Süß* passte zu Daniel oder jedem anderen lieben und ungefährlichen Jungen. Aber nicht zu Philipp. Ein Porschefahrer und Börsengewinner hatte sich entweder scheiße zu benehmen oder kernig, aber bestimmt nicht süß.

»Netter Versuch«, sagte sie. »Fährt der auch?«

Philipp runzelte müde die Stirn und startete den Wagen. Mavie hatte sich nie für Autos interessiert, aber das satte Blubbern klang alles andere als politisch korrekt. CO_2-Fänger hin oder her.

»Ich dachte nur«, sagte er, während sie lärmend aus der Garage rollten.

»Was?«, sagte sie. »Dass ich aussehe wie eine Öko-Trulla?«

»Du siehst nicht so aus, du bist eine.«

»Und deshalb meinst du, dein CO_2-Fänger imponiert mir?«

Er schüttelte den Kopf. »Dir imponieren im Zweifel nur Professoren mit langen Veröffentlichungslisten. Ich dachte nur, ich säge mal ein bisschen an deinen Vorurteilen.«

»Die da wären? Erzkapitalistischer Börsenglückspilz ohne Gewissen, Macho, Frauenheld und oberflächlicher Nichtsnutz?«

Er nickte, ohne den Blick von der Straße zu wenden. »Im Groben.«

»Und daran sägt dein CO_2-Fänger?«

»Auch der, ja.« Er warf ihr einen kurzen Blick zu, ein gönnerhaftes Lächeln, das sie nicht mochte. »Glaub mir, ich hab 'ne Menge Bäume gepflanzt. Oder pflanzen *lassen*, aber im Ergebnis kommt das ja auf dasselbe raus.«

Sie fragte nicht, welche Art von Bäumen. Vielleicht hatte er ja zufällig die richtigen ausgesucht. Oder aussuchen lassen. Bäume, die CO_2 speicherten, aber keine Wärme. Helle Blätter.

Stattdessen fragte sie ihn nach seiner frisch bandagierten Hand. Was er gemacht habe. Ob er überhaupt fahren könne.

Er antwortete mit einem Laut, der sie beruhigte. Einem verächtlichen Laut, der besagte, er könne notfalls auch ohne Arm fahren und lasse sich garantiert nicht von einer Fleischwunde beeindrucken. Oder einer Feuerqualle, denn so eine hatte ihn verletzt. Die Erklärung dauerte dann ein bisschen länger, fast die ganze Strecke von seinem Apartment bis zur Autobahn. Er hatte beim Vertäuen seines Bootes ins Wasser gefasst, ohne richtig hinzusehen, und ein Seewespennest erwischt. Sein Boot war ein Segelboot, das an seinem persönlichen Anleger im Elbwasser lag, am Falkensteiner Ufer, östlich von Blankenese. Nur einen Steinwurf von seinem Haus entfernt, in dem seine Kinder wohnten. Sowie die Frau. Er sagte nicht seine. Alles andere war seins, die Frau nicht. Was *alles andere* betraf, sah die Frau allerdings alles anders, denn sie meinte, alles gehöre ihr: sein Boot, sein Haus, seine Autos, sein Geld. Damit würde sie zwar nicht durchkommen, wie er ausführte, denn in Deutschland wurde ja seit 2010 nicht mehr nach mittelalterlichem Recht geschieden, andererseits hatte er ihr dummerweise manches überschrieben, zu besseren Zeiten, als er sie noch gemocht hatte, die Frau, als er seine frühen Netz-Millionen gemacht hatte, lange vor dem Web 2.0, und jetzt gehörte *ihr,* wenn auch nur pro forma, *sein* Haus. Das er natürlich wiederhaben wollte. Schließlich hatte er es verdient, gekauft und bezahlt, nicht sie. Es folgte ein längerer Vortrag über die zukünftige Ex und ihresgleichen. Über Karla und all ihre Schwestern im Geiste, einst hübsche Frauen, die meinten, es reiche als Lebensaufgabe, das Geld ihrer Männer auszugeben und die Kinder zu betreuen. Beziehungsweise betreuen zu lassen, sprich im Fond eines dicken SUV zum Weltwissen-der-Siebenjährigen-Unterricht zu kutschieren und danach selbst ein Magisterstudium in Wellnessanwendungen hinzulegen. Er fügte hinzu, sie könne nicht mal kochen. Geschweige denn einen Knopf annähen.

Mavie fragte nach seiner Tochter. Seine Laune verbesserte sich umgehend, er geriet ins Schwärmen. Hannah habe gottlob nichts von der Mutter, sondern sei ein kluges, schönes und patentes Mädchen. Sechzehn Jahre alt. Und seine wichtigste Verbündete im Feindesland, seinem besetzten Haus. Denn Max, sein zwölfjähriger Sohn, verehrte seine sich hilflos stellende Mutter, probte absurderweise die Beschützerrolle, die er gar nicht ausfüllen konnte, geschweige denn ausfüllen sollte, und begriff noch gar nicht, welch »linkes Spiel« sie trieb, »diese Person«.

Mavie nutzte die Gelegenheit. *Diese Person* und *linkes Spiel* waren goldrichtige Stichwörter für einen Themenwechsel: Welche andere Person spielte mit ihnen welches linke Spiel?

Philipp nickte eine ganze Weile vor sich hin, mit konzentriertem Blick nach vorn. Was Mavie schon deshalb angemessen fand, weil sie inzwischen auf der Autobahn Richtung Süden reisten und die Instrumente des Porsche trotz des dichten Regens eine Geschwindigkeit von fast 200 km/h anzeigten. Die Kleinwagen und Hybriden, die sich auf die linke Spur getraut hatten, sprangen dem nach Aquaplaning bettelnden Geschoss aus dem Weg, und Mavie sah im Vorbeifliegen eine Menge stumm zeternder Gesichter.

Für die Rolle der *linken Person* kamen nicht viele Kandidaten infrage, im Grunde nur zwei, nämlich Gerrittsen und Beck. Dummerweise waren aber beide, wenigstens Mavies Beschreibung nach, nicht die *Mobster,* die man für die Rolle brauchte. Weder der renommierte Wissenschaftler noch der sozial verhaltensgestörte Nerd waren Idealbesetzungen als Drahtzieher in einem mörderischen Komplott, und neben der Frage »Wer sonst?« stellte sich die noch bedeutend wichtigere Frage »Welches Komplott?«. Denn natürlich war Philipp zu derselben Erkenntnis gekommen wie sie, und damit zum selben Problem: Sofern die Prognose stimmte, wofür vieles sprach, nachdem Helen und Nyquist deswegen offenbar hatten sterben müssen – wieso wollte irgendwer um jeden Preis verhindern, dass die Welt von der ihr bevorstehenden Katastrophe erfuhr? Philipp schlug in die gleiche Kerbe wie Edward: *Follow the Money.* Wer sollte von dieser Geheimhaltung profitieren können, wenigstens theoretisch? Und da auch ihm keine Antwort einfiel, blieb als gedachter Drahtzieher der gedachten Verschwörung eigentlich nur einer, der unbedingt möglichst viele Millionen Menschen umbringen wollte, unabhängig von ihrer Hautfarbe oder Konfession. Weshalb Philipp diese Theorie vollständig ablehnte, weil er »Teufel ohne Motiv« nicht einmal in schlechten Filmen glaubwürdig fand, geschweige denn im wirklichen Leben. Er überraschte Mavie mit seiner Einschätzung, Menschen handelten immer aus gutem Grund. Sogar Mörder handelten vernünftig – nicht unbedingt vernünftig in den Augen anderer, aber immer vernünftig im Rahmen ihres eigenen Wertesystems. Niemand war *einfach nur so* böse. Was bedeutete, dass sie es entweder mit einem einmaligen Psychopathen zu tun hatten – oder noch nicht begriffen hatten, welches Wertesystem sich hinter dem Verhalten ihrer unsichtbaren Gegner verbarg. Sofern sie sich nicht vollständig irrten. Sofern nicht alles, Nyquist, Helen, Mavies Verfolger reine Zufälle waren. Und die Prognose ein Witz. Ein Hirngespinst.

Mavie schüttelte den Kopf. »Zu viele Zufälle.«

»Kommt ja vor. Am Ende kriegen wir bloß raus, dass Nyquist ein Alkoholproblem hatte, dein Vermieter in deiner Wohnung war und vergessen hat, die Tür wieder abzuschließen, im BMW vor dem Haus deines Vaters ein interessierter Architekt auf Durchreise saß und Felix ein Serienmörder ist, der sich inzwischen nach Thailand abgesetzt hat. Und deine Prognose tatsächlich bloß ein völlig sinnloses Modell, die Betaversion einer Betaversion, gefüttert mit Fantasiedaten.«

»Glaub mir«, sagte sie kopfschüttelnd, »ich habe schon eine Menge gesehen. Ich war in Hamburg, all die Jahre, ich kenne die Daten und die Modelle, die leistungsfähigsten Rechner, weltweit, und die besten

Simulationen, aber nichts von dem ist auch nur annähernd so groß, so umfangreich und so präzise wie *Prometheus*. Und was du sagst, *Betaversion* und *Fantasiedaten*, ist unlogisch. Ich habe gesehen, was *Prometheus* in der ›Simulation‹ kann – und diese sogenannten Simulationen sind überprüfbar. Du gibst Daten für einen x-beliebigen Tag und Ort ein, historisch, *Prometheus simuliert* eine Prognose. Die du dann aber überprüfen kannst, weil der *simulierte* Tag ja bereits stattgefunden hat, in der Vergangenheit. Und *Prometheus* lag mit diesen simulierten Prognosen richtig, soweit ich das überprüfen konnte, und zwar *exakt* richtig, was alle wichtigen Parameter betrifft – Temperatur, Niederschläge, Wind. Warum also sollte die Simulation zukünftiger Ereignisse weniger präzise sein als die der überprüfbaren Ereignisse?«

Er schwieg. Dann nickte er. »Keine Antwort. Überzeugt. Für den Augenblick. Das heißt, Gerrittsen hat den Stein der Weisen gefunden.«

»Zumindest den Stein der Klimaweisen. Soweit ich das beurteilen kann.«

»Wer denn sonst, du bist doch hier die Fachfrau?«

»Ja, aber ich würde trotzdem gern mal einen Blick in die Programmstruktur werfen. In die Algorithmen, in die Gewichtungen der statistischen Daten. Ich habe nämlich keine Ahnung, was *Prometheus* genau rechnet. Er berücksichtigt nicht nur Wasserdampf, was bislang völlig undenkbar war, er operiert auch mit mindestens einem Dutzend Parameter von Milanković über Heinrich, Dansgaard und Schwabe bis ›G_z‹, von denen ich höchstens die Hälfte kenne – ich weiß noch nicht, *wieso Prometheus* recht hat, ich weiß nur, *dass* er recht hat.«

Sie beugte sich vor, blinzelnd und suchend, weil eine Wimper sich in ihr Auge verirrt hatte. »Taschentuch?«

»Im Handschuhfach«, sagte er, und während sie die Klappe aufdrehte, wies er seinen ins Armaturenbrett gedockten iAm an, Lisa Weiß anzurufen. Was der iAm umgehend tat. Mavie fand unterdessen die Taschentücher, zog die Packung heraus und runzelte die Stirn, weil hinter den Tüchern ein dunkelgraues, rechteckiges, halb handtellergroßes Plastikkästchen zum Vorschein kam, das auf den ersten Blick aussah wie ein Reiseschminkset für US-Marines. Allerdings war daran ein schwarzer Plastiklauf aus dem gleichen Hartplastik befestigt, und das sprach eindeutig gegen das Schminken, aber weiterhin für kriegerische Auseinandersetzungen. Auf wen wollte er damit schießen, auf Leute, die ihm den Parkplatz wegzunehmen drohten?

Philipp sprach mit Lisa Weiß. Fragte sie, ob nicht das »sagenumwobene OF« circa genau dort sein müsse, wo er gerade war, hörte zu, brummte dann eine zufriedene Bestätigung und bat sie, ihm die Route auf den iAm zu senden. Er bedankte sich und wollte die Verbindung schon beenden, aber offenbar hatte sie ihm noch etwas zu sagen. Er hörte zu. Mavie schloss das Handschuhfach, wischte sich die Wimper aus dem Augenwinkel, Philipp sagte unzufrieden: »Das kann aber nicht sein«, und fügte hinzu: »Dann lass jemanden aus seinem Zimmer werfen, wozu haben wir diese ganzen Frequent-Honor-Sonstwas-Karten?« Er hörte noch einen Moment zu, dann bedankte er sich und beendete die Verbindung.

Der iAm schaltete auf Navigation, zeigte eine Karte und wies den Fahrer mit sanfter Frauenstimme an, die Autobahn bei der nächsten Ausfahrt zu verlassen. Mavie sah fragend nach rechts. Sie hatten die Grenze noch nicht erreicht.

»Wohin?«, fragte sie.

»Mittag«, sagte er. »Wollte ich schon immer mal hin, hab's nur nie geschafft. Liegt nicht direkt auf meinem Weg, normalerweise.«

»Was?«

»Das OF. *Old Fashioned.* Bestes Surf-and-Turf zwischen New York und Osaka, angeblich.«

Er verlangsamte, setzte den Blinker und ließ den Porsche nach rechts rollen, Richtung Ausfahrt.

»Das ist nicht dein Ernst«, sagte sie.

»Gibt bestimmt auch Salat«, sagte er.

16

Sie schaffte es, nichts zu seiner Bestellung zu sagen. Während des gesamten Essens im *OF*, einem gediegenen Landgasthof unter Reet, vor dem ausschließlich SUVs und teure Sportwagen abgestellt waren und dessen Gäste allesamt deutlich stilvoller gekleidet waren als Mavie und ihr Begleiter. Sie löffelte ihre mäßig schmackhafte

Kürbis-Koriander-Suppe und versuchte anschließend, des Riesensalates Herrin zu werden, den ein Kellner ihr mit missbilligendem Blick hingestellt hatte, während Philipp sein Steak zu sich nahm. Rind. Kobe. Sehr groß. Sie hatte dreimal blinzeln müssen, bis sie einsah, dass auf der Karte wirklich nicht 30 stand, sondern 300.

Aber sie schwieg dazu. Sie wollte keine Diskussion führen, und im Grunde ging es sie ja auch nichts an, was er wo aß. Zumal sie sich die Pause erlauben konnten, denn Zeit hatten sie genug, Eiseles Vortrag stand für den Abend auf dem Programm – und so, wie sie den Professor kannte, würde er erst unmittelbar vorher eintreffen.

Sie schwieg. Und dachte sich ihren Teil, im sicheren Wissen, dass er ihre Missbilligung nicht spürte. Aber als er seinen saftigen Brocken zur Hälfte verspeist hatte, belehrte sein genervter Blick sie eines Besseren.

»Jetzt hör doch endlich mal auf, so zu gucken.«

»Bitte?«

»Da vergeht einem ja alles. Ich traue mich kaum zu kauen.«

»Was hab ich denn gemacht?«

»Du guckst mich an, als würde ich mit jedem Bissen die Temperatur um mindestens zwei Grad erhöhen, und zwar weltweit.«

»Quatsch.«

»Das«, sagte er und deutete mit dem Messer auf seinen Teller, »ist Kobe-Rind. Und zwar das beste, das ich jemals hatte. Das kann man theoretisch *lutschen*, aber ich kaue auch ganz gern, um meinem Magen die richtigen Signale zu geben.«

»Dann kau doch.«

»Danke«, sagte er, schnitt ein Stück Fleisch ab und steckte es sich in den Mund. Er sah sie an und kaute demonstrativ. Sie lächelte ihr schönstes Buddha-Lächeln aus Zement.

Er kaute. Genüsslich. Dann trank er einen Schluck Wasser. Und sah sie an. »Sag ich ja, das Gegenteil von sinnlich.«

»Fleisch ist sinnlich?«

»Fleisch ist absolut sinnlich, jedenfalls …«

»Rindfleisch?«

»Bedingt. Aber Essen ist Genuss. Und Kobe-Rind erst recht.«

»Ich sag ja auch gar nichts. Aber ich kann's nicht ändern, dass ich die Zahlen kenne.«

»300 Euro.«

»Und ungefähr so viel CO_2 wie unsere Fahrt nach Rotterdam. Das Stück da«, nickte sie in Richtung seines Steaks.

»Da bin ich ja erleichtert. Ist der Porsche also gar nicht so schlimm.«

»So kann man das natürlich auch sehen.«

Er winkte ab und wandte sich wieder seinem Steak zu. »CO_2 wird sowieso überschätzt. Aber das hat schon Helen nicht kapiert. Ihr kleinen Mädchen wollt einfach nicht einsehen, dass ihr dumpf Lobbyarbeit für Kernenergie und Kleinwagenhersteller macht, aber das kommt halt dabei raus, wenn man die Natur für was Niedliches hält, für ein angefahrenes Katzenbaby, das sich nicht selber helfen kann. Hast du mal bei Sturm draußen übernachtet? So viel zum Thema hilfloses Katzenbaby.«

Er schnitt sich ein neues Stück Fleisch ab und kaute. Mit einem Lächeln, das nicht so gemeint war. Das beherrschte sie allerdings auch und zeigte es ihm.

»Genau. So sind wir Mädchen. Naiv in allen Lebenslagen. CO_2 ist doch gut für die Pflanzen, die Erderwärmung passiert so oder so – oder auch nicht, denn es war ja die letzten zehn Jahre kälter, jedenfalls auf deinem Balkon, trotz steigender CO_2-Werte, also ist die ganze Theorie sowieso überholt.«

»Siehst du.«

»Eben«, sagte sie und behielt den ironischen Tonfall eisern bei. »Positives Feedback? Tipping Point? Irreversibel? Eine CO_2-Explosion aus den Speichern, den Meeren, falls es dann versehentlich doch wieder wärmer wird? Bah! Alles Quatsch, sagen die Jungs mit den dicken Autos, die Geolino auf dem Klo lesen können, ohne runterzufallen, und die müssen's ja wissen. Ach ja, und das Methan, wo wir schon mal vom Verdauen sprechen, ist erst recht kein Problem, obwohl es, wie du natürlich weißt, ein zwanzigmal potenteres Treibhausgas ist als CO_2.«

»Sagt man wohl«, sagte er gelangweilt und kaute.

»Davon hat dein toter Kumpel da auf dem Teller zeit seines Lebens jedes Jahr ungefähr 600 Kilo produziert, in Form von, höflich formuliert, Aufstoßen und Darmwinden – und das hätte er sogar ohne Kobe-Massage geschafft. Zusammen mit den anderen Ochsen, die so rumlaufen, macht das jährlich ungefähr ein paar Hundert Millionen Tonnen Methangas.«

»Tja. Was soll er machen, der Ochse.«

»Du *willst* das nicht wissen, richtig?«

»Genau.«

»Aber du willst auch nicht dumm sterben.«

»Natürlich nicht. Sondern gar nicht.«

Er machte sie wahnsinnig. Und sie konnte einfach nicht aufhören. »Allein die Rinderzucht belastet das Klima stärker als alle Europäer und Inder zusammen – brauchst du auch noch Anhaltspunkte für die Belastung, die durch den Transport entsteht? Oder durch die Rodung der Wälder, die *über* sind, weil wir immer mehr Weiden für immer mehr Rinder brauchen? Damit wären wir dann bei fast fünfzig Prozent der Treibhausgase ...«

»Siehste«, unterbrach er sie strahlend und kaute glücklich weiter. »Tu ich doch was Gutes. Dieses Rind richtet jedenfalls keinen Schaden mehr an.«

Sie erwiderte sein Lächeln und nickte. »Danke.«

»Aber, psst, ich kann die ja nicht alle allein essen, das sind doch Milliarden. Aber wenn ich nächstes Mal nach Indien fliege, nehme ich mein Bolzenschussgerät mit, versprochen. Heilig hin, heilig her, die Viecher gehören doch alle kaltgemacht. Aber vorher warm.«

»Du nimmst gar nichts ernst, oder?«

Er nickte. »Doch. Die Rettung der Welt«, sagte er mit reichlich Pathos, »beginnt zu Hause! Mit der Ökosparfunzel im Badezimmerspiegel, auch wenn frau dann immer aussieht wie irgendwas Lustiges von Roncalli. Und der heimische Herd entscheidet über Gedeih und Verderb des Planeten.«

»Eben.«

»Sagst du doch nur, weil du dich nicht schminkst. Und kein Fleisch magst.« Er spießte ein Stück auf und hielt die Gabel hoch. »Probieren?«

»Danke, nein.«

»Gerne«, sagte er und kaute.

»Versuch's doch mal mit Känguru«, sagte sie. Freundlich, denn sie hatte ihn nicht provozieren wollen. Er hatte angefangen, nicht sie.

»Es gibt kein Kobe-Känguru«, sagte er. »Außerdem schmecken die Viecher genauso bescheuert, wie sie aussehen. Ich weiß, ich weiß«, winkte er wieder ab. »Die furzen kein Methan, die haben einen Kat.«

»Beziehungsweise andere Enzyme.«

»Macht nichts besser, jedenfalls nichts leckerer. Außerdem ist die Känguruzucht im Arsch, mit Verlaub, denn nächstes Jahr kommt *Kang Kong.*«

Sie sah ihn fragend an.

»Die werden doch seit ein paar Jahren massenhaft gezüchtet, deine Beutel-Burger.«

Sie nickte. »Die Amerikaner stehen drauf.«

»Toter Markt. Ab dem nächsten Jahr. *Kang Kong* ist Pixar, Disney. Wird supercool. Supersüß. Gibt's dann in jedem *Happy Meal,* aus Plastik mit Sound, auch die ganze Familie von Kang. Und glaub bloß nicht, dass danach noch ein einziges Kind zwischen hier und Tokio Känguru isst.«

Sie musste lachen. Es war vollkommen absurd. Sie schüttelte den Kopf und sah ihn an, entschuldigend. »Ich wollte dir dein Steak nicht vermiesen.«

Er legte die Serviette weg. »Hast du auch nicht geschafft. Ich bin satt.« Er winkte nach dem Kellner. »Und in Anbetracht der Tatsache, dass wir uns mit echten Arschgeigen angelegt haben, die notfalls Unfälle passieren lassen, siehst du mir sicherlich nach, dass ich auch weiterhin skrupellos Rinder esse.« Der Kellner war neben ihm stehen geblieben. »Die Rechnung, bitte.«

»Gern. War es recht?«

»Exzellent. Aber die Dame merkt zu Recht an, Sie sollten mal an den Hersteller weitergeben, dass er die bei der Produktion entstehenden Gase abfackeln möchte. Die Chinesen heizen mit so was demnächst ganze Städte.«

Der Kellner sah ihn höflich verwirrt an, Mavie ebenfalls. Und während der Kellner Philipps Kreditkarte entgegennahm und sich mit einem leisen Nicken zurückzog, legte sie überrascht den Kopf schräg.

»Du weißt ja doch, wovon ich rede.«

»Ich bin nicht blöd, ich esse nur gern Rinder. Spricht irgendwas gegen einen Espresso und Grappa?«

»Nein.«

»Schwein gehabt.«

17

Als sie in Rotterdam von der Autobahn abfuhren und Philipp den Porsche auf die Spur Richtung Zentrum einreihte, merkte er beruhigend an, Rotterdam verliere im Dauerregen wenig von seinem Charme, da es ohnehin keinen habe. Was Mavie erstens nebensächlich fand und zweitens falsch, denn auf dem Weg durch die Stadt hatte sie den Eindruck, nicht allzu weit gekommen zu sein, sondern sich durch eine kleinere Kopie von Hamburg zu bewegen. Die Masten der Rotterdamer Köhlbrandbrücke, der Erasmusbrücke über die Maas, waren allerdings etwas ambitionierter geknickt, und die Kehrwiederspitze war etwas kürzer und hieß Wilhelminapier. Dafür standen höhere Hochhäuser als in Hamburg auf der Spitze, und in deren langem Schatten, direkt am Wasser, stellte Philipp den Porsche ab. Vor einem vergleichsweise winzigen Backsteinbau, der sich vor die Füße der Türme verirrt zu haben schien und in großen Lettern von direkt unter dem Dachfirst trotzig verkündete, er repräsentiere die *Holland America Lijn.* Beziehungsweise habe die früher repräsentiert, denn inzwischen hieß er bloß noch *New York* und war ein Hotel.

Philipp hatte während der Fahrt mehrfach mit Lisa Weiß telefoniert und mehrfach nicht fassen können, was sie ihm mitteilte, nämlich dass Rotterdam praktisch ausgebucht sei, jedenfalls in der Kategorie, in der er offensichtlich normalerweise abstieg. Was ebenso offensichtlich mit einigen Kongressen zusammenhing, allerdings nicht klimawissenschaftlichen, sondern medizinischen. Was Philipp beruhigte, da wohl niemand vermummt gegen Virologen protestieren würde, er sich also keine Sorgen zu machen brauchte, dass irgendwelche militanten Gaia-Freunde seinen Porsche mit Coladosen oder Molotowcocktails bewerfen würden.

Am Ende ihrer von Hamburg aus geführten Dauertelefonate hatte Lisa Weiß Glück gehabt. Die Rezeption des grundsätzlich ausgebuchten *New York* hatte zurückgerufen, jemand hatte kurzfristig abgesagt, und so konnte sie ihrem Chef zufrieden mitteilen, die *Dierectievertrek Maaszijde* sei für ihn gebucht und werde sicherlich all seinen Wünschen entsprechen.

Mavie hatte sich die Frage verkniffen, ob nicht zwei Einzelzimmer in einem Bahnhofshotel die bessere Idee gewesen wären. Es spielte keine Rolle, wo sie wohnten – entscheidend war, dass sie Eisele zu fassen bekamen. Aber als Philipp nach dem Abstellen des Porsche das Handschuhfach öffnete und die beiden Plastikpistolenteile herausnahm, sah sie sich doch zu einem Räuspern gezwungen. Sowie einer Frage: ob das nötig sei.

»Das wollen wir doch nicht hoffen.«

»Wieso hast du überhaupt eine Waffe?«

»Gegen Kleinaktionäre. Weil mich mal einer von denen besucht hat, Ende der Neunziger, in meiner Tiefgarage. Damals hatte ich keine, aber er hatte eine. Ich hab ihm die 100 000 ersetzt, obwohl es seine eigene Schuld gewesen war – was hört der Idiot auch auf seine Bank? Aber seitdem hab ich eben selber eine. Frei nach Opas Lebensmotto: Besser 'ne Knarre haben und sie nicht brauchen, als 'ne Knarre brauchen und sie nicht haben.«

Philipp zahlte bar, im Voraus. Niemand verlangte seinen Pass, niemand runzelte die Stirn, als er sich und Mavie als Ehepaar Walther aus Bremen vorstellte und ins Buchungsverzeichnis eintippen ließ. Das freundliche Mädchen an der Rezeption, platziert vor dreißig identischen Uhren an der Wand, die sämtliche für Weltumsegler relevanten Ortszeiten von Hawaii bis London anzeigten, beglückwünschte sie zu ihrem Zimmer, dem schönsten im Haus, ein schottischer Gast habe praktisch im gleichen Augenblick abgesagt, in dem sie mit Philipps Büro gesprochen hatte. Philipp erwiderte erfreut, normalerweise sei er kein Fan von schottischem Geiz, in diesem Fall jedoch dankbar, ließ allerdings danach einen skeptischen Blick durch die Lobby wandern, den Mavie entsetzlich unhöflich fand. Und unpassend, denn sie mochte das, was sie sah.

Er nicht. Weder die vielen kleinen Überwachungskameras, die das Ehepaar Walther von überall her einfingen, noch die Möbel, noch die Wandfarbe, noch die schmiedeeiserne Treppe nach oben, mochte sie auch noch so charmant an die Vergangenheit des Hauses erinnern. Was ihm fehlte, war der Lift. Und als sie das Zimmer betraten, einen schönen und großzügigen Raum, eingerichtet mit antiken Möbeln, die charmant wie das ganze ehemalige Durchgangshaus daran erinnerten, dass hier für Abertausende der Weg in die unbekannte *Neue Welt* Amerika begonnen hatte, knurrte Philipp bloß: »Super, Sperrmüll«, warf seine Tasche auf einen der Sessel vor dem Kamin und zog seinen iAm heraus.

Während er seiner fernen Assistentin mühsam beherrscht für die *Bruchbude* dankte und sie bat, beim nächsten Mal wieder irgendwas Sicheres zu buchen, keine Touristenattraktion für blinde Japaner, stellte Mavie beruhigt fest, dass das Designerbett – kein Artefakt aus alter Zeit – problemlos auseinanderzuschieben war. Die Wand dahinter war kunstvoll gewischt, allerdings nachträglich zusätzlich verziert worden mit haufenweise kleinen rostroten Flecken in den unterschiedlichsten Formen. Mückennetze schienen nicht zum Wellness-Angebot des Hotels zu gehören.

Sie trat ans Fenster und schaute hinaus auf das Hafenbecken, dessen Inhalt nicht so aussah, als wolle er sich noch lange von den Kaimauern am Landgang hindern lassen. Sofern auch Rotterdam ein Problem mit *craspedacusta* hatte, brauchten die Hafenbewohner nicht nur zusätzliche Mückennetze.

Philipp legte mit einer geknurrten Verabschiedung auf, und Mavie verkniff sich jeden Kommentar zum Verhalten ihres Begleiters. Er hatte wenig geredet während der Fahrt, nach ihrem Stopp im *OF*. Kein Wort über seine Schwester. Sie wusste, dass er und Helen einander immer sehr nah gewesen waren, dass er, der große Bruder, sich als ihr Beschützer gesehen hatte. Er musste erschüttert sein, todtraurig, verzweifelt, aber offenkundig gehörte es nicht zu seinem Verhaltensrepertoire, Schwäche zu zeigen oder wenigstens seine Trauer auszusprechen. Was ihm blieb, waren unfreundliche Bemerkungen oder schweigender Zorn. Und den ließ er eben an den Falschen aus, an der armen Lisa Weiß oder den Möbeln im *New York*, solange er noch nicht die Richtigen gefunden hatte.

Sie hoffte nur, er würde erst gründlich nachfragen und dann ausrasten. Erst recht, sofern er beabsichtigte, seine Waffe einzusetzen.

Sie sah auf die Uhr. Es war halb sechs, ihnen blieben zwei Stunden bis zum Beginn von Eiseles Vortrag.

Sie nahm ihr Handy heraus, wählte Eiseles Nummer und ließ es fünfzehnmal ins Leere klingeln. Sie legte auf, rief die Erasmus-Universität an, in deren Räumen der Vortrag stattfinden sollte, und fragte sich durch, bis sie eine Mitarbeiterin erreichte, die wusste, worum es ging. Eine Mitarbeiterin der Rotterdam School of Management, wie sie überrascht zur Kenntnis nahm.

Ja, der Vortrag werde stattfinden. Nein, es habe keine Absage gegeben. Nein, Professor Eisele sei noch nicht eingetroffen. Ob sie auf der Gästeliste stehe? Ja. Ob sie einen weiteren Gast mitbringen dürfe? Ausgeschlossen.

Sie dankte. Legte auf und sah Philipp an.

»Kannst du mal auf Charme umschalten?«

18

Um Viertel nach sechs parkte Philipp den Porsche auf dem Campus, um zwanzig nach sechs hatte Mavie ihn überredet, die Waffe im Handschuhfach zu lassen, und um halb sieben hatten sie das Büro von Anja Doorn gefunden, der Frau, mit der sie telefoniert hatte. Philipp sprühte derartig vor Charme, dass Mavie ihm jederzeit einen Gebrauchtwagen abgekauft hätte, aber Doorn war, obgleich ebenfalls charmant, nicht zu beeindrucken. Die Veranstaltung sei nicht öffentlich, nur die akkreditierten Teilnehmer würden eingelassen.

Philipp lächelte unbeeindruckt weiter, wies darauf hin, es könne sich nur um einen Fehler handeln, er sei akkreditiert, und zog zu Mavies Überraschung einen Presseausweis aus seiner Brieftasche. Den Doorn allerdings nur eines kurzen Blickes würdigte, um dann, immer noch lächelnd, erneut zu bedauern. Es stünden zwar einige wenige Journalisten auf der Liste, er allerdings nicht. Leider.

Er wahrte sein angebliches Journalistengesicht, indem er ihr freundlich mitteilte, seine Redaktion werde sie noch einmal anrufen und versuchen, das Missverständnis aufzuklären. Sie ließ ihn lächelnd wissen, das werde leider auch nichts nützen.

»Bitch«, sagte er, allerdings erst, als sie wieder draußen standen, im Regen. »Aber gut. Schleichen wir uns halt hintenrum rein, wie damals. Wir sind hier ja wohl immer noch an 'ner Uni. Jeder Hörsaal hat Notausgänge.«

Sie fanden das Gebäude, in dem Eiseles Vortrag stattfinden sollte. Sie fanden sogar die Notausgänge, an der Rückseite. Aber vor beiden Notausgängen standen Menschen, und zwar nicht irgendwelche Menschen, sondern Kleiderschränke in Anzügen, mit Spiralkabeln in den Ohren.

Mavie und Philipp sahen sich nicht zum ersten Mal verwundert an, aber diesmal sprach Philipp aus, was sie die ganze Zeit irritierte.

»Was soll das? Geschlossene Gesellschaft? Handverlesene Journalisten, und wer sonst noch? An 'ner Wirtschaftsakademie? Hat dein Klimagott sich verlaufen?«

Sie schüttelte den Kopf. »Er hält dauernd Vorträge«, sagte sie. »Nicht nur vor Wissenschaftlern. Die Industrie zahlt einfach besser.«

»Das ist ja wohl kein Grund, gleich den Secret Service dazuzubitten.«

Sie gingen wieder nach vorn, zum Haupteingang, vorbei an einem steinernen Erasmus, der hartnäckig in sein Buch starrte, als ginge ihn das alles nichts an, und unternahmen einen letzten Versuch. Sie zeigte dem schwarzen Anzug vor dem verglasten Eingang ihre Einladung, der Mann trat zur Seite. Als Philipp ihm seinen Presseausweis zeigte, schüttelte er den Kopf.

Mavie sah an dem Wächter vorbei ins Innere des Gebäudes. In der Empfangshalle und auf den Fluren standen etwa hundert weitere Anzugträger, an Stehtischen, in Gruppen miteinander plaudernd. Etwa drei Viertel der Anzüge sahen teuer aus, der verbleibende Rest etwas staubig und wie Ende der Achtziger aus der Mode gekommen, nach Wissenschaftler-Kleiderschrank.

Sie wandte sich von dem Wächter ab, lächelnd, und zog Philipp ein paar Schritte vom Eingang weg. Zu den etwa fünfzehn Anzugträgern, die hier versprengt standen, mit Zigaretten in den arroganten Gesichtern.

Es blieb ihnen nichts anderes übrig.

Sie warteten.

Unter dem Vordach, über das Regen unablässig nach unten tropfte, vor ihre Füße.

Um Viertel nach sieben tauchten zwei schwarze Limousinen aus der Regenwand auf und näherten sich im Schritttempo dem Eingang, vor dem Mavie, Philipp und die rauchenden Anzüge warteten. Die erste Limousine hielt, der Beifahrer stieg aus, ein Schrank wie der Wächter vor dem Eingang, und hielt einen Regenschirm über die Tür zum Fond. Er öffnete die Tür, und Fritz Eisele stieg aus, mit einem seiner noch im Wagen sitzenden Mitfahrer plaudernd.

Mavie sollte über die ersten Sekunden ihres Wiedersehens noch lange nachdenken. Denn es war verblüffend, in welch kurzer Zeit sie gefühlsmäßig Achterbahn fuhr.

Als Eisele sich in Richtung Eingang wandte, lächelte er. Als er sie erkannte, keine drei Meter von ihm entfernt, spiegelte sich für Sekundenbruchteile Überraschung in seinem Blick, dann lächelte er umso breiter, erfreut, sie zu sehen. Aber es dauerte nur ein paar weitere Sekundenbruchteile, und seine Freude machte Irritation Platz, als er begriff, dass Mavie nicht allein gekommen war, sondern in Begleitung eines finster blickenden Mannes.

Aber das sollte nur der Beginn von Mavies Achterbahnfahrt sein. Denn während der Professor auf sie zutrat, unter dem Schirm seines Begleitschrankes, stiegen unter den Schirmen weiterer hinzugeeilter Helfer die drei Begleiter des Professors aus dem Wagen, zwei grau melierte Herren in feinem Zwirn und, als Letzter, ein fast kahler kleiner Mann, der sich im Anzug nicht ganz so wohl zu fühlen schien wie im Laborkittel.

Eisele begrüßte Mavie herzlich.

»Mavie. Welche Überraschung«, sagte er und begrüßte sie mit einem herzlichen Händedruck, aber dann bemerkte er ihren Blick, der an ihm vorbei zum Wagen sprang und dort blieb.

Eisele drehte sich um.

Gerrittsen erstarrte förmlich, als er Mavie sah. Aber auch das dauerte nur Sekundenbruchteile, und im nächsten Augenblick schien es, als wolle ihm die Krawatte vom Hals platzen, direkt unter dem roten Kopf. Mit einem Blick, mit dem man Nägel hätte einschlagen können, marschierte er auf Mavie, Philipp und Eisele zu, an ihnen vorbei, ohne zu verlangsamen, und schnaubte wütend: »Was für eine Impertinenz! Was für eine bodenlose Unverschämtheit!«

Es hagelte Blicke. Auf Gerrittsen, auf Eisele, zuletzt, ausdauernd, auf Mavie. Irritierte Blicke aus den Gesichtern der distinguierten Herren, die die beiden Professoren hierher begleitet hatten. Eisele lächelte in die Runde, signalisierte den Umstehenden mit souveräner, minimalistischer Geste Entwarnung, sah Gerrittsen kurz hinterher, der ins Gebäude verschwunden war, und schob Mavie höflich einen Schritt beiseite, eine federleichte Hand in ihrem Rücken.

»Du lieber Gott«, sagte er höflich, »was ist denn zwischen Ihnen beiden vorgefallen?«

»Ich …«, sagte sie. »Also, wenn, dann wissen das doch eher Sie als ich. Er hat mich gefeuert …«

»Ja, darüber haben wir kurz gesprochen. Er hat mir aber versichert, dass er auf alle rechtlichen Schritte verzichten wird, trotz Ihres Fehlverhaltens.« Sie wollte etwas erwidern, doch er hob die Hand und fuhr fort: »In *seinen* Augen. Ich bin überzeugt, dass Sie nichts Verbotenes getan haben. Wenngleich er mir sagte, sie hätten versucht, irgendwelche Daten auf ihren PA zu kopieren und aus dem Institut zu schmuggeln, was, bei allem Respekt, keine Marginalie ist. Aber ich habe mich für Sie eingesetzt und kann Ihnen versichern, dass er die Sache auf sich beruhen lassen wird.«

»Kann ja sein«, sagte Philipp. »Aber wir nicht.«

Eisele sah ihn an. Als wäre er ein Passant, der ein Privatgespräch belauscht hatte und jetzt auch noch die Unverfrorenheit besaß, sich einzumischen. »Und Sie sind?«, sagte er von sehr weit oben herab.

»Philipp von Schenck«, erwiderte Philipp, aus der gleichen Höhe. »Frau Hellers Chauffeur, aber hauptsächlich Bruder einer Frau, die wegen ihres kleinen dicken Freundes sterben musste. Weshalb Sie, bei allem nicht vorhandenen Respekt, ihn jetzt bitten, sich wieder zu uns zu gesellen und meine Fragen zu beantworten. Andernfalls findet hier nicht Ihre Veranstaltung statt, sondern ein Polizeieinsatz.«

Eisele sah ihn an wie etwas, was unter seinem Schuh geklebt hatte. Er würdigte ihn keiner Antwort, sondern wandte sich an Mavie. »Was soll das?«

»Helen. Philipps Schwester. Helen ist umgekommen, bei einem Unfall. Einem angeblichen Unfall. Sie war Journalistin, und ich hatte ihr von dem erzählt, was ich in dieser Nacht gesehen habe. *Prometheus*. Gerrittsens Programm …«

Eisele sah fragend zwischen Mavie und Philipp hin und her. »Was?«

»Ich hatte Ihnen davon erzählt, in der Nacht …«

»Ja, ja, ich weiß«, unterbrach Eisele sie. »Aber ich hatte Ihnen doch schon bei dem Gespräch versichert, dass das bedeutungslos ist – was ja auch Bjarne mir bestätigt hat … aber inwiefern sollte das mit dem …« Er nickte Philipp zu, respektvoll. »Mit dem Tod Ihrer Schwester zu tun haben? Den ich natürlich zutiefst bedaure. Aber ich verstehe nicht …«

»Sie hat mit ihm telefoniert«, sagte Mavie, »und vermutlich hat ihm nicht gefallen, was sie wusste. Und ein paar Stunden später war sie tot.«

Eisele sah Mavie an. Ungläubig. Sie nickte. »Wir wissen nicht, wen sie erreicht hat. Möglicherweise nicht Professor Gerrittsen, aber dann müsste er uns sagen, wer meinen iAm hatte. Beck oder wer sonst.«

»Beck?«, sagte Eisele und klang endgültig verwirrt.

»Gerrittsens Chefdesigner.«

»Ich verstehe nicht«, sagte Eisele.

»Wir auch nicht«, sagte Philipp. »Also holen wir doch den dazu, der's weiß. Und zwar jetzt.«

Wieder runzelte Eisele die Stirn. Wieder sah er Mavie an, wieder Philipp. Dann sah er auf seine Uhr, nickte und schüttelte im nächsten Augenblick den Kopf, mit Blick in Richtung Foyer. Hunderte Augenpaare blickten mehr oder weniger unverhohlen in seine Richtung.

»Ja«, sagte er. »Das scheint mir zwingend erforderlich, um die Sache aufzuklären. Aber sicherlich nicht jetzt.«

»Wir …«, sagte Mavie.

»Ja«, sagte er wieder. »Wirklich, ich verstehe Sie. Beide. Aber Bjarne Gerrittsen ist einer meiner ältesten Freunde und Weggefährten, und ich kann Ihnen versichern, dass sich dieses Missverständnis wird aufklären lassen. Erst recht kann ich Ihnen versichern, dass er nichts mit dem Tod Ihrer Freundin zu tun hat. Sie verstehen aber bitte, dass wir unser Gespräch nicht jetzt führen können, denn ich werde erwartet – und meine Gäste sind von weit her angereist. Es wird«, sagte er freundlich, aber sehr bestimmt, »jetzt keinen Eklat geben. Wir treffen uns nach der Veranstaltung, Sie beide, Bjarne und ich. Wo sind Sie?«

»Im *New York*«, sagte Mavie zögernd. Sie war nicht einverstanden. Aber ihr war auch klar, dass sie ihn und Gerrittsen nicht zwingen konnten.

Eisele zog kurz die Augenbrauen hoch. »Das macht es einfacher, wir haben das gleiche Hotel. Um zehn. In der Lobby lässt es sich in Ruhe reden.«

Und ehe Mavie oder Philipp noch etwas sagen konnten, hatte er beiden die Hand geschüttelt, mit einem letzten ernsten Blick, und war ins Innere des Gebäudes verschwunden, flankiert von seinen Kleiderschränken, und in einem Meer aus Anzügen und Köpfen untergegangen.

19

Noch ehe sie den Porsche erreicht hatten, fand Mavie sich zu ihrem Leidwesen in einer Position wieder, die sie gar nicht einnehmen wollte. Denn Philipp fügte sich nur für ein paar Schritte Richtung Parkplatz schweigend Eiseles Bitte um Geduld und Contenance, dann blieb er stehen, stutzte und sagte, mehr zu sich selbst, so weit komme es noch, dass er anfinge, auf »arrogante Schwuchteln« zu hören. Als er auf dem Absatz kehrtmachte, um die »kleine Kröte am Schlips aus dem Hörsaal zu schleifen«, sah Mavie sich gezwungen, ihn zu besänftigen und ihm zu versichern, Fritz Eisele sei ein hochanständiger, integrer Mann und genieße ihr vollstes Vertrauen. Wozu sie ihre eigenen Bedenken herunterschlucken und sich argloser geben musste, als sie es war. Aber hätte sie Philipp das gestanden, wäre der erst recht in den Hörsaal getobt beziehungsweise auf dem Weg dorthin von den großen Anzügen festgenommen oder zusammengeschlagen worden, und das erschien ihr erst recht nicht *zielführend*.

Er fluchte weiter vor sich hin, auf dem Weg zum Hotel. Die Windschutzscheibe musste sich einiges anhören, unter anderem diverse Kraftausdrücke, die nicht nur dem *feisten Arsch* Gerrittsen galten, sondern auch einigen Rotterdamer Autofahrern, den Stadtplanern, der Stadt an sich, Holland an sich und im Besonderen ihrem *Guru*, Eisele, einem *schwulen Schnösel*, einem *Wichser*, einem *prätentiösen Sackgesicht*.

Sie ließ ihn schimpfen. Stellte keine Fragen, als er den Porsche auf dem Parkplatz zwischen den Türmen abstellte, ausstieg, sich nach rechts wandte, statt das *New York* anzusteuern, und im *Ono*, dem Restaurant im Erdgeschoss des Montevideo-Turms, knurrend einen Tisch verlangte. Sie ließ ihn gewähren. Fand zwischendurch beschwichtigende Worte, wahlweise zustimmende Laute. Schloss sich seiner Sushi-Bestellung an, verzichtete, anders als er, auf den Sake, und ließ ihn weiterschimpfen. Die Abstände zwischen seinen geknurrten Ausbrüchen wurden allmählich länger. Und nach dem zweiten Sake hatte er sich so weit abreagiert, dass er richtig unangenehm wurde. Nämlich kalt und logisch.

»Der verarscht dich sauber«, sagte er.

»Keine Sorge, Gerrittsen …«

»Eisele. Du bist so dämlich, das tut schon weh.«

»Danke. Das wurde aber auch Zeit, dass *ich* jetzt mein Fett abkriege. Wofür? Weil ich, im Gegensatz zu dir, klar denke?«

»Warum ist der Typ *Gott?* Komm mal runter von deinem Trip, Studentin, du warst vielleicht 'ne sportliche Abwechslung für den Herrn, aber der nimmt dich schon lange nicht mehr ernst.«

Sie hätte ihn am liebsten geohrfeigt, aber die Kellnerin trat im richtigen Moment dazwischen und stellte ihr lächelnd ein paar Sushirollen in den Weg.

»Ah!«, sagte sie, faltete ihre Serviette auf, nickte desinteressiert und tupfte ihren Gurken-Maki in die Sojasauce. »Verstehe. Willkommen beim Pissing Contest der Alphatiere. Und deshalb regst du dich so auf, die ganze Stänkerei, alles nur *Der Neid der Besitzlosen?* Vielen Dank für das Gespräch.«

Für einen Augenblick nahm ihm das tatsächlich den Wind aus den Segeln. Aber er erholte sich schnell. »Nein«, sagte er, »darum geht's nicht, aber mach trotzdem mal die Augen auf. Der Typ ist nicht koscher.«

»Weil er nicht möchte, dass ein wütender Irrer seine Veranstaltung stört?«, sagte sie spöttisch und angelte sich die nächste koschere Gurke, »und so seinen in der Tat exzellenten Ruf im Vorbeigehen kaputt macht?«

»Nein. Weil er mit Bodyguards reist.«

»Er hat nicht nur Freunde.«

»Ich hab auch nicht nur Freunde.«

»Du gehörst aber auch nicht zu den wichtigsten Klimaexperten der Welt.«

»Ach, die reisen alle mit Leibwächtern? Wer will dem denn an die Wäsche? Ferrari-Fans, die Angst vor höheren Spritsteuern haben?«

»Eher die anderen. Er findet manchmal sehr drastische Worte, auch gegen Erbauer von *erneuerbaren* Luftschlössern.«

»Oh, verstehe! Der Gutmensch, gehetzt und gestalkt von militanten Ökokommandos! Greenpeace-Schläfer im Anmarsch! Dein Milzbrandscheck ist in der Post! Alles klar. Aber sollten die nicht vorher ein paar Dutzend Präsidenten abknallen, ein paar Ölbosse, Dick Cheney, Müller-Milch?«

»Vielleicht ist er einfach nur vorsichtig.«

»Und vielleicht redet er auch nur vorsichtig vor lauter Rotariern, die vor Geld kaum laufen können, an einer Wirtschaftsakademie in Rotterdam, geschlossene Gesellschaft. Und sowieso, Rotterdam! Warum nicht mal nett zusammensitzen in der fettesten europäischen Raffinerie, passt doch alles, nur nicht unbedingt zum Retter der Eisbären und Bäume.«

»Wie ich schon sagte. Er ist ein begehrter Redner, und die Rotarier zahlen garantiert besser als Greenpeace.«

»Siehst du, das meine ich mit Schulmädchenschwärmerei. Egal, was ich sage, Eisele ist Gott.« Er winkte nach der Kellnerin und deutete auf seinen leeren Sake-Becher, dann stopfte er sich eine weitere California-Roll in den Mund und kaute energisch.

»Eisele ist nicht Gott, aber er hilft uns. Was soll er denn machen, außer Gerrittsen am Kragen packen und zu uns bringen? Er hatte doch bis eben keine Ahnung ...«

»Sicher«, unterbrach Philipp sie, energisch nickend. »Sicher. Er hatte keine Ahnung, von nichts. Er kann zwar zaubern und dich beim supergeheimen IICO unterbringen, er hört sich zwar interessiert an, was du dir da so alles an supergeheimen Dingen ansiehst, aber er ruft danach natürlich *nicht* seinen Krötenfreund an und hat *keine* Ahnung, bis heute nicht.«

Sie schwieg. Er hatte ausgesprochen, was sie einen schwachen Augenblick lang selbst gedacht hatte, aber sie war gedanklich bereits mehrere Schritte weiter.

»Er hat Gerrittsen angerufen«, sagte sie.

»Aha?«, sagte er.

Sie nickte. »Klar. Und Gerrittsen hat ihm erzählt, was ich gemacht habe. Und dass die Prognose eine Simulation ist. Was nicht stimmt. Aber wieso soll Eisele daran zweifeln? Gerrittsen hat ihm erzählt, dass er mich trotzdem feuern musste, nicht wegen der Prognose, sondern wegen meines Fehlverhaltens. Was wiederum Eisele versteht. Dass er mich trotzdem schützt, ist mehr als ehrenwert.«

»Wieso schützt?«

»Auf meinem iAm waren die gleichen Daten wie auf dem Mem-Stick. Die haben meinen iAm, die wissen und können beweisen, dass ich streng vertrauliche Daten in meinem Privatbesitz hatte. Dem Vertrag nach, den ich unterschrieben habe, gehöre ich vor ein ordentliches Gericht, mein Konto wäre danach leer bis zu meiner Beerdigung, und meine Karriere könnte ich beim Bäcker fortsetzen. Wem habe ich zu verdanken, dass Gerrittsen mich nicht verklagen lässt?«

Philipp mampfte schweigend sein Sushi.

»Eben«, sagte sie. »Eisele. Und mir ist völlig egal, wieso er mit Bodyguards reist oder sich von Rotariern applaudieren lässt. Er ist unser Zugang zu Gerrittsen, und Gerrittsen hat die Antworten auf unsere Fragen: Was ist mit der Prognose, wen hat Helen auf meinem iAm erreicht, wer hat sie umgebracht – oder umbringen lassen? Und wenn du mich fragst, war das nicht die dicke Kröte.«

Er schnaubte spöttisch. »Sagt dir deine weibliche Intuition.«

»Ja«, nickte sie. »Genau die. Ich hab's doch gesagt, ich hatte schon bei diesem bescheuerten Verhör das Gefühl, dass Gerrittsen gar nicht weiß, was wirklich läuft. Er unterschätzt sein eigenes Programm, aber vor allem unterschätzt er seine Leute, seine Firma. Der Typ ist Wissenschaftler, ein klassischer Fall von Elfenbeinturm, ohne allzu viel Ahnung von der Welt da draußen.«

Philipp schüttelte den Kopf. »Das ist schon wieder Schulmädchen. Alles Gutmenschen, alles Wissenschaftler, Klimaengel, Weltretter – und irgendwo im Hintergrund hängt unsichtbar das Erzböse in den Kulissen und zieht Strippen? Luzifer, oder hat der auch einen bürgerlichen Namen?«

»Beck«, sagte sie.

»Beck«, sagte er. »Hilf mir mal.«

»Gerrittsen ist eitel. Wenn einer wie Gerrittsen halb versehentlich sagt, *Prometheus* sei Becks Erfindung, und dann zurückrudert und sagt, er habe natürlich nur den Namen des Programms gemeint, dann können wir davon ausgehen, dass Beck eine Menge weiß. Ich hab ihn erlebt, der Typ ist, vorsichtig gesagt, verhaltensauffällig. Und *er* stand bei dem Verhör neben Gerrittsen, *er* hat das Gespräch geführt, *er* hat verhindert, dass sein ›Boss‹ was Falsches sagt, *er* hat mich entlassen …«

Philipp nickte, setzte ein Lächeln auf, das nicht so gemeint war, und hob den Zeigefinger.

»Bitte«, sagte sie.

»Wieso hat Beck *dich* nicht gekillt? Beziehungsweise, sorry, killen *lassen*, denn Typen wie der machen sich ja nicht die Finger schmutzig.«

»Weil ich zu schnell weg war. Weil er meinen iAm erst durchsucht hat, als ich schon im Flieger saß. Beziehungsweise nachdem Helen ihn erreicht und ins Blaue geschossen hatte. So wie ich deine Schwester kenne, hat sie die fehlenden sechzig Prozent dazuerfunden und auch gleich noch behauptet, die Beweise seien auf dem Weg zu ihr.«

»Dann hätten sie dich aber spätestens nach der Landung erwischt.«

»Sofern nicht die Journalistin erst mal Priorität hatte.«

Sie verstummte und senkte den Blick. Er schwieg ebenfalls. Beide schoben Sushi-Rollen auf ihren Tellern von links nach rechts, als änderte das etwas an Mavies Schuld.

Philipp brach das Schweigen. »Sie hätten dich direkt danach gekriegt.«

»Wenn sie gekonnt hätten«, sagte sie. »Aber dazu hätten sie mich finden müssen. Sie waren in meiner Wohnung, aber da war ich nicht. Meinen iAm hätten sie orten können, aber der lag bei ihnen selbst. Und als sie bei meinem Vater nachgeschaut haben, ob ich da bin, war ich bereits wieder weg, nämlich bei dir. Und du stehst nicht auf der Liste meiner Freunde.«

»Was für ein Glück«, sagte er.

»Was das betrifft, ja.«

Er brachte ein spöttisches Lächeln zustande. »Das heißt, wir brauchen Gerrittsen als Bestätigung – und als Kronzeugen, sozusagen. Dass Beck deinen iAm hatte?«

Sie nickte. »Das wird er uns ja wohl sagen können. Oder er bestätigt uns, dass er selbst mit Helen gesprochen hat. In dem Fall wird er aber auch wissen, wem er davon erzählt hat. Vielleicht ist Luzifer auch der bislang große Unbekannte, zuständig für die gesamte Security des IICO, Ex-CIA, Mafia oder Schlimmeres.«

»Aber deine weibliche Intuition sagt was anderes.«

Mavie nickte. »Mit Nachdruck: Beck.«

20

Man war so freundlich, ihnen einen Schirm zu leihen. Der Weg vom *Ono* zum *New York* war kurz, aber der warme Regen hatte, wie vorhergesagt, zugenommen. Über das schwarze Wasser schoben sich, wie in Hamburg, die unvermeidlichen Schlepper und fischten Gallertmasse aus dem Hafenbecken. Die Quallen fühlten sich offenbar auch in Holland wohl.

Was Mavie von sich selbst nicht behaupten konnte, nicht nur, weil sie wegen des bevorstehenden Treffens mit Eisele und Gerrittsen nervös war. Auch ihr Begleiter machte sie zunehmend unruhig, denn dessen vergleichsweise kühle und logische Art nach dem ersten Sake war offensichtlich nur eine Zwischenstation auf dem Weg über die Promillegrenze gewesen. *In Sake veritas.* Und zwar eine Wahrheit, die Mavie nicht kennen wollte. Sie war sicher, dass er damit viel erreicht hatte, in seinem bisherigen Leben. Das unbesiegbare Alphatier, nun leicht angeschlagen, exklusiv für sie. Ein Vertrauensbeweis.

Das im nüchternen Zustand aggressive Bellen zu einem Knurren gedämpft, irgendwo zwischen Bär und Bettvorleger, ein doppelt verlockendes Signal für Weibchen, jedenfalls für solche mit Helfersyndrom und einem IQ knapp über Zimmertemperatur.

Schon unter normalen Umständen hätte sie das einfach nur peinlich gefunden, aber unter diesen besonderen Umständen ging es ihr senkrecht auf die Nerven.

Das *New York*, bemerkte er, habe keinen Wellnessbereich. Sie seien beide komplett verspannt. Schlechte Voraussetzungen für einen großen Termin. Ganz schlecht. Denn bei solchen Terminen müsse man souverän sein, nicht verbissen, den Kopf frei haben. Eben entspannt sein.

Das konnte einfach nicht sein Ernst sein.

Sie sei entspannt, sagte sie. Bestens vorbereitet.

Der Zaunpfahl flog an seinem Gehirn vorbei.

Er beneide sie. Werde aber seine innere Ruhe garantiert ebenfalls wiederfinden, nachdem er sich eine halbe Stunde hingelegt habe. Einfach mal durchatmen.

Das *New York* biete immerhin ein Fitnessprogramm, sagte sie, als sie durch die hölzerne Drehtür das Hotel betraten, und unterdrückte ein Ächzen, als sie seinen nun erst recht dämlichen, weil hoffnungsvoll fragenden Blick auffing.

»Du kannst schon mal das Doppelbett auseinanderschieben. So weit wie möglich.«

Immerhin, der dämliche Ausdruck verschwand sofort aus seinem Gesicht. Sie war erleichtert, dass er lächelte, schnaubte und dann tatsächlich kurz lachte. »Was hast du bloß gegen Männer«, sagte er und klang plötzlich wieder überraschend nüchtern.

»Ich habe nichts gegen Männer.«

»Nur gegen alle über zwölf und alle mit Haaren?«

Es war so dämlich, dass sie es nicht einmal mehr mit einem Augenrollen kommentierte. Sie trat an die Rezeption und ließ sich den Zimmerschlüssel aushändigen, Philipp trat neben sie. Und lächelte das Mädchen hinter dem Tresen an. Sie war hübsch, blond, Mitte, Ende zwanzig, und für einen Sekundenbruchteil befürchtete Mavie ernsthaft, er werde nun *sie* um eine Massage bitten.

Aber Philipp fragte bloß vollendet höflich, ob sein Freund, Professor Eisele, ebenfalls im *New York* abgestiegen sei. Und das Mädchen lächelte zurück, schaute nach und bestätigte. Der Professor habe das Turmzimmer gebucht.

Philipp dankte und sah sich um. In der Lobby saßen etwa zwanzig Gäste, teilweise an den Bistrotischen des hauseigenen Restaurants, teilweise an der Bar. Er bat die junge Blonde, ihm einen ruhigen Tisch frei zu halten, für 22 Uhr, sie nickte und versprach, dafür zu sorgen.

Dann sah er Mavie an, lächelnd, und sagte, er bleibe unten. Er nickte in Richtung Tresen. Ersatzentspannung. Schlechter als eine Massage, aber besser als nichts. Sie nickte. Und hoffte auf dem Weg nach oben, dass er nicht allzu zügig weiter an seiner Performance arbeitete. Denn ganz gleich, was dem *angeschlagenen Alphatier* folgte, beim Gespräch mit Eisele und Gerrittsen konnte sie an ihrer Seite weder das *lallende Elend* brauchen noch den *aggressiven Pöbler*, und so wie sie Philipp kennengelernt hatte, stand ihm im Promillenirwana die Option *glücklich schweigender Buddha* nicht zur Verfügung.

Fünf Minuten, sagte sie sich. Einmal ins Bad, einmal frisch machen, fertig. In fünf Minuten wäre sie wieder unten. In der Zeit schaffte er höchstens einen Sake, Whisky oder Wodka, und danach würde sie ihn auf Apfelschorle und Erdnüsse setzen, gnadenlos.

Durch die geöffneten Vorhänge des Zimmers fiel buntes Licht, von draußen, von den zahlreichen Strahlern an der Kaimauer, die das historische Gebäude illuminierten, sodass es auch nachts vom gegenüberliegenden Ufer, von der City und vom Wasser aus als Blickfang diente.

Mavie streckte die Hand nach dem Lichtschalter aus und bemerkte im gleichen Augenblick, dass etwas nicht stimmte. Sie erstarrte, als sie begriff, was sie gespürt hatte, eine kaum wahrnehmbare Bewegung von links, von weit her. Von dort, wo vor dem Fenster einer der beiden Sessel stand, rot, mit hoher Lehne. Und auf der Seitenlehne lag ein schlanker Arm, verhüllt vom Ärmel eines Jacketts, ein Arm, der sich bewegte, eine Hand, die die Lehne etwas fester griff, während der zu Arm und Hand gehörige Körper sich aus dem Sessel nach vorn beugte, hinein ins Licht. Das Jackett, darunter ein schwarzer Pullover, ein Rollkragen, schließlich das Gesicht des Mannes, sich aus dem Schatten schälend.

»Du hast echt Nerven«, sagte Beck.

Sie stand erstarrt.

Und wusste nicht, was sie mit seinem Tonfall anfangen sollte. Er klang freundlich, unpassend, absurd freundlich. Das konnte nicht so gemeint sein.

In ihrem Kopf stolperten die Gedanken heillos durcheinander, übereinander. Würde sie es schaffen, die Tür zu öffnen? Was hatte er in der anderen Hand? Sie konnte die Rechte sehen, leer – schoss er mit links? Würde jemand sie hören, wenn sie schrie? Bis nach unten? Nützte ihr das irgendwas, ein Schrei? Würde jemand kommen? Sicherlich nicht rechtzeitig, sofern er in der Linken eine Waffe hielt und vorhatte, diese Waffe zu benutzen. Aber hatte er das vor? Falls ja, wohin würde er zielen? Mit oder ohne Schalldämpfer, auf ihren Kopf oder auf ihren Körper? In welche Richtung konnte sie sich fallen lassen, nach hinten, nach links? Hätte sie nach dem ersten Schuss eine Chance, die Tür zu öffnen? Einen Schritt vor ihr stand der andere Sessel. Bot der Deckung? Womit konnte sie Beck bewerfen, zwischen dem ersten und dem zweiten Schuss? Wo hatte Philipp seinen Revolver abgelegt, im Nachttisch? Auf dem Couchtisch? Hatte Beck *den* in der Hand? Und wieso saß er in ihrem Zimmer? Das erschien ihr völlig nebensächlich, aber ihr Mund war schneller als ihr Gehirn.

»Was machst du in meinem Zimmer?«

»Warten«, sagte er. »Ich hatte nicht damit gerechnet, dass ihr noch eine Stadtrundfahrt macht. Wo ist dein Typ?«

Sofern er gekommen war, um sie zu erschießen, brauchte er eigentlich weder Fragen zu beantworten noch welche zu stellen. Jedenfalls keine weiteren.

»Unten«, sagte sie. Weshalb wollte er das wissen? Weil er sie beide erschießen musste?

Da er in diesem Moment seine leere Linke aus dem Schatten ins bunte Licht zog und Linke und Rechte auf seinen Knien verschränkte, schlug sie sich all ihre spontanen Fragen nach Flucht oder Angriff als irrelevant aus dem Kopf und verlegte sich rasend schnell auf einen völlig neuen Katalog. In dem alle Fragen mit *W* begannen, aber die entscheidenden mit dem gleichen Wort.

»Woher …?«

»Ich hab euch gesehen, von drinnen.«

»Drinnen?«

»An der Uni. Ich war drin, ihr wart draußen. Ich hab euch aber erst gesehen, als Bjarne und Eisele vorgefahren sind, und ich hab's einfach nicht geglaubt. Ich glaube es eigentlich immer noch nicht.«

»Was?«, sagte sie und ließ den Arm sinken, vorsichtig.

»Dass du hier bist, nach deinem Auftritt auf La Palma. Nach allem, was passiert ist. Du musst doch vollkommen irre sein.«

Sie traute ihren Augen nicht. Lächelte er?

»Weil ich ein paar Antworten will?«, sagte sie.

»Weil dir offenbar nicht klar ist, dass deine Fragen die falschen sind. Oder dir ist nicht klar, dass sie gefährlich sind. Aber in dem Fall müsste ich annehmen, dass du wahnsinnig dumm bist, und den Eindruck hatte ich bislang gar nicht.«

»Wie nett. Und du bist hier, um was zu tun? Mich zu warnen?«

»Muss ich das noch?«, sagte er.

»Warum dann? Um meine Fragen zu beantworten?«

Er zuckte die Achseln. »Frag.«

»Helen hat dich angerufen, auf meinem iAm?«

»Das war die Journalistin?«

Mavie nickte.

»Sie hat mit Bjarne gesprochen.«

»Das hat er dir gesagt?«

Beck nickte. »Hat ihn ziemlich mitgenommen, was auch immer sie genau gesagt hat. Prophezeiung, Weltuntergang, Verschwörung, internationaler Gerichtshof, lebenslänglich, das Ende seiner Karriere, er war wirklich erschüttert.« Beck ließ eine Pause entstehen. »Ich hab zwei Tage später im Netz gelesen, dass sie gestorben ist, jedenfalls hab ich mir gedacht, dass sie das war. Kurzmeldung, in eurem Abendblatt, es stand nicht mal der volle Name drin, aber nach Nyquist hab ich so was fast befürchtet.«

»Auch das war kein Unfall«, sagte Mavie, trat langsam vor und blieb hinter dem hohen Sessel stehen. Sie machte sich nicht die Mühe, das Licht einzuschalten. Es war hell genug, und Becks Stimme war zu leise für grelles Deckenlicht.

»Wohl nicht«, sagte er.

»Gerrittsen hat Helen umbringen lassen? Und Nyquist?«

Er sah sie verwundert an. »Nein«, sagte er. »Bjarne ist kein Mörder. Er behält gewisse Informationen für sich, aber er tut keiner Fliege was zuleide.«

»Wer dann?«

Er zuckte die Achseln. »Passe. Keine Ahnung. Frag ihn, wen er angerufen hat. Nach dem Telefonat mit der Journalistin.«

»Das weißt du nicht.«

»Nein.«

»Aber der Grund ist die Prognose. Für den Mord an Nyquist und für den Mord an Helen.« Sie ließ sich vorsichtig auf dem Sessel nieder. Drei Meter Abstand zwischen seinen Füßen und ihren Füßen. Ausreichend, falls er sich doch noch entschied, sie anzufallen.

Aber Beck nickte bloß. »Vermutlich.«

»Weil die Prognose stimmt.«

»Zumindest stimmt sie rechnerisch. Ob sie *zutrifft*, ist eine andere Frage, aber das liegt im Wesen des Begriffs Prognose.«

Sie schluckte die Bemerkung herunter, er könne sich seine Scheißdialektik sonst wohin stecken, und nickte bloß höflich Zustimmung. »Das heißt, *Prometheus* prognostiziert 800 Millionen *CD* – mit anderen Worten: Todesopfer, richtig?«

Wieder nickte Beck, und sie fand seine Seelenruhe beängstigend. »200 bis 800 Millionen. Aber das ist alles von etlichen Faktoren abhängig …«

»800 Millionen Tote aufgrund einer monatelang anhaltenden Dürre rund um den Globus, am Äquator, und Dauerregen in den gemäßigten Breiten …«

»… unter anderem davon, wer wie worauf reagiert. *Prometheus* bildet klimatische Veränderungen exzellent und außerordentlich präzise ab, aber er kann nicht menschliche Verhaltensänderungen in Krisensituationen vollständig im Modell erfassen, lediglich – und das auch nur mit einer enormen Varianz von eben ein paar Hundert Millionen – berechnen, was passiert, wenn das Klima an einem Ort X zum Zeitpunkt Y gleich Z ist und die Variable Verhalten unverändert bleibt. Schlägt der Blitz in genau drei Minuten in genau dieses Zimmer ein, ist der Mensch, der drinsitzt, tot. Sitzt er nicht drin, ist er nicht tot.«

Sie schüttelte verwirrt den Kopf. All das war doch völlig unerheblich. Selbst wenn *Prometheus* um statistisch vernichtende 50 Prozent danebenlag, war seine Vorhersage eine Katastrophe und würde 400 Millionen Menschen das Leben kosten.

»Aber … warum?«, sagte sie.

»Warum was?«

»Was ist die Ursache? Was sieht *Prometheus,* was niemand sonst sieht?«

»Zusammenhänge.«

Ihr Ächzen klang genauso verächtlich, wie es gemeint war. »Super.«

»Klima ist ein hochkomplexes System …«

»Ja, erzähl mir was Neues. Das bin ich auch. Und trotzdem falle ich nicht über Nacht ins Koma, ohne Grund.«

»Hoffentlich nicht. Aber genau das passiert, wenn du zum Beispiel einen Schlaganfall kriegst.«

»Die Erde kriegt einen Schlaganfall?«

»Sozusagen. Das hat aber eine längere Vorgeschichte. Genau wie bei dir, um im Bild zu bleiben. In den meisten Fällen sind die Voraussetzungen günstig, den Schlaganfall begünstigen in der Regel reichlich Faktoren wie Stress, Nikotin, Alkohol, und diese Katastrophe ist ebenfalls gut vorbereitet.«

»Durch uns.«

»Absolut. Aber es gibt einen Unterschied. Dein Schlaganfallanwärter ist sozusagen gezwungen worden, rauchend und saufend Marathon zu laufen. Da lässt sich dann vorhersagen, was passiert.«

»Siehst du, das meinte ich: Was ist der Marathon?«

»Der Gleiche wie früher«, sagte Beck, »wie vor dem Eem-Maximum und am Ende der Dryas.«

Sie sah ihn fragend an.

Er verstand den Blick richtig. Und sah sie regelrecht sanft an. »Du weißt das alles. Die Erwärmung der Erde hat nicht nur Folgen für die Temperatur oder den Meeresspiegel, es ändert sich auch die gesamte Wasserverteilung – und dazu gehört Regen. Wo die 475 Billionen Tonnen Wasser, die jedes Jahr aus Ozeanen verdunsten, als Regen wieder landen, hängt davon ab, wie viel die Zirkulationszellen aus den Subtropen in die Tropen und in die Sturmsysteme in Lagen mittlerer geografischer Breite transportieren, die Aktivität dieser verzahnten Fließbänder steht und fällt mit der globalen Temperatur, und die steht und fällt mit E_0 beziehungsweise der lokalen *SHR*. Das heißt einerseits: mehr Wärme, mehr Verdunstung, mehr Wolken, aber eben nicht nur das, sondern auch dramatisch veränderte Windströmungen. Die Hadley-Zellen über den Tropen erweitern sich in Richtung der Pole, was bedeutet, dass der gesamte hydrologische Zyklus sich verändert. Zweitens bedeutet es aber auch *weniger* Wolken über bestimmten Regionen, denn kosmische Strahlung trägt zur Bildung von Wolken aus Schwefel- und Wasserpartikeln bei, und mehr Sonnenwind bedeutet *weniger* kosmische Strahlung – sprich: Die trockenen Zonen werden gleich aus zwei gewichtigen Gründen bedeutend größer …«

»Aber das passiert doch nicht über Nacht.«

Er nickte. »Doch. Wer ist hier die Eiskernexpertin? Es geht fürchterlich schnell. Jedenfalls ist es oft fürchterlich schnell gegangen, historisch gesehen, sofern wir ›historisch‹ richtig definieren, also nicht bloß als ›so weit wir zurückdenken können‹. Dramatische Dürren kommen, genauso wie dramatische Abkühlungen, und das, weltweit, tatsächlich über Nacht.«

»Na ja, nicht wirklich ›über Nacht‹.«

»Fünf Grad binnen fünf Jahren? Das ist ›über Nacht‹. Und das neue Klima bleibt dann eine Weile, mal ein Jahrtausend, mal ein halbes Jahrhundert, um ebenso abrupt wieder zu enden. Fahr in den Mittleren Westen der USA und sieh dir die Baumreste an, die im Wasser der Seen stehen. Um 900 nach Christi sinken die Wasserspiegel ›über Nacht‹ um dreißig Meter, direkt am Ufer wachsen Bäume, hundert Jahre später steigen die Spiegel ›über Nacht‹ wieder massiv an, auf den Stand von 900, und die Bäume ertrinken. Frag deine Freunde, die Dendroklimatologen mit ihren Baumringen, die können dir die exakten Jahre verraten …«

»Ich weiß. Aber nicht den Grund.«

»Nein.«

»Und den kennt *Prometheus?*«

Thilo schwieg einen Augenblick. »Es scheint, wie in der Vergangenheit, so zu sein, dass uns die Sonne deutlich mehr einheizt, als wir vertragen können.« Er sah Mavie an. »Erinnerst du dich an Amy Clements Simulationen?«

Mavie nickte. Clement hatte im Modell mit dem normalen, zyklisch von der südlichen Oszillation getriebenen Wechsel zwischen El Niño und La Niña gespielt und eine stärkere Sonneneinstrahlung in einer La-Niña-Phase simuliert. Mit dem wenig überraschenden Ergebnis, dass das Oberflächenwasser im Pazifik sich erwärmt hatte, aber auch mit dem völlig überraschenden Ergebnis, dass die »kalte Zunge« im ostäquatorialen Pazifik kälter und länger geworden war. Was zu einer Verlagerung des ostafrikanischen und indischen Monsuns nach Norden und damit zu einer katastrophalen Dürre in Ostafrika und Indien geführt hatte.

Im Modell.

Sie schüttelte den Kopf. »Aber auch das ... das reicht doch nicht. Es kann nicht alles Folge der Sonneneinstrahlung sein ...«

»Doch, durchaus«, sagte Beck. »Mit allen Konsequenzen, die wir aus der Geschichte kennen. Erinnere dich an die Warmzeit mitten in der letzten kleinen Eiszeit – ungeklärte Ursache, bis heute. Und damals hatten wir nur eine temporär erhöhte Strahlung von etwa einem halben Watt pro Quadratmeter der Erdoberfläche. Diesmal müssen wir von anderthalb Watt ausgehen.«

Mavie schwieg. Erschüttert. Anderthalb Watt mehr pro Quadratmeter, das war eine Zahl, die sie gelegentlich gelesen hatte. Allerdings in Prognosen, die niemanden betrafen, Prognosen für eine Zeit nicht in hundert Jahren, sondern zig Millionen Jahren, wenn die Sonne sich final aufflackernd auf den langen Weg zum galaktischen Sonnenfriedhof machte.

Beck schien allerdings nicht sonderlich beeindruckt von den drohenden Folgen, sondern war inzwischen längst in seinem akademischen Element. »Gerrittsen ist ein Genie«, sagte er, »wirklich. Der G_z, den du vermutlich in den Menüs gesehen hast, unter den anderen Zyklen, ist sein eigener, und der hat es in sich, denn in ihm sind alle bekannten Zyklen berücksichtigt, Milanković, Schwabe, Dansgaard, das El-Niño-Phänomen und der ganze Rest, zum ersten Mal vereinheitlicht in einem stimmigen Modell und den dazugehörigen Algorithmen – sowie ein paar Zyklen, die bislang als reine Astrologie galten.« Er legte sich die Hand in den Nacken und kratzte sich kurz, nachdenklich, um einschränkend hinzuzufügen: »Nur muss man natürlich sagen, dass auch ein weniger genialer Wissenschaftler genau das hätte entwickeln können, mit den Daten, über die Bjarne exklusiv verfügt. Er ist der Einzige, der vom *Sono* oben auf dem Roque die entsprechenden Daten bekommt, und ich meine nicht der einzige Wissenschaftler, sondern praktisch der einzige Mensch. Was eine Frage aufwirft …«

Er verstummte, beschloss offenbar, die Frage als nebensächlich hintanzustellen, und verschränkte wieder die Hände auf den Knien. »Tatsache ist: Die Prognose steht, und offenbar basiert sie auf Fakten. Prognostiziertes Minimum des letzten Schwabe-Zyklus war 2007, danach hätte die Sonne wieder aktiver werden müssen, aber stattdessen hat sie ihre Aktivität förmlich ganz eingestellt, wie zuletzt Mitte des 19. Jahrhunderts, soweit wir wissen. Deshalb die unerwartete Abkühlung von 2004 bis 2011. Bjarnes Vergleich ist diesbezüglich treffend. Die Sonne hat sich jahrelang förmlich etwas aufgespart, es gab keinerlei *Sunspots,* keine Sonnenwinde, gar nichts. Totale Ruhe. Wie vor einem Sturm oder einem Erdbeben, wie unter Haiti, 2010, kurz bevor sich die Spannung in den Platten mit einem Schlag löste. Und wann immer in der Geschichte des Planeten die Sonne sich so benommen hat wie jetzt, gab es extreme Veränderungen in kürzester Zeit, wie jetzt. Daher die neue und von niemandem vorhergesagte Erwärmung der letzten zwei Jahre, Tendenz zunehmend. Und, um zum letzten Mal zu unserem Schlaganfallpatienten zu kommen: Bei den letzten Anfällen hatte dieser Patient bei seinen gezwungenen Marathonläufen noch keine dicke Jacke aus Treibhausgasen an. Klima macht zwar immer, was es will, Klima benimmt sich wie ein Besoffener, der durch die Fußgängerzone stolpert, aber es ist nicht besonders klug, den Besoffenen auch noch zu ärgern. Das haben wir getan, jahrzehntelang. Und jetzt ist es zu spät, noch einen Helm aufzusetzen.«

Sie nickte.

»Mag sein. Aber der Schlag trifft ja nicht alle gleich hart.«

»Nichts Neues. Neu ist, dass er uns diesmal überhaupt trifft. Und nicht nur die, denen es ohnehin schon lausig geht.«

»Aber wie kann Gerrittsen … er kann doch nicht wollen, dass das passiert? Dass die Menschen nicht gewarnt werden.«

Beck sah sie an und runzelte nachdenklich die Stirn. »Ich glaube, das ist nicht seine Entscheidung.«

»Sondern?«

»Die des IICO.«

Jetzt war es an ihr, die Stirn zu runzeln, allerdings nicht nachdenklich, sondern erzürnt. »Wie kann irgendjemand das wissen und nicht kommunizieren?«

Er zuckte die Achseln. »Ich kann nur spekulieren.«

»Ich höre. Mit sehr offenen Ohren.«

»Damit wir uns nicht missverstehen: Das ist nicht *meine* Ansicht. Ich versuche nur, es mir selbst zu erklären.«

»Verstanden.«

»Könnte schwierig werden, eine knappe Milliarde Menschen zu evakuieren.«

Sie ließ es sacken. Immer noch fassungslos.

»Schwachsinn«, sagte sie. »Natürlich ist das schwierig. Und natürlich werden wir nicht alle retten können, aber doch zumindest einen großen Teil …«

»Du könntest nicht mal die Panik im Norden verhindern, geschweige denn dem ganzen Süden helfen. Wir reden hier nicht von ein paar Hunderttausend Obdachlosen nach einem geplatzten Deich in Polen …«

Sie unterbrach ihn energisch. »Wie lange weißt du das schon?«

»Was?«

»Von der Prognose.«

»Seit August, ungefähr.«

»Und du schläfst ruhig durch?«

»Ich bin nicht der Retter der Welt. Ich bin Wissenschaftler. Ich mache meinen Teil. Und wenn mein Boss und dessen Bosse meinen, man müsse erst noch ein paar Testreihen laufen lassen, bin ich nicht dagegen, sondern dafür. Und zwar ganz entschieden.«

»Bis zum bitteren Ende?«

»Nein.« Er schüttelte den Kopf. »Wir hätten vielleicht nicht so lange warten dürfen, so oder so. Aber ich denke, das Ganze hat sich verselbstständigt. Das IICO war offenbar wesentlich früher als ich überzeugt, dass die Prognose zutrifft. Hast du nicht auf meinem

Bildschirm das Alu-Experiment gesehen, in der Wüste, südlich vom NASP, zwischen Algerien und Libyen?«

Sie erinnerte sich an das Bild. Silber auf Sand. Und nickte.

»Einer von mehreren Versuchen, künstliche Reflektoren herzustellen«, sagte er. »Erfolglos, wie alle anderen. Aber wie gesagt, ich kann nur mutmaßen. Dass man sich irgendwann entschlossen hat, die Prognose nicht zu kommunizieren.«

»Und die Menschen einfach sterben zu lassen.«

»Ja. Sofern die Prognose zutrifft.«

»Das ist absolut ... krank. Weißt du, was du da sagst?«

»Ja.«

Sie schwieg.

Er schwieg.

Mit einem Mal hatte sie das Gefühl, laut werden zu müssen. Endgültig die zu seiner leisen Akademikerstimme passende Atmosphäre ersetzen zu müssen durch etwas Klares, Kaltes, Hartes.

Sie stand auf, trat zur Zimmertür und legte den Lichtschalter um. Mehrere Hundert-Watt-Birnen verjagten alle Schatten aus dem Raum, und der im Sessel sitzende Rollkragenträger wirkte plötzlich wesentlich unbedeutender als zuvor.

»Was machen wir?«, fragte sie, trat wieder an den Sessel und stützte sich mit beiden Unterarmen auf die Rückenlehne.

Die Frage traf ihn nicht unvorbereitet. »Gute Frage«, sagte er, seufzte und massierte sich mit beiden Handflächen das Gesicht, ausgiebig. Sie betrachtete ihn und wartete. Sah, dass neben dem Sessel ein Koffer stand, ein geräumiges Exemplar aus Leder. Sie wagte kaum zu hoffen, dass er etwas Aussagekräftigeres mitgebracht hätte als ihre paar dürren Zahlen auf dem Mem-Stick, andererseits brauchte niemand einen so dicken Koffer für eine Kurzreise zu einem Vortrag.

»Das Ganze ist kompliziert«, sagte er. »Und zwar noch komplizierter, als es sowieso schon aussieht. Das eine ist, dass Gerrittsen und das IICO und die Geldgeber ...«

»Die sind wer?«

»Ich habe keine Ahnung. Wirklich nicht. Es hat die ganze Zeit, von Anfang an, reihenweise Gespräche gegeben, die wenigsten auf La Palma, Gerrittsen war dauernd unterwegs, aber es waren auch viele Wichtigtuer da, Controller, Politiker, Manager, Banker, Anwälte, weiße Kittel und schwarze Anzüge. Für mich sehen die alle gleich aus, und mich hat das nie interessiert.«

»Eisele?«

»Oft«, sagte er.

Sie bemerkte seine zweite Tasche und stellte sich gleich zwei Fragen auf einmal. Erstens, wieso trug er seinen Kulturbeutel gesondert mit sich herum, zweitens, warum stellte er den auf der anderen Seite ihres Kamins ab?

Aber noch interessanter war das, was er jetzt aus seinem ersten Koffer zog. Nämlich einen dicken Ordner und sein iPad. »Kompliziert wird das Ganze dadurch, dass wir viel zu spät kommen, um noch etwas zu ändern.«

Sie starrte wieder seine zweite Tasche an. Den kleinen Koffer. Es ergab keinen Sinn. Selbst wenn er zuerst in dem anderen Sessel gesessen hatte, links neben dem Kamin, und selbst wenn er tatsächlich einen zweiten kleinen Koffer mit sich herumtrug, hätte er den nicht dort stehen lassen.

»Denn selbst …«, hörte sie Beck sagen, und noch im Moment, in dem sie den Kopf einzog und versuchte, vollständig hinter dem Sessel zu verschwinden, auf dessen Lehne gelehnt sie da gestanden und den Koffer angestarrt hatte, noch in diesem Moment hoffte sie, Beck werde sie im nächsten Augenblick erstaunt fragen, was mit ihr los sei, ob sie den Verstand verloren habe oder einfach nur Krämpfe in der linken Wade, aber sie hörte ihn beim Wegducken bloß noch sagen: »… wenn die Prognose …«, und im nächsten Augenblick löste sich ihr gesamtes persönliches Universum in seine Bestandteile auf, in einem kurzen Schlag aus ohrenbetäubendem Lärm, blendendem Licht und dem alles erstickenden Faustschlag eines planetenschweren Giganten.

21

Das Schweben, das war der angenehme Teil. Das Schweben über der Welt, über den Dingen, den Blick nach vorn, nach oben gerichtet, himmelwärts, hinauf in den Tunnel aus weißem Licht. Sie flog, mit ausgebreiteten Armen, ganz bei sich und doch körperlos, schwerelos, frei. Hinein in den Tunnel aus funkelndem Licht, hinein in einen atemberaubenden, perfekten Spezialeffekt im strahlenden Blau des Firmaments. Sie flog, hinauf, und wusste, dass nichts mehr sie hielt, niemand, keine Frage, keine Sorge, kein Bedauern.

Frei.

Aber immer wieder, im Moment, da sie die Augen schloss und sich ganz dem Gefühl des endlosen Glücks hingab, das der nun noch vor ihr liegende Weg ihrer Seele versprach, immer wieder fühlte sie die Hand nach ihrem Knöchel greifen, weigerte sich anzuerkennen, dass überhaupt noch etwas sie erreichen konnte, und fühlte sich doch zurückgezogen, rückwärts heraus aus dem Licht, den Blick nach vorn gewandt, das Licht entschwindend dort oben, rasch entschwindend.

Die Hand zog sie zurück, stetig, mit festem Griff. Und auf dem Weg nach unten spürte sie die Wärme, zunehmend von Minute zu Minute, bis sie sich auf dem Boden wiederfand, ausgestreckt im heißen Sand, das Licht am Himmel über ihr ein anderes, grelleres Licht, Sonnenschein, mittäglich durch heiß stehende Luft auf sie herunterbrennend. Nichts war mehr leicht. Alles war unmöglich. Die Augen zu öffnen. Die Arme, die Beine, auch nur die Hand, einen Finger zu heben, zu bewegen. Sie lag, gefesselt ohne Fesseln, wie gelähmt von einem Gift. Im heißen Sand, im heißen Licht. Spürte, wie ihre Haut zu glühen begann, wie ihr das Blut in den Adern, unter der Haut zu kochen begann, in jedem Nerv, um jeden Knochen. Wollte schreien. Und schrie ohrenbetäubend, stumm, ohne den Mund zu bewegen, bewegen zu können.

Die anderen Schmerzen folgten. Beginnend in Brust und Rücken, wie Einschläge von kleinen Bomben, die unsichtbare Flugzeuge über ihrer Heimat, ihrem Körper abgeworfen hatten, von weit oben. Einschlag um Einschlag, dumpf, dann brennend, wellenförmig sich ausbreitend.

Und dann kamen die Hände. Die Hände und das Eis. In ihren Armen, aufsteigend, lindernd, alles löschend. Das Eis, das sie frei machte. Frei, sich wieder zu bewegen, aufzuschwingen in den Himmel, erneut zu schweben, hinauf, ins Licht, schmerzlos, auf den Tunnel zu.

Endlos. Der immer wieder gleiche Weg. Das immer wieder gleiche Spiel, im Wechsel mit Phasen dunkelster Nacht, minutenlangen, tagelangen, jahrelangen Phasen dunkelster Nacht, in der nur gelegentlich, wie aus dem Nichts, Gesichter aufblitzten, Bilder, sinnlos. Philipp, an der Bar. Nicht dort, wo er sein sollte. Beck, vor dem Kamin. Gerrittsen, Eisele, die Bodyguards. Ein Mann mit einem kleinen Koffer, im falschen Zimmer. Das *New York*. Die Fenster ihres Zimmers, vom Wasser aus gesehen. Das Deckenlicht, aufflammend, das Signal, dass jemand das Zimmer betreten hatte. Ein behandschuhter Finger auf einer Handytastatur. Eine Sessellehne, sehr nah. Leder. Philipp. Nicht an der Bar. Sein Gesicht direkt vor ihrem.

Die Stimme des Mannes passte nicht. Nicht zu den Bildern, nicht in die dunkle Nacht, nicht zum Aufstieg, nicht zur Folter. Sie klang nicht angenehm, sie klang nicht hässlich, sie klang nur sachlich. Und sagte Worte, die Mavie nicht richtig begriff. *Boston* und *Überschwemmungen* und *Notstand. Osten* und *Polen* und *Deiche. Stromausfall* und *Prag. Schlammlawine* und *Harz. Binz* und *Seefangzaun. Sommergäste* und *Quallenplage. Bald* und *Ende* und *Regen.*

Die Stimme klang, als hätte sie keine größeren Sorgen. Sagte *Flüchtlinge,* sachlich. *Asyl. Wasser* und *Brot. Humanitäre Hilfe* und *Luft* und *Helikopter.*

Die französische Regierung sagte Nein, Holland auch.

Holland?, dachte sie. Das sagte ihr etwas, das war nicht nur ein Wort, das bedeutete etwas. Nur was?

Berlin prüfte die Optionen. Eine humanitäre Lösung.

Sie hörte eine andere Stimme, die einer Frau, eine unerfreuliche Stimme, die *Völkergemeinschaft* sagte und *Pflicht.* Die Frau klang wie eine sehr alte Schülerin, die auswendig Gelerntes vortrug und immer nur eine Drei bekam, nie eine Vier, nie eine Zwei.

Und dann öffnete Mavie die Augen und sah das Schiff, wie ein Hochhaus auf den Wellen. Die Flüchtlinge an der Reling, Tausende. Schwarze Gesichter, Körper in Lumpen. Kleinere Boote, die das Hochhaus begleiteten. Graue Boote, Rohre am Bug, himmelwärts gerichtet.

Der sachliche Mann sprach wieder, und diesmal hatte er ein Gesicht. Und einen Oberkörper. Er saß vor einem bunten Bild, einem goldenen Pfeil, der auf rotem Grund aufwärts zeigte, himmelwärts, die Spitze zwischen goldenen Sternen. Die Stimme sprach von China. Und dann verstummte sie, und Mann und Pfeil und Sterne und Rot verschmolzen zu einem winzigen Regenbogenpunkt im Schwarz, der rasch verblasste und verlosch. Und sie sah ein Gesicht, nah, über sich, das sie erkannte.

»Hey«, hörte sie ihn sagen, sanft. Erleichtert. Warum?

»Hey«, versuchte sie es, aber heraus kam nur ein stimmloser Laut.

Sie spürte kalte Flüssigkeit auf ihren Lippen, und der Geschmack des klaren Wassers raubte ihr fast die Sinne. Sie ließ es sich in den Mund laufen, mit geschlossenen Augen, und schluckte. Dann sah sie ihn wieder an. Seine Hand lag auf ihrer Stirn. Streichelte sie sanft.

Sie schloss die Augen wieder. Wollte alles wissen.

Als sie ihn wieder sah, war das Licht anders. Das Licht im Raum. Lampenlicht, was vorher Sonnenlicht gewesen war. Und diesmal blieb sie bei sich. Versuchte sich aufzurichten, ließ sich von ihm helfen, nahm ihm das Wasserglas aus der Hand und sah die Braunüle in ihrem Handrücken, den Schlauch, der nach links oben führte, in den Himmel, wo ein Plastikbeutel hing, mit weißem Etikett, darunter ein grünes Rädchen in weißem Hartplastik, das Tropfen freigab.

»Wo bin ich?«, fragte Mavie.

»Lange Geschichte«, sagte Philipp.

»Hab's nicht eilig«, sagte sie.

»Das ist gut«, sagte er, leise lachend. »Du hättest mir auch gefehlt.«

»Was ist passiert?«

Er zögerte. »Ein Sprengsatz.«

Sie schloss die Augen. Und sah den Raum wieder vor sich, den letzten Moment, den sie noch wahrgenommen hatte. Den kleinen Koffer. Beck, der sich nach rechts beugte, Richtung Fenster, Richtung Boden, und sein iPad aus dem großen Koffer zog, sein Mund, sprechend, die Sessellehne vor ihren Augen.

Ein Riese, der eine Kerze aushauchte.

»Wo ist Beck?«

Sein Lächeln machte einem verwunderten Blick Platz.

»Wer?«

»Beck.«

»Beck?«

»Er war in dem Zimmer.«

Er runzelte die Stirn. »Sicher nicht.«

Sie versuchte ebenfalls die Stirn zu runzeln, aber das schmerzte. Sie griff sich an die Stirn, auf einen Verband. »Natürlich war er da«, sagte sie.

»Okay.« Er lächelte wieder. Und seine Hand berührte ihren Unterarm, sanft, streichelnd. »Das besprechen wir in Ruhe. Erst mal bin ich froh, dass du wieder da bist. Noch und wieder.«

»Wie lange hab ich geschlafen?«

»Vier Tage.«

Sie wandte den Kopf nach links. Ein zweites Krankenbett, neben dem Fenster, leer. Vor den Fenstern Laubbäume im dichten Regen. Später Abend, dem Licht nach zu urteilen. Ein Bild an der gegenüberliegenden Wand, Sonnenblumen. Ein Sessel. Flache Rückenlehne, Stoff, grün, ein Tisch, darauf eine Blumenvase, ein paar Zeitungen.

»Wo sind wir?«

»Bei Freunden.«

Sie schüttelte vorsichtig den Kopf. Ihr war bewusst, dass sie sich an manches nicht erinnerte, aber ihre Freunde besaßen bestimmt keine Krankenhäuser.

»Freunde von Freunden«, sagte Philipp. »Das ist schon wieder eine lange Geschichte, aber wir sind hier sicher, keine Sorge.«

»Wo ist hier?«

»Versailles, oder kurz davor. Eigentlich nehmen die hier nur reiche Alkoholopfer, aber für dich machen sie eine Ausnahme.«

Sie sah ihn fragend an.

Er seufzte. »Wir hätten das alles anders machen sollen. Du hättest sagen sollen: ›Komm, wir hauen für ein halbes Jahr ab, nach Soneva Fushi, tauchen, essen, lesen, sonnen, und verbringen den Rest der Zeit ohne Schnorchel im Bett.‹ Ohne Verbände. Sogar sechs Monate Malediven wären deutlich billiger gewesen als dieser Trip. Allein dieser Scheißhubschrauber. Und diese ganzen Krankenhausbeamten – die sind völlig versaut durch ihre Privatstationen *off the record,* für diese ganzen Saudis und Russen, das kostet alles ein Schweinegeld. Jedes Schweigen.«

Sie sah ihn fragend an. Er holte tief Luft und nickte.

»Du hast tierisches Glück gehabt. Ich war als Erster oben, nach dem Knall, und hab dich aus dem Zimmer gezogen. Du warst bewusstlos und sahst nicht besonders gut aus, weil du quer durch den Raum geflogen bist. Zum Glück auf die Betten, und *zum Glück* hatte die noch niemand auseinandergeschoben. Erst recht zum Glück hattest du aber einen Sessel als Ganzkörperschutz gegen die fliegenden Teile. Der Sessel ist hin, du nicht. Du hast dir nicht mal was gebrochen, müsstest aber trotzdem höllische Schmerzen haben, denn zwei deiner Rippen sind angebrochen und dein ganzer Körper ist eine blaugrüne Riesenprellung.«

Sie nickte.

»Wenn ich halbwegs nüchtern gewesen wäre«, sagte er, »hätte ich dich nicht da rausgezogen, nie im Leben. Ich hätte einfach auf die Bullen und einen Krankenwagen gewartet, aber in dem Moment war für so was Schlaues echt kein Platz in meinem Schädel. Ich wollte dich da raushaben, nicht warten, weder auf den Krankenwagen noch auf die, die das Zimmer hochgejagt hatten. Ich hatte einfach Schiss. Nüchtern hätte ich gewusst, dass ich dich wahrscheinlich umbringe, wenn ich dich bewege und durch die Gegend trage, aber ich war ja nicht nüchtern. Erstaunlich, wie egal das den Leuten ist, nach so einem Knall. Die haben alle interessiert zugeguckt und dachten sich vermutlich, okay, der weiß schon, was er tut. Und *Durchlassen, ich bin Arzt* stellt in dem Moment auch keiner infrage.«

Er verstummte. Sie sah ihn fragend an. Auffordernd.

»Ich hab dich ins Krankenhaus gefahren. Keine Sorge, ich weiß schon, wieso ich keine Stoffsitze habe, sondern Leder. Denen hab ich erzählt, dir sei unser Gasherd um die Ohren geflogen, inklusive Wok und Öl, die haben dich notversorgt, als Frau Hartmann, mir ist auf die Schnelle nichts Schöneres eingefallen, und Herr Hartmann hat telefoniert wie bescheuert. Mit Freunden in Hamburg, mit Freunden von Freunden in Holland, und nach 'ner Stunde hat Spengler mich zurückgerufen und mir gesagt, wir könnten hierher, zu seinem Freund Deschamps. Sofern wir die Miete zahlen könnten. Was wir können. Du warst bewusstlos, man hat dich bis zum Rand vollgepumpt mit Schmerzmitteln, Morphium, was weiß ich, gegen die Hirnschwellung und alle anderen, aber wir haben dich transportieren dürfen, im Heli. Hierher. Und hier hast du jetzt fast vier Tage geschlafen. Und mir Sorgen bereitet. Schön, dass du wieder da bist.«

Sie nickte. Versuchte sich an irgendetwas zu erinnern und ließ es gleich wieder bleiben. Ihr fehlten vier Tage, offensichtlich. Vier Tage zwischen Himmel, Schnappschüssen im Dunkel und glühend heißem Strand.

»Aber«, sagte sie und sortierte ihre Fragen. »Das geht doch gar nicht, die Polizei …?« Sie ließ den Satz in der Luft hängen.

»Ja«, nickte er. »Dachte ich auch. Wenn Herr und Frau Walther aus Bremen in Rotterdam in die Luft fliegen, dann wirft das Fragen auf. Und wenn Herr und Frau Walther auschecken, ohne zu zahlen, erst recht. Aber du hast einiges verpasst.«

Sie sah ihn fragend an.

»Nicht nur die großen Storys«, sagte er. »Die gehen eigentlich alle gleich, soweit sie aus dem Norden kommen: Es wird überall immer nasser, es hört nicht auf zu regnen, die Keller laufen voll, der Strom fällt hier und da aus. Unschön. Da geht dann unsere kleine Story fast unter, aber sie verändert sich trotzdem. Am Tag danach, als wir hier waren, war alles noch ganz einfach: Gasexplosion im *New York*, zuerst waren es angeblich drei Opfer, dann zwei Tote und ein Verletzter, dann doch nur zwei Opfer, beide tot, ein Ehepaar aus Deutschland, unbestätigt, Ursache unklar. Aber am nächsten Tag ging die Geschichte dann plötzlich ganz anders: keine Todesopfer, nur noch ein Verletzter, keine Gasleitung, sondern ein Anschlag. Und zwar auf?«

Sie sah ihn fragend an.

»Na, die Gäste, die da oben gebucht hatten. Also erstens den Schotten«, sagte er. »Du erinnerst dich, der Abgesagte. Deshalb hatten wir das Zimmer.«

Sie nickte verwirrt. Und sah ihn weiter fragend an.

»Malcolm McVee. Interessanter Mann, Vorstandsmitglied von SSE – Energiekonzern, Kernkraft, viel Wind. McVee sollte wegen eines Vortrages in Rotterdam sein …«

Sie sah ihn entsetzt an, aber er hob die Hand. »Warte – McVee musste kurzfristig absagen, wegen einer schweren Grippe. Die er definitiv hat, seine CNN-Statements am zweiten Tag danach waren eindeutig verschnupft, in jeder Hinsicht. Aber der Anschlag galt ja nicht nur ihm, sondern auch seinem Zimmernachbarn. Eisele.«

»Was ist mit Eisele?«, fragte sie.

»Laut CNN«, sagte Philipp, »hat er überlebt, schwer verletzt, befindet sich in Behandlung oder im Wachkoma und konnte sich noch nicht äußern. Aber McVee war ja zum Glück nicht in seinem Zimmer und konnte Interviews geben. Im Ergebnis haben wir jedenfalls keinen Gasunfall, sondern einen feigen Anschlag sowie einen Sachschaden in einem schönen Rotterdamer Wahrzeichen. Und ein Bekennerschreiben.«

Mavie schüttelte vorsichtig den Kopf und wollte nur dringend wieder einschlafen dürfen. Nichts von dem, was Philipp sagte, ergab irgendeinen Sinn.

»*Gaia Guardians.* Kein Scherz, so nennen die sich. Und der Anschlag galt laut deren Gaga-Bekenntnisvideo dem *Raubtierturbokapitalismus* und der Kernenergie, aber auch allen, die Rinder essen, dicke Autos fahren und eklige Windräder ins Meer pflanzen wollen, weil die nämlich Vögel töten.« Er schüttelte den Kopf. »Völlig irre, krauses Zeug. Ich hab's runtergeladen, lies es, wenn du willst, die Typen sind einfach nur krank.«

Mavie schloss die Augen. »Lass mich schlafen«, sagte sie.

»Ich bin gleich fertig«, sagte er. »Der Fall ist klar, die Sachlage sowieso. McVee hat einfach Glück gehabt, Eisele hoffentlich auch, die ganze Welt schickt Genesungsgebete. Und die Ökoterroristen haben sich keinen Gefallen getan, denn das *New York* war ja wirklich ein hübsches Hotel. Also haben sie eine wirklich beschissene Presse – und man möchte eigentlich sofort ein Atomkraftwerk bauen. Sowie mindestens ein Windrad, gegen die Friedenstauben.«

»Das ist doch alles totaler Unsinn«, murmelte Mavie und glitt dankbar ins Dunkel.

Als sie erwachte, war es Nacht. Aus den Fußleisten neben den Betten glomm schwaches Licht auf den Teppichboden, die Vorhänge waren zugezogen. Sie sah nach links, sah Philipp, der auf dem anderen Bett lag, angezogen, auf der Bettdecke, mit geschlossenen Augen.

Die Braunüle in ihrem Handrücken war nicht mehr mit dem Schlauch verbunden. Der Plastikbeutel hing halb leer im Tropfständer, das kleine grüne Rad stand blockiert. Sie versuchte sich zu erinnern, was er gesagt hatte. Was geschehen war, Philipp zufolge.

Nichts davon stimmte. Nichts ergab Sinn.

Sie sprach ihn an, er reagierte nicht. Sie versuchte es noch einmal, lauter, hörbar diesmal, und er kam langsam zu sich. Öffnete die Augen, sah sie an. Und lächelte.

»Hey«, sagte er. Sah auf seine Armbanduhr, ließ den Arm sinken und fügte sich, weiterhin lächelnd, in sein Schicksal. »Hunger, Durst?«

Sie schüttelte den Kopf. »Fragen.«

Er nickte bloß.

»Wie spät?«, fragte sie.

»Vier. Das war leicht. Nächste?«

»Wo ist Beck?«

Er seufzte, nachsichtig. »Ich dachte, das war nur Teil deines Morphiumtrips.«

»Beck war da. In dem Zimmer. Mit mir.«

»Okay«, sagte er vorsichtig, das »ay« leicht betont und in die Länge gezogen, fragend, höflich, aber vor allem skeptisch.

»Das habe ich nicht geträumt. Er hat bestätigt, dass die Prognose stimmt, und er hat mir die Zusammenhänge erklärt. Und wollte mir noch irgendwas erklären, aber dazu ist er nicht mehr gekommen. Als er seinen Rechner rausgeholt hat, ist der Sprengsatz hochgegangen.«

Er nickte. Immer noch vorsichtig, wie ein besonnener Therapeut.

»Das ist wahr«, sagte sie. »Kein Morphiumtrip. Er war da.«

»Das kann nicht sein, Mavie.«

»Egal, ob das *sein kann* oder nicht, es *ist* wahr. Er war da.«

»Dann wäre er tot. Mavie, das Zimmer war hin. Alles.«

»Du musst ihn doch gesehen haben.«

Er schüttelte den Kopf. »Nein. Ich hab reichlich umgekippte Möbel gesehen, rausgeflogene Scheiben und dich. Und dann war ich auch schon wieder draußen, mit dir.«

»Er saß neben dem Kamin«, sagte sie. »Auf der anderen Seite. Der Koffer stand links …«

Er schüttelte wieder den Kopf. »Dann wäre er entweder vor dem Hotel gelandet oder in der Maas. Aber da hätte ihn dann garantiert jemand gefunden – oder wieder rausgezogen.«

»Ich denke, zuerst gab es drei Verletzte? In der ersten Meldung?«

Er nickte. »Aber das war ja offensichtlich Blödsinn.«

»Der letzte Stand ist erst recht Blödsinn. Die Bombe galt nicht irgendeinem Schotten, sondern uns.«

Er schwieg.

»Und wenn die«, sagte sie, »mit so einer Story durchkommen, dann können sie auch eine Leiche unter den Tisch fallen lassen. Erst recht einen Verletzten, der in irgendeinem Rotterdamer Krankenhaus liegt. Oder lag, was weiß ich, vielleicht ist er ja inzwischen wirklich tot.«

Philipp hatte sich aufgerichtet und fuhr jetzt beide Hände aus, bremsend. »Whoaah«, sagte er. »Langsam. Komm du erst mal wieder zu Kräften, dann denken wir noch mal in Ruhe …«

»Wo ist Eisele? Wo ist Gerrittsen? Waren die beiden schon im Hotel, als es geknallt hat? Unten, hast du sie gesehen? Und, denk mal nach, was, wenn der Anschlag weder McVee noch uns galt, sondern Eisele? Eine Zimmertür weiter.«

»Gaia-Attentäter, die sich in der Tür irren …«

»Ja. Nein. Nicht Gaia-Attentäter, das ist doch totaler Quatsch.«

»Mavie.«

»Ja, *Philipp?*«

»Langsam.«

»Langsam? Die Prognose stimmt, Philipp.«

»Ja, sieht so aus.«

»Und die Welt weiß davon nichts, gar nichts, schon gar nicht die Welt in Afrika und Indien. Millionen Menschen werden sterben, und irgendjemand hat beschlossen, dass sie nicht mal von der Bedrohung erfahren. Irgendjemand *lässt* sie sterben. Helen hat mit Gerrittsen gesprochen, Gerrittsen hat das weitergegeben – nicht mal Beck wusste, an wen. Zwei Tage später ist Helen tot, und kaum fühlen wir Gerrittsen auf den Zahn, fliegen wir in die Luft. Gaia-Attentäter? Die was erreichen wollen? Dass wir ein für alle Mal den Mund halten?«

Er schwieg.

»Wir brauchen Beck«, sagte sie. »Becks Daten, seine Unterlagen. Und dann brauchen wir Sender, Zeitungen, Öffentlichkeit. Helen wusste, dass das eine Riesenstory ist – und ich sehe nicht zu, wie die Welt untergeht.«

»Gut«, sagte er. »Musst du ja auch nicht. Aber wenn du das alles irgendjemandem erzählst, klingt es nach genau dem, was es ist – einer völlig durchgeknallten Verschwörungstheorie. Mit dem zusätzlichen Nachteil, dass du nicht mal den Sinn und Zweck dieser Scheißverschwörung benennen kannst, geschweige denn die Verschwörer. Das wird bestimmt reichen, um mindestens die UNO zu alarmieren – oder einen guten Irrenpfleger.«

Sie wollte protestieren, er ließ sich nicht unterbrechen.

»Wir machen jetzt erst mal was ganz anderes. Sobald du wieder stehen kannst, packen wir dich in ein gut gepolstertes Auto, und dann bringe ich dich nach Hause.«

»Nach Hause? Was soll ich …«

»Den Ball flach halten. Nicht in die nächste Bombe laufen. Sofern sie dir oder uns galt, was ja weiterhin zumindest fraglich ist.«

Sie schüttelte den Kopf. Es tat weh. »Mein Gott, Philipp.«

»Nein«, sagte er. »Du willst nämlich nicht sterben. Und wenn du recht hast, wenn ihr beide recht habt, du und dein Phantom Beck, dann solltest du dich überhaupt nicht mehr zeigen, sondern in Deckung bleiben, jeder Deckung, die du kriegen kannst. Wenn ihr beide recht habt, steht nicht nur ganz Afrika, der ganzen Welt rund um den Äquator, eine humanitäre Katastrophe bevor, sondern auch dem Norden. Wie hoch waren die prognostizierten Opferzahlen für Hamburg?«

»Keine Ahnung. Nicht annähernd so hoch wie im Süden.«

»Interessant, aber zweitrangig. Meine Familie wohnt nicht in Somalia und dein Vater auch nicht. Sollte das da draußen, dieser Scheißregen, ein Dauerzustand bleiben, verstehe ich deine Prognose vollkommen richtig, bis in die letzte Konsequenz: Dann saufen wir nämlich ab, mit unserer ganzen Infrastruktur, mit der Stromversorgung, dem Transport, richtig?«

Sie nickte. Hörte ihn sprechen wie durch eine Wattewand. Und sah lauter Sterne, die sie nicht sehen wollte.

»Und das ist dann *mein Teller*«, sagte er, »und deiner. Ich hab nicht geschlafen, die letzten Tage. Ich hab telefoniert, nicht nur wegen dieser ganzen Firmen, die im IICO drinhängen – was übrigens tierisch nervt und ungefähr so lustig ist wie Bettwanzen sortieren –, ich hab auch mit Hannah gesprochen. Keine Sorge, alles ist noch im Rahmen. Das Wasser steigt, die Stimmung sinkt, aber die Leute machen sich immer noch nicht genug Sorgen, angeblich hört das ja nächste Woche wieder auf, sagt das *heute journal.* Hannah ist cool. Aber *ich* bin nicht cool. Entweder schaffe ich's, sie unauffällig zu einem Ortswechsel Richtung Berge zu animieren, oder ich fahre hin und klemme sie mir persönlich unter den Arm. Denn wenn du recht hast, dass das alles wahr ist und dass es Beck tatsächlich gibt, hab ich weder hier noch sonst wo was verloren, außer bei meinen Kindern.«

Mehr Sterne. Mehr Schwarz. Jemand schien die Nachtbeleuchtung zu dimmen, und Mavie fühlte sich entsetzlich allein. Hilflos ausgeliefert seinem Reden. Jemand musste ihr helfen, aussprechen, was sie meinte, wollte, klarer, als sie es momentan konnte.

»Tu mir einen Gefallen«, sagte sie müde. »Sei so lieb.«

»Was?«

»Ruf meinen Vater an.« Sie diktierte ihm die Nummer von Edwards neuem Handy, zweimal. »Ruf ihn an und rede mit ihm. Sag ihm, was passiert ist. Sag ihm, was ich will. Und sag ihm, dass ich nicht nach Hause komme. Das ist die Prämisse. Ich brauche eine Idee.«

Sterne. Schwarz. Widerspruchslos schweben. Erleichtert ließ sie sich fallen.

Als sie erwachte, war es Tag. Die Vorhänge waren geöffnet und wieder gelb, nicht mehr dunkelgrau, der Himmel nicht mehr schwarz, sondern ein dunkelgrauer Vorhang, regenbewegt.

Ein Mann stand neben ihr, über ihr, und lächelte sanft aus braunen Augen. Ein nettes Gesicht. Braune Haare mit feinen grauen Strähnen, rasiert, feine Züge, höchstens Mitte vierzig. Das Weiß stand ihm gut. Auf dem Schild an seinem Revers stand »Dr. A. Ronand«.

»C'est bien que vous allez mieux, Mademoiselle.«

Sie nickte, lächelte und sagte ihm auf Französisch, ihr Französisch sei lausig.

Ronand lächelte zurück. »Mein Deutsch ist es auch«, sagte er, fast akzentfrei.

Philipp tauchte an ihrer anderen Seite auf. Auf dem Tisch standen eine Kaffeekanne, zwei Becher und, wahrhaftig, Croissants, Brötchen und ein Marmeladenglas. Kein Graubrot, keine Aluschälchen. Die Zeitung hatte er zusammengefaltet und auf den Stuhl gelegt, als er aufgestanden war.

Der Arzt nickte ihm freundlich zu, dann sah er wieder Mavie an. »Herr von Schenck sagte mir, sie wollten … *auschecken.*«

»Oh«, sagte sie und versuchte sich vorzustellen, sie würde aufstehen. »Ja, wenn er das sagt?«

»Können Sie aufstehen?«

Sie nickte. Und nahm sich zusammen. Tat, als fiele es ihr leicht, die Beine nach links zu bewegen und über die Bettkante nach unten fallen zu lassen. Richtete sich auf, gegen den höllischen Schmerz in der Brust, verzog nicht das Gesicht und stand im nächsten Moment vor ihm.

Er nickte zufrieden. Zog seine Taschenlampe aus dem Revers, leuchtete ihr behutsam in die Augen, von oben, in die Ohren und befühlte dann mit beiden Händen ihren Hals und Nacken.

»Alles noch dran?«, fragte sie.

Er nickte. »Sie haben Glück gehabt mit Ihrem … Gasherd. Wir hatten Sorge, wegen eines möglichen Aneurysmas, deshalb haben wir Sie ruhiggestellt. Die Schwellung ist weitgehend abgeklungen, Sie werden vermutlich noch Kopfschmerzen haben. Und die Rippen werden Ihnen noch länger Schmerzen bereiten, aber das heilt nur die Zeit. Die Schwestern geben Ihnen ein Rezept mit.«

Er sah Philipp an. Höflich fragend.

»Ich komme gleich zu Ihnen«, sagte Philipp.

Sie wartete, bis Dr. Ronand den Raum verlassen hatte, dann setzte sie sich vorsichtig wieder hin. Die Sterne lauerten immer noch, nicht weit entfernt.

»Wegen?«, sagte sie.

»Wegen der Rechnung«, sagte er. »Die nehmen Bargeld.«

»Verstehe. Aber dafür waren wir auch nie hier?«

»Frau Hartmann vielleicht«, sagte er achselzuckend und wandte sich dem Tisch zu. »Ich habe mir erlaubt, dir was zum Anziehen zu besorgen.«

Sie sah an ihm vorbei und entdeckte auf dem zweiten Stuhl eine Jeans und einige Verpackungen und Kartons. Vor dem Stuhl standen ein Schuhkarton und eine Tragetasche.

»Die Auswahl war nicht besonders groß«, sagte er beim Hinausgehen.

Nachdem er das Zimmer verlassen hatte, ging sie vorsichtig zum Tisch, brach eines der Croissants durch und nahm einen Bissen. Sie schloss die Augen, kaute langsam und genüsslich, als hätte sie noch nie ein Croissant gegessen, und schenkte sich einen Kaffee ein. Es war der beste Kaffee der Welt.

Im Badezimmer brauchte sie einen Augenblick, um sich von ihrem Spiegelbild zu erholen. Ein großes Pflaster zierte ihre Stirn, mehrere kleinere ihr Kinn und ihren Hals. Die restlichen Schrammen und Kratzer verschorften bereits, dennoch fand sie, dass die

Frau im Spiegel aussah wie ein Katzenspielzeug, das seine beste Zeit hinter sich hatte. Aber in den Tüten und Kartons, die Philipp mitgebracht hatte, fand sie nicht nur etwas zum Anziehen, sondern auch eine verblüffend kenntnisreiche Auswahl an Reparaturmaterialien: Tagescreme, Make-up, Kompaktpuder, Lidschatten, Wimperntusche, Kajal, Rouge, Lippenstift, Kamm, Haarspray. Er hatte an alles gedacht. Die beiden Velvet-T-Shirts waren schlicht, eines weiß, eines blau, die Unterwäsche und die Strümpfe von Falke, die Seven-Jeans passte wie angegossen.

Als sie wieder aus dem Bad trat, stand er am Tisch und blätterte in der Zeitung. Er wandte sich nach ihr um und lächelte.

»Hey, hey. Zurück von den Zombies. Du siehst aus wie neu.«

»Woher kennst du mein Parfüm?«

»Ich hab 'ne Nase«, sagte er.

»Danke«, sagte sie, blieb neben ihm stehen und berührte ihn kurz am Arm.

»De nada«, sagte er.

Sie nahm ihre Tasse und trat an ihm vorbei ans Fenster. Sah hinaus in den dichten Regen.

»Hat das zwischendurch aufgehört?«

»Nein.«

»In Hamburg auch nicht?«

»Nein. Durchgehend. Und es wird wärmer. Draußen sind fast zwanzig Grad.«

Die Erkenntnis traf sie plötzlich. Sie drehte sich um, etwas zu schnell für ihren Kopf und ihren Gleichgewichtssinn. »Wo ist der Stick?«

»In meiner Tasche«, sagte er und nahm sich gelassen ein Croissant. »Keine Sorge. Das war aber auch so gut wie alles, was von dir zu retten war. Außer zwanzig Euro, deinem Ausweis und deiner Kreditkarte. Deine Klamotten wollte ich nicht in die Reinigung bringen, und dein Handy ist mal wieder im Arsch. Aber ich hab dir ein neues besorgt, prepaid. Ist in deiner Jacke«, sagte er und deutete auf eine schwarze halblange Lederjacke, die am Haken neben der Tür hing.

Sie wusste nicht, was sie sagen sollte. Also sagte sie noch einmal »Danke«.

»Ja, ich find die auch gut«, sagte er. »Marc Jacobs.«

»Wo hast du … Ich meine, wo und wann …«

»Oh, ich hatte ausreichend Zeit. Nach jedem neuen Tropf voll Tramadol konnte man sicher sein, dass du wieder sechs Stunden keinen brauchst. Jedenfalls nicht mich Mann, höchstens 'ne Schwester. Und ich konnte ja nicht die ganze Zeit im Netz hängen, fernsehen und telefonieren.«

Sie nickte.

»Ich muss meinen Vater anrufen, der stirbt vor Sorge …«

»Nein, sicher nicht. Nachdem ich ihn heute Morgen geweckt habe.«

»Was?«

»Du hast doch gesagt, ich soll ihn anrufen.«

»Hab ich?«

»Ja, heute Nacht.«

»Oh.«

»Ich könnte den Arzt noch mal holen, wegen der Schwellung?«

»Was hat er gesagt? Edward, nicht der Arzt, mein Kurzzeitgedächtnis funktioniert, vielen Dank.«

Er erwiderte ihr Grinsen, aber nur kurz. »Ihr seid verwandt, eindeutig. Der Mann ist genauso irre wie du. Und mein Auftrag lautet: *Beschützen Sie die Tochter des Königs, koste es, was es wolle, notfalls Ihre Nüsse.*«

»So hat er das garantiert nicht gesagt, mein Vater hat Stil.«

»Bestimmt. Und einen an der Waffel, aber das weißt du ja selbst. Er meint aber, genau wie ich, dass du eigentlich nach Hause kommen solltest, er wohnt ja da draußen offenbar hundert Meter über Normalnull. Du kannst aber auch in meinem obersten Stock bleiben. Keine Sorge, ich baggere dich nicht an, solange du diese Kratzer im Gesicht hast.«

Sie verschränkte die Arme vor der Brust und wartete.

»Okay«, seufzte er. »Edward sagt, die Lage ist noch relativ ruhig. Er ist genauso besorgt wie ich, aber er hat ja den ganzen Keller voll Doseneintopf. Und was Hannah betrifft: Die hab ich vorhin erreicht und ihr gesagt, dass sie mit Max und ihrer bekloppten Mutter abhauen soll, zu Freunden von mir nach Wiesbaden. Paar Kilometer außerhalb, keine Flüsse in der Nähe, Speisekammer gut gefüllt. Die Freunde sind im Bilde, Hannah ruft mich von unterwegs zurück.«

»Gut.«

»Ja«, sagte er, aber er klang nicht überzeugt.

»Sie kommt da heil raus.«

»Ja, sicher.« Er senkte den Blick und nickte. Und sah wieder auf und nickte gleich noch mal, geschäftig, weil er mehr Mitgefühl offensichtlich nicht ertrug, jedenfalls nicht von einer frisch bombardierten Frau. »Kennst du Leland Milett?«

»Ja«, sagte sie.

»Ich nicht«, sagte er.

»Zwei Nobelpreise …«

»Das weiß ich inzwischen auch. Aber wer kennt schon Nobelpreisträger, außer dir und deinem Vater? Ich meine, die kennt doch schon namentlich keiner, und persönlich kennt er den ja wohl auch nicht.«

»Er war mal bei ihm, soweit ich weiß.«

»Ja, auf 'ner Fantour. Hat er mir erzählt, zehn Jahre her. Aber nur weil Hannah ein zehn Jahre altes Autogramm von Miley Cyrus hat, *kennt* sie die ja noch lange nicht.«

»Was ist mit Milett?«

»Das wäre Plan B. Nizza.«

Sie sah ihn fragend an. Er seufzte wieder.

»Ruf Papa an und lass es dir erklären. Aber mach das von unterwegs.«

22

Philipp fuhr den X6 durch den strömenden warmen Regen direkt vor den überdachten Empfang der kleinen Klinik, und beim Einsteigen fragte Mavie ihn, wo der Porsche geblieben sei. Sowie der CO_2-Fänger. Während sie der sanft zur Hauptstraße hin abfallenden Zufahrt folgten, erklärte er ihr nicht zum ersten Mal, CO_2 werde gnadenlos überschätzt, außerdem seien sie im Porsche nicht mehr sicher, weil *man* inzwischen wisse, wem der gehörte, drittens ziehe er es vor, im Rahmen der anstehenden Fotosession nicht erkannt zu werden. Mit diesen Worten zog er eine Baseballkappe vom Armaturenbrett, auf der ein dickes Elf-Logo prangte, zog sie sich gefährlich weit über die Augen und gab Gas.

Mavie schnallte sich sicherheitshalber an.

»Fotos?« Sie hatte selbst das Gefühl, ein bisschen begriffsstutzig zu sein, aber das lag an dem dumpfen Schleier, den die Medikamente über ihre Sinne gezogen hatten.

Philipp nickte. »Blitzampeln. Randvoll. Keine Ahnung von Fahrkultur, die Froschfresser. Alles verkehrsberuhigte Zone, sogar die Autobahnen. Aber so 'ne Katastrophe hat ja auch Vorteile. Wird nämlich keiner Zeit haben, das ganze Zeug zu sortieren und den Fahrer zu ermitteln. Zumal der Georg Scholz heißt, derzeit in Florida rumhängt und nie im Leben Elf-Kappen tragen würde.«

»Das ist der Plan?«

»Teil des Plans. T minus fünf Stunden bis Nizza. Leg dich wieder hin.«

Ihr Ledersitz brummte leise und begann sich in eine bequeme Liegefläche zu verwandeln. Sie suchte den Stoppknopf, fand ihn und beförderte sich zurück in die Senkrechte. »Reizend«, sagte sie. »Behalte beide Hände am Steuer.« Sie griff nach ihrer Tasche, zog das Handy heraus, schaltete es ein und wählte Edwards neue Handynummer.

Ihr Vater hatte sich zeit seines Lebens immer mit seinem Nachnamen gemeldet. Jetzt sagte er bloß »Ja«, mit fragendem Unterton.

»Ich bin's«, sagte sie.

»Gott sei Dank. Wie geht es dir?«

»Es geht. Bisschen zerschrammt, paar Rippen angebrochen. Aber alles in Ordnung soweit. Philipp hat dir alles erzählt?«

»Ja. Und ich stimme deinem Begleiter zu, dass ihr eine Rückkehr hierher in Erwägung ziehen solltet, trotz der bevorstehenden …«

Mavie unterbrach ihn. »Was ist mit Milett?«

Edward seufzte. »Er scheint mir der Einzige zu sein, der uns unter Umständen helfen kann. Philipp und ich sind gemeinsam die Liste unserer Kontakte durchgegangen. Weder er noch ich verfügen über brauchbare persönliche Verbindungen zu Ministern oder maßgeblichen Mitgliedern des IPCC, und der Präsident der Niedersächsischen Handelskammer wird nicht leisten können, was wir benötigen. Wir brauchen ein Megafon.«

Mavie verzog skeptisch das Gesicht. Milett? Ein Megafon?

»Korrigier mich«, sagte sie. »Wir reden vom gleichen Milett?«

»Dem Nobelpreisträger, ja.«

»Der seit zehn Jahren schweigt?«

»Seit sechs.«

»Das macht es nicht besser.«

»Aber die Welt wird ihm zuhören.«

»Sofern er sich äußert.«

»Ja. Aber vergiss nicht, weshalb er sich damals aus der Öffentlichkeit verabschiedet hat.«

»Hilf mir mal«, sagte sie.

Edward fasste zusammen. Milett, 1954 in Surrey geboren, hatte zunächst eine eindrucksvoll steile Karriere als Bühnenautor hingelegt, als blutjunges *Enfant terrible* der europäischen Szene, dessen gesellschaftskritische Stücke immer eine große und treue Gemeinde von kulturell einflussreichen Verehrern gehabt hatten. Sein bekanntestes Stück, das 1992 entstandene *Oil, Sodomy, and The Lash* hatte ihm ein Einreiseverbot für die USA eingebracht und 1996, in immer noch skandalös jungen Jahren, den Nobelpreis für Literatur. Worauf Milett einen entsetzlich dicken und praktisch unlesbaren Roman geschrieben hatte, *Die Herren des Hauses,* um sich direkt nach dessen Erscheinen und diversen vernichtenden Kritiken für immer von der Kunst zu verabschieden. Dazu hatte er *Time* ein legendäres Interview gegeben und darauf hingewiesen, Rossini habe schließlich nach seinem *Barbier von Sevilla* auch nur noch gekocht. Und er, Milett, wolle von nun an die Welt verändern, nur, anders als Rossini, nicht mit Trüffeln, sondern mit Politik. Er war »grün« geworden und hatte feurige Reden über die bevorstehende Öko- und Klimakatastrophe gehalten, hatte Gore getroffen, war Anfang 2000 zum Sprachrohr des IPCC avanciert und diesem bis 2007 treu geblieben. So hatte er zum zweiten Mal den Nobelpreis erhalten, als Mitglied des ausgezeichneten Klimakomitees. Aber die Rede, die angeblich er in Oslo hatte halten sollen, hielt ein anderer, nämlich IPCC-Leiter Rajendra Pachauri.

Milett äußerte sich stattdessen an anderer Stelle, diesmal in der *New York Times.* Dort wies er zwar ungewohnt bescheiden den Vergleich mit Bertrand Russell zurück – denn Russell sei ein Genie gewesen, hingegen er, Milett, bloß ein hochbegabter blinder Glückspilz –, dies aber nur, um anschließend in skandalös drastischen Worten seinen IPCC-Kollegen, dem Nobelpreiskomitee und der UNO die Leviten zu lesen. Das IPCC, so Milett, sei lediglich ein Verein von mittelmäßigen Bürokraten, die fachlich komplett ahnungslose Marketingabteilung der Industrie, alle Prognosen lügen, der Preis ein Skandal. Deshalb bedeute die Auszeichnung das Ende seiner Laufbahn, denn er wolle mit diesen »Rosstäuschern, Bauernfängern und karrieregeilen Schachfiguren« nichts mehr zu tun haben. Er fügte hinzu, die in der UNO, also auch beim IPCC tonangebenden USA seien seit dem Jahr 2000 ein faschistisches Imperium, verglich Cheney, Bush und Rumsfeld mit Hitler, Himmler und Göring und verortete Tony Blairs festen Wohnsitz im »Anus des Clowns, den man per Wahlbetrug an die Spitze einer schwer bewaffneten Bananenrepublik befördert« hatte.

Politisch war er damit erledigt gewesen. Dennoch oder gerade deshalb hätte er eine provozierende Reizfigur auf der internationalen Bühne bleiben können, aber Milett hatte es vorgezogen, danach zu verstummen. Und zwar für immer. Gerüchten zufolge hatte er sich nach Kanada zurückgezogen, aber das wusste Mavies Vater besser. Denn nach dem Madrider Konspirologen-Kongress im Jahr 2004 war Edward Teil einer deutschen »9/11-Skeptiker«-Delegation gewesen, die Milett aufgesucht hatte, um ihn zu einem Statement zum gerade veröffentlichten, skandalös fehlerhaften Untersuchungsbericht der US-Regierung zu bewegen.

Erfolglos, wie Edward einräumte. Aber immerhin verfügte er seither über Miletts Adresse in Cap Ferrat und die private Telefonnummer des schweigenden *Weltgewissens* von einst.

»Hast du ihn erreicht?«, fragte Mavie.

Edward zögerte einen Augenblick. »Seine Assistentin. Er ruft mich zurück.«

»Sagt seine Assistentin?«

»Milett ist sicherlich sehr beschäftigt.«

»Womit? Sich zu verstecken?«

»Er wird sich melden.«

Mavie sah nach vorn. Der Scheibenwischer fegte energisch über die Windschutzscheibe und schlug Löcher ins strömende Wasser. Sie sah nach links, wo der digitale Tacho 200 auswies, und drückte auf den Knopf an der Seite ihres Sitzes. Langsam glitt sie in die Waagerechte und hörte ihren geschundenen Körper förmlich Danke sagen.

»Andernfalls fahren wir umsonst dahin?«

»Er wird sich melden«, sagte Edward. »Aber sofern du eine bessere Idee hast, einen besseren Ansprechpartner, bin ich heilfroh, wenn ihr umkehrt und hierherkommt.«

Sie schwieg. Natürlich hatte sie keine bessere Idee. »Ruf mich an, sobald er sich gemeldet hat.«

»Natürlich.«

»Und pass bitte auf dich auf.«

»Darum bitte ich dich auch.«

»Bist du versorgt? Ich meine, hast du alles, was du brauchst?«

»Mehr als genug. Meine Vorräte reichen für ein halbes Jahr. Und noch sind die Versorgungsketten nicht unterbrochen, außerdem ist der Hof Wörme nicht weit weg, da kaufe ich morgen noch mal ein. Das Auto ist vollgetankt, das reicht für ein paar Wochen Kurzstrecken, wenn hier alles zusammenbricht.«

»Aber noch ist alles heil?«

»Weitgehend«, sagte Edward. »Die Leute haben noch nicht begriffen, was auf sie zukommt. Wie sollten sie auch? Die Wettervorhersage ist nicht allzu gut, aber eben nur für ein paar weitere Tage, wie üblich. Natürlich macht es den Leuten langsam Sorgen, dass das Wasser permanent steigt. Der Fischmarkt ist überschwemmt, die Gebiete im weiteren Verlauf der Elbe stehen ebenfalls unter Wasser, aber man hält das aus Erfahrung für ein temporäres Problem. Niemand ahnt, was uns bevorsteht. Vielleicht will es auch einfach keiner wissen oder sich vorstellen. Und die wenigen warnenden Stimmen dringen nicht durch, dazu haben wir in der Vergangenheit zu oft blinden Alarm gegeben. Schweinegrippe, Hühnergrippe, Waldsterben – das ganze grundlose Geschrei hat uns taub gemacht. Aber spätestens in ein paar Tagen steigt die Kloake aus den Kanälen, und ich denke, dann wird alles sehr schnell gehen.«

»Wir werden die Leute vorher warnen können. Sofern Milett mitmacht.«

»Das wird er. Nur bin ich nicht sicher, was die Warnung bewirken kann. Außer Panik.«

Mavie schwieg.

»Versteh mich bitte nicht falsch«, sagte Edward. »Natürlich müssen wir die Leute warnen. Wir können nur hoffen, dass sie dann vernünftig reagieren. Dass es einen Notfallplan gibt – und dass die

Leute sich ruhig und gesittet daran halten. Andernfalls ist hier *Land unter,* und garantiert nicht nur in klimatischer Hinsicht.«

»Wie du schon sagst«, meinte Mavie. »Wir haben keine Wahl.«

»Nein«, sagte Edward. »Die hatten wir viele Jahre lang. Jetzt nicht mehr.«

»Pass auf dich auf«, sagte sie. »Bleib auf deiner Endmoräne, du wohnst weit weg von jedem potenziellen Bürgerkrieg und erst recht hoch genug über dem Elbspiegel.«

»Ich nehme das als Kompliment an meine Weitsicht. Und nehme dir nicht übel, dass du mich all die Jahre für einen alten Narren gehalten hast.«

»Danke«, sagte sie lächelnd, verabschiedete sich und legte auf.

Philipp sah sie an. »Und?«

»Hoffen wir, dass das was bringt. Milett.«

Philipp sah sie weiterhin an. Und obwohl sie todmüde war, funktionierte ihr Selbsterhaltungstrieb noch immer tadellos. Sein Blick ging eindeutig in die falsche Richtung. »Guck mal nach vorn.«

Er tat es, mit einem leisen Lachen. »Keine Sorge, das Ding fährt quasi von allein.«

»Ich glaube nicht, dass es von allein wieder aus einem Graben fährt, wenn du mit 200 Sachen reingeknallt bist.«

»Wozu gibt's Leitplanken?«, sagte er und sah sie wieder an. Diesmal wandte er den Blick aber gleich wieder nach vorn.

Mavie betrachtete ihr Handy, wusste, wen sie anrufen musste, und wusste im gleichen Augenblick, dass sie das nicht konnte. Der Grund war erschütternd trivial. Thilo Becks Handynummer war in ihrem alten iAm gespeichert, nicht in ihrem Kopf.

»Wir brauchen Becks Nummer.«

Philipp nickte. »Haben wir.« Er tippte auf den am Armaturenbrett festgekletteten neuen Sony-PA. Ihren fragenden Blick beantwortete er, ohne sie anzusehen. »Im Gegensatz zu dir habe ich in den letzten Tagen nicht geschlafen. Und ich hab nicht nur weiter gesammelt, wer dein IICO finanziert, Lisa hat auch Becks Nummer rausgekriegt. Sie hat sogar die von Gerrittsen, was gar nicht so einfach war, aber da springt zuverlässig immer nur die Mailbox an. Und da spreche ich garantiert nicht drauf, *Hey, Drecksau, hier ist der Typ, der dich killen will – wo bist du?*« Er reichte ihr den PA. »Bitte.«

Mavie wählte die Nummer. Und wartete. Nach sechsmaligem Klingeln sprang Becks Mailbox an. Mavie bat ihn müde um umgehenden Rückruf, diktierte die Nummer ihres neuen Handys, legte auf und wünschte sich dringend ein Kissen, eine Decke und eine bequemere Liegefläche als den Ledersitz. Sowie ihr altes Gehirn zurück, das Modell ohne diese dumpfe Slow-Motion-Funktion.

»Sparsam mit deiner Nummer«, sagte Philipp.

Sie sah ihn verärgert an. Den Text kannte sie auswendig, allerdings aus dem Mund ihres Vaters, und damals war sie dreizehn gewesen. »Wie soll er mich sonst anrufen?«

»Brillant gedacht. Nur: Wenn er sein Handy gar nicht mehr hat, zum Beispiel weil er tot ist, dann haben unter Umständen *die* sein Handy. Und dann haben *die* jetzt deine Nummer, und dann finden *die* ziemlich schnell raus, wo das da«, er deutete auf ihr Prepaid-Handy, »ist. Und wohin es sich bewegt.«

»Ja«, sagte sie gelangweilt. Dieses Szenario erschien ihr erschütternd reizlos. Sie wollte einfach nicht darüber nachdenken, denn wenn *die* Thilo und dessen Festplatte und Unterlagen hatten oder Thilo schlicht und ergreifend aus dem Fenster in die Maas explodiert und ertrunken war, fehlte ihr alles, um wenigstens eine Chance zu haben, Milett zu gewinnen. Mit ihrem lächerlichen Mem-Stick und den dürren Daten würde ihr das kaum gelingen. Sie brauchte Becks Unterlagen, Punkt. Sofern jemand sein Handy fand und abhörte, sollte er *sie* anrufen und niemand sonst.

»Was ist mit Eisele?«, fragte sie, mehr sich selbst als Philipp, durch den dichten Nebel in ihrem Gehirn.

»Tolle Idee«, sagte Philipp. »Ganz toll. Falls du ihn erreichst, gib ihm deine Nummer und sag ihm am besten auch gleich, wo du bist.«

»Warum nicht? Er kann uns …«

»Mavie, Eisele ist nicht sauber.«

»Er ist verletzt, er liegt in irgendeinem Krankenhaus, und falls er inzwischen wieder wach ist …«

»Ja, klar. Und der Anschlag galt ihm, richtig? Sagt CNN. Die sagen aber auch, dass der Anschlag Herrn McVee galt, der gar nicht da war. Sauber recherchiert. Wieso glaubst du, dass Eisele in irgendeinem Krankenhaus liegt? Gegenvorschlag: Der Wichser hält sich gerade mal bedeckt, bringt deinen Freund Beck um und wartet.«

»Worauf?«

»Auf dich. Darauf, dass du ihm und seinen Blackwater-Bodyguards noch eine Chance gibst, dich abzuschalten. Dich, mich, Beck. Helen haben sie schon erledigt. Er und Gerrittsen.«

Mavie schüttelte den Kopf. Sie fühlte sich einer Ohnmacht nah, aber das konnte und wollte sie nicht stehen lassen, denn es war blanker Unsinn. »Du spinnst«, sagte sie. »Gerrittsen, gut, das liegt nah, aber wieso soll Eisele …«

»Weil er und Gerrittsen die Einzigen waren, die wussten, wo wir sind. Außer Beck, und der wird sich ja nicht selbst in die Luft gejagt haben. Und sofern der Anschlag dir, uns galt, hängt Eisele da mit drin.«

»Dann galt der Anschlag also doch ihm?«

Philipp seufzte und verdrehte die Augen. »Super. Ja, das wäre dann die andere logische Erklärung, aber …«

»Du kannst ihn einfach nicht leiden«, murmelte sie, endgültig wegdämmernd und einstweilen zufrieden mit ihrer Erklärung, »weil ihr beide Scheiß-Alphatiere seid.«

Kaffee. Sie dämmerte zurück ins Leben, mit dem für Sekundenbruchteile angenehmen Gefühl, in einem Bett aufzuwachen, in einem heiteren Zimmer, durch dessen geöffnete Fenster die Sonne ins Zimmer strahlte und ihr einen wunderbar entspannten Tag verhieß. Beginnend mit einem Milchkaffee, dessen Schaumkrone stolz über den Rand eines Designerglases ragte.

Es dauerte nicht lange. Die Geräusche passten nicht, die Bewegung ihres Bettes passte nicht.

Sie öffnete die Augen und sah vor sich, im Becherhalter zwischen den Sitzen, zwei Pappbecher, braun, mit weißen Plastikdeckeln.

»Morgen«, sagte Philipps Stimme. »Kaffee ist fertig.«

Sie ächzte, fand den Knopf an der Sitzseite und ließ sich in die Senkrechte fahren. Ihre Rippen schrien Zeter und Mordio, und sie griff nach vorn, nach ihrer Tasche, zog die Blisterpackung mit den kleinen weißen Lebensrettern heraus und warf sich eine in den Mund. Philipp hielt ihr eine Wasserflasche hin, sie nahm sie, schluckte die Tablette und spülte sie mit einem Schluck Wasser herunter.

Wasser, dachte sie und bemerkte im gleichen Augenblick, was ihr fehlte.

»Wann hat das aufgehört?«, sagte sie und sah aus den Fenstern. Der Himmel zu ihrer Rechten war fast blau, vor ihnen endete die Wolkenfont in hellen Flocken, zur Linken herrschte dichtes Grau.

»Halbe Stunde«, sagte er. »Bei Avignon, Orange, ungefähr. Vorher war's die Hölle, seitdem wird es mit jedem Kilometer weniger. Aber wir sind auch schon an Marseille vorbei.«

Sie deutete fragend auf die Kaffeebecher. »Rechts«, sagte Philipp. Sie nahm den Becher, trank und sah aus dem Fenster. Soweit sie sich an ihre Datensammlung erinnerte, passte alles haargenau. Die Regenfront würde in den nächsten Tagen auch die Côte d'Azur erreichen und kurzfristig für heftige Gewitter sorgen, aber dort, wo sie sich jetzt befanden, südlich der Alpen, würde es keine Überschwemmungen geben. 22 Grad, gelegentliche Unwetter. Fast normales Wetter für Südfrankreich, jedenfalls für Südfrankreich im März, wenn auch normalerweise nicht Ende Januar. Die Katastrophen fanden anderswo statt, weiter nördlich und weiter südlich.

»Anderthalb Stunden«, sagte Philipp. »Dauert alles länger, als ich dachte, aber das liegt vor allem an denen.« Er nickte nach vorn, Richtung Scheibe. Der langsam fahrende Militärkonvoi reichte bis zum Horizont vor ihnen, der restliche Verkehr, Lkws inklusive, arbeitete sich mühsam auf der linken Spur vorbei. »Ziemlich viel Betrieb.«

»Soldaten?«

»Ich kann ja nicht anhalten und unter die Planen gucken, aber, nein, ich denke nicht nur. Das dürfte auch einiges an Geschützen sein, was da durch die Gegend rollt.« Er sah sie an. »Was bedeutet, dass entweder rein zufällig ein Manöver im Gang ist oder ...«

»Oder was?«

»Oder dass du nicht mehr die Einzige bist, die *Prometheus'* Vorhersage kennt.«

Skeptisch betrachtete Mavie den Tarnfarbenkonvoi, an dem sie langsam vorbeirollten. »Das ist doch Blödsinn«, sagte sie. »Die fahren nach Süden.«

Philipp schwieg. Und nickte.

»Also«, sagte sie, »ist es ein Manöver. Wenn es eine Reaktion auf den bevorstehenden Ernstfall oben bei uns wäre, müssten die nach Norden fahren.«

»TomTom kaputt?«

»Witzig.« Sie sah auf die Uhr. »Ich hab vier Stunden geschlafen?«

»Jap. Sehr angenehm. Du siehst verdammt friedlich aus, wenn du …«

»Ja. Toll. Irgendwelche Anrufe?«

Er schüttelte den Kopf. »Jedenfalls nicht bei dir. Ich hab mit Lisa gesprochen. Und mit Hannah. In Hamburg schüttet es wie aus Eimern, aber keiner macht sich Sorgen. Ich schon, deshalb hab ich ihr noch mal gesagt, sie soll ihre Mutter und Max einpacken und sich verziehen. Daraufhin hatte ich dann die Mutter am Ohr, und das war laut. Erstaunlich, dass du nicht aufgewacht bist. Ich meine, ich hab zwar nicht gebrüllt, aber dafür sie so laut, dass man's nach draußen gehört hat.«

»Weil?«

»Weil ich ein Arschloch bin. Und weil sie einen Teufel tun wird, das Haus zu verlassen und zu meinen bescheuerten Freunden zu fahren. Die wohnen zwar auf einem Berg, was ich für ziemlich praktisch halte, aber Karla wittert natürlich was ganz anderes.«

»Und zwar?«

»Dass ich mir das alles nur ausdenke und die Schlösser austauschen lasse, sobald sie aus dem Haus ist. Was ich natürlich auch tun würde, unter normalen Umständen. Aber sie begreift nicht, worum es geht. Oder sie glaubt es nicht, jedenfalls mir nicht. Und wenn Hannah sie nicht bald überzeugt, fahre ich da persönlich hin und schleife die drei aus dem Haus.«

Mavie nickte.

»Lisa«, sagte er. »Die wollte Urlaub nehmen und sich nach Portugal verziehen, aber das hab ich abgelehnt.«

»Dachte ich mir.«

»Ich kann ja nicht zu allen nett sein. Und sobald wir das Ding vom Eis haben, kann sie ja verreisen. Vorher nicht, ich brauche jemanden, der sich kümmert. Hat sie aber auch schon gründlich, nämlich um IICO. Das Ding bleibt, was die Finanzierung betrifft, eine Blackbox – mal davon abgesehen, dass definitiv haufenweise Energieversorger mit zu den Spendern gehören, aber die wenigsten auf direktem Weg. Zwei Namen tauchen häufiger auf, MNI und Solunia. Schon mal gehört?«

Sie schüttelte den Kopf.

»Venture Capital, beide. MNI investiert seit Jahren in alles, was nicht schnell genug auf den Bäumen ist und nach Mitarbeitern riecht, die man feuern kann, Solunia ist eher selektiv und hat bislang immer auf regenerative Energien gesetzt.«

»Was ist daran seltsam? Natürlich investieren die dann ins IICO, schon wegen der Salter-Boote.«

»Absolut. Logisch. Seltsam ist daran nur, dass sie das nicht offen tun. Sondern gleich an drei oder vier Stellen via Beteiligung an wieder kleineren Subunternehmen der großen Versorger. So stecken die zwar unterm Strich ein paar Hundert Millionen in Gerritsens Projekt, tauchen aber nirgendwo wirklich auf. Und da frage ich mich natürlich: warum so bescheiden?«

»Was sagt dein Steuerberater dazu?«

»Hab ich noch nicht gefragt. Ich dachte, ich frag erst mal dich. Hätte ja sein können, dass dir dazu was einfällt.«

Sie schüttelte wieder den Kopf. »Bedaure.«

Sie hatten die Kolonne passiert, und Philipp war wieder dazu übergegangen, die Hybrid-Fahrer vor sich von der linken Spur zu drängeln. »Plan?«, sagte er.

»Wann sind wir da?«

»Stunde.«

Mavie zog ihr Handy heraus.

»Papa?«, fragte Philipp.

»Beck«, sagte sie. Wieder sprang nur Thilo Becks Mailbox an. Sie ließ das Handy sinken und ihre Hoffnungen gleich mit. Vier, fünf Stunden ohne Handy? Sofern er gesund und bei sich war, würde er das Handy nicht so lange ausgeschaltet lassen. Und sofern er seine Mailbox abgehört hatte, hätte er sie längst zurückgerufen. Sein Schweigen konnte nur bedeuten, dass er entweder tot war oder irgendwo im Koma lag oder dass *man* ihn nicht telefonieren ließ. Was vier Tage nach dem Anschlag vermutlich ebenfalls nur bedeuten konnte, dass er tot war. Ihr blieb die vage Hoffnung, dass er sich gerettet hatte und genauso tief und fest schlief wie sie selbst noch vor 24 Stunden, und sie entschied sich, diese Hoffnung keiner kritischen Prüfung zu unterziehen. Ohne Becks Informationen hatte sie nichts in der Hand. Nichts außer einem Mem-Stick, den sich jeder fleißige Idiot selbst zusammenbasteln konnte, einem Anschlag, der laut Presse keiner gewesen war, und dem Unfalltod einer betrunkenen Journalistin. Nicht direkt ein überzeugendes Angebot für einen

Nobelpreisträger, der seit Jahren die Öffentlichkeit mied. Aber vielleicht war Milett ja tatsächlich ein so kluger, wunderbarer und unbestechlicher Menschenfreund, wie Edward behauptete.

Sie wählte die Nummer ihres Vaters.

Edward Hellers »Ja?« klang müde, unverändert.

»Hast du ihn erreicht?«, fragte sie.

»Eben«, sagte er. »Ja, ich habe kurz mit ihm sprechen können, ich wollte dich gerade anrufen.«

»Das heißt, er erwartet uns.«

Edward schwieg einen Augenblick. Einen Augenblick länger, als ihr lieb war. »Ja«, sagte er schließlich. »Er weiß, dass ihr kommt, er weiß, wer ihr seid, und er wird euch empfangen, denke ich.«

»Wie, *denkst* du?«

»Er … klang nicht ganz so freundlich, wie ich ihn in Erinnerung hatte.«

»Edward?«

»Herrgott«, sagte er gereizt. »Es war kein erfreuliches Gespräch. Ganz und gar nicht. Mir ist durchaus bewusst, dass ich nicht der Dalai Lama bin oder Bill Clinton, aber, nein, das war eines Nobelpreisträgers unwürdig. Leland Milett mag noch immer intelligent sein, das kann ich nicht beurteilen, aber höflich ist er nicht.«

»Das heißt was – er hat dich beschimpft?«

Mavie wechselte einen Blick mit Philipp, der verwundert die Augenbrauen hochzog, ohne den Blick von der Autobahn zu wenden.

»Er hat mir sehr deutlich zu verstehen gegeben, welches Interesse er an mir und meinen Ausführungen hat. Oder an deinen.«

»Korrigier mich, aber das heißt: Wir kommen nicht mal rein?«

»Ich habe mich beherrscht. Ich war sehr höflich, Mavie. Ich habe ihm deutlich gemacht, welche Mühen und welch weiten Weg ihr auf euch genommen habt, um mit ihm sprechen zu können. Ich werde nicht wiedergeben, was er darauf erwidert hat, aber er wird euch empfangen.«

Mavie atmete erleichtert aus. »Okay, immerhin.«

»Fünf Minuten«, sagte Edward.

»Bitte?«

»Seine Worte«, sagte Edward. »Die anderen behalte ich für mich.«

23

Die weiß gekalkte Mauer zur rechten Straßenseite des Boulevard du General de Gaulle war großzügig von Bougainvillen überwuchert, deren unzählige Knospen förmlich darauf zu warten schienen, Blüten in die warme Frühlingsluft explodieren zu lassen. Vom hinter der Mauer liegenden Haus sah man lediglich die hinter Palmwipfeln halb verborgenen Terrakotta-Dachziegel vor einem Hintergrund aus blauem Himmel und blauem Meer, die Zufahrt führte hinter einem hohen Eisentor nach unten, in den Steilhang an der Westseite des Cap Ferrat.

Philipp stellte den Wagen direkt vor dem Tor ab und nickte anerkennend. »Der muss aber sein Preisgeld gut angelegt haben.«

Mavie nickte und betrachtete ebenfalls beeindruckt Miletts Anwesen. Sie hatte nicht damit gerechnet, unter der von Edward angegebenen Adresse eine Mietskaserne vorzufinden, aber auch nicht mit einer solchen Villa.

»Tippen wir mal auf *rechtzeitig Apple gekauft*«, sagte Philipp und stieg aus.

Mavie sah ihm zu, wie er auf den Steinpfeiler zwischen großem und kleinem Eisentor zuging und auf den Klingelknopf über der Gegensprechanlage drückte. Sie öffnete das Handschuhfach, fand, wie sie gehofft hatte, den zerlegten Plastikrevolver, ließ ihn in ihre Tasche gleiten und schloss das Handschuhfach wieder. Falls Philipp selbst daran dachte, den Revolver einzustecken, wäre sie ihm nur zuvorgekommen. Falls nicht, würde sie die Waffe einfach für sich behalten, in doppelter Hinsicht.

Philipp sprach kurz mit einem unsichtbaren Gegenüber, dann begann das Eisentor zur Seite zu gleiten und gab den Weg frei. Philipp stieg wieder ein, löste die Handbremse und ließ den BMW auf die Säulen vor dem Haus zurollen. »Sehr freundlicher Butler«, sagte er lächelnd. »Will ich auch.«

Der Butler war tatsächlich einer und öffnete die Haustür, als sie aus dem Wagen stiegen. Er trug zwar keine Livree, sondern einen grauen Anzug, aber jede seiner Bewegungen verriet, dass er seine Ausbildung mit Auszeichnung bestanden hatte. Er stellte sich höflich und mit feinstem Oxford-Akzent als Theo vor, bat der Form halber um Erlaubnis, vorausgehen zu dürfen, und verkündete, Mr Milett erwarte sie bereits und werde gleich bei ihnen sein. Theo bat die beiden Gäste mit einer dezenten Handbewegung um einen Augenblick Geduld, stolzierte schnurstracks durch die großzügige Marmoreingangshalle davon und öffnete die große Eichendoppeltür an der anderen Seite. Frauenlachen, mehrstimmig, drang kurz und laut durch den geöffneten Spalt, verebbte gedämpft und machte dem tieferen Murmeln einer Männerstimme Platz. Das Murmeln verstummte.

Philipp und Mavie ließen ihre Blicke durch den Raum schweifen. Zu ihrer Linken und Rechten hingen großformatige Ölbilder, Farbkleckse im Nebel zur einen Seite, kubische Formen zur anderen. Auf dem Boden unter der Steintreppe stand auf einem Podest eine etwa anderthalb Meter lange Skulptur, ein Kokonskelett, aus Baumwurzeln geformt und mit schwarzer Ölfarbe lackiert. Eine Tür führte nach links, zwei weitere nach rechts. Und die Doppeltür nach vorn.

Durch die jetzt Leland Milett in den Flur trat, mit dem Rücken zu Mavie und Philipp, da er sich beim Verlassen des Salons noch einmal an die unsichtbaren Menschen in dem Raum hinter der Tür wandte, mit einer Bemerkung, die Mavie akustisch nicht verstand. Wieder lachten die Frauen, und Milett schloss die Tür. Er wandte sich seinen neuen Gästen zu, zog sich das sandfarbene Jackett, das er in der Linken gehalten hatte, über sein weißes Hemd und kam auf Mavie und Philipp zu.

Der sandfarbene Anzug stand ihm ausgezeichnet und korrespondierte mit den braunen Budapestern und seinem ebenfalls braunen, leicht gewellten Schopf. Er schien kein einziges graues Haar zu haben, und seine glatt rasierten Züge waren verdächtig faltenfrei für einen fast 60-jährigen Mann. Auch die randlose Brille, die früher sein Markenzeichen gewesen war, fehlte. Mavie schloss daraus, dass Leland Milett in einen Jungbrunnen gefallen sein musste oder in die Hände von begnadeten Perückenmachern und Botox-Spezialisten. Aber seine Augen waren immer noch die alten. Denn als er sie ansah, erinnerte sie sich fröstelnd an den *Time*-Titel, von dem er sie nach dem IPCC-Skandal 2007 angestarrt hatte. An den No-Bullshit-Blick aus kalten grauen Augen, der damals exakt das Gleiche besagt hatte wie heute: *Nütze mir, sonst überrolle ich dich.*

Er beließ es nicht bei dem Blick. Er ignorierte Philipp vollständig, nickte Mavie kurz zu, schenkte sich sogar den Handshake zur Begrüßung und sagte bloß: »Fünf Minuten.«

Mavie nickte ebenfalls, bedankte sich – und fasste sich so kurz wie möglich. Berichtete ihm vom IICO, von der Geheimhaltung und der verdächtig undurchsichtigen Gesellschafterstruktur des Instituts. Von *Prometheus*, von den exklusiven Sono-Daten des Observatoriums auf dem Roque, von Gerrittsen – Milett lächelte kurz spöttisch, als er den Namen hörte –, von der Prognose und von Becks Bestätigung, das Programm sage eine Katastrophe voraus, eine monatelange Dürre für die Äquatorregion bei gleichzeitigem monatelangen Dauerregen im Norden. Von Nyquists und Helens Ermordung, vom Anschlag auf sie und Beck. Den entscheidenden und in ihren Augen alarmierendsten Punkt hob sie sich für den Schluss ihrer kurzen Schilderung auf.

»Sofern wir nicht reagieren, müssen wir von 200 bis 800 Millionen Opfern ausgehen.«

Sie hatte nicht unbedingt damit gerechnet, dass Milett die Hände über dem Kopf zusammenschlagen, sich die gefärbten Haare raufen und nach einem roten Telefon greifen würde. Allerdings hatte sie auf einen besorgten Blick gehofft und auf einige Fragen nach den Details.

Aber Milett hob bloß die Augenbrauen ein bisschen höher, fast belustigt, verzog den Mund zu einem schiefen Lächeln und sagte: »Und?«

»Und?«

»Ja, na und? Was wollen Sie hier? Und wieso erzählen Sie mir das?«

»Weil Sie uns helfen können …«

»Die Welt zu retten? Sehen Sie mich an.« Er drehte die Handflächen nach oben und präsentierte sie leer, mit belustigtem Blick. »Trage ich ein Cape? Oder mache ich mich auf andere Weise verdächtig, über Superkräfte zu verfügen?«

»Nein, aber …«, sagte Mavie.

Milett unterbrach sie, und sein Lächeln wurde wieder schmal und schief: »200 Millionen Tote. Nun ja. Das ist, zugegeben, etwas mehr als gewöhnlich. 800 wären natürlich *deutlich* mehr als gewöhnlich, aber 200 wären lediglich das Doppelte. Und immer vorausgesetzt, die Räuberpistole, die Sie mir da erzählen, spielt sich nicht nur in Ihrer persönlichen Realitätswahrnehmung ab, sondern auch in der anderer Menschen, hätte ich durchaus Verständnis für vornehme Zurückhaltung.«

Sie sah ihn fassungslos an.

»Vornehme Zurückhaltung?«

»*Mademoiselle.*« Sein Tonfall war für einen Augenblick unverschämt geduldig, aber er beließ es nicht dabei. »Haben Sie den Weg in die Klimaforschung lediglich eingeschlagen, weil Ihnen mangels Fantasie oder Talent kein besserer Weg offenstand, oder hatte Ihre Berufswahl mit einem genuinen Interesse an unserem Planeten zu tun, besser noch, *Gaias* Wohlergehen?« Er wartete Mavies Antwort nicht ab, sondern nickte sich selbst zu. »Sehen Sie, Letzteres. Ehrenwert, aber dann sind Sie sich doch auch im Klaren darüber, dass die achtzig bis hundert Millionen Klimafolgetoten, die wir alljährlich in der sogenannten Dritten Welt bereitwillig in Kauf nehmen, keine Katastrophe sind, sondern ein Segen. Korrigieren Sie mich: Wären nicht demnach 200 oder 800 ein doppelter oder gar achtfacher Segen?«

Mavie sah Milett an. Sie sah Philipp an und bemerkte fast erleichtert, dass auch dessen Mund leicht offen stand. Offensichtlich war sie nicht verrückt geworden. Aber Milett.

»Das ist ein … Scherz?«, versuchte sie.

»Ein Scherz? Das Ende der Menschheit, ein *Scherz?* Sie kennen die Zahlen – oder kennen Sie die nicht? Doch, die kennen Sie, sicher, Sie haben ja angeblich sogar studiert. Gaias Rücken trägt eine Anzahl Menschen, die erheblich kleiner ist als die derzeitige, und alle Probleme, derer wir vergeblich Herr zu werden versuchen, sind Probleme, die mit unserer Zahl zusammenhängen. Das Equilibrium ist noch in retrospektiver Sichtweite, es herrscht doch, mit Verlaub, Mademoiselle, kein Dissens, dass wir schon anno 1750 in deutlich ausreichender Menge vorhanden waren, um die Gattung zu erhalten. 850 Millionen atmende, Ressourcen verbrauchende Exemplare der Spezies Mensch! Und wie gründlich haben wir in den wenigen Hundert Jahren danach die Worte des Herrn befolgt, wie überaus fruchtbar waren wir, wie überaus ernst haben wir das Gebot »Mehret euch!« genommen! Wir haben uns verdoppelt! Nicht seit dem Pleistozän, sondern seit Kennedys Ermordung! Fast sieben Milliarden! Sechs Milliarden zu viel! Alle atmend, alle, vor allem, *aus*atmend, achtzig Millionen Menschen zusätzlich per anno, das sind fast 600 Millionen Tonnen mehr CO_2 per anno – und wollen diese Leute vielleicht auch noch etwas essen? Rinder gar? Rinder, die fröhlich flatulent auf Weiden grasen, wo vorher Wald stand? Ah! Welcher Wildwuchs!«

»Verstehe«, sagte Mavie, vorsichtig nickend. »Das heißt, Sie hätten statt 800 Millionen lieber fünf Milliarden Tote?«

»Als Anwalt Gaias: umgehend. Als Philanthrop: Ich bitte Sie!«

Mavie hörte Philipps leisen, anerkennenden Pfiff von links. Sie wandte den Kopf und sah ihn grinsen.

»Das meint der nicht ernst«, sagte er mehr zu Milett als zu ihr.

Mavie sah wieder Milett an, der immer noch lächelte, nun allerdings marginal freundlicher. »Bedingt, mein Bester«, sagte er zu Philipp. »Ich bin durchaus der Meinung, dass diese Dezimierung unsere einzige Hoffnung darstellt, den Planeten weiter würdevoll bewohnen zu dürfen – aber ich bin, insofern haben Sie recht, nicht skrupellos genug, unterlassene Hilfeleistung bedingungslos gutheißen zu können, sei es auch zum Wohle des größeren Ganzen.«

»Das heißt?«, sagte Mavie. »Sie helfen uns.«

»Ich bin überzeugt, dass ich das nicht *kann*«, sagte Milett und klang hocherfreut. »Aber ich bin bereit, meine Überzeugungen dem kurzzeitigen Beschuss durch Ihre Argumente auszusetzen. Dabei sehen Sie mir jedoch bitte nach, dass ich hinsichtlich der Fundamente meiner Überzeugungen *äußerst* zuversichtlich bin. Sie schießen nicht auf meine erste Festung, sondern auf das Ergebnis jahrzehntelanger Baukunst.«

Mavie brachte ein Lächeln zustande. »Ich schieße nicht mit Platzpatronen.«

Milett erwiderte das Lächeln und wies mit dem rechten Arm auf die schwere Eichentür zu Mavies Linker. »Sollten Sie das tun, ließe ich Sie auch umgehend ans Freie setzen. Das Leben ist zu kurz für Langeweile. Aber machen Sie mir die Freude und schießen Sie im Sitzen, und gestatten Sie, dass ich Ihnen dazu ein Getränk herunterlasse, von den Festungsmauern.«

Milett ging voran. Hinter der Eichentür zur Linken verbarg sich ein deckenhoch mit Bücherregalen ausgestatteter Raum, in dem man ohne Weiteres ein Tennismatch hätte veranstalten können, jedenfalls wenn man den Schreibtisch, das Stehpult und die Sitzecke vorher entfernt hätte. Durch die hohen Fenster blickte man hinaus über das Mittelmeer, wo gerade die Sonne ihre Tagesreise beendete, und unter anderen Umständen hätte Mavie sich einfach nur hinsetzen wollen, eine Weile die Aussicht genießen und anschließend auf die Leitern steigen, um sich anzusehen, welche Kostbarkeiten sich in den Regalen verbargen. Ein zweisitziges und ein dreisitziges dunkelbraunes Ledersofa standen in der rechten Ecke des Raumes, der Schreibtisch vor den Fenstern, sodass Milett von seinem Arbeitsplatz auf die Tür blickte. Feng Shui hielt er also offensichtlich für überschätzt.

Der Nobelpreisträger trat an den Servierwagen, der neben dem Dreisitzer stand, und griff nach einer der darauf stehenden dunkelbraunen Flaschen. »Lagavulin?«, fragte er.

Philipp nickte. »Gern.«

»Für Sie, Mademoiselle?«, fragte Milett.

Mavie wollte sich nicht die Blöße geben, nach einem Prosecco zu fragen. »Dasselbe«, sagte sie. »Gern.«

Sie konnte den Blick nicht von dem großformatigen, in gebürstetem Stahl gerahmten Bild wenden, das auf dem Boden vor dem Schreibtisch stand, gegen die Arbeitsplatte gelehnt. Es war kein Kunstwerk, sondern ein Poster. Ein grellbuntes Motiv, das die *second season* einer Fernsehserie ankündigte, *The Girls from India.* Dem autogrammgeschmückten Plakat nach zu urteilen, das zwei hübsche Inderinnen und diverse andere hübsche Menschen in Arztkitteln und Anzügen vor der New Yorker Skyline zeigte, handelte es sich nicht um ein Programm für herausragende Intellektuelle.

»Eine Telenovela«, sagte Milett und drückte ihr den Whisky in die Hand.

»Und das sehen Sie gern?«

»Ich sehe das gar nicht«, sagte er halb indigniert, halb belustigt. »Ich unterstütze es finanziell.«

»Verstehe«, log sie.

»Ein Riesenerfolg, gerade in Indien und dort in den ländlichen Regionen. Oster und Jennings haben ja bereits 2008 eindrucksvoll nachgewiesen, dass sich die Geburtsraten überall dort halbieren, wo Fernsehkabel verlegt werden. Wir dürfen davon ausgehen, dass das an dem von uns vermittelten Frauenbild liegt – immerhin sind unsere *Indian Girls* insofern vorbildlich, als sie es nicht als Naturgesetz betrachten, von ihren Männern verprügelt zu werden, und sie werden nicht nach jedem Beischlaf zwangsläufig schwanger. Fernsehen ist das mit Abstand wirksamste Mittel zur Geburtenkontrolle, kein Pillen-und-Kondome-Verschenkprogramm kommt in der Hinsicht gegen eine hinreichend demente Telenovela an. Und die Zuschauerinnen sind netter zu ihren weniger zahlreichen Kindern. Manche lassen die Mädchen sogar zur Schule gehen.«

Philipp war neben die beiden getreten und betrachtete ebenfalls das kitschige Poster. »Hm«, sagte er. »Kabel? Da läuft doch bestimmt auch viel Sport.«

Mavie sah ihn an, als hätte er den Verstand verloren, aber Milett lachte schallend. »Exzellent!«, sagte er. »Sie haben völlig recht, es könnte auch daran liegen.«

Philipp sah Mavie an und zuckte entschuldigend die Achseln.

Milett wies auf die Sitzecke. »Bitte, nehmen Sie Platz.«

Mavie und Philipp setzten sich nebeneinander auf den Dreisitzer, Milett auf das Zweiersofa. Er lehnte sich zurück und schlug die Beine übereinander.

»Bjarne Gerrittsen«, sagte er, lächelte und wiegte leicht den Kopf hin und her. »Dieser überhebliche kleine Mann. Mit sicherem Blick für sein eigenes Fortkommen und das Dekolleté jeder Praktikantin. Daran hat sich vermutlich nichts geändert?«

»Nein«, sagte Mavie. »Sie kennen ihn offenbar schon länger?«

»Kennen? Gott bewahre. Ich möchte ihn nicht *kennen*, schon gar nicht näher. Wir sind uns ein- oder zweimal begegnet, als ich Anfang 2000 zum IPCC kam, in die Werbeabteilung des Teufels. Gerrittsen hat damals vorgetragen, woran er arbeitet und was er zu erreichen hofft, ich habe ihn, offen gestanden, für einen Wichtigtuer gehalten, aber mit dieser Ansicht stand ich fast allein – wie mit den meisten meiner Ansichten. Es wundert mich aber nicht, dass er jetzt über ausreichende Mittel für seine Forschung verfügt, er konnte sich immer gut verkaufen.«

»Aber Sie haben nicht seinetwegen beim IPCC aufgehört?«

»Nein«, sagte Milett. »Das hatte eine Reihe von Gründen. Auch persönliche.« Er verstummte, überlegte kurz und kam dann mit einem Kopfschütteln zum Entschluss, den möglichen Exkurs auszulassen. »Vor allem fachliche. Ich konnte diese Propagandalügen nicht mehr mittragen, all diese grotesken Verdrehungen, und als wir auch noch den Nobelpreis für unsere Falschdarstellung der Problematik erhalten sollten, musste ich mich zurückziehen.«

»Mit einem ziemlichen Paukenknall.«

»Finden Sie? Ich finde nicht. Unter den gegebenen Umständen fand ich meine Wortwahl angemessen – oder sogar unangemessen höflich. Ich hätte Gore schon damals, auch öffentlich, sagen müssen, dass seine Biosprit-Idee ihn als Wahnsinnigen oder als Vollidioten auswies und dass er aus dem Verkehr gezogen gehörte. Das habe ich unterlassen. Das war ein Fehler. Aber ich konnte damals noch nicht absehen, welchen gefährlichen Einfluss der Mann gewinnen würde.«

Mavie nickte nachdenklich. Sie erinnerte sich nur dunkel an Miletts Abgang von der Weltbühne und wusste nicht, wie weit seine Verschwörungstheorien inzwischen gediehen waren, zog es jedoch vor, ihn nicht zu einem Vortrag einzuladen.

Das musste sie aber auch gar nicht, denn Philipp sah zwischen ihr und Milett hin und her, leicht verwirrt. »Nichts für ungut«, sagte er, »aber Gore ist doch einer von den Guten? Oder hab ich das falsch verstanden?«

»Gore ist ein Trottel«, sagte Milett. »Ein Laie, ein erfolgloser Politiker und ein Idiot. Ich will ihm nicht einmal unterstellen, dass er bewusst im Auftrag der Industrie handelt – obwohl ich auch das nicht ausschließen will –, aber seine Argumentation ist einfach hanebüchen.«

»Es ist aber besser geworden«, sagte Mavie besänftigend. »Er sieht inzwischen auch, dass es nicht *nur* am CO_2 liegt. Und er hat eingeräumt, dass seine Ethanol-Idee falsch war.«

»Das ist zu wenig«, sagte Milett. »Solange er nicht öffentlich richtigstellt, was er an absurden Lügen verbreitet hat, ist und bleibt er gefährlich. Ich bitte Sie: Jeder Gymnasiast versteht mehr von Physik und Chemie als Gore ...« Er sah Philipp kurz an, Philipp machte den Fehler, wie ein Hauptschüler zu gucken, und Milett dankte es ihm mit der Fortsetzung seines für Mavie höchstens binsenweisen Vortrages.

»Erst recht«, sagte er, »weiß jeder Gymnasiast, dass ein Molekül, das qua C schwerer ist als O_2, keinen Treibhauseffekt in sechs Kilometern Höhe über dem Boden auslösen kann. Und sogar Kaspar Hauser erkennt bei einem Blick auf die Zahlen, dass CO_2 das kleinste unserer Probleme ist. Sofern es denn überhaupt unser Problem ist und nicht Teil der *Lösung* unseres Problems – wofür einiges spricht.«

Schwachsinn, lag sehr weit vorn und abschussbereit auf Mavies Zunge, *totaler, kompletter Schwachsinn,* neben ein paar Dutzend gediegenen Zurechtweisungen für den provozierenden Angeber. Sie hielt sich zurück, indem sie einen festen Zaun aus Zähnen um ihre nervöse Zunge baute, gut verborgen hinter höflich lächelnden Zügen. Sie brauchten Milett. Ihr blieb keine Wahl, als gute Miene zum idiotischen Vortrag zu machen.

»Zwar erwarte ich nicht von jedem Kaspar Hauser«, fuhr Milett fort, »dass er die wenigen fundamentalen Wahrheiten über Aerosole und Treibhausgase selbst nachschlägt, aber verantwortungsvoll handelnde Menschen haben diese Zusammenhänge angemessen darzustellen. Tun sie es nicht, haben sie offenbar andere Ziele als die von ihnen selbst behaupteten. Gore ist also entweder ungeheuerlich dumm oder ein ungeheurer Schwindler, ein politischer Lügner. Die Erklärungen des IPCC sind Konsens-Erklärungen und dienen bestimmten Zwecken, im Kern dem Erhalt unseres imperialen Lebensstils und der Schaffung neuer Absatzmöglichkeiten. Das IPCC arbeitet der Energieindustrie zu – und verteilt das verbliebene Volksvermögen in die Taschen der großen Energieversorger. Daran wirkt Gore mit, und dafür gebührt ihm ein Platz im Fegefeuer.«

»Okay«, sagte Philipp. »Jetzt verstehe ich, weshalb Sie nicht mehr so gern öffentlich auftreten.«

Milett schnaubte verächtlich. »Zu welchem Zweck? Verstehen Sie mich nicht falsch, ich bin kein Freund von bequemen Lügen. Ich bin, ganz im Gegenteil, ein Freund der *unbequemen Wahrheit,* wie Gore es so schön plakativ nennt. Aber die unbequeme Wahrheit ist, dass etwa 600 Millionen Menschen beschlossen haben, die Entfaltungsmöglichkeiten der restlichen sechs Milliarden auf grausamste Weise zu beschneiden und diese anderen nach Belieben zu vernichten. Die 600 Millionen, das sind wir, Europäer und Nordamerikaner. Selbst die Ärmsten von uns, die Wohlfahrtsempfänger, die Arbeitslosen und die Nichtsnutze, leben heute wie die Fürsten im Mittelalter, mit fließend Wasser und nicht nur *täglich Brot,* sondern Tiefkühlpizza und Flachbildschirmen. Die Reicheren unter uns, nun ja, die Reicheren von uns sind die Herren der Welt. Aber wir alle leben auf Kosten der restlichen Welt. Und wir sind finster entschlossen, unsere Position zu verteidigen.« Er lächelte. »Dagegen spricht nichts. Wir alle sind Egoisten. Kein Afrikaner verhielte sich anders, säße er hier, wo wir sitzen. Aber es mangelt uns an Aufrichtigkeit. An der klaren, lauten und öffentlichen Aussage: *Ja, wir wollen so weiterleben.* Genau so. Nein, wir wollen nicht zurückstecken. Nicht teilen. Keine Gerechtigkeit. Wir wollen jeder ein Auto, alle drei Tage Fleisch auf dem Teller, billiges Fleisch, soziale Sicherheit, Geld, auch wenn wir keine Arbeit haben, fließend Wasser in jeder Wohnung, Fußbodenheizungen und keinen Eimer unter dem Donnerbalken auf dem Hof, sondern Porzellan im Bad, DVDs und Plastiktüten, um sie nach Hause zu tragen, weiße Sklaven in jedem Raum. Sklaven, die wir Steckdosen nennen. Medikamente. Krankenhäuser. Ärzte. Renten und Pensionen für die sagenhaften durchschnittlich fast fünfzig Jahre unseres Lebens, die wir *nicht* mit Erwerbstätigkeit zubringen. Zwanzig Jahre bis zum Ende der Ausbildung, dreißig Jahre vom frühen Rentenbeginn bis zu unserem Tod mit neunzig. Man muss kein Mathematikgenie sein, um zu verstehen, dass das nicht geht – beziehungsweise nur auf Kosten anderer. Unser Wohlstand hängt von unserer unerbittlichen Ausbeutung anderer ab, davon, dass sie auf jeden Entwicklungshilfedollar Zinsen zahlen, und das bis zum Jüngsten Tag. Deshalb müsste Gore sagen: Die unbequeme Wahrheit ist, dass wir alle sieben Sekunden ein Kind verhungern lassen, damit unsere Sozialhilfeempfänger weiterhin in Porzellan scheißen können. Und dass achtzig bis hundert Millionen Menschen jährlich an den Folgen unseres Tuns beziehungsweise Unterlassens sterben. Wir könnten das verhindern, aber es hätte einen hohen Preis: den Verlust unseres Wohlstandes, unserer Art zu leben. Wir wollen eine bessere Welt, natürlich, aber nur, solange das nicht bedeutet, dass *unsere* Welt schlechter wird. Hier liegt der Kern unserer Verlogenheit. Und wir entscheiden uns, das zu ignorieren, denn wir möchten uns selbst für anständige Menschen halten. Dabei sind wir Schurken. Mörder, Folterer, Teufel, wir alle. Und nichts ist widerwärtiger als ein kaltblütiger Mörder, der sich als Gutmensch geriert. Das sind wir.«

Er trank einen Schluck Whisky, endlich. Aber er war noch immer nicht fertig.

»Ich bin nicht frei von Sünde«, fuhr er fort, »im Gegenteil. Aber ich stehe zu meiner Schuld. Ich schätze mein bescheidenes Haus, alle vierzehn Zimmer, alle Bäder, erst recht den Garten; ich schätze meinen Lagavulin, ich schätze meine Sicherheit. Oh, ich wusste auch den Fahrdienst des IPCC zu schätzen. Mercedes. Und das Chateaubriand. Sobald die Herren sich endlich hinstellen und sagen: Ja, wir stehen dazu, wir bringen afrikanische Kinder um, überfallen Länder wegen ihrer Ölvorkommen und verhindern den Aufstieg Chinas notfalls mit nuklearer Gewalt – fein. In dem Fall bin ich bereit, mich wieder zu engagieren. Haben Sie diesbezüglich etwas anzubieten?«

Er schwieg. Und trank. Und lächelte Mavie an.

»Starke Worte«, sagte sie.

»Danke«, sagte er. »Soll ich Sie zur Tür bringen lassen?«

»Gleich«, sagte sie. »Mein einziges Problem ist, dass ich Ihnen nicht glaube.«

»Oh«, sagte Milett, mäßig interessiert.

»Ich glaube Ihnen, dass Sie Ihr Haus und Ihren Whisky mögen. Ich glaube Ihnen sogar, dass Sie ein ehrlicher Teufel sind. Aber ich glaube Ihnen nicht, dass Ihnen das gefällt.«

Milett legte den Kopf schräg, weiterhin mäßig interessiert.

»Korrigieren Sie mich«, sagte Mavie. »Sie haben damals nicht beim IPCC aufgehört, weil Sie an den anderen Teufeln nur deren Unaufrichtigkeit gestört hat. Es gibt nämlich durchaus Unterschiede zwischen den reichen und den armen Teufeln.«

Diesmal schenkte Milett ihr ein Lächeln, für einen Sekundenbruchteil.

»Und auch wenn Sie die Welt nicht retten können oder wollen, weil Sie ja nun mal ein Teufel sind, wenn auch ein ehrlicher, waren Sie früher ja durchaus der Ansicht, dass die allerreichsten Teufel den allerärmsten etwas abgeben sollten. Wir reden hier ja nicht über einen Flug nach Mallorca oder eine Acht-Euro-DVD oder Ihr kleines Anwesen, wir reden über ein paar *Billionen* Dollar, die sich in den Händen einiger weniger Menschen befinden. Wir reden über die Herren der Welt. Die Oberteufel, um in Ihrem Bild zu bleiben.«

Milett lächelte. Und schenkte sich und Philipp einen weiteren Whisky ein. Mavies Glas stand unberührt auf der Platte des Couchtisches.

»Zweitens«, sagte sie, »geht es nicht primär um aufrichtige Verruchtheit, jedenfalls nicht jetzt. Es geht darum, ob wir das Recht haben, zu entscheiden, wer sterben muss und wer leben darf. Mag sein, dass ein paar Hundert Millionen Menschen weniger besser für unseren Planeten wären. Aber es liegt nicht bei uns, auszuwählen, wer die Opfer sein sollen. Ich erwarte nicht, dass Sie Ihr Vermögen hergeben, um 10 000 afrikanische Kinder zu retten. Ich erwarte nur, dass Sie ihnen eine Möglichkeit geben, zu reagieren. Dass Sie sie warnen. Sie sollen nicht anständig werden, Sie sollen nur Alarm schlagen. Wie Sie schon sagten, vorhin: Ihr realistischer Zynismus rechtfertigt keine unterlassene Hilfeleistung.«

Milett hatte den Kopf gesenkt und betrachtete interessiert seine Schuhspitzen. Mavie hatte das Gefühl, alles gesagt zu haben. Und sie hatte das Gefühl, zu ihm vorgedrungen zu sein.

Milett hob den Kopf und sah sie an. »Fertig?«

Sie nickte.

»Nicht überzeugend«, sagte er. »Bedaure. Netter Versuch, argumentativ durchaus ansprechend, wenngleich nicht bahnbrechend …«

Mavie sah ihn fassungslos an, während er weitersprach. Und sie merkte zweierlei, nämlich zum einen, dass ihr Geduldsfaden noch weit weniger robust war, als sie angenommen hatte, zum anderen, dass ein Prinzip ihres Vaters fest in ihrem Denken verankert war. Sie hatte ein Ziel, ein Projekt. Das Projekt hieß: Die Welt informieren, Unschuldige retten. Dazu brauchte sie ein Megafon, und dieses Megafon hieß Milett. Sein Name garantierte Aufmerksamkeit. Sie brauchte diese Aufmerksamkeit, um die Botschaft zu transportieren, die sie transportieren musste. Im Idealfall trat Milett vor die Weltpresse und überbrachte die Botschaft. Freiwillig.

»Davon abgesehen«, sagte er von sehr weit oben herab, »werden Sie geahnt haben, dass ich kein reicher Teufel bin, der Sehnsucht verspürt, sich lächerlich zu machen. Sollte Ihre konspirologische Theorie zutreffen und die Prognose in bestimmten Kreisen bekannt sein, wende ich mich mit meinem Auftritt nicht nur gegen die Verantwortlichen, sondern auch gegen meine eigenen Überzeugungen.«

Im nicht ganz so idealen Fall trat er eben unfreiwillig vor die Presse.

»Deshalb sehen Sie mir selbstverständlich nach, dass ich auf Ihr Angebot nicht eingehen kann.«

Im Notfall übertrug er seine Prominenz auf sie.

Sie ließ das Plastikmagazin und den Lauf mit einem leisen Geräusch einrasten, ließ die zusammengesetzte Pistole beiläufig aus der Handtasche auf ihre Beine gleiten, hielt sie dort mit der Rechten, den Finger vor dem Abzug, und beugte sich leicht vor, um nach ihrem Whiskyglas zu greifen. Setzte sich aufrecht wieder hin, trank einen Schluck und kommentierte nicht, was auf ihren Oberschenkeln lag und mit dem Lauf auf die linke Sofalehne gerichtet war.

Es war, als verschöbe sich das Gewicht des Raumes auf ihre Seite des Tisches.

»Sie sind Agnostiker, oder?«, sagte sie.

Milett schwieg.

Philipp sah sie verwundert an, bemerkte erst jetzt die Waffe und erstarrte kurz, mit einem Schluck Whisky im Mund.

»Andernfalls«, sagte Mavie, »müssten Sie doch helfen wollen, oder nicht? Kämen Sie nicht, mit Verlaub, in Teufels Küche?«

Milett wechselte einen Blick mit Philipp, einen vorwurfsvollen Blick. *Was haben Sie mir denn da mitgebracht?*

Philipp schluckte seinen Whisky und erwiderte, ebenfalls schweigend: *Sorry, ich bin selbst überrascht; aber machen Sie jetzt bloß keinen Quatsch, die Frau ist offensichtlich komplett durchgeknallt.*

Milett fand sein dünnes Lächeln wieder. »Der Christengott«, sagte er gefährlich leise, »gehört zu den fragwürdigsten Erfindungen unserer Zivilisation. Ich fürchte daher weder ihn noch sein Alter Ego, den Christenteufel. Wie steht es mit Ihnen – ebenfalls agnostisch?«

»Wir sind sicherlich nicht die letzte Instanz.«

»Eine höhere Macht? Eine, die straft? Die Gebote aufstellt wie ›Du sollst nicht töten‹?«

»Sagen wir doch besser: ›Du sollst Leben bewahren, wo immer du kannst.‹«

»Und wohin kommen Sie dann, wenn Sie mich erschießen?«

»Möglicherweise in die Hölle. Aber vorher in die Nachrichten.«

Milett schwieg.

Mavie lächelte. »So gesehen, bin ich wohl doch nicht agnostisch. Sich für ein höheres Ziel zu opfern, das klingt schon irgendwie christlich, da haben Sie …«

Was sie verstummen ließ, kam von halb links, links hinter ihrer Schulter. Und das Geräusch war so laut, dass Mavie noch einige Zeit später Schwierigkeiten haben sollte, die nun folgenden Geräusche in der richtigen Reihenfolge zu rekonstruieren.

Unmittelbar nachdem die schwere Tür vom Flur aus aufgestoßen worden war, folgte das Geräusch, mit dem der Schuss sich aus dem Revolver löste, aber dieses Geräusch ging förmlich unter im donnernden Aufschlag der Eichentür an der Wand. Und unmittelbar nach diesem Donnern sah Mavie fast gleichzeitig die schlanke, dunkelhaarige Schönheit im Cocktailkleid, die die Tür aufgestoßen hatte, sowie das Loch in der ledernen Sofalehne zwanzig Zentimeter neben ihren eigenen Knien und der leicht dampfenden Mündung des Revolvers.

Aber vielleicht hatte sie das Loch auch erst ein paar Sekunden später bemerkt, denn die Frau im Cocktailkleid begann schon zu brüllen, bevor die von ihr aufgestoßene Tür auch nur die Wand erreicht hatte. Zwischen Auffliegen der Tür, Revolverknall und dem Knall, mit dem die Tür die Wand traf, lag jedenfalls ein vernehmliches, empörtes und sehr betrunken klingendes »*Leeee!*«, das im Nachhall von Tür und Schuss in ein unbeeindruckt vorwurfsvolles »*Lannnd!*« überging.

Die Dunkelhaarige stand schwankend im Türrahmen, ein Cocktailglas in der Hand, mit von der Schulter gerutschtem Träger, und fuhr die linke Hand und einen ausgestreckten Zeigefinger in Miletts ungefähre Richtung aus. Schon diese vergleichsweise simple Übung schien sie aus dem Gleichgewicht zu bringen, und als sie mit einer linkischen Armbewegung den Träger des Kleides wieder in Position zu bringen versuchte, entblößte sie versehentlich eine sehr schöne Brust, aber das schien sie nicht im Geringsten zu interessieren, da sie offensichtlich, von gerechter Empörung befeuert, eingedrungen war und Bedeutendes zu verkünden hatte.

Was genau das war, verstand Mavie nicht, aber dem ersten langen Satz der Schönen entnahm sie immerhin die Worte *malpoli, indignée, Gentleman, contraire* und *l'ennui.* Der Rest schien irgendwie dazwischen zu gehören, aber niemand machte sich die Mühe, »Wie bitte?« zu sagen.

Milett war aufgestanden und ging direkt an Mavie, deren Revolver und der durchschossenen Sofalehne vorbei auf die Schöne zu.

Mavie sah fassungslos, dass er lächelte.

Er streckte die Arme aus, erreichte die Schöne, hielt sie an beiden nackten Schultern, stabilisierte sie und sah ihr tief und gütig in die Augen. »Helena, ma belle, je reviens tout de suite chez vous.«

Sie stampfte zwar nicht mit dem Fuß auf, aber sie klang wie ein bockiges Kind. Wieder verstand Mavie nur die Hälfte von dem, was sie sagte, aber was sie hörte, wollte sie nicht hören. Hatte sie das richtig verstanden? Die Mädchen hatten keine Lust mehr, miteinander zu spielen, das sei jetzt irgendwie langsam mal langweilig, da müsse jetzt mal ein Mann dazu, und das sei ja wohl er, oder wieso hatte er sie und Nina und Denise herbestellt, zum *Fernsehen?*

Milett versicherte der Schönen, er werde gleich bei ihr und ihren Freundinnen sein, sie zog einen Flunsch, und in diesem Augenblick tauchte Theo vom Flur aus auf, mit entsetztem Blick.

»Sir! Ich bitte um Vergebung, ich …«

»Es ist gut, Theo«, unterbrach Milett ihn nachsichtig. »Alles ist gut. Bringen Sie doch bitte Mademoiselle Helena zurück in den Salon.«

»Je m'emmerde«, maulte Helena.

»Je reviens dans un petit instant«, sagte Milett.

»Prommettsss!«

»Promis«, sagte Milett und fügte, an Theo gewandt hinzu: »Und bringen Sie mir doch bitte meinen Laptop.«

Theo nahm Helena sanft beim Arm und bugsierte sie vorsichtig Richtung Flur. Die Schöne sah über ihre nackte Schulter zurück zu Milett, lächelte, ließ die Wimpern kokett klimpern und fuhr sich im Hinausstaksen mit der Linken von unten her über die Außenseite des Oberschenkels, bis hinauf zur Hüfte. Den dünnen Stoff ihres Cocktailkleides nahm sie dabei wie versehentlich mit, und Mavie konstatierte, dass Helena nicht nur wunderbare Brüste hatte, sondern auch einen wunderbaren Po.

Milett schloss die Tür. Sanft.

Mavie betrachtete das Loch in der Sofalehne. Es war kein großes Loch. Aber sie wagte es nicht, sich über die Lehne zu beugen und nachzusehen, ob das Projektil beim Austreten ein größeres Loch gerissen hatte. Vermutlich. Sofern es überhaupt ausgetreten war.

Ihre Hand, die die Pistole auf den Knien hielt, begann zu zittern. Als wäre erst jetzt im Nervensystem angekommen, was geschehen war. Und das Zittern pflanzte sich rasch fort, fand schnelle Bahnen in Richtung von Mavies Kehlkopf.

Milett blieb zwischen Sofa und Bücherwand stehen, stutzte kurz und trat dann zwei Schritte nach links. Er beugte sich vor, die Hände auf die Knie gestützt, betrachtete einen der Buchrücken und richtete sich wieder auf. Mit einem Lächeln ging er zurück zu seinem Platz, setzte sich wieder hin und sagte: »Keine Sorge. Sie haben Spengler in den Rücken geschossen. Hätten Sie Friedell getroffen, wäre ich ernstlich indigniert gewesen, aber Spengler hat es nicht anders verdient. Wo waren wir stehen geblieben?«

Mavie schluckte und sah ihn an. Der Revolver in ihrer Hand fühlte sich plötzlich an wie ein schmutziges Taschentuch, nicht mehr beeindruckend, sondern bloß noch peinlich.

»Woher nehmen Sie das?«, sagte er, und zum ersten Mal klang er freundlich und sah auch so aus. »Sie sind doch Akademikerin! Und zudem noch so jung. Haben Sie etwa Kinder? Ja, Sie müssen Kinder haben.«

Sie schüttelte den Kopf.

»Nicht? Verblüffend. Woher dann die Opferbereitschaft? Woher das Interesse für andere Menschen – woher das Interesse für die Welt in fünfzig Jahren? Menschen wie Sie übernehmen keine Verantwortung über das eigene kurze Leben hinaus, geschweige denn sind sie bereit, ihr Leben oder ihre Freiheit für ein Ziel zu opfern, das jenseits ihres Lebenshorizontes liegt. Was stimmt nicht mit Ihnen?«

Sie schluckte noch einmal. Das Zittern verebbte. »Ein genetischer Defekt?«, sagte sie.

Milett lachte. Dann beugte er sich vor, schenkte Whisky in alle drei Gläser nach und nickte beiläufig in Richtung von Mavies Knien. »Bitte. Das Sofa lässt sich flicken, aber wir wollen doch nicht, dass Sie versehentlich noch Ihren Begleiter oder mich durchlöchern. Sie wollen nicht ins Gefängnis, und ich will nicht sterben, weder für eine gute Sache noch für diesen Nonsens.«

Mavie ließ die Waffe in ihre Handtasche gleiten und griff nach ihrem Glas. Sie hielt es mit beiden Händen fest.

»Jedenfalls«, sagte Milett, »dachte ich bis eben, es wäre Unsinn. Aber es ist Ihnen gelungen, mich zu verunsichern. Als Theo mir heute Nachmittag diesen *Nonsens* zeigte, war ich bestenfalls amüsiert, und auch das, was Ihr Vater mir erzählte, klang nicht restlos überzeugend …«

»Heute Nachmittag? Welchen Nonsens?«, fragte Mavie.

Theo betrat den Raum, ohne anzuklopfen. Er trat neben Miletts Sofa, stellte seinem Herrn einen aufgeklappten Laptop hin und zog sich mit einem höflichen Nicken zurück. Während die Tür leise hinter ihm ins Schloss fiel, klickte Milett dreimal auf das Trackpad, dann stellte er den Laptop auf den Couchtisch, das Display in Mavies und Philipps Richtung gedreht.

Der Anblick war unspektakulär, aber Mavie stockte trotzdem der Atem. Denn was sie schwarz auf weiß sah, war Teil der nackten Datensammlung, die sie auf ihrem Mem-Stick aus dem IICO geschmuggelt hatte.

»Woher?«, fragte sie.

»Aus dem Netz«, sagte Milett. »Ich habe das nicht ernst genommen, es war nur einer von täglich dreißig, vierzig Links, die Theo und Martha für mich vorsortieren. Verschwörungstheorien, Gerüchte, Whistleblower, Wikileaks, Dokumente, die nicht für die Öffentlichkeit bestimmt sind. Das meiste ist Unfug, und dies erschien mir besonders weit hergeholt – zumal es besonders lieblos gemacht ist, denn es gibt nur eine profane Startseite, auf der ein gewisser *Commander Sotavento* von Daten orakelt, die das Ende der Welt vorhersagen …«

»Daniel«, sagte Mavie leise, verstand und war im gleichen Moment stinksauer, dass er sich nicht an ihre Anweisung gehalten hatte. *Commander Sotavento,* was für ein bescheuerter Name. Selbst für einen Windsurfer.

»Bitte?«, fragte Milett.

Sie schüttelte den Kopf. »Nichts. Ein Freund von mir. Ich hatte ihm die Daten dagelassen, für den Fall, dass mir etwas zustößt. Er sollte sie nicht einfach ins Netz stellen, Herrgott.«

»Nun ja«, sagte Milett. »Es sind ja auch nicht direkt aussagekräftige Daten. Jeder kann sich all das ausdenken und es untereinander schreiben, deshalb hatte ich den Link als irrelevant verworfen. Aber, wie gesagt, nachdem Ihr Vater so eindringlich auf das Problem hinwies, offenbar ohne diese Website zu kennen, und nachdem dann auch noch Sie hinzukamen … Ich hätte Sie dennoch bloß für einen Teil dieses kleinen Klubs von Irrsinnigen gehalten, wenn Sie nicht bereit gewesen wären, für Ihre fixe Idee den Rest Ihres Lebens im Gefängnis zu verbringen. Also: Woher kommen die Daten?«

»*Prometheus*«, sagte Mavie und nahm erleichtert zur Kenntnis, dass sie wieder frei atmen konnte. Sie holte tief Luft und fasste für Milett erneut, diesmal etwas ausführlicher, die Details zusammen:

ihren »Diebstahl«, die Prognose, ihre eigene Skepsis, was die Daten betraf, Helens Ermordung. Die Besucher ihres Vaters, ihre nicht wieder verschlossene Wohnung in Hamburg, ihr Besuch in Rotterdam. Thilo Becks Auftritt im Hotel, seine Bestätigung der Prognose, seine Erläuterungen zum Programm, zur *SHR* und zur Berücksichtigung der Wasserdampfentstehung und -verteilung, zu den zahlreichen bisher unvereinbar scheinenden solaren Zyklen sowie den *Sono*-Daten, über die das IICO exklusiv verfügte. Sie erwähnte Becks Festplatte und die darauf enthaltenen, wesentlich umfangreicheren Daten sowie seine Einschätzung, Gerrittsen sei ein Geniestreich gelungen, indem er alle für das Klima ursächlichen Faktoren tatsächlich in Form von Algorithmen in ein einziges Programm integriert hatte.

Miletts Blick blieb höflich, wenn auch skeptisch, aber als sie Gerrittsens geniale Programmierleistung hervorhob, unterbrach er sie.

»Ich weiß, ich weiß«, sagte er. »Bjarne Gerrittsens sagenhafter Traum. Die valide Prognose, die Welt als Organismus, die Logik der scheinbar disparaten, chaotischen Stoffwechselparameter als zuverlässige *Marker* jedes epileptischen Anfalls, die Integration von Sornettes Theorem in die steinzeitlich anmutenden Algorithmen der Vorhersageprogramme. Haben Sie das Programm gesehen?«

»Nein. Aber …«

Er hob die Hand. »Ich kann Ihnen durchaus folgen, Mademoiselle. Alles, was Sie mir berichten, spricht für Ihre Theorie. Jemand will verhindern, dass diese Daten bekannt werden, und dieser Jemand hegt ebenso wenig Zweifel an der Richtigkeit der Prognose wie Sie, Gerrittsen und Ihr Informant, dieser Beck. Dennoch, und selbst wenn Sie die Frage für von nur akademischem Interesse halten: Wo ist das Programm? Denn ohne das Programm und ohne eine Überprüfung der Vorhersage haben wir …«

»Auf dem Weg«, sagte Mavie ohne Zögern.

Sie bemerkte Philipps Blick, aber sie vermied es, ihn anzusehen. »Unser Informant, wie Sie ihn nennen, Beck, hat alle relevanten Daten sichern können – ob es ihm in der Kürze der Zeit gelingt, auch die gesamte Programmstruktur offenzulegen, kann ich Ihnen nicht versprechen. Aber wir verfügen über sämtliche Vorhersagedaten, etliche Parameter und einen mehr als ausreichenden Einblick in die Rechenoperationen, die *Prometheus* vornimmt.«

»Gut«, sagte Milett. »Verzeihen Sie mir, aber ich hatte für einen Augenblick befürchtet, Sie selbst verfügten nicht über mehr als das, was Ihr untreuer Freund ins Netz gestellt hat. In dem Fall …« Er beendete den Satz nicht. »Aber das ist ja nicht der Fall«, sagte er. »Wann sind die Daten hier?«

»Beck ist untergetaucht«, sagte Mavie. »Aber er wird mich noch heute kontaktieren, spätestens morgen früh. Und dann stehen die Daten auf einem Server, auf den wir zugreifen können.«

Milett sah sie aus harten Augen an. Sie hielt dem Blick stand und dachte an wesentliche Dinge. Das Ziel, das Projekt und lauter Bilder von wahnsinnig aufrichtigen Menschen. Ghandi. Martin Luther King. Karlheinz Böhm.

Milett fand keine Spur von Lüge in ihrem Blick. Und nickte erneut.

»Gut«, sagte er. »Gehen wir davon aus, dass die Daten im Lauf der nächsten Stunden vorliegen und Ihre Theorie bestätigen. Sollte das zutreffen, gehe ich recht in der Annahme, dass wir keine Zeit mehr zu verlieren haben?«

Mavie nickte.

»Ich kann Ihnen nicht versprechen, dass die Weltpresse schon morgen Abend vollzählig hier versammelt sein wird, aber wir werden es natürlich versuchen.«

»Das wäre großartig«, sagte Mavie.

»Wir werden sehen«, sagte Milett, »wie hoch mein Marktwert noch ist.«

»Ich bin sicher …«, sagte Mavie, aber Milett unterbrach sie erneut, diesmal mit einer sparsamen, huldvollen Handbewegung.

»Gestatten Sie mir die Frage …«, sagte er und runzelte nachdenklich die Stirn.

Mavie und Philipp sahen ihn fragend an und warteten.

»Ich bin kein Kriminaler«, sagte Milett, »weiß Gott, an mir ist kein Sherlock Holmes verloren gegangen. Aber dieser Anschlag auf Sie und diesen Beck …?«

Mavie fluchte innerlich. Er hatte doch genauer zugehört, als sie gedacht hatte. Und sie befürchtete die Frage, die sie selbst nicht beantworten konnte: *Wo ist Beck abgeblieben, nach der Explosion?* Aber Milett überraschte sie, denn da sie bei ihrer Schilderung bewusst unterschlagen hatte, dass sie und Beck zum Zeitpunkt der

Explosion im Hotelzimmer gesessen hatten, fragte er sich offensichtlich etwas ganz anderes. Und sprach es aus.

»Sind Sie sicher, dass der Anschlag auf das Hotel Ihnen galt?«

Mavie zögerte. Es erschien ihr nun erst recht unklug zu erwähnen, dass sie und Beck im Zimmer gewesen waren. Aber ehe sie sich für eine Variante entschließen konnte, die möglichst elegant und unbeschadet zwischen der Wahrheit und den verschiedenen offiziellen Versionen bestehen konnte, antwortete Philipp für sie.

»Offiziell galt der Anschlag einem Schotten, irgendeinem Energietypen, und Eisele, nicht uns«, sagte er. »Das heißt, am ersten Tag sollte vermutlich das Ehepaar …«

»Wem?«, unterbrach Milett ihn.

»Wie, wem?«, sagte Philipp.

»Eisele?«

Philipp nickte. Und nickte gleich noch mal, in Mavies Richtung. »Ein geschätzter Freund und Mentor von …«

»Fritz Eisele?«, sagte Milett.

Mavie nickte. »Sie kennen sich?«

»Was hat Eisele damit zu tun?«, fragte Milett, ohne auf ihre Frage einzugehen. Zum ersten Mal, seit sie einander im Flur gegenübergestanden hatten, sah er wieder richtig schlecht gelaunt aus.

»Wir sind nach Rotterdam gefahren, um ihn zu treffen«, sagte sie. »Ich schätze Professor Eisele sehr, und er war informiert über Gerrittsens doch etwas merkwürdiges Verhalten nach meinem … Fauxpas beim IICO. Er hat sich sehr für mich eingesetzt, aber …«

»Entschuldigung«, sagte Milett, meinte es aber nicht so. »Damit ich Sie richtig verstehe. Fritz Eisele wusste von der Prognose?«

»Ja, von mir.«

»Und danach ist Ihre Freundin umgekommen?«

»Ja.«

»Und danach sind Sie ihm hinterhergereist, und ein paar Stunden später verübt jemand einen Anschlag auf Sie?«

»Gerrittsen …«, sagte Mavie.

»Na, endlich redet mal jemand meine Sprache«, sagte Philipp.

Mavie funkelte ihn wütend an. »Deine persönlichen Aversionen in allen Ehren …«

»Was hat Eisele gesagt?«, unterbrach Milett sie barsch.

»Wozu?«

»Zu dem Anschlag auf Sie.«

»Nichts«, sagte Mavie.

»Weil«, sagte Philipp, »er angeblich in einem Krankenhaus liegt, weil er ja in die Luft gesprengt worden ist.«

»Jesus«, sagte Milett verächtlich.

»Er war im Zimmer neben unserem ...«, sagte Mavie, aber Milett unterbrach sie erneut. Und diesmal stand er dabei auf.

»Wie gut kennen Sie Fritz Eisele?«

»Er war mein Dozent, früher, da haben wir uns kennengelernt ...«

»Oh ja, ich erinnere mich, er hatte immer große Wirkung auf seine Studentinnen. Das heißt, Ihre besondere Zuneigung ist reine Schwärmerei?«

»Nein, ich halte ihn für fachlich herausragend, und damit stehe ich ja nicht allein ...«

»Er *ist* herausragend. Er versteht es wie kein anderer, seine Haut macht- und gewinnbringend zu Markte zu tragen, noch besser versteht er es indes, Allianzen zu schmieden. Und, glauben Sie mir, Mademoiselle, damit hat Fritz Eisele nicht erst vorgestern begonnen.«

Mavie sah ihn fragend an. Sie wusste weder, wovon er redete, noch weshalb er offensichtlich kurz davor stand zu explodieren.

»Siehste«, sagte Philipp, griff nach der Whiskykaraffe und fühlte sich offensichtlich wohl. »Ich kriege doch noch meine Zwei in Menschenkenntnis, und du 'ne Fünf.«

»Ich verstehe nicht ...«, sagte Mavie.

»Ich auch nicht«, sagte Philipp, ließ sich gemütlich zurücksinken und sah Milett erwartungsvoll an. »Woher kennen Sie den Affen?«

Milett schnaubte verächtlich, um ein dünnes Grinsen herum, trat auf den Tisch zu und schenkte sich ebenfalls noch einen Whisky ein. »Wir haben uns 2002 kennengelernt, als ich anfing, mich auf politischem Glatteis zu bewegen. Eisele war damals bereits ein erfahrener Schlittschuhläufer. Oder, präziser, Eishockeyspieler. Er war nie der Beste, aber er war immer gut vernetzt. Und dabei hat ihm sein Vermögen nicht direkt im Weg gestanden.«

»Ich denke, das ist so 'n kleiner Professor«, sagte Philipp zu Mavie.

»Er ist nicht dumm«, sagte Milett. »Wer für regenerative Energien eintritt, sollte das nicht vom Balkon seines Schlosses aus tun. Es wirkt unglaubwürdig, und Glaubwürdigkeit ist Eiseles entscheidendes *Asset.*«

Mavie begriff schlagartig, was seinen Stimmungswechsel verursacht hatte, jenseits der Fakten, über die er offensichtlich verfügte. Milett war offensichtlich verärgert. Ebenso offensichtlich war er eitel. Ehe sie die Bemerkung herunterschlucken konnte, hatte sie sie bereits ausgesprochen.

»Eisele war der Grund? Dass Sie damals vom IPCC weg sind? Was hat er gemacht?«

Milett erstarrte und sah sie einen langen Augenblick wütend an. »Er hatte schon immer mächtige Freunde«, sagte er dann. »Man neigt dazu, ihn zu unterschätzen. Man fällt auf seinen Charme herein, und er versteht es, sich kleiner und höflicher zu machen als er es ist. *Fritz the Rat. Fritz Rommel,* wenn man es nett mit ihm meint. Er hat viele Gesichter, und die meisten sehen sein wahres Gesicht erst, wenn es zu spät ist. Wir waren damals alle sicher, unabhängig zu arbeiten. Vor allem waren wir sicher, über unabhängig erhobene Daten zu verfügen. Aber das war falsch.«

»Weil?«, sagte sie.

»Sagt Ihnen der Name McNeill etwas? Frederick McNeill?«

Mavie schüttelte den Kopf.

»Venture Capital?«, sagte Philipp.

Milett nickte. »Sie sind gut informiert.«

»Zufällig«, sagte Philipp. »Die wollten mal irgendwann zusammen mit der Telekom groß bei mir einsteigen, ist aber schon lange her.«

»MNI ist auch schon lange im Geschäft. Aber ich wusste damals nicht, dass sie auch im Geschäft mit Klimadaten tätig sind. Und erst recht wusste ich nicht, dass die Hälfte unserer angeblich ehrenamtlich tätigen NGOs auf der Payroll von MNI stehen. Begriffen habe ich das alles erst, als mir 2005 ein freundlicher Whistleblower zutrug, dass auch Fritz Eisele nicht nur Vorträge hält, sondern sein beträchtliches ererbtes Vermögen mehrt, indem er sich an diversen Firmen beteiligt. Ich hatte den Namen MNI noch nie gehört, geschweige denn Solana VC, aber das ist Eiseles eigener Risikokapitalbetrieb. Er hat …«

»Solunia«, sagte Philipp. »Oder?«

»Möglich«, sagte Milett verwundert. »Ich dachte, Solana, aber nein, Sie haben recht.«

Mavie sah Philipp fragend an. Philipp nickte und zog den PA aus seiner Jackentasche. Er begann auf dem Display herumzutippen, während er weitersprach. »Hab ich dir doch gesagt«, sagte er zu Mavie, »auf dem Weg. Wir kommen immer wieder an die gleiche Stelle, in die gleiche Blackbox, beim IICO. Alle großen Energieversorger sind mit ein paar Millionen dabei, aber das richtig große Geld kommt von einer Handvoll IBCs, die dummerweise auf den Caymans oder in Nassau registriert sind. Was für uns den Nachteil hat, dass keine Bilanzen vorgelegt werden müssen und dass man nicht ohne Weiteres in die Beteiligungsstrukturen dieser ... ah. Da. Fünfmal.«

Er hielt Mavie den PA hin. Der Schirm zeigte ein schlichtes Dokument, eine Aufstellung von Namen und Zahlen. Solunia stand fünfmal untereinander, mit hohen Summen dahinter. Und jeweils drei Fragezeichen.

Philipp reichte den PA über den Tisch, Milett nahm ihn entgegen und studierte die Liste. »Haben Sie noch mehr?«, fragte er.

Philipp nickte. »Jede Menge. Alles, was wir kriegen konnten.«

»Schicken Sie mir das bitte rüber auf den Rechner.«

»Unterwegs«, sagte Philipp und nahm den PA wieder entgegen.

Während er Miletts Rechner über die Infrarotverbindung anpeilte, sah Mavie erstaunt zwischen Philipp und Milett hin und her. »Was heißt das? Eisele ist am IICO beteiligt?«

»Jap«, sagte Philipp beiläufig, den Blick auf das Display gerichtet.

Milett nickte. »Was im Zusammenhang mit dem, was Sie mir berichten, kein besonders gutes Licht auf Ihren Mentor wirft.«

»Nein«, sagte Philipp und sah auf. »Die Dateien sind auf Ihrem Laptop. Falls Sie dazu Fragen haben: Meine Banker sind vermutlich genauso gut wie Ihre, aber vielleicht bestechlicher, wenn es um vertrauliche Informationen geht.« Er sah Mavie an. »Nichts für ungut, aber ich lag die ganze Zeit richtig. Dein Freund ist kein Freund, sondern ein Wichser. Gerrittsen steht auf seiner Payroll, und jetzt weißt du auch, wieso die dich gleich am nächsten Morgen nach deinem kleinen Stunt am Wickel hatten. Du hast Eisele angerufen, er hat Gerrittsen angerufen. Fehler. Großer Fehler.«

Mavie schwieg.

»Kein Vorwurf«, sagte Philipp. »Das konntest du ja nicht wissen. Aber jetzt ist der Typ fällig. Zweitens, weil er offensichtlich die halbe Welt abkratzen lassen will, und erstens, weil er Helen auf dem Gewissen hat.«

»Ich weiß nicht«, sagte Mavie. Es klang lahm, aber in ihr regte sich noch immer Widerstand. »Dass Eisele am IICO beteiligt war, bedeutet doch nicht automatisch, dass er Helen hat umbringen lassen. Wieso soll denn nicht Gerrittsen im Alleingang entschieden haben?«

Und wieso sollte es nicht noch eine andere Erklärung geben als diese, die sich ein auf Rache sinnender Bruder und ein offensichtlich in seinem Stolz getroffener, eitler alter Nobelpreisträger aus dem Stegreif zusammengeschustert hatten? Sie konnte sich nicht derart vollständig in Eisele getäuscht haben, unmöglich.

»Prioritäten«, sagte Milett. »Nichts für ungut, Mademoiselle, Monsieur, Prioritäten. Sobald wir die Daten und das Programm von Ihrem Informanten haben, bereiten wir den morgigen Abend vor. Es geht nicht nur um eine persönliche Vendetta, es geht primär darum, eine drohende Katastrophe abzuwenden.«

Mavie schaffte es, sich einen spöttischen Laut zu verkneifen. Die drohende Katastrophe interessierte Milett immer noch nur mäßig, ganz offensichtlich war es die Aussicht auf seine persönliche Vendetta, die ihn elektrisierte.

»Mademoiselle«, sagte er und klang jetzt wach, angriffslustig und ganz wie ein Feldherr, der für eine gute Sache in die Schlacht zu ziehen bereit war, »wir werden die Welt aufrütteln. Die Gemeinschaft der Staaten notfalls zwingen, ihrer humanitären Aufgabe nachzukommen. Und wir werden, das verspreche ich Ihnen, sogar einen Weg finden, das prognostizierte Schreckensszenario zu verändern. Sofern Ihr *Prometheus* recht hat, sofern vor allem die Sonne unser Problem darstellt, haben wir darauf eine Antwort.«

Seine Worte hallten in dem großen Raum nach.

Es fehlte lediglich der Applaus, aber Mavie meinte fast, auch den zu hören.

»Und jetzt«, sagte Milett nach einer angemessenen Kunstpause, »gestatten Sie mir, dass ich meinen Pflichten nachkomme.« Er ging zur Tür. »Die Höflichkeit gebietet, dass ich mich wenigstens für einen Augenblick meinen Gästen widme, den Rest der Nacht werden meine Helfer und ich damit zubringen, den morgigen Tag zu einem erfolgreichen Tag zu machen. Sie betrachten sich bitte als meine Gäste, Theo wird Sie ins Gästezimmer geleiten. Erholen Sie sich von der anstrengenden Reise und der Anstrengung, mich auf Ihre

Seite zu ziehen.« Er öffnete die Tür und blieb im Rahmen stehen. »Es ist Ihnen gelungen«, sagte er lächelnd. »Nun sammeln Sie neue Kräfte. *Bonne nuit.*«

Er ließ die Tür offen stehen. Seine Schritte hallten über den Marmor, dann hörten Mavie und Philipp, wie er die Tür zum Salon öffnete. Eine Frau lachte schrill, eine andere, vermutlich Helena, gab gespielt beleidigte Laute von sich, dann verstummten beide, als die schwere Tür wieder zufiel. Mavie spürte Philipps Blick. Sie stand auf. Sie zog es vor, ihn nicht anzusehen. Sie wusste, was er sie fragen wollte, und sie wollte die Frage nicht hören.

Erleichtert hörte sie, dass die Tür zum Salon wieder geöffnet wurde. Theos Schritte, leise und kürzer als die seines Herrn, erklangen vom Flur, dann stand der Butler in der Tür zur Bibliothek und verneigte sich leicht. »Wenn Sie mir bitte folgen würden.«

Mavie nahm ihre Tasche vom Sofa, betrachtete kurz das Loch in der Außenseite der Lehne, das erheblich größer war als das an der Innenseite, und folgte Theo aus dem Raum.

»Gestatten Sie, dass ich vorangehe«, sagte er am Fuß der Treppe, wartete die Antwort nicht ab und setzte sich in Bewegung.

Mavie folgte ihm, Philipp blieb stehen. »Ich bin gleich da«, sagte er. »Meine Tasche ist noch im Wagen.«

Theo nickte. »Sicher, Sir. Ich lasse Sie gleich wieder herein.«

24

Mavie folgte dem Butler über die breite Treppe nach oben. Zur Linken und zur Rechten führten jeweils drei Türen vom Flur ab, geradeaus eine weitere. Theo wandte sich nach rechts, ging an der ersten Tür vorbei und öffnete die zweite. Er schaltete das Licht ein und trat zurück in den Flur. »Bitte, Madame. Falls Sie irgendetwas benötigen, zögern Sie nicht, mich zu rufen. Ein Telefon steht auf dem Nachttisch, wenn Sie die 4 wählen, erreichen Sie mich direkt.«

»Danke, Theo«, sagte sie und betrat den Raum.

Er zog die Tür leise hinter ihr ins Schloss, während sie über den Parkettboden auf die Fensterfront zuging, vorbei an einem großen Bett, einem Rahmen aus schwarz lackiertem Holz mit einer breiten Kopflehne aus dunkelgrauem Leder. Der ganze Raum war schlicht und elegant eingerichtet, in Schwarz, Grau und Weiß, abgesehen von zwei Klecksen an den Wänden, einem überwiegend blauen Ölgemälde und einem überwiegend grauen Acrylbild.

Zwei graue Ledersessel standen neben einem kleinen Kamin, und Mavie sah gleich wieder weg und durch die Sprossenfensterwand hinaus auf das Meer, das kaum zwanzig Meter unter der Villa gegen die Felsen des Cap Ferrat brandete.

Durch das feine Moskitonetz sah sie im Licht der Beleuchtung unten im Garten einen Mann in weißem Overall zwischen den Pflanzen stehen, mit einem Kanister in der einen Hand und einer Sprühpistole mit langem Lauf in der anderen. Sein Gesicht war von einer Gasmaske verborgen, sein Kopf ebenfalls weiß bedeckt, von einer Art Sturmhaube. Was auch immer er dort unten gegen das Ungeziefer einsetzte, wirkte offensichtlich auch effektiv gegen Menschen.

Auf dem Meer, weiter draußen, waren noch immer diverse Schiffe unterwegs, auch jetzt, nachdem die Sonne untergegangen war. Fähren, Jachten, Motorboote sowie, noch weiter in Richtung Horizont verschoben, größere Boote, grau vor dem blaugrauen Himmel. Sie konnte sie nicht genau erkennen, meinte aber, dass vom Bug mancher dieser Boote Lichtfinger über die Wellen strichen.

Was sollte das? Militärboote in Erwartung der Heerscharen von *Boatpeople,* die sich über das Meer auf den Weg machen würden, um ganz Südfrankreich zu überrollen? Das ergab keinen Sinn. In dem Fall wussten nicht nur *sie* von der Prognose, in dem Fall waren *sie* die französische Regierung. Oder gleich die NATO. Und das war eine mindestens fünf Nummern zu große Erklärung. Es musste eine bessere geben.

Roman Abramowitsch hat seine Rolex beim Tauchen verloren, dachte Mavie, und gleich danach, dass schon zwei Whisky auf leeren Magen eindeutig zu viel für sie waren.

Sie öffnete das Fenster und schob den Aluminiumrahmen mit dem Moskitonetz beiseite, stützte sich mit den Händen auf die Fensterbank und holte tief Luft. Die Luft war immer noch warm, viel zu warm für die Jahreszeit, selbst für Südfrankreich, und in den schweren Duft der Vegetation mischte sich der salzige Geschmack des Meeres. Unter anderen Umständen hätte sie den Ort, an dem sie sich befand, sofort ins Herz geschlossen. Aber in ihrem Herzen war vorübergehend kein Platz.

Sie drehte sich nicht um, als Philipp die Tür öffnete und eintrat. Er dankte dem unsichtbaren Theo, schloss die Tür, stieß einen leisen Pfiff aus und sagte: »Sehr gute Wahl. Ab jetzt lass ich immer dich unsere Urlaube buchen.«

Dann hörte sie, wie seine kleine Sporttasche auf dem Boden vor dem Kamin landete. Es folgte das Geräusch zweier schwerer Gläserböden und eines Flaschenbodens auf dem Holz des kleinen Tisches, und im nächsten Augenblick fiel die Tür zum angrenzenden Badezimmer hinter Philipp zu. Was ihn nicht daran hinderte, von drinnen zu kommentieren, auch das habe sie prima ausgesucht. Die Geräusche, die folgten, hörte sie, ohne es zu wollen. Sie war sich nicht sicher, ob er Deckel oder Brille hochgeklappt hatte oder beides, und sie erklärte ihr Unterbewusstsein kurzerhand für unzurechnungsfähig, als dieses ihr mitteilte, er summe leise beim Händewaschen, verbrauche dabei viel zu viel Wasser, sei also entweder ein Verschwender oder zwanghaft veranlagt. Als sie sich reflexartig fragte, ob in diesem schicken kleinen Hotel nicht vielleicht auch noch ein Einzelzimmer frei war, übertönte Philipps Stimme die Frage, laut und deutlich.

»Und jetzt?«

Er war neben sie getreten, öffnete das Fenster neben ihrem und stützte sich ebenfalls mit den Händen auf die Fensterbank.

Mavie verschränkte die Arme vor der Brust und sah weiter hinaus über das Meer. »Ist doch gut gelaufen«, sagte sie.

Er schnaubte kurz, belustigt, ohne sie anzusehen. »Ja. Ganz toll. Du hast dein Megafon, und ab morgen retten wir die Welt. Und auf dem Weg bringe ich deinen Freund um.« Er sah sie an. »Ich hab nur eins nicht verstanden.«

»Ja«, sagte sie, ohne Fragezeichen.

»Ja«, sagte er. »Milett steigt nur in den Ring, wenn er Beweise hat. Also das Programm oder wenigstens die ganzen Prognosedaten. Und, korrigier mich, die hast du nicht. Und du wirst sie auch morgen …«

»Wir werden Thilo finden. Er wird sich melden.«

Er nickte kurz, dann verzog er das Gesicht. Den Kiefer nach links, den Kiefer nach rechts. »Sicher. Mavie …« Er unterbrach sich selbst, seufzte und sah wieder aus dem Fenster.

Sie wollte es nicht hören. Sie wollte nicht, dass er es sagte, obwohl sie es wusste, natürlich. Sie wollte nicht, dass er ihr ins Gesicht sagte, dass sie erledigt waren. Dass Milett sie rauswerfen würde, dass er alles absagen würde, ganz gleich, was er über Nacht vorbereiten konnte, dass sie umsonst gekommen waren. Sie wollte nicht hören, dass sie verloren hatte. Sie wollte nicht anfangen zu heulen. Sie wollte das einfach nicht wissen. So kurz vor dem Ziel, geschlagen, erledigt, tot.

»Mavie«, sagte er, sah sie an, und in seinen Augen stand echtes Bedauern.

Sie hob die Hand, den Zeigefinger erhoben. Legte den Zeigefinger ganz leicht auf seine Lippen, näherte sich und merkte, wie ihr die Berührung durch Mark und Bein ging. Er sollte es nicht aussprechen. Es würde nicht geschehen, solange er es nicht aussprach. Aber es ging nicht nur darum, merkte sie im Augenblick, in dem sie »Shhh« sagte, ganz leise, und ihre Lippen sich ihrem eigenen Zeigefinger näherten. »Shhh.«

Ihr Zeigefinger löste sich förmlich in Luft auf, und nur für einen sehr kurzen Augenblick tasteten ihre Lippen vorsichtig nach einer Antwort, dann gaben sie das Tasten kurzerhand auf und forderten ihn dringend auf, einfach zu schweigen und ihr zu beweisen, dass sie noch lebte. Dass sie alles andere als erledigt war, alles andere als tot, dass im Gegenteil der gesamte Kosmos in ihr lebte und durch sie hindurchfloss und pulsierte. Seine Antwort war wortlos, laut und deutlich, und sie spürte ihn und zugleich sich selbst, lebendig, warm und direkt. Ohne Filter, ohne Ratio, ohne Zweifel. Pures Leben.

III

Pandora

Es giebt keine noch so absurde Meinung,
die die Menschen nicht leicht zu der ihrigen machten,
sobald man es dahin gebracht hat sie zu überreden,
dass solche allgemein angenommen sei.

– ARTHUR SCHOPENHAUER –

Für jedes menschliche Problem gibt es immer eine
einfache Lösung – sauber, plausibel und falsch.

– H. L. MENCKEN –

25

Thilo Beck hatte seine Schwester nie sonderlich gemocht. Paulina, sechs Jahre vor ihm zur Welt gekommen, war immer stärker gewesen als er, größer und zudem eine schlechte Verliererin. Seine gesamte Kindheit hindurch hatte er sich auf den Tag gefreut, an dem er es endlich mit ihr würde aufnehmen können, und war spätestens mit fünfzehn sicher gewesen, dass dieser Tag nicht mehr fern war. Aber spätestens mit neunzehn hatte er einsehen müssen, dass dieser Tag ungefähr so nah war wie die Wiederkunft Christi, denn während er vorwiegend seinen Geist weiterentwickelte, stählte Paulina vorwiegend ihren Körper. Mit 22 nahm sie an ihrem ersten Marathonlauf teil, mit 24 an ihrem ersten Triathlon, konnte stundenlang wie ein einbeiniger Fels dastehen, den ganzen empörenden *Marines*-Schwachsinn auch noch als »Yoga-Übung« verniedlichen und jeden aufgepumpten Bodybuilder problemlos im Armdrücken besiegen. Dass sie dabei auch noch passabel aussah, machte nichts besser.

Eine Zeit lang hatten die Geschwister sich vertragen, in jenen Jahren, in denen beide aus dem Elternhaus aus- und um die Welt gezogen waren. Einmal im Jahr, zu Weihnachten, ertrugen sie einander ganz gut, und nachdem Paulina die Liebe ihres Lebens kennengelernt hatte, Diego, der eigentlich Andreas hieß, das aber nicht akzeptierte, wie so vieles, hatten Bruder und Schwester sogar eine Weile lang ein interessantes gemeinsames Thema gehabt, nämlich die Zukunft ihres Heimatplaneten. Aber Thilos *verfickt rationale* Vorgehensweise hatte Paulina schnell zur Weißglut getrieben, denn sie war – wie Diego, ihr Guru und persönlicher Gehirnwäscher – der Meinung, dass schöne Worte und immer wieder neue *Onanieren-mit-Kondom-Experimente* niemanden voranbrachten, sondern ganz im Gegenteil die Welt ungebremst in den Abgrund rollen ließen.

Und so war die kurzzeitig erträgliche Beziehung der Geschwister rasch wieder abgekühlt. Erst recht, nachdem Paulina und Diego

2003 beschlossen hatten, der Zivilisation endgültig den Rücken zu kehren, auszusteigen und mitten im mecklenburgischen Nirgendwo Hühner und Schafe zu züchten, sich T-Shirts aus selbst gebastelten Hanffasern zu stricken und die Weltrevolution zu planen. Zu Thilos Überraschung hatten die beiden sogar eine Bande ebenfalls zivilisationsmüder Vollidioten gefunden, die ihnen gefolgt waren, und entstanden war daraus eine Kommune mit zwanzig, fünfundzwanzig Mitgliedern, die ein Stück Land am Waldrand bewirtschaftete und auf den beiden dazugehörigen Resthöfen irgendeine Form des Zusammenlebens praktizierte, die nach Thilo Becks Ansicht den miesesten denkbaren Mormonen- und Piratenromantik-Cross-over aller Zeiten darstellte.

Einmal hatte er Paulina besucht, 2005, auf ihrem schlammigen Hof. Danach hatte er ihr dringend geraten, Diego endlich zu verlassen, nicht nur weil der offenkundig mit fast allen weiblichen Mitgliedern der Kommune mehr als freundschaftliche Beziehungen unterhielt, sondern weil der Mann sich in Thilos Augen zu einem durchgeknallten Anarchisten entwickelt hatte. Paulina hatte ihren Bruder allerdings bloß erstaunt angesehen, mit diesem Blick, den sie ihm schon als Jugendliche immer geschenkt hatte, kurz vor einem Schulterwurf, und ihn darauf hingewiesen, Sesselfurzer wie er hätten nun mal keine Ambitionen und könnten eigentlich genauso gut gleich sterben und Platz machen, während Leute wie Diego eben die Welt veränderten.

Thilo hatte sie gefragt, was, bitte schön, am Quervögeln so weltverändernd sei, und ihr harter, mit einem fröhlichen Lachen ausgeteilter *Punch* gegen seinen Oberarm hatte das vorläufige Ende ihrer Beziehung dargestellt. Der blaue Fleck hatte ihn noch vier Wochen lang begleitet. Danach war er nach Palma gegangen, um für Gerrittsen zu arbeiten, und sie hatten sich zu Weihnachten regelmäßig verpasst, zu Hause in Berlin, bei ihren Eltern.

Thilo Beck hatte keine besondere Sehnsucht nach seiner Schwester gehabt.

Dass sie ihm jetzt mitten ins Gesicht grinste, von oben, wie früher auf dem Rasen vor dem Haus, nachdem sie ihn wieder einmal besiegt hatte, gefiel ihm ganz und gar nicht. Er musste direkt in der Hölle gelandet sein.

Aber daraus ergaben sich einige Fragen. Wo genau befand sich diese Hölle, in welcher Dimension? Und von wo aus war er dorthin gestartet? Wieso hatte die Hölle kiefernholzgetäfelte Wände und Decken und kleine schmutzige Fenster, und wieso stand ein Bett in der Hölle, mit einem seltsam riechenden Quilt drauf, auf dem er lag? Konnte man überhaupt jemanden in der Hölle treffen, der noch gar nicht tot war? War Paulina tot?

Sie sah nicht so aus. Ungepflegt, ja, aber nicht tot.

»Wo bin ich?«, sagte er.

»Bei mir«, sagte sie. »Im Camp.«

»Wie?« Er versuchte sich einen Reim auf die Schnappschüsse zu machen, mit denen sein Gehirn ihn bombardierte: Er sah sich selbst, seine Hosenbeine, blutüberströmt, Menschengesichter, tonlos, aber laut durcheinanderredend, auf einer Straße. Vor einem Café? Wo? Andere Menschen, Schwestern und Ärzte. Sein Blick in ihre Gesichter, von unten, in Bewegung.

»Bin ich überfragt«, sagte sie. »Mama hat mich angerufen.«

»Mama?«, sagte er verwirrt. Was hatte seine Mutter damit zu tun? Er war nicht in der Hölle, sondern durch die Zeit zurückgereist und wieder zehn Jahre alt? Vom Reck gefallen und von Mama gerettet?

»Ihr redet nicht miteinander«, stellte er fest, denn so viel wusste er.

»Stimmt«, sagte sie. »Außer wenn du am Abkratzen bist. Solltest du vielleicht öfter machen. Sie hat mich angerufen, weil wohl in deiner Brieftasche ein Zettel klebte, wer im Notfall angerufen werden soll. Also Mama. Und die hat sich sofort in den Flieger gesetzt, mit Uli, weißt ja, wie das Arschloch ist. Hat Alarm gemacht, die Ärzte da zusammengeschissen, mit all seinen verfickten Medizineranwälten gedroht und dich nach Berlin schaffen lassen, zur OP.«

Beck verstand kein Wort. Das ergab keinen Sinn. »Ich war doch nicht in Berlin«, sagte er.

»Nein, in Rotterdam.«

Sein Gehirn feuerte eine neue Salve Schnappschüsse ab. Kopfschmerzen. Taubheit. Ein zerstörtes Zimmer. Seine blutende Hand. Ein Typ am anderen Ende des Zimmers, der eine Frau aufsammelte und sie wegzog, nach draußen. Der ihn einfach liegen ließ, ihn nicht einmal ansah. Ein umgestürzter Sessel. Glas, sehr viel Glas. Die Tür, auf die er zuwankte. Gesichter von Menschen, vor der Tür, auf der Treppe, eine blonde Frau, an einer Rezeption, die schockiert etwas sagte, was er nicht verstand. Die ihn festzuhalten versuchte. Die er wegschob. Regen. Regen, draußen. Nichts als Regen. Blinkendes Licht auf nassen Straßen. Keine Geräusche.

Seine Anzughose, nass von Regen und Blut. Schwarzes Taumeln. Keine Menschen. Der Rinnstein, ein Café. Neue Menschengesichter. Schwarz. Ein Krankenwagen. Schwarz.

»Arschloch Ulis Rotarier-Chirurgen haben dich geflickt, und Mama hat mich angerufen. Wollte wohl, dass ich Tschüs sage, keine Ahnung. Also bin ich nach Berlin, hab dir die Hand gehalten und mir dein sinnloses Gelaber angehört. Du erinnerst dich echt an gar nichts, oder?«

Beck schüttelte den Kopf. »Kaum.«

»Okay«, sagte sie und nickte. »Ist ja auch egal. Du warst ein paar Mal wach, dann sogar mal länger, hast aber trotzdem nur Scheiße geredet. Mama wollte dich mit nach Hause nehmen, Uli wollte dich in der Klinik lassen, und ich hab mir gedacht, nee, das wär meinem kleinen Bruder wahrscheinlich beides nicht so recht.«

Er verstand weiterhin gar nichts. Wieso hätte ihm das nicht recht sein sollen, und wieso beides nicht?

»Zwei und zwei«, sagte sie. »In Rotterdam fliegt ein Hotel in die Luft, weil ein Klimatyp sterben sollte. Mein Bruder, auch 'n Klimatyp, stolpert blutend durch die Straßen. Und dann kommt in den Nachrichten auch noch der Hammer, dass ein Kommando *Gaia* die Bombe gelegt hat. Geil! Da war ich dann aber echt persönlich gepisst, und Diego erst! Also haben wir mal sicherheitshalber beschlossen: Den Jungen holen wir da raus – nicht, dass da nachher noch einer seinen Job zu Ende bringt. Falls er wirklich nur bekifft auf die Fresse gefallen ist, umso besser, kann er ja wieder nach Hause gehen, sobald er wieder gehen kann.«

»Ihr habt die Bombe gelegt?«

»Nein, Blödmann. Aber das passiert nicht das erste Mal. Wir haben auch diesen Scheißlaster vor der E.ON-Zentrale nicht hochgejagt, aber irgendjemand haut unsern Stempel gern unter solche Scherze.«

Beck schüttelte ausgiebig den Kopf und versuchte so, seine Schwester zum Schweigen zu bringen. Oder wenigstens ihr krauses Gerede aus seinen Gedanken zu vertreiben, um irgendeinen Sinn in all den Wörtern und Bildern zu finden, die kreuz und quer durch sein Bewusstsein schossen.

»Wo ist Mavie?«, fragte er.

»Wer?«

»Mavie Heller. Sie war mit mir in dem Zimmer.«

»Keine Ahnung. Welchem Zimmer?«

»In Rotterdam. In dem Hotel.«

»Oh. Nee, in dem Zimmer war nur ein Schotte, McVee oder so. Du warst jedenfalls nicht drin, und erst recht keine Marie.«

»Mavie.«

»Egal. Auch nicht.«

»War sie aber.«

Sie zuckte die Achseln und bedachte ihn mit dem spöttischen Blick, den er schon immer am meisten an ihr gehasst hatte. »Tja. Dann gib doch mal 'ne Kontaktanzeige auf oder beschwer dich bei CNN.«

Die Erkenntnis traf ihn wie ein Schlag, und seine Nase war umgehend frei. »Mein Rechner«, sagte er. »Wo ist mein Rechner?«

»Sicher«, sagte sie und tätschelte seinen Arm. »Haben wir. Der Wahnsinn, kleiner Bruder, der totale Wahnsinn.«

»Was?«

»Deine Festplatte. Die Daten. Hammer.«

Noch ehe Beck zu Ende darüber nachgedacht hatte, was das nun wieder bedeuten sollte und wie er auf »Hammer« zu reagieren hatte, klopfte jemand von außen an die Holztür zu dem kleinen Zimmer, in dem seine Schwester in ihrem schwarzen und ziemlich verdreckten Overall am Fuß seines quiltbedeckten Krankenbettes saß, und im nächsten Augenblick erschien im Türrahmen ein junger Mann in grünem Overall, ebenfalls ungepflegt und mit zu vielen ungewaschenen Haaren unter der Baseballkappe, und sagte nichts weiter als: »Steht! Absolut geil, musst du sehen.«

»Ich komme«, sagte Paulina.

»Venceremos!«, sagte der Junge, lachte und verschwand wieder.

Paulina wandte sich wieder ihrem Bruder zu. Sie lächelte.

Beck nicht.

»Was steht?«, sagte er.

»Diego macht die geilsten Filme der Welt.«

»Aha«, sagte Beck und verstand nichts.

»Hast du bestimmt gesehen, einige, sind ja alle bei *YouTube* und laufen wie bescheuert. *Diego Garcia's Nothing But The Truth.* Perfektes Zeug, absolut geil. Und jetzt haben die Jungs ja auch noch mal richtig *phattes* Material dazu.«

Beck begriff endlich, was sie sagte. Und hatte das Gefühl, dass der Teufel persönlich ihm schwungvoll den Boden unter den Füßen wegzog. »Ihr habt meine Festplatte gesichtet?«

Sie zuckte die Achseln. »Logisch. Mussten wir doch. Wollten doch wissen, ob das irgendwas mit deinen weggebombten Beinen zu tun hat. Hat's ja auch.«

»Ihr könnt doch nicht einfach meine Sachen …«

»Ist doch in deinem Sinn. Oder wolltest du das für dich behalten, Bruder?«

»Sag mir bitte, dass das nicht heißt, dass ihr davon irgendwas ins Netz gestellt habt.«

Ihr schallendes Lachen war wie ein Sack Eiswürfel in Thilos Kragen. »*Irgendwas?* Irgendwas! Das geht jetzt ab wie 'ne Batterie Scuds, Mann, und *du* bist Hermes, der Bote der Götter! Kannst du aufstehen?«

Er hatte keine Ahnung, ob er konnte. Er wusste nicht mal, ob er wollte.

»Ja«, sagte er.

»Dann komm«, sagte sie und hielt ihm die Hand hin wie einem im harten Wettkampf gestürzten Kontrahenten, »lass dich feiern.«

26

Mavie bedauerte nichts. Es war gut gewesen, alles. Gut, sich gehen zu lassen, gut, sich zu vergessen und den ganzen Rest gleich mit, wenn auch nur für eine Stunde. Sie wäre danach allerdings gern einfach aufgestanden und nach Hause gefahren, denn die Nacht im selben Bett zu verbringen wie ihr *Lover* war etwas, was sie sich gern für wesentlich später aufhob. Sofern es überhaupt ein Später gab.

Sie war selbst überrascht, wie gut sie geschlafen hatte. Neben ihm. Sie hätte nicht einmal sagen können, ob er selbst unruhig geschlafen hatte oder ob er nachts komische Geräusche von sich gab, sie hatte einfach nichts gehört. Sondern geschlafen wie in Abrahams Schoß, als wäre die Welt in Ordnung, ein Paradies aus Marzipan.

Als sie am Morgen erwachte, war er bereits geduscht und angezogen und hockte in einer Wolke Rasierwasser vor ihr auf dem Bett. Er sagte ihr mit sanftem Brummen, sie sehe bezaubernd aus, aber das wollte sie nicht hören. Sie wollte gar nichts hören, keinen *Sweet Talk*, keine Nettigkeiten. Die Nacht war vorüber, und eine Erinnerung daran konnte sie ebenso wenig brauchen wie eine Erinnerung an Omas Sonntagspfannkuchen.

Was sie brauchte, war ein Wunder.

Sie griff sofort nach ihrem Handy und schaute auf das Display, als könnte sie tatsächlich den nächtlichen Anruf ihrer letzten Hoffnung verpasst haben, aber natürlich hatte sie das nicht. Keine Anrufe, keine Nachrichten.

Sie wählte Becks Nummer.

Philipp blieb auf dem Bett sitzen und sah ihr interessiert zu. Sie bemerkte seinen Blick, der ihre Brüste streifte, und zog das Laken hoch, obwohl sie sich dabei vorkam wie Doris Day in einem Film aus der Steinzeit.

Becks Mailbox sprang sofort an. Mavie machte sich nicht die Mühe, ihm eine weitere Nachricht zu hinterlassen.

»Und jetzt?«, fragte Philipp.

»Jetzt?« Sie sah ihn an. »Jetzt versuchst du's mal mit einem Schulterschluss unter echten Kerlen.«

»Aha«, sagte er fragend. »Der ginge wie?«

»Na, das war doch schon gestern Abend so. Ich bin das überspannte Mädchen, ihr zwei seid die tollen Typen, die alles blicken. Er reagiert nicht auf meine Reize. Zu hysterisch, zu blond, was weiß ich. Aber er respektiert dich.«

»Milett? Der respektiert sich selbst, sonst niemanden. Vielleicht Gott, aber auch nur, wenn der sich rechtzeitig einen Termin geben lässt.«

»Ihr beide seid die klugen Männer. Habt zusammen rausgekriegt, anders als die kleine Studentin, dass Eisele in dieser Geschichte viel tiefer drinsteckt. Und mit Eisele hat Milett eine Rechnung offen.«

Philipp nickte. »Offensichtlich. Aber …«

»Gut, uns fehlen ein paar Daten.«

Er lachte kurz. »Ein paar Daten? Uns fehlt so gut wie alles …«

»Wir haben die Daten von meinem Stick und Daniels Seite.«

»Das reicht ihm aber nicht.«

»Das hat ihm nicht gereicht, als er noch nicht wusste, dass er Eisele treffen kann.«

Philipp holte tief Luft und atmete langsam wieder aus. »Nichts für ungut, Mavie. Milett ist eitel wie Jennifer Lopez, okay, aber nicht so bescheuert. Der Typ …«

»Siehst du, deshalb brauche ich dich. Schulterschluss. Unter Kerlen. Du gibst hier doch auch schon die ganze Zeit den Ritter, das kann der doch nicht einfach so stehen lassen.«

Wieder schüttelte er den Kopf, aber diesmal lächelte er. »Du hast echt ziemlich komische Vorstellungen von Männern.«

»Ja? Gehört das nicht zum Standardprogramm von Alphatieren, sich gegenseitig zu überbieten? Und wieso nicht mal einen Pissing Contest mit einem guten Ziel anzetteln?«

Er lachte. Und stand auf. »Du spinnst.«

Sie lächelte kurz und ließ ihre Wimpern flattern. »Sei stark. Mach ihm klar, dass nur er diese Jungfrau retten kann.«

Kopfschüttelnd und seufzend schlenderte er zur Tür. »Ich bin unten«, sagte er.

Die Tür fiel hinter ihm zu.

Mavie hörte auf zu lächeln. Sie wusste selbst, wie aussichtslos dieser Versuch war. Aber sie wusste erst recht, dass sie keine andere Chance mehr hatten.

Sie hatte auf ein Wunder gehofft. Irgendetwas in ihr hatte offenbar geglaubt, das Schicksal günstig stimmen zu können. Indem sie nicht aussprach, was offensichtlich war. Indem sie die alles vernichtenden Gedanken mit aller Macht aus ihrem Denken und Fühlen verbannt hatte.

Die hatten sie vernichtend geschlagen.

Thilo Beck war tot.

Seine Daten waren verloren.

Wie zerschlagen erhob sie sich und rieb sich die Schläfen. Sie würde duschen und sich so schön und hilflos herrichten, wie sie konnte, um Miletts Eitelkeit und Mitleid gleichzeitig zu wecken.

Sie war gescheitert, auf ganzer Linie.

Und fühlte sich erbärmlich.

27

Beck stakste unsicher über den kopfsteingepflasterten Vorplatz zwischen der umgebauten Scheune, in der er in Paulinas Zimmer gelegen hatte, und dem Hauptgebäude des Gaia-Camps, einem großen ehemaligen Bauernhaus. Es regnete in Strömen, rund um den Vorplatz hatten sich Schlammseen gebildet, und auch über die Steine floss braune Brühe, durchmischt mit Strohhalmen und unidentifizierbaren schwarzen Klumpen. Beck hoffte, dass es sich um kleine Steine handelte, aber er erinnerte sich auch, dass bei seinem letzten Besuch reichlich Hühner und Schafe zu den Bewohnern des Camps gezählt hatten. Dem Geruch nach zu urteilen, hatte sich daran nichts geändert.

Paulina stützte ihn, während sie ihn über den Hof führte, aber als sie die Holztür zur Diele des Haupthauses aufstieß, wies er ihren ihm dargebotenen Ellenbogen dankend zurück. Er fühlte sich auch so schon erbärmlich genug, er musste nicht auch noch als Pflegefall vor die versammelten Aussteiger treten.

In der breiten Diele standen sie alle zusammen, um den langen Esstisch herum. Sieben Frauen, acht Männer, die meisten in Overalls, der Rest in groben Pullovern, Latzhosen und Jeans. Diego, Paulinas Freund, stand am Kopfende des Tisches, ein großer, hagerer, bolzengerader Mann, vollbärtig und mit einer Frisur wie Aragorn kurz nach der letzten Schlacht. Der Blick, mit dem er die Neuankömmlinge begrüßte, war allerdings nicht ganz so markig wie der des Königs von Mittelerde, sondern fast verträumt.

Aber als Diego mit leicht singendem Ton zu sprechen begann, fröstelte Beck. Diegos Stimme war eine dünne Pastellfassade aus Klang.

»Ah, der tapfere Kamerad Thilo«, sagte Diego, und vierzehn Augenpaare wandten sich Beck und Paulina zu. »Willkommen in unserem Lager, mein Freund, Licht mit dir.«

Die anderen schlossen sich der sanften Begrüßung im Gleichklang an, die meisten mit leuchtenden Augen, und Thilo war plötzlich sicher, dass sie Hanf nicht nur zur Herstellung ihrer T-Shirts benutzten.

Aus den Augenwinkeln nahm er den Raum auf, in dem sie sich befanden. Der lange Esstisch, ausreichend Stühle, um gemeinsam die

Mahlzeiten einzunehmen. Die halb offene Küche, mit überraschend modernen Gasherden und Stahlkühlschränken bestückt. Zur Rechten, dort, wo früher offenbar Kühe oder Schafe in Boxen gestanden hatten, eine ganze Reihe von Schreib- und Arbeitstischen, auf denen Bildschirme standen und von deren Platten diverse Kabel herunterhingen. Drei große Macs, drei Laptops, an den Wänden etliche Racks, vollgestopft mit externen Festplatten und Servern, vor dem nach draußen führenden großen Tor am Ende des Raumes ein langer Arbeitstisch, an dem offensichtlich gebastelt wurde. Mit Kabeln, Lötkolben, Sägen und, wie Beck endgültig überrascht zur Kenntnis nahm, Spielzeug. Am rechten Rand der Platte standen gleich mehrere Paletten Kinderüberraschungseier. Unwillkürlich fragte er sich, wohin die Gaias ihre Kinder zur Schule schickten, denn er erinnerte sich nur allzu gut, dass das Camp eine gute Fahrstunde von jeder nennenswerten Zivilisation entfernt lag. Aber Diegos liebliche Stimme lenkte seine Aufmerksamkeit umgehend auf wichtigere Fragen.

»Ihr kommt zur rechten Zeit, ihr Lieben«, sagte der Anführer der Gaias zu Paulina und ihm, »denn unsere Präsentation ist in der Welt, und ich glaube, wir haben uns diesmal selbst übertroffen.« Er nickte den beiden Männern zu, die direkt neben ihm standen, und einem Mädchen auf der anderen Seite des Tisches, das bescheiden lächelte. »Ansgars Werk, Oskars Werk, Ninas Werk. Auf feindlichem Boden erworbenes Wissen, in Agenturen, IT-Firmen, oh ja, sie haben uns einiges gelehrt!«

Die Runde lachte fröhlich in sich hinein, und Thilo suchte hilflos Paulinas Blick. Sie zuckte lächelnd die Achseln und flüsterte: »Alles Werber, früher. Die sind echt gut, und Diego ist sowieso brillant.«

»Ansgar, wie viele Hits?«, fragte Diego den neben ihm stehenden Mann.

»205 000«, sagte Ansgar. »In dreißig Minuten, exponentiell steigend. Wir gehen durch die Decke.«

Die Runde brach in Applaus und heiteres Johlen aus, und Thilo wurde schwindlig. Er musste aber nicht fragen, ob er jetzt endlich sehen dürfe, was sie aus seinen illegal kopierten Daten gemacht hatten, denn Diego deutete mit einer huldvollen Bewegung auf den großen Apple-Schirm auf dem Tisch und sagte: »Präsentation für den tapferen Mann, der uns diesen Schatz gebracht hat!«

Der Clip begann mit bedrohlicher Musik, einem herzschlagdumpf wabernden synthetischen Mollakkord und animierter Schrift vor einem Bild des rot glühenden Erdballs. In die finsteren Töne mischte sich das bekannteste Morsezeichen der Welt, lauter werdend, drei kurz, drei lang, drei kurz, und aus dem Schwarz blendeten langsam die dazugehörigen Worte auf.

Save. Our. Souls.

Kleiner, handschriftlich, darunter: *Kommando Diego Garcia.*

Was den knapp fünfzehn Minuten nach diesem Intro folgte, war so grauenhaft gut gemacht, dass Thilo die ganze Zeit über erstarrt in der Diele stand und wie die anderen Gaias vollkommen gebannt zusah. Diego und seine Mitstreiter hatten ganze Arbeit geleistet. »Save Our Souls (Pt.1)« war ein nach allen Regeln der Werbe- und Präsentationskunst gestalteter Horrorclip.

Die Musik blieb durchgehend bedrohlich, die ersten Bilder stimmten auf die Verschwörungstheorie ein. Luftaufnahmen des IICO, das kurzerhand zur geheimen Forschungseinrichtung des Pentagon erklärt wurde, eine Aufnahme des Genies Gerrittsen, derzeit untergetaucht, eine Reihe von Kürzeln, durch den leeren Raum fliegend, CIA, NSA, Mossad, MI6, die üblichen Verdächtigen. Danach bestand der Clip vorwiegend aus Zahlen und Screenshots – Becks Screens. Eingeblendet wurden Prognosen für bestimmte Daten, Temperaturen, Wind, einfache Faktoren, und unter der Prognose erschien die jeweils tatsächlich gemessene Temperatur oder die Windstärke für die ausgewählten Orte. Über die Google-Erde zoomte es hin und her, hinauf ins All und wieder hinunter, von Paris nach Kairo, von Istanbul nach Beijing, von Caracas nach Marrakesch, und jedes Mal deckten sich die Prognosezahlen mit den tatsächlich gemessenen Werten. Der Sprecher musste nicht viele Worte machen, denn das ließ sich beeindruckend einfach darstellen: Die jeweilige Prognosezahl verschmolz sanft aufleuchtend mit der jeweils neu auftauchenden tatsächlichen Zahl, und der Beweis war, zumindest optisch, schnell erbracht: Das Programm lieferte absolut zuverlässige Werte.

Es folgten aktuelle Bilder. Bilder des verregneten Nordens, aus Europa und den USA, Thermometer, die zwanzig Grad und mehr anzeigten. Weitere Zahlen, die unterstrichen, dass *Prometheus* auch dies vorhergesagt hatte, die Entwicklungen der letzten Tage und

Wochen. Es folgten mehr Bilder, die aktuell aussahen, aber nach Thilos Ansicht nicht aktuell waren: dürre schwarze Menschen, die um Wasser bettelten. Sterbende Kinder mit Fliegen in den Gesichtern. Wüste. Mehr Zahlen, die miteinander verschmolzen. Zahlen für kommende Tage, scheinbar zufällig ausgewählt. Überblendung aus den Gesichtern der Verdurstenden in die gnadenlos herunterbrennende Sonne. Mehr Zahlen. Beeindruckende Zahlen, die ohne weitere Erläuterungen auskamen, da sie für sich sprachen und dem Betrachter immer dasselbe sagten: Das Ende der Welt ist nah.

Das Ende des Clips bildete eine bunt durcheinandergeblendete Zusammenstellung von Formeln, Gesichtern und kurzen Zitaten. Thilo erkannte einige seiner eigenen Berechnungen wieder, die niemand würde nachvollziehen können – aber das war auch nicht die Absicht der Filmemacher. Die Formeln suggerierten lediglich unterschwellig, dass Wissenschaftler etwas bewiesen hatten, was andere längst vorhergesagt hatten. Denn die Gesichter und Zitate zu den Bildern von Überschwemmung und Dürre waren die von Maya-Priestern, von Nostradamus und, ausgerechnet, Al Gore. Als stünde auch der hinter der Aussage: Die Welt geht unter.

Selbst Analphabeten und Taube mussten nach den fünfzehn SOS-Minuten begriffen haben, dass alles ganz einfach war. *Die Sonne brennt, du wirst sechs Monate kein Wasser haben, du bist tot. Das Wasser überschwemmt alles, die Versorgung bricht zusammen, du kämpfst gegen ein paar Millionen anderer Bewohner deiner gesetzlosen Metropole um Essen und Strom. Wenn du nicht ertrinkst, wirst du erschlagen oder verhungerst.*

Es war alles ganz einfach. Ohne Zweifel. Ohne Worte.

Im doppelten Sinn, jedenfalls für Beck. Denn natürlich fehlten alle Fragezeichen. Die hatten in diesem Keynote-Propagandastück nichts verloren. Ebenso wenig wie alles andere, was wichtig gewesen wäre.

Der Clip endete mit einem Mollakkord. Sowie, unfassbar für Thilo, einem aus großen Lettern gebildeten *Move!*, das sich zu *movegaia.net* entwickelte. Danach wurde der Schirm schwarz, und Thilo stand fassungslos im Applaus und Johlen der Gaias. Schultern wurden beklopft, man nahm sich in die Arme, beglückwünschte sich gegenseitig – und Diego stand zufrieden mittendrin im Kreis seiner medialen Guerillas.

Beck rang um Fassung. Er hätte die versammelten Schwachköpfe am liebsten angeschrien, aber er wusste, dass das nichts nützen würde. Sofern er eine Chance haben wollte, den angerichteten Schaden wenigstens zu begrenzen, brauchte er ihre Hilfe. Sofern der Schaden überhaupt noch zu begrenzen war.

Diego wandte sich ihm zu, lächelnd. »Und?«, fragte er. »Zufrieden mit dem ersten Teil? Die Details liefern wir natürlich nach, aber auch Ansgar und Oskar können nicht zaubern.«

Beck lächelte ebenfalls. »Doch«, sagte er nickend. »Sehr schön. Beeindruckend.« Die Versammlung murmelte zufrieden vor sich hin, offenbar freute man sich über die Zustimmung des Boten und Fachmanns. »Ich glaube aber«, sagte Beck vorsichtig, »wir sollten doch noch mal drübergehen.«

Es wurde schlagartig sehr still in der Diele.

»Drübergehen?«, fragte Diego, weiterhin lächelnd. »Sei versichert, Kamerad, dass wir an den Details weiter arbeiten und Updates ins Netz stellen, aber zunächst einmal war es doch von größter Bedeutung, die Welt von der drohenden Katastrophe in Kenntnis zu setzen.«

»Na ja«, sagte Beck vorsichtig und weiterhin betont höflich, »sieh mir einfach nach, dass ich Wissenschaftler bin. Als solcher kann ich mit einer Boulevard-Darstellung wie der da«, er deutete auf den schwarzen Schirm, »wenig oder gar nichts anfangen. Mag ja sein, dass die Daten prinzipiell …«

Diegos Blick veränderte sich schlagartig, als Beck *Boulevard* sagte, aber er sah kurz zu Paulina herüber, ehe er den *Kameraden* unterbrach. Seine Stimme klang nicht mehr ganz so sanft wie zuvor. »Gut«, sagte er, »wir legen auch in Kriegszeiten Wert auf offenen Meinungsaustausch, und du wirst, wie wir alle, zu gegebener Zeit deine Einwände vortragen können. Jetzt allerdings ist nicht die Zeit für kleinliche Erörterungen der exakten Wortwahl, denn jetzt …«

»Es geht nicht um die Wortwahl«, unterbrach Beck den Gaia-General, »es geht um den verdammten Inhalt deines zusammengestoppelten Filmchens. Und es geht um die Folgen.«

Seine Worte hallten in der Diele wider. Niemand sprach, niemand atmete. Und Beck spürte, wie Paulina seinen Unterarm sehr fest drückte.

»Die Folgen?«, fragte Diego, jetzt sehr laut und ganz und gar nicht mehr freundlich. »Die Rettung Unschuldiger? Ist es das, was dir missfällt? Sollte deine Schwester sich getäuscht haben, wie ich von Anfang an vermutete? War es *nicht* deine Absicht, diese Informationen in die Welt zu tragen?«

»Mann, jetzt komm mal wieder ...«

»Erweist sich nun doch meine Vermutung als richtig, dass du kein Bote bist, der dieser Bande von Mördern den Rücken gekehrt hat, dass du, im Gegenteil, diese Informationen zurückgeholt hast aus den Händen von Menschen, die sie der Welt zur Kenntnis bringen wollten?«

Beck versuchte es noch einmal mit einem beschwichtigenden »Nein, ich ...«, aber Diego ließ sich nicht mehr bremsen.

»Niemand hält die Wahrheit jetzt mehr auf, mein Freund. Du nicht, deine Auftraggeber nicht, nicht einmal wir, denn dieser Clip geht um die Welt wie ein Lauffeuer. Die Wahrheit ist im Licht, für jedermann zu sehen, und ich rate dir dringend, nun endlich deinen Platz auf der richtigen Seite einzunehmen.«

»Mann!«, sagte Thilo etwas zu laut und fühlte erneut Paulinas festen Griff an seinem Unterarm. »Es geht um *Vernunft.* Du kannst doch nicht einfach in die Welt rausbrüllen, *ihr müsst alle sterben!* Denk doch mal nach, Mensch, nachher glauben die Leute das noch, und was dann?!«

Diego fuhr seinen Zeigefinger in Becks Richtung aus und bellte zurück: »Wir führen ein Gespräch, Kamerad, wenn du dich erholt hast. Paulina wird dich weiter pflegen, aber versteh Gastfreundschaft nicht als Einbahnstraße!«

Paulina zog Thilo energisch zurück in Richtung Haustür, begleitet von den teils wütenden, teils mitleidigen Blicken der Gaias.

»Denk nach, Mensch«, sagte Thilo noch einmal über die Schulter in die Diele, dann fiel die Tür laut hinter ihm und Paulina zu, und beide standen im Regen auf dem Hof.

»Sag mal, bist du völlig bescheuert?«, zischte sie ihn an.

»*Ich?* Wer ist hier bescheuert?«

»Du. Du kannst doch nicht wollen, dass die Wahrheit ...«

»Welche Wahrheit?« Thilo deutete hilflos auf die geschlossene Tür zur Diele. »Das ist eine Prognose, verdammt.«

»Eine sehr, sehr exakte Prognose«, sagte sie.

»Die exakteste, die es je gab«, sagte er. »Aber das ändert nichts daran, dass es eine Prognose ist …«

»Hör auf mit dem akademischen Dünnschiss.« Sie schaffte es tatsächlich, ihm den Wind aus den Segeln zu nehmen, ihm fehlten für einen Augenblick die Worte. Dafür fand sie noch einige. »Das ist deine Krankheit, Thilo, diese bescheuerte Sesselfurzerei. Du wolltest schon immer alles 5000-mal erörtern und absichern und lieber noch mal rechnen, und in der Zwischenzeit ist das Leben da draußen weitergegangen, und wenn du denn endlich mal fertig warst, war alles längst passiert – und deine ganze Rechnerei für den Arsch. *Hey*«, imitierte sie sein schmallippiges Lächeln, »*ich habe endlich, nach acht Wochen Arbeit, den schlüssigen Beweis gefunden, dass morgens die Sonne aufgeht!* – Hey, super«, schaltete sie wieder auf ihren eigenen Tonfall um, »das *sehen* wir jeden Morgen, Mann, wir sind nämlich morgens *draußen.*«

Beck fand nun doch eine ganze Reihe von Worten, aber die behielt er vorsichtshalber für sich. Er wusste einfach nicht, welche er gefahrlos hätte verwenden können. Mit Vernunft konnte er Paulina jedenfalls nicht kommen, gegen Vernunft war sie schon immer immun gewesen. Sie würde nicht hören wollen, was er zu sagen hatte, ebenso wenig wie die anderen Irren in der Diele. Sie würden den Clip nicht wieder aus dem Netz nehmen, und Diego hatte zumindest in diesem einen Punkt recht: Es war ohnehin zu spät. Der Film würde Kreise ziehen. Weite Kreise. Mit Folgen, die Beck sich nicht ausmalen mochte.

Hier jedenfalls hatte er keine Hilfe zu erwarten. Wollte er das Schlimmste verhindern, brauchte er Unterstützung von anderer Seite. So gesehen, hatte Diego in einem weiteren Punkt recht. Er, Beck, stand nicht auf der Seite der Gaias. Er stand auf gar keiner Seite, sondern auf einsamem Posten. Und er wusste nicht, was er tun sollte. Gerrittsen und Eisele, das war die andere Seite. Aber mit der wollte er, seit er Nyquists Ableben und den Tod der Journalistin in Zusammenhang gebracht hatte, ebenso wenig zu tun haben wie mit Diegos esoterischen Nerds.

Thilo Beck stand, in jeder Hinsicht, im Regen. Und wenn er etwas hasste, dann waren es ausweglose Situationen.

»Wo ist mein Handy?«, fragte er seine Schwester.

»In deiner Tasche. In meinem Zimmer.«

»Durchsucht, kopiert, gelöscht?«

Sie schüttelte den Kopf, gespielt verwundert. »Wo denkst du hin? Wir gehen doch nicht an deine privaten Sachen.«

Beck wandte sich ab und setzte sich in Bewegung, auf unsicheren Beinen auf das Nebengebäude zu.

»Ladegerät«, rief Paulina ihm nach, »liegt im Nachttisch. Fühl dich wie zu Hause.«

28

Philipp hatte gute Arbeit geleistet. Als Mavie den Salon betrat, saßen die beiden Männer am Esstisch, Milett erzählte, gestikulierend und erkennbar gut gelaunt, und Philipp hörte aufmerksam zu, lächelnd, nickend, an seinem Kaffee nippend. Miletts Vortrag kreiste nicht um Klimafragen, sondern um eine öffentliche Hinrichtung. Mavie setzte sich an den Tisch, lächelte und nickte, und Milett erwiderte das Lächeln, ohne sich zu unterbrechen. Während sie sich einen Kaffee einschenkte und eines der frischen Croissants auf ihren Teller angelte, fuhr der Nobelpreisträger fort. Um die Wahrheit hinter den Dingen und vor allem hinter den Meldungen der Nachrichtenagenturen zu erkennen, müsse man seinen gesunden Menschenverstand einsetzen, für einen Augenblick alles, dessen man sicher zu sein glaubte, infrage stellen und sich selbst die allereinfachsten Fragen stellen.

»Sie erinnern sich sicherlich ebenfalls an Litwinenko«, sagte er zu Mavie, und da diese etwas unsicher nickte, half er ihr auf die Sprünge. »2007. Ein Russe, Dissident, von der Mafia bestraft, radioaktiv vergiftet.«

Mavie nickte. Sie erinnerte sich, der Fall war monatelang durch die Presse gegangen – und, wie Milett zu Recht bemerkt hatte, geklärt. Litwinenko war von der Mafia vergiftet worden, mit einer radioaktiven Substanz. Wellen hatte der Mord vor allem geschlagen, weil der Russe eine Poloniumspur von Moskau bis London hinterlassen hatte, wo er schließlich qualvoll gestorben war.

»Vendetta«, sagte Milett. »Ein Ehrenmord, weil Litwinenko sich offenbar mit den falschen Russen angelegt hatte, und die Russenmafia ist ja, wie wir wissen, besonders rabiat.«

Mavie nickte.

»Warum Polonium?«, sagte Milett.

Er sah Mavie auffordernd an, dann Philipp, und Philipp antwortete achselzuckend. »Warum nicht?«

»Warum haben sie ihn nicht einfach in die Moskwa geworfen, mit Schuhen aus Zement?«

»Weil sie wollten, dass andere sehen, was mit einem geschieht, der sich gegen sie wendet. Das kennen wir doch von der Mafia.«

»Na schön.« Milett lächelte. »Lassen wir diese Schlussfolgerung zu. Er sollte also leiden. Und langsam krepieren. Deshalb dieses besondere Gift, denn es emittiert Helium-Atome und zerstört, richtig dosiert, nach und nach alle lebensnotwendigen Zellstrukturen im menschlichen Körper. *Case closed*, legt euch nicht mit der Mafia an. Dennoch: wieso Polonium?«

Philipp grinste ihn an. »Weil man jemand nicht so langsam erschießen kann?«

»Wieso nicht Rizin?«

Philipp zog die Augenbrauen hoch. »Was ist Rizin?«

»Ein hochgiftiges Lektin, das Sie in äußerst geringen Dosen zu sich nehmen, wenn Sie Rizinusöl trinken. Entscheidend ist: Rizin löst die eukaryotische Proteinbiosynthese aus, zerstört mithin jede Körperzelle, die mit ihm in Berührung kommt. 0,25 Milligramm reichen, um einen Menschen langsam und qualvoll sterben zu lassen, in der Wirkungsweise unterscheidet das Gift sich nicht nennenswert von Polonium. Einen wichtigen Unterschied gibt es aber doch.«

Mavie und Philipp warteten. Mavie stellte sicherheitshalber sogar das Croissantkauen ein.

»Eine letale Dosis Rizin«, sagte Milett, »kostet einen Dollar. Eine letale Dosis Polonium kostet 10 Millionen.«

Mavie schluckte ihr Stück Croissant herunter, hustete kurz und nickte dankbar, als Milett ihr Kaffee nachschenkte.

»Kann die Mafia nicht rechnen?«, fragte er. »Hat die Russenmafia keinen Buchhalter oder nur keine Ahnung? Einen Verräter vergiftet man doch nicht ausgerechnet mit Polonium.«

»Sondern mit Rizin«, sagte Philipp.

Milett nickte und griff nach seiner Kaffeetasse. »Richtig«, sagte er und trank. »Halten wir also fest: Der Preis, den Litwinenkos Mörder zahlen mussten, erscheint hoch, aber das Ergebnis rechtfertigt die Investition. Denn was haben wir, wir alle, aus dem qualvollen Tod des Russen gelernt? Da kommt einer aus Russland und trägt, ohne es selbst zu merken, ein paar Hundert *Nanogramm* Polonium mit sich. Er landet in London, mit ihm die Substanz, und er stirbt sozusagen vor den Augen der Öffentlichkeit einen entsetzlichen, qualvollen Tod. Einen radioaktiven Tod. Groß ist die Panik, groß das Entsetzen, denn Polonium wird in Kernreaktoren hergestellt. Das also ist das Schicksal, das uns allen droht, wenn wir der Nukleartechnologie eine neue Chance einräumen: qualvolles Verrecken an unsichtbaren Substanzen, wie der arme Litwinenko. Womit die Frage hoffentlich beantwortet ist, wer ihn ermordet hat: Russland lebt vom Export von Gas und Öl. Ein Umdenken des Westens, angeführt von Briten und Franzosen, ein massiver Ausbau der Kernenergie, würde Putin und seine ganze Bande Hunderte von Milliarden kosten. Und damit erscheint die Ausgabe für das Polonium doch geringfügig und mehr als gerechtfertigt.«

Er trank genüsslich einen Schluck Kaffee und lächelte Mavie an. »Ich erinnere mich an Ihren Vater«, sagte er.

»Oh«, sagte Mavie überrascht. »Tatsächlich?«

Er nickte. »Deshalb kam mir dieses Beispiel in den Sinn. Ich erinnere mich, dass er damals zu dieser kleinen Abordnung von Verschwörungstheoretikern gehörte, denen ich leider nicht meine Stimme leihen konnte – da mir die Herren, offen gestanden, nicht seriös erschienen. Mit Ausnahme Ihres Vaters, eines sehr vernünftigen und offenbar logisch denkenden Mannes.«

Mavie nickte.

»Anthrax«, sagte Milett. »Das war damals sein Thema, und seine Herleitung war ganz und gar überzeugend. Er hat damals vollständig schlüssig und vollständig logisch dargelegt, dass das nach den Anschlägen vom 11. September verwendete Anthrax vom US-Militär verschickt worden war, mit dem Ziel, die Öffentlichkeit von drängenderen Fragen abzulenken, politische Gegner einzuschüchtern, das *Homeland-Security*-Gesetz ebenso wie die Deregulierung des Finanzmarkts über Nacht durchzubringen und das Feindbild Irak weiter aufzupolieren. Auch in diesem Fall ließen sich die wahren Zusammenhänge mithilfe weniger grundsätzlicher Fragen zweifelsfrei offenlegen, und deshalb fiel mir auch eben, als Herr von Schenck herunterkam, die traurige Geschichte des Herrn Litwinenko ein. Hätten alle Begleiter Ihres Vaters damals so beeindruckend entlang ihrer Indizienketten argumentiert – und über so gute Quellen verfügt –, wer weiß, vielleicht wäre ich schon seinerzeit wieder an die Öffentlichkeit gegangen. Aber dazu gibt mir ja jetzt seine Tochter Gelegenheit.«

Er beugte sich vor, legte beide Unterarme auf den Tisch und sah Mavie an, neugierig und so gütig, wie das mit seinen Stahlaugen möglich war. Vorfreudig. »Glauben Sie mir, ich brenne darauf, Ihre Daten zu sehen.«

Mavie lächelte, nickte und holte tief Luft.

»Ich auch«, sagte sie.

Miletts Reaktion überraschte sie. Sie hatte nicht damit gerechnet, dass er dieses Geständnis einfach zur Kenntnis nehmen würde, dennoch hatte sie auf interessiertes Staunen gehofft, auf eine höfliche Nachfrage, auf die Gelegenheit, sich zu erklären. Aber Milett schaffte es binnen Sekundenbruchteilen, alle Güte, alle Vorfreude aus seinen Zügen zu verjagen und durch makellosen Zorn zu ersetzen. Seine flache Hand knallte laut auf die Tischplatte, das Porzellan machte einen erschrockenen Satz, und Mavie zuckte ebenfalls zusammen.

»Genug!«, sagte Milett sehr laut und energisch. »Genug von Ihren dummen Spielchen. Sie halten große Reden, Sie bedrohen mich mit einer Waffe, in meinem eigenen Haus, und ich verstehe das als Ausweis Ihrer Ernsthaftigkeit! Ich warne Sie! Kommen Sie mir jetzt nicht mit weiteren Dummheiten oder einem Augenaufschlag, sagen Sie nicht, Sie hätten *nichts!*«

»Ich habe …« Mavie versuchte es ohne Augenaufschlag. »Wir haben ja was, aber ich habe nicht alle Daten …«

»Was heißt, Sie haben nicht alle Daten? Sie haben mir alle Daten zugesagt!«

»Ich konnte gestern noch nicht wissen, wie sich die Dinge entwickeln …«

»Sie konnten nicht wissen, dass ich eine Pressekonferenz anberaume? Sie konnten nicht wissen, dass ich die angesehensten Korrespondenten auffordere, sich heute Abend hier einzufinden, auch wenn sie dafür aus London oder Paris einfliegen müssen?«

»Mr Milett …«

»Sie konnten das nicht wissen, obwohl ich es Ihnen *gesagt* habe? Was stimmt nicht mit Ihnen? Was stimmt nicht mit Ihren Ohren? Was stimmt nicht mit Ihrem Gehirn?«

»Unser Informant ...«

»Raus«, sagte Milett einfach.

Mavie sah ihn ungläubig an.

Milett hatte den Arm ausgestreckt, in Richtung Tür. »Nein«, sagte er. »Keine Diskussion. Verlassen Sie mein Haus. Wenn Sie in fünf Minuten nicht weg sind, rufe ich die Polizei.«

Mavie sah Philipp an, aber Philipp holte bloß tief Luft und zuckte entschuldigend die Achseln. *Was hast du erwartet?* Dann stand er auf. Im gleichen Moment, in dem Theo durch die offene Doppeltür in den Salon trat, einen Laptop wie ein aufgeschlagenes Buch auf dem rechten Unterarm tragend.

»Sir«, sagte er vollendet höflich.

»Gleich, Theo«, sagte Milett, ohne ihn anzusehen. »Raus«, sagte er zu Mavie, die noch immer saß.

»Ich denke, Sir«, sagte Theo, »das sollten Sie sich ansehen.«

Der Hausherr war erkennbar verwundert über die höfliche Impertinenz seines Butlers – so verwundert, dass er nicht einmal anfing zu brüllen, als Theo mit der Linken Miletts Frühstücksteller beiseiteschob und den Laptop vor ihm auf das weiße Tischtuch stellte.

Mavie sah, wie der Butler auf eine Taste drückte und höflich einen Schritt zurücktrat, die Arme hinter dem Rücken verschränkt, und hörte aus den Lautsprechern des Laptops einen düsteren Synthesizer-Mollakkord erklingen. Philipp trat einen Schritt nach links und spähte Milett über die Schulter.

Als der Sprecher seinen Vortrag begann, mit der Ankündigung der »IICO-Conspiracy« und der bevorstehenden planetaren Katastrophe, sprang Mavie auf und eilte an Miletts Seite. Der Nobelpreisträger würdigte sie keines Blickes, verschränkte die Arme vor der Brust und sah auf das Display.

Sie alle sahen schweigend zu. Hörten die Geschichte, die sie längst kannten, sahen die Zahlen, die sie längst kannten, und ließen sich versichern, die Prognose beruhe auf Daten, die nicht infrage gezogen werden konnten – Daten, die den Urhebern des Clips, dem *Kommando Diego Garcia,* vollständig vorlägen. Unterlegt von reihenweise *Prometheus*-Screenshots, die Mavie als authentisch wiedererkannte, malte der Sprecher mit sonorer, sachlicher Stimme den Teufel an die Wand, und als die Animationen begannen, die Nostradamus, Maya-Wissen und Johannes-Offenbarung logisch verknüpften, klingelte Mavies Handy.

Sie zog den Apparat aus der Tasche und drückte auf Empfang, ohne auf das Display zu sehen. »Ja?«

»Thilo hier«, hörte sie Becks müde Stimme. »Du warst auf meinem Band, also lebst du, und das freut …«

»Thilo! Gott sei Dank!« Sie jubelte so laut, dass die drei Männer sie indigniert ansahen – als hätte sie mitten in der Nobelpreisverleihung einen Anruf ihrer Kosmetikerin entgegengenommen –, aber als sie die Frage hinterherschickte, ob der Film von ihm sei, wandte Milett sich vom Display ab und sah sie mehr als interessiert an.

»Nein«, sagte Beck. »Also, ja, das sind meine Daten, aber ich hab den Film nicht gemacht. Hätte ich auch nicht, weil ich das unverantwortlich finde, aber nun ist es eben passiert.«

»Gott sei Dank, dass du noch lebst«, sagte Mavie.

Milett streckte den Arm in ihre Richtung aus und bedeutete ihr mit zwei Fingern, ihm das Handy zu reichen. Sie sah ihn einen Augenblick verständnislos an, dann fragte sie Beck, ob ihm der Name Leland Milett etwas sage. Er bejahte und fragte verwundert zurück, was die Frage solle. Mavie leistete Miletts Aufforderung widerstrebend Folge.

»Diego Garcia?«, sagte Milett. Er lächelte über Becks Antwort, und Mavie sah Theo Hilfe suchend an. Der Butler verstand, nickte und zauberte aus der Tasche seines Jacketts einen winzigen Plastikstecker mit einer kurzen Antenne daran hervor. Staunend sah Mavie zu, wie Theo neben seinen Meister trat, diesen mit einer höflichen Geste bat, sich kurz einmischen zu dürfen, und erst recht staunend sah sie, dass Milett der Anweisung nickend Folge leistete.

»Moment«, sagte er in das Handy, dann nahm Theo ihm das Gerät ab, steckte die Antenne auf, navigierte kurz auf dem Touchpad des Computers und trat wieder zurück.

»Jetzt hören wir Sie alle«, sagte Milett, »Mr Nicht-Diego-Garcia.«

»Wie ich schon sagte«, sagte Beck, »ich bin weder ein Kommando noch eine Insel.«

Mavie wechselte einen fragenden Blick mit Philipp, Philipp zuckte die Achseln.

»Aber Sie sind«, sagte Milett, »offenbar im Besitz wertvoller Informationen.«

»Wie es scheint«, sagte Beck. »Nur wollte ich nicht, dass sie auf diesem Wege an die Öffentlichkeit gelangen.«

»Das ist auch alles andere als glücklich«, sagte Milett. »Und wir sollten uns bemühen, diesen Clip umgehend wieder aus dem Verkehr zu ziehen.«

»Das wird Diego leider nicht zulassen«, sagte Beck. »Im Gegenteil. Ich gehe davon aus, dass er und seine Leute daran arbeiten, die gesamten Daten online zu stellen.«

Mavie wechselte einen überraschten Blick mit Philipp, dann mit Milett. »Wer ist Diego?«

Beck erklärte es seinen Zuhörern in dürren Sätzen. Das Gaia-Camp, seine Schwester, deren Freund, deren Leute. Etwas Vieh, Hanf, Landwirtschaft und sehr viel Computer-Know-how. Sowie eine sehr gefestigte Gesinnung.

»Begreifen diese Menschen«, sagte Milett, »was sie da anrichten?«

»Nein«, sagte Beck. Und schwieg.

Mavie mischte sich kopfschüttelnd ein. »Aber es ist doch richtig, dass die Welt erfährt …«

»Ja«, sagte Milett. »Aber nicht so.« Er wandte sich dem Handy zu und beugte sich nachdenklich vor. »Die Daten stimmen? Die Prognose?«

Wieder schwieg Beck einen Augenblick, dann sagte er: »Ja. Die Prognose, ja, das ganze Modell, ja. Die Daten auch, jedenfalls, soweit ich das überblicken kann. Was ich nicht vollständig kann, und deshalb habe ich die ganze Zeit gesagt, dass diese Information so nicht an die Öffentlichkeit …«

»Ja«, unterbrach Milett ihn. »Aber die Information *ist* jetzt öffentlich. Sofern wir jetzt noch etwas ausrichten wollen, brauchen wir die Interpretationshoheit. Wir, und nicht diese Verrückten, mit denen Sie da im Wald sitzen.«

Thilo schwieg.

»Ihre Freundin«, sagte Milett und sah Mavie sehr kurz an, »hat mir erzählt, dass *Prometheus* 800 Millionen Tote prognostiziert.«

»Wie ich gerade sagte, es gibt einige Unsicherheits…«

»Verstanden«, unterbrach Milett ihn, »und irrelevant. Den Daten nach wird es durch die verstärkte Sonnenaktivität im Zusammenspiel mit mehreren anderen zyklischen Ereignissen zu einer fatalen Dürre im Süden bei gleichzeitigem Dauerregen im Norden kommen, und wenn diese Gaias nicht alles falsch verstanden haben, sprechen wir hier von einer temporären Erwärmung des gesamten Systems um mehrere Grad Celsius für mehrere Monate.«

»Ja«, sagte Beck.

»Was bedeutet«, sagte Milett, »dass *Prometheus* nicht nur die geschätzten Todesopfer infolge der Dürre vorhersagt und auch nicht nur die paar Hunderttausend, die im Norden ertrinken oder bei Unruhen sterben werden, sondern weit mehr. Korrigieren Sie mich.«

»Keine Korrektur«, sagte Beck, sehr leise.

»Stabil drei bis fünf Grad mehr als im Jahresmittel, und das über Monate«, sagte er, und Mavie begriff plötzlich, worauf er hinauswollte. »Was bedeutet, dass wir die Rückkopplung erleben, vor der wir schon seit fast einem Jahrzehnt warnen. Richtig?«

»Richtig«, sagte Beck.

Mavie fing Philipps ratlosen Blick auf.

»Das heißt«, sagte Milett, »wir sprechen hier nicht nur von einer humanitären Katastrophe epochalen Ausmaßes in Afrika, Mittelamerika und Asien, wir sprechen auch vom Ende der bipolaren Vereisung, nicht sukzessive, nicht bis 2030 oder 2100, sondern von eisfreien Polen noch in diesem Sommer sowie einer raschen, dramatischen Erwärmung der Weltmeere und der daraus folgenden Freisetzung von CO_2 in unvorstellbaren Mengen – weit mehr und weit rascher als in jedem Horrorszenario des IPCC. Woraus dann eine weitere Erwärmung folgt, über die bereits prognostizierten drei bis fünf Grad hinaus, und das langfristig. *Das* ist der Kern Ihrer Vorhersage, das ist die Grundlage für die Schätzung der Opferzahlen, und sofern Sie recht haben, dürfte diese Schätzung noch deutlich zu optimistisch geraten sein.«

»Wie ich schon sagte«, sagte Beck und klang einigermaßen lahm. »Es gibt einige Unsicherheitsfaktoren …«

»Ja, das sagten Sie bereits«, unterbrach Milett ihn. »Und ich gehe davon aus, dass Sie aus diesem Grund gemeinsame Sache mit Gerritsen, Eisele und den Herren vom IICO gemacht haben. Dazu gestatten Sie mir die Bemerkung, dass Ihre Beweggründe wissenschaftlich hundertmal einwandfrei gewesen sein mögen – verantwortungsvoll haben Sie trotzdem nicht gehandelt. Erst recht, nachdem Sie wissen mussten, dass Gerrittsen und Eisele offenbar über Leichen gehen, um diese Wahrheit geheim zu halten.«

»Ich habe erst nach dem Tod der Journalistin begriffen, was vor sich geht«, sagte Beck. »Mit der Zurückhaltung des Instituts war ich einverstanden, ja, aber aus anderen Gründen. Wissenschaftlichen Gründen ...«

Milett seufzte laut und brachte Thilo so zum Schweigen. »Ich brauche Ihre Daten, vollständig«, sagte er. »Sie werden mir nachsehen, dass ich Ihre Zweifel an der Gültigkeit der Prognose schon deshalb nicht teile, weil nicht nur Frau Heller, sondern erst recht das IICO keinerlei Zweifel zu hegen scheint. Persönlich empfinde ich keinerlei Sympathie für Gerrittsen und Eisele, aber beide sind ausgewiesene Fachleute. Sie hingegen kenne ich bislang nur als Telefonstimme, als Zweifler, als Helfer beim Vertuschen eines Verbrechens und als sehr unvorsichtigen Mann im Umgang mit hochsensiblen Informationen. Mir bleibt die Hoffnung, dass Sie von nun an Dinge richtig machen.«

Milett ließ die Worte nachhallen.

Das Handy lag still auf dem Tisch.

Mavie biss sich auf die Lippe und verschränkte die Arme vor der Brust. Es war einfach link. Milett war großkotzig und link, ein absolutes Arschloch. Beck war in ihr Hotel gekommen, um sie zu warnen, er war mit ihr in die Luft geflogen, und sie konnte davon ausgehen, dass er seither nicht in der Lage gewesen war zu telefonieren. Offenbar hatte sein erster Anruf, nachdem er wieder hatte telefonieren können, ihr gegolten, und was er nun als Dank dafür serviert bekam, war eine himmelschreiende Ungerechtigkeit.

Aber sie schwieg. Milett hatte sie und Philipp unmissverständlich aufgefordert, sein Haus zu verlassen. Die Strafe hing drohend in der Luft, zur Bewährung, und sie wusste, dass er sie vollstrecken würde, wenn sie jetzt Partei für den unsichtbaren Beck ergriffe. Also biss sie sich auf die Lippen.

Das Schweigen dauerte eine Ewigkeit.

Dann sagte Beck: »Ich sorge dafür, dass die Daten auf einem Server bereitgestellt werden. Ich melde mich, sobald das bewerkstelligt ist, und gebe Ihnen den Code durch. Sie gestatten, dass ich Ihren Namen ins Spiel bringe?«

»Natürlich«, sagte Milett großzügig.

»Ich melde mich«, sagte Beck und legte auf, ohne sich zu verabschieden.

Mavie hätte am liebsten nach dem Handy gegriffen, ihn sofort wieder angerufen und sich wenigstens bei ihm bedankt, aber Milett sah nicht so aus, als hätte er Verständnis für höfliches Benehmen. Der Blick, mit dem er Mavie bedachte, war immer noch streng, aber nicht mehr wütend.

»Raus?«, sagte Mavie.

Milett lächelte mit dem linken Mundwinkel. »Nein«, sagte er. »Sie sind ja im Begriff, Wort zu halten. Also bleiben Sie an Bord.«

Sie nickte. Gut zu wissen. Sie war also binnen Minuten von der Planke seines Schiffes zurück an Bord gewinkt worden. Seines Schiffes. Hatte sie ernsthaft geglaubt, als stimmberechtigter Partner die Reise antreten zu dürfen?

Natürlich hatte sie. Aber wieder einmal sah sie sich zu höflicher Zurückhaltung gezwungen. Einstweilen.

»Danke«, sagte sie. »Und wohin geht die Reise, Käpt'n?«

Sie bemerkte Philipps kurzes Lächeln, aus dem Augenwinkel, und wenn sie sich nicht getäuscht hatte, war sogar Theo hinter dem Rücken seines Meisters die distinguierte Contenance kurz abhandengekommen, aber Milett schwebte längst in kaiserlichen Sphären, in großzügiger Stimmung.

»Zunächst in Richtung Deutungshoheit«, sagte er. »Information ist Macht, und wir werden diejenigen sein, die diese Daten in die richtigen Zusammenhänge bringen. Was diese Gaias tun, ist ein Verbrechen. Ich bin nicht einmal sicher, ob wir jetzt noch eine Panik verhindern können, aber wir werden es versuchen.«

»Wie?«, sagte sie.

»Indem wir nicht nur das Problem präsentieren, sondern auch gleich eine Lösung.«

Philipp zog verwundert die Augenbrauen hoch. »Ach, haben wir die?«

»Ich denke schon«, sagte Milett, beugte sich vor und fuhr die Rechte in Richtung der Wasserflasche aus, die auf dem Tisch stand. Theo kam ihm zuvor und schenkte seinem Meister Wasser nach.

»Keine Lösung für alles«, sagte Milett, »sicher nicht. Auf die internationale Staatengemeinschaft kommen beispiellose Herausforderungen zu, aber seien Sie versichert, dass nach dem heutigen

Abend die Hilfsbereitschaft groß sein wird. Unterschätzen Sie nicht, was der öffentliche Appell eines Nobelpreisträgers bewirken kann, erst recht der Appell eines Nobelpreisträgers, auf dessen Wortmeldung die Welt schon so lange wartet.«

Mavie schloss die Augen, kurz, verdrehte die Augen, öffnete die Augen wieder, lächelte sanft und nickte interessiert.

»Ich hoffe«, sagte Milett, »wir können auf diese Weise eine Panik noch verhindern. Sollten wir scheitern, sollte dieser SOS-Film glaubwürdiger sein als wir, steht uns eine entsetzliche Katastrophe bevor. Aber gelingt es uns, den Menschen glaubhaft zu versichern, dass wir sie mit Wasser und Nahrungsmitteln versorgen werden, im Süden, und vor allem, dass wir die eigentliche Katastrophe, die schlagartige Erwärmung des Planeten in den kommenden Monaten, verhindern werden, dann hoffe ich, dass uns wenigstens das Schlimmste erspart bleibt.«

»Ja«, sagte Mavie erstaunt. »Das klingt großartig. Nur wieso sollte jemand uns glauben, dass wir das können?«

»Weil wir es können.«

»Entschuldigung, wir reden hier nicht von einem brechenden Staudamm in China oder einer lokal begrenzten Dürre – was wir brauchen, sind sofortige Hilfsprogramme …«

»Ohne Frage«, sagte Milett. »Aber überschätzen Sie nicht unsere Möglichkeiten. Erinnern Sie sich an Haiti. An Somalia. An Thailand nach dem Tsunami. Die Hilfsbereitschaft war groß, aber unsere gemeinsamen Anstrengungen haben das Leid nur unwesentlich lindern können. Schon die zurückliegenden Katastrophen haben sich als zu gravierend erwiesen und waren doch lächerliche Ereignisse, verglichen mit dem, das uns bevorsteht. Wir brauchen größere Lösungen.«

»Und zwar?«, sagte Mavie und merkte, wie tief die skeptischen Falten in ihrer Stirn inzwischen waren.

»Nennen Sie mich Ra«, sagte Milett versonnen und lächelte sein kaiserliches Lächeln. »Nennen Sie mich Manco Ca'pac, Helios, und glauben Sie mir, auch die Sonnengötter der Vorzeit waren nur außergewöhnliche Sterbliche.«

Mavie fragte sich, was sie lieber hätte tun wollen, ihn schütteln oder ohrfeigen, entschied sich aber dann dafür, ihn einfach anzulächeln. »Sie machen mich neugierig.«

»Gestatten Sie«, sagte er, weiterhin lächelnd, »dass ich diesen Nebeneffekt gern in Kauf nehme.« Er wandte sich Theo zu. »An die Arbeit«, sagte er, und Theo nickte eifrig. »Rufen Sie Aldo und Martha an, außerdem Jean-Baptiste und Goran. Oh, und ganz dringend, Danielle.«

Während Theo erneut nickte und sich eilig entfernte, wandte Milett sich ein weiteres Mal seinen Gästen zu, und diesmal zuckte er die Achseln, fast entschuldigend. »Glauben Sie mir, Aldos besonderes Talent adelt jede Rede. Und Danielle, nun«, sagte er und betrachtete seine perfekt manikürten Fingernägel, »auch Götterboten leben nicht vom Wort allein, und wir wollen doch nicht, dass Leland Milett weniger als perfekt aussieht.«

Mavie lächelte weiter ihr Zementlächeln. »Danielle ist Ihre Friseurin?«

Milett sog scharf Luft ein, als hätte er sich geschnitten. »Um Himmels willen, begrüßen Sie sie als *Stylistin,* andernfalls lässt sie uns hängen, ohne mit der Wimper zu zucken.«

29

Nach dem Gespräch mit Milett kam es in Thilo Becks überaus ordentlichem und kontrolliertem Gehirn zu einem veritablen Kurzschluss. Mehrere Befehle, die nicht zu vereinbaren waren, kollidierten frontal, und das Ergebnis war, dass Beck aufsprang, laut brüllte und mit der rechten Faust gegen die billig getäfelte Wand von Paulinas Schlafzimmer schlug. Da er keinerlei Erfahrung mit derartigen Wutausbrüchen hatte und sein Gehirn ihm dummerweise verboten hatte, fremder Menschen Eigentum zu beschädigen, also zum Beispiel Paulinas Nachttisch durch den Raum oder aus dem Fenster zu werfen, brüllte er nach dem Schlag gleich weiter, diesmal vor Schmerzen, hielt sich die Hand und sprang ein paar Mal auf und ab, soweit seine schwachen Beine das zuließen. Danach rutschten ihm ein paar Flüche von den Lippen, die allesamt unter seinem Niveau waren, und als er damit fertig war, packte er noch ein paar weitere Flüche dazu.

Dann riss er die Zimmertür auf und stampfte nach draußen. In den Regen. In den Dreck. Durch die dreckigen Rinnsale auf dem menschenleeren Kopfsteinhof. Er fühlte sich genauso beschissen, wie seine Umgebung aussah. Und wusste, dass seine Demütigung noch nicht vorbei war, denn nun musste er auch noch vor die Irren treten und sich entschuldigen. Weil er sie brauchte.

Er. Sich entschuldigen. Wofür? Dafür, dass er ein Gehirn hatte? Dass er verantwortungsvoll gehandelt hatte, die ganze Zeit? Dass er Wissenschaftler war, kein geltungssüchtiger, notgeiler Fatzke wie Gerrittsen, kein eitler Machtmensch wie Eisele, kein naiver, blinder Weltverbesserer wie Mavie, Paulina oder Diego, keine arrogante Drecksau wie Milett? Ja, das war ein Grund, sich zu entschuldigen. *Entschuldigt alle, dass ich nicht so beschissen bin wie ihr,* wie klang das?

Er holte tief Luft, atmete gründlich wieder aus und betrat die Diele des Haupthauses.

Er war erleichtert, dass die Versammlung sich inzwischen aufgelöst hatte. Die Arbeitstische zur Rechten waren fast vollständig besetzt, einige der anderen Gaias gingen offenbar anderswo ihrem Tagwerk nach, draußen oder drüben in der Unterkunft, und am Kopfende des Tisches hockten nur noch fünf Revolutionäre zusammen – Diego, Paulina und die drei, die für die Produktion des SOS-Clips zuständig gewesen waren, Ansgar, Oskar und Nina.

Alle fünf sahen in seine Richtung, als er eintrat, und alle fünf machten Anstalten, sich zu erheben – kampfbereit, abwehrbereit gegen den Eindringling, den Verräter.

Aber Thilo hob beschwichtigend die Hände, setzte ein freundliches Lächeln auf und sagte, während er auf Paulinas Seite des Tisches näher trat: »Mea culpa. Sorry, Freunde, Schwester, Diego – Leute. Meine Schuld.«

Er erreichte Paulina, blieb neben ihr stehen und sah Diego an, der am Kopfende des Tisches saß – und sitzen geblieben war.

»Darf ich?«, sagte Thilo und deutete auf den Stuhl neben Paulina.

Diego nickte. »Setz dich.«

»Danke.« Er setzte sich. »Ich habe … überreagiert. Nein, völlig falsch reagiert. Ich bitte um Nachsicht, ich bin noch nicht ganz bei mir. Vermutlich ist mein Gehirn noch erschüttert oder sonst wie durch den Wind.«

Diego nickte. Entschuldigung akzeptiert. Die anderen entspannten sich, Nina sah Thilo sogar an und lächelte kurz.

»Ich soll euch grüßen«, sagte Thilo. »Von Leland Milett.«

Diegos Blick schwankte zwischen Skepsis und Spott. »Leland Milett.«

»Ja.«

»Alter Freund von dir«, sagte Diego, jetzt ohne Skepsis. Es blieb viel Platz für den spöttischen Tonfall.

»Nein. Freund einer Freundin. Der Frau, die das Ganze ins Rollen gebracht hat, Mavie Heller. Ich habe gerade mit ihr telefoniert, sie ist bei Milett …« Als Thilo *telefoniert* sagte, wechselten Ansgar und Diego einen Blick, aber niemand unterbrach ihn. »Und Milett bittet um die Daten.«

»Wir reden vom gleichen Milett, ja?«, sagte Diego.

»Ich hoffe«, sagte Thilo freundlich. »Ich rede vom Nobelpreis-Milett.«

Die fünf wechselten Blicke. Fragende Blicke. Paulina warf ihrem Bruder einen Seitenblick zu und lächelte anerkennend, während die wortlose Besprechung der anderen endete.

»Was will er mit den Daten?«, fragte Diego, und in seiner Stimme klang kein Spott mehr mit. Es blieb leise Skepsis, aber vor allem klang er beeindruckt, fast ehrfürchtig, und Thilo musste sich beherrschen, um nicht auszusprechen, was er nach dem kurzen Telefonat von Milett hielt.

»Er wird heute Abend zur Welt sprechen.«

Wieder wechselten die fünf Blicke.

»Das wäre das erste Mal seit acht Jahren«, sagte Diego.

»Ja«, nickte Thilo. »Weil er weiß, wie wichtig das hier ist. Unsere Sache. Eure Sache. Mavie hat ihn informiert, jetzt braucht er die Daten, bevor er an die Öffentlichkeit geht.«

»Kann ich mit ihm sprechen?«, fragte Diego, sehr schnell.

Thilo ließ sich etwas Zeit mit der Antwort und zog die Stirn kraus, als fragte er sich *wozu?*, aber dann lächelte er und sagte: »Natürlich. Ich muss ihn anrufen, sobald wir die Daten auf einem Server haben – machen wir das doch gemeinsam.«

Diego nickte. Und sah Oskar an. »Stell alles hoch«, sagte er. »Aber das Zeug bleibt nur oben, bis die es runtergeladen haben. Keine weiteren Zugriffe.«

Oskar nickte, schob seinen Stuhl zurück und setzte sich in Bewegung, in Richtung eines der freien Schreibtische in der ehemaligen Stallgasse.

»Weiß er, wer wir sind?«, fragte Diego.

Thilo nickte. »Kommando Diego Garcia, ja. Ich musste ihm erklären, dass nicht ich der Held bin, der dieses Kommando führt – er ist, denke ich, beeindruckt.«

Diego wurde ein bisschen größer, versuchte aber, sich das nicht anmerken zu lassen.

»Ich gehe aber davon aus«, fuhr Thilo fort, »dass er uns um etwas Zurückhaltung bitten wird. Wir müssen uns darüber klar sein, dass Milett sich nicht hinten anstellen wird, sondern …«

»Bitte, Kamerad«, sagte Diego, »das versteht sich doch von selbst. Leland Milett auf unserer Seite zu wissen, das ist eine unglaubliche Ehre, Leland Milett ist ein Edelmann, einer der letzten Aufrechten, unbestechlich, integer, ein Freund der Menschen und von Gaia. Was glaubst du, was mich damals auf diesen neuen Weg geführt hat, wenn nicht das, was er nach seinem Abschied vom IPCC gesagt hat? Der Mann hat auf alles verzichtet, auf Ruhm, Macht und Geld, weil er sich nicht hat korrumpieren lassen. Leland Milett ist ein Vorbild.«

Thilo nickte. Und betete insgeheim, Milett werde sich Diego gegenüber ein bisschen weniger beschissen verhalten als ihm selbst gegenüber. Aber sofern Diego diesen ungeheuer devoten Tonfall auch im Gespräch mit seinem Helden hinbekam, konnte der vermutlich auch huldvoll schweigen und Komplimente entgegennehmen.

»Wir rufen ihn an, wenn die Daten oben sind?«, sagte Thilo.

Diego nickte. »Ich sag dir Bescheid.«

»Danke.« Thilo stand auf. Er nickte Diego, Nina und Oskar zu, Paulina erhob sich und klopfte ihrem Bruder fest auf die Schulter. »Na, fein, und wie wär's dann jetzt mal mit einem Kaffee, Gehirnerschütterter?«

»Gern«, sagte er. Sie setzte sich in Bewegung, in Richtung Küche, und er wollte ihr folgen, als Oskar den Finger hob wie ein Schüler im Unterricht und ihn zurückhielt. »Ähm«, sagte der Junge, »du solltest hier nicht telefonieren.«

»Was?«

»Also, nicht von deinem Telefon aus, weil, vorhin hast du ja gesagt, du hast Milett angerufen oder deine Freundin, und das ist nicht so schlau, also nimm bitte eins von unseren.«

Nina war bereits aufgestanden und entfernte sich vom Tisch, in Richtung des nächsten Schreibtisches.

»Okay«, sagte Thilo und verstand. Es war in der Tat dumm von ihm gewesen, sein eigenes Handy zu verwenden. Aber es sprach für seine neue Position in dieser Runde, dass niemand ihn deswegen sofort zusammengestaucht hatte. Er nickte. »Sorry, das war blöd.«

Nina kehrte zurück, ein Handy in der Hand, und Diego winkte in Thilos Richtung ab. »Na, du bist ja nicht direkt Osama bin Laden.«

»Den sucht doch keiner«, sagte Nina trocken. Es war das erste Mal, dass sie sich überhaupt zu Wort meldete, und Thilo musste lachen. Die anderen taten es ihm gleich.

»Schön«, sagte Diego, »gehen wir davon aus, dass auch unser Freund nicht rund um die Uhr gesucht wird. Anrufe in die wirkliche Welt aber bitte nur von unseren Geräten.«

Nina reichte ihm das Handy. Ein einfaches Gerät, aus zweiter oder achter Hand, allerdings mit einem Zusatz, einem offenbar selbst konstruierten Scrambler an der Rückseite, an dem ein Klebestreifen mit einer Telefonnummer befestigt war. Thilo dankte Nina mit einem Nicken.

»Kein GPS«, sagte sie. »Komplett veraltete Technik, bis auf den Scrambler. Kaum zu orten, weil es ständig das Netz wechselt und auf anderen Frequenzen mitfährt.«

»Heißt, falls«, sagte Oskar, »doch mal jemand die Nummer sucht, dann findet der den Falschen, und dann nehmen die halt den fest, nicht dich.«

»Fein«, sagte Thilo. »Darf ich das behalten?«

»Klar.« Nina nickte. »Du kannst aber auch alle anderen nehmen. Nummer steht jeweils hinten drauf, werden alle da vorn gesammelt, zum Laden.« Sie deutete auf den Schreibtisch, von dem sie das Handy geholt hatte.

»So«, sagte Paulina. »Kaffee, Bruder«, und zog ihn mit sich, in die Küche.

Er folgte, blieb neben ihr vor dem Küchentresen stehen und sah zu, wie sie einen Becher aus dem offenen Regal nahm und ihm einen Kaffee einschenkte.

»Fairtrade?«, sagte er.

»Logisch«, sagte sie und reichte ihm die Tasse. »Du überraschst mich, kleiner Bruder. Echt.«

»Weil?« Er trank einen Schluck Kaffee. Es tat gut.

»Na, Geheiminformationen rausschmuggeln, in die Luft fliegen, Milett … Mann, ich hab gedacht, *ich* wär die Revoluzzerbraut.«

Er nickte bloß. Er wusste nicht, was er sagen sollte.

»Was geht dir auf die Nüsse?«, sagte sie.

»Nichts«, sagte er. »Alles gut.«

»Quatsch. Guck dich doch an. Sieben Tage Scheißwetter im Gesicht.«

»Berufskrankheit.« Er stellte die Tasse hin und lächelte. Es hatte keinen Sinn, Paulina irgendetwas zu erklären. Sollte sie einfach glauben, dass alles gut oder richtig lief. Zumal er derzeit selbst keine Idee hatte, wie es anders laufen sollte. Das Einzige, was er sicher wusste, war, dass er ein paar Antworten brauchte, und das dringend. Antworten, die ihm nur einer geben konnte.

Er zog sein Handy aus der Tasche.

»Das andere«, sagte Paulina, und Beck nickte.

»Ich weiß.« Er fand die Nummer, die er gesucht hatte, im Verzeichnis des iAm und tippte sie in den Nummernblock des Gaia-Handys. Paulina sah ihn interessiert an, gegen den Tresen gelehnt, mit dem milden, spöttischen Lächeln einer abgehärteten Therapeutin. Beck hörte sich anderthalb Minuten das Freizeichen an, dann drückte er auf die rote Taste und wählte Gerrittsens Bürodurchwahl.

»International Institute for Climate Observation, Olsen«, meldete sich Gerrittsens Assistentin und klang genauso unfreundlich wie immer. Als Beck seinen Namen nannte, unterbrach sie ihn allerdings sofort mit einem erleichterten Japsen, und spätestens jetzt wusste Beck, dass überhaupt nichts mehr in Ordnung war.

»Gott sei Dank, Herr Beck«, sagte Olsen.

»Hallo, Frau Olsen. Stellen Sie mich doch bitte mal zu Bjarne rüber, es ist dringend.«

»Er ist nicht da«, sagte Olsen. »Professor Gerrittsen ist nicht da.«

»Wo erreiche ich ihn?«, sagte Thilo. »Ich hab schon sein Handy versucht …«

Die Tür zum Haus wurde von außen aufgestoßen und flog mit lautem Krachen gegen die Wand. Thilo zuckte zusammen und sah wie Paulina zum Eingang, wo zwei schlammverspritzte Gaias einen dritten Mann zwischen sich in die Diele schleppten. Die Computerarbeiter sprangen von den Schreibtischen auf, angeführt von Diego, und die Männer beeilten sich, den offenbar Bewusstlosen durch eine der Türen nach links zu bugsieren, in eine der kleinen ehemaligen Bauernschlafkammern. Die Zimmertür blieb offen stehen, und Thilo sah, dass Nina sich erschrocken die Hand auf den Mund presste. Die Schleifspur, die vom Eingang zur Tür der kleinen Kammer auf dem Boden zurückblieb, bestand nicht nur aus Schlamm, sondern zeigte auch einen sehr eindeutigen Rotton.

Paulina trat an Thilo vorbei, bahnte sich einen Weg durch die anderen Gaias, brüllte ohrenbetäubend laut nach *Paddy*, ließ sich von den Umstehenden irgendetwas zumurmeln, was Thilo nicht verstand, und knurrte danach einige Flüche, ehe sie in der Kammer verschwand.

Er hörte Olsens Stimme, aber er verstand nicht, was sie sagte. »Entschuldigung«, sagte er. »Noch mal?«

»Wo sind Sie denn?«, sagte Olsen verwundert.

»Im Ferienlager«, sagte er. »Wo ist Bjarne?«

»Wir erreichen ihn nicht, weder in seinem Haus noch auf seinem Handy, das sagte ich ja gerade. Die Security haben wir gestern geschickt, zu ihm nach Hause, aber es war niemand da, und jetzt überlegen die Herren wohl, ob wir die Polizei einschalten sollten.«

»Welche Herren?«

»Dr. Mager und drei Herren aus London und Berlin, vom Vorstand.«

»Augenblick mal«, sagte Beck. »Aber Bjarne ist doch aus Rotterdam zurückgekommen?«

»Ja«, sagte Olsen. »Aber das ist doch schon fast eine Woche her. Vor vier Tagen ist er dann nach Genf geflogen, zu einer Besprechung, am Tag danach war er kurz hier, aber seitdem ist er verschwunden.«

»Agneta?«, sagte Beck mit sanfter Stimme.

»Ja?«, sagte sie leise, und er sah ihr Gesicht förmlich vor sich. Eines hatten Gerrittsens Assistentin und er gemeinsam – sie beide waren ordentliche Menschen, sie beide reagierten unwirsch, wenn Dinge aus dem Ruder liefen, und sie beide näherten sich mit Riesenschritten einer Depression, wenn sie aus dem Ruder gelaufene Dinge nicht mehr eigenhändig korrigieren konnten. Beck fühlte mit ihr. Aber er hoffte auch, dass sie ihre Beobachtungsgabe nicht mit ihrer guten Laune aufgegeben hatte.

»Agneta, was hat Bjarne gesagt, nach seiner Rückkehr?«

»Nicht viel, Herr Beck.« Sie seufzte. »Ach, Herr Beck, wann kommen Sie denn zurück? Es wäre wirklich gut, wenn Sie hier wären, gerade jetzt, die Leute sind alle so verunsichert …«

»Was hat Bjarne in Genf gemacht?«

»Ich weiß es nicht«, sagte sie verzweifelt. »Er hat mir nicht gesagt, wen er trifft, und er hat mir doch immer gesagt, wen er trifft, ich meine, ich bin doch seine Assistentin!« So, wie sie es betonte, war *Assistentin* etwas wertvoller als eine Kombination aus Ehefrau, Anwältin, Ärztin und Beichtvater.

Beck sah nach links, wo ein Gaia-Mädchen die blutgetränkte Hose des Verwundeten aus dem Raum schaffte, und versuchte sich auf Olsen zu konzentrieren. Er war verwirrt. Hatte Gerrittsen kalte Füße bekommen? War sein Verschwinden schlicht als Geständnis für seine Beteiligung an den Morden und dem Anschlag zu werten? Falls ja, wieso war er dann nicht direkt von Rotterdam aus untergetaucht? Wieso wartete er ein paar Tage, was hatte er in Genf gemacht? Oder was hatte er dort erfahren?

All diese Fragen hatte Beck sich nicht stellen wollen. Er hatte nur eine Frage, und die konnte nur Gerrittsen selbst beantworten. Denn ganz gleich, ob Bjarne Gerrittsen inzwischen sämtliche Experten und den ganzen Rest der Welt von der Richtigkeit seiner *Prometheus*-Prognose überzeugt hatte, im Kopf des *Sesselfurzers* und *Scheiß-Akademikers* Beck hingen noch immer ein paar Fragezeichen an den falschen, weil maßgeblichen Stellen.

»Hatten Sie das Gefühl«, fragte er Olsen sanft, »dass irgendwas nicht gestimmt hat?«

»Ja«, sagte sie, fast flüsternd. »Nein, er war anders. Also, nicht so, dass das außer mir jemand gemerkt hätte. Aber ich dachte, er wäre nur überarbeitet. Obwohl er vielleicht ja auch schon wusste, dass dieses schreckliche Lügenvideo im Netz war, über seine Forschung. Haben Sie *das* gesehen?«

Beck sah sich um, nach links, wo die Urheber des Lügenvideos langsam an ihre Plätze zurückkehrten. »Ja«, sagte er. »Ein Skandal. Agneta, tun Sie mir bitte einen Gefallen?«

»Natürlich, Herr Beck.«

»Sagen Sie den Herren nicht, dass wir telefoniert haben.«

Sie wartete schweigend.

»Ich habe meine Gründe«, sagte er, »vertrauen Sie mir. Und vertrauen Sie mir noch ein bisschen weiter, indem Sie mir Bjarnes private Daten mailen.«

»Das kann ich nicht«, sagte sie.

»Rufen Sie die Damen selbst an?«, fragte er, immer noch sanft.

Wieder schwieg sie.

»Agneta«, sagte er. »Er war nicht nur mein Chef, er hat mir auch vertraut. Wir haben gelegentlich privat gesprochen.« Und zwar deutlich privater, als Thilo es sich gewünscht hatte, aber er konnte sich ja schlecht die Ohren zuhalten, wenn sein Chef ihn nach einem netten Abendessen und mindestens vier Gläsern zu viel mit seinen kranken Abenteuergeschichten behelligte. »Sie wissen genauso gut wie ich, dass Bjarne eine … sehr spezielle Art von Freizeitgestaltung hatte, aber es nützt niemandem, wenn wir beide so tun, als wüssten wir nichts davon. Sie haben die Nummern der Mädchen, ich nicht. Aber einer von uns beiden muss die alle abtelefonieren.«

Sie schwieg.

Beck wartete.

Er wusste, dass sie sich nie im Leben herablassen würde, mit den Mädchen zu telefonieren. Es war entwürdigend genug für sie, dass sie von diesem schmutzigen Fleck auf der Weste ihres vergötterten Chefs überhaupt *wusste.*

»Ja«, sagte sie, endlich wieder förmlich, »ich glaube, das ist eine gute Idee. Und ich glaube wirklich, das sollten lieber Sie machen.«

»Gern«, sagte Beck. »Seien Sie doch einfach so nett und schicken Sie mir die Daten auf meinen Account …«

»Hier?«

»Im System, ja, ich greife von hier aus zu.«

»Aber … Ihr Account ist doch gesperrt.«

»Bitte?«

»Sie …« Olsen verstummte kurz und suchte nach Worten. »Herr Beck, nachdem Sie … Die Herren denken doch, Sie seien tot. Und deshalb ist Ihr Zugang …«

»Gut«, sagte Beck. »Dann schicken Sie mir einfach eine E-Mail auf meinen privaten Account.« Er gab ihr eine seiner privaten E-Mail-Adressen durch, die er nur selten benutzte, weil seine Kontakte fast ausschließlich beruflicher Natur waren. »Und, sofern Sie können, schreiben Sie mir ein paar Zeilen dazu, nichts Verdächtiges, sondern einfach nur die Namen der Damen, die in letzter Zeit besonders hoch im Kurs standen.«

»Ja«, sagte sie.

»Danke. Kopf hoch, Agneta. Wir kriegen das alles wieder hin. So, wie wir zwei uns das vorstellen. Ohne dieses ganze Chaos.«

»Ich hoffe«, sagte sie. »Kann ich Sie denn irgendwie erreichen, falls es nötig ist oder falls er wieder auftaucht?«

Er sah, dass Paulina aus der Kammer trat, in die sie den Verwundeten gebracht hatten, müde den Daumen in Richtung der anderen Gaias hob und langsam um den Tisch herum zurück in Richtung Küche steuerte.

»Ich melde mich bei Ihnen«, sagte Beck zu Olsen. »Täglich. Behalten Sie einfach für sich, dass ich angerufen habe.«

»Aber nicht dem Chef gegenüber.«

Doch, wollte er sagen, aber ihm war klar, dass er damit ihr Vertrauen nachhaltig erschüttern würde. Und das konnte er sich absolut nicht leisten, also sagte er freundlich: »Natürlich nicht.«

Er legte auf.

Paulina blieb neben ihm stehen, warf ein zusammengeknülltes, rot verfärbtes Papiertaschentuch in den Ausguss und betätigte einen in die Platte eingelassenen Knopf. Thilo registrierte überrascht, dass die Aussteiger über amerikanische Küchentechnik verfügten, der Häcksler unter der Spüle arbeitete laut und energisch.

»Scheißviecher«, seufzte Paulina erschöpft und nahm ihren Kaffeebecher vom Tresen.

»Scheißviecher?«, sagte Beck. »Welche?«

»Die kleinen und die großen.« Sie deutete auf die Spüle. »Wenn dich eine von denen erwischt, sag sofort Bescheid. Zwei, drei Stunden nach dem Biss kommst du noch ohne Borreliose aus der Nummer raus, aber eine Nacht mit den Arschgeigen im Arm und du kannst dich als Veitstänzer bewerben, im Dauerbetrieb.«

»Zecken?«, sagte Beck.

»Allerdings«, sagte Paulina. »Jojo hatte siebzehn.«

»Aber die haben ihn nicht so zugerichtet.«

»Nee, das war Zugabe, Zecken reißen dir ja wohl nicht das Bein ab. Scheiße, wie oft hab ich dem Penner gesagt, er soll nicht allein durch den Wald stiefeln? Aber sag das mal so 'nem bekloppten Streichelzoowärter, der und seine verfickten Schäfchen. Mann, wenn die weglaufen und sich verirren, dann frisst sie der Wolf, fertig, Pech, aber da kannste doch nicht einfach hinterher.«

»Hier gibt's Wölfe?« Thilo zog die Augenbrauen hoch.

»Von hier bis mitten rein nach Polen. Guckst du keine Nachrichten?«

»MDR ist nicht so ganz mein Programm.«

Sie nickte. »Ist ja auch egal. Die lassen uns in Ruhe und wir sie. Solange wir nicht über deren Terrain stolpern: alles gut. Stolpert einer von denen zu unseren Schafen: bumm. Stolpert einer von uns zu denen: dumm.«

Sie trank ihren Kaffeebecher leer und stellte ihn energisch auf den Tresen. »Er wird's überleben. Scheiße ist nur, dass wir ihn ins Krankenhaus bringen müssen, sprich: anderthalb Stunden Fahrt, sprich: Da bleibt er dann erst mal, sprich: Er quatscht mit anderen in der Kantine, sprich: Scheiße. Weil der Typ einfach das Maul nicht halten kann, der findet immer alle *nett.*«

Thilo nickte. Und war dankbar, dass Diegos Ruf quer durch den Raum ihm eine Fortsetzung des Gesprächs mit seiner zornigen Schwester ersparte.

»Kamerad, die Daten sind oben. Zeit für einen Anruf.«

30

Danielle Lupin brauchte keine sechzig Sekunden, um Mavie zu zeigen, wo ihr Platz war. Miletts Stylistin, Visagistin und Friseurin betrat den Salon durch die Doppeltür, die Theo für sie aufschwingen ließ, stöckelte mit schlanken Designerjeansbeinen und ausgebreiteten Armen auf Milett zu und begrüßte den Nobelpreisträger mit Küsschen auf beide Wangen, knurrenden Katzenlauten und verbalen Liebkosungen. Dann wandte sie sich kurz Philipp zu, nickte, ließ dabei mit offen interessiertem Lächeln einen Blick über seinen Oberkörper streichen, und bemerkte zuletzt Mavie. Ihr Lächeln wurde noch etwas breiter, aber erst recht sehr viel mitleidiger, sie legte ihren gekonnt gestylten Kopf auf die Schulter, winkte lässig ab und sagte fröhlich: »Du, wenn ich mit ihm fertig bin und wir genug Zeit haben, dann mach ich bei dir auch noch was.«

Mavie schaffte ein höfliches Nicken, aber Danielles Aufmerksamkeit galt schon wieder ganz und gar ihrem *Cherie.*

Aldo war nicht viel besser.

Miletts Redenschreiber traf eine Viertelstunde nach Danielle ein. Er war höchstens einssiebzig groß, glatt rasiert von Kopf bis Kragen, steckte in einem sehr ordentlichen Anzug, kaute Kaugummi und begrüßte Philipp und Mavie erst mit einem desinteressierten Lächeln, als Milett die beiden als »Freunde aus Deutschland« vorgestellt hatte.

Jean-Baptiste und Goran, Miletts »Klimakoryphäen«, trafen um zwölf ein und hätten die *Freunde aus Deutschland* vermutlich ausgiebiger begrüßt, wäre nicht im fast gleichen Augenblick Theo aufgetreten und hätte seinem Herrn und Meister ein Handy überreicht, mit den Worten, das Kommando Diego Garcia wünsche ihn zu sprechen.

Milett nahm das Gespräch entgegen, schaltete den Lautsprecher ein und ließ sich von Diego versichern, wie froh und glücklich man sei, ihm behilflich sein zu dürfen. Milett lächelte huldvoll, während der ferne Diego ihn wortreich verehrte, Danielle, Aldo, Jean-Baptiste und Goran lächelten mit, als wären auch sie gemeint.

Während der umfangreiche, mehrere Terabyte umfassende Download lief, baute Danielle eine ganze Batterie von Schminkkisten und -koffern um Milett herum auf und verhüllte den Oberkörper ihres Cherie mit einem schwarz glänzenden Cape. Milett informierte unterdessen Aldo über das, was er mit der abendlichen Ansprache zu transportieren gedachte, und Jean-Baptiste und Goran über die sensationelle Sachlage.

Martha, Miletts persönliche Assistentin, traf als Letzte ein. Mavie schätzte sie auf Ende dreißig. Perfekt artig frisiert, in einem blauen Business-Kostüm, mit einer randlosen Brille über einem freudlosen Mund. Sie sah nicht aus, als könne sie lächeln, begrüßte alle Anwesenden mit einem Nicken, das ins Leere ging, nahm neben ihrem Chef Platz, klappte eine gewaltige Wiedervorlagemappe auf und wartete, bis Milett mit seiner kurzen Einführung für Jean-Baptiste und Goran fertig war.

Goran stand auf, entnahm seiner mitgebrachten Aktentasche einen Laptop und klinkte sich in das Milett'sche WLAN ein, Jean-Baptiste lächelte Philipp und Mavie kurz an, als bemerkte er sie erst jetzt, und Martha begann ihren Chef zu informieren, welche Journalisten zu- und abgesagt hatten, welche Sender die Ansprache live übertragen wollten und wer die redaktionellen Ansprechpartner seien, falls er kurze Einspielfilme wünschte. Milett wollte sich Jean-Baptiste zuwenden, aber Danielle legte ihm eine energische Hand auf den Scheitel, ließ ihre Schere ins Leere klappern und wies ihn darauf hin, er wolle garantiert nicht als Van-Gogh-Lookalike vor die Welt treten, also solle er gefälligst stillhalten. Milett lachte, sah notgedrungen weiter nach vorn, durch Mavie und Philipp hindurch, und fragte Aldo, ob sie Einspieler brauchten – Aldo verneinte, sah Goran an und meinte, falls sie irgendetwas brauchten, machten sie das lieber selbst, per Keynote. Goran nickte, Milett nickte, sehr vorsichtig, um die klappernde Danielle nicht zu provozieren, und Martha nutzte die Unterbrechung ihres Logistik-Vortrags, um Mavie und Philipp einen unwirschen Blick über ihre Brillengläser zuzuschießen, der eindeutig fragte: *Kann mal einer diese Touristen aus der Kommandozentrale entfernen?*

Als der Download beendet war, wurde alles noch ein bisschen schlimmer. Der Laptop stand zwischen Goran und Milett selbst, Martha rutschte rechts neben Goran, Aldo und Jean-Baptiste platzierten sich neben Danielle und spähten von links und rechts um ihren Boss herum.

Mavie und Philipp wechselten einen Blick. Sie waren endgültig unsichtbar geworden, denn nun deuteten die Herren auf der anderen Seite des Tisches hierhin und dorthin Richtung Display und wiesen Goran an, immer wieder neue spezifische Daten und Parameter anzuklicken, während Danielle sich leise summend und klappernd weiter mit Miletts Haaren vergnügte und Martha offensichtlich zu verstehen versuchte, was all diese Daten und Grafiken auf dem Schirm überhaupt zu bedeuten hatten.

Mavie hätte wahnsinnig gern selbst einen Blick auf die Daten geworfen. Schon weil sie schlicht und ergreifend vergessen hatte, für welchen Tag genau *Prometheus* die ersten *Collateral Damages* vorhergesagt hatte, sowohl im Süden als auch in Hamburg. Aber wie sollte sie das anstellen?

Aufstehen, sich räuspern und sagen: Hört mal, Freunde, das ist *mein* Baby? Meine Enthüllung? Meine Party? Macht mal Platz und lasst mich an die Tasten?

Oder wenigstens: Macht mal Platz und lasst mich auch was sehen?

Sie konnte sich natürlich auch in die dritte Reihe stellen, hinter Danielle, oder versuchen, über Aldos Schulter zu spähen. Oder unter Jean-Baptistes Achsel hindurch. Sie verfügte über gleich mehrere Alternativen, sich komplett lächerlich zu machen.

Philipp fuhr die Arme Richtung Decke aus, reckte sich im Stuhl und stieß ein leises, wohliges »Mmmh-whaah« aus, wie nach einem erfrischenden Mittagsschlaf. Er lächelte in Richtung der aufgeregt weggetretenen Damen und Herren auf der anderen Tischseite, ließ beide Hände gleichzeitig auf die Armlehnen seines Stuhls klatschen und wandte sich Mavie zu.

»Na«, sagte er. »Gehen wir shoppen?«

»Was?«

»Willst du mit?«

»Wohin mit?«

»Na, hier gibt's doch 'ne Stadt, um die Ecke.«

Sie schüttelte fassungslos den Kopf. »Bist du bescheuert?«

»Ich? Nee. Aber die«, sagte er und deutete auf die, die ihn weiterhin nicht einmal bemerkten, »brauchen uns gerade nicht. Nee, besser, die *können* uns nicht mal brauchen. Also machst du dich entweder zum Horst, oder du gehst mit mir einen Kaffee trinken.«

Sie schüttelte den Kopf.

»Selber schuld«, sagte er und erhob sich. »Brauchst du irgendwas?«

»Einen freien Blick auf das Display da drüben.«

»Kann ich nicht mit dienen. Sonst noch was?«

»Nein.«

»Ach, komm, 'nen Burger?«

Sie konnte nicht anders, sie musste lachen. »Du bist doch wirklich nicht ganz dicht.«

»Weiß ich. Geheimnis meines Erfolgs, im Beruf und bei den Frauen. Jedenfalls allen mit Helfersyndrom. Sag nichts, ich weiß schon, so was hast du natürlich nicht.« Er sah über den Tisch, zu Martha, nickte in ihre Richtung und sagte leise: »Aber falls wir mit der Bande noch ein bisschen weitermachen, mit Presse und so – willst du lieber so 'ne stramme Hose wie die Friseurin oder das Modell Flugbegleiterin im Ruhestand von der kleinen Kernfrustrierten?«

»Hau ab«, zischte sie zurück, grinsend.

»Bin schon weg«, sagte er und fügte hinzu, laut, in Richtung der anderen: »Jungs, bis später.«

Jean-Baptiste war der Einzige, der tatsächlich kurz aufsah, lächelte und unsicher die Hand zum Abschied hob.

Mavie fuhr die Hand aus und berührte Philipps Unterarm. »Philipp?«

»Ja?«

»Du kannst mir doch was mitbringen.«

»Schon klar. Kostüm. Aber nichts graue Maus, sondern Lagerfeld.«

»Notfalls. Aber vor allem: einen Rechner, falls es so was gibt.«

»Na, was glaubst du denn, wieso ich losfahre?«

Sie erwiderte sein Lächeln. »Pass auf dich auf.«

»Wer denn sonst?«, sagte er und ging.

31

Als Philipp um kurz nach sechzehn Uhr fluchend die Tür des Gästezimmers aufdrückte, lag Mavie auf dem Bett und telefonierte mit ihrem Vater, nachdem sie bereits länger mit Thilo gesprochen und Daniel erreicht hatte, im Auto auf dem Klimafluchtweg Richtung Spanien, und *Capitano Sotavento* wegen seines Verhaltens zusammengefaltet hatte. Daniel hatte, für seine Verhältnisse verblüffend energisch, dagegengehalten, die Informationen auf ihrem Mem-Stick seien nun mal nicht ihre Privatsache gewesen, sondern extrem wichtig und von öffentlichem Interesse, außerdem habe er nach Helens Tod gar nicht anders gekonnt, deshalb habe er sich nicht zu entschuldigen, sondern, wenn überhaupt, sie sich bei ihm zu bedanken. Dass er mit zwei Freunden im Auto saß, kurz vor Kassel im Stau Richtung Süden, verstand sich von selbst. Schließlich war er nicht bescheuert, und auch wenn die Behörden immer noch abwiegelten und verlauten ließen, die Lage werde sich bald entspannen, ließen Prognose und Fakten ihm keine Wahl.

Das gesamte Hamburger Hafengebiet war nach nun mehr als zwei Wochen Dauerlandregen bereits praktisch unpassierbar, die Elbbrücken teilweise gesperrt, und es war nur noch eine Frage der

Zeit, bis die elbaufwärts gelegenen Stadtgebiete endgültig abgeschnitten wären. Das Wasser stand sechs Meter dreißig über Normalnull, noch hielten die Deiche, aber die Sicherheit, in der man sich im Wissen wiegte, dass man in der jüngeren Vergangenheit auch schon sechs Meter fünfzig überstanden hatte, war trügerisch. Die bislang höchsten Wasserstände waren nur temporäre Hochwasser gewesen, keine dauerhaften, und, weit wichtiger, sie hatten die Deiche und Dämme immer nur von einer Seite aus durchweicht, von der Elbe aus. Nicht zusätzlich von oben und von hinten, wo das Regenwasser längst in den Straßen stand. Wenn es weiter regnete und das Wasser in der Elbe auf über sieben Meter stieg, wäre alles irgendwann vorbei, und das schlagartig. Die unvermeidbaren Folgen malte Daniel Mavie in den düstersten Farben aus – Zusammenbruch des Stromnetzes, Zusammenbruch der Kommunikation und der gesamten Logistik. An Wasser würde es ihnen nicht mangeln, aber an allem anderen.

Edward hatte im Gespräch mit seiner Tochter die Lage etwas weniger dramatisch geschildert, aber das lag, wie Mavie wusste, vor allem an seiner höflichen Aversion gegen Hysterie – sowie daran, dass er auf seinem Hügel im Süden der Elbe auch eine mittlere Sintflut überstehen würde. Aber auch er zeigte sich besorgt über die Entwicklung der vergangenen vierundzwanzig Stunden. Der SOS-Clip zog Kreise, noch fehlte jede Stellungnahme der Politiker zu dem *Horrorfilm* aus dem Netz, und auch die Mainstream-Medien hielten sich merkwürdig bedeckt, aber die Stimmung hatte sich spürbar verändert. Man wartete dringend auf einen Kommentar von maßgeblicher Stelle, also aus dem Rathaus, besser noch aus Berlin. Eine Erklärung, wie die Behörden der kommenden Notlage Herr zu werden hofften, eine Erklärung, die hoffentlich wenigstens einen Teil der Bevölkerung beruhigte.

Denn andernfalls, das räumte auch Edward ein, werde vermutlich auch der Rest der norddeutschen Bevölkerung in Richtung Süden aufbrechen, der Stau vor dem Elbtunnel reichte schon jetzt, schlimmer als zu schlimmsten Ferienzeiten, permanent bis kurz vor Flensburg. Immerhin: Noch schafften es die Pumpen, das in die Röhren nach unten fließende Regenwasser wieder vom vierzig Meter unter dem Fluss gelegenen tiefsten Punkt des Tunnels nach oben zu befördern, aber Edward mochte nicht darüber nachdenken, was passierte, falls der Regen weiter zunahm und das Elbwasser auf mehr als sieben Meter fünfzig über Normalnull stieg. Dann nämlich flösse nicht nur reichlich Regenwasser in den Tunnel, sondern auch die Elbe, von Süden aus.

Philipp stellte vier Designertüten auf den Boden vor den Sesseln, zog aus der letzten Tüte eine große weiße Schachtel und legte sie zu Mavies Füßen auf dem Bett ab. Während sie sich von Edward verabschiedete, stampfte er ins Bad, und sie hörte, wie er die Wasserhähne aufdrehte.

»Was ist?«, fragte sie.

»Die sind ja irre«, rief er aus dem Bad zurück, dann tauchte er wieder auf, ein Handtuch in den nassen Händen. »Das Auto steht jetzt kurz vor Libyen, Viertelstunde zu Fuß. Hier geht gar nichts mehr, vor der Tür, die Straße rauf und runter, alles sauber zugeparkt mit irgendwelchen wichtigen Ü-Wagen und dicken Schüsseln. Wieso kommen die denn nicht einfach mit 'nem Taxi, diese ganzen Journalisten? Und wieso hat jeder von denen mindestens zwei Bodyguards?«

»Sind halt besondere Journalisten«, sagte Mavie.

»Da unten ist alles voll«, sagte er. »Sogar in der Bibliothek gibt's nur noch Stehplätze.«

Sie nickte. »Ich weiß. Ich war ja noch eine Weile unten, aber dann hat sich Milett mit Danielle und Aldo zurückgezogen in sein Büro, Tür zu, und danach war dann erst recht Geheimhaltungsstufe eins. Ich hab versucht, den Herren Klimagenies zu erklären, dass ich das Thema kenne, dass ich den ganzen Kram sozusagen angeschleppt habe, aber – vergiss es. Sie sind jedenfalls beeindruckt. *Sehr* beeindruckt. Aber was sie jetzt daraus machen, speziell was Milett daraus machen will: Frag mich nicht.«

»Aber du willst trotzdem bleiben.«

»Was denn sonst?«

Er zuckte die Achseln. »Keine Ahnung. Gibt doch nette Hotels hier in der Ecke, vielleicht buchen wir uns einfach was für länger und gleich noch ein zweites Zimmer für Hannah und Max, bevor die Flüchtlingswelle hier angerollt kommt. Also, die aus dem Norden. Die aus dem Süden kommen hier ja wohl nicht rüber.«

»Hast du die Boote gesehen?«

»Ja. Die waren aber gestern Abend schon da.«

Sie nickte. »Ich weiß. Bisschen schnell, oder?«

»Muss das Militär nicht schnell sein?«

»Doch. Aber worauf haben die reagiert? Die waren doch schon unterwegs, als Daniels Film noch gar nicht im Netz stand.«

Er sah sie nachdenklich an. »Was wird das jetzt, die nächste Verschwörungstheorie?«

Kopfschüttelnd deutete sie auf die weiße Schachtel. »Nein, egal. Nur eine Feststellung. Hast du uns was Schönes mitgebracht?«

Er nickte. »Kostümchen in den Tüten, keine Sorge, ich hab Escada hängen lassen und Chanel genommen.«

»Du bist ein Schatz.«

»*Schatz,* super«, sagte er, rechtschaffen vergrätzt. »Mach *Hase* draus, und ich nehm dir die Sachen wieder weg.« Er öffnete den Karton, zog das iPad aus der Folie und verband es via Netzstecker mit der Steckdose. »Ein Terabyte, die ganz großen hatten sie nicht. Muss reichen.«

»Tut's auch, notfalls ziehen wir nicht alles runter. Mit Thilo hab ich gesprochen, sie lassen alles so lange auf dem Server, bis wir es auch haben.«

»Wieso, wir haben das doch schon, im Erdgeschoss?«

»Ja. Aber glaub nicht, dass Goran und Jean-Baptiste mir das Passwort verraten.«

»Ist nicht dein Ernst.«

»Meiner? Nee, aber deren.«

»Komm, jetzt reicht's. Reden wir mit Milett …«

Sie schüttelte den Kopf. »Der hat mich nicht mal mehr angeguckt, seit er seinen ganzen Fanklub bei sich hat. Deshalb bin ich ja auch raus und hab telefoniert. Wir haben unseren Job gemacht, als Boten, jetzt ist er dran, als Retter der Welt. So sieht er das jedenfalls.«

»Und der genaue Plan geht wie?«

Sie zuckte die Achseln. »Keine Ahnung. Wahrscheinlich stellt er sich auf eine Leiter und schiebt die Sonne ein paar Millionen Kilometer weiter raus ins Universum.«

Das iPad meldete sich startklar, fand das lokale Netz und fragte nach einem Passwort. »WLAN hast du aber, oder?«

»Von Thilo«, sagte sie.

Philipp zog überrascht die Augenbrauen hoch. »Von Thilo.«

»Ja, beziehungsweise von Oskar, einem von seinen Gaias.«

»Die können von ihrem kleinen Camp aus hier ins Hausnetz? Ohne dass Goran das merkt?«

»Offensichtlich sind die ziemlich begabt, ja.«

Philipp tippte sich schweigend ins Netz des Milett'schen Anwesens, steuerte den Gaia-Server an, loggte sich mit dem Passwort ein, das Mavie ihm diktierte, und startete den Download. Dabei schaute er durchgehend deutlich konzentrierter auf das Display, als es die Aufgabe erforderte.

»Was?«, sagte Mavie.

»Hast du Becks Nummer?«

»Ja.«

Er zog seinen iAm heraus und sah sie auffordernd an.

»Weswegen?«, fragte sie.

»Mal sehen, wie gut die wirklich sind.«

Sie zog ihr eigenes Handy heraus und wählte Becks Nummer. »Besser ich rufe an. Glaube nicht, dass der im Moment mit unbekannten Anrufern spricht.«

»Na, du hast ihn letztes Mal direkt mit Milett verbunden, das hilft bestimmt.«

»Ja«, meldete Thilo sich, und Mavie fragte ihn höflich, ob ihr alter Freund Philipp von Schenck ihn sprechen könne. Thilo schwieg kurz, bejahte dann irritiert, und Mavie gab das Handy an Philipp weiter.

»Hi, Thilo«, sagte Philipp. »Wir hatten noch nicht das Vergnügen, aber Mavie sagt, du bist der heimliche Held dieser ganzen Veranstaltung.«

Sie ächzte kurz und schüttelte den Kopf. Er verstand und änderte sofort Taktik und Tonfall, indem er auf seriös umschaltete. »Ich habe eine Bitte«, sagte er. »Ich kann mir vorstellen, dass du und deine Gaia-Mitstreiter genug zu tun haben, aber wenn ich Mavie richtig verstehe, versteht ihr allerhand von Sicherheitssystemen?« Er hörte kurz zu, dann sagte er: »Firewalls, ja. Besser, unbemerkte Zugriffe auf geschützte lokale Daten, so wie ihr hier auf das WLAN zugreift.«

Wieder hörte er zu, dann erklärte er Beck und gleichzeitig Mavie, was er wollte. »Eisele«, sagte er. »Offiziell ist der Vogel weiterhin an unbekanntem Ort, schwer verletzt und nicht vernehmungsfähig, im *New York* gesprengt von bösen Gaia-Terroristen. Möglich, klar, dass er in seinem Zimmer neben eurem saß und tatsächlich seine Seite des Kamins auf den Kopf gekriegt hat. Das allerdings kann er nur, wenn er überhaupt da war, und in dem Fall muss er an der Rezeption vorbeimarschiert sein, zwischen dem Ende seines Vortrags, geschätzt: 21.30 Uhr – und 22.12 Uhr, denn da hat's geknallt. Die ganze Lobby hängt voller Kameras, und ich gehe davon aus, dass die Bilder eine Weile archiviert werden.« Er hörte zu. Länger. Dann sagte er: »Schätze ich auch, ja, mindestens ein, zwei Wochen – sofern die Polizei die Festplatte nicht sowieso mitgenommen hat ... okay? Verstehe, dann hätten die sich auch nur eine Kopie gezogen und die Originaldaten wären noch da ... Ja. Gut.«

Er hörte zu und zog erstaunt die Augenbrauen hoch. »Ja, stimmt, vermutlich. Du meinst vorn, vor der Uni, beim Pförtner? Aber das wird garantiert schwieriger, als das Hotel zu knacken ... Nicht? Okay ...« Wieder hörte er zu, wieder nickte er. »Gut, aber das wäre ja erst der nächste Schritt, sofern er überhaupt im Hotel war ... Wenn nicht, ja, gute Frage ... Flughafenüberwachung? ... Verstehe. Hab ich befürchtet. Aber gut, wenn ich recht habe und ihr zusätzlich Bilder kriegt, wie und vor allem wann er von der Uni wegfährt, dann sind wir ja schon einen Schritt weiter. Sofern er danach unter seinem eigenen Namen abgeflogen ist und wir wissen, wann das ungefähr war ... Genau.« Er lächelte. »Ja, mir ist genauso bewusst wie dir, dass das alles nicht wirklich legal ist. Aber ich verspreche dir und ... Oskar, okay ... dir und Oskar, dass ich euch nicht verpfeife. Ich war das alles ganz allein. Hinterlasst meinen digitalen Fingerabdruck. Und sag Oskar oder Diego, dass ich mich erkenntlich zeige, mit einer kleinen Spende der Industrie für das Kommando ...«

Wieder hörte er zu, wieder lächelte er, dann wurde sein Blick ernst. »Ja. Doch, habe ich.« Er sah Mavie an. »Klar. Schicke ich dir rüber, alles, was ich habe. Warte.« Er tippte auf den iPad und ließ ein Fenster aufspringen. »Ich höre.«

Er nickte und tippte eine E-Mail-Adresse in das jungfräuliche Adressbuch. »Okay. Kriegst du, heute noch. Entweder von meinem iAm oder von meinem Firmenaccount, wenn ich meine Assistentin erwische. Die hat das ganze Paket, also alles, was ich über IICO und Solunia habe, inklusive der ganzen Fragezeichen.« Er hörte zu und lächelte. »Danke, Thilo. Ich schulde dir was. Die Welt erst recht, aber ich dann noch mal was extra.«

Er drückte das Gespräch weg, lächelte Mavie an, sah auf das Downloadfenster im Display und dann auf die Uhr.

»T minus 60 Minuten, Download endet in sechsundzwanzig. Klingt nach surfen im Kostümchen, aber für einen Änderungsschneider ist es so oder so zu spät.«

32

Sie brauchte weder einen Schneider noch das Kostüm, obwohl er ein sehr schönes und ganz und gar nicht spießiges Stück gewählt hatte. Gegen die Alternative, eine enge weiße Jeans, einen dunkelbraunen Ledergürtel und einen sandfarbenen Kaschmirrolli mit halblangen Ärmeln, konnte die Business-Variante nicht bestehen. Zumal die halbhohen Pumps ein echtes Gedicht waren und sie die unmöglich zurück in die Papptüte hatte stecken können.

Als Mavie um kurz nach sechs an Philipps Seite die Treppe hinunterging, zu den inzwischen zahlreich versammelten Journalisten, Technikern und Gästen, die in der Eingangshalle und in der Bibliothek eine murmelnde Menschenmenge bildeten, nahm sie erleichtert zur Kenntnis, dass man sie nicht mehr ansah wie eine Studentin aus dem internationalen Milett-Fanklub. Blicke streiften sie, aber es waren keine missbilligenden Blicke mehr, und das verringerte, wenngleich es nebensächlich war, die Anspannung, die sie spürte. Denn ihr kurzer Blick in die Daten hatte bestätigt, was sie vermutete: Steigende Opferzahlen im Süden prognostizierte *Prometheus* seit dem Vortag, erste Opferzahlen in den Metropolen des Nordens für den heutigen Tag – sowie eine rasche und explosive Zunahme für die folgenden Tage und Wochen. Wollten sie diese Entwicklung noch stoppen, hatten sie tatsächlich keine Zeit mehr zu verlieren.

Milett hatte sich viel vorgenommen.

Aber augenscheinlich war er tatsächlich noch wesentlich besser vernetzt und organisiert, als Mavie gedacht hatte. Es waren verblüffend viele Menschen im Haus, und Martha hatte dafür gesorgt, dass es an nichts mangelte. Im Flur war ein Buffet aufgebaut, mehrere Kellner eilten durch die Menge und versorgten die Wartenden mit Wasser, Säften und Champagner, und zwei Flachbildschirme übertrugen das Bild aus dem Salon. Dieses Bild zeigte momentan nichts weiter als das Podest, von dem aus Milett zu sprechen gedachte, vor einer blauen Molton-Wand, die man vor den herrlichen Ausblick aufs Meer gespannt hatte. Zum Glück hing vorn am Rednerpult kein Wappen, andernfalls hätte vermutlich mancher Zuschauer gedacht, die Übertragung komme direkt aus dem Weißen Haus.

Die Türen zum Salon standen halb offen, und Mavie sah, dass die vier Stuhlreihen, die man drinnen aufgebaut hatte, vor dem Podest, bereits fast vollständig besetzt waren, ebenso die Stehplätze links und rechts der Kamera. Unter der Treppe befand sich der Kommandostand der Regie, von dem aus etliche Kabel über den weiß gefliesten Boden in alle Richtungen davonkrochen wie eine Großfamilie Schlangen. Mavie folgte einer der Schlangen mit einem Blick und sah, dass sie sich auf der anderen Seite des Raumes auf den Schoß eines Mannes schlängelte beziehungsweise in dessen Laptop. Er war nicht der Einzige, der auf diese Weise das Video- und Audiosignal mitschnitt – etwa zwei Dutzend weitere Laptops und die dazugehörigen Journalisten waren auf diese Weise mit der Übertragungszentrale verbunden. Martha hatte auch in dieser Hinsicht ganze Arbeit geleistet, kein einziges bedrucktes Mikrofon würde die Wirkung von Miletts Auftritt schmälern.

Der Rest der Anwesenden, offenbar Vertreter der schreibenden Zunft sowie Freunde und Gäste des Nobelpreisträgers, würde die Ansprache von der Eingangshalle oder der Bibliothek aus verfolgen müssen. Ebenso wie Mavie und Philipp.

»Wir könnten auch oben im Bett fernsehen«, sagte Philipp. »Wie der Rest der Welt.«

Sie sah ihn fragend an.

»Geht doch eh live raus, wenigstens zu irgendwelchen kleinen Sendern.«

»Soweit ich weiß, geht das auch zur kleinen BBC.«

»Aber du möchtest lieber zwischen diesen ganzen unbekannten Wichtigtuern stehen, richtig?«

Sie nickte. »Unbedingt.«

Er seufzte. »Wollte ich schon immer mal sein, Schaulustiger. Gesicht in der Menge. Stehplatz statt Loge. Dafür hab ich mir also derartig den Arsch aufgerissen, mein Leben lang …«

»Ich weiß dein Opfer zu schätzen«, sagte sie mild lächelnd, und im nächsten Augenblick verstummte die raunende, murmelnde Menge, denn zu Mavies Linker wurde die Tür zum Büro geöffnet, und Aldo und Theo traten heraus und bahnten ihrem Boss einen Weg durch die Menge.

Es war, als teilte Moses das Meer. Nur dass Milett eindeutig besser aussah als Moses, denn Danielle hatte ganze Arbeit geleistet. Der Nobelpreisträger schritt, flankiert von zwei Bodyguards, durch die Wartenden, lächelnd, aber ohne den Kopf nach den Seiten zu wenden, und näherte sich langsam dem Salon. Er trug einen dunkelblauen Anzug mit silbernen Manschettenknöpfen, ein weißes Hemd und eine blaue Krawatte mit feinen weinroten Streifen, befestigt mit einer Krawattennadel; seine Frisur saß perfekt, akkurat, aber nicht zu korrekt, denn Danielle hatte keinen x-beliebigen Politiker aus Milett gemacht, sondern eine Mischung aus UNO-Vorsitzendem und Richard Branson. Im Flurlicht wirkte seine Haut fast zu dunkel, aber Mavie wusste, dass er unter dem Scheinwerferlicht, das auf das Podest schien, perfekt aussehen würde. Leicht gebräunt, wahnsinnig gesund, ein kompetenter Endvierziger mit einem gehörigen Schuss Genialität im Blut.

Er bewegte sich durch die Menge, und als er sich keine drei Meter von ihr entfernt der Doppeltür näherte, wandte er den Kopf langsam nach links, in ihre Richtung, als hätte er ihren Blick bemerkt. Er sah ihr in die Augen, lächelnd, und sie fühlte sich, als hielte ihr jemand eine vibrierende Stimmgabel an den Schädel. Milett pulsierte förmlich vor Energie.

Sein linkes Auge zuckte kurz. Er blinzelte ihr zu. Köpfe wandten sich kurz in ihre Richtung, fragend, aber Milett blickte bereits wieder nach vorn und marschierte weiter, hinein in den Salon, auf das Pult zu.

Die Türen wurden hinter ihm geschlossen.

Mavie hörte Philipp anerkennend schnalzen, leise, direkt neben sich. »Okay«, sagte er, »der Mann kann mit Kreditkarten umgehen.«

»Was?« Sie verstand nicht.

»40 000 Fuß Flughöhe.« Er sah sie belustigt an, dann fügte er leise hinzu: »Hey, komm, der Typ ist dermaßen auf Koks, das ist ja der Hammer.«

»Quatsch«, sagte sie.

Er lachte, angelte geschickt zwei Champagnergläser vom vorbeifliegenden Tablett eines Kellners und reichte ihr eines. »Santé. Auf eine bessere Welt.«

Sie hob ihr Glas ein paar Millimeter, dann nippte sie. Philipp irrte sich, da war sie sicher, aber seinen Wunsch teilte sie von ganzem Herzen.

Die Monitore zeigten, wie Milett das Podium betrat und seine Hände auf die Seiten des Rednerpultes legte. Er wartete schweigend, bis er von hinter der Kamera das Signal empfing, alles sei in Position. Es war Punkt achtzehn Uhr dreißig Ortszeit, als der Nobelpreisträger, auf dessen Worte die Welt so lange gewartet hatte, mit fester, tiefer Stimme zu sprechen begann.

»Die Gerüchte«, sagte Milett, »die seit einigen Tagen im Internet die Runde machen, furchtbare Katastrophenszenarien, finstere Theorien, Prognosen vom bevorstehenden Ende der Welt – all dies ist wahr, all dies hat eine solide wissenschaftliche Grundlage.

Ich trete heute vor Sie als Überbringer dieser schlechten Nachricht, da die, die wir gewählt haben, es vorziehen zu schweigen. Dies wird zu gegebener Zeit Konsequenzen haben, denn die Menschen der Welt werden Rechenschaft verlangen von denen, die sie im Stich gelassen haben. Zum gegenwärtigen Zeitpunkt jedoch können wir uns nicht mit Schuldzuweisungen aufhalten, jetzt ist nur eines von uns gefordert: Wir müssen handeln. Umgehend.

Denn reagieren wir nicht umgehend, steht unserem Planeten eine Katastrophe bevor, die alles bisher Dagewesene übertrifft, eine epochale Katastrophe, die mehr Opfer fordern wird als alle Kriege des vergangenen Jahrhunderts zusammengenommen.«

Er ließ eine Pause entstehen und schien sich zu vergewissern, dass man tatsächlich eine Stecknadel hätte fallen hören können, dann schaute er aus seinen stahlgrau pulsierenden Augen in die Kamera, die näher heranzoomte, und sprach in den folgenden Minuten nicht mehr nur zu den Journalisten im Raum, sondern persönlich zu jedem einzelnen der Millionen Menschen, die ihm zusahen und zuhörten.

Mavie fühlte sich wie hypnotisiert, ebenso wie alle anderen Gäste, die um sie herumstanden, mucksmäuschenstill, mit angehaltenem Atem.

»Eines ist hierbei von besonderer Bedeutung für Sie, die Sie jetzt zuhören, ganz gleich, wo Sie sich auf unserem gemeinsamen

Heimatplaneten befinden«, sagte Milett. »Bei allem, was ich im Folgenden darlegen werde, besteht Anlass zu Hoffnung, nicht zu Panik. Wir stehen vor einer großen Aufgabe, aber nicht vor einer unlösbaren Aufgabe. Die Horrorszenarien, die Ihnen von verschiedenen Seiten präsentiert werden, sind nicht nur unvollständig, sie unterschlagen auch, dass diese Welt nicht hilflos, wehrlos ihrem Untergang entgegengehen wird. Im Gegenteil. Wir verfügen über die Mittel, das Wissen und die Möglichkeiten, die uns von der Natur gestellte Aufgabe zu lösen. Das haben wir in der Vergangenheit getan, es ist Grundlage von allem, was wir unsere Zivilisation nennen, und wir werden diese Kräfte wieder mobilisieren.

Verschließen Sie Ihre Ohren gegenüber dem billigen Geschrei der Kassandras, die auf obskuren Wegen versuchen, diese Welt in den Abgrund zu reißen. Verschließen Sie Ihre Herzen, wenn Sie neue Horrormeldungen von irgendwelchen *Kommandos* empfangen, von angeblichen Weltverbesserern, die unter abstrusen Namen kein anderes Ziel verfolgen als die Vernichtung der Welt und all dessen, was uns lieb und teuer ist. Schenken Sie diesen Menschen kein Gehör. Es sind Menschen, denen es an allem mangelt, was jetzt von Bedeutung ist. An Wissen, an Verantwortungsbewusstsein und an Möglichkeiten. Bei allem, was uns bevorsteht: Schenken Sie diesen Rufern keinen Glauben. Ihnen liegt lediglich an der Zerstörung der Welt. Mir liegt an ihrer Rettung, und diese Rettung ist möglich. Sofern wir zusammenstehen.«

In Mavies Ohren hallte das, was er sagte, dumpf nach. Sie versuchte sich vorzustellen, wie es in Thilos Ohren klang. Erst recht in denen von Diego Garcia. Glücklicherweise beließ Milett es bei der grundsätzlichen Kritik und holte nicht noch weiter aus.

Stattdessen fasste er zusammen, was der Welt bevorstand, und je länger er sprach, desto enger schien es in der großen Eingangshalle zu werden, desto weniger Luft schien zur Verfügung zu stehen, obwohl durch die offenen Fenster und Türen mehr als genug Sauerstoff für alle Anwesenden hereintransportiert wurde.

Aldo und Milett hatten eine exzellente Rede geschrieben. Der Nobelpreisträger verschonte sein Publikum mit Details zu den einzelnen Zyklen und beließ es bei einer kurzen Zusammenfassung der Faktoren, die dem zuverlässigen Programm, das er ebenfalls nicht benannte, als Grundlage der Prognose gedient hatten.

Die Fakten sprachen für sich, die Prognose hatte sich bereits in den vergangenen Monaten und Wochen als wahr und absolut zuverlässig erwiesen.

Die Prognose für die nächste Zukunft fasste er kurz und drastisch zusammen, vermied es aber geschickt, Horrorszenarien zu entwickeln. Wassermangel im Süden, Wasser im Norden. Herausforderungen für die Staatengemeinschaft, aber auch für die Länder, Kommunen, ja, für die jeweils unmittelbare Nachbarschaft. Es würde Engpässe geben bei der Versorgung, vermutlich musste man selbst in Europa und in den Vereinigten Staaten mit häufigeren Stromausfällen rechnen, aber er malte ein insgesamt erträgliches Bild der Folgen und betonte gebetsmühlenartig immer und immer wieder, all dies sei beherrschbar. Sofern man zusammenstünde. Sofern man gemeinsam interveniere.

Aber je länger er redete, desto unwohler fühlte sich Mavie. Denn was Aldo und Milett bei der Arbeit an der beeindruckenden Rede allem Anschein nach allmählich aus dem Auge verloren hatten, war der Süden. Fast alles, was Milett sagte, diente der Beruhigung der Menschen im wasserbedrohten Norden, als vertrauensbildender Vortrag und, wie sie vermutete, als Vorbereitung eines Maßnahmenkatalogs, den er sich offenbar bereits größtenteils zurechtgelegt hatte – aber wo blieb der Süden? Wie würde das, was er sagte, bei denen ankommen, die sich keine Sorgen um eine temporär unterbrochene Strom- oder Lebensmittelversorgung infolge des allzu vielen Regens zu machen brauchten, sondern um das Leben ihrer Kinder infolge *fehlenden* Regens? Genügte es, dass Milett diesen Menschen versicherte, gelegentliche Engpässe werde man gemeinsam überstehen?

Sicher, er hatte Entscheidendes weggelassen, nämlich die Information, dass *Prometheus* das Ende praktisch *jeglicher* Regenfälle in der Äquatorialzone vorhersagte, aber würden die Menschen sich mit einer Versicherung zufriedengeben, es werde schon alles gut gehen, wenn man die klügsten Köpfe der Welt nur machen ließe? Die im Westen, im Norden?

Würden die Menschen im Süden, in Afrika, in Asien, in Mittel- und Südamerika, sofern die Nachricht sie überhaupt erreichte, nach Miletts Rede nicht erst recht genauer erfahren wollen, was ihnen drohte? Und würden sie diese Informationen nicht genau in den Quellen finden, von denen Milett sie fernhalten wollte, bei den *Kommandos,* den *Sotaventos,* im *Democratic Underground,* bei *YouTube?*

Milett erklärte seinen gebannt lauschenden Zuhörern, das Phänomen, dessen unfreiwillige Zeugen sie gerade wurden, sei ein natürliches Phänomen, kein von Menschen gemachtes, allerdings hätten sie selbst es versäumt, rechtzeitig Vorkehrungen für diesen Ernstfall zu treffen. Schuldzuweisungen seien indes fehl am Platze, denn in der Lage, in der sie sich jetzt befänden, nütze es niemandem mehr, vergangene Fehler den Amerikanern, Chinesen oder generell den die Erde bewohnenden Allesfressern anzukreiden. Ein Temperatursprung wie der, der ihnen bevorstand, sei erdgeschichtlich betrachtet nichts Ungewöhnliches, habe allerdings auch schon in der Vergangenheit Arten und ganze Völker ausgerottet. Das drohe auch ihnen, allerdings seien sie im Unterschied zu Dinosauriern oder Atlantern in der Lage, ihr Schicksal zu wenden: das endgültige Abschmelzen der Polkappen sowie die rasche Erwärmung zu verhindern und sowohl in den nördlichen Breiten als auch in Afrika das Schlimmste abzuwenden.

Mehrere Journalisten unterbrachen den Nobelpreisträger fast gleichzeitig, mit der gleichen Frage, in diversen Sprachen: »Wie?«

Aber Milett gedachte nicht, das im Detail zu beantworten. Er bat die Versammelten um etwas Geduld. Sowie darum, die entsprechenden Maßnahmen zu unterstützen, schreibend und berichtend zu begleiten, im Wissen um den Ernst der Lage.

»Wir sind«, sagte er abschließend, »zum ersten Mal in der Menschheitsgeschichte in der glücklichen Position, nicht mehr alles als gottgegeben und unveränderlich hinnehmen zu müssen, was die Natur vorsieht. Wir sind weit gekommen, naturwissenschaftlich wie technisch. Nun wird sich zeigen, ob wir auch zu einer gemeinsamen Anstrengung bereit sind. Das Wohl und Wehe der Menschheit hängt nun an unserer Solidarität, unserem Willen zur Veränderung und zum gemeinsamen Vorgehen. Die Natur, die die Romantiker unter uns *Mutter* nennen oder *Gaia,* sieht unsere Auslöschung vor, milliardenfach. Wer hier nicht opponiert, wer hier nicht sagt: Menschen kommen *vor* der Natur, der denkt und handelt inhuman. Wer auf diesem Weg nicht auf unserer Seite ist, der Seite der Menschen, ist unser Gegner, unser Feind. Bis diese Krise überstanden ist, wird es nicht heißen: Wir müssen die Natur schützen. Es wird stattdessen heißen: Wir müssen und werden uns selbst schützen, vor der Natur, uns und unsere Mitmenschen.«

Und mit diesen Worten nickte er seinen Zuhörern noch einmal zu und trat vom Rednerpult zurück, begleitet vom aufbrandenden Stimmendurcheinander der Journalisten. Aber Milett hob bloß beide Hände, dezent abwehrend, trat vom Podest herunter und ließ sich von seinen Leibwächtern durch die Schar der Frager zurück in den Flur geleiten, ohne auch nur eine einzige Frage zu beantworten.

Er schwebte an Mavie vorbei, fünf Meter von ihr entfernt, im Meer aus Köpfen, und sie stand noch immer stocksteif zwischen den aufgeregten Menschen, mit einem mulmigen Gefühl in der Magengegend. Seine letzten Worte hatten sie auf fatale Weise an George Bushs legendäre Rede nach den Anschlägen vom 11. September erinnert. *Wer nicht auf unserer Seite steht, steht auf der Seite der Terroristen.*

Was, fragte sie sich, wollte Milett? Einen Krieg gegen den Terror der Natur? Er hatte geklungen wie ein Politiker, in jeder Hinsicht, und er hatte seine Worte offensichtlich mit Bedacht gewählt. Vieles war unklar geblieben, vor allem aber war unklar geblieben, wer »wir« sein sollte und wer »uns« anführen sollte. Allerdings hatte der Nobelpreisträger nicht geklungen, als wolle er das anderen überlassen. Er selbst schien ja großartige Lösungen für alle Probleme parat zu haben, auch wenn er offenkundig nicht bereit war, diese Lösungen im Detail vorzutragen, jedenfalls noch nicht zu diesem Zeitpunkt und schon gar nicht weltöffentlich.

Mavies Handy klingelte. Sie zog es heraus, sah aufs Display und nahm Edwards Anruf entgegen. Philipp nickte ihr unterdessen zu, deutete mit ausgestrecktem Zeigefinger auf den Buffettisch des Catering-Service und verschwand in der Menge.

Mavie nickte und begrüßte ihren Vater.

»Ich muss mich wohl entschuldigen«, sagte Edward, mühsam beherrscht.

»Wofür?«

»Dass ich euch zu Milett geschickt habe.«

»Ja, ich hätte mir auch eine andere Rede gewünscht …«

»Was habe ich da gerade gehört und gesehen? Einen *Teaser*? Was will er, UNO-Generalsekretär werden? US-Präsident und Papst in Personalunion? Mavie, was war das für ein Vortrag?«

»Keine Ahnung«, sagte sie. »Er hat irgendwas vor, aber ich weiß darüber genauso wenig wie du.«

»Ich kann dir sagen, was er vorhat. Und ich kann dir sagen, dass es ihm auch schon teilweise gelungen ist, sofern seine Worte auch bei anderen so angekommen sind wie bei mir. Er will Entscheidungsbefugnisse. Er geriert sich, als kenne er die Lösung, den Weg, Milliarden Menschen zu retten, aber ehe er diese Lösung verrät, will er uneingeschränkte Befugnisse. Und zwar ohne sich irgendwelchen demokratischen Prozessen unterwerfen zu müssen ...«

»Er ist eitel, Edward«, unterbrach Mavie ihn. »Und er hat, wenn ich das richtig sehe, noch ein paar Rechnungen offen, mit der Welt, mit dem IPCC ...«

Edward unterbrach sie, entrüstet. »Aber es geht doch nicht um seine Rechnungen! Das ist nicht der Punkt! Es geht darum, eine Panik zu verhindern, nicht zu befördern ...«

»Ich weiß«, sagte sie.

»Was hat er vor?«

»Ich habe keine Ahnung.«

»Menschen *statt* Natur? Wer auf diesem Weg nicht auf unserer Seite ist, ist unser Feind?«

»Edward, ich weiß es nicht.«

»Was kommt als Nächstes? Eine Kriegserklärung gegen die Natur? Ein Ultimatum? *Wenn du nicht bis morgen Mittag diesen Planeten verlassen hast, schießen wir zurück ...?*«

»Was macht der Regen?«, unterbrach Mavie den Empörten.

Edward schwieg einen Augenblick, und Mavie sah ihn förmlich vor sich, wütend, mit dicker Halsschlagader, und hörte ihn zweimal durchatmen. »Es wird nicht besser«, sagte er.

»Das heißt?«

»Das heißt, wer sich die Mühe macht, genauer hinzusehen, erfährt beim Wetterdienst, dass wir seit Beginn des Regens 450 Liter pro Quadratmeter abgekriegt haben, das ist mehr als die Hälfte dessen, was normalerweise im Jahr hier herunterkommt. Dazu der ungünstige Wind, Nordwest, es sieht nach Sturm aus, und zu allem Überfluss, sieh mir die Formulierung nach, ist morgen Neumond. Hier draußen ist und bleibt alles erträglich, aber die Verbindung nach Norden wird nicht mehr lange bestehen. Der Tunnel ist vorhin offenbar gesperrt worden, angeblich wegen eines Unfalls, aber wenn du mich fragst, kommen die Pumpen nicht mehr hinterher. Das heißt, das Wasser sammelt sich an der tiefsten Stelle, und wenn es da unten stabil höher als einen halben Meter steht, kommt niemand mehr durch. Die Elbbrücken sind noch teilweise frei, aber das wird mittelfristig nicht viel nützen, weil die Zuwege im Süden, in Wilhelmsburg, inzwischen unter dem Elbspiegel liegen. Man wird den Druck auf die Deiche demnächst verringern müssen, also Wilhelmsburg volllaufen lassen, und dann ist auch die Verbindung über die Brücken unterbrochen.«

»Die Eisenbahnbrücken«, sagte Mavie. »Die liegen höher.«

»Stimmt«, sagte Edward. »Sind aber trotzdem schon mehrfach gesperrt worden, weil da oben Strom geführt wird, für die S-Bahnen. Und bei dem Wind besteht die Gefahr eines Wasserschlages bis auf die Gleise. Da niemand will, dass die Sicherungen für die ganze Stadt rausfliegen, schaltet man also auch diese Verbindung ab. Aber du hast recht, noch kommt man mit dem Zug – wenigstens stundenweise – von Nord nach Süd. Die Autovermieter auf dieser Seite der Elbe machen das Beste draus, die Preise haben sich angeblich verzehnfacht, und bezahlt wird bar, im Voraus, weil die Kreditkartendaten nicht mehr störungsfrei übermittelt werden. *Bar* klingt daher vernünftig, gestaltet sich allerdings insofern schwierig, als viele Geldautomaten auch vom Netz gegangen sind. Und es hat offenbar, im Gegensatz zu deinem Vater, nicht jeder ein paar Tausend Euro bar im Haus.«

Sie hörte schweigend zu. Und mochte es sich nicht vorstellen.

»Sollte das noch ein paar Tage so weitergehen«, sagte er, »gibt es keinen Weg mehr nach Süden. Und die Rede unseres Freundes wird nicht dazu beitragen, die Menschen zu beruhigen, wir müssen eher damit rechnen, dass sich jetzt noch mehr von denen vor dem Elbtunnel in den Stau stellen und versuchen, einen längeren Urlaub anzutreten. Was ich, lebte ich in der Stadt, im Übrigen auch tun würde, und zwar bevor alles endgültig zusammenbricht. Das Wasser schwappt überall aus dem Hafenbecken und den Alsterläufen, die Feuerwehren können nur noch zusehen, wie die Keller volllaufen, und ich bin gespannt, wann die Strom- und Kommunikationsnetze endgültig weiche Knie kriegen. Ich hoffe nur, dass das dann kein Dauerzustand wird.«

»Aber du hast noch trockene Füße?«

Edward seufzte. »Trockene Füße und einen trockenen Keller, randvoll mit Konserven. Um mich musst du dir keine Sorgen machen. Solange die Nachbarn nicht alle herausfinden, was ich im Keller habe, denn einige von denen kriegen langsam Probleme mit der Versorgung.«

»Auf dem Land?«

Edwards kurzes Lachen war nicht so gemeint. »Land ist auch nicht mehr das, was es mal war. Und erst recht nicht die Landbevölkerung. Die Vorräte reichen von einem Samstagseinkauf bis zum nächsten, die Tiefkühltruheninhalte bestenfalls für zwei Wochen länger. Es geht wirklich verblüffend schnell, Mavie. Du weißt, dass mir das immer bewusst war, aber jetzt, da es passiert, bin ich selbst erschrocken. Die Brücken über die Elbe sind wie eine Schlagader, von den Containern im Hafen zu den Märkten hier bei uns. Man arbeitet wohl daran, die Waren stärker am südlichen Elbufer anzulanden, aber die Kapazitäten werden nicht reichen, die gesamte Transportlogistik muss umgestellt werden, und das dauert. Davon abgesehen, können wir seit fünf Meter über Normalnull kein einziges Containerschiff mehr entladen, weil die Kais ab der Höhe dummerweise überschwemmt werden. Das heißt, wir stehen hier vor leer gefegten Regalen, denn Lager gibt es nicht mehr. *Kanban*, japanisch für Fortgeschrittene: Das ganze System ist auf perfekte Effizienz ausgerichtet – was ökonomisch ist, enorme Kosten für Lagerhaltung erspart und toll funktioniert. Solange es funktioniert. Und das tut es nicht mehr.«

»Wie weit reichen denn deine Vorräte?«

»Ravioli für sechs Monate. Wie gesagt: Solange ich nicht mit allen Nachbarn teilen muss.«

Mavie schwieg.

»Keine Sorge«, sagte Edward. »Ich habe gute Drähte zu meinen Biobauern. Die haben sogar noch Eingemachtes, jede Menge, und ich habe mir einiges reservieren lassen.«

»Ich weiß, dass du gut vorbereitet bist. Ich mache mir nur Sorgen wegen deiner nicht so gut vorbereiteten Nachbarn.«

»Peters ist auf meiner Seite, ich habe ihm einen Teil meiner Vorräte versprochen. Und Peters ist Jäger.«

Mavie blies die Backen auf und atmete langsam aus. »Mach mich nicht schwach.«

»Alles ist gut, Tochterherz«, sagte Edward liebevoll. »Mach dir keine Sorgen. Und auch für dich und deinen Freund sind ein paar Dosen reserviert. Sofern ihr zurück nach Hamburg kommt, was ich euch allerdings nicht raten würde. Der Süden Frankreichs dürfte in naher Zukunft die sicherste Region auf diesem Planeten sein, zumindest bis unsere afrikanischen Brüder und Schwestern aus den Wüsten sich seewärts auf den Weg zu euch machen. Wie man das anstellt, machen ihre nigerianischen Freunde ihnen ja gerade vor.«

»Wer?«

»Die Piraten. Habt ihr das nicht mitbekommen?«

»Ach so, der Frachter.«

»Der Frachter ist die *Eastern Star*, ein Containerschiff, nur dass weniger Container drauf sind als vielmehr Menschen, nämlich fast 4000. Frankreich, England und Holland waren so klug, abzuwinken, aber wir gehen mal wieder schnurstracks voran und betteln um Schläge. Die Bundesregierung hat grünes Licht gegeben, das Schiff ist auf der Elbe, bei Cuxhaven.«

»Ja, aber das ist doch auch richtig«, sagte sie. »Du kannst die Leute doch nicht verrecken lassen.«

»Nein. Aber man sollte sie vor dem Erreichen der Stadt wenigstens zwingen, ihre Kalaschnikows über Bord zu werfen.«

Mavie sah Philipp auf sich zukommen, mit zwei Gläsern in der Hand und einer kleinen Dame in cremefarbenem Kostüm im Schlepp.

»Ja«, sagte Mavie irritiert. »Ja, sicher. Aber ich denke, wir haben größere Probleme.«

»Allerdings«, sagte Edward. »Nur ruf nicht nach Amnesty, wenn die französische Marine vor deinem Gästezimmerfenster bewaffnete Boatpeople versenkt. Wir befinden uns spätestens seit heute in einer neuen Epoche, und wir werden uns nicht nur mit der Natur auseinandersetzen müssen.«

»Pass auf dich auf«, sagte sie.

»Und du auf dich.«

Sie legte auf, nahm Philipp mit einem dankenden Nicken das eine Glas aus der Hand und sah kurz fragend hinein.

»Wodka«, sagte er. »Ich dachte, wir brauchen jetzt langsam mal was Stärkeres. Und das«, sagte er und wandte sich seiner Begleiterin zu, »ist Donna Harris, *Guardian*.«

Harris streckte Mavie eine kleine feingliedrige Hand entgegen und begrüßte sie mit einem interessierten, aber auch sehr wachsamen Lächeln. »Freut mich«, sagte sie. »Sie sind diejenige, die für die Wiedergeburt von Heiland Lee verantwortlich ist? Sind Sie denn sicher, dass das eine gute Idee war?«

Mavie warf Philipp einen entgeisterten Blick zu. Er zuckte entschuldigend die Achseln, aber er lächelte dabei, und dann hielt er sein Wodkaglas etwas höher, in ihre Richtung.

Ebenfalls lächelnd, wenn auch deutlich gequälter, stieß sie mit ihm an und nahm einen tiefen Schluck, ehe sie sich Harris zuwandte und zu relativieren begann, was ihr geschwätziger Begleiter offenbar erzählt hatte – im Wissen, dass sie mit dem einen Glas garantiert nicht auskommen würde, und in der Hoffnung, dass Philipp den Weg zur Quelle kannte.

33

Thilo Beck verzichtete auf das gemeinsame Frühstück. Er erwachte um sechs Uhr morgens und blieb wach, mit geschlossenen Augen, in seiner Koje im Schlafsaal liegend, während die anderen sich aus den Federn wälzten, unter den Duschen im angrenzenden Waschraum das gesamte Warmwasser verbrauchten und nach und nach aufbrachen ins Haupthaus, wo allmorgendlich um sieben Uhr gefrühstückt wurde. Thilo blieb bis Viertel nach sieben liegen, bis die letzten Gaias weg waren, dann stand er auf und ging duschen. Kalt.

Als am Vorabend die Übertragung von Miletts Presseansprache begonnen hatte, war er genauso angespannt gewesen wie die Gaias, aber nicht so optimistisch wie seine Gastgeber, denn im Gegensatz zu Diego und seinen Freunden hielt er nicht viel von Milett. Die Begeisterung der anderen über das Idol, das nun mit ihnen gemeinsame Sache machte, hatte sich dann allerdings binnen Minuten in entsetztes Schweigen verwandelt, als der perfekt frisierte ältere Herr auf dem Schirm sie und all ihre Brüder und Schwestern im Geiste in die Pfanne gehauen hatte, und das öffentlich, vor den Augen und Ohren der ganzen Welt.

Niemand hatte während Miletts restlichem Vortrag gesprochen. Und nachdem er fertig gewesen war, hatte auch Thilo aus dem

Augenwinkel zu Diego geschielt – dorthin, wohin alle anderen sahen, und war gespannt auf dessen Reaktion gewesen.

Diego hatte nicht gebrüllt. Diego war ganz ruhig geblieben. Hatte lediglich vor versammelter Mannschaft eingeräumt, er sei enttäuscht, hatte gelächelt und seine *Kameraden* aufgefordert, nun erst recht alles zu geben, um die Menschen zu warnen – und sie zu einem zukünftig achtsameren Umgang mit der wütenden Mutter Gaia zu inspirieren. Der zweite Teil ihres Aufklärungsfilmes musste noch besser, noch klarer, noch eindeutiger werden als der erste. Die Brüder und Schwestern in Afrika mussten erfahren, dass der Westen ihnen nicht helfen würde, sofern sie nicht auf die Barrikaden gingen. Und sie, die Gaias, würden sich nicht von einem ondulierten Kokser auf der Payroll der europäischen Machthaber davon abhalten lassen, diese Nachricht in die Welt zu tragen. Sein abschließendes *Venceremos!* hallte aus fünfzehn Kehlen wider, trotzig und entschlossen.

Thilo beabsichtigte nicht, sich beim Frühstück in eine Arbeitsgruppe einteilen zu lassen. Alles ging schief, alles ging in die völlig falsche Richtung, und er würde nicht dazu beitragen, alles noch zügiger und frontaler gegen die Wand zu fahren. Er hatte schon genug angerichtet, zuerst durch sein zu langes Schweigen, dann dadurch, dass er überhaupt mit Mavie gesprochen hatte.

Alles war falsch.

Und obwohl er es für mehr als unwahrscheinlich hielt, dass überhaupt noch irgendjemand irgendetwas verhindern konnte, nachdem der fatale Zug endgültig mit Volldampf rollte, gab er die Hoffnung nicht auf, dass Bjarne Gerrittsen noch lebte. Und dass ausgerechnet der ihm helfen würde, den Fuß auf die Bremse zu bekommen.

Er ersparte sich eine genauere Kalkulation der Eintrittswahrscheinlichkeit seiner Hoffnung. Er war schon frustriert genug und erinnerte sich lieber an die Worte seines ersten Professors, auch Statistiker spielten Lotto. Deshalb würde er weiter Nachrichten auf Mailboxen und Anrufbeantwortern spanischer Frauen hinterlassen, die laut Agneta Olsen als »privat« in Gerrittsens Adressbuch gespeichert waren.

Es waren verblüffend viele Namen.

Als er die Diele betrat, saßen nur noch Paulina und Nina am Tisch. Thilo wünschte den Frauen einen guten Morgen und setzte sich den beiden gegenüber auf die lange Bank, mit dem Gesicht zum Großraumbüro, in dem hektisch auf Tastaturen geklappert und murmelnd über die Online-Nachrichtenlage diskutiert wurde. Er schenkte sich einen Kaffee aus der fast leeren Kanne ein, die auf dem Holztisch stand, griff nach einem der letzten Brötchen im Brotkorb und sah Paulina fragend an. »Und?«

»Was, und?« Er erinnerte sich nur zu gut an diesen Tonfall. Stellte man danach die falsche Frage, war sie früher immer unweigerlich laut und beleidigend oder handgreiflich geworden.

Also versuchte er es mit einem Lächeln in Ninas Richtung. Sie war so freundlich, es zu erwidern. »Bescheuerter Typ halt«, sagte sie.

Er nickte. »Wichtigtuer. Hat wahrscheinlich zu viel Scheinwerferlicht abbekommen.«

Sie lächelte wieder.

Paulina lächelte nicht.

Thilo sah zwischen den beiden Frauen hindurch auf die acht Gaias an ihren Schreibtischen. Zwei der Bildschirme waren in seine Richtung gedreht, er sah Online-Schlagzeilen, die in großen Lettern vom Ende der Welt kündeten, allerdings mit einem Fragezeichen dahinter. Der lange Tisch am hinteren Ende des Raumes, vollgestapelt mit Werkzeug, Kabeln und den unpassenden Batterien von Überraschungseiern, stand verwaist, und Beck fragte sich erneut, wo die Gaias eigentlich ihre Kinder versteckten. Er hielt die Frage für unverfänglich, also stellte er sie laut.

Paulina und Nina wechselten einen Blick.

»Welche Kinder?«, fragte Nina.

»Eure.«

»Wir haben keine«, sagte Nina.

»Oh«, sagte Beck. »Ich dachte.«

»Wieso?«

»Deswegen«, sagte er und deutete auf den langen Tisch.

Nina drehte sich kurz um, dann warf sie ihm einen ernsten Blick zu. Aber statt zu antworten, sah sie Paulina an, unsicher.

»Keine Kinder«, knurrte Paulina.

»Okay?«, sagte Beck. Er musste die Frage, die sich anschloss, nicht laut stellen. Sie stand auch so im Raum. Nina sah ihn wieder an, biss sich kurz auf die Unterlippe, sah wieder Paulina an, die schweigend einen Schluck Kaffee trank, sah erneut Beck an und stand dann auf und ging. Mit einem freundlichen Nicken.

»Lass mich raten«, sagte er. »Diego sammelt Schlümpfe.«

»Ich hau dir gleich auf die Fresse.«

»Das befürchte ich.« Er nickte. »Aber würdest du mir wenigstens sagen, wieso?«

»Weil du nervst. Dein Arschloch Milett ist die totale Drecksau, und diese beknackte Ische, deine kleine Freundin, hat sie ja wohl auch nicht alle. Uns in die Pfanne zu hauen, ich glaub, es hackt. Jetzt misch dich nicht auch noch in Sachen ein, die dich einen Scheiß angehen.«

»Ich hab nur gefragt, wo die Kinder sind.«

Sie schoss ihn mit einem Blick ab. »Wir haben keine Kinder, Penner. Und wenn du's genau wissen willst, das da hinten ist Richards Bastelstube.«

Beck wusste, dass er nicht weiter fragen sollte, aber er war einfach zu neugierig, um den Mund zu halten. Trotz der Drohung seiner schlecht gelaunten Schwester.

»Überraschungseierbastelstunde?«

»Mal was anderes als Senftuben«, sagte sie.

»Aha.«

»Mach dir nicht in die Hose, wir verletzen niemanden. Haben wir noch nie. Wir geben den Firmen Bescheid, in welchen Supermärkten der vergiftete Scheiß steht, die räumen das Zeug weg und zahlen. Fertig.«

»Verstehe«, sagte er. »Ich hatte mich eh schon gefragt, wie ihr euch finanziert.«

»Spenden der Industrie«, sagte Paulina. »Fällt in den Bilanzen nicht weiter auf.«

»Und die Eier werden dann eine Spende von Ferrero?«

»Erschütterungszünder und ein Fingernagel C4. Perfekt für die gelben hohlen Plastikdinger in der Schokolade. Und erst recht perfekt, weil jeder Idiot die Dinger mitten im Laden schüttelt, wenn sie noch zu sind.« Paulina brachte ein schiefes Grinsen zustande und machte die typische Handbewegung eines sammelnden Kunden nach, das Schütteln des kleinen Schokoladeneis direkt vor dem Ohr. »Schlumpf drin?«, sagte sie mit alberner Stimme. »Bumm!«

Beck nickte und nahm einen Schluck Kaffee. »Das ist krank«, sagte er.

»Ich hab dir doch gesagt, wir warnen die Leute vorher.«

»Und wenn die nicht auf euch hören?«

»Selber schuld?«

Er nickte. Und zog seinen iAm und das geschützte Handy heraus. Er hatte nicht das Gefühl, noch mehr Small Talk ertragen zu können.

»Aber selber die halbe Menschheit killen, ja?«, sagte Paulina.

»Was?«, sagte Beck, ohne aufzusehen, und klickte die Liste der Gespielinnen Gerrittsens an, die Olsen ihm geschickt hatte.

»Die Nase rümpfen, weil wir Mayonnaise vergiften und ab und zu Holzbohlen auf Bahnschienen packen, aber selber die Schnauze halten, wenn irgendwelche Wichser die halbe Menschheit über die Klinge springen lassen?«

»Ist angekommen«, sagte er und tippte die Nummer von Agneta Olsen in das ortungssichere Handy.

»Was wird das?«, fragte sie gereizt.

»Ich versuche zu telefonieren.«

»Mit?«

»Agneta Olsen, Gerrittsens Assistentin.«

»Und das soll was bringen?«

Beck ließ das Handy sinken. »Gerrittsen ist weg. Aber sofern er nicht tot ist, muss er sich jetzt rühren, nach Miletts Auftritt. Hoffe ich jedenfalls. Ansonsten kann ich nur weiter seinen gesammelten Damen hinterhertelefonieren und hoffen, dass er bei einer von denen besoffen im Schrank liegt.«

»Welches Wort in meinem Satz hast du nicht verstanden? Was. Soll. Das. Bringen.«

»Ich will ins Programm.«

»Was?«

»*Prometheus*. Ich will einen Zugang ins Stammhirn, ich will seine Formeln sehen, vor allem will ich sehen, wie sich *Gz* zusammensetzt, denn das ist der mathematische Geniestreich, der uns aus chaotischen, stochastischen Daten in die wunderbare Welt der Interpretation führt, Gerrittsens Ticket zum Nobelpreis. Und momentan komme ich nicht mal an irgendwelche privaten Daten, weil mein Zugang stillgelegt ist, geschweige denn komme ich an Gerrittsens persönliche Geheimnisse …«

»Das ist nicht dein Ernst«, sagte sie. »Das glaub ich einfach nicht. Kriegst du mit, was hier passiert? Hallo? Es geht nicht mehr um irgendeinen Statistikerscheiß, um ›da müsste man aber hinter dem Komma 'ne Drei statt 'ner Zwei setzen‹ ...«

»Doch«, sagte er. »Genau darum geht es.«

»Hast du Augen? Hast du Ohren? Kannst du fernsehen? Oder aus dem Fenster gucken?« Sie deutete mit großer Geste nach rechts, auf die schmutzigen Küchenfenster, vor denen es weiterhin in Strömen regnete, unbestreitbar. »Dein Scheißprogramm hat recht. Dein Scheißprogramm hat seit Wochen recht ...«

»Absolut«, nickte Beck. »Was aber ...«

»Und jeder *weiß* das.«

»Wir wissen gar nichts«, sagte er. »Algorithmen sind Algorithmen. Aber nur weil wir das Verhalten von irgendwelchen *Endverbrauchern* so präzise berechnen können, dass man aus dem Staunen kaum mehr herauskommt, halten wir auch alles andere für prinzipiell berechenbar – schließlich sind wir die Krone der Schöpfung, also wird sich ja wohl auch Klima am Ende berechnen lassen, logisch. Ein interessanter Schluss, man könnte auch sagen: Hybris in Reinkultur. Und jetzt haben wir *eine* Wahrheit, ja, und zwar basierend auf den besten Daten, die man sich vorstellen kann, basierend auf den engsten Gittern, den umfangreichsten Messdaten und exaktesten Sonnenbeobachtungen aller Zeiten. Aber Klima, die Sonne, ist nicht irgendein simpler Endverbraucher, der seiner Frau Dessous kauft, nur weil man ihm nach dem Online-Champagnerkauf ein Sonderangebot schickt.«

»Schöner Vortrag, aber komplett daneben. Das Klima killt uns nämlich gerade.«

»Mag sein. Die Frage ist: wie lange?«

»Die Frage ist: Hast du sie noch alle?«

»Hitler«, sagte Beck und nahm zufrieden zur Kenntnis, dass seine Schwester kurz angewidert zurückzuckte. »Ein einziger fanatischer Schwachkopf kann die ganze Welt in den Abgrund reißen, wenn ihm nur genügend Leute glauben und hinterherlaufen. Jeder aus anderen Gründen. Greenpeaceler laufen neben GM-Managern her und fordern kleinere Autos für alle. Gleiches Prinzip. Weil alle zu blöd sind zu kapieren, dass sie der gleichen Lüge aufgesessen sind, geblendet. Da bilden dann plötzlich Leute eine Einheit, deren Positionen völlig unvereinbar sind, und die Blöden merken es nicht mal. Ihr glaubt einfach zu viel. Ihr glaubt den Maschinen zu viel.«

»Hey, Penner, *du* bist der Freak … *du* bist der Nerd.«

»Nein, eben nicht. Und zwar weil ich, im Gegensatz zu euch, weiß, was Rechner können und was sie nie können werden. Dieses ganze Gerede von der Singularität, der Noosphäre, vom großen Bewusstsein, das ist doch alles Schwachsinn, und das war schon immer Schwachsinn, propagiert von Nerds, die Maschinen für bessere Menschen halten. Und darauf fallt ihr alle rein, weil ihr nicht wisst, was Rechner sind. Und was sie eben nicht sind. Ihr schenkt *Wesen* Glauben, die nicht mal ein Konzept vom Hier und Jetzt haben und nie haben werden? Wie irre ist …«

»Hier und jetzt, Mann, geht es nicht um irgendein *Konzept*, sondern um Berechnungen, die jedes Menschenhirn überfordern.«

»Richtig«, nickte Beck, »nur fehlt hier vor lauter Begeisterung was ganz Entscheidendes, nämlich eine Überprüfung, eine Qualitätskontrolle. Eisele glaubt Gerrittsen, ist überzeugt davon, dass die Prognose stimmt, und handelt danach. Schweigt, gibt die Information als gesichert weiter und bereitet irgendwas vor. Und lässt Leute killen, die ihm in die Suppe spucken wollen. Was dazu führt, dass die potenziellen Suppenspucker genau das als Beweis betrachten: Die Prognose muss haargenau stimmen. Oder besser, die Prophezeiung, denn genau damit haben wir es zu tun, und zwar mit einer der besseren, einer sich selbst erfüllenden. Hier fehlt was, Paulina: die Überprüfung von Gerrittsens Formel.«

»Die du für falsch hältst? Noch mal: Guck aus dem Fenster.«

»Ja, ich seh's, Mistwetter. Aber das heißt nicht, dass die Prognose auch morgen noch stimmt. Und dass Gerrittsen nicht rangeht, spricht Bände.«

»Wir können die Welt nicht untergehen lassen, nur weil uns zwei Prozent zum hundertprozentigen Beweis fehlen.«

»Uns fehlt die ganze Grundlage, verdammt. Blind drauflos helfen ist keine gute Idee. Als würdest du einen Ertrinkenden mit 'nem Feuerlöscher absprühen. Und wir reden hier über einen sehr großen Feuerlöscher.«

Sie schüttelte den Kopf. »Glaub nicht, dass ich dir noch folgen kann.«

»Ich habe keine Ahnung, was Milett vorhat, aber soweit ich mich erinnere, hat der Mann noch nie klein gedacht, sondern immer ganz groß. Und das bedeutet weltverändernd, wortwörtlich, das bedeutet *Geoengineering*. Im großen Stil. Und davor hab ich Schiss, erst recht, wenn die Prämissen falsch sind.«

Sie packte seinen Arm, ihr Griff war schmerzhaft fest, ihr Gesicht war seinem plötzlich sehr nah. »Schluss, Thilo. Mach dich nützlich. Hilf Diego und den Jungs, den neuen Clip zu machen, such die Knaller aus den Daten raus, die richtig was bewegen. Vergiss diesen Wichser und seine Freundinnen, ist doch scheißegal, ob der tot ist oder bloß hacke, Thilo, wir haben was zu *tun*.«

Sie ließ seinen Arm los und warf ihn förmlich zurück auf den Tisch, dann erhob sie sich mit einem genervten Schnauben und stampfte davon, in die Kommandozentrale, ohne ihn eines weiteren Blickes zu würdigen.

Und Beck blieb sitzen. Biss von seinem Brötchen ab und schaute durch die versammelten Weltenretter förmlich hindurch. Es hatte einfach keinen Sinn. Seine Schwester begriff nicht. Nichts. Niemand begriff irgendwas.

Die Tatsachen sprachen für sich. Es regnete. Ununterbrochen. Im Süden war es trocken. Ununterbrochen. Die Sonnenaktivität hatte zugenommen. Ohne Frage. Die Prognose stimmte. Kein ernst zu nehmender Experte zweifelte daran. Die Fakten belegten die Richtigkeit des Modells. Ende der Durchsage.

Beck kam sich vor, als säße er im Auto, hörte die Durchsage im Radio: »Auf der A7 kommt Ihnen ein Geisterfahrer entgegen« und antwortete empört in Richtung seiner eigenen Windschutzscheibe: »Einer? Tausende!« Aber auch wenn alles dafür sprach, dass er der Geisterfahrer war, konnte er nicht aus seiner Haut. Er war und blieb Wissenschaftler. *Spielverderber. Ameisenfriseur. Spaßbremse.*

Seufzend wählte er Agneta Olsens Nummer.

34

Mavie ärgerte sich über sich selbst. Donna Harris war zwar am Vorabend nicht mehr lange geblieben, aber sie selbst hatte schon in diesem ersten Gespräch zu viel gesagt und vor allem zu viel und zu schnell getrunken. Nach dem zweiten Glas war ihr klar geworden, dass sie den Wodka nicht vertrug, schon gar nicht auf leeren Magen, nach dem dritten Glas hatte sie die verbliebenen Gäste stinklangweilig gefunden, denn es waren nur Miletts persönliche Freunde und Verehrer geblieben, während die Journalisten sich fast unmittelbar nach der Rede an ihre Laptops gemacht hatten. Und Miletts Freunde waren nun einmal ganz und gar nicht ihr Fall. Sondern Philipps. Der vertrug nämlich nicht nur Wodka, sondern auch wohlhabenden Small Talk unter Männern und Frauen. Golf, Pferde, Jachten, BRIC-Fonds, die *emerging markets* und »gutes Personal ist schwer zu kriegen«.

Um halb elf hatte sie im Bett gelegen, einem schlingernden Bett, und war nach und nach weggedämmert, unzufrieden, genervt, mit dem sicheren Gefühl, völlig fehl am Platze zu sein. Das alles war nicht ihre Welt. Und Milett war erst recht nicht ihre Welt. Denn der war nicht wieder aufgetaucht, sondern hatte seine Gäste sich selbst und dem Catering-Personal überlassen, während er hinter verschlossenen Türen mit seinem Stab tagte.

Mavies Schritte hallten laut auf der Marmortreppe wider, als sie nach unten ging, morgens um halb acht, in das stille Haus. Die Tische waren weggeräumt, der Kommandostand der Fernsehleute ebenfalls, der Flur war menschenleer, die Tür zum Salon geschlossen. Aber als sie den Flur erreichte, hörte sie, unverkennbar, das leise Klappern von Fingern auf einer Laptop-Tastatur. Sie durchquerte den Flur, trat vor die nur angelehnte Bibliothekstür und klopfte vorsichtig an.

»Entrez«, murmelte eine Männerstimme von drinnen, untermalt von fortgesetztem Klappern.

Mavie schob die Tür auf und sah Jean-Baptiste Reveilliere auf dem Zweisitzer hocken, leicht vornübergebeugt, einen Laptop auf den Knien. Auf dem Couchtisch vor Miletts wichtigstem Klimaexperten standen ein Teller mit zwei Croissants, die er nicht angerührt hatte, und eine große leere Milchkaffeeschale.

»Bonjour«, sagte Mavie lächelnd.

Reveilliere sah auf. Müde, irritiert und unwillig. Aber als er sie erkannte, lächelte er und erwiderte ihren Gruß. Sie blieb beim Französischen und fragte ihn, ob Theo schon wach sei.

Er wies auf das Sofa und schob den Teller mit den Croissants über den Tisch, auf die andere Seite zu. »Das können Sie jedenfalls gern schon haben, Mademoiselle, es ist unberührt.« Dann beugte er sich nach rechts, zu dem Beistelltisch neben dem Zweisitzer, und drückte auf einen Knopf an der Gegensprechanlage. »Theo?«

Theo antwortete prompt, untermalt von lauten Geräuschen, Rauschen und Brutzeln, offenbar aus der Küche. Reveilliere bestellte Kaffee für sich und Mademoiselle Heller, Theo versprach, umgehend zu servieren.

Mavie hatte auf dem Sofa Platz genommen. »Und bestellen Sie sich noch ein Croissant«, sagte sie. »Die hier sind nämlich gleich weg.«

Reveilliere lachte, drückte noch einmal auf den Knopf und tat, wie ihm geheißen.

»Lange Nacht?«

Er seufzte. »Sieht man das?«

»Nur ein bisschen«, log sie. Denn er war nicht nur unrasiert und rotäugig, sondern auch blass wie eine frisch gekalkte Wand.

Er stellte seinen Laptop auf den Tisch und rieb sich mit beiden Handflächen energisch über das Gesicht, über die Augen, die Stirn. »Ja«, sagte er. »Ja, es war eine lange Nacht. Oder eine kurze. Jedenfalls haben wir nicht geschlafen.«

»Sie alle?«

»Lee und ich. Aldo ist irgendwann schlafen gegangen, um drei, denke ich, Goran schon vorher. Aber Lee schläft ja nicht. Und wir hatten … Diskussionsbedarf. Es ist ja viel passiert.«

»Dürfen Sie mir verraten, was?«

Er sah sie erstaunt an. »Wieso denn nicht?«

»Oh«, lächelte sie, »ich hatte den Eindruck, dass der Kreis der Vertrauten sehr eng ist.«

»Aber Sie gehören doch dazu.« Er lächelte müde, beugte sich vor, klickte und klapperte über seine Tastatur, sagte »ah«, und las: »*… hat das streitbare Weltgewissen sich glücklicherweise mit einem Kreis von renommierten Experten umgeben, auf denen die Hoffnungen der Welt nun ruhen. Umso mehr, als in Miletts Stab endlich auch die Frauen der Welt repräsentiert sind, nämlich durch die Frau, die den IICO-Skandal erst ans Licht der Öffentlichkeit brachte, die deutsche Klimatologin Mavie Heller.*« Er sah auf. »*Guardian* von heute. Ein kleiner Seitenhieb gegen Lee, aber sonst hat Harris nur anerkennende Worte gefunden. Und dramatische, selbstredend, wie alle anderen Blätter.«

Mavie nickte. Die Frage schoss ihr durch den Kopf, ob sie je in ihrem Leben wieder über wenigstens einen Teil ihres Gehalts würde verfügen dürfen, falls die IICO-Anwälte zufällig den *Guardian* lasen, aber der Gedanke war sofort wieder weg, ausradiert als irrelevant. Auch die IICO-Anwälte hätten demnächst Wichtigeres zu tun, selbst wenn sie beschlossen, nicht an der Rettung der Welt mitzuwirken, sondern bloß die Firmenserver zu löschen und jede *Paper Trail* zu schreddern.

»Das wollten Sie bestimmt immer.« Reveilliere lächelte freundlich. »Die Frauen der Welt repräsentieren.«

Mavie lachte. »Natürlich. Genau das. Seit ich auf der Welt bin.«

»Sie sind am Ziel.«

»Wunderbar. Und wobei repräsentiere ich jetzt alle Frauen?«

»Bei der Rettung der Welt.«

»Ja, das habe ich schon Mrs Harris' Worten entnommen. Aber wie ist der Plan?«

Theo schwebte lautlos neben den Tisch und stellte lautlos Milchkaffeeschalen und Croissants ab. Reveilliere dankte dem Butler, der ebenfalls vollkommen übernächtigt aussah und sich mit einer angedeuteten Verbeugung lautlos wieder entfernte. Reveilliere rieb sich erneut über die Augen, ließ sich gegen die Lehne des Sofas sinken und breitete die Arme nach links und rechts aus. »Wir fahren nach Genf, heute Abend oder morgen früh.«

»Um was zu tun?«

»Um den europäischen Krisenstab zu leiten.«

»Oh.«

»Ja. Lee war keine fünf Minuten von der Bühne herunter, als Monsieur le Président angerufen hat. Downing Street war etwas langsamer, Berlin schläft anscheinend noch.«

Mavie nahm ihre Kaffeetasse und trank einen Schluck. Sie wartete. Reveilliere ließ sie einen belustigten Laut hören, dann fuhr er fort. »Lee ist, weiß Gott, kein einfacher Mensch, aber man muss ihm zugutehalten, dass er weiß, wie man Wirkung erzielt. Der Präsident hat ihn aufgefordert, umgehend nach Paris zu reisen, weil er dort den Krisenstab einrichten wolle, ebenso umgehend, und Lee hat abgelehnt, sofort, mit der Begründung, er sei weder Beamter noch Politiker und an so etwas nicht interessiert. Worauf man ihn höflich, aber bestimmt daran erinnert hat, er, Lee, sei Engländer und nur zu Gast in Frankreich, worauf Lee einen fürchterlich gut gespielten Anfall bekam und drohte, auch diesen unerhörten Erpressungsversuch an die ganz große Glocke zu hängen, worauf man sich dann nach einigem lauten Hin und Her geeinigt hat: Lee wird den Stab leiten, wie von den Franzosen gewünscht, aber nicht in Paris, sondern in Genf, wie von Lee gewünscht. Ein Kompromiss. Die Franzosen bekommen Lee, Lee bekommt Genf. Nur, dass Lee von Anfang an die Kommission leiten wollte.«

»Verstehe«, sagte Mavie.

»Lee ist wirklich kein guter Demokrat«, sagte Reveilliere.

»Den Eindruck habe ich auch«, nickte sie. »Aber solange es zu etwas Gutem führt …« Sie vollendete den Satz nicht, sie ließ ihn mit einem Fragezeichen ausklingen.

»Hoffen wir es«, sagte Reveilliere. »Haben Sie den neuen Film Ihrer Freunde gesehen?«

Sie runzelte die Stirn. »Nein. Welcher Freunde?«

»Diego Garcia. Ist seit drei Uhr heute Morgen im Netz, sehen Sie sich das an, aber frühstücken Sie vorher zu Ende. Starker Tobak. Sehr gut gemacht, wie schon der erste Teil dieser SOS-Reihe, aber in meinen Augen mit potenziell verheerender Wirkung. Sterbende schwarze Kinder, sengende Sonne, wolkenloser Himmel. Und dazu Bilder aus dem reichen Norden, mit etwas Regen – und einigen der Partys, die man dort in den ersten Tagen gefeiert hatte, unter bunten Regenschirmen. Junge fröhliche Menschen, die mit Blick auf die anschwellende Themse oder die Elbe anstoßen, mit Champagner.«

»Das ist nicht wahr«, sagte Mavie.

Reveilliere nickte. »Doch. Sehen Sie es sich an. Kontraproduktiv. Fast wortlos, denn die Bilder sprechen ihre eigene eindeutige Sprache. Und ich bezweifle, dass wir dem etwas entgegenzusetzen haben. Aldo ist ein Genie im Umgang mit Sprache, aber Sprache könnte sich als völlig untaugliches Mittel erweisen. Erst recht, wenn es darum geht, unsere Maßnahmen zu erklären, denn die Hintergründe sind ja nicht einfach zu vermitteln.«

»Das wäre meine nächste Frage«, sagte Mavie. »Welche Maßnahmen?«

Reveilliere holte tief Luft und wiegte den Kopf, einmal nach links, einmal nach rechts. »Das war Gegenstand unserer Nachtsitzung. Ich bin durchaus nicht immer Lees Meinung, und ich gestehe, dass ich auch in diesem Fall weiterhin unsicher bin. Aber wenn er sich etwas in den Kopf gesetzt hat, ist es schwer, ihn davon abzubringen. Erst recht, wenn die Idee schon länger in seinem Kopf sitzt, so wie diese. Und das tut sie, seit Paul Crutzen sie 2005 zum ersten Mal formuliert hat – was er nach meinem Dafürhalten nur getan hat, um zu verdeutlichen, wie ernst unser Problem ist. Aber Lee sieht das anders, er hält es für einen gangbaren Weg, den einzigen gangbaren Weg, um das Hauptproblem zeitnah zu lösen.«

In Mavies Kopf ertönte wie aus weiter Ferne eine Alarmsirene. »Wie?«, fragte sie. »Augenblick. Wir reden hier von Maßnahmen zur Evakuierung und Notversorgung der Menschen in den Dürregebieten?«

Reveilliere schwieg mit gerunzelter Stirn. »Indirekt«, sagte er.

»Indirekt?«, sagte Mavie.

»Ja.«

»Und direkt?«

»Einer Verhinderung des sich abzeichnenden Temperatursprungs.«

»Einer was? Wie?«

»Pinatubo«, sagte Reveilliere.

Sie schüttelte den Kopf. Schon als er den Namen Crutzen genannt hatte, war ihr klar gewesen, worauf er hinauswollte, aber das ergab keinen Sinn. Der Pinatubo, ein fast 1500 Meter hoher Vulkan auf der Philippinen-Insel Luzon, war 1991 nach einer mehr als 600-jährigen Ruhephase ausgebrochen. Die Eruption hatte weite Landstriche verwüstet und fast 900 Menschenleben gekostet, zudem aber hatte die gewaltige Eruptionssäule aus dem Vulkan der »Big Ass«-Kategorie über Stunden und Tage Asche bis auf eine Höhe von 34 Kilometern hinauf in die Stratosphäre geschleudert. Die aus fast zwanzig Millionen Tonnen Schwefeldioxidpartikeln, Staub und Aerosolen bestehende gewaltige Wolke, die sich nach dem Ausbruch bildete, verteilte sich über den gesamten Erdball und hatte im Folgejahr für eine merkliche Abkühlung des globalen Klimas gesorgt sowie die Sonnenlichteinstrahlung um fast fünf Prozent reduziert.

»Das ist nicht sein Ernst«, sagte Mavie.

»Doch«, sagte Reveilliere. »Aber glauben Sie mir, es ist gar nicht so einfach, den richtigen zu finden. Denn mit einem normalen Vulkan kommen wir nicht weit, der bläst die Asche ja höchstens in die Troposphäre, und dann ist sie eine Woche später wieder unten …«

»Den richtigen was zu finden?«

»Einen zweiten Pinatubo.«

»Was nützt uns ein zweiter Pinatubo, der wird doch nicht einfach auf Wunsch ausbrechen …« Mavie verstummte, weil sie plötzlich begriff.

Reveilliere nickte. »Um es mit Lees Worten zu sagen: Wer hätte gedacht, dass einige unserer zigtausend Nuklearköpfe Millionen Menschenleben retten werden. *We're gonna kick some Big Ass.*«

Er sah Mavie an, müde und fast entschuldigend.

»Wenn Sie eine bessere Idee haben, raus damit. Mir sind heute Nacht die Argumente ausgegangen, denn natürlich finde ich sämtliche andere Ansätze klüger – besonders den von Caldeira und seinen *Intellectual Ventures,* aber den kriegen wir so kurzfristig nicht mehr realisiert, dafür ist es zu spät, die Zeit läuft uns weg. Nur glauben Sie mir«, fügte er hinzu und deutete auf seinen Laptop, »der richtige Vulkan an der richtigen Stelle, einer, an die wir mit den Sprengköpfen erstens überhaupt herankommen und den wir zweitens sprengen können, ohne schon bei der Zündung ein paar Hunderttausend Menschen zu töten, das ist wirklich eine Aufgabe: Wir suchen den dicken Hintern im Heuhaufen.«

Mavie schüttelte den Kopf und kam bis zum »Aber«, dann wurde sie unterbrochen. Und zwar durch den Hausherrn, der eintrat, ohne anzuklopfen, Reveilliere mit einem lauten, energiegeladenen »Bonjour, JB!« begrüßte, dann Mavie bemerkte, kurz stutzte und danach umso breiter lächelte.

»Ah! Und bonjour, Mademoiselle Heller! Die Frauenbeauftragte der ganzen Welt!« Er lachte, laut und freundlich, und Mavie begriff, dass Philipp recht haben musste. Milett waren die Strapazen der Nacht nicht anzusehen, er wirkte, als habe er gerade einen Kuraufenthalt hinter sich. Er hatte offenbar andere Medikamente als nur Vitamin C und Aspirin in seinem Medizinschrank. Und offenbar auch im Blut.

»Sie!«, sagte Milett und schlug mit seinem Zeigefinger einen gespielt vorwurfsvollen Takt in Mavies Richtung. »Sie kommen mit. Sie haben mir das alles eingebrockt. Gespräche mit Minderbemittelten, die versehentlich gewählt worden sind. Dafür bezahlen Sie, Sie kommen mit nach Genf! Und Sie helfen Jean-Baptiste. Aber: stillschweigend, nach außen. Damit wir uns nicht missverstehen: Ihre verrückten Gaia-Freunde spielen nicht auf unserer Seite, die müssen entfernt werden aus dem Spiel, und das möglichst umgehend, denn sonst besteht die Gefahr, dass sie enormen Schaden anrichten.«

Mavie nickte. »Ein wunderbares Stichwort, Sir: Schaden.«

Milett sah sie verdutzt an. »Bitte?«

»JB war so nett, mir eben schon klarzumachen, dass Sie die Prioritäten durcheinandergebracht haben, aber das kann ja mal passieren im Eifer einer nächtlichen Sitzung. Was ist mit den eigentlichen Maßnahmen? Denen zur Evakuierung und Versorgung der Millionen, die andernfalls demnächst verdursten?«

Miletts Blick blieb verwirrt. Nicht verärgert, sondern bloß erstaunt, unter hochgezogenen Augenbrauen. Dann schüttelte er den Kopf, als wäre das, was sie gesagt hatte, aus dem Radio eines vorbeifahrenden Autos geweht, und sah wieder Reveilliere an. »Kandidaten?«

»Auf der Suche«, sagte Reveilliere. »Holmgren kümmert sich von Kopenhagen aus darum, van Mool schickt seine Einschätzung … zeitnah.«

»*Zeitnah* heißt bei van Mool *noch in diesem Jahr.* Ruf ihn noch mal an und definiere *zeitnah* als *bis dreizehn Uhr,* und zwar heute.« Er lächelte dünn. »Um eins im Salon«, sagte Milett, »das ganze Team.«

Er nickte und wandte sich zum Gehen. In der Tür stehend, wandte er sich noch einmal nach Mavie um. »Oh. Mademoiselle. Eine Ausnahme in Sachen Kontaktsperre. Falls Sie unauffällig herausfinden können, von wo aus diese *Gaias* operieren, tun Sie uns einen großen Gefallen. Denn bislang scheitern Goran und seine Leute beim Versuch, diese Saboteure zu lokalisieren. Und das müssen wir. *Zeitnah.*«

35

Mavie sah sich den neuen SOS-Clip der Gaias auf Philipps iPad an, auf dem Bett in ihrem Zimmer sitzend, während ihr Begleiter, endlich aufgewacht, ausgiebig duschte. Als er aus dem Badezimmer trat, ein Handtuch um die Hüften geschlungen und gegen seinen offensichtlichen Kater anknurrend, hatte sie sich zudem einen raschen Überblick über die Nachrichtenlage verschafft und war verblüfft, mit welcher Geschwindigkeit sich sowohl Miletts Warnung als auch der Katastrophenclip von Diego Garcia um die Welt verbreiteten, nicht nur in jenen zivilisierten Regionen, in denen jede Nachricht rund um die Uhr binnen Minuten ihr Ziel erreichte. Die Amerikaner machten es wie die Europäer – die meisten zögerten noch, alles stehen und liegen zu lassen und ihre Habe dem Regen oder Plünderern zu überlassen, aber viele begannen auch, sich in Bewegung zu setzen, nach Süden. Die Inder, deren gesamte Versorgung mit Lebensmitteln das prognostizierte Ausbleiben des Monsuns förmlich vernichten würde, reagierten ein bisschen langsamer, aber das lag nicht zuletzt daran, dass sie nicht über Transportmöglichkeiten verfügten, mit denen sie sich rasch und in großer Zahl in Sicherheit hätten bringen können. Zudem lag »Sicherheit« für sie in fast unerreichbarer Ferne.

Für die Menschen in Nordafrika lagen die Dinge geringfügig anders. Die Bilder und Meldungen ähnelten sich, ob sie aus Rabat, Algier, Agadez oder Monrovia kamen. In allen Hafenstädten und Durchgangsstationen in Richtung Mittelmeer sorgten Uniformierte für Ruhe und Ordnung – oder versuchten es zumindest.

Mavie wechselte einen Blick mit Philipp. Seiner sprach von Kopfschmerzen, ihrer offenbar andere Bände.

»Was hast du denn gefrühstückt?«, fragte er. »Lachs von letzter Woche?«

»Nein.« Sie schüttelte den Kopf. »Ich glaube, mir ist nur schlecht vom Leben.«

»Kann ich nicht mithalten, mir ist nur schlecht von den Scheißrussenkartoffeln.« Er ließ sich aufs Bett fallen, direkt neben sie, und schaute auf den Schirm. »Was sagt die Journaille?«

»Bislang im Großen und Ganzen das, was Milett ihnen gestern diktiert hat. *Wir können die Welt noch retten.* Aber Diego und seine Leute sehen das wohl anders, der neue Clip schreit einfach nur ›Armageddon‹, obwohl er fast ohne Worte auskommt. Da können wir nur hoffen, dass die Leute in den bedrohten Regionen vernünftig bleiben …«

»Nicht sehr wahrscheinlich.«

»… und Englisch verstehen.«

»Erst recht nicht wahrscheinlich.«

»Weil sie sonst nur die Gaias verstehen.«

»Ja.«

»Na, herrlich. Sag dem Nobelpreisangeber, er soll seine Leute einen Comic malen lassen, fürs Netz. Irgendwas Nettes, ohne Sprechblasen, mit einem Superhelden aus dem hohen Norden, der angeflogen kommt und eine Regenwolke über Afrika zieht.«

Mavie nickte. »Ja, Milett selbst, als Thor. Schöne Idee. Zumal er sich offenbar selbst so sieht.«

»Hä?«

»Er will einen Vulkan sprengen.«

»Aha. Na, das kann man ja mal machen. Und wieso?«

Sie erklärte es ihm, in gebotener Kürze. Das Sonnenlicht zurück ins Weltall zu reflektieren, um die Erwärmung der Erde zu stoppen, war keine neue Idee, es hatte diverse Ansätze und Überlegungen gegeben, wie das zu bewerkstelligen sei. Mit *Space Mirrors*, Abertausenden von reflektierenden Spiegeln im Orbit, mit Sonnensegeln, *Sunshades* von zehn Meilen Durchmesser oder mit künstlichen Wolken aus Millionen Aluminiumschnipseln. Aber etliche Wissenschaftler waren überzeugt, die wirksamste Geoengineering-Methode zur Beeinflussung des Weltklimas sei jene, die Stratosphäre mit Schwefeldioxid zu »impfen«, da der Pinatubo-Ausbruch bewiesen hatte, dass diese Impfung tatsächlich etwas bewirkte.

Wie das zu bewerkstelligen sei, war allerdings strittig, denn die meisten Vorschläge waren entweder wissenschaftlich nicht ausreichend fundiert, unbezahlbar oder beides. Zwar konnte man theoretisch alljährlich 50 000 Airbusse Richtung Stratosphäre starten lassen, beladen mit einem Gemisch aus Schwefeldioxid, Schwefelwasserstoff und Schwefelkohlenstoff, doch stanken diese Substanzen nicht nur erbärmlich, sondern waren auch nicht direkt leicht zu handhaben – abgesehen davon, dass irgendjemand die 50 000 Flüge bezahlen müsste. Deshalb waren kluge Tüftler wie Myhrvold und

Caldeira auf die elegante Lösung gekommen, man könne doch, statt das Gift häppchenweise nach oben zu fliegen, eine sieben Kilometer lange Plastikpipeline in die Stratosphäre verlegen und durch diese Pipeline die erforderlichen 100 000 Tonnen Schwefeldioxid im Jahr aufwärts transportieren. Verglichen mit den 200 Millionen Tonnen SDO, die jährlich in die Atmosphäre geblasen wurden, aus natürlichen Quellen und von Autos sowie Kraftwerken, war die erforderliche Menge tatsächlich gering, und das Allerschönste an der Überlegung war, dass SDO in bestimmten Regionen im Überfluss auf dem Boden herumlag. Als Müll. Nämlich dort, wo Menschen ohnehin schon die Geologie des Planeten massiv umgestalteten, indem sie Erdölvorkommen aus Teersand förderten, zum Beispiel in Kanada. Bei dieser Art der Ölförderung fiel SDO in großen Mengen an und blieb als gelber Müllberg liegen, den man praktisch nur ankratzen und verflüssigen musste, um das Erdklima nach Belieben zu steuern. Es würde nicht einmal sonderlich viel kosten, mit lächerlichen zwanzig Millionen Dollar per anno ließen sich die Pipelines, dünnwandige, fliegende »Gartenschläuche«, wie die Erfinder sie nannten, mittels Heliumballons im Abstand von fünfzig bis hundert Metern bis in die Stratosphäre führen, wo man dann das flüssige Schwefeldioxid versprühen könnte. Und das Allerschönste an dem Modell war, dass sich auf diese Weise der gesamte Erdball binnen zehn Tagen in eine gesprühte Wolke einhüllen ließe.

Das Dumme war nur – selbst wenn man glaubte, dass das tatsächlich funktionieren könnte –, dass es die Pipelines noch nicht gab. Und der einzige andere Weg, die erforderliche Menge Schwefel kurzfristig in die Stratosphäre zu bringen, war eben ein zweiter Pinatubo.

Als Mavie begann, Philipp zu erklären, dass Schwefeldioxid in der Stratosphäre unter dem Einfluss ultravioletter Strahlung sowie von Wasserdampf und Luftsauerstoff, anders als in der Atmosphäre, Schwefelsäure entstehen lässt, ein wirksames Aerosol, das nur sehr langsam wieder zur Erde absinkt, unterbrach ihr Zuhörer sie mit erhobener Hand und überfordertem Grunzen.

»Okay, ich hab Chemie immer gehasst. Was du sagen willst, ist: eigentlich 'ne tolle Idee. Also, lass ihn doch seinen Vulkan sprengen.«

»Ja, und womit?«

»Vermutlich nicht mit Chinaböllern.«

»Nein, sondern mit Kernsprengsätzen.«

Er zuckte die Achseln. »Die müssen doch eh mal weg.«

»Schon mal was von Fallout gehört?«

»Globaler Fallout?«

Sie schüttelte den Kopf. »Wir haben absolut keine Ahnung, welche Folgen das hat, zum Beispiel für die Ozeane, die sind nämlich ohnehin schon übersäuert …«

»Doch, ihr kennt die Folgen, das hast du mir doch gerade erklärt: Abkühlung. Wolken. Vermutlich Regen, an den richtigen Stellen.«

»Ja«, sagte sie spöttisch, »zumindest kurzfristig, möglich. Und schönere Sonnenuntergänge wegen des Schwefels, so viel steht fest. Philipp, das ist doch totaler Irrsinn.«

»Sag ihm das.«

»Ich mache mich gleich mal richtig unbeliebt bei der Sitzung des Generalstabs, verlass dich drauf.«

»Dass du dich unbeliebt machst? Daran habe ich keine Zweifel, in der Hinsicht hast du Talent. Aber als alter Chef und *Group Head* darf ich dir mit auf den Schulweg geben, dass du einen richtig schweren Stand hast, wenn du nur moserst. Klassische Ansage: Sei Teil der Lösung, nicht Teil des Problems. In Prosa: Wenn du nichts Besseres anzubieten hast als den Vorschlag, der auf dem Tisch liegt – halt's Maul.«

Er lächelte, stemmte sich hoch und setzte sich in Bewegung, zurück in Richtung Badezimmertür. »Und während du deinen besseren Vorschlag vorbereitest, mach ich mal was total Originelles, nämlich mosern. Hannahs Mailbox voll, weil sie mich nicht zurückruft, und dann mosere ich weiter, nämlich deinen Freund Thilo an, wo die Informationen über den Lackwichser bleiben. Das kann ja wohl nicht so schwer sein.«

Mavie blickte bereits wieder auf den Schirm des iPad, klickte sich durch Schlagzeilen und stolperte erstaunt über die absurde Schlagzeile von *FOX News*, ausgerechnet China sei nachweislich allein verantwortlich für die drohende Katastrophe. War nicht, wenn schon, Japan das *Land der aufgehenden Sonne*?

»Ja«, sagte sie abwesend zu Philipps Rücken, »schöne Grüße. Und frag den mal, wo er überhaupt steckt.«

36

Thilo Beck steckte fest, und das in jeder Hinsicht. Fest im Regen und im Schlamm, mitten auf einem Ökoterroristenhof im ostdeutschen Nirgendwo, aber erst recht fest bei seinem Versuch, Bjarne Gerrittsen ausfindig zu machen. Die Damen aus dessen Adressbuch waren nämlich schwer zu erreichen oder gingen grundsätzlich nicht ans Telefon, sondern ließen die Mailbox anspringen oder blieben neben dem Anrufbeantworter sitzen, um erst mal zu hören, welcher Freier anrief. So konnte Thilo nur in höflichem Spanisch seine Bitte um dringenden Rückruf hinterlassen und die Versicherung, es sei wichtig, aber das hatte bislang nicht viel genützt. Lediglich eine der Damen, eine gewisse Conchita, war so nett gewesen zurückzurufen. Sie hatte sehr jung geklungen und schon am Vormittag sehr betrunken, und sie hatte keine Ahnung gehabt, wo *Don Bjarne* steckte oder stecken konnte. Gesehen hatte sie ihn aber ohnehin schon seit Monaten nicht mehr, ihres Wissens trieb er sich in letzter Zeit mit Rafaela herum, deren Telefonnummer sie Thilo freundlicherweise verriet. Sie versicherte ihm sogar, sie werde *Rafa* seinen Gruß ausrichten und sie bitten, ihn anzurufen. Aber Thilo war alles andere als sicher, ob Conchita sich länger als drei Minuten nach dem Auflegen noch an dieses Versprechen erinnern würde.

Er hinterließ Nachrichten auf vielen Bändern und kam sich allmählich vor wie Callcenter-Drücker, aber er wusste nicht, was er sonst tun sollte, um Gerrittsen auf die Spur zu kommen. Nach La Palma fliegen und selbst nach ihm suchen? Davon abgesehen, dass es nicht einfach sein würde, einen Flug zu bekommen, jetzt, da halb Deutschland auf Wartelisten und Flughäfen stand – was sollte er, selbst wenn er einen freien Platz ergatterte und binnen der nächsten Tage auf die Insel zurückkehren könnte, dort unternehmen? Bei allen *Damen* vorbeifahren? Sie an ihren Arbeitsplätzen am Straßenrand und in den Bars persönlich aufsuchen? Auf den Nachbarinseln weiterforschen, wo Gerrittsen ebenfalls *Beziehungen* unterhalten hatte?

Der Professor selbst machte es jedenfalls genauso wie seine Damen. Er rief nicht zurück. Inzwischen war sogar seine Mailbox aus. Oder voll.

Was das betraf, konnte Beck also nur noch hoffen. Und warten. Hoffen, dass Gerrittsen überhaupt noch lebte, und warten, dass er sich meldete. Sofern er das tat, musste Beck ihn dann nur noch überreden, ihm einen Zugang zu *Prometheus'* Hirn zu gestatten. Sollte es so weit kommen und der Professor die berechtigte Frage äußern, was Beck denn bitte schön mit diesem Zugang zu seinem persönlichen Allerheiligsten wolle, stand der Bittsteller vor dem nächsten Problem, nämlich der Erfindung einer eleganten Lüge. Denn die Antwort: »um Ihr ganzes Programm als kunstvoll aufgeblasenen Fake zu entlarven«, würde Gerrittsen wohl kaum animieren, begeistert all seine Firewalls niederzureißen.

Aber momentan stellten sich solche taktischen Fragen nicht. Denn falls Gerrittsen längst tot im Meer trieb und sein Wissen und seine Passwörter mit zu den Fischen genommen hatte, konnte Beck sich alle weiteren *Prometheus* betreffenden Überlegungen getrost schenken. Die Auftraggeber des Professors würden ihm jedenfalls garantiert nicht weiterhelfen. Zumal sie offenbar absolut keinerlei Zweifel am Wahrheitsgehalt der Prognose hegten – und nie gehegt hatten.

Sie hatten daran geglaubt. *Sie* waren offensichtlich exzellent vernetzt, und *sie* hatten nicht ohne Grund Aluminiumschnipsel und Ballons in den Himmel aufsteigen lassen, um gegebenenfalls die Folgen der sich ankündigenden Katastrophe abzumildern. *Sie* hatten sich aber offenbar auch irgendwann entschlossen, diese Bemühungen einzustellen und stillschweigend abzuwarten. Wie viel Gerrittsen über diese Beschlüsse wusste, war Beck nicht klar. Aber klar war, dass der regelmäßige IICO-Besucher Fritz Eisele etwas darüber wissen musste. Und dessen Bedeutung in diesem Spiel hatte Beck offensichtlich unterschätzt.

Deshalb hielt er Philipps Idee für goldrichtig, herauszufinden, ob Eisele tatsächlich im Koma in irgendeinem Krankenhaus vor sich hin dämmerte oder, entgegen der offiziellen Verlautbarungen, zum Zeitpunkt des Anschlags überhaupt nicht im *New York* gewesen war. Beziehungsweise, wohin er andernfalls verschwunden war und wo er sich jetzt aufhielt. Beck hegte zwar, anders als Philipp, keine Rachegelüste, war aber sicher, dass Eisele ein paar Fragen beantworten konnte. Und zwar möglichst bevor Philipp ihn in die Finger bekam.

Aber was das betraf, steckte Beck genauso fest wie in Sachen Gerrittsen. Denn um das Computersystem des *New York* oder das der Uni Rotterdam oder gleich das der Polizei vor Ort zu »hacken«, brauchte er entweder ausreichend Zeit an einem leistungsfähigen, mit den entsprechenden Programmen ausgerüsteten Rechner – oder eben einen fähigen Helfer, nämlich Oskar. Und der hockte seit Miletts dummer Rede und der noch viel dümmeren Verunglimpfung des *Kommandos Diego Garcia* wie festgeschraubt vor seinem PC, genauso wie alle anderen Gaias, und programmierte, schnitt und designte an den nächsten Episoden der SOS-Saga herum, motiviert und angefeuert vom stolzen Feldherrn persönlich, dem zwischen den Schreibtischen hin- und herschreitenden Diego.

Beck hatte Oskar in der Küche abgefangen, als der sich den circa hundertsten Kaffee dieses Morgens mit zitternden Fingern aus der Kanne in einen Becher goss, aber der sanfte kleine Nerd hatte bloß entschuldigend die Achseln gezuckt und ihm versichert, er sei »sozusagen schon dran« am *New York*. Gleich. Bald. *Gib mir noch eine Stunde oder zwei. Sobald der dritte Teil online ist.*

Und das war das nächste Problem. Die SOS-Filme. Hergestellt von begabten Ex-Werbern, die trotz ihres Wechsels auf die »richtige« Seite nicht vergessen hatten, wie man Wirkung erzielte und sein Produkt verkaufte, mit geeigneten Bildern, Tönen, Farben und Schnittfolgen, die Emotionen hervorriefen. Nur dass sie diesmal kein Produkt zu verkaufen hatten. Sie hatten nichts weiter anzubieten als die Emotionen selbst, genauer gesagt nur eine einzige Emotion: Angst.

Beck wusste ganz genau, was er tun und sagen musste. Diego stoppen. Dazu bedurfte es nur eines kurzen, aber deutlichen Vortrages, den er die ganze Zeit in seinem Kopf widerhallen hörte.

Hast du Augen im Kopf, Diego? Guck auf die Zugriffszahlen – die ganze Welt sieht sich eure Armageddon-Filme an, die ganze Welt hat Angst. *Niemand hört auf Miletts beruhigende, geschliffen formulierte Warnung, du hast gewonnen! Die ganze Welt setzt sich in Bewegung, die Welt flüchtet! Niemand wird auf die Presse hören, auf den korrupten Mainstream, diesmal habt ihr gewonnen, ihr, die Kleinen, die Revoluzzer, der Untergrund. Die Menschen fangen an zu wandern, sie haben Angst. Sie flüchten aus dem Norden, ans Mittelmeer, weil sie hoffen, dort nicht zu ersaufen. Und sie flüchten aus den Wüsten, ans Mittelmeer, durch Mexiko nach Kalifornien und weiter nach Norden, aus Indien – ja, wohin eigentlich? Weißt du, wie viele auf dieser Flucht sterben werden? Wie viele Millionen Frauen, Kinder und Männer? Und alles, weil du gewinnst.*

Hör auf mit dem Scheiß. Ändere den Ton. Gib dir Mühe. Mach den Menschen keine Angst, das kann jeder Idiot, und in diesem Fall begehst du Idiot ein Verbrechen. Mach's dir schwer. Mach den Menschen Hoffnung. Hilf Milett, blas ins gleiche Horn. Scheiß auf deine Eitelkeit. Er hat dich beleidigt, na und? Hilf ihm, es geht nicht um euch zwei, es geht um alles. Verbreite: »Wir kommen und helfen euch« statt »lauft!«. Schalte mal dein Gehirn an, Diego Garcia, willst du 500 Millionen Tote auf dem Gewissen haben?

Ach, und jetzt, nachdem wir das geklärt hätten und es erst mal keine weiteren grenzdebilen SOS-Filmchen mehr geben muss, hat ja wohl auch dein Chefhacker mal eben zwei Stunden Zeit, ein paar Überwachungskameras für mich zu knacken, richtig?

Es war eigentlich ganz einfach. Aber im absolut wahrscheinlichen *Worst Case* stünde Beck nach dieser Rede mit mindestens einem blauen Auge draußen im Regen, mitten im Nichts und circa drei Stunden Fußmarsch durch Zecken- und Wolfsreviere entfernt von der nächsten Ansiedlung oder befahrenen Landstraße. Ohne Oskar. Und ohne jede Aussicht, Gerrittsen oder Eisele auch nur einen Millimeter näher zu kommen. Dafür mit Aussichten auf Borreliose oder einen abgebissenen Arm.

Weshalb er seine Rede für sich behielt.

Er hatte inzwischen sogar aufgehört, den schwer arbeitenden Computergaias gelegentlich über die Schultern zu sehen. Er wollte weder wissen, wie sich der nächste Teil der SOS-Saga entwickelte, noch wollte er auf den kleinen obskuren Webcam- und Videofeed-Fenstern in den Bildschirmecken verfolgen, wie sich die Lage in den afrikanischen und mittelamerikanischen Hafenstädten entwickelte. Er hatte weder Interesse an Militärfahrzeugen noch an Menschenmassen, die an Zäunen rüttelten, noch an Feuern und Explosionen.

Und so klinkte er sich aus. Schaltete auf Durchzug, blendete die Geräusche aus, alles, was um ihn herum passierte, zog seinen iAm heraus und studierte die Listen, die Philipp ihm geschickt hatte. Die zahllosen Namen und Firmen, die am IICO beteiligt waren, die dieses Großprojekt seit 2005 geplant und Realität hatten werden lassen. Die ganze Konstruktion war auf den ersten Blick einfach nur verwirrend, denn es waren 26 verschiedene Risikokapitalgeber beteiligt, eine ungewöhnlich hohe Zahl. Warf man einen Blick in die Beteiligungsstrukturen der einzelnen 26, wurde man regelrecht erschlagen von Teilhabern, die wiederum größtenteils aus kleinen Venture-Capital-Firmen bestanden. Erst der Blick auf die jeweils maßgebenden Firmen auf der zweiten Hierarchieebene brachte etwas mehr Klarheit. An fünfzehn der 26 Risikokapitalgesellschaften besaßen jeweils große, multinational operierende Konzerne die Mehrheitsanteile, bei den verbleibenden elf waren die Verhältnisse komplizierter. Aber Philipp hatte recht gehabt mit seiner Vermutung, dass auf der dritten Hierarchieebene eine einzige Firma die elf kontrollierte, teilweise wiederum verborgen hinter den jeweiligen Mehrheitseignern der elf. Man musste sich allerdings bis ganz nach unten durchwühlen und dann wieder in Richtung Spitze schielen, durch den Firmen- und Beteiligungsdschungel, um zu begreifen, dass neben einem knappen Dutzend namhafter großer Energieversorger vor allem eine Firma die Geschicke des IICO lenkte. Eine scheinbar kleine Firma mit dem schönen Namen Solunia. Eiseles Firma.

Beck sah auf. Er brauchte dringend einen vernünftigen Browser, und zwar nicht den seines iAm. Den hatte er schon am Morgen versehentlich zweimal benutzt, um Olsen und eine von Gerrittsens Damen anzurufen, bevor ihm wieder eingefallen war, dass er die unschönen ortungssicheren Gaia-Handys zu benutzen hatte; er hielt die Vorsichtsmaßnahme zwar für übertrieben, aber er wollte sich auch nicht bei einer zweistündigen Netzsession am Esstisch der paranoiden Weltverbesserer erwischen lassen. Also schaute er sich nach einem freien PC-Arbeitsplatz um und sah überrascht, dass Nina tatsächlich gerade aufgestanden war und mit einem Lächeln an ihm vorbei auf die Küche zumarschierte, wo drei andere Frauen und Männer begonnen hatten, das Mittagessen zuzubereiten.

Ihr Rechner stand einladend verwaist auf seiner Holzplatte. Und Beck beschloss, die Zeit für eine gründlichere Solunia-Recherche zu nutzen, denn was er vor allem wissen wollte, war nicht, wofür der Verein sein Geld ausgab, sondern womit Solunia eigentlich Geld *verdiente*.

Er wollte gerade von seinem Platz am noch verwaisten langen Esstisch aufstehen, als die schönsten Töne aus Holsts *Jupiter* erklangen. Beck griff eilig nach seinem iAm, sah auf dem Display, dass der Anrufer Philipp war, drückte eilig auf Empfang und verbarg den iAm so gut wie möglich in seiner ans Ohr gedrückten Handfläche, noch ehe irgendeiner der Gaias mitkriegte, dass er schon wieder gegen die Hausordnung verstieß.

»Ich hab dir doch meine andere Nummer gegeben«, begrüßte er Philipp.

»Stimmt«, sagte der viel zu lässig, »aber die hab ich irgendwie verbaselt. Hast du die Bilder aus dem Hotel?«

»Noch nicht«, sagte Beck und sah hinüber zu Oskar, der jetzt ebenfalls seinen Arbeitsplatz verließ und auf den Tisch zukam. Auch die meisten anderen der Bildschirmarbeiter hatten sich in Bewegung gesetzt, halfen in der Küche, stellten Geschirr, Gläser und Wasserkaraffen auf den Tisch. Beck stand auf, ging auf die Tür zu, durch die jetzt weitere Gaias von draußen hereinkamen, nass und schmutzig, und ihre Jacken an die Garderobenhaken neben dem Eingang hängten. Er warf einen sehnsüchtigen Blick auf die herrlich unbesetzten Arbeitsplätze, aber er wusste, dass er jetzt ohnehin keine Chance hatte, dort im Netz zu recherchieren. Jedenfalls nicht sonderlich unauffällig, wenn gleichzeitig die gesamte Gaia-Truppe am Tisch zusammensaß und zu Mittag aß.

»Die wissenschaftlichen Mitarbeiter hier haben andere Aufgaben zu erledigen, Propagandavideos, damit die Welt möglichst noch schneller ins Chaos rutscht. Wir stehen nicht direkt oben auf der Prioritätenliste, aber Oskar kümmert sich drum.«

»Wann?«

»Sobald er seinen dritten Film oben hat. Irgendwann am Nachmittag. Aber er hat mir schon gesagt, die Überwachungskamera des Uni-Pförtnerhauses sei kein Problem, das *New York* vermutlich auch nicht. Er muss nur dazu kommen.«

Philipp ließ ihn einen unwilligen Laut hören, den Beck nicht hören wollte. »Du kannst parallel was für mich tun«, sagte er. »Ich komme hier nämlich nicht in Ruhe ins Netz. Solunia.«

»Was ist damit?«

»Das frage ich dich. Klar ist, dass die Firma bestimmenden Einfluss auf das IICO hatte und hat, und wenn ich diese Berge von

Informationen richtig lese, ist ebenfalls klar, dass Fritz Eisele bestimmenden Einfluss auf Solunia hat. Aber völlig unklar ist, jedenfalls mir, was Solunia eigentlich macht.«

»Investieren. Zum Beispiel ins IICO.«

»Ja, aber nicht nur. Irgendwomit muss die Firma ja auch Geld verdienen, aber Bilanzen sehe ich hier nicht.«

»Nein, weil keine Offenlegungspflicht besteht. Schon gar nicht auf den Bahamas.«

»Eben. Aber was macht Solunia? Womit verdient Eisele sein Geld? Außer mit gut dotierten Vorträgen und Beraterverträgen …« Beck runzelte die Stirn. Er hatte sich schon in Rotterdam gewundert, sowohl über den Ort, an dem Eisele seinen Vortrag halten sollte als auch über die Gästeliste. Es waren nur eine Handvoll Presseleute akkreditiert, die übrigen Gäste waren Industrievertreter gewesen – was Gerrittsen ihm beiläufig damit erklärt hatte, die Veranstaltung diene weniger dazu, brandneue wissenschaftliche Erkenntnisse vorzustellen, als vielmehr dazu, »Unterstützer und Sympathisanten« bei Laune zu halten. Beck hatte damals nicht nachgefragt, aber zum ersten Mal hatte er das Gefühl, mit seinem Verzicht auf Eiseles Vortrag doch etwas Wichtiges verpasst zu haben.

»Ich brauche die Vortragstexte«, sagte er, mehr zu sich selbst. »Und die Gästeliste.«

»Was?«

»Die Gästeliste aus Rotterdam. Und die letzten Vorträge von Eisele.«

»Wozu? Und vergiss es, sowieso, da müsstest du ja schon direkt in seinen PC, die wird er kaum ins Internet gestellt haben.«

»Nein, vermutlich nicht. Aber seine Veröffentlichungen. Dann brauche ich die. Schreibst du mit?« Beck wartete keine Antwort ab. »Die Veröffentlichungen aus der Fachpresse und die aus dem Mainstream, falls es welche gibt, aus den letzten zwei Jahren, dazu alles, was wir kriegen können, über die Einnahmequellen von Solunia. Das IICO hat nicht nur an *Prometheus* gearbeitet, sondern parallel an Wolkengeneratoren und -booten. Ich dachte bis eben, das wäre nur ein wissenschaftliches Experiment gewesen, aber andererseits kann man mit so was – und vor allem mit anderen Geoengineering-Lösungen – natürlich auch Geld verdienen. Sofern man die richtigen Partner hat und die richtigen Abnehmer.«

»Notiert, Chef«, sagte Philipp mürrisch. »Sonst noch was?«

»Nein, das wäre erst mal alles.«

»Gut. Ich versuch's mal über meine Assistentin und meine bestechlichen Freunde bei den Banken. Sofern die nicht längst in irgendwelchen Schlauchbooten sitzen und versuchen, den Main runter nach Italien zu entkommen. Und du kümmerst dich mal *pronto* um die Kameras.«

»Würde ich ja gern«, sagte Thilo mit einem Blick zum Tisch, wo inzwischen alle Gaias versammelt saßen und aßen. Nina und Paulina warfen ihm Blicke zu, Nina freundlich fragend, Paulina verärgert, weil er sich noch immer nicht zu ihnen gesetzt hatte. Da jetzt auch Diego von seinen Nudeln aufsah und ihn mit einem fragenden Blick bedachte, lächelte Thilo entschuldigend und wandte sich ab. »Nur sitze ich hier nicht in einem Internetcafé, und meinen iAm darf ich eigentlich auch nicht benutzen.«

»Wieso? Wo bist du da, in 'nem russischen Knast?«

»Nein, aber mitten in der Pampa, beziehungsweise im altmärkischen Nichts zwischen verlassenen Käffern mit so schönen Namen wie Dolle und Hottendorf. Aber falls du mal einen leer stehenden Truppenübungsplatz brauchst, so was gibt's hier in der Nähe.«

»Dann lass dich nach Hause fahren. Oder komm nach Genf, da sitzen die wichtigen Herren ab morgen früh zusammen und retten die Welt.«

»In Genf.«

»Ja, weil Milett nicht nach Paris fliegen will, weil es in Paris regnet.«

»Und was hat er vor?«

»Vulkane sprengen. Mit Atombomben.«

»Was?«

»Mavie versucht gerade, ihm das auszureden.«

»Das ist doch irre.«

»Eben.«

»Sag ihr, sie soll mich anrufen. Aber auf der anderen Nummer.«

»Ja, Chef«, sagte Philipp. »Und du gibst in der Zwischenzeit mal ein bisschen Gas.«

»Mache ich«, sagte Beck. »Aber wenn du schon dabei bist und deine Bankfreunde wirklich ebenso talentiert wie bestechlich sind: Krieg raus, wer für Eisele die Hotels und Flüge bucht, und lass dir die gesamten Transaktionen mailen, die über diesen Account in den letzten Monaten gelaufen sind. Falls das zu teuer wird, gib mir den Namen und die Kartennummer durch, dann haben der überforderte Mitarbeiter hier und ich noch ein bisschen mehr auf dem Zettel. Bis später.«

Er legte auf, schaltete den iAm ab und ließ ihn in seine Tasche gleiten. Dann ging er auf den Tisch zu, mit einem entschuldigenden Lächeln, murmelte ein »Verzeihung« in die Runde sowie »Guten Appetit«, füllte sich einen Teller halb voll mit Nudeln und Tomatensoße und brach sich ein Stück von dem selbst gebackenen Brot ab. Er setzte sich neben Oskar ans Ende der Tafel, mit dem Rücken zum Arbeitsraum, möglichst weit weg von Diego.

Der ihn trotzdem ansprach. »Damit wir uns nicht missverstehen, Thilo«, sagte er laut, aber freundlich.

Beck sah ihn überrascht an.

»Niemand von uns«, sagte Diego, »ist sauer auf dich. Du brauchst dich hier nicht am Rand herumzudrücken und unsichtbar zu machen, niemand macht dir einen Vorwurf. Dass Milett uns verraten hat, ist nicht deine Schuld. Wir alle sind erschüttert über das, was er getan hat, aber wir werden ihn damit nicht durchkommen lassen. Ich habe ihn falsch gesehen. Ich habe seine wahren Motive verkannt, all die Jahre. Wir werden ihn entlarven als das, was er ist, ein eitler, selbstsüchtiger Fatzke, ein Verräter an der Erde und an der Menschheit. Aber vorher werden wir ihn daran hindern, Afrika und Asien zu opfern. Hast du die Zugriffszahlen gesehen?«

Beck nickte.

»Milett ist bedeutungslos. Milett fehlt die Glaubwürdigkeit, weil die Menschen ihn durchschauen, weil sie sehen, wer er wirklich ist. *Wir* werden gehört und wahrgenommen, denn wir sind die Stimme der Vernunft, *wir* sind das Weltgewissen.«

Beifälliges Murmeln erhob sich, und Beck stopfte sich nickend eine Gabel Nudeln ins Gesicht, um sein Zähneknirschen zu dämpfen.

»Also«, sagte Diego feierlich, »sei versichert, dass niemand hier dir grollt oder Zweifel an deiner edlen Gesinnung hegt. Wir wissen, dass du einer von uns bist, Kamerad. Nun reih dich ein und kämpf an unserer Seite.«

Beck sah auf. In fünfzehn Gesichter, die erwartungsvoll und frohen Mutes in seine Richtung blickten.

Was sollte er sagen? *Nehmt zuerst mal eure blöden Filme aus dem Netz, ihr Massenmörder?*

»Ich bin bei euch«, nickte er. »Danke für deine Worte, Diego, und danke, euch allen, für euer Vertrauen.«

37

Als Mavie um kurz vor neun Uhr abends die Treppe hinaufstieg, hatte sie Kopfschmerzen vom Zähnezusammenbeißen, Ausdauernd-gegen-Wände-Laufen und Bemerkungen-Herunterschlucken. Ihr Nacken fühlte sich an wie aus Zement schief in Position gegossen, Folge ihrer permanenten skeptischen Fehlhaltung im Verlauf der Gespräche, die sie geführt hatte. Oder besser, denen sie hatte beiwohnen dürfen.

Sie war gut vorbereitet gewesen, als Milett endlich, mit mehrstündiger Verzögerung, sein Team zur Lagebesprechung bat. Sie hatte eine ganze Reihe guter Argumente gegen die Vulkansprengungen gefunden, insbesondere gegen Sprengungen mit Nuklearköpfen, und wusste, dass auch Jean-Baptiste nicht restlos überzeugt war vom Plan seines Chefs. Ihre guten Argumente war sie allerdings nicht wie vorgesehen losgeworden, denn Milett hatte sie in der um drei Personen erweiterten Runde nicht nur als seine »Weltfrauenbeauftragte« vorgestellt, sondern auf ihre forsche Anmerkung, Vulkane seien nicht der Weisheit letzter Schluss, noch etwas forscher erwidert, dieser Punkt stehe nicht auf der Tagesordnung und erst recht nicht zur Debatte.

»Flugverkehr?«, hatte sie trotzig eingeworfen, ehe er einfach weitermachen konnte, und ihn an 2010 erinnert. Daran, dass schon die vergleichsweise harmlose Eruption des Eyjafjallajökull die europäischen Airlines täglich hundert Millionen Euro gekostet hatte.

Er hatte die Bemerkung weggewischt. Erstens würden sie die Asche nicht in der Atmosphäre verteilen, sondern stratosphärisch, also oberhalb der Reiseflughöhe von Passagiermaschinen, zweitens falle ihm die Entscheidung zwischen Menschenleben und frischen Kiwis für deutsche Studentinnen ausgesprochen leicht.

Sie ließ sich weder beleidigen noch beirren, sondern setzte nach. »Wenn Sie irgendwas mit einem *VEI* von über fünf auswählen, beenden Sie nicht nur die Krise, sondern Homo sapiens gleich mit.«

Was sie für ihr stärkstes Argument gehalten hatte, verscheuchte er wie eine lästige Fliege. Er wusste, wovon sie sprach – vom Toba auf Sumatra, der 74000 Jahre vor ihrer Zeit explodiert war, mit einem Vulkan-Explosivitäts-Index von acht, und dessen Aschewolke tatsächlich für eine neue Eiszeit gesorgt hatte. Sie aber würden einen Vulkan mit einem *VEI* von fünf oder sechs sprengen, keinen Taupo, keinen Toba, keinen Yellowstone, nicht einmal einen wie den Kurillensee-Vulkan. Sondern einen der Stärke sechs. Aus der gleichen Kategorie wie Pinatubo, Krakatau und Laacher.

Damit war die Grundsatzdiskussion beendet gewesen, jedenfalls für ihn, und er hatte ihr die neuen Teammitglieder vorgestellt, mit denen er nun voranzukommen gedachte, statt weiter Zeit zu verlieren. Stephen Brigg, Schotte und Vulkanologe, ein brummiger Holzfäller; Henning Södergren, Schwede und Sprengstoffexperte, blass und schmal; sowie Dick Filmore, Fachmann für Nuklearsprengungen.

Entsprechend verlief das Gespräch. Mavie versuchte zwar noch einige Male, Zweifel an der Idee an sich anzubringen, fing sich aber dafür jedes Mal einen Blick von Milett ein, der mit sofortigem Rauswurf drohte – sowie die ergänzende Bemerkung, ihre Expertise werde vermutlich noch gebraucht, später.

Nach einer knappen Stunde kannte sie die aussichtsreichsten Kandidaten auf der Big-Ass-Liste, kannte die Vorbehalte gegen die meisten – Umgebung zu schwer zu evakuieren, schwierige Windverhältnisse, schwierige politische Verhältnisse – und schloss sich schweigend der Mehrheitsmeinung an, am geeignetsten erscheine der Emi Koussi, weitab von jeder Zivilisation im nördlichen Tschad gelegen, 3400 Meter hoch im Tibesti-Gebirge. Bei dem stellte sich lediglich die nicht unbedeutende Frage, wie man die Sprengladungen am besten platzieren und überhaupt vor Ort bringen wollte. Södergren, Filmore und Brigg waren übereinstimmend der Meinung, man müsse den Vulkan präparieren, um die Sprengsätze zuverlässig ins Innere zu bringen, zwischen felsisches und intermediäres Magma, mit einem Abwurf sei es beileibe nicht getan. Und das bedeutete, dass Milett telefonieren musste. Mit seinem Freund, dem französischen Präsidenten. Der dann vermutlich dem Tschad irgendwas versprechen musste, nicht nur, dass zumindest ein Teil der Bevölkerung den möglichen Fallout überleben würde, sondern erst recht ein paar Millionen Entwicklungshilfe für die Privatkonten der Regierungsmitglieder. Die Chancen standen nicht schlecht. In der UNO-Rangliste der korruptesten Regierungen stand die des Tschad auf einem beachtlichen vierten Rang.

Nachdem Milett sich zurückgezogen hatte, um zu telefonieren und mit Aldo an seiner für den nächsten Morgen in Genf geplanten Antrittsrede vor dem UNO-Expertenkomitee zu arbeiten, diskutierten die drei Neuankömmlinge mit Goran und Jean-Baptiste das Für und Wider der Nuklearsprengung – Goran regte an, stattdessen mit Thermit zu arbeiten, um der Gefahr einer Verstrahlung aus dem Weg zu gehen, die anderen lehnten den Vorschlag ab, weil »waffenfähiges« Nanothermit erstens nur von den Amerikanern zu bekommen sei, zweitens unmöglich tief genug im Krater zu platzieren, ohne schon beim Versuch eine für das Sprengteam verheerende Kettenreaktion auszulösen, und drittens ein Vulkan, anders als das World Trade Center, auf das Goran offenbar anspielte, nun einmal nicht vorwiegend aus Stahl und Eisen bestünde, die Thermitreaktion also mangels Eisenoxid im Krater gar nicht in gewünscher Form explosiv stattfinden könne. Goran solle sich daher seinen »konspirologischen Unsinn« gefälligst ebenso wie sein Thermit für die nächste Stahlträgerkettenreaktion aufheben und in diesem Fall in den sauren Kernapfel beißen.

Mavie versuchte es noch einmal. Diesmal bei Jean-Baptiste, mit dem sie die Expertenrunde verließ, um weitere Daten über die Kandidaten zwei und drei auf der Big-Ass-Liste einzuholen – Kandidaten, die auf der Liste nach oben rutschen würden, falls die Regierung des Tschad sich uneinsichtig zeigte. Aber auch Jean-Baptiste sah sie bloß verdattert an, als sie noch einmal betonte, die Folgen einer solchen Sprengung seien unabsehbar, mittelfristig wären – einigen Studien zufolge – sogar weniger Niederschläge zu erwarten und der Nutzen alles andere als gewiss. Denn selbst wenn das von Milett gewünschte *Global Dimming* die Sonneneinstrahlung tatsächlich signifikant senkte, war damit noch lange nicht gesagt, dass dieser Eingriff auch positive Folgen für die Regenverteilung hätte.

Jean-Baptiste hatte bloß verständnislos den Kopf geschüttelt. Und sich entschuldigt. Er müsse arbeiten. Es gebe viel zu tun.

Mavie hatte genickt. Ihm recht gegeben. Es gab viel zu tun, in der

Tat. Und sie hatte ihn gefragt, wer sich denn um die wirklich wichtigen Dinge kümmere, wenn nicht sie? Um den Rest.

Welchen Rest?

Den Rest, den CNN in stummen Bildern rund um die Uhr in die Bibliothek des Milett'schen Anwesens sendete.

Den Süden. Afrika. Die Unruhen in den Hafenstädten. Die beginnenden Flüchtlingstrecks durch die Wüsten. Um Notlager. Lebensmittel. Trinkwasser. Indien.

Jean-Baptiste hatte verständnislos hingesehen, auf den Schirm. Sich suchend nach allen Seiten umgesehen, die Fernbedienung auf dem Sofa gefunden und das Gerät dann ausgeschaltet. Es gebe viel zu tun. Und viele Gelegenheiten, sich abzulenken und sich zu verzetteln. Die er nicht zu nutzen gedenke.

Sie war gegangen.

Als sie das Gästezimmer betrat, war sie genervt, verspannt und geladen. Und als sie Philipp auf dem Bett liegen sah, bequem an die lederne Rückenstütze gelehnt, das iPad auf dem Schoß, auf einem Tablett neben sich eine Cracker-und-Käse-Auswahl, eine bereits fast halb geleerte Flasche Lagavulin und zwei Whisky-Tumbler, hatte sie endgültig das Gefühl, im falschen Film gelandet zu sein. Aus dem iPad klangen Töne, die nicht sein konnten, wonach sie klangen: der Geräuschteppich eines voll besetzten Fußballstadions.

Sie zog die Augenbrauen hoch, er erwiderte ihren genervten Blick mit gleicher Münze, dann sah er wieder gelangweilt auf den Schirm und griff nach seinem Whiskyglas.

»Alles klar?«, sagte sie.

»Scheißtag.«

»Gleichfalls. Weil?«

»Weil ich nicht der Assi vom Assi bin. Weil Lisa sich verpisst hat und nicht ans Telefon geht und ich so nicht arbeiten kann. Die Schnecke ist so was von gefeuert! Weil meine Tochter nur noch mucksch rummault, weil sie irgendwie alles scheiße findet, weil meine Ex ihr dann auch noch das Handy wegnimmt und mir sagt, ich soll mich gefälligst raushalten, und *auflegt* und weil ich keinen Bock auf diese verdammten Riffpiraten in meiner Villa hab, immerhin ist das ja wohl *noch* mein Haus.«

»Aha«, sagte sie. »Klingt nach echten Problemen.«

»Du hast keine Ahnung von echten Problemen. Du hast keine Kinder, kein Haus, und du bist in deinem Element: Klima, Weltretten, sich wichtigmachen. Ich wohn halt nicht in den Wolken, ich wohn an der Elbe.«

Sie musste schlucken, nicken und noch mal schlucken, ehe sie in Zimmerlautstärke antworten konnte. »Deine Kinder und deine Frau sind in Sicherheit, und wenn dir der Keller vollläuft, ist das ja wohl nicht so schlimm.«

»Da steht meine Bildersammlung.«

»Ja, scheiß auf deine Bildersammlung!« Es fühlte sich richtig an. Der Kragen platzte ihr mit Wucht, und sie fand die Lautstärke völlig angemessen. »Scheiß auf deine Villa! Es sterben überall Menschen …«

»Hey, *breaking news!* Es sterben *immer* überall Menschen.«

»… hast du die Bilder aus Lagos gesehen, verdammt?!«

»Ich wohne nicht in Lagos, ich weiß nicht mal, wo das *ist.*«

»… aus Algier, Rabat, Monrovia …«

»Hab ich!«, brüllte er zurück. »Mehr Kreuzfahrten! Aida für alle! Hunderttausende von Reisewilligen, die sich den Weg an Bord freischießen! Super! Mehr Bewaffnete, die in See stechen! Nachdem die ja jetzt wissen, wo's hingeht – los, nach Europa! Nach Deutschland, die lassen uns rein! Die Elbe runter, wie die Kameraden von der *Eastern Star!* Da gibt's Futter! Und Schnaps! Und Jungfrauen! Am besten blonde, also: Wenn die dich vor irgendeine Flinte kriegen, gute Nacht, Mavie …«

»Du spinnst doch echt. Das ist *ein* Schiff.«

»Das ist das *erste* Schiff. Die anderen sind aber schon unterwegs, und zwar in Mengen, zu Wasser und ab morgen auch zu Luft. Die Flughäfen werden gestürmt, *Baby,* und diese Terroristen wollen nicht in Hochhäuser fliegen, die wollen dummerweise bei uns landen. Das ist 'ne Monsterreisewelle, aber falsch rum. Wer sieht hier nicht fern, du oder ich?«

»Du siehst, offensichtlich. DSDS schon vorbei? Wer spielt?«

»ManU gegen Chelsea. Eins-eins.« Er trank einen Schluck Whisky, dann sah er sie an, fragend, übertrieben höflich. »Auch einen?«

Sie schüttelte den Kopf.

»Du sollst Thilo anrufen.«

»Weshalb?«

»Wegen der Vulkane. Und wegen Gerrittsen.«

»Überflüssig«, sagte sie, wieder kopfschüttelnd. »Er wird das Gleiche denken wie ich, aber das will keiner hören. Und bei Gerrittsen kann ich ihm nicht helfen. Was macht Eisele?«

»Keine Ahnung. Weil meine Scheiß-Assistentin im Urlaub ist. Ohne Erlaubnis. Meine *Ex*-Assistentin.«

»Die wird im Moment vermutlich andere Sorgen haben.«

»In Zukunft erst recht.« Ohne den Blick vom Bildschirm zu wenden, sagte er: »Aber das ist krank, oder? Wir kriegen uns ja wenigstens in die Haare, du willst die Welt retten, ich mein Haus, du bist die Gute, ich bin schlau ... Aber dass das alles so weitergeht ...«

»Was?«

Er deutete auf das iPad. »Na, das da, das Programm. Dass das Spiel stattfindet. Aber auch sonst, alles wie gehabt. Gerichtsserien, ›Deutschland renoviert‹ – aufgezeichnet im letzten Sommer –, ›So kochen Deutschlands C-prominente Haustiere‹ – als wäre ansonsten nichts los. Klar, die Nachrichtensender berichten den ganzen Tag rauf und runter, überall brennt's, überall wird geschossen, überall kratzen Menschen ab wie die Fliegen, aber für die normale Sofakartoffel ist wahrscheinlich schon Paris *gefühlt* so weit weg wie der Pferdekopfnebel. Fragt sich nur, wann die endlich kapieren, dass die Wirklichkeit sie gerade eingeholt hat. Wann die mal den Kopf leicht nach links wenden und aus dem Fenster gucken statt in den Fernseher.«

»Wenn der Pizzamann nicht mehr klingelt.«

Er hatte gerade das Glas gehoben und den Mund geöffnet, als sie antwortete, und einen Sekundenbruchteil später wischte er sich den energisch geprusteten Malt von Nase und Wange, lachte aber trotzdem weiter.

Mavie konnte nicht anders, sie machte kurz mit. Und das fühlte sich sogar noch besser an als ihr Gebrüll von vorher.

»*Joey's Pizza* im Schlauchboot«, sagte Philipp.

»Sushi, frisch gefangen vor Ihrer Winterhuder Haustür.«

»Lieferung vom Qualle-Versand.«

Sie setzte sich auf die freie Betthälfte, lehnte sich an und griff nach dem zweiten Whiskyglas. Er schenkte ihr großzügig ein, sie hob das Glas, trank, schüttelte sich und schnappte sich Cracker und Käse.

»Das ist ja voll«, sagte sie, deutete auf den Bildschirm und meinte das Stadion.

»Nee«, schüttelte er entschieden den Kopf. »FA-Cup. Ist immer randvoll, sonst, aber heute nicht. Locker 20000 freie Plätze, wegen der Verkehrslage. Die Bahnen fahren nicht mehr zuverlässig, weil alles weggespült wird, und mit dem Auto nach London, selbst wenn dein SUV bis zur Windschutzscheibe wasserdicht verplombt ist: ganz miese Idee. Keine Parkplätze ...« Er sah sie an. »Ich kann das auch ausmachen.«

»Und dann?«

»Weiß nicht. Backgammon ist nicht so meine Welt, aber du weißt doch von Milett, wie das zusammenhängt, kein Fernsehen und Bevölkerungswachstum ...«

»Vergiss es.«

»Ich arbeite dran, aber wenn ich das nach 24 Stunden schon vergessen *hätte,* wärst du zu Recht verletzt.«

»Du hast sie doch wirklich nicht alle«, sagte sie vorwurfsvoll und näherte sich langsam und mit einem glasklaren *Nie im Leben* im Blick seinem Gesicht.

»Natürlich nicht«, sagte er, und sein Gesicht näherte sich ihrem. »Aber ich hab ja dich, und du bist zum Glück komplett kopfgesteuert.«

Ein kollektives Seufzen erklang, und als sie beide verwundert aus den Augenwinkeln in Richtung des iPad sahen, sahen sie ein schwarzes Fenster.

Philipp drückte irritiert auf den Schirm, aber nicht der hatte sich abgeschaltet, wie er und Mavie im gleichen Moment bemerkten. Denn das Videofenster war noch immer geöffnet, und nicht das iPad hatte sich in den optischen Ruhezustand versetzt.

Aber erst nach einigen langen Sekunden begriffen sie, während die Londoner Geräuschkulisse aus dem iPad sich veränderte, von Verwunderung zu Unruhe und dann zu Panik, dass im Stadion kein Licht mehr brannte.

38

Als ihr Handy sie morgens um fünf mit sanftem Summen weckte, hatte Mavie höchstens zwei Stunden geschlafen, verteilt auf kurze Abschnitte der Nacht. Sie brauchte eine ganze Weile, um Albtraum und Realität auseinanderzusortieren, mit dem Ergebnis, dass erschreckend wenig von dem, was sie gesehen hatte, Traum gewesen war.

Es hatte nur zehn Minuten gedauert, bis wenigstens die Notbeleuchtung im Londoner Stadion wieder angesprungen war. Aber zehn Minuten im Dunklen in einem Stadion waren lang, zehn Minuten unter 50 000 anderen Menschen, die man kaum erkennen konnte. Viele hatten instinktiv, in den Minuten nach dem Stromausfall, das Weite gesucht und waren im Dunklen nach den Ausgängen gestrebt. Viele hatten dann allerdings auf dem Weg festgestellt, dass das keine gute Idee war, denn in den Gängen war es stockfinster gewesen. Wer umzukehren versuchte, hatte keine Chance gehabt, mehrere Hundert Menschen waren von der zunehmend panisch vorrückenden Menschenmenge zerquetscht worden, und auch auf den Rängen hatte es Tote gegeben.

Als nach zehn Minuten die Notbeleuchtung aufflackerte, sah alles nach Entspannung aus, einer wenigstens halbwegs geregelten Evakuierung der Betonschüssel, aber als die verbliebenen Zuschauer der Aufforderung des Stadionsprechers folgten, ohne Eile das Stadion zu verlassen, war das Licht erneut ausgefallen. Und diesmal auch das Übertragungsbild.

Mavie und Philipp saßen wie erstarrt vor dem iPad und blieben sitzen, während die Nachrichtensender versuchten, buchstäblich Licht ins Dunkel zu bringen. Nicht nur im Londoner Stadion, wie sich rasch herausstellte, sondern in der halben Stadt, denn aus zunächst unerfindlichen Gründen war die City der Metropole schlagartig von der Stromversorgung abgetrennt worden. Mitten in die versuchte Berichterstattung von BBC und CNN aus dem chaotischen London häuften sich dann die Hiobsbotschaften aus anderen europäischen Großstädten, denn auch Paris, Rom und Berlin meldeten Stromausfälle.

Wie sich im Lauf der Nacht herausstellte, betraf das Problem ganz Europa, wobei manche Städte nur stundenweise im Dunklen saßen, andere, vor allem in den Niederlanden, Belgien, England und Norddeutschland, fast die ganze Nacht.

Mavie telefonierte mit Edward. Der sie beruhigte, ihm ginge es gut. Sein Dieselgenerator erzeugte ausreichend Strom, was allerdings den für ihn unangenehmen Nebeneffekt hatte, dass etliche Nachbarn sich bei ihm eingefunden hatten und nun fünfzehn Männer und Frauen in seinem Wohnzimmer die Weltlage diskutierten, während acht kleine Kinder seelenruhig in seinem Bett und dem Gästebett schliefen.

Seine Vermutung, die Stromausfälle müssten mit dem nun seit Wochen andauernden Regen zusammenhängen, bestätigten die Nachrichtensender im Lauf der Nacht. Aus Regionen, in denen die Strom- und Telekommunikationsnetze noch funktionierten, wurden etliche Experten zugeschaltet, die Auskunft gaben und dem staunenden Publikum erklärten, die zunehmend komplizierte Vernetzung der europäischen Stromversorgung reagiere offenbar sensibler auf gleichzeitige Ausfälle von Leitungen und Umspannwerken, als man gedacht hatte. Man werde die durch die Überschwemmungen speziell der küsten- und flussnahen Gebiete entstandenen Überlandleitungsprobleme zwar in den Griff bekommen, nur werde es sicherlich einige Tage dauern, ganz Europa wieder zuverlässig und rund um die Uhr mit Strom und Licht zu versorgen. So lange werde man sich bedauerlicherweise behelfen müssen, auch ohne Geldautomaten, Handys, Ampeln und Tiefkühltruhen. Der Zustand werde jedenfalls nicht von Dauer sein.

Die drängenden Fragen der Berichterstatter, wie so etwas möglich sei, wer versagt habe, wer verantwortlich sei für dieses Desaster, beantworteten die Pressesprecher der großen Versorger unisono und unisono vergrätzt mit der Erklärung, kein Mensch habe eine Naturkatastrophe wie die, die man gerade erlebte, vorhersehen können. Das System sei ausgeklügelt, belastbar und gewährleiste eine fast 99-prozentige Versorgungssicherheit im gesamten europäischen Raum, aber wollte man zukünftig hundertprozentige Sicherheit, und das möglichst auch noch im Fall eines von niemandem vorhersagbaren wochenlangen Monsunregens über Nordeuropa, müsse man sich auf mindestens doppelt so hohe Energiepreise einrichten. Sie blieben sich treu. Selbst in der Stunde der größten Not bereiteten sie die Öffentlichkeit auf die nächste Preiserhöhungsrunde vor.

Als das gesamte Milett'sche Team sich um sechs zu Kaffee und Croissants im Salon einfand, stand der Flachbildschirm prominent am Kopfende des Tisches, die Runde beherrschend, als Vortragsredner und Stichwortgeber für die kurzen Gespräche der Anwesenden. Theo bot zum Kaffee jedem der übermüdeten Mitstreiter seines Herrn und Meisters eine oder zwei weiße Pillen an, Milett kommentierte launig und erstaunlich wach, Modafinil sei in den meisten europäischen Ländern schon seit 2005 zugelassen und falle nicht mehr unter das Betäubungsmittelgesetz. Was Narkoleptikern recht sei, könne ihnen nur billig sein, und er wollte nicht erleben, dass Mitglieder seiner Mannschaft beim bevorstehenden Diskussionsmarathon in Genf auf dem Tisch einschliefen.

Alle nahmen ihre Pillen. Lediglich Filmore verzichtete, mit Hinweis auf seinen Herzschrittmacher und der Bemerkung, ein spontaner Exitus würde bestimmt noch einen mieseren Eindruck auf die Genfer Runde machen als ein spontanes Nickerchen.

Die Nachrichtenlage blieb unübersichtlich. Die Schätzungen der Opferzahlen gingen weit auseinander, manche Sender gingen von 500 Toten in den europäischen Hauptstädten aus, andere von bis zu 5000. Die Sachschäden waren hoch, denn unvermeidlich hatten, wie bei jedem größeren Stromausfall in der Geschichte, Vandalen und Plünderer im Schutz der unverhofften Dunkelheit – sowie des unverhofften Ausfalls der meisten Alarmsysteme – Schaufenster eingeschlagen, Kaufhäuser geplündert und am Straßenrand geparkte Autos angezündet. Wenigstens das hatte aber keine Folgen gehabt, denn sich ausbreitende Brände waren im Dauerregen ausgeschlossen.

Mavie fragte sich, wieso niemand die Sender anrief und ihnen die exakte Zahl der Opfer dieses ersten Katastrophentages mitteilte. 2704. Sie mussten doch nur in die Prognose schauen, denn das war der Wert, den *Prometheus* vorhergesagt hatte, für den europäischen Raum. Sie verscheuchte den Gedanken. Erst recht den an die doppelt so hohe Prognosezahl für den heutigen Tag, erst recht den zehnmal so hohen Wert für Afrika, erst recht den steilen Anstieg in den kommenden Tagen und Wochen. Sie würden das nicht zulassen.

Milett versicherte der Runde, Genf sei sicher. Zwar flackerten auch dort gelegentlich die Lampen, aber das Kongresszentrum, in dem sie mit den EU-Fachleuten zusammentreffen würden, war nicht nur buchstäblich bombensicher, sondern auch mit Generatoren ausgestattet. Man würde also bei der Rettung der Welt nicht aus dem Dunklen heraus operieren. Oder allenfalls im übertragenen Sinn.

Milett nahm die Fernbedienung von der glänzenden Mahagoniplatte und schaltete durch die Nachrichtensender. Die Bilder auf den europäischen Kanälen glichen einander, selbst die meisten Privatsender hatten ihr Konservenprogramm eingestellt und sendeten von überall her live.

Für den Rest der Welt allerdings waren die paar dunklen Stunden in Europa nicht der Rede wert. Al Jazeera zeigte eine halbe Minute lang das dunkle London von oben, ein Kommentator sprach kurz von Verwüstungen und Vandalismus, dann schaltete man wieder zu den wahren Brennpunkten der Erde, in die afrikanischen Hafenstädte, die inzwischen lichterloh brannten. Milett schaltete weiter, durch die amerikanischen Networks, und blieb bei *FOX News* hängen, wo links von einem wütenden Ansager wieder einmal die chinesische Flagge eingeblendet war, diesmal geformt wie ein nach unten rasender Marschflugkörper mit hasserfüllt glühendem Gesicht.

Milett ließ die Runde ein verächtliches Schnauben hören, während er weiterschaltete, zu NBC, CBS, ABC und zurück zu CNN.

»Kriegsgewinnler«, sagte er und schüttelte verächtlich den Kopf.

Ausgerechnet Philipp meldete sich zu Wort, mit halb vollem Mund, weil er gerade von seinem Croissant abgebissen hatte, und fragte: »Was soll jetzt der Scheiß?«

»Welcher *Scheiß?*«, fragte Milett höflich in das folgende Schweigen.

»Der Chinesenscheiß. Das machen die schon die ganze Zeit, die Amis. Was soll das?«

»Nicht nur die Amis«, sagte Milett. »Wir machen mit. Auch wenn das gerade ein bisschen untergeht in der Berichterstattung über verletzte Fußballfreunde. Auch unsere Medien schlagen in die gleiche Kerbe. China war's.«

»War was? Hat die Sonne angezündet?«

»Das wäre wohl auch den Dümmsten schwer weiszumachen. Aber diese Dümmsten – gehen wir getrost davon aus, dass es sich um neunzig Prozent der Weltbevölkerung handelt – *wissen* ja dank Al Gore, IPCC und der jeden sensationellen Unsinn devot nachbetenden Mainstream-Medien, dass *allein* CO_2 für die globale Erwärmung verantwortlich ist. Und die Chinesen sind praktisch *allein* verantwortlich für das weltweit emittierte CO_2 – lassen wir dabei doch einfach unter den Tisch fallen, dass praktisch alle in China hergestellten Produkte von uns bestellt und verbraucht werden, lassen wir erst recht unter den Tisch fallen, dass unsere anderthalb Milliarden chinesischen Sklaven trotzdem nur fünfzehn Prozent des CO_2 in die Luft blasen, wir 600 Millionen Europäer und Amerikaner hingegen vierzig Prozent. Schon das ist dem durchschnittlichen SUV-Fahrer aus dem Mittleren Westen zu kompliziert und dem europäischen Vernissage-Abonnenten erst recht, kurz: China, die gelbe Gefahr, ist für das CO_2 verantwortlich und das CO_2 für die Erwärmung. Es wird wärmer, China ist schuld. Und das«, sagte er und deutete auf den Bildschirm, obwohl dort inzwischen wieder europäische Bilder liefen, »hat durchaus Methode. Es ist sogar überaus geschickt, und es ist konzertiert. Uns kann gar nichts Besseres passieren als diese Katastrophe, geopolitisch gesehen.«

»Aha«, sagte Philipp, kaute kurz weiter, nickte und sagte dann: »Weil wir danach den Schlitzaugen voll auf den Sack hauen können und sie zwingen, nicht mehr so viel zu produzieren?«

»Richtig«, sagte Milett. »Aber vielleicht bieten wir ihnen auch an, sie nicht weiter an den globalen Pranger zu stellen, sofern sie uns ein paar Billionen Schulden erlassen, den Yuan massiv aufwerten und uns den Zugang zu ihrem Binnenmarkt erleichtern. Sowie etwas weniger in die Methanförderung investieren und dafür unsere Atomkraftwerke und Windräder bestellen. Sowie aufhören, konkurrenzlos billige Solarkollektoren herzustellen, mit denen sie das NASP in Nordafrika bauen und so am Ende ganz Europa abhängig von ihrem Billigstrom machen. Aber vergessen Sie bei diesen vergleichsweise vordergründigen Überlegungen nicht, dass wir gleich eine ganze Reihe von Fliegen mit einer Klappe schlagen. China beherrscht nicht nur den Weltmarkt, China hat vor allem einen gefährlich guten Ruf in den afrikanischen Staaten – was glauben Sie, weshalb die Libyer den Chinesen erlauben, NASP auf libyschem Boden zu bauen? Und uns ist bislang nichts eingefallen, um diesen guten Ruf der Chinesen ernsthaft zu beschädigen – vor allem, weil wir Europäer und Amerikaner historisch gesehen in einer so miserablen Position sind. Wir haben Afrika ausgebeutet, allen voran die Amerikaner, die Briten und Franzosen, aber auch Ihre deutschen Vorfahren hatten Kolonien – wir alle, wir Europäer, haben unseren Wohlstand auf Völkermord gebaut. Das haben die Afrikaner nicht vergessen, wie könnten sie? Die Familiengeschichte jedes Einzelnen ist voll von erlittenem Unrecht, Unrecht, das wir verübt haben, Morden, die wir begangen haben. Die Chinesen hingegen haben eine weiße Weste – nicht in Asien, beileibe nicht, wohl aber in Afrika. Keine Vorgeschichte als Kolonialherren und Mörder. Weshalb sie in Afrika sehr willkommen sind. Als Helfer, Geldgeber und Freunde. Oder willkommen waren, bisher. Denn nun werden sie verantwortlich sein, *allein* verantwortlich, für das größte Massensterben aller Zeiten auf dem Schwarzen Kontinent. Dafür werden sie bezahlen. Dafür wird Afrika sie hassen. Und wir werden in die Bresche springen. Selbstlos. Humanitär. Helfend. Unsere historische Schuld abtragend. Auf die Chinesen, auf die Weltverschmutzer, Weltzerstörer, CO_2-Verbrecher, christengottlosen Verbrecher, kommen harte Zeiten zu. Dramatische Zeiten.«

Philipp schwieg, ebenso wie alle anderen. Dann nickte er, fuhr sich mit der Zunge unter der Oberlippe entlang und schnalzte vernehmlich. »Und Sie sind sicher, dass Ihre Genfer EU-Experten-Freunde das alles auch so sehen? Und gern als Handlanger bei Ihrer Neugestaltung der Weltordnung mitwirken?«

Milett lachte. »Oh, nein! Aber das müssen sie auch nicht. Sie müssen lediglich unseren Vorschlägen folgen. Alles Weitere ergibt sich doch dann von selbst.«

Philipps iAm meldete sich im richtigen Moment. Es paukte und schepperte die entscheidenden Takte des *Raiders March* unter Miletts letzte Worte, und Philipp entschuldigte sich lächelnd bei der Runde, mit den Worten: »Indy. Aber ich denke mal, wir kommen auch ohne Peitsche aus.«

39

Oskar hatte ganze Arbeit geleistet. Die Ereignisse der Nacht, übertragen auf allen Kanälen, hatten die Gaias genauso in ihren Bann gezogen wie den Rest der Welt, aber Oskar hatte parallel gearbeitet und sich so als würdiger Verwandter eben jener Rechner entpuppt, die er nach eigenem Bekunden ohnehin als die neue Gattung verehrte, die den Planeten demnächst endgültig beherrschen werde. Er hatte sowohl das interne Überwachungssystem des *New York* gehackt und die Kameradaten heruntergeladen als auch die Daten jener Kamera, die die Zufahrt der Erasmus-Universität rund um die Uhr im elektronischen Auge behielt. Dabei ergaben sich allerdings zwei kleinere Probleme, denn zum einen lieferte die Kamera nur ein Bild pro Sekunde, was das Sichten der fraglichen halben Stunde zu einer extrem mühsamen Aufgabe machte, zum anderen erwies sich nach diesem Sicht-Durchgang, dass der *Time Stamp* der Kamera versehentlich auf den falschen Tag eingestellt war, weshalb Oskar die richtigen Daten noch einmal nachliefern und Beck erneut eine extrem langweilige halbe Stunde über sich ergehen lassen musste. Aber am Ende fand er, was er gesucht hatte. Und zwar auf beiden Bändern.

Er war allein in dem großen Raum, als er endlich fertig war. Oskar war nach getanem Hack ins Bett gegangen, um drei Uhr morgens, und Beck hatte weitergearbeitet und gesichtet. Es war halb sechs Uhr morgens, als er zu seinem geschützten Handy griff und Philipp anrief.

»Von Schenck.«

»Beck. Wir haben die Bilder.«

»Und?«

»Eisele war nicht im Hotel.«

»Das Arschloch. Sicher?«

»Wir haben alle Daten von der Kamera unten, in der Lobby. Kein Eisele, kein Gerrittsen. Und durch den Hintereingang kommt man nicht rein. Hab ich ja selbst versucht, als ich in euer Zimmer wollte. Keine Chance ohne Keycard.«

»Okay, das heißt, die beiden waren nicht da, die beiden sind nicht in die Luft geflogen, die ganze Krankenhausstory ist ein Hoax und Eisele wohlauf.«

»Anzunehmen.«

»Wo?«

»Keine Ahnung. Er und Gerrittsen saßen im selben Wagen. 22.03 Uhr, Abfahrt von der Uni. Was vergleichsweise früh ist. Er kann nach seinem Vortrag vor diesen Wirtschaftsmenschen nicht viele Fragen beantwortet haben. Der Wagen biegt nach links ab, aber das hilft uns nicht weiter, denn wir werden nicht sämtliche Verkehrsüberwachungskameras der Stadt anzapfen können. Geschweige denn das Material sichten.«

»Flughafen?«

»Ja, wahrscheinlich. Aber auch da wüssten wir nicht, was wir suchen sollen, selbst wenn alle Gates von Kameras überwacht werden. Ich gehe aber auch davon aus, dass er geflogen ist. Von der Uni bis zum Flughafen braucht er zwanzig Minuten. Wenn wir Pech haben, hatte er einen eigenen Jet. Wenn wir Glück haben, ist er Linie geflogen, und zwar ab 22.30 Uhr. Nur: Wir müssen ja gar nicht raten, wenn du mir verrätst, wer seine Flüge bucht. Und mit welcher Firmenkarte.«

»Ja. Würde ich gern. Aber meine Assistentin ist im Urlaub.«

Beck rieb sich ungläubig die Augen. Er saß bis sechs Uhr morgens vor hirnerweichend öden Überwachungsvideos, und Herr von Schenck beliebte lässig zu scherzen?

»Ganz schlechter Zeitpunkt für Witze«, sagte er.

»Finde ich auch«, sagte Philipp. »Wenn ich die zu fassen kriege ...«

»Was heißt das? Du hast gar nichts gemacht?«

»Was soll ich denn machen? Sie ist weg, kapiert? Verschwunden. Und Lisa Weiß ist mein Gehirn. Jedenfalls der Teil meines Gehirns, der die allerprivatesten Nummern meiner bestechlichen Schufa-Kontakte im Schrank hat und garantiert nicht auf einem klaubaren iAm. Außerdem macht sie die anspruchsvolle Drecksarbeit für mich. Hey, das Mädchen war auf der Nannen-Schule!«

»Das heißt, du hast gar nichts. Du hast Eiseles Reden, Artikel und Vorträge nicht, und du weißt erst recht nicht, womit Solunia Geld verdient.«

»Sie wird ja wieder auftauchen ...«

»Oh Gott«, ächzte Beck. »Okay, Philipp. Vergiss es. Wir kümmern uns drum. Sobald Oskar ausgeschlafen hat – und zehn Minuten Zeit, denn gleich nehmen die Gaias hier wieder sämtliche Rechner in Beschlag. Aber wir kümmern uns. Ich kümmere mich um Solunia und Eisele. Und wir finden raus, wer für ihn gebucht hat. Und wohin er geflogen ist.«

»Am besten auch gleich, wo er jetzt ist.«

»Danke, Mann«, sagte Beck und legte einfach auf.

Sterben, dachte er. *Schlafen. Vielleicht auch träumen.* Notfalls albträumen, ganz gleich; schlafen musste er, wenigstens eine oder zwei Stunden. Die Welt würde nicht deswegen untergehen, höchstens ohnehin.

40

Ihre Maschine nach Genf, ein gecharterter Learjet, war um 6 Uhr pünktlich vom Flughafen Nizza gestartet, und Mavie hatte sich ihre Beklemmung nicht anmerken lassen. Erst als der Pilot seinen acht Passagieren kurz vor Erreichen der Reiseflughöhe mitteilte, es werde Richtung Genf vermutlich ein bisschen unruhig, stand sie auf, ging in den kleinen Waschraum, spuckte ihr Frühstück wieder aus und sagte der kreidebleichen Frau im Spiegel einen Haufen beruhigende Dinge. Flugzeuge stürzten nicht ab. Die Wahrscheinlichkeit, in einem Flugzeug zu sterben, war deutlich geringer als die, in einem Auto zu sterben. Oder beim Putzen. Es gebe überhaupt keinen Grund zur Sorge.

Was nichts änderte.

»Bist du okay?«, fragte Philipp sie besorgt, als sie sich wieder hinsetzte.

»Nein.«

»Du magst keine Flugzeuge.«

»Nein.«

»Es wird schon«, sagte er.

»Ja.«

»Korrigier mich«, sagte er. »Sturm?«

Sie schüttelte den Kopf. Er hatte recht, und sie hatte keine Korrektur anzubringen. Sie hatte noch einmal nachgesehen, in den Daten. *Prometheus* hatte einen Sturm vorhergesagt, allerdings nur für den Norden. Zwei Tage mit acht bis elf Windstärken bei starkem Dauerregen. Aber nicht für Südeuropa. Südeuropa hätte verschont bleiben sollen. Drei bis vier Windstärken, gelegentliche Schauer. Kein Sturm.

»Und das beunruhigt uns nicht?«, sagte er.

»Und ob«, sagte sie.

»Nein, ich meinte nicht den Sturm an sich. Ich meine das Versagen deines alten Freundes *Prometheus*.«

»Niemand ist perfekt.«

»Wohl wahr. Aber in diesem Fall …«

Die Maschine fiel ein paar Meter tief in ein Luftloch, und als sie rumpelnd wieder auf festerer Luft landete, atmete Mavie tief durch.

»Ändert nichts«, sagte sie. »Außerdem ist es zu spät. Selbst wenn sich am Ende erweist, dass *Prometheus* einige Details falsch berechnet hat, die Meldung ist in der Welt, die Prognose ist in der Welt, und wir handeln.«

»Ja, und wie«, sagte Philipp. »Wir sprengen Vulkane.«

»Wird sich zeigen«, sagte sie.

»Du hast Milett doch gehört.«

»Er entscheidet das nicht allein.«

»Das sieht er aber anders.«

»Ja, meinetwegen. Aber es geht nicht um ihn. Und es geht nicht um seinen Vulkan. Du hast ihn doch gehört. Das hier, das alles, ist komplizierter, als es aussieht. Es wird Gegenstimmen geben, andere Meinungen. Und zwar nicht von irgendwelchen kleinen Klimatologinnen aus Hamburg, sondern von echten Gegnern. Crutzen kommt nach Genf, und ich glaube nicht, dass der Milett unterstützt. Und erst recht nicht die Bedenkenträger aus den Umweltministerien und die Leute vom IPCC, denn die werden auch da sein, genau die Leute, die er damals so brüskiert hat.« Sie nickte in Miletts Richtung, der neben Aldo in der Reihe vor ihnen saß, auf der anderen Seite. »Er gibt sich siegessicher, klar, aber er weiß, dass es schwierig wird. Im Konferenzraum nützt es ihm nichts, dass die Journalisten ihn lieben. Und Dixon wird da sein.«

»Wer?«

»John Dixon. Brite, wie Milett, mit Adelstitel. Hat einen exzellenten Ruf, steht aber, wie Milett selbst sagt, mit beiden Beinen auf der Payroll der Industrie. Und zwar besonders der von General Electric und dem NASP.«

»Na und?«

»Für das NASP wäre die Schwefelwolke eine Katastrophe. Jede Wolke, um genau zu sein, denn die Sonnenkollektoren brauchen möglichst strahlend blauen Himmel. Miletts Plan ist ein Frontalangriff auf das ganze NASP-Businessmodell.«

»Okay.« Philipp nickte. »Damit ich das richtig verstehe: Du reist zwar in seiner Entourage mit, aber nur, um dir dann vor Ort einen neuen Chef zu suchen und Milett in den Rücken zu fallen?«

Mavie schwieg einen langen Augenblick.

»Geht dir das nicht auch auf die Nerven?«, sagte sie.

»Was?«

»Diese Scheißspiele. Dieses Feldherrengetue. Lang lebe das Ego! Wir haben ein Problem, ein Riesenproblem: Menschenleben sind in Gefahr, und zwar ein paar Hundert Millionen Menschenleben. Aber die zu retten, Hilfe zu leisten, die Flüchtlinge aufzufangen, so gut es eben geht, eine Riesenaufgabe – scheint irgendwie zweitrangig zu sein, höchstens zweitrangig, für alle. Schön, wenn's passiert, schön, wenn zufällig irgendwer gerettet wird, aber nur ein Nebeneffekt. Eisele hatte seine eigene Agenda, offensichtlich, Milett hat seine eigene, auf der ganz oben steht: Vulkane sprengen, das Klima steuern, Gott sein und in die Geschichte eingehen. Und Diego will letztlich dasselbe, sonst würde er nicht diese Panikfilme machen – seinen Eintrag in die Geschichtsbücher, als dramatischer großer Warner und Mahner.«

»Schöner Vortrag«, sagte Philipp mit schiefem Lächeln. »Ich freu mich schon drauf, wenn Hannah mir so was in drei Jahren erzählt, da ist sie dann nämlich auch zwanzig.«

Sie kopierte sein schiefes Lächeln. »Ja. Hilf ihr, das zu bleiben. Achtzehn, zwanzig. Empört, wütend. Dann bleibt ja noch Hoffnung, dass ihre Generation was aus dem Rest der Welt macht, die wir so schön gegen die Wand gefahren haben. Hilf ihr, unsere lebensgefährlichen Fehler zu korrigieren. Sie hat viel zu tun.«

Diesmal schwieg er lange. Und sie konnte seinen Blick nicht deuten. Was war das, Mitleid?

Er nickte. Mehrmals, lächelnd. Dann sagte er: »Ich kann mir nicht helfen, ich mag dich.«

»Wie nett.«

»Na ja. Bedingt. Du wirst verlieren. Du wirst fürchterlich auf die Fresse fallen, man wird dich auslachen, und am Ende sitzt du einsam mit deiner Katze in einem Hartz-IV-Altenheim, und nicht mal die Pfleger hören dir mehr zu, wenn du von einer besseren Welt fantasierst. Aber du bist ja nicht blöd, im Gegenteil. Du weißt das alles. Und machst es trotzdem. Deshalb mag ich dich.«

»Verstehe. War doch nicht so nett.«

»Doch.« Er nickte. »Doch, nimm es als Ausdruck meines Respekts. Hey, vergiss nicht, wen du vor dir hast, ich bin bloß dieser sagenhaft erfolgreiche Egoist, und mit dem Geschäftsmodell *Jesus 2.0* kriegst du von meiner Bank garantiert kein Risikokapital. Ändert aber nichts dran, dass du recht hast. Mit allem …«

Der *Raiders March* beendete seine Lobeshymne, bevor er Mavie noch weiter in Verlegenheit bringen konnte. Er sah auf das Display, drückte auf die grüne Taste und hielt sich den Apparat ans Ohr.

»Hey, Große! Wir singen gerade ein Loblied auf dich. Wie ist die Lage im öden Wiesbaden? Und keine Sorge, die nächste Station ist die Côte …«

Er verstummte und hörte zu. Sein Lächeln verschwand binnen Sekunden. Und machte einem skeptischen Gesichtsausdruck Platz, unter einer Stirn, die er, während er weiter zuhörte, in tiefe Falten legte, mit einer steil aufragenden zornigen Falte mittendrin, über der Nasenwurzel. »Gib mir deine Mutter«, sagte er dann, mühsam beherrscht.

Er wartete. Es dauerte eine ganze Weile.

Mavie sah ihn an, aber er erwiderte den Blick nicht, sondern starrte nach vorn, auf die Lehne des Sitzes vor sich.

»Sag mal, spinnst du?«, sagte er, ohne seine zukünftige Exfrau überhaupt zu begrüßen. »Bring die Kinder sofort …«

Mavie hörte Karla antworten. Sie verstand zwar nicht, was sie sagte, aber sie schrie offensichtlich mit voller Lautstärke in den Hörer.

»Dann ruf die Polizei, verdammt noch mal«, sagte Philipp. »Du kannst da nicht bleiben …«

Wieder hörte er zu. Diesmal fiel die Antwort offensichtlich nicht ganz so laut aus, aber seinem Gesichtsausdruck nach trotzdem nicht zufriedenstellend. Im Gegenteil.

»Karla, das kann doch nicht wahr sein«, sagte er wütend. »Diese bescheuerten Drecksbilder sind doch nicht wichtiger als die Kinder, verdammt.« Er ließ sie nur sehr kurz zu Wort kommen, dann sagte er gefährlich leise: »Ich hole euch da raus, ja, verdammte Scheiße, aber Gnade dir Gott, wenn Hannah und Max irgendwas passiert.«

Er legte auf.

»Was?«, sagte Mavie.

»Sie sind im Haus«, sagte er, ohne den Blick von der Lehne zu wenden. Dann sah er fragend auf seinen iAm. »Ich brauche einen Flug. Den nächsten. Wo ist diese Lisa, verdammt?« Während er auf dem Display zu tippen begann und sie sah, wie er via Browser die nächsten Flüge von Genf nach Hamburg zu finden versuchte, fragte sie noch einmal nach.

»Ich denke, deine Familie ist nach Wiesbaden …?«

»Ja, dachte ich auch. Ist sie aber nicht. Der Stau beginnt schon kurz hinter Blankenese, das war ihr dann wohl doch ein bisschen zu viel, dann ist auch noch der Tunnel kurz nass geworden, nichts für *Tiffy*. Und auf dem Flughafen, nächster Versuch, herrscht sowieso Chaos, also ist sie gleich wieder umgekehrt, *alles halb so schlimm, Kinder, aber sagt Papa nichts.* Das ist ihr Lebensprinzip. Wenn ich was sage, egal was, nickt sie und macht das Gegenteil. Immer. Noch Fragen zu meinem Scheidungsgrund? *Fuck*«, sagte er, ließ den iAm sinken und legte den Kopf in den Nacken.

»Was?«

»Warteliste.« Er sah wieder auf das Display und tippte weiter Icons an.

»Nach Hamburg?«

Er nickte und murmelte vor sich hin. »Um neun, rappelvoll, wer will denn jetzt nach Hamburg, verdammt, wie blöd ist das, gibt aber nur zwei Flüge am Tag, und der nächste ist heute Abend. Scheiße, das geht doch alles nicht, über Paris oder Schiphol, zwei Stunden Aufenthalt, keine Chance, Leute.« Er sah auf. »Gut, egal, finde ich raus. Und wenn ich was chartere. Oder gleich mit der hier weiterfliege …«

»Können deine Frau und die …«

»Nein, eben nicht«, sagte er. »Das Auto steht bis zum Dach im Wasser, der Weg runter zum Haus ist eh unpassierbar, der halbe Süllberg fließt da als Schlamm die Treppen runter. Smarte Aktion. Seinen Fluchtwagen direkt in der Flut zu parken. Das ist aber nicht das Hauptproblem. Ein paar Konservendosen werden ja wohl im Keller sein, und wir haben einen Kamin. Und Kerzen. Wenn sie sich aufs Dach stellen, werden sie garantiert irgendwann evakuiert.« Er sah sie an und schüttelte den Kopf. »Das Problem sind die Typen auf dem Fluss. Deine afrikanischen Freunde steigen nämlich langsam aus und schwimmen zum Futter.«

Sie schüttelte den Kopf. »Das können sie nicht, der ganze Fluss ist voller Feuerquallen, nie im Leben …«

»Ja, das haben die wohl nach den ersten paar toten Schwimmern auch schon mitgekriegt. Aber so ein Pirat ist ja nicht doof, erst recht nicht, wenn er 'ne geladene Kalaschnikow in der Hand hat, also schwimmen jetzt neben den schwarzen Leichen auch noch ein paar weiße, nämlich von der Wasserschutzpolizei. Und rate mal, wer deren Boote jetzt fährt – und sich die anderen Boote von den Anlegern holt? Wobei«, sagte er mit deutlich sarkastischem Ton und hob den Zeigefinger, »sie dabei ein klein bisschen Konkurrenz haben, denn es interessieren sich auch andere für all die leeren Millionärsvillen am Fluss. Tippen wir doch mal auf Jugendliche mit Migrationshintergrund, Vorstrafenregister und Anglerhosen. Na, welche Mutter würde da nicht sagen: *Kommt, Kinder, wir sitzen diese kleine Krise zu Hause aus, mit Blick auf die Elbe.*« Er tippte auf den Icons herum und hielt sich den iAm ans Ohr. Fluchend.

Der Learjet fiel in ein stummes Loch. Diesmal dauerte es fast zwei Sekunden, die Mavie wie ein ganzes Leben vorkamen, ehe die Maschine mit einem dumpfen Knall wieder etwas fand, worauf sie vorwärtsfliegen konnte. Der Pilot forderte seine Passagiere auf, die Sitzgurte geschlossen zu halten, entschuldigte sich für die raue Fahrt und verkündete, man werde in Kürze mit dem Anflug auf Genf beginnen. Mavie sah aus dem Fenster nach unten und ahnte Berge unter dem wolkigen Grau, Berge, an deren Hängen die Maschine zerschellen würde wie eine Coladose, die man mit 500 Stundenkilometern gegen eine Backsteinmauer warf.

Während Philipp einen unsichtbaren Gesprächspartner mit einem virtuos fröhlich gespielten »Slatko, alte Socke!« begrüßte, stand Mavie auf, zog ihr eigenes Handy heraus, trat ein paar Schritte nach hinten und setzte sich in eine der leeren Reihen im Heck der kleinen Maschine. Sie schnallte sich an und wählte Edwards Nummer.

Ihr Vater war sofort am Apparat und meldete sich mit einem skeptischen »Ja?«. Er klang müde und besorgter, als Mavie ihn je gehört hatte.

»Hi«, sagte sie.

»Tochterherz«, sagte er. »Ich mache mir Sorgen um dich.«

»Das musst du nicht«, sagte sie. »Wir machen uns eher Sorgen um euch. Philipp hat eben mit seiner Frau telefoniert, und das klang nicht nach einer entspannten Lage in Hamburg.«

»Nein, die Behörden sind überfordert. Aber das ist ja auch kein Wunder. Zum Regen kommt jetzt der Sturm, beides zusammen ergibt eine Sturmflut, und die trifft die Stadt in einem äußerst ungünstigen Augenblick. Der Strom fällt weiterhin alle paar Stunden aus, die Versorgung ist, vorsichtig formuliert, sporadisch, und wie wenig wir auf eine unzuverlässige Stromversorgung eingerichtet sind, zeigt sich erst jetzt.«

»Weil?«, sagte sie, während die Maschine weiterrumpelte und allmählich in den Sinkflug überzugehen schien.

»Weil auch die Kanalisation teilweise elektronisch geregelt wird. Vulgo, sieh mir die unschöne Ausdrucksweise nach: Die Scheiße schwimmt in den Straßen und Kellern. Da fällt es dann kaum mehr ins Gewicht, dass auch alle Ampeln ausgefallen sind und die Handynetze sich alle paar Minuten verabschieden. Aber, um dich zu beruhigen, meine Liebe, hier draußen ist es immer noch vergleichsweise ruhig.«

»Hast du noch Besuch?«

Edward schwieg so lange, dass sie ein »Hallo?« hinterherschickte, weil sie dachte, die Verbindung sei unterbrochen worden.

»Nein«, sagte er. »Momentan nicht. Ich befürchte allerdings, dass diese Leute wiederkommen werden. Was mich in eine schwierige Lage bringt.«

Mavie sah erneut aus dem Fenster und versuchte zu verstehen, was an der Lage eines Menschen schwierig sein konnte, der mit beiden Füßen auf dem Boden stand und nicht auf dünnem, schaukelndem Blech, 10 000 Meter über gigantischen Gesteinsmassiven.

»Aha«, sagte sie, »sag mal, Paps ...«

»Ich gestehe«, sagte er, »dass ich bei meiner ansonsten tadellosen Planung ein Detail übersehen habe, oder besser, ein Detail nicht sehen wollte.«

»Und zwar?«

»Es ist gefährlich, in einer Welt vorbereitet zu sein, in der sonst keiner vorbereitet ist. Aber gut, ich muss ja die Tür nicht mehr öffnen. Außer Peters ist keiner der Nachbarn bewaffnet.«

»Was?«, sagte sie. »Was soll das denn?«

»Und weißt du, was ich erst recht nicht bedacht habe? Diese Leute haben keine Manieren. Und keinen Begriff vom Wesentlichen. Nach der Erfahrung des gestrigen Abends und der Nacht bin ich jedenfalls froh, dass du mich nicht zum Großvater gemacht hast. Aber was soll ich tun? Ich kann den Kindern ja schlecht binnen weniger Stunden beibringen, was ihre Eltern offensichtlich jahrelang versäumt haben. Zumal die ja gar nicht wüssten, was ich eigentlich meine.«

Mavie zog verwundert die Augenbrauen hoch. Jetzt drehte sich ihr nicht nur der Magen, sondern auch der Kopf. Was redete ihr Vater da? Was war das für ein kleinlicher Unsinn? Nur weil die Nachbarskinder seine konspirologische Büchersammlung im Gästezimmer durcheinandergebracht hatten?

Sie korrigierte sich selbst, stillschweigend. Nein, er war nicht kleinlich. Es ging ihm nicht um die Unordnung, nicht um Erziehungsfragen, nicht um vorübergehende ungebetene Gäste. Er schaute nach vorn, und er versteckte seine Sorge, seine Angst, hinter einer kleinlichen Fassade. Sie würden es nämlich nicht dabei belassen, seine Bücher umzusortieren. Sie würden ihn, den gut Vorbereiteten, in echte Schwierigkeiten bringen. Lebensgefährliche Schwierigkeiten, sofern er darauf bestand, sein Eigentum selbst nutzen zu dürfen.

Nichts von alldem wollte sie wissen. Nichts davon denken. *Zielführend,* dachte sie stattdessen. Seine Denkweise, seine Philosophie. *Focus.*

Sie räusperte sich. »Sag mal, hast du jemanden drüben in Hamburg, der mir helfen kann?«

»Wobei?«

»Ein paar Leute rauszuholen. Die sind nämlich am falschen Ort.«

»Wo?«

»Blankenese. Falkensteiner Ufer.«

»Da hast du jedenfalls recht, das ist der völlig falsche Ort. Wenn überhaupt, kommt man nur noch von oben ran, von der Osdorfer, aber das dürfte inzwischen auch schwierig sein.« Er verstummte nachdenklich, dann sagte er: »Oder vom Wasser aus.«

»Keine gute Idee«, sagte sie. »Philipp sagt, auf dem Fluss ist inzwischen 'ne Menge los.«

»Ja, mag sein. Trotzdem wäre das der einzige Weg. Du kannst dir nicht vorstellen, was auf den Straßen los ist.«

»Aber doch nicht Richtung Norden.«

»Nein, aber was mache ich, wenn ich es durch den Tunnel geschafft habe – sofern ich überhaupt noch durchkomme, denn der ist jetzt seit Stunden dicht, weil sie das Wasser unten nicht mehr herausgepumpt kriegen?«

»Edward, ich meinte nicht, dass *du* …«

»Thomas hat ein Boot. Unten im Harburger Hafen. Ich rufe ihn an, dann sehen wir weiter.«

»Edward.«

»Was den großen Vorteil hat, dass ich niemandem die Tür aufmachen muss, wenn wieder der Strom ausfällt.«

»Papa …«

Sein Tonfall war komplett verändert. Sie hörte förmlich, wie sein Gehirn arbeitete, wie er seine Ausrüstung zusammenstellte und schon in Gedanken seine Anfrage an seinen Freund und Bootsbesitzer Thomas formulierte – der vermutlich andere Sorgen hatte, als seinen alten Geocaching-Spielkameraden Edward Heller nach Blankenese zu schippern.

»Wo genau sind Philipps Leute? Und wie viele?«

»Eine Frau, zwei Kinder.« Sie diktierte ihm die Adresse. »Und noch mal, Paps, ich will nicht, dass *du* da hingehst. Es muss doch irgendjemanden geben, der näher dran ist oder der sein Boot nicht ausgerechnet in Harburg liegen hat, sondern, was weiß ich, in Teufelsbrück oder Övelgönne …«

»Ich kümmere mich drum«, sagte Edward.

»Edward«, sagte sie.

»Ich melde mich«, sagte er. »Pass auf dich auf.«

»Edward«, sagte sie und dann noch zweimal »Hallo?«, bis sie begriff, dass er wirklich aufgelegt hatte.

Sie kämpfte sich in der nun unter wildem Schaukeln durch die grauen Regenwolken abwärtsgleitenden Maschine nach vorn und setzte sich wieder neben Philipp.

»Steht dir aber, das Grün«, sagte er, immer noch grimmig, aber mit einem angedeuteten Lächeln.

Mavie schnallte sich an, während die Maschine kurz nacheinander in zwei Schlaglöcher zu fallen schien.

»Hast du was erreicht?«, fragte sie.

Er nickte. »Slatko, Nachname Grubic. Besorgt mir ein Flugzeug mit Pilot und berechnet mir auch bloß das Sechsfache des normalen Preises. Er nennt das Freundschaftspreis, ich nenne es Sauerei, aber wenn der auch nur halbwegs seriös wäre, hätte er ja auch nicht so viele Ferraris.«

Sie nickte skeptisch. »Was kaufst du normalerweise bei dem? Heroin?«

»Die Pistole in meinem Handschuhfach. Dafür hab ich mitgeholfen, dass seine Tochter nach Luisenlund durfte, und er beliefert ein paar Freunde von mir, Restaurantbesitzer, beste Lagen. Kein Heroin. Koks, sind ja anständige Leute, wie Milett.«

Sie nickte erneut und verkniff sich jeden Kommentar. »Mein Vater fährt rüber. Fürchte ich. Er klang jedenfalls so.«

»Rüber?«

»Zu deiner Familie. Er holt sie ab, mit dem Boot.«

»Was?«

Sie zuckte die Achseln.

»Er holt meine Familie ab? Der kennt meine Familie doch gar nicht.«

»Na und? Die Kinder eines Freundes sind in Not, reicht das nicht?«

»Würde den meisten reichen, um sich wieder vor den Fernseher zu legen.«

»Edward ist nicht die meisten.«

»Nein, offensichtlich.« Er schüttelte ungläubig den Kopf. »Merkwürdiges Denken, merkwürdiges Verhalten. Ihr seid echt seltsame Leute.«

Die Maschine rumpelte durch ein paar letzte dicke Löcher, dann fiel sie ein Stück nach unten, durch die unterste Schicht der Wolken, und im nächsten Augenblick sah Mavie unter sich das Flughafengelände, auf das der Pilot die Maschine jetzt in einer Rechtskurve zusteuerte.

»Ist gleich vorbei«, sagte Philipp.

»Alles gut«, sagte Mavie und meinte es auch so. Ihr war schon seit einiger Zeit nicht mehr übel, und sie nahm sich vor, in Zukunft auf jeden Flug mindestens eine akute Krisensituation mitzunehmen und sich statt mit dem Bordmagazin mit dringenden Handygesprächen abzulenken.

Sie sah nach vorn, wo Milett über den schmalen Gang hinweg mit Jean-Baptiste sprach, und sah den Nobelpreisträger breit grinsen.

Sie grinste mit, finster, hinter seinem Rücken.

Freu dich nicht zu früh.

41

»Bruder«, sagte eine sanfte Stimme mitten in Becks Traum, und dessen einziges Problem mit dem angenehmen Klang war, dass seine Schwester weder eine sanfte Stimme hatte noch ein Mann war. Daher riss er die Augen auf, obwohl er gerade tiefer denn je geschlafen hatte. Und als er Diego an seinem Bett sitzen und auf sich heruntersehen sah, war er schlagartig hellwach.

»Was?«, sagte Beck.

»Wir müssen reden.«

Beck rappelte sich auf und rieb sich die Augen. Es war kurz nach acht, und er hatte keine zwei Stunden geschlafen. »Was ist los?«

»Oskar.«

Beck sah ihn verwirrt an. Und ließ dann den Blick durch den Schlafsaal gleiten. Sie waren allein.

»Es geht einfach nicht«, sagte Diego sanft, »dass du dich ständig über meine Anordnungen hinwegsetzt. Versteh mich nicht falsch, wir legen allergrößten Wert auf demokratische Entscheidungsprozesse, wir stimmen alles ab. Aber wenn jemand, den wir als Gast aufnehmen, hinter meinem Rücken beginnt, Mitglieder meiner Gruppe für seine Zwecke einzusetzen, die zudem nicht unsere sind, dann, Bruder, trennen sich unsere Wege.«

Beck atmete gründlich aus und setzte sich ganz auf. »Verstehe.«

»Das freut mich. Ich lasse dich von Niko nach Dolle bringen, da ist eine Bushaltestelle. Der Bus fährt nur einmal am Tag, aber wir werden dich so absetzen, dass du nicht lange im Regen stehen musst.« Er lächelte, legte Beck freundschaftlich eine Hand auf die Schulter und stand auf. »Verabschiede dich noch von den anderen. Deine Gründe, uns zu verlassen, sind rein persönlicher Natur, du willst zurück zu deinen Freunden in der Stadt.«

Beck nickte. Diego nickte. Lächelnd. Und wandte sich zum Gehen.

»Diego«, sagte Beck.

Diego blieb stehen und sah ihn fragend an.

»Meine Ziele sind eure Ziele. Ich habe Oskar aus gutem Grund gebeten, die Kameras und die Kreditkarteninformationen zu checken.«

»Wir haben anderes zu tun, Thilo. Das scheinst du nicht zu begreifen.«

»Es geht um Eisele«, sagte Thilo. »Eisele ist das IICO. Eisele ist verantwortlich für die Nachrichtensperre, und wir versuchen herauszufinden, wieso. Und wo er jetzt ist. Nicht nur, weil er Philipps Schwester und Nyquist hat umbringen lassen, sondern weil wir vermuten, dass er nicht in irgendeinem Krankenhaus liegt, sondern weiter Strippen zieht. Und wenn ich alles richtig sehe, interessiert Eisele sich einen Dreck für Gaia oder irgendwelche Menschenleben, sondern hat völlig andere Interessen. Ganz gleich, ob wir zwei einer Meinung sind, auf welche Weise die Welt über diese Vorgänge informiert werden muss – Eisele gehört aus dem Verkehr gezogen. Und daran arbeiten Oskar und ich.«

Diego sah für einen Augenblick so aus, als wolle er diese Erklärung tatsächlich als mildernden Umstand berücksichtigen, aber dummerweise ertönte in diesem Augenblick, verblüffend laut in der hohen Scheune, Thilos iAm.

Diegos Lächeln sprach Bände. Er musste nicht aussprechen, dass auch dies, ein klingelndes Privathandy, unter Insubordination fiel. Beck sah auf das Display und ignorierte Diegos gütig vernichtenden Blick.

»Agneta«, sagte er. »Sie sollen mich doch auf der anderen …«

»Da geht keiner ran«, sagte Olsen, und Beck begriff, dass sein präpariertes Gaia-Handy drüben in der Stallgasse lag, an das Aufladegerät angeschlossen. Er hatte es nach seiner nächtlichen Session einfach liegen lassen.

»Und er ist wieder da«, sagte Olsen.

»Was?« Beck war mit einem Satz auf den Beinen und bedeutete Diego, er solle noch nicht gehen, sondern einen Augenblick warten. »Wo?«

»Hier. Seit einer halben Stunde.« Indigniert fügte Olsen hinzu: »In fürchterlichem Zustand. Wirklich, Herr Beck, es ist eine Schande. Er *riecht.* Obwohl er, wie er sagt, geduscht hat. Er stinkt aus allen Poren.«

»Stellen Sie mich zu ihm durch.«

»Ich muss Sie warnen. Er weiß nicht, dass ich Sie anrufe. Er hat mir gesagt, er will mit niemandem sprechen. Außer mit Dr. Mager. Und der ist auf dem Weg.«

»Stellen Sie mich durch, Agneta.«

»Ja.«

Es klickte kurz, dann erklangen die Töne von Griegs *Morgenstimmung*, und nach einigen Takten war Gerrittsen am Apparat.

»Beck, ich rufe Sie später zurück«, sagte Gerrittsen und klang wie Mickey Rourke in seiner schlimmsten Zeit ausgesehen hatte, morgens um fünf.

Beck glaubte Olsen aufs Wort, dass er stank.

»Wir müssen reden«, sagte Beck, »und zwar jetzt. Ich suche Sie seit fast einer Woche, und das hier hatte schon vor einer Woche keine Zeit …«

»Ich rufe Sie …«

»Nein«, unterbrach Beck ihn. »Ich brauche *jetzt* Zugang zum Rechner. Und zwar nicht nur zu meinen Daten, sondern vor allem zu Ihren. Zu *Gz*, zu allen Parametern, allen Algorithmen.«

Der nasse Laut, den Gerrittsen ausstieß, war eindeutig, aber er legte noch einen drauf. »Lecken Sie mich am Arsch, Beck.«

»Ihre Prognose ist ein beschissener Witz, richtig?«

Gerrittsen schwieg.

»*Gz* ist ein Witz. Sie haben einfach Glück gehabt, richtig? Und wir alle sind drauf reingefallen. Wir alle haben geglaubt, dass das genial ist. Weil die Prognosen stimmten, für viele Testreihen. Aber sie haben nicht deshalb gestimmt, weil *Gz* der Stein der Weisen ist, sondern weil Sie einfach Schwein hatten.«

»*Gz* gilt«, sagte Gerrittsen. »Und daran gibt es keinen Zweifel.«

»Dann lassen Sie mich in die Programmstruktur. Ich mache Ihnen nichts kaputt, ich will nur ein paar Parameter ändern, im Modell. *Prometheus* sagt völlig falsche Windströmungen voraus, werfen Sie mal einen Blick auf die Sturmvorhersage für den Mittelmeerraum, und Ihre prophezeiten Orkane für den Norden der USA finden auch nicht statt …«

»Sie können mich …«

»Gerrittsen, das hier ist nicht irgendein alberner akademischer Blödsinn, das ist kein Spiel mehr, und es geht auch nicht um den Nobelpreis oder ihr *Standing* bei den nächsten hundert Nutten! Die Menschen laufen weg! Die Menschen begeben sich in Gefahr, weil sie an Ihre Prophezeiung glauben! Wenn die Prognose *falsch* ist, muss die Welt davon wissen! Und Sie werden rausgehen und der Welt sagen: *Ja, ich habe Mist gebaut!*«

Beck zog unwillkürlich den Kopf zurück, als sein Gesprächspartner den Hörer wuchtig zurück in die Halterung auf seinem Schreibtisch drosch.

»Fuck«, sagte Beck und drückte wütend auf den roten Knopf seines iAm.

Er bemerkte erst jetzt, dass Diego tatsächlich geblieben war und die ganze Zeit zugehört hatte.

»Glaubst du das wirklich?«, fragte er.

»Was? Ja. Nein, *geglaubt* hab ich das bis eben. Nach seiner Reaktion bin ich jetzt absolut sicher.«

»Die Prognose könnte falsch sein?« Diego schüttelte den Kopf, sah aus den Fenstern und wies mit der Hand in den Regen. »Und das da? Die ganzen letzten Wochen?«

»Das da«, sagte Beck, »ist Regen. Viel zu viel Regen, zugegeben. Und niemand zweifelt daran, dass das mit der Sonnenaktivität zu tun hat, denn die hat schon letztes Jahr zugenommen, nachdem sie lange Zeit weit unter Niveau war. So weit ist Gerrittsens Prognose einigermaßen richtig. Aber das bedeutet eben noch lange nicht, dass auch der ganze Rest zutrifft. Wenn sich mal irgendjemand die Mühe machen würde, genauer in die Daten zu schauen, würde er oder sie ja wohl sehen, dass die Prognose schon jetzt nicht mehr stimmt. *Prometheus* hat die Stürme nicht vorhergesagt, verstehst du? Stürme. Das ist nicht irgendein kleines Detail unter tausend anderen, wir reden von *Stürmen*. Großen Ereignissen, die das Wetter entscheidend verändern. Wie kann eine Prognose zutreffend hinsichtlich irgendwelcher Dürren sein, wenn sie nicht mal die wirklich wesentlichen Dinge in die Berechnungen miteinbezieht: Wind und Wolkenbewegungen? Diego, ich verwette meine Arme und Beine darauf, dass auch der Rest dieser wahnsinnigen Vorhersage in den nächsten Tagen und Wochen in sich zusammenfällt. Aber bis dahin werden wir Millionen Menschen auf die Flucht geschickt haben, und die meisten davon in den sicheren Tod. Ich weiß nicht, ob wir das alles noch aufhalten können, aber ich sehe nicht tatenlos zu, wie lauter Gutmenschen aus einer gut erlogenen Prophezeiung eine machen, die sich selbst erfüllt.«

Diego schwieg. Lange. Dann nickte er, ebenso lange. Nachdenklich. Und schnalzte leise. »Gut. Besprechen wir das mit den anderen.« Er lächelte. »Wie ich schon sagte, Bruder, hier herrsche nicht ich, hier herrschen demokratische Verhältnisse.«

Ihr wurde erst am Flughafen klar, dass ihre Wege sich wirklich trennen würden. Und dass sie ihn vermissen würde. Das kam ihr einigermaßen absurd vor, da sie ihn kaum kannte und auch nicht von sich behauptet hätte, sie könne ihn sonderlich gut leiden, aber doch war er ihr in der kurzen Zeit, die sie zusammen verbracht hatten, zu etwas Selbstverständlichem geworden. Er war da. Sie waren auf einem gemeinsamen Weg, Seite an Seite, und würden diesen Weg zu Ende gehen, zusammen. Die Welt warnen und Helens Mörder seiner gerechten Strafe zuführen.

Was danach passierte, wusste allein der Himmel, aber den Weg würden sie zusammen gehen. Das stand fest.

Und jetzt änderte sich alles. Jetzt trennten sich ihre Wege, im Nirgendwo, an einem Ort, der ihnen beiden nicht das Geringste bedeutete, auf dem Genfer Flughafen.

Sie blieb zurück, während Milett und seine Entourage auf den Korridor zugingen, der zu den Parkplätzen führte. Dort warteten zwei Chauffeure auf sie, um sie zum Tagungsort zu bringen, wo die europäische *Task Force* sich um neun Uhr vollständig versammelte.

Philipp deutete mit dem Daumen in die andere Richtung, mit einem dünnen Lächeln. »Mein Flieger geht irgendwo dahinten«, sagte er. »Sofern Slatko mich nicht verarscht hat.«

»Wann?«, fragte sie.

»Stunde, anderthalb. Kommt aus Istanbul und muss vermutlich noch tanken. Frag mich nicht. Aber lass deine Jungs nicht warten, die warten nämlich nicht.«

Sie nickte. Sie würde von Genf aus mithelfen, die ganze Welt zu retten. Er würde in Hamburg seine Welt retten. Wieso hatte sie angenommen, ihr Weg sei ein gemeinsamer Weg?

Und wieso fühlte sie sich so mies?

»Wir sehen uns wieder«, sagte er, und sie fröstelte. Dann strich er ihr mit dem Finger über die Schläfe, sanft, als wollte er eine Haarsträhne freundlich daran erinnern, wohin sie gehörte.

Sie nickte. Und lächelte und nahm ihn kurz in den Arm. *Wir sehen uns wieder. Ich bin doch gleich wieder da.* Das waren die Worte ihrer Mutter gewesen, und niemand hatte verstanden, weshalb sie, die Neunjährige, in Tränen ausgebrochen war. Es gab keinen Grund.

Ihre Mutter hatte doch nur kurz nach Bremen fahren wollen, zu einer Freundin. Es war ein sonniger Tag gewesen, und sie war immer vorsichtig gefahren. Niemand hatte verstanden, weshalb Mavie an diesem Tag so entsetzlich zu weinen begonnen hatte. Sie war neun gewesen. Sie hatte nie geweint, wenn ihre Mutter irgendwohin gegangen war. Sie hatte ja immer gewusst, dass sie wiederkam. Immer wiederkam.

Wir sehen uns wieder.

Sie nickte. Sie hätte sich an die Beine ihrer Mutter klammern sollen, um sie zurückzuhalten, um sie vor dem zu retten, was sie kommen spürte. Sie hatte es nicht getan.

»Ja«, sagte sie. »Pass auf dich auf.«

»Dito«, sagte er.

Dann wandte sie sich, immer noch mit festem Lächeln, von ihm ab und folgte den anderen in Richtung des langen Korridors, der zum Parkplatz führte. Ohne sich noch einmal umzusehen. Ja, sie würden sich wiedersehen. Garantiert. Lebendig und gesund, unter anderen, besseren Umständen. Und noch mal bei null anfangen oder der Frage Rumpsteak, Sushi oder gleich zu dir?

Ihnen beiden würde nichts passieren.

Auch wenn ihre Wege sich unerwartet kurz trennten.

Die zehnminütige Fahrt vom Flughafen zum CICG, genauer ins kleinere CCV in der Rue Varembé, verbrachte sie schweigend im Fond eines BMW mit abgedunkelten Scheiben, hinter dem Beifahrersitz, auf dem Filmore Platz genommen hatte und mit dem Fahrer über Schokolade plauderte. Neben Mavie saß Jean-Baptiste und scrollte und klickte schweigend, mit gerunzelter Stirn über das Display seines iAm, ebenso wie Goran, der hinter dem Fahrer Platz genommen hatte.

Mavie sah aus dem Fenster, in den Regen, durch den Regen hindurch. Am Straßenrand standen die Autos dicht an dicht geparkt, in zweiter und dritter Reihe, warnblinkend, und Menschen gingen und liefen durch die Pfützen, um in unregelmäßigen Abständen Schlangen unter Regenschirmen zu bilden, vor den wenigen Lebensmittelgeschäften, die hier, citynah, überhaupt noch zu finden waren und nicht längst hinausgezogen waren auf die *grünen Wiesen,* die man nur mit dem Auto erreichte. Mavie wollte sich nicht vorstellen, was dort los sein mochte, in den Gewerbegebieten, auf rappelvollen Parkplätzen im Dauerregen, vor leeren Regalen. Kamen die Glücklichen, die Schnelleren unter den Schweizern, die es dort noch schafften, ihre Einkaufswagen zu füllen, heil über die Parkplätze bis zu ihren Autos?

In den Straßen zwischen Flughafen und Kongresszentrum schafften es offenbar nicht alle. Es gab hier und da Handgemenge vor den Läden, ein Mann landete keine drei Meter von Mavies vorbeirollendem BMW im Rinnstein, und vor mehreren Läden schützten Polizisten die Fahrer von Kleinlastern, die ihre kostbare Fracht an protestierenden Mitbürgern vorbei auf Ladeflächen schafften.

Auch die neutralen Schweizer hatten offenbar längst begriffen, dass die Katastrophe diesmal nicht an ihnen vorbeiziehen würde.

Als sie vor dem Kongresszentrum ausstiegen und mit den Insassen des anderen Wagens die Treppen hinaufstiegen zum Foyer des CCV, hörte Mavie Jean-Baptiste zu Milett sagen, die Nachrichtenlage gefalle ihm ganz und gar nicht. Die Unruhen weiteten sich aus, nicht nur in den afrikanischen Hafenstädten, sondern auch in den amerikanischen und europäischen Metropolen. Verglichen mit dem, was in London, New York und Moskau an Fluchtbewegung, besonders aber an Verteilungskämpfen begonnen hatte, war Genf offenbar ein äußerst beschauliches und kultiviertes Pflaster. All das beginnende Chaos habe aber die amerikanischen Mainstream-Medien nicht davon abgehalten, den Schuldigen für die Katastrophe eindeutig auszumachen, nämlich China, den *Weltklimafeind No. 1.* Die Ansprache des US-Präsidenten an seine Nation war hart und klar gewesen. Man werde diese Krise gemeinsam meistern, aber niemand solle glauben, die Verantwortlichen würden nicht danach von der Völkergemeinschaft zur Rechenschaft gezogen.

Die chinesische Reaktion ging in den westlichen Medien weitgehend unter. Das ZK wies jede Verantwortung für die Katastrophe energisch als konstruiert zurück und warnte die USA vor einer Fortsetzung ihres »menschenverachtenden Propagandafeldzuges«. Diese nicht besonders kluge Formulierung allerdings lud die hervorragendsten der amerikanischen wie europäischen Kommentatoren ein, das Wesentliche endgültig aus dem Auge zu verlieren und sich stattdessen sarkastisch zu verbitten, ausgerechnet von China wegen »menschenverachtender Propaganda« gemaßregelt zu werden.

Milett unterbrach Jean-Baptistes Vortrag mit einem Knurren. Die Nachrichtenlage gefalle ihm ebenso wenig wie seinem am Puls der Zeit klebenden Mitreisenden, aber das müsse sie auch nicht. Man sei schließlich nicht hier, um Nachrichten zu konsumieren, sondern um neue Nachrichten zu machen.

»Mit Verlaub«, sagte Jean-Baptiste, »das ist alles gut vorbereitet.«

»In der Tat«, sagte Milett. »Aber wer auch immer den Chinesen das alles in die Schuhe schieben will, hatte ja auch sechs Monate Zeit, seine gesamten Seilschaften zu instruieren und alle Leitartikel und Reden schon im Vorweg schreiben zu lassen. Wir sind erst seit drei Tagen im Spiel, und wir arbeiten wesentlich effektiver, mein Freund.«

Im Foyer mussten sie den ersten Security-Check über sich ergehen lassen, man bat sie alle durch einen Nacktscanner, tastete sie sicherheitshalber zusätzlich von Kopf bis Fuß ab und durchsuchte ihre Aktenkoffer und Taschen.

Der zweite Sicherheitscheck fand direkt vor den Türen des Versammlungssaales statt – durchgeführt von drei Männern in dunkelblauen Anzügen, die nicht viel sagten. Milett und seinen nun akkreditierten Begleitern wurden Keycards ausgehändigt, und man erklärte ihnen, ohne die kämen sie nirgendwohin. Weder in die Waschräume noch zurück in den Versammlungssaal. Man solle die Karten daher bei sich tragen, die ganze Zeit, und sicherstellen, dass sie nicht verloren gingen.

Milett ging voraus. Er öffnete die hohe Tür zum Versammlungssaal, seine Begleiter folgten. Lediglich Filmore ließ Mavie den Vortritt, mit einer galanten Geste.

Der Geräuschteppich, in den sie traten, war dick und dumpf. Mavie schätzte, dass etwa 150 Menschen durcheinandermurmelten, und trotz der schalldämpfend konstruierten hohen Decke war die Lautstärke beträchtlich.

In der Mitte des Raumes befand sich ein zu den bodentiefen Fenstern an der gegenüberliegenden Seite hin offenes U aus schlichten Tischen aus Holz und Chrom, vor dem Fenster stand ein leicht erhöhtes Podest, auf das Milett jetzt schnurstracks zusteuerte, gefolgt von Aldo, Hände schüttelnd, lächelnd, Menschen begrüßend.

Die Lautstärke ließ nach, der Geräuschteppich wurde dünner, und die Anwesenden nahmen ihre Plätze ein. Etwa fünfzig von ihnen auf den Plätzen, die die Seiten des U bildeten, der Rest vor den Seitenwänden, auf schlichten Sesseln. Die zweite Reihe. Die der Assistenten, Sekretärinnen und Helfer.

Mavie hielt sich im Hintergrund. Gemeinsam mit JB, Goran, Brigg, Södergren und Filmore suchte sie nach einem freien Platz auf der rechten Seite des Raumes und hatte sich gerade damit abgefunden, die Eröffnungsrede Miletts von ganz hinten rechts aus im Stehen verfolgen zu müssen, als der Nobelpreisträger sacht auf das Mikrofon klopfte, das vor seinem Platz in der Mitte des Podiums angebracht war, und die Versammelten auf Englisch begrüßte. Nur wenige der Auserwählten griffen zu den auf dem Tisch liegenden Headsets, um sich den Vortrag simultan übersetzen zu lassen. Dies war die europäische Krisengruppe, keine internationale Veranstaltung mit afrikanischen und asiatischen Teilnehmern. Die würde man zu gegebener Zeit zuschalten und sich auch optisch an den Tisch holen, mittels der zahlreichen Bildschirme, die an allen Wänden verteilt hingen – sobald man sich auf eine gemeinsame europäische Linie verständigt hatte.

Derzeit zeigten die Bildschirme allerdings noch weit trostlosere Bilder als die von Krisengruppensprechern aus aller Welt. Die Bilder glichen sich, und manche ließen sich nur mittels der eingeblendeten Ortsangaben unterscheiden. Brennende Hafenanlagen, dunkelhäutige Menschen, die sich mit Uniformierten Gefechte lieferten oder von ihnen aus nächster Nähe zusammengeknüppelt wurden. Schiffe, reich behängt mit Menschentrauben, umzingelt von Patrouillenbooten, Ameisenkarawanen, von Helikoptern aus gefilmt, auf ihrem Treck nach Norden oder zum nächstgelegenen Hafen, mochte dieser auch eine mehrwöchige Reise zu Fuß entfernt sein. Die Botschaft hatte die Welt erreicht, ohne Frage, und nur die wenigsten schienen mit Milett der Meinung zu sein, der Norden, der Westen werde schon alles richten.

Besonders spektakulär waren die Bilder aus Agadez im Norden des Niger, der alten Hauptstadt am südlichen Rand der Sahara. Die Stadt war in Aufruhr, weil das libysche Militär an der weit entfernten Grenze den Weg nach Norden abgesperrt hatte. Zu viele Flüchtlinge befanden sich bereits auf dem Weg, und so hatte man offenbar beschlossen, diesen Strom zum Versiegen zu bringen. Nicht, weil die staubige Piste durch die Wüste Tenere die überlebenden Flüchtlinge Richtung Mittelmeer führen würde, sondern weil dieser Weg unmittelbar an der wichtigsten Riesenbaustelle Libyens vorbeiführte, dem NASP, für das eine Grundfläche präpariert worden war, die der Londons entsprach. Man konnte sich ausrechnen, was Hunderttausende hungriger und halb verdursteter Beduinen mit der Anlage machen würden, verweigerte man ihnen auf der Durchreise das dringend benötigte Wasser. Verweigern musste man es ihnen, denn dieses Wasser benötigten noch viel dringender als irgendwer sonst die Erbauer des NASP, da sich die riesigen Zementbauten zwischen den Parabolrinnen nicht allein aus Sand und gutem Ingenieurswillen errichten ließen.

Die Sperrung der Grenze sprach sich allerdings nur sehr langsam nach Agadez durch, und so strandeten die meisten der Flüchtlinge im Sahara-Nirgendwo, steuerten die längst überfüllten wenigen Oasen an und stritten sich dort bis aufs Blut um das wenige verbliebene Wasser. Die klügeren unter den Flüchtlingen kehrten um, in Richtung Agadez, aber der Menschenstrom aus den Wüstengebieten zu diesem Transitpunkt war unterdessen nicht abgerissen, sodass inzwischen statt der sonst 80000 Einwohner fast eine Million Menschen in und um Agadez um Wasser und Lebensmittel konkurrierten.

Die wenigen Bilder, die die Menschen im Norden erreichten, waren grauenhaft. Allerdings auch meist von miserabler Qualität, da die einander massakrierenden Beduinen nicht über HD-Kameras und Netzzugänge verfügten, um den Bürgerkrieg in angemessener Auflösung an die großen Nachrichtensender zu übermitteln.

Hier kamen die Journalisten ins Spiel. Verantwortungsvoll ihrer Berichterstatterpflicht nachkommend, kreisten sie in Helikoptern über den Brennpunkten und lieferten aus sicherer Entfernung spektakuläre Bilder von Elend, Krieg und Tod. Die spektakulärsten jedoch lieferte ein besonders dummes Kamerateam, das den Kampf Zehntausender um einen Brunnen von oben herab gefilmt hatte und aus Gründen der Bildästhetik so dicht über den sterbenden Beduinen und Tuareg gekreist hatte, dass man nicht nur deren flehend gen Himmel gereckten Hände sah, sondern sogar ihre verzweifelten Augen erkennen konnte, scharf, farblich brillant und bildstabilisiert.

Als Zuschauer war man förmlich hautnah dabei, mitten im Sterben. Aber als der Kameramann wieder einmal eine Totale gewählt hatte, sah man – und zwar offensichtlich eher als er selbst –, wie der Raketenwerfer unten geschultert wurde, von einem großen, blau gewandeten Mann inmitten einer Gruppe von weißen und blauen Umhängen. Man sah die plötzlich Richtung Boden ausbrechende kleine Rauchwolke inmitten der Menge, und man sah, wie die Rakete rasend schnell aufstieg. Auf den Helikopter zu. Auf das Kameraauge zu.

Man sah die Rakete kommen, man hörte noch einen alarmierten Schrei von rechts neben der Kamera, aus dem *Off*, und dann explodierte man mit dem Kamerateam.

Die Kamera selbst blieb eingeschaltet, das Signal war bis zuletzt übertragen worden und dokumentierte aus nächster Nähe den trudelnden Absturz eines der Journalisten, seinen lauten Schrei, während er in den sicheren Tod stürzte.

Die Bilder überlebten. Und waren sensationell, alle Sender zeigten sie immer und immer wieder, und man konnte fast glauben, einen Trailer für *Stirb langsam 5* zu sehen. Aber der Abschuss von Agadez lieferte beileibe nicht die einzigen Horrorbilder, lediglich die technisch gelungensten. Unwirklich war alles, was auf den Schirmen lief.

Wer im regnerischen Norden zu Hause bei Kerzenschein auf dem Sofa hockte oder gar in einem klimatisierten Konferenzsaal in Genf, der konnte sich nur mit Mühe vorstellen, dass all diese Bilder die Wirklichkeit abbildeten, eine Welt zeigten, in der mit jeder Minute mehr verzweifelte Menschen einen Weg in sichere Regionen suchten und nur den Tod fanden.

Milett bedeutete einem rechts von seinem Podest stehenden Mann mit einer Handbewegung, die stumm auf allen Monitoren laufenden Nachrichtenbilder für einen Augenblick auszuschalten. Sekunden später wurden die Bildschirme schwarz. Milett räusperte sich, und Mavie erkannte links von seinem Podest eine ganze Reihe bekannter Gesichter. Nobelpreisträger wie Paul Crutzen, Klimatologen wie Rudolf Herrlich aus Potsdam, den NASP-Lobbyisten Patrick Dixon und Aldo Bernardi, einen bekennenden Verehrer von Wally Broeckers CO_2-Scrubbing-Technik.

Sie entspannte sich. Falls Milett glaubte, die nukleare Sprengung des Emi Koussi sei praktisch schon beschlossene Sache, hatte er die

Rechnung offenbar ohne einige Wirte gemacht. Aber der Nobelpreisträger überraschte die Runde, indem er mit der Tür ins Haus fiel.

»Guten Morgen«, sagte er, »und herzlich willkommen in Genf. Lassen Sie mich, bevor wir in gebotener Eile die Details besprechen, das Ergebnis zusammenfassen: Emi Koussi ist unser neuer Pinatubo.«

Die Reaktion ließ nicht lange auf sich warten. Leises, ungläubiges Murmeln erhob sich, hier und da mischte sich ein ebenfalls leises, ebenfalls ungläubiges Lachen hinein, und Milett ließ seine Zuhörer für einen Augenblick gewähren.

Als er die Stimme gerade wieder erheben wollte, öffnete sich die Doppeltür zum Konferenzraum, und Mavie sah nach rechts, während auch die meisten anderen Anwesenden die Köpfe wandten, mit fragenden Blicken, wer es wagte, zu dieser wichtigen Versammlung zu spät zu erscheinen.

Zwei Bodyguards traten ein und hielten die Türen auf, zwischen ihnen trat Dominique Lefèvre ein, seit einem halben Jahr Frankreichs neuer Umweltminister, und begrüßte Milett, indem er breit lächelte und kurz die Linke in Richtung Podium erhob. Dann aber trat auch er beiseite, und als Mavie sah, wem er Platz machte, war ihr, als hätte man ihr einen zentnerschweren Sandsack vor die Brust geworfen.

Fritz Eisele sah blendend aus.

Mavies erster Gedanke war vollkommen abwegig. Sie wollte Philipp anrufen und ihm sagen, erstens hätten er und Thilo recht gehabt, denn Eisele wirkte eindeutig nicht, als erholte er sich gerade von einem längeren Koma nach einem Attentat, und zweitens sollten sie aufhören, Kreditkartendaten zu hacken, um herauszufinden, wo der Mann steckte. Aber sie kam nicht einmal dazu, den Gedanken als »jetzt nicht so wichtig« zu verwerfen, denn Eisele streckte strahlend die Arme in Miletts Richtung aus, von seinem Platz an der Querseite des U aus, und erhob laut, jovial und hocherfreut seine schöne Stimme.

»I couldn't agree more, my dear Professor!« In perfektem Englisch fuhr er fort, und was er sagte, ließ Mavie das restliche Blut in den Adern stocken. »Sie haben, in der Tat, das wesentliche Ergebnis unserer Sitzung vorweggenommen, und ich bin Ihnen dankbar, dass Sie das getan haben. Denn wir haben keine Zeit zu verlieren.

Ich weiß um Ihre Expertise auf diesem Gebiet, und mir ist sehr wohl bewusst, dass Sie bereits die besten Fachleute um sich geschart haben und sämtliche Szenarien durchgegangen sind.«

Filmore und die beiden anderen Sprengstoffexperten wechselten einen fragenden Blick, Jean-Baptiste schoss einen Seitenblick in die gleiche Richtung wie Mavie. Auf Goran, der den Fehler machte, niemanden anzusehen, und damit alle Fragen beantwortete.

Mavie sah wie betäubt wieder zu Eisele, der weitersprach.

»Sie waren, wie stets, allen anderen eine Länge voraus, auch mir – noch ehe ich selbst Gelegenheit hatte, die Herren anzusprechen, und glauben Sie mir, teurer Freund, ich reagiere sehr schnell, besonders in globalen, epochalen Krisensituationen wie der, in der wir alle uns befinden. Und so war ich kolossal erleichtert zu erfahren, dass Sie uns führen werden, dass Sie die Marschrichtung vorgeben. Gestatten Sie mir also, Ihnen mit Inbrunst recht zu geben: Ja, der Emi Koussi ist unser neuer Pinatubo.«

Die Blicke der Anwesenden wanderten von Eisele, der immer noch stand, direkt in der Mitte des unteren Endes des U, zu Milett, der ihm direkt gegenübersaß, auf dem Podest. Es war eine wunderbare Aufstellung für eine Konfrontation.

Aber die blieb aus.

Denn Milett nickte. Und lächelte gütig.

Mavie glaubte nicht, was sie erlebte. Was Milett tat. Oder zu tun im Begriff war.

Er musste doch aufstehen. Und den Zeigefinger in Eiseles Richtung ausfahren, wie Zeus persönlich, und mit donnernder Stimme den Mann aus dem Raum fegen, ja, am besten gleich pulverisieren, den Mann, den er zu Recht verabscheute, der diese Katastrophe mit verschuldet hatte und dafür über Leichen gegangen war.

Doch Milett lächelte bloß gütig, und die Einzige, die wie vom Donner gerührt dastand, war Mavie.

Aber nicht lange.

Sie war überrascht, wie laut ihre Stimme klang. Aber sie war zufrieden mit dem Klang, denn der war fest und ausreichend zornig, ohne auch nur im Geringsten hysterisch zu klingen.

»Das ist doch nicht Ihr Ernst!«, rief sie, und mehrere Hundert Köpfe wandten sich gleichzeitig in ihre Richtung, überrascht, verdutzt – und fragend.

Sie trat vor, aus der Reihe der Helfer, und ging ein paar Schritte auf Eisele zu. Der sie erkannte. Der aufhörte zu lächeln und sie mit einem Blick bedachte, der so voller Gift war, dass man ganze Völker damit hätte ausrotten können.

»Dieser Mann ist ein Mörder«, sagte sie laut, den Blick fest in Eiseles Augen gerichtet. »Lassen Sie sich nicht täuschen. Sie kennen ihn als honorigen Professor, aber dieser Mann *ist* das IICO. Ist genau das Institut, das die Information über diese Katastrophe monatelang zurückgehalten hat. Auf sein Geheiß sind mehrere Menschen ermordet worden, und dass wir bis vor wenigen Tagen nichts vom dem wussten, was auf die Welt zukommt …«

»… war, junge Dame«, unterbrach Eisele sie, noch etwas lauter als sie und ebenso fest und kühl in seinem Zorn, »eine Entscheidung der Vernunft und, weiß Gott, nicht allein die meinige. Für wie naiv halten Sie die ranghöchsten Mitglieder unserer Geheimdienste? Für wie dumm? Die informierten Vertreter der europäischen Regierungen befanden sich, wie ich selbst, in einem entsetzlichen moralischen Dilemma, aber wir wussten frühzeitig, dass wir mit allen uns zur Verfügung stehenden Mitteln, selbst unter allergrößten Anstrengungen, keinerlei Aussicht haben würden, die Katastrophe zu verhindern.«

»Sie können *nicht* …«, sagte Mavie, aber Eisele sprach weiter.

»Glauben Sie denn, wir hätten nicht alles versucht? Wir hätten nicht alles durchkalkulieren lassen, alle Szenarien, alle Modelle, von *Fachleuten* und nicht von hysterischen Erstsemestern? Sind Sie wirklich so dumm? Nein!«, rief er aus, »Sie sind sogar noch erheblich dümmer.«

»Sie werden hier niemand weismachen können …«

»Was wir verhindern wollten, ja, verhindern *mussten,* war, dass irgendein Verrückter, irgendein Irrer, in die Welt hinausposaunt: Lauft! Alle! Rennt alle los, aus Nord, aus Süd, alle hin zu dem schmalen Streifen Land, auf dem in den nächsten Monaten das beste Wetter …«

»Verdammt, man kann nicht einfach Millionen Menschen verrecken lassen, nur weil einem das im Rahmen irgendeiner Kosten-Nutzen-Rechnung opportun erscheint oder weil man Schiss hat, dass es einem zu Hause zu eng wird, wir reden hier nicht von …«

Eisele sprach gleichzeitig: »Denn wir *wussten,* dass wir die Zahl der vom IICO vorhergesagten unvorstellbaren 400 Millionen Todesopfer durch einen solchen Warnruf nur *verdoppeln* würden …«

»Und deshalb mussten Sie gleich noch ein paar Leichen drauflegen, Wissenschaftler und Journalisten …?«

»Was dachten Sie, was passiert, wenn sie *Feuer!* schreien, ohne wirklich Hilfe anbieten zu können – denn das *können* wir nicht!«

»Sie haben doch gerade Mr Milett zugestimmt, *dass* wir etwas …«

»Aber wir können doch nicht die Dürre einfach abstellen! Vielleicht können wir sie lindern, aber doch nicht einfach«, er schnippte wahrhaftig mit den Fingern, »abstellen.«

»Nein, aber wir können helfen …«

Er redete einfach weiter. »In was für einer Welt leben Sie, was ist das für ein mentales Puppenhaus, in dem Ihre Gedanken irrlichtern? Wir greifen jetzt, notgedrungen, zu den äußersten Mitteln, das ist alles. Nicht erprobten, durchaus mit Risiken behafteten Verfahren, und alles nur als Reaktion auf Ihr verantwortungsloses Verhalten und das Ihrer wahnsinnigen Ökoterroristen …!«

»Kümmern Sie sich um die Menschen, die Sie einfach sterben lassen wollten, und lassen Sie diese billigen Manöver, die …«

»Was dachten Sie?!«, brüllte Eisele. »Was dachten Sie?! Gar nichts! Was haben Sie und Ihre Freunde geglaubt, was Sie mit einem solchen Kassandraruf erreichen – was, außer Panik!? Sie richten die Welt zugrunde! Sie handeln nicht nur verantwortungslos, Sie betreiben aktiv Völkermord! Und das, Frau Heller, können Sie sich auf die Fahne schreiben, in Ihre persönliche Vita: *Sie* werden am Ende dieser für die ganze Menschheit schweren Zeit auf Ihrem Gewissen, allein auf Ihrem Gewissen, 400 Millionen Seelen haben. Menschen, die ohne Ihre atemberaubende Dummheit und Eitelkeit nicht hätten sterben müssen.«

»Sie sind doch wirklich krank!«, sagte sie, immer noch laut. »Sie sind ein Mörder, Sie hängen bis zum Hals in dieser Drecksverschwörung drin, und das garantiert nicht, weil Sie Leben retten wollten. Wer verdient am IICO? Wer verdient am *Schweigen* des IICO? Damit kommen Sie nicht durch, nie im Leben!«

Sie hörte sich selbst und wusste, dass die anderen sie ebenfalls klar und deutlich vernahmen, trotz des leichten Zitterns in ihrer Stimme. Dass die anderen aufstehen mussten, entrüstet. Dass sie Aufklärung verlangen mussten. Ihr beistehen. Jetzt. Eigentlich alle.

Aber wenigstens doch der eine oder andere. Und sie nahm das veränderte Murmeln der Anwesenden wahr und wollte nicht glauben, dass die Stimmung tatsächlich kippte, in die völlig falsche Richtung.

»Kommen Sie mir nicht mit Ihren absurden Vorwürfen«, sagte sie, »und erst recht nicht mit Ihrer aufgesetzten Moral. Reden wir später über mein Gewissen oder Ihres – nach Ihrem Prozess ...«

Eisele wandte sich brüsk ab, mit einer kühlen, beherrschten, wegwerfenden Handbewegung. »Lee«, sagte er energisch, immer noch laut und fest und quer durch den Raum. »Bei allem Respekt vor deiner Weisheit und im Wissen darum, dass du Mademoiselle Heller dankbar bist für die Informationen, die sie dir hat zukommen lassen: Gestatte mir, diese Person des Hauses verweisen zu lassen, wir haben keine Zeit für derlei Demonstrationen von fehlgeleiteter Egozentrik und Dummheit. Die Welt braucht uns, und sie braucht uns *jetzt.*«

Die Zeit blieb stehen, während Mavie den Kopf in Miletts Richtung wandte. Ebenso wie die meisten der hundert anderen.

Und Milett nickte.

Ohne sie auch nur anzusehen, hob er leicht die Rechte, den Handrücken nach vorn gewandt, und fächelte etwas Luft weg, zweimal.

Eisele setzte sich auf den Platz in der Mitte des U. Ebenfalls ohne Mavie noch eines weiteren Blickes zu würdigen. Und sagte: »Danke. Fahren wir fort.«

»Nein!«, protestierte Mavie und hasste ihre eigene Stimme, weil die nicht klang, wie sie sollte, sondern sich überschlug. »Wir fahren nicht fort! Wir klären das!«

Zwei der Begleiter des französischen Umweltministers traten zu Mavie, beide ebenso groß und mit den gleichen harten Mienen wie Eiseles Bodyguards, die neben der Tür warteten. Die Herren sahen Mavie bloß an.

»Das ist doch nicht euer Ernst«, rief Mavie noch einmal über die Köpfe weg, aber die Köpfe schauten unverwandt nach vorn, zum Podium, zu Milett.

Einer der beiden Bodyguards nickte in Richtung Tür, während Milett zu sprechen begann.

Mavie hörte nicht, was er sagte.

Ihr Mund war knochentrocken. Das *Fahrt zur Hölle,* das ihr auf der Zunge lag, fand keinen Weg mehr ins Freie.

Sie ging voraus.
Zwischen den beiden Leibwächtern.
Sah sich noch einmal um, in der Tür, nach ihren Begleitern, nach Jean-Baptiste, dem Verräter Goran und den von Eisele hochgelobten Mitgliedern des Vulkansprengkommandos, die allesamt unverwandt in Richtung Podest sahen und Milett aufmerksam zuhörten.
Sah Eisele an. Seinen Rücken.
Und war draußen.

IV

Styx

Alles ist zu jeder Zeit von einem Dogma durchdrungen,
einer allgemeinen stillschweigenden Übereinkunft,
über große und unangenehme Wahrheiten nicht zu reden.

– GEORGE ORWELL –

Wir scheinen in ein neues Zeitalter der Unvernunft eingetreten
zu sein, das ebenso wirtschaftlich abträglich zu werden droht,
wie es zutiefst beunruhigend ist. Hiervor müssen wir,
vor allem anderen, den Planeten tatsächlich bewahren.

– NIGEL LAWSON –

Gebt uns ruhig die Schuld. Den Rest könnt ihr behalten.

– FANTA 4 –

43

Edward Heller hatte sich getäuscht, und das gründlich. Nicht in seinem Freund und begeisterten Geocaching-Gefährten Thomas, einem Mitte-40-jährigen Tischler, Jazzer und Lebenskünstler, der sich als großartiger Helfer in der Not erwies, wohl aber, was die Details seines kleinen Ausflugs über die Elbe betraf.

Und Edward Heller ärgerte sich über sich selbst. Er war nicht nur anderen gegenüber aufrichtig bis zur Taktlosigkeit, sondern erst recht sich selbst gegenüber; und so wusste er, dass er sich die ganze Zeit etwas vorgemacht hatte. Seine perfekte Vorbereitung war alles andere als perfekt gewesen. Perfekt in Friedenszeiten, perfekt im Modell, aber nicht perfekt in der Wirklichkeit, in der Krise, im Ernstfall. Sicher, seine Vorräte reichten für fast ein Jahr, der Brunnen funktionierte, auch wenn das unter den derzeitigen Umständen nicht von Belang war, der Dieselgenerator erzeugte ausreichend Strom für Licht, die Heizung und den Herd. Seine *Caches*, seine Notfall-Vorratskammern jenseits des eigenen Grundstücks, waren unangetastet und sowieso praktisch unauffindbar, sofern man ihre Koordinaten nicht kannte, seine Akku- und Batterienvorräte würden ebenfalls für ein Jahr reichen, und alle erforderlichen Werkzeuge und Waffen für den Tag, an dem die Zivilisation endete, lagerten trocken und sicher in seinem Keller. Funkgeräte, Nachtsichtgerät, GPS, Angel, Bogen, Pfeile, Jagdspitzen, Jagdmesser, Revolver und Gewehr, Leucht- und scharfe Munition.

So weit, so gut. Nicht gut war, dass er etwas übersehen hatte. Oder besser, etwas nicht hatte sehen wollen. Weil er immer gewusst hatte, insgeheim, dass er darauf keine Antwort finden konnte und dass all seine anderen Antworten und Vorbereitungen damit sinnlos wurden.

Er hatte die Rechnung ohne die Menschen gemacht. Nicht ohne die Menschen irgendwo am anderen Ende der Welt, in Afrika, Asien und Lateinamerika; nein, ohne die Menschen in seiner unmittelbaren Nähe. Die Nachbarn, die nichts vorbereitet hatten. Die keine Vorräte angelegt hatten. Keine Brunnen gebohrt. Keine Waffen im

Keller lagerten. Keine Generatoren besaßen. Die Nachbarn, die ihn für einen Irren gehalten hatten, mit seinem sonderbaren Haus und seinen sonderbaren Ideen. Die seine Vorbereitung für reine Geldverschwendung gehalten hatten.

Und am Ende würden sie damit sogar recht behalten. Denn es nützte ihm nichts, dass er gut vorbereitet war. Sie würden ihm seine Vorräte nicht allein überlassen, sie würden sie ihm einfach wegnehmen. Sich in seinem Haus versammeln, im Licht seines Generators, vor seinem Herd, und die Waffen unter sich aufteilen. Benahm er sich gut, durfte er vielleicht weiterhin mitspielen. Falls nicht, würden sie ihn als Feind der Gruppe einfach aussortieren.

Aber das war nicht das Einzige, was Edward geflissentlich übersehen hatte. Klar geworden war ihm das spätestens auf der Fahrt durch die Harburger Innenstadt, zu Thomas' Wohnung in einem Hinterhofmietshaus im Phoenix-Viertel, hinter der alten Gummifabrik. Eine ganze Reihe von Schaufenstern entlang der Bremer Straße war zu Bruch gegangen, und an verschiedenen Stellen der Fußgängerzone sah man noch immer Spuren der Verwüstungen, die offenbar in der Nacht zuvor entstanden waren. Edward war nicht Pessimist genug, um nun deswegen gleich alle Hoffnung fahren zu lassen, aber die Krisensituation kehrte eindeutig nicht bei allen seinen Mitmenschen die besseren Seiten hervor. Und der Hamburger Vorort Harburg mit seinen über 200 000 Einwohnern war schon unter normalen Umständen kein Viertel, in dem man nachts freiwillig durch die Straßen flanierte.

Er hatte sein Auto bei Thomas stehen lassen, dessen Frau und zehnjährige Tochter kurz begrüßt und sich dann vom Freund rasch aus der Wohnung drängeln lassen. Frau und Tochter sahen nicht besonders begeistert aus, dass der Mann und Vater sie allein ließ, um Edward zu helfen, aber Thomas schien das nicht zu kümmern. Er erklärte Edward beim Besteigen seines alten Mitsubishi-SUV, es bestehe kein Grund zur Sorge. In den Nachbarwohnungen lebten Freunde, die meisten mindestens so groß und so kräftig wie er selbst, alle hätten gut gefüllte Tiefkühltruhen und Werkzeug, das man hervorragend zu Waffen umfunktionieren konnte, und die restliche Nachbarschaft, überwiegend Türken, sei weit weniger schlimm, als man gemeinhin behaupte. Im Gegensatz zu den deutschen Anwohnern hätten die Türken nämlich wenigstens Familiensinn, und der umfasste in dieser Situation durchaus auch die Menschen, die man täglich sah, also die Nachbarn.

Aber natürlich seien auch junge Türken dabei gewesen, in der Nacht, in der Fußgängerzone, in den Kaufhäusern. Seite an Seite, wenn auch nicht vereint, mit einer bunt gemischten und sehr internationalen Horde Nichtsnutze, die auch unter normalen Umständen schon nichts Besseres zu tun hatten, als ihr Vorstrafenregister aufzupolieren und anderen die Fresse. Der Stromausfall hatte sie regelrecht elektrisiert, zumal ja ihre PlayStations und Xboxen nicht mehr funktionierten und das Internet schon gar nicht. So hatten sie sich draußen umgesehen. Und Thomas hatte gelacht, als er von ihren Hauptzielen berichtete: Media Markt und Saturn. Es würde demnächst einen Haufen sehr günstige 3-D-Flachbildschirme zu kaufen geben, auf dem Schwarzmarkt. Also genau das, was man auf dem kommenden Schwarzmarkt garantiert nicht mehr loswurde.

Was Edward aber vor allem falsch eingeschätzt hatte, war die Verkehrslage. Thomas' Boot, ein angeschlagener Kajütkreuzer aus den Siebzigern, mit dem er gewohnheitsmäßig an den Wochenenden die Elbe hinauftuckerte, lag im Harburger Hafen in unmittelbarer Nähe des *Beach Club,* eines in diesem prekären Stadtteil einigermaßen deplatziert wirkenden Sandareals, das jene Snobs anlocken sollte, die es in Harburg gar nicht gab. Edward war davon ausgegangen, sie könnten mit dem Wagen wenigstens bis in die Nähe des Anlegers fahren, er könne seine Taschen umladen und aufbrechen, aber das erwies sich als Trugschluss.

Der gesamte Harburger Hafen war großräumig abgesperrt, von der Seehafenbrücke an, die die Innenstadt mit dem tiefer liegenden Gewerbegebiet verband. Von dort, wo die Sperren sie stoppten, bis zum Boot waren es nicht bloß ein paar Hundert Meter, sondern fast drei Kilometer, und so musste Edward seinen Zodiac, das Schlauchboot, das er eigentlich erst an seinem Ankerpunkt in der Elbe hatte einsetzen wollen, für den Weg zum Falkensteiner Ufer und in den möglicherweise überschwemmten Vorgarten der Familie von Schenck, bereits am unteren Ende der Seehafenbrücke mittels mehrerer Druckluftpatronen in Form bringen. Was ihm nicht gefiel. Zum einen, weil das nicht der Plan gewesen war, zum anderen, weil er das Boot nun durch die überschwemmten Straßen zur Anlegestelle würde steuern müssen und nicht wusste, wer oder was ihn auf dem Weg erwartete. Und weil ihm die Vorstellung missfiel, beim Paddeln überrascht zu werden und nicht mehr rechtzeitig seine Waffe aus dem Rucksack ziehen zu können. Er konnte sie ja schlecht die ganze Zeit in der Hand halten, beim Paddeln.

Thomas half ihm aus der Klemme.

Im strömenden Regen legte er seinem Freund die Pranke auf die Schulter, sagte: »Mann, du machst aber auch Sachen«, lachte und stieg mit Edward in das Boot. Er warf seinem oben auf der Brücke geparkten SUV einen prüfenden Blick zu, nickte und schnappte sich das zweite Paddel.

»Dann lass uns mal reinhauen, Alter. Die Mädels sollen ja nicht so lange warten müssen, da werden die nämlich ganz schnell kiebig.« Er sah kurz auf seine Gummistiefel und dann Edward an, der in seiner langen Anglerhose brusthoch vor Wasser und allen eventuell darin schwimmenden Nervenquälgeistern geschützt wäre. »Aber erwarte ja nicht, dass ich da drüben aussteige – du hast die richtige Hose mit, ich nicht.«

44

Das Mädchen mit dem Kabel im Ohr, das neben anderen den Empfang in der Lobby des CCV hütete, hatte Mitleid mit ihr. Nachdem die beiden Security-Schränke sie bis unten begleitet und dort zum Auschecken abgegeben hatten, sah Mavie blass und elend genug aus, um als Notfall durchzugehen, und die junge Dame erlaubte ihr, nachdem sie ihr ein Taxi bestellt hatte, die Keycard noch einen Augenblick zu behalten und die Waschräume aufzusuchen.

Mavie bewegte sich wie in Trance durch die Menschen, die durch die Lobby strömten, auf dem Weg zu irgendwelchen grotesk überflüssigen Konferenzen und Besprechungen, lauter Menschen, die taten, als ginge die Welt nicht gerade unter, die erst recht so taten, als wäre ihre, Mavies Welt, nicht gerade mit einem lauten Knall zum Stehen gekommen, implodiert und zu einem festen schwarzen Nichts im Universum zusammengeschmolzen. Einem Nichts, in das kein Licht drang und aus dem nichts mehr hinausdringen würde, kein Licht, kein Laut.

Ihre Schritte hallten laut an den Wänden des langen Korridors wider, der vom Empfang des CCV zu den Waschräumen führte. Niemand kam ihr entgegen. Sie war allein mit dem Geräusch ihrer Schritte.

Sie zog die Keycard durch den Schlitz, stieß die Tür auf, drückte sie hinter sich wieder zu und lauschte in die dumpfe Stille. Sie war allein in dem großen Waschraum. Vor einem fast zehn Meter langen Spiegel, mit zehn Waschbecken davor.

Sie wählte das letzte.

Erschöpft ließ sie ihre Tasche auf dem Weg einfach auf den Boden fallen, sah sich kurz fassungslos im Spiegel vor dem letzten Becken an, hielt die Hand vor den Infrarotsensor am Fuß des Wasserhahns und klatschte sich eiskaltes Wasser ins Gesicht.

Träumte sie? Sie musste träumen. War das wirklich passiert, eben? Eisele? Und Milett? Die ganze Versammlung, alle auf der gleichen Seite? Und alle einig, dass sie, wenn schon nicht allein, dann doch hauptverantwortlich war für das Desaster, das über die Welt hereinbrach? Sie, das kleine Kind, das *Feuer!* gerufen hatte, obwohl doch alle anderen, die Erwachsenen, längst von dem Brand wussten und beschlossen hatten, aus absolut vernünftigen Gründen die im Haus tief schlafenden Bewohner nicht zu wecken? Sondern zu warten, wer lebendig entkam, um dem dann gegebenenfalls etwas Brandsalbe gegen seine Wunden ersten Grades anzubieten, aber mehr eben nicht? Sie sollte einen Völkermord verursacht haben, weil sie sich eben *nicht* der unterlassenen Hilfeleistung hatte schuldig machen wollen? Und das musste sie sich von einem Mörder sagen lassen?

Sie warf sich noch etwas mehr Wasser ins Gesicht und ließ die Hände liegen, wo sie waren, auf ihren Augen, auf ihren Wangen. Das konnte nicht wahr sein, alles.

Als sie den Kopf hob und in den Spiegel sah, schrak sie zusammen und machte einen alarmierten Satz nach links, weg von den Becken. Denn sie sah nacheinander auf der rechten Seite des Spiegels und dann direkt daneben, ungespiegelt, einen der beiden Männer, die sie vor zehn Minuten direkt hinter Lefèvre und direkt vor Eisele den Konferenzraum hatte betreten sehen. Den größeren von Eiseles beiden Bodyguards, nicht den Fleischberg, sondern den ernst blickenden Zweimetermann mit dem blonden Crew Cut.

Der auch jetzt nicht so aussah, als habe er in seinem Leben je gelacht.

Dass ihre Tasche im gleichen Augenblick zu klingeln begann, war ein gelungener schlechter Scherz. Sie selbst und Eiseles Bodyguard waren ungefähr gleich weit weg von der Tasche, und sie wusste, dass sie den Anruf nicht rechtzeitig würde entgegennehmen können, um den Anrufer wenigstens noch einen erstickten Laut hören zu lassen.

Das Handy klingelte unbeeindruckt weiter.

Der Riese rührte sich nicht vom Fleck. Er starrte Mavie an. Und wartete, bis der Anrufer aufgab oder die Mailbox anspringen würde.

Mavies Gedanken rasten. Sie würde nicht an ihm vorbeikommen. Sie würde es nicht schaffen, die Tür aufzustoßen und in den leeren Korridor hinein um Hilfe zu rufen. Außer, sie schaffte es, an ihm vorbeizuspringen, an seinen Pranken vorbei. Vielleicht konnte sie ihm in die Weichteile treten, aber so, wie er aussah, verfügte er gar nicht über weiche Teile, nirgendwo, sondern bestand zu hundert Prozent aus zementharten Muskeln und hätte »Schmerz« in einem Wörterbuch nachschlagen müssen.

Das Handy klingelte zum dritten Mal. Danach würde ihre Mailbox anspringen.

Ihre Gedanken rasten weiter. Das mitleidige verkabelte Mädchen am Empfang würde sie irgendwann suchen lassen. Sie, die Ausgestoßene, konnte ja nicht ewig auf der Damentoilette bleiben, jemand würde nach ihr sehen, um sie endlich vor die Tür zu setzen. Aber wann? Schaffte sie es in eine der Boxen, schaffte sie die zwei Schritte, schaffte sie es, die Tür zu verriegeln? Wie lange würde er brauchen, um die Tür einzutreten? Zwei Sekunden? Wie lange würde er brauchen, um ihr das Genick zu brechen? Weitere drei Sekunden?

Das Handy verstummte.

Sie konnte ihn nicht mal mit irgendwas bewerfen. Nicht mal mit einem Stück Seife, und der Seifenspender war fest in die Wand montiert.

Sie konnte nur warten, dass er seine Pranken ausfuhr. Und hoffen, dass sie genau traf. Und dass er nicht überall aus Stahl war.

Oder ihn überreden, es zu lassen.

Das Handy blieb stumm.

Aber ehe Mavie einen Versuch unternehmen konnte, das Gewissen des Eisenmannes mit Worten zu erreichen, öffnete er selbst den Mund und begann mit verblüffend leiser, sanfter Stimme in perfektem Oxford-Englisch zu sprechen. Es klang, als synchronisierte ihn irgendwer, live, ein kleiner Mann mit Brille und Rollkragenpullover, dessen Stimme aus einem unsichtbaren Lautsprecher mitten aus dem Muskelgebirge ertönte.

»Sie sind eine sehr unvernünftige Frau«, sagte der Eisenmann.

Mavie nickte. »Weil ich mich mit den falschen Leuten anlege.«

Er nickte. »Ich dachte, Sie wären so klug, sich in Sicherheit zu bringen.«

»Vor ihm.«

Wieder nickte er. »Er ist vorsichtig. Er wird Sie nicht hier eliminieren lassen. Aber er wird Sie finden. Sehr schnell.«

Mavie nickte ebenfalls. Und fragte sich, wie ein Muskelberg mit versteinerter Visage und offenbar guter Kinderstube an einen Job wie den kam, den er offensichtlich machte. Aber sie fragte ihn nicht.

»Und Sie?«, sagte sie.

Er beantwortete die Frage nicht. Stattdessen sagte er, immer noch leise, aber jetzt hörbar indigniert: »Sie hätten mitspielen sollen. Das wäre besser für uns alle gewesen, für Sie, für ihn, für mich. Aber Sie wollten ja nicht mitspielen. Keine Mätresse, nicht einmal eine auf Augenhöhe, so, wie er es immer vorgesehen hatte. Mir ist schleierhaft, was Sie antreibt, aber so ist es nun mal.«

»Mitspielen wobei?«

Sein Erstaunen spiegelte sich nicht in seinen Zügen, nur in seinen Augen. »Sie waren Katharina.«

»Wer?«

Er schüttelte kurz den Kopf, mit steinerner Miene. »Wissen Sie denn gar nichts?«

»Ich weiß jedenfalls nicht, was das heißen soll.«

»Sie wissen, was mit Katharina passiert ist.«

»Nein.«

»Katharina Lund, seiner Frau.«

»Er hat eine Frau?«

»Hatte.« Wieder schüttelte er den Kopf. »Er war sehr verärgert über Sie. Wir dachten alle, er würde Sie fallen lassen, endgültig, nach La Palma, aber er ist sentimental. Deshalb hat er nicht Sie aus dem Weg geschafft, sondern die Journalistin.«

»Was hat das mit seiner Frau zu tun?«

Er sah sie an, und sein Blick war ernst. »Es spielt keine Rolle mehr. Er hat die falschen Entscheidungen getroffen. Emotionen führen immer zu falschen Entscheidungen. Er musste zu weit gehen, jetzt endet sein Weg. Und ich beabsichtige nicht, ihn auf dem letzten Abschnitt zu begleiten. Aber wir brauchen eine Verabredung, einen Deal.«

Sie sah ihn fragend an.

»Zehn Millionen«, sagte er.

»Wofür?«

»Sie stehen in Kontakt mit diesem Gaia-Kommando.«

Es war keine Frage, aber sie nickte trotzdem.

»Und Sie verfügen über die entsprechenden Mittel. Ihr Freund.«

Sie nickte wieder, obwohl sie das nicht wirklich wusste.

»Sie transferieren das Geld auf ein Konto auf den Caymans. Die Nummer ist in zehn Minuten auf Ihrem Handy.«

»Im Tausch wogegen?«

»Jeder Mensch muss irgendwem vertrauen. Fritz Eisele wusste immer, dass er mir vertrauen kann. Ich bin genauso schuldig wie er. Der Unterschied ist, dass meine Existenz nicht von meinem Leumund abhängt.«

Sie sah ihn weiter fragend an.

»Er hat uns den Auftrag gegeben, mir und Parks. Aber Parks hatte keine Kamera im Knopfloch. Ich schon. Sie bekommen Fritz Eiseles Originalton für die letzten zwei *Hits*. Nyquist, die Journalistin. Seinen Befehl, die beiden aus dem Weg zu räumen.«

Mavie schwieg.

»Sie haben 24 Stunden Zeit«, sagte er. »Ist das Geld auf dem Konto, stelle ich die Filme auf den Server, den Ihr Kontakt mir durchgibt. Dazu bekommen Sie weitere fünf Minuten von mir, ein umfassendes Geständnis, die Kontakte und die Namen derer, die die Aufträge ausgeführt haben.«

Mavie nickte.

Der Marine mit der guten Kinderstube nickte ebenfalls. Er griff in die Innentasche seines Jacketts, zog keine Waffe heraus, sondern eine Visitenkarte, gab sie Mavie und wandte sich zum Gehen.

»24 Stunden«, sagte er, öffnete die Tür und trat in den Flur.

Die Tür schloss sich langsam, gedämpft durch eine Feder.

Und Mavie stand vor dem langen Spiegel und fragte sich, ob sie immer noch träumte.

Falls ja, klingelte in ihrem Traum ein Handy.

Falls ja, sah sie im Traum Philipps Nummer auf dem Display. Sie drückte auf die grüne Taste.

»Ja«, sagte sie tonlos.

»Herrgott, wo bist du denn? Ich hab versucht, dich zu erreichen, wir starten gleich, und der Geier weiß, ob mein Scheißhandy da oben funktioniert – Thilo hat gute Leute, dein Freund Eisele ist direkt nach dem Knall abgeflogen, gebucht über die Karte von irgendeinem Solunia-Assi, nach Helsinki, von da aus dann hektisch nach Berlin, Paris, Madrid, und von da aus, halt dich fest, nach: Genf. Gestern Abend. Der Typ ist hier, Mavie. In Genf.«

»Ich weiß«, sagte sie. »Ich hab ihn gerade getroffen.«

Den Rest behielt sie für sich, und sie wusste, warum.

»Was?«, sagte er.

»Kannst du die Maschine festhalten?«

»Was? Ja. Nein, keine Ahnung.«

»Zehn Minuten. Ich bin in zehn Minuten bei dir, warte auf mich.«

45

Beck hatte im Regen gestanden, als sie ihn erreichte. Wieder war es sein eigenes Handy gewesen, das klingelte, und wieder hatte er das Gespräch angenommen, denn als er ihren Namen und ihr Foto im Display gesehen hatte, konnte er nicht widerstehen. Er hatte sich gemeldet, auf dem Absatz kehrtgemacht auf dem Weg zum Haupthaus, wo die Gaias demokratisch über sein Schicksal diskutierten und abstimmten. War zurückgegangen in die zum Schlafsaal umfunktionierte Scheune, hatte hinter der großen Tür Schutz vor dem permanenten Prasseln gesucht und ihrem atemlosen Vortrag gelauscht, praktisch ohne sie zu unterbrechen. Eiseles Auftritt vor der Versammlung, ihre Entlassung per Handbewegung aus Miletts Team, ihr Rausschmiss, der Auftritt des Leibwächters, der Beweismaterial zu liefern versicherte, sobald sie das Geld auftriebe. Was sie mit Philipps Hilfe irgendwie hinbekäme, nur dass sie Philipp erst von seiner neuen Aufgabe in Kenntnis setzen würde, wenn sie in der Luft wären, weil der andernfalls sofort kehrtmachte und Eisele eigenhändig erwürgte. Was der Sache nicht dienen würde.

Und sie hatte etwas gewollt. Einiges. Erstens eine sichere Webadresse, einen Server, auf den der Leibwächter seine Videos schicken sollte, einen Server, an den ausschließlich sie selbst und Thilo herankämen, niemand sonst. Zweitens einen plausiblen Grund dafür, weshalb Eisele sich vor Milett verneigte und dessen absurde Idee plötzlich selbst für grandios hielt, drittens ein Dossier zu einer gewissen Katharina Lund, mit der Eisele angeblich verheiratet gewesen war und die aus irgendwelchen unerfindlichen Gründen ihr selbst, Mavie, das Leben gerettet hatte, dem Leibwächter zufolge.

Beck kam nicht dazu, zu ergänzen, sie brauchten am besten auch noch eine belastende Aussage vom blendenden Säufer Gerrittsen, dass die ganze Prognose von Anfang an auf tönernen Füßen gestanden hatte, und er kam erst recht nicht dazu zu fragen, ob sich eigentlich noch irgendjemand die Mühe machte, die tatsächlich aktuell gemessenen Daten mit denen zu vergleichen, die *Prometheus* vorhergesagt hatte.

Er kam nicht dazu, weil Mavie offensichtlich in allergrößter Eile war und nicht nur mit ihm sprach, sondern parallel mit einem Taxifahrer verhandelte, der ihre Kreditkarte nicht akzeptieren wollte. Sie schrie daher den Fahrer an, bezahlte offenbar mit ihrem restlichen Kleingeld sowie ihrer Armbanduhr und mahnte Beck gleichzeitig zur Vorsicht, da Eisele vermutlich über ganz andere Möglichkeiten als Milett verfügte, Menschen aufzuspüren. Dann teilte sie, erneut wesentlich unfreundlicher, dem Fahrer mit, es ginge nicht um seine bescheuerten paar Kröten, sondern um Menschenleben, und verabschiedete sich hastig von Thilo, mit dem Versprechen, sich umgehend wieder zu melden.

Er hatte danach fast reflexartig nach oben gesehen, als erwartete er, das elektronische Auge eines NSA-Spionagesatelliten direkt durch die Scheunendecke auf sich gerichtet zu sehen, auf sich und sein dämliches Handy. Und er nahm sich wieder einmal vor, diesmal fest, sich mit den unbequemen Gaia-Phones anzufreunden, den nervtötend klobigen Museumsstücken, die nicht einmal in der Lage waren, seine gesamte Nummerndatei drahtlos zu übernehmen.

Das war der Moment gewesen, in dem seine Schwester den Kopf in den Raum gesteckt hatte. Mit einem breiten Lächeln. Und sie hatte ihm gut gelaunt mitgeteilt, er habe »zehn zu fünf gewonnen«.

Dürfe also bleiben. Und sogar einen der Rechner benutzen, um der guten Sache zu dienen.

An diesem Rechner, mitten in der Stallgasse, zwischen seinen basisdemokratischen Freunden, saß Beck nun seit zwanzig Minuten. Und staunte. Nachdem er »Katharina Lund« nach einigem vergeblichen Suchen endlich korrekt in die Suchzeile des Browsers getippt hatte, nämlich mit einem C statt des K, war er fündig geworden.

Und seit er den Brechreiz überwunden hatte, staunte er nur noch. Weil er allmählich begriff.

Paulina stieß direkt neben seinem Ohr einen angewiderten Laut aus, und er fuhr erschrocken herum, weil er sie nicht hatte näher kommen hören. Sie deutete auf das Fenster, das er neben der elektronischen Liste der Solunia-Beteiligten noch immer auf dem Bildschirm hatte, eines der letzten Bilder von Catharina Lund.

»Was soll das denn?«, ächzte Paulina. »Sind wir jetzt Amnesty?«

»Catharina Lund«, sagte Beck und klickte via Back-Button die blutige Masse weg, die von Lunds vorher hübschem Gesicht übrig geblieben war. Er betätigte die Taste sechs weitere Male, dann hatte er wieder die lächelnde Variante der jungen Schwedin auf dem Schirm, aufgenommen drei, vier Jahre vor ihrer Ermordung, für eine Broschüre der unbedeutenden und inzwischen längst aufgelösten NGO *Equitos*, die sich mit sehr begrenztem Budget unbegrenzt hehre Ziele auf die Fahne geschrieben hatte: Gerechtigkeit, Frieden, das Ende von Gewalt und Willkür, fairen Zugang für alle zu allen Ressourcen, schonenden Umgang mit Gaia, das volle Programm.

»Ermordet in China«, sagte er. »März 1998. War sogar in der Presse, aber ich hab's nicht wirklich abgespeichert, im Kopf. Oder längst gelöscht. Die Bilder hab ich jedenfalls noch nie gesehen.«

»Besser«, nickte Paulina.

Beck nickte ebenfalls. »Ein naives Mädchen aus Schweden, das an das Gute in der Welt glaubt und keine Angst vor niemandem hat. Ein Mädchen, das meint, sich mit den Chinesen anlegen zu können. Wegen eines Staudamms und der üblichen Dörfer, die deswegen wegmussten. Irgendjemand hat überreagiert, mit beschissenem Ergebnis: Ein paar Aktivisten verprügelt, festgenommen und ausgewiesen, die Anführerin verschwunden und etwas später wieder aufgetaucht, allerdings tot.« Er ließ den Rest weg. Alles, was er gelesen und gesehen hatte. Lund musste ein entsetzliches Martyrium erlebt haben, tagelang, und ihre Entführer hatten nichts ausgelassen. Am Ende war sie vermutlich froh gewesen, endlich sterben zu dürfen, aber ihre Entführer hatten sogar danach noch weitergemacht.

»Was hat das mit uns zu tun?«, fragte Paulina.

»Zweierlei«, sagte Beck und deutete auf die lächelnde Catharina Lund. »Erstens beantwortet es die Frage von Mavie, warum Eisele sie hat leben lassen – als ich das Bild hier gesehen hab, dachte ich nämlich, ich bin mitten in *Vertigo* gelandet. Lund sieht aus wie Mavies Zwilling. Und sie war offenbar ähnlich gestrickt, sprich genauso leidenschaftlich, um es positiv zu formulieren. Aber das ist nicht entscheidend. Entscheidend ist, dass Lund Eiseles Frau war, und wenn ich nun für den Augenblick mal annehme, dass der Mann tatsächlich zu Gefühlen fähig ist oder war – nennen wir es ›Liebe‹ –, dürfte seine schon latent vorhandene Xenophobie nach der dutzendfachen Vergewaltigung und Hinrichtung seiner Frau durch chinesische Landser endgültig in blanken Hass umgekippt sein. Womit wir dann auch schon bei den fehlenden Elefanten wären …«

»Sprich mal deutsch«, sagte Paulina. »Du nervst.«

Beck deutete auf die lange Liste der IICO-Beteiligten. »Du kennst das doch: *den Elefanten im Raum nicht sehen?*«

»Wer kennt das nicht.«

»Gut. Den Fehler haben wir nicht gemacht, denn wir haben ja nicht nur den einen Elefanten gesehen, sondern jede Menge. Auf der Liste der IICO-Beteiligten stehen ein Dutzend Energieversorger, multinational, ein paar Hunderttausend Euro hier, ein paar Millionen dort, alles über Holdings und Venture Capital über Solunia am IICO beteiligt …«

»Komm zur Sache.«

»Was fehlt? Da ist ein ganzer Raum voller Elefanten, also kann uns ja wohl keiner verdenken, dass wir die nicht durchgezählt haben.«

»Noch mal, Bruder, du nervst.«

»Keine Chinesen«, sagte Beck.

»Was?«

»Nicht mal Inder. Nicht mal Amerikaner, abgesehen von den üblichen paar Google-Millionen. Es ist verdammt schwer zu sehen, was *nicht* da ist. Aber das ist der Schlüssel.«

»Zu was?«

»Zu Eiseles Plan.«

»Und der wäre?«

»China vernichten.«

»Indem er kein Geld von China nimmt? Bisschen wenig für 'ne Vernichtung ...«

Beck klickte ein weiteres Dokument an, und eine lange Liste erschien auf dem Schirm, überschrieben mit »FE / Reden & Veröffentlichungen«.

»Es fehlt noch was, und zwar beim IICO: Solar. Das hat, offen gestanden, keinen von uns gewundert, denn man kann sich ja nicht um alles kümmern. Solar war nicht unser Thema, wir hatten *Prometheus,* wir hatten die Wolkenboote, wir hatten Gespräche mit Caldeira wegen der Schornsteine, und wir haben über *Carbon Sequestering,* Broeckers CO_2-Schrubber und das künstliche Verwittern von Gestein nachgedacht. Die hohe Kunst des Geoengineering – wozu sollten wir uns auch noch um Solarenergie kümmern? Wir wussten, dass das NASP gebaut wird. Ein Solarfeld in Nordafrika, insgesamt, am Ende, 2050, fast so groß wie Deutschland – warum nicht, aller Vorbehalte zum Trotz? Jedenfalls kein Thema mehr für Forscher, sondern nur noch eins für Wirtschaft und Politik.«

»Und?«

»Wer baut das NASP?«

»Solarfirmen.«

»Eben. Und wer baut fast alle Solarzellen, inzwischen?«

»China.«

»Schon wieder richtig. Allerdings mit amerikanischer Hilfe, die beiden haben das Projekt sauber untereinander aufgeteilt. Libyen stellt Grund und Boden zur Verfügung – seit dem Volksaufstand gehören ja Land und Regierung uns –, die Amis und Chinesen bauen die Kollektoren sowie die paar Dutzend Kohlekraftwerke daneben, die man immer als Back-up braucht, und wir Europäer ... wir legen ein HVDC-Kabel durchs Mittelmeer und sind am Ende froh über den schönen Ökostrom für unsere Elektro-VWs.«

Paulina schwieg.

»Das Problem ist«, sagte Thilo, »dass Wissenschaftler keinen Blick für Wirtschaft und Politik haben. Gerrittsen zum Beispiel hat immer betont, wie egal ihm ist, was wer am Ende mit welcher Erfindung verdient. Er wollte forschen, entdecken, erfinden, nicht verkaufen, wie wir alle. Aber Eisele ist nicht nur Wissenschaftler. Und er hat im Grunde nie einen Hehl aus seiner Skepsis gemacht. Das NASP bedeutet günstige ›erneuerbare‹ Energie für Europa, korrekt – in dreißig, fünfunddreißig Jahren wird die Anlage 125 Kilowattstunden pro Tag und Kopf erzeugen, also den heutigen Energiebedarf von fast einer Milliarde Menschen decken, darunter den von uns 300 Millionen Europäern. Aber Eisele hat in all seinen Reden und Artikeln«, Beck deutete auf die lange Überschriftenliste, »nicht nur die chinesische Methanförderung als gefährlich bezeichnet – womit er sich reichlich Freunde unter den Umweltschützern gemacht hat –, er hat auch immer betont, dass Solarenergie eben *nicht* der Weisheit letzter Schluss ist. Er hat das, übrigens absolut korrekt, damit begründet, dass jedes Solarfeld ein dickes Back-up braucht, nämlich eben diese dreckigen Kohlekraftwerke, die die gleiche Menge Strom produzieren, wenn die Anlage selbst es vorübergehend nicht kann. Zum Beispiel, weil Wolken im Weg sind. Oder die Sonne nicht scheint, zum Beispiel nachts. Aber Eisele hat nicht nur davor gewarnt, er hat auch permanent und sehr geschickt darauf hingewiesen, was klüger ist.«

Paulina nickte. »Windkraft.«

Beck sah sie überrascht an. »Genau.«

»Die Diskussion hatten wir auch, dauernd. Aber die Spargel sind Scheiße. Versauen einem den ganzen Horizont.«

»Eben. Und deshalb, jedenfalls auch deshalb, pflanzen wir die Spargel ins Wasser.«

»Das große und supergeile NWP«, sagte Paulina spöttisch. »Das nur leider ein bisschen zu teuer ist.«

Beck nickte.

»Ja. Aber im *Northern Wind Project* hängen praktisch alle großen europäischen Stromversorger drin, besonders unsere, die Briten, Franzosen und ein paar Skandinavier – also zufällig genau die, die auch das IICO mitfinanziert haben. Nur: Für die Kosten des NWP werden eben nicht diese Versorger aufkommen, jedenfalls nicht allein, denn den Löwenanteil sollen die Regierungen tragen, genauer gesagt: wir. In Form von Subventionen. Derzeitiger Kostenvoranschlag: 150 Milliarden Euro. Eine unvorstellbare Summe, aber wir wissen beide, dass es am Ende mindestens doppelt so teuer wird.«

Paulina nickte. Und sah wirklich schlecht gelaunt aus, weil sie längst begriffen hatte, worauf ihr Bruder hinauswollte. »Entweder oder.«

»Richtig. Nord oder Süd, Wasser oder Wüste. Wir können nicht beides bezahlen, und es hätte ja auch keinen Sinn. Entweder Kabel durchs Mittelmeer und Anbindung ans NASP, ein chinesisch-amerikanisches Projekt auf afrikanischem Boden – oder NWP, die teuerste Spargelfarm der Geschichte, offshore, mitten in der Nordsee. Eiseles Solunia hängt mittendrin im NWP, im Zentrum zwischen allen Versorgern und den Regierungen, Briten, Franzosen, Deutschen. Wenn das NWP endlich verabschiedet wird, verdient er sich an den Subventionen dumm und dämlich – und bleibt trotzdem, für die Weltöffentlichkeit, der unbestechliche Klimaexperte, der nur Gutes im Sinn hat. Deshalb ist ihm Gerrittsens Prognose gerade recht gekommen. Was konnte ihm Besseres passieren als ein paar Hundert Millionen tote Afrikaner? Sieh dir die Berichterstattung an: China ist schuld, an allem. China, die globale Dreckschleuder. Wen interessieren die genauen Zusammenhänge, am Ende muss das doch alles mit CO_2 zusammenhängen, und daran sind doch eh die Chinesen schuld. China lässt Europa absaufen. China bringt afrikanische Kinder um, Millionen Kinder.«

Paulina schwieg.

»Ganz Afrika«, sagte Beck, »wird China hassen. Sogar Libyen wird China hassen, und das bedeutet enorme Schwierigkeiten für das NASP. Aber das allein würde uns Europäer ja noch nicht ausreichend beeindrucken, denn was kümmern uns die Afrikaner und ihre toten Kinder, solange sie billigen Sonnenstrom liefern. Und jetzt«, sagte Beck, »kommt dieser Vollidiot Milett, befeuert von uns Vollidioten, und schlägt vor, einen Vulkan hochzujagen, im Tschad. Mit dem Ergebnis …«

»Regen für Afrika, wenn alles glattgeht.«

»Kurzfristig, ja – wenn irgendwas glattgeht. Aber was die Sprengung garantiert liefert, ist diffuses Licht, langfristig. Und das ist so circa das Allerschlechteste, wenn man Energie aus der Sonne sammelt. Dunst? Wolken? Schlecht für Sonnensammler. Regen über Nordafrika? Pfützen in den Parabolspiegeln? Tolle Bilder für jede Nachrichtensendung, ohne Worte. Aber ganz schlechte Nachrichten für das NASP. Der Wind in der Nordsee weht zuverlässig, aber in

Afrika herrschen nach der Sprengung des Koussi trübe Aussichten, für mindestens ein, zwei Jahre. Unsicherheit. Sorge. Angst. Bleibt mein E-Auto dann stehen? Und wie komme ich zur Arbeit? *Wollt ihr die total unzuverlässige Billigstromversorgung?* Nein, der Emi Koussi und seine Monsteraschewolke sind der letzte Nagel in den NASP-Sarg, die Chinesen und Amis können ihre Milliardeninvestitionen abschreiben, Europa sagt *Nein danke.*«

Paulina nickte. »Und die Frage ›NASP oder NWP‹ ist ein für alle Mal vom Tisch.«

»Ja. Wir bauen das NWP, für 200, 300, 600 Milliarden, und wenn es das Letzte ist, was unsere Volkswirtschaften tun, und ich möchte nicht wissen, wie viele von diesen Milliarden in der Solunia-Kasse hängen bleiben.«

»Ich geh mal kotzen«, sagte Paulina, blieb jedoch sitzen. Und starrte nickend förmlich durch den Bildschirm hindurch. »Fuck«, ächzte sie leise hinterher. »Ist das nicht ein bisschen viel, nur wegen dem seiner Scheiß-Schwedenprinzessin?«

»Er kriegt alles. Seine Rache, Macht und sehr viel Geld.«

»Da ist mir doch jeder Affektmörder lieber.«

»Gleichfalls. Aber das bringt uns nicht weiter.«

»Sondern?«

»Diego Garcia. Ihr. Wir haben die wichtigste Site. Wir haben den besten Ruf, wir haben die meisten Hits, wir haben die mit Abstand beste *Street Credibility.* Das kann Eisele nicht toppen, auch nicht mit seinen gesammelten Scharen von gekauften Experten und Journalisten, auch nicht mit seinen Firmen- und Regierungssprechern. Und wir haben mit etwas Glück in ein, zwei Stunden Eiseles Auftrag zu den Morden an Nyquist und Philipps Schwester, als Videomitschnitt aus dem Knopfloch seines Bodyguards. Nimm alles zusammen – unsere begründeten Zweifel daran, dass die Prognose überhaupt mittel- oder langfristig zutrifft, Eiseles Plan und den Beweis, dass er ein Mörder ist –, das wird ein Film, der sogar die SOS-Clips in den Schatten stellt. Glaub mir, danach ist Fritz Eisele Geschichte. Und niemand, kein Mensch und erst recht nicht Milett, wird es mehr wagen, sich hinter seine Ideen zu stellen, denn die nimmt Eisele mit, entweder auf die Flucht oder ins Grab. Der Mann ist erledigt, Paulina. Der Mann ist tot, er weiß es nur noch nicht.«

Sie nickte energisch, drehte sich um, und ihr Kommandoton in Diegos ungefähre Richtung ließ nicht nur Thilo Beck zusammenfahren: »Käpt'n! Bitte um Erlaubnis zum Kurswechsel!«

46

Mavie krabbelte aus dem schwarz-gelben Elektro-Ei, dessen Fahrer sie durch den Regen aufs Rollfeld gebracht hatte, bis direkt zur Gangway des in ihren Augen viel zu kleinen Flugzeugs, das sie nach Hamburg bringen sollte. Immerhin hatte die Maschine, eine Cessna Bravo, zwei Turbinen und nicht, wie sie befürchtet hatte, einen Propeller.

Sie lief die paar Schritte durch den Regen, die kurze Gangway hoch, und sah Philipp in der Tür zum Cockpit stehen, wo zwei Piloten offensichtlich ungeduldig warteten. Als sie eintrat, lächelte er kurz, sagte »Auf geht's« zu den Piloten, begrüßte sie mit einer kurzen Umarmung und einem Siegerlächeln. »Na, das nenne ich Sehnsucht.«

»Dein Selbstbewusstsein möchte ich haben.«

»Ja, das wollen viele.«

Der Pilot startete die Turbinen, die Maschine setzte sich in Bewegung, und Mavie hörte den Kopiloten mit dem Tower sprechen. Offenbar bestanden trotz der Verzögerung noch Chancen, dass sie es schafften, in dem vorgesehenen Time Slot abzuheben.

Mavie ließ sich Philipp gegenüber in einen der sechs Ledersitze fallen, holte tief Luft und ließ sie langsam, mit aufgeblasenen Backen, wieder ab.

»Erst die guten oder die schlechten Nachrichten?«, sagte er.

»Die guten.«

Er runzelte die Stirn. »Okay, wir kommen noch rechtzeitig los. Und Lisa ist wieder da.«

»Lisa.«

»Weiß. Allerdings nicht in Hamburg, sondern in Garmisch. Solange sie nicht in einen Gebirgsbach fällt, dürfte das halbwegs sicher sein. Und sie hat ihren ganzen Schreibtisch dabei.«

»Was bringt uns das?«

»Die Privatnummer des Hamburger Innensenators. Der allerdings nicht rangeht. Der Arsch.«

»Und die nicht so guten Nachrichten?«

»Es wird windig. Bleib angeschnallt. Außerdem landen wir in Hannover und steigen da um.«

»Warum?«

»Weil wir in Hamburg nicht landen können.«

»Der Flughafen ist zu?«

»Nein, aber der ist zu weit weg, und in der Stadt geht gar nichts mehr, schon gar nicht zwischen Flughafen und Elbe. Deshalb Hannover, deshalb umsteigen. Und frag mich nicht, was das wieder kostet, Slatko ist eine Arschkrampe vor dem Herrn. Aber das kriegt der wieder. Vorher packt er aber immerhin was mit drauf, in den Kofferraum, nämlich die Bewaffnung.«

Sie nickte. Ihre Begeisterung hielt sich in sehr engen Grenzen.

»Haben wir ein Netz, da oben?«, sagte sie.

»Kaum«, sagte er. »Das bricht ja schon hier unten dauernd zusammen, genauso wie der ganze Rest – sind die eigentlich alle irre geworden? Dritter Weltkrieg? Jeder hamstert, was er kann, und macht die Tür nicht mehr auf?«

»Was hast du erwartet?«

»Zu viel? Vernunft? Hey, wir sind in der Schweiz, nicht in Somalia. Hier fällt doch sogar der Regen langsam und dezent.«

»Kein Netz heißt, wir sind wie lange ohne Kontakt?«

»Gar nicht. Die Mühle kann zwar kein Handynetz, im Gegensatz zu ihren dicken Schwestern, aber du kannst notfalls funken. Und die Jungs da vorn haben Satellitentelefon.«

Mavie nickte und zog ihr Handy heraus. Sie ließ das Gerät Edwards Nummer wählen, aber noch bevor die Verbindung hergestellt war, signalisierte das Handy ihr einen eingehenden Anruf.

Milett, behauptete das Display.

Sie drückte auf die grüne Taste und meldete sich.

»Mademoiselle Heller«, begrüßte sie der Nobelpreisträger. »Ich muss mich entschuldigen für meine Verabschiedung, die Ihnen möglicherweise etwas unterkühlt vorgekommen ist.«

»Das kann man wohl sagen.« Mavie wechselte einen Blick mit Philipp. Sie lauschte auf das Geräusch der Turbinen. Die Maschine war auf die Startbahn eingeschwenkt und wartete auf die Freigabe.

»Die gegenwärtigen Umstände«, sagte Milett, »gestatten mir bedauerlicherweise kein vorbildliches Sozialverhalten, junge Dame.

Und Ihr Verhalten Professor Eisele gegenüber war mehr als unklug.«

»*Unklug?* Reden wir vom gleichen Eisele? *Fritz the Rat?* Dem Rommel des Krieges hinter den Kulissen? Über den Sie mir die Augen geöffnet hatten, den Typ, der über Leichen geht?«

»Die Situation hat sich dahingehend verändert …«

»Ja, das nennt man Alzheimer, *Sir*«, unterbrach sie ihn. Die Turbinen wurden lauter, und die kleine Maschine setzte sich in Bewegung. »Sie wollen Ihren Vulkan sprengen, das ist alles, eine fixe Idee, und der Rest ist Tunnelblick. Sie vergessen, wozu Eisele fähig ist. Und dass er nicht sauber spielt. Dass er Sie jetzt unterstützt, bedeutet nur …«

»Dass er längst begriffen hat, worum es geht«, sagte Milett. »Nicht um Eitelkeit, diesmal nicht, sondern um Hilfe, um Rettung. Ich habe mit ihm sprechen können, unter vier Augen. Diese ganze Zusammenkunft hier in Genf dient lediglich unserer Legitimation durch weitere Experten und Fachleute, die Entscheidung ist längst gefallen. Professor Eisele ist nicht untätig geblieben nach diesem feigen Anschlag der Gaia-Terroristen auf sein Leben, er …«

»Anschlag auf *sein* Leben? Milett …«

»Er weiß die französische, britische und deutsche Regierung hinter sich, Mademoiselle. Insbesondere die Franzosen haben ihn bei der Vorbereitung unterstützt. Ja, Goran, unser Goran, hat Eisele über unsere Überlegungen informiert, in der Tat. Er hat dafür angemessen bezahlt, er gehört nicht mehr zum Team.«

»Und Eisele hat was? Die Franzosen überredet, eine Bombe auf den Emi Koussi zu werfen?«

»Nicht nur das, denn wir brauchten das Placet der Regierung des Tschad. Und was das betrifft, erreicht die französische Diplomatie sogar mehr als Eisele und ich, und erst recht in kürzerer Zeit.«

»Wann?«

»Jederzeit.«

»Milett, Sie machen einen Fehler. Treten Sie mal einen Schritt zurück, vergessen Sie Ihre eigene Unfehlbarkeit und fragen Sie sich, wie das zusammengeht, dass Sie als Sprachrohr eines Verbrechers arbeiten.«

»Genug«, sagte Milett, »ich verbitte mir weitere Verbalinjurien, Frau Heller. Sie haben sich verdient gemacht, ohne Frage, und Ihre

Verabschiedung war unangemessen. Mir ist das bewusst, und ich wollte, dass Sie das wissen. Aber um meine *Unfehlbarkeit* machen Sie sich keine Sorgen. Sun Zi hat recht. Wer sich selbst und seine Feinde kennt, wird aus jeder Schlacht siegreich hervorgehen. Und ich kenne Fritz Eisele.«

»Offenbar nicht.«

Das Rumpeln von unten endete, als die Maschine vom Boden abhob. Mavie sah Philipp an. Er hörte zu. Schon weil er gar nicht anders konnte.

Sie hätte ihm gern anders mitgeteilt, was sie ihm mitzuteilen hatte, aber ihr blieb keine Wahl. Und jetzt hatte er gottlob keine Chance mehr, Dummheiten zu machen: die Maschine anzuhalten, sich in ein Taxi zu setzen und Eiseles Kopf vor den Augen der versammelten Geistesgrößen so lange auf den Tisch zu hämmern, bis Helen gerächt war.

»Wir können beweisen«, sagte sie, »dass Eisele mehrere Morde angeordnet hat. Unter anderem den an Nyquist und Helen von Schenck.«

Philipps Blick wurde sehr ernst. Und sehr unfreundlich.

»Ganz gleich«, sagte Milett. »Mag sein, dass Indizien darauf hindeuten, aber das wird sich als Irrtum erweisen. Zudem ist diese Frage derzeit bestenfalls zweitrangig.«

»Wir werden ihn aus dem Verkehr ziehen, Mr Milett. Die ganze Welt wird sehen und hören, wer Fritz Eisele ist. Und ich glaube nicht, dass Sie in dem Moment Schulter an Schulter mit ihm stehen sollten.«

»Gut«, sagte Milett, und klang wieder, als spreche er aus einer Höhe von 40 000 Fuß oberhalb von Mavies Reiseflughöhe. »Sie haben mich gehört. Jetzt beerdigen Sie für eine Weile Ihren verletzten Stolz. Eitelkeit ist keine Sünde, aber eine Schwäche. Und im Moment eine unverzeihliche Schwäche.«

»Wer ist hier eitel?«, fragte sie. Und danach noch zweimal »Hallo?«, ehe sie begriff, dass der Nobelpreisträger tatsächlich aufgelegt hatte. Oder die Verbindung von selbst abgerissen war, denn die Maschine lag inzwischen fast waagerecht in der Luft, näherte sich also ihrer Reiseflughöhe, weit außerhalb der Reichweite der Funkmasten.

Mavie sah Philipp an.

Philipp sah Mavie an.

»Wann wolltest du mir das sagen?«, sagte er gefährlich leise.
»Jetzt«, sagte sie. »Sobald wir gestartet sind.«
»Und das weißt du seit wann?«
»Seit einer halben Stunde. Eiseles Leibwächter.«
»Sagt was?«
»Dass er Eiseles Aufforderung zum Mord an Helen mitgeschnitten hat.«
Philipps Mund wurde zu einem schmalen Strich.
»Du wärst direkt hingefahren und hättest ihn gekillt«, sagte sie. »Vor allen Leuten. Sie hätten dich dafür festgenommen oder direkt erschossen, Eisele wäre zum Märtyrer geworden, wir hätten keine Chance mehr gehabt, die Sprengung zu verhindern – und du keine Chance, deine Familie zu retten. Deshalb habe ich gewartet.«
Er sah sie unverwandt an. Schweigend.
Die Maschine schaukelte und rumpelte durch den böigen Wind wie ein Kinderwagen über Kopfsteinpflaster.
Dann nickte er. »Ich brauch keine Mutter.«
»Ich weiß«, sagte sie. »Aber deine Familie braucht dich. Und ich brauche keinen toten Eisele, sondern einen überführten Eisele, entlarvt und aus dem Verkehr gezogen, weg aus diesem Komitee. Weil wir nur dann eine Chance haben, was für die Welt zu tun – statt für Eiseles Firmen und Hintermänner.«
Wieder schwieg er.
Wieder nickte er.
»Wo ist der Film?«
Sie senkte kurz den Kopf, nickte und sah wieder auf. »Zehn Millionen weit weg.«
Er sah sie fragend an.
»Das ist der Preis. Und meine Frage. Hast du zehn Millionen?«
Er schnalzte und nickte nachdenklich. »Das ist fast noch beleidigender als *Hast du'n Kondom dabei.* Ja. Zumindest kann ich die besorgen. Wohin? Koffer am Bahnhof?«
Sie reichte ihm ihr Handy, die Kontoverbindung auf dem Display, die der Leibwächter ihr wie angekündigt per SMS geschickt hatte. »Keine Koffer. Alles virtuell. Nur das Geld sollte echt sein.«
Philipp stand auf, ihr Handy in der Hand, und setzte sich in Bewegung, Richtung Cockpit.
»Gib mir eine halbe Stunde.«

47

»Von Hagel hat aber keiner was gesagt!«, rief Thomas ungläubig gegen das Prasseln an, als er und Edward den Kreuzer erreichten und Schutz unter dem Segeltuchdach suchten. Der Tischler hatte weiterhin gute Laune – erstaunlich gute Laune, wie Edward fand, denn er selbst empfand ihren Ausflug inzwischen als reine Zumutung. Die Paddelei im Regen, vorbei am Veritaskai Richtung Überwinterungshafen schräg unterhalb der alten Elbbrücke, war kraftraubend gewesen und vor allem extrem nass. Die Quallen, wenngleich weit weniger zahlreich als befürchtet, blieben gelegentlich an den Paddelblättern haften, und auch wenn sie keinem einzigen anderen Boot auf den kleinen Kanälen begegnet waren, hatte seine Anspannung von Minute zu Minute zugenommen. Dass es jetzt auch noch zu hageln begonnen hatte, stimmte ihn endgültig verdrießlich.

Der Tischler hingegen war über diesen Punkt offenbar längst hinaus. Er hatte seinem Freund seine Hilfe zugesagt, nun war er hier und sah augenscheinlich keinen Sinn darin, mit dem Schicksal zu hadern.

Er verschwand kurz im Bauch des Bootes, kehrte dann zurück in das kleine Steuerhaus, nahm im Sitz auf der rechten Seite Platz und ließ den Motor dröhnend anspringen. Edward lugte nach unten, in die Kabine, wo zwei Bänke an den Seitenwänden montiert waren, mit einem Tisch in der Mitte. Ein Ensemble frisch aus den Siebzigern, der Zeit, in der Thomas' vor zwei Jahren verstorbener Vater den *Tümmler* für sich und seine Familie gekauft hatte.

Thomas bemerkte den Blick seines Freundes und lachte. »Wird bestimmt irgendwann wieder modern«, sagte er. »Freu dich, dass wir keine Masten haben, so kommen wir wenigstens noch unter der einen oder anderen Brücke durch.« Dann verschwand er nach draußen, um die Leinen loszumachen.

Und Edward nickte. Sah hinaus auf das Wasser, das aussah wie die Oberfläche eines riesigen überkochenden Topfes. Die Hagelkörner fielen dicht, und jedes brachte seine eigene kleine Explosion mit.

Edward war sich ziemlich sicher, dass keine Wettervorhersage dies prophezeit hatte. Weder die offizielle noch die weltverändernde Vorhersage, deren Veröffentlichung er diesen seinen Ausflug verdankte.

Sie tuckerten dicht am Ufer entlang stromaufwärts, die verwaiste Süderelbe hinauf, an den zahllosen Öltanks vorbei, die zur Linken und zur Rechten das Ufer säumten.

Sie schwiegen im unablässigen lauten Prasseln. Edward zog sein Handy heraus und sah, wie er vermutet hatte, dass die Netze nun endgültig kapituliert hatten. Ob wegen neuerlicher Stromausfälle oder diesmal nur wegen des dichten Hagelsturms, es spielte keine Rolle. Er würde Mavie einstweilen nicht erreichen und seine Tochter weder über den Stand der Dinge informieren können noch, weit wichtiger, sie fragen können, wo sie überhaupt steckte. Und wie sich die Dinge in Genf entwickelten. Edward konnte nur hoffen, dass sie in Sicherheit war. Nicht auf irgendeinem Köhlbrand im Hagel, sondern drinnen, im Warmen, mit beiden Füßen auf festem Boden statt auf schaukelnder grauer Suppe.

200 Kilometer von Edward Heller entfernt teilte Thilo Beck die väterliche Hoffnung, Mavie möge es gut gehen – aber im Unterschied zu Edward wusste Beck, dass Mavie sich nicht mit beiden Beinen auf sicherem Boden befand, sondern 10 000 Meter höher, irgendwo zwischen Genf und Hamburg in einem veritablen Sturm, dessen Ausläufer inzwischen auch im Gaia-Camp zu spüren waren. Sein Versuch, sie zu erreichen, war gescheitert, allerdings nicht auf seiner Seite der Funkmasten, sondern auf ihrer. Er war selbst überrascht, dass das Netz hier draußen, in der ostdeutschen Pampa, noch immer funktionierte, aber diesem glücklichen technischen Umstand verdankte er seinen seit einigen Minuten deutlich größeren Optimismus, also fragte er sich ausnahmsweise nicht, wieso und weshalb der Anruf ihn überhaupt erreicht hatte.

Als sein Gaia-Handy geklingelt hatte, sah er auf dem Display verblüfft, dass Olsen diesmal die richtige Nummer gewählt hatte, nahm den Anruf entgegen und war überrascht, direkt Gerrittsens Stimme zu hören. Eine Stimme, die nicht mehr betrunken oder anderweitig angeschlagen klang, sondern wieder fast so, wie er sie kannte. Mit dem Unterschied, dass Gerrittsen diesmal keinen Vortrag hielt, sondern lediglich feststellte, das habe er nicht gewollt.

Beck entschied sich, auf die lange Moralpredigt zu verzichten, die ihm auf der Zunge lag.

»Was heißt das?«, sagte er bloß. »Es stimmt alles nicht?«

»Doch. Natürlich«, sagte Gerrittsen, für einen Augenblick wieder ganz der Alte. »Es stimmt alles, die Berechnungen sind korrekt. Fast. Und niemand kann mir einen Vorwurf machen wegen einer Varianz von zehn Jahren, immerhin reden wir hier über Zyklen von Jahrmillionen.«

»Was?«

»Der Zyklus. Die Annäherung an den Äquator der Milchstraße.«

»Den was?«

»Den Äquator …«

Beck hatte ihn verstanden, aber er glaubte es immer noch nicht. »Gerrittsen, das ist Astrologie, keine Wissenschaft. Sagen Sie mir einfach, dass Sie mich auf den Arm nehmen. Ihr *Gz* basiert auf kosmischen Zyklen? Konstellationen, die alle vier Millionen Jahre vorkommen?«

»Nein, das ist nur ein Parameter von vielen, einer der Faktoren, aber natürlich müssen wir den berücksichtigen. Die zunehmende Sonneneinstrahlung hingegen ist keine Spekulation, sondern gesichert …«

»Aber daraus lässt sich doch keine Wettervorhersage entwickeln.«

»Das habe ich auch nicht behauptet. Ich habe lediglich gesagt, dass dieses Modell zukünftig präzisere Klimaprognosen erlaubt, möglicherweise.«

»Und das haben Sie auch Eisele klargemacht?«

Gerrittsen schwieg.

»Gerrittsen?«

»Ja, das habe ich ihm gesagt. Und er war sich darüber im Klaren.«

»Offensichtlich nicht.«

»Sie können nicht mich dafür verantwortlich machen, dass er mehr Zutrauen als ich selbst in die Genauigkeit …«

Beck unterbrach ihn wütend. »Haben Sie ihm auch gesagt, dass Sie Wissenschaftler sind? Dass Wissenschaft und Experiment immer nur einem Ziel dienen, nämlich Thesen zu *widerlegen*? Nicht einfach irgendwas zu glauben, weil es einem gerade in den Kram passt, und alles andere zu ignorieren? Dass man nicht aufhört, wenn einem das Ergebnis gefällt, sondern genau da erst *anfängt*? Wo haben Sie gelernt, beim IPCC?«

»Ich bin Wissenschaftler«, protestierte Gerrittsen schwach. »Ich habe nie gesagt, dass diese Prognose …«

»Nein, Sie haben gar nichts gesagt. Vor allem haben Sie nicht gesagt, dass das alles auf wackligen Beinen steht. Sie haben geschwiegen, Sie haben gesoffen, und Sie haben sich versteckt. Aber jetzt werfen Sie mal einen Blick aus dem Fenster oder schalten Sie Ihren Fernseher ein oder gehen ins Netz. Ein paar Hundert Millionen Menschen *glauben* den Schwachsinn, weil Sie das Glück haben, dass das Wetter zufällig zu Ihrer Prognose passt – oder jedenfalls gepasst hat, denn die Stürme hat *Prometheus* natürlich nicht kommen sehen.«

»Nein. Hören Sie, Beck, es wird alles nicht so schlimm kommen, wie *Prometheus* vorhersagt …«

»Ich weiß«, sagte Beck. »Aber dass *ich* das weiß, nützt uns überhaupt nichts. Und dass Sie es wissen, nützt uns genauso wenig. Entscheidend ist, was die Menschen da draußen glauben. Die müssen es wissen. Die müssen wissen, was auf sie zukommt – oder was eben *nicht* auf sie zukommt.«

»Deswegen rufe ich Sie ja an. Um zu fragen, was ich dazu beitragen kann.«

Beck nickte. Und sah sich in dem Raum um, in dem er saß, in der Stallgasse, an deren Tischen die Gaia-Programmierer verfolgten, was auf der Welt geschah. Die Arbeit an den SOS-Filmen hatten sie weitgehend eingestellt, nachdem Paulina und Thilo Diego über die Entwicklungen in Genf informiert hatten – aber nachdem man ein paar Texttafeln angefertigt und einen kurzen englischen Text aufgenommen hatte, der das »Enthüllungsvideo« in Sachen Eisele anmoderierte, blieb Oskar und seinen Programmiererfreunden nicht mehr viel zu tun. Außer auf das Bildmaterial zu warten.

Bis jetzt.

»Sie können etwas beitragen«, sagte Thilo.

»Ja«, sagte Gerrittsen.

»Ruinieren wir Ihren Ruf.«

»Bitte?«

»Das vermittelt sich einfacher als jede komplizierte Erklärung. Geben Sie ein Statement ab, das Equipment haben Sie vor Ort, Sie brauchen nur die Digicam. Erklären Sie den ganzen *Prometheus* als Hoax, als Betrug. Und entschuldigen Sie sich für Ihr Fehlverhalten, für Ihren Betrug, bei der ganzen Welt.«

»Ich glaube nicht, dass das die richtige Heran…«

»Doch, und zwar die einzige. Relativieren Sie nichts. Nehmen Sie einfach alles zurück. Alles ist Ihre Schuld. Und die von Eisele. Deuten Sie mit dem Finger auf den Mann, der das Ganze zu verantworten hat. Der Ihre Forschung missbraucht hat. Der Millionen Opfer billigend in Kauf nimmt. Der Vulkane mit Nuklearwaffen hochjagen will, und alles nur, um China empfindlich zu treffen und das NWP zu befördern. Stellen Sie Eisele an den Pranger.«

»Herr Beck«, protestierte Gerrittsen, »bei allem Respekt. Fritz Eisele mag sich falsch verhalten haben, ich kenne die genauen Hintergründe nicht …«

»Aber ich«, sagte Beck.

»Dennoch«, sagte Gerrittsen, »erscheint es mir grundfalsch, einen verdienstvollen Mann wie ihn öffentlich zu diffamieren. Eine Richtigstellung, ja, die ist wohl erforderlich …«

»Eisele geht unter, Gerrittsen, und er geht nicht langsam unter, sondern mit einem Knall. Wir laden innerhalb der nächsten Stunde ein Video hoch, das ihn als mehrfachen Mörder überführt. Und entweder Sie distanzieren sich rechtzeitig von ihm, indem Sie ihn *diffamieren,* oder Sie bleiben an seiner Seite. In dem Fall suchen Sie sich aber besser umgehend einen Wohnort irgendwo am Milchstraßenäquator, denn ich glaube nicht, dass Sie sich danach auf diesem Planeten noch irgendwo blicken lassen können.«

Gerrittsen schwieg. Dann sagte er: »Das ist Erpressung, Herr Beck, und es ist eine Riesenschweinerei. Weder menschlich noch unter Wissenschaftlern ziemt sich ein solches Verhalten …«

»Sie haben eine halbe Stunde«, sagte Beck, diktierte ihm die URL des Servers, auf dem er das volle Geständnis des Wissenschaftlers haben wollte, und legte auf, ohne sich zu verabschieden.

48

Dass eine Cessna sich zu einem Airbus verhielt wie ein ungefedertes Moped zu einem Reisebus, wurde Mavie spätestens in dem Augenblick klar, in dem Philipp sich nach vorn verabschiedete, ins Cockpit, um via Funk und Satellitentelefon die Millionenzahlung an Eiseles Leibwächter in die Wege zu leiten. Die Maschine hüpfte, schaukelte und rumpelte, und das, obwohl sie inzwischen in ihrer troposphärischen Reiseflughöhe unterwegs war und nicht mehr in den wesentlich unruhigeren Luftschichten direkt über dem Boden.

Mavie mochte sich nicht vorstellen, wie sich der Anflug durch die aufgewirbelte Peplosphäre Richtung Hannover gestalten würde, aber schon in dem Moment, in dem sie sich das nicht vorstellen mochte, stellte sie es sich vor, in den schrecklichsten Einzelheiten.

Normalerweise wäre dies der Augenblick gewesen, wahlweise eine iAm-App zu starten und hartnäckig Highscores hinterherzujagen oder ein E-Buch aufzuschlagen, das sie vor dem Abflug extra an der spannendsten Stelle weggeklickt hatte. Oder nach dem Bordmagazin zu greifen. Aber weder gab es an Bord der Cessna ein Bordmagazin noch hatte Mavie ihren personalisierten iAm bei sich noch einen Roman. Immerhin, das iPad, das Philipp auf einem der freien Sitze hatte liegen lassen, versprach Ablenkung, wenigstens war es einen Versuch wert.

Sie hielt zwei Minuten durch. Zwei Minuten auf einigen *Data Sheets* aus dem *Prometheus*-Kosmos, zwei sinnlose, frustrierende Minuten. *Prometheus* hatte keinen Sturm vorhergesagt, weder für die gemäßigten Breiten noch für irgendwelche anderen Regionen, nicht für diesen Tag. Dafür rechnete er mit 600 Toten für Paris, 800 für Hamburg, 3000 für San Francisco und 6000 für Algier.

Mavie schüttelte den Kopf.

Überprüfte das noch irgendjemand? Sah das noch irgendjemand? Irgendjemand in Genf? Milett zum Beispiel? Jean-Baptiste? Eisele? Die versammelten Beamten und Geistesriesen? Oder hatte man sich wieder einmal, wie schon Anfang des Jahrtausends, kollektiv von jeder kritischen Vernunft verabschiedet, um die gemeinsam verabschiedete Vorgehensweise nicht infrage stellen zu müssen? War die *Prometheus*-Prognose tatsächlich keinen Deut besser oder wahrer als Manns berüchtigte *Hockeyschlägerkurve,* der »Beweis«, dass allein das menschengemachte CO_2 für die Erderwärmung verantwortlich war – eine Kurve, die so makellos und furchterregend aussah, dass lange Jahre niemand auf die Idee gekommen war, dass sie auf Berechnungsfehlern beruhte?

Die Maschine machte einen Satz nach links, und Mavie musste das iPad mit beiden Händen daran hindern, sich auf den Boden zu werfen. Sie legte das Gerät neben sich auf den Boden vor Philipps Sitz, warf einen Blick nach vorn, durch die geöffnete Cockpit-Tür, und sah ihn zwischen den Piloten stehen, ein klobiges Satellitentelefon am Ohr.

Nicht einmal das blieb ihr. Nicht einmal Telefonate. Der Gedanke erwischte sie kalt: kein Telefonat mit Helen.

Keine Chance, die Freundin anzurufen und ihr zu berichten, in was für einer völlig absurden und bescheuerten Situation sie sich befand. Keine Chance auf alberne Bemerkungen, auf fröhlichen Sarkasmus, auf Helens Lachen, auf ihr Credo: *Das Leben ist ja wohl schon ernst genug, das können wir doch nicht auch noch ernst* nehmen!

Nie wieder.

Das war der Moment, in dem ihr das Schaukeln und Springen der Maschine plötzlich nicht mehr bedrohlich vorkam, sondern nur noch lächerlich. Wovor hatte sie Angst? Vor dem Sterben? Vermutlich. Aber Sterben musste sie sowieso, früher oder später, und ein Flugzeugabsturz versprach doch wenigstens einen raschen Tod. Man würde sie nach dem Aufprall nicht reanimieren können. Man würde ihr keine Chemotherapie anbieten. Oder zwei Beinprothesen, einen Rollstuhl und einen künstlichen Darmausgang. Sie würde tot sein, ganz einfach. Aber wieso sollte sie Angst vor etwas Unvermeidlichem haben? Langsam zu sterben, das war etwas, was einem Furcht einflößen konnte, aber Totsein?

Der nächste Schlag erschütterte die Maschine, und als Mavie aus ihren Gedanken zurückfand in die Wirklichkeit, ließ Philipp sich neben ihr in den Sitz fallen, mit einem erschöpften Ächzen. Er schnallte sich an, dann warf er ihr einen besorgten Blick zu. »Das wird gleich ein bisschen holprig«, sagte er. »Spucktüte?«

Sie schüttelte den Kopf und spürte jetzt, dass der Luftdruck in der Kabine zunahm. Die Maschine befand sich im Sinkflug, und der Pilot hatte es offenbar eilig, herunterzukommen. »Geht schon.«

»Tut mir leid«, sagte er und verstummte kurz, als einige schwere Schläge die Maschine kreuz und quer schüttelten. »Ich hab's noch mal versucht, vorn, bei den Jungs, aber Hamburg ist Quatsch. Die Stadt ist dicht, wir würden ewig brauchen raus nach Blankenese, und mit dem Auto kommen wir eh nicht mehr runter zum Fluss.«

Mavie sah aus dem Fenster. Die dichte Wolkendecke kam rasch näher, von unten her, und im nächsten Augenblick fielen sie hinein in die graue Watte. Für einen Augenblick wurde es verblüffend still, dann erwischte ein neuer Luftschlag die Maschine von unten, und Sekunden später wehten Regen und Hagel senkrecht an ihrem Fenster vorbei.

»Hast du was erreicht?«, rief sie durch den Lärm.

»Alles«, sagte er. »Dein Leibwächter hat 'ne Menge gelernt von dem Arschloch. Hat selber ein paar Firmen auf den Bahamas, es wird nicht leicht, die Kohle zurückzukriegen.«

Sie schwieg.

»Haben wir irgendeinen Grund, dem zu vertrauen?«

»Nein«, sagte sie kopfschüttelnd.

Er nickte. »Dachte ich mir. Wir haben nur keine andere Wahl?«

Sie nickte.

»Sollte das in die Hose gehen, schuldest du mir nicht nur ein Abendessen, sondern ungefähr 10 000.«

»Ich kann ganz gut kochen.«

»Super. Vegetarisch?«

»Für zehn Millionen grill ich dir sogar ein Kobe-Rind.«

»Ich erinnere dich dran.«

Mavie sah aus dem Fenster nach unten und hatte das dumme Gefühl, in einer Waschmaschine zu sitzen. Gottlob noch nicht im Schleudergang, denn oben war noch oben und unten unten, aber die Trommel bewegte sich in unregelmäßigen Schwüngen hin und her, und sie schwappte wie in einer kleinen Blechdose mitten in viel zu viel aufgeschäumtem Wasser. Unter sich erkannte sie die Autobahn nach Süden und darauf eine endlose Schlange kleiner grauer Fahrzeuge.

»Die Brücke ist weg«, rief Philipp von der anderen Seite.

Sie wagte es nicht, sich abzuschnallen, aufzustehen und durch eines der Fenster auf seiner Seite zu sehen.

»Was?«

»Eine Autobahnbrücke«, sagte er. »Fehlt. Na, solange keiner von hinten drängelt ...«

Mavie sah skeptisch nach unten. Die Maschine sank tiefer und tiefer, hin- und hergeworfen zwischen Böen, und von vorn hörte sie die Piloten leise fluchen.

»Wieso landen wir nicht bei Airbus?«, rief sie durch den Lärm.

Philipp nickte. »Schlaukopf. Haben wir versucht. Bietet sich an, die Landebahn ist ja direkt auf der anderen Elbseite. Wir hätten vermutlich sogar eine Landegenehmigung von denen gekriegt, nur steht die Landebahn dummerweise inzwischen unter Wasser.«

»Und du meinst, wir kommen mit dem Auto von Hannover schneller nach Blankenese als vom Flughafen?«

»Wieso Auto?«

»Festhalten!«, rief der Pilot von vorn, und Mavie tat, wie ihr geheißen.

Seine Gesichtsfarbe kehrte nach der Landung langsamer zurück als ihre, aber sie ließ die Gelegenheit verstreichen, ihn darauf anzusprechen oder ihm zumindest wortlos eine Spucktüte zu reichen. Noch während die Maschine nach dem letzten von drei beachtlichen Sprüngen auf der Landebahn ausrollte, schickte sie Eiseles Leibwächter eine SMS, ein einziges Wort, »done«, wie vereinbart sowie die Mailadresse im Gaia-Server-Universum, an die er seinen Film zu schicken hatte, und wählte anschließend Edwards Nummer.

Das Band sprang sofort an. Sie hinterließ ihre kurze Bitte um Rückruf, und als die Maschine auf dem Flugfeld, weit abseits der Terminals, zum Stehen kam, hatte sie bereits die nächste Nummer eingegeben, nämlich die von Thilo Becks geschütztem Handy.

Während Philipp wacklig aufstand und nach vorn torkelte, meldete Beck sich mit einem schlichten »Ja«.

»Mavie«, sagte sie. »Wir sind unten. Das Geld ist weg, und der Film müsste demnächst bei dir landen. Sofern der Typ uns nicht reingelegt hat.«

»Bleiben wir optimistisch«, sagte er. »Hier steht jedenfalls alles Gewehr bei Fuß, sobald der Clip da ist, stellen wir ihn auf den Server.«

»Gut.«

»Kurzes Update in Sachen Lund?«

»Hast du was gefunden?«

»Lund ist der Schlüssel. Klingt viel zu simpel, aber andererseits sind wir ja auch alle sehr simpel gestrickt, wenn's um die wahren Motive für unser Verhalten geht. Ich erspare dir die Küchenpsychologie. Eisele hat Lund geliebt, die Chinesen haben Lund massakriert, er hasst die Chinesen. Und Gerrittsens Prophezeiungsmaschine hat ihm eine wunderbare Gelegenheit verschafft, seine Rache auch noch mit dem Gewinn von Macht und Millionen zu verbinden. Die Chinesen stehen sowieso am Pranger, weil die Öffentlichkeit dank der Medienoffensive auch diese Katastrophe wieder für eine CO_2-Folge hält. Also Chinas Werk. Schlechte Karten für die Chinesen in Afrika, denn dort wird es die meisten Opfer geben, und damit schlechte Karten für das NASP. Den Todesstoß versetzt dem Projekt aber die Sprengung des Emi Koussi, denn danach sind die Solaranlagen nur noch die Hälfte wert, wegen des Dunstschleiers, der uns ein Jahr lang erhalten bleibt. Damit ist dann die Diskussion ›NASP oder NWP‹ beendet, NWP kriegt den Zuschlag, und damit schließt sich der Teufelskreis: Das IICO ist am NWP massiv beteiligt, und Eiseles Solunia kontrolliert das IICO. Also gewinnt er auf der ganzen Linie. Und dabei bleibt er – sichtbar – lediglich der angesehenste und unbestechlichste Klimaprofessor der ganzen Welt.«

Mavie schüttelte ungläubig den Kopf.

Die Piloten hatten inzwischen die Gangway ausgeklappt, Philipp hatte sich seine Jacke übergeworfen und seine Tasche genommen und stand nun am Ausgang, mit fragendem, ungeduldigem Blick in ihre Richtung. Sie schüttelte abermals den Kopf und bedeutete ihm mit erhobener Hand, sie sei gleich so weit. Er wandte sich ab, zog sein Handy heraus und verschwand nach draußen, in den Regen.

»Das ist …«, sagte sie und unterbrach sich selbst. Ja, was war das, außer unglaublich? Zu einfach? Oder zu weit hergeholt?

»Das ist nicht wahr«, sagte sie schließlich.

»Ich fürchte doch«, sagte Beck. »Und seien wir ehrlich, er hat das Prinzip nicht direkt erfunden. Die Welt ist schon vorher gründlich geleimt worden, ständig, und *Prometheus* war eindeutig überzeugender als Manns Kurve. Eisele hat die richtigen Leute davon überzeugt, dass die Prognose stimmt – und dass es klüger ist, die Katastrophe eintreten zu lassen, als sie zu verhindern. Dass jetzt auch noch Milett, blind vor Eitelkeit, die historische Schuld für sich reklamiert, den Vulkan hochgejagt zu haben, Himmel, Eisele wird sein Glück kaum fassen können. Ruf doch deinen Nobelpreisträger mal an und frag ihn, ob er wirklich in den Geschichtsbüchern zwischen Hitler und Stalin stehen möchte.«

»Der redet nicht mehr mit mir.«

»Dumm.«

»Aber Eisele kann doch nicht glauben …«, sagte Mavie und unterbrach sich schon wieder selbst. Ja, was konnte er nicht glauben? Dass er damit durchkommen würde?

»Du hast recht«, sagte Beck. »Im Grunde kann er nicht mal glauben, mit dem NWP durchzukommen, denn die Fakten liegen ja auf dem Tisch. Windenergie ist dreimal so teuer wie jede andere

Energie, auch offshore werden wir niemals mehr als fünf oder zehn Kilowattstunden pro Tag und Kopf erzeugen können, selbst wenn wir die ganze Nordsee mit Propellern zustellen – und wir brauchen pro Kopf circa 150 kw/h. Das Ganze dient also nur den Bauherren und Betreibern, denn 60 der 120 Milliarden, die Eisele mindestens braucht, kommen aus den Steuerkassen. Aber das alles ist uns doch schon seit 2000 klar gewesen, und glaub mir, es wird weiterhin unter den Tisch fallen. *Wir* werden es wissen. Alle Experten werden es wissen. Aber es wird trotzdem gemacht, jetzt erst recht – wir können doch nicht Solarenergie von Chinesen kaufen, schon gar nicht in einer Welt, die im Schatten liegt.«

Mavie schwieg. Und atmete langsam ein und wieder aus, zitternd, weil sie plötzlich begriffen hatte.

»*Zu spekulativ*«, sagte sie tonlos.

»Bitte?«

»Helens Geschichte«, sagte sie. *Zu spekulativ*, das war die Begründung von Helens Ressortleiter gewesen, die NWP-Story nicht ins Heft zu nehmen.

Helen war nicht gestorben, weil sie *Prometheus* erwähnt hatte, Gerrittsen oder Mager gegenüber. Sie war gestorben, weil Gerrittsen danach Eisele angerufen und ihm von einer Journalistin erzählt hatte, die sich für das IICO interessierte. Einer Journalistin, die sich ihm garantiert als SPIEGEL-Expertin für Klimathemen vorgestellt hatte. *Momentan arbeite ich an einer großen Story über NWP, aber Prometheus ziehe ich doch glatt noch vor.* Und das würde auch Gerrittsen an Eisele weitergegeben haben, ohne zu wissen, was Eisele wirklich spielte, ohne zu wissen, dass er damit Helens Todesurteil aussprach.

Nicht ihr Interesse an *Prometheus* hatte Helen umgebracht.

Sondern das NWP.

»Sie hätte nicht halb so lange gebraucht wie wir«, sagte Mavie leise, »um zwei und zwei zusammenzuzählen. Und das hat Eisele gewusst.«

Beck schwieg. Dann sagte er, ebenso leise wie sie: »Es tut mir leid«, und im nächsten Moment, lauter, unvermittelt: »Dein Film ist da.«

»Was?«

»Hochgeladen. Ich ziehe mir mal 'ne Kopie ...«

»Sag mir, dass es brauchbar ist.«

»Sieht sehr so aus«, sagte Beck, und im Hintergrund hörte sie den Lautsprecher seines Rechners, die leise Stimme eines Mannes. Eiseles Stimme.

»Gute Kamera«, sagte Beck, »hohe Auflösung. Ton tadellos.«

Er schwieg, und sie hörte Eiseles schöne Stimme sagen: »Räumt sie weg, diese Schenck. Heute noch. Ruf Pavel an, ich will nichts mehr von ihr hören.«

Mavie schwieg.

Und Beck war so nett, den Ton herunterzufahren.

»Tut mir leid«, sagte er.

»Ja«, sagte sie.

»Aber das Material ist sensationell. Aus dem Knopfloch geschossen, leichter Weitwinkel, aber Eisele steht bei der Ansage direkt vor deinem Informanten. Keine Chance, sich aus der Affäre zu ziehen. Der Mann ist erledigt, Mavie. Der Mann ist komplett erledigt.«

»Gut.«

»Ich warte noch auf Gerrittsens Statement, dann fahren wir alles hoch.«

»Wieso Gerrittsen?«

»Weil er Eisele zusätzlich belasten wird, öffentlich, weltweit, in dem Clip, der über die Gaia-Site rausgeht. Seine Ergebnisse sind verfälscht worden, seine Forschung missbraucht. Das kriege ich ebenfalls *on tape*, und dann ist die Geschichte rund …«

»Augenblick mal«, sagte sie. »Das *sagt* er nur, um Eisele reinzureißen, oder das *ist* so?«

»Teils, teils …«, sagte Beck und wurde von lautem Knistern und Knacken unterbrochen. Mavie hielt sich das Handy vom Ohr weg und lauschte kurz in das Geräusch, das sie für das akustische Ergebnis einer gestörten Funkverbindung hielt, bis sie begriff, dass sich in das unregelmäßige Knattern Rufe und Schreie mischten, von weiter her.

Sie hielt sich den lauten Apparat wieder dichter ans Ohr.

»Thilo?«

Sie hörte sein verdutztes »Fuck«, ebenfalls von weiter her, sie hörte eine neuerliche knatternde Garbe, hörte Glas splittern, und sie begriff, dass sie keine atmosphärische Störung hörte, sondern Salven aus Schnellfeuergewehren, die um das Handy herum einschlugen.

Und mit einem dumpfen Klang riss die Verbindung endgültig ab.

Sie sprach seinen Namen noch einmal aus, fragend, fassungslos, dann sah sie auf das Display, das wieder unschuldig vor sich hin strahlte, ohne Verbindung.

Ungläubig drückte sie auf die Wahlwiederholungstaste. Eine Frauenstimme behauptete, der gewünschte Teilnehmer sei besetzt.

Philipps genervtes, besorgtes Gesicht erschien keine drei Meter vor ihr in der Kabine, unter nass geregneten Haaren. »Jetzt komm mit«, sagte er. »Oder ruf dir ein Taxi.«

Mavie sah nach links, durch die Fenster auf der linken Seite der Maschine, wo er gesessen hatte. Und durch den über die Scheibe strömenden Regen erkannte sie, womit sie ihre Reise fortsetzen würden.

Zum Glück keine Propellermaschine?

Sie hatte sich eindeutig zu früh gefreut.

In jeder Hinsicht.

49

Bis zum letzten Augenblick begriff Beck nicht, was um ihn herum überhaupt geschah. Konzentriert auf das Telefonat mit Mavie, den Film des Leibwächters und das gleichzeitige Kopieren der Datei auf einen Mem-Stick, war er weitgehend blind und taub gewesen für seine Umgebung und hatte die zunächst vom Hof her an seine Ohren dringenden Geräusche unterbewusst als nebensächlich klassifiziert. Auch unter normalen Umständen hätte ihn das ungewohnt tiefe Motorengeräusch nicht sofort alarmiert, aber zumindest hätte er es wahrgenommen und einen Blick aus dem Fenster geworfen.

Was folgte, nahm er wohl als ungewöhnlich, als unpassend oder gar als potenziell störend wahr, aber nicht als bedrohlich. Das Geräusch einer Reihe von zuschlagenden Türen, rasche Schritte schwerer Schuhe, das Klappern und Rasseln von Hartplastik und Metall im Laufschritt, verdutztes Durcheinanderrufen von draußen, teilweise empört – und dann brach unvermittelt die Hölle aus, um ihn herum. Draußen knallte es laut, drei Mal, Menschen schrien, und im gleichen Augenblick setzte das Schnellfeuer ein. Als Beck endlich aufsah und sich umwandte, flog die Tür zum Haupthaus auf, von außen eingetreten, und vier schwarz behelmte, schwarz gepanzerte Eindringlinge machten sich nicht die Mühe, beim Eintreten Fragen zu stellen. Sie eröffneten direkt das Feuer auf die vier Gaias, die am Tisch in der Diele saßen beziehungsweise in der Küchenzeile standen.

Überrascht sah Beck, dass Paulina sich aus dem Weg warf, in seine Richtung, nach einer verblüffend eleganten Rolle direkt neben seinem Schreibtischstuhl landete und ihn bereits am Kragen gepackt hatte, als er noch gar nicht begriff, wo sie gelandet war. Wie in Zeitlupe sah er den Lauf eines Schnellfeuergewehrs von der Tür aus in seine Richtung wandern, wie in Zeitlupe fiel Beck neben seine Schwester und landete auf den Fliesen, als die Kugeln den Stuhl und sein Handy in Fetzen rissen.

Er brauchte keine Aufforderung ihrerseits mehr.

Halb krabbelnd, halb robbend folgte er ihr unter den Schreibtischen hindurch in Richtung Wand, hörte das Feuer und die Schreie von draußen und aus der Küche und fand sich im nächsten Augenblick in Bodenhöhe vor der großen Doppeltür an der Stirnseite des Haupthauses wieder. Einer Tür, deren untere Hälfte sich, wie von Zauberhand bewegt, öffnete und ihm erlaubte, hinter Paulina her geduckt ins Freie zu gelangen.

Kugeln durchschlugen das Holz über seinem Kopf, Sägespäne flogen ihm um die Ohren, und er folgte seiner rennenden Schwester um das Gebäude herum nach links. Weg vom Hof, weg von den anderen, in Richtung des wenige Meter entfernten Graswalls, hinter dem die Gaias ihre Jungschafe hielten.

Im Rennen sah Beck nach hinten und bemerkte eine ganze Reihe von Dingen gleichzeitig. Vom Hofplatz stieg weißer Rauch auf, aus der Scheune schlugen Flammen und Rauch in den Regen, und zwischen Scheune und Haupthaus standen mindestens drei schwarze Humvees, die Türen allesamt geöffnet.

Geduckt überquerte er den Wall und warf sich neben Paulina in den Schlamm. Er sah sie verdutzt an, sie hob ruckartig den Kopf und sah für einen Sekundenbruchteil nach vorn, über den Wall, Richtung Haus, ehe sie ihren Weg fortsetzte – abwärtsschlitternd, auf die Schafkoppel zu. Und Beck begriff, was sie vorhatte. Der Weg durch die Schafe war der kürzeste Weg in das hinter dem Haupthaus gelegene Waldstück, und mit etwas Glück trafen weitere auf dem Fluchtweg in ihre Richtung abgefeuerte Kugeln die Tiere und nicht sie selbst.

Keuchend stolperte Beck hinter seiner Schwester her durch den knöcheltiefen Schlamm und die schmutzigen Schafe, die blökend aus dem Weg sprangen. Er rechnete mit Schmerzen, jeden Moment, mit harten Stichen in seinem Rücken, die ihn zu Boden werfen und töten würden, aber er rannte weiter, ohne sich umzusehen. Weiter hinter Paulina her, über den Zaun am anderen Ende der Koppel, über den nächsten Wall, diesmal einen aus Dreck, Blättern und Nadeln, und blieb keuchend neben ihr liegen, mit dem Hinterkopf im Dreck.

Sie hatte sich bereits wieder umgedreht und spähte über den kleinen Wall zurück zum Hof. Beck tat es ihr nach und lugte ebenfalls vorsichtig aus der Deckung.

Die Angreifer hatten das Feuer eingestellt. Hühner gackerten vom Hof aus, die Schafe blökten noch immer vor sich hin, ansonsten hörten sie nur noch die schweren Schritte der Männer im Haus.

Beck zuckte zusammen, als er vom Hofplatz her ein gellendes *Nein!* hörte, eine Frauenstimme, und direkt danach eine kurze Salve. Sechs oder acht Schüsse, danach Stille.

Kein weiteres *Nein*.

Paulina bedeutete ihm mit einer Handbewegung, er solle ihr folgen. Geduckt, weiter hinein in den Wald.

Er folgte ihr. Durch das dichter werdende Unterholz, schnurstracks hinein ins Dunkle, in den Wald aus dicht stehenden Kiefern und vereinzelten traurigen, nackten Laubbäumen. Nach zwei Minuten lautlosem Schleichen krabbelte Paulina über einen weiteren flachen Wall, hinter dem sich eine Senke verbarg, und schaute abermals zurück.

Beck tat es ihr nach. Die Scheune brannte weiter, eine schwarze Rauchsäule mühte sich nach Kräften, gegen den dichten Regen zu bestehen, aber Flammen waren nicht mehr zu sehen. Auf dem Wall zwischen Haupthaus und Schafkoppel standen drei der schwarz gepanzerten Attentäter, zwei von ihnen mit Schnellfeuergewehren, der dritte, zwischen den beiden anderen, mit einem Fernglas in den Händen, das er in Richtung Wald schwenkte.

Paulina zog Thilo zu sich herunter, tiefer hinein in die Senke.

Sie legte sich den Zeigefinger auf die Lippen.

Beck nickte.

Dass sie einen in Tarnfarben gehaltenen Beutel an der Seite trug, bemerkte er erst jetzt, als sie sich den Gurt über den Kopf zog, den Reißverschluss des Beutels öffnete und im Inneren zu kramen begann. Sie suchte offenbar weder Werkzeug noch Messer noch die Pistole noch das zu groß geratene Handy mit der dicken Stummelantenne, denn all diese Dinge kramte sie hektisch beiseite, nur um am Ende die Tasche wieder zufallen zu lassen, mit leeren Händen.

Vorsichtig lugte sie erneut über den Rand ihrer Deckung, sah sich suchend um und kroch dann so nah wie möglich an ihren Bruder heran.

»Wir müssen hier weg«, sagte sie.

Er nickte.

Sie deutete nach links. »Da lang. Paar Hundert Meter, da ist ein Futterplatz für Rehe, im Winter. *Fall Back Position* für alle, falls was passiert. Hoffen wir, dass wir nicht die Einzigen sind.«

Sie legte sich den Gurt des Beutels wieder über beide Schultern und sah ihn an. Wütend. »Scheiße, was soll das, Mann.«

»Weiß ich nicht«, sagte er.

»Deine Freunde.«

»Garantiert, ja.«

»Ich hab dir gesagt, hör auf mit deinem verfickten Handy. Scheiße. Ich sag dir, Mann, wenn Diego was passiert ist, bring ich dich um.«

Beck schwieg.

Und folgte ihr.

Den Futterplatz sahen sie schon von Weitem, aber Beck erkannte, während sie vorsichtig näher heranschlichen, im Umkreis der zwischen einigen Bäumen stehenden Krippe keinerlei Bewegung. Er war bereits sicher, dass er und Paulina die Einzigen waren, die den Angreifern entronnen waren, als seine Schwester die Hand hob, ihm so signalisierte, er möge stehen bleiben, und aus einer der zahlreichen Taschen ihrer Cargo-Hose eine kleine Maglite zog und diese auf ein flaches Gestrüpp links von der Krippe richtete. Ein enger Kegel traf zweimal in die Äste, und nach kurzem Warten erwiderte jemand aus dem Gestrüpp das Signal.

Paulina sah nach links, in Richtung des Hofes, und bedeutete Thilo, ihr zu folgen. Geduckt schlichen sie am Rand der Lichtung bis hinter die struppigen Büsche, in die dahinter liegende Senke.

Beck war zugleich erleichtert und entsetzt über den Anblick, der sich ihm bot. Oskar war derjenige gewesen, der Paulinas Signal erwidert hatte. In der Linken hielt er die Taschenlampe, in der Rechten eine Schrotflinte. Diego, dem Anschein nach unverletzt, kniete vor Nina im Dreck und riss gerade mit einer ruckartigen Bewegung das Hosenbein ihrer schwarzrot verfärbten Jeans unterhalb des Knies auseinander. Sie unterdrückte einen Schrei, und Beck sah, dass ihre Wade von einer Kugel durchschlagen worden war. Blut sickerte aus der Wunde, in rhythmischen Schüben, und Paulina kniete bereits neben Nina und Diego und beförderte einen Verband aus ihrem Beutel, während Diego einen Ast auf seinem Knie entzweibrach, um ihn als Drossel oberhalb der Wunde einzusetzen.

Nina sah zu Beck auf, Schmerz, Angst und Panik im Blick. Er kniete sich neben sie und nahm, ohne nachzudenken, ihre Hand, legte seinen Arm um ihre Schultern, hielt sie fest und drückte ihr einen Kuss in die schlammgetränkten Haare. »Sssh«, hörte er sich sagen, »alles wird gut«, und ließ zu, dass sie sich in seine Hand krallte, während Diego die Aderpresse fester anzog.

Paulina wechselte einen Blick mit Diego, dann trafen beider Blicke Beck. Diegos Blick war eine stumme ernste Frage. Paulinas Blick ein wütender Vorwurf. »Dein Scheiß-Handy«, sagte sie.

Beck nickte. »Mag sein. Aber nicht sehr wahrscheinlich.«

»Was denn sonst, du Idiot?«

»Wie wäre es mit *anderes Kaliber*? Das ist keine freundliche Schokoladeneierfirma, mit der wir uns da angelegt haben. Die bringen nicht 100 000 in den Bahnhofsmülleimer und erstatten Anzeige gegen unbekannt.«

»Umso bescheuerter, dass du die herführst.«

»Ja«, sagte er, jetzt ebenfalls wütend. »Wenn ich das gewusst hätte, von Anfang an, wäre das bescheuert gewesen, absolut. In dem Fall hätten wir die ganze Zeit in Bewegung bleiben müssen und keine Sekunde auf dem bescheuerten Hof. Aber ich wusste es nicht, Schwester. Ich hatte keine Ahnung. Ich ahne seit – wie lange? – zwei Stunden, wie weit Eiseles Arme reichen und wer alles von diesem Scheißplot wusste. Und das da«, sagte er und deutete in den Wald, in

Richtung des brennenden Hofes, »ist nicht direkt eine unsichtbare Festung im ewigen Eis. Gib mir einen NSA-Satelliten und eine vage Angabe, ›zwanzig Ökotypen, weit ab von allem‹, im Hundert-Kilometer-Umkreis von Berlin, und jedes Programm findet euch binnen zehn Minuten …«

»Ah, fuck, du redest dich raus, Arschloch, meine Freunde sind tot, Mann, weißt du eigent…«

Diego unterbrach sie mit einem energischen Zischen. »Schluss«, sagte er. »Ist gut, Paulina.« Er legte ihr kurz die Hand auf den Unterarm, dann streifte er Beck mit einem Blick, sah Nina an und wieder Paulina. »Wie weit, sechs Kilometer?«

Sie nickte und zog das klobige Handy aus ihrem Sack, das, wie Beck jetzt begriff, kein Handy war, sondern ein GPS-Empfänger. Sie hatte das Gerät bereits eingeschaltet, und auf dem Display erschienen die verschiedenen Satelliten, die sich über ihnen in Reichweite befanden.

Das Gerät ermittelte ihre Position.

»Ungefähr«, sagte sie.

»Wie heißen die Leute noch mal?«

Sie sah ihn fragend an. »Otte?«

Oskar meldete sich zu Wort. »Oswald.«

»Sicher?«, sagte Diego.

Oskar nickte. »Ich war letztes Jahr mal drüben. Ganz guter Hof, groß, aber nur noch Selbstversorger.«

»Aber es gibt doch einen Feldweg«, sagte Diego. »Hinter dem Wald, drei, vier Kilometer von hier?«

Paulina nickte.

»Handy«, sagte Diego und hielt die Hand auf.

Paulina rührte sich nicht. Dann schüttelte sie langsam den Kopf, und Diego sah sie ungläubig an. »Du hast doch alles dabei …«

»Kein Handy«, sagte sie. »Lag auf dem Tisch, zum Aufladen, ich hab mir nur den Beutel gegriffen, ich hatte verdammt noch mal keine Zeit, den auch noch ordentlich zu *packen.*«

Diego sah Oskar an, der ebenfalls den Kopf schüttelte, wie danach auch Nina und Beck, und entließ ein fassungsloses, leises »Fuck« in den trostlosen Wald.

»Munition?«, fragte Paulina Oskar, zog ihren Revolver aus dem Beutel und zog das Magazin heraus.

»Vier Patronen«, erwiderte der Programmierer. »Und die zwei im Lauf.«

»Sieben bei mir«, sagte sie und ließ das Magazin wieder einrasten. »Also sehen wir zu, dass wir denen komplett aus dem Weg gehen, sonst war's das.«

Oskar nickte. Diego ebenfalls. Und Beck sah zwischen den dreien hin und her und fragte sich, was sie vorhatten. Die verletzte Nina sechs, sieben Kilometer durch den Wald zu schleifen? Wohin? Zu Herrn oder Frau Oswald oder Otte, den oder die sie leider nicht anrufen konnten, weil niemand daran gedacht hatte, ein Handy einzustecken?

Seine Hand glitt automatisch in seine Hosentasche, als er ans Einstecken dachte, und zu seiner eigenen Überraschung spürte er den Mem-Stick zwischen seinen Fingern.

Und während Paulina und Diego Nina auf die Füße halfen, sah er Oskar an. »Du warst am Server, oder?«

»Was?«

»Als die gekommen sind, da warst du doch gerade an den Servern.«

»Deshalb haben sie mich ja nicht getroffen.«

»Weil sie Angst hatten, dass sie irgendwas Wichtiges treffen.«

Paulina, Diego und Oskar sahen ihn an, als wäre er verrückt geworden.

»Sie wollten die Gaia-Seiten nicht zerstören«, sagte Beck. »Sie wollten sie *haben*. Wir haben die *Credibility*, wir haben täglich zig Millionen Hits, die Welt da draußen vertraut darauf, dass das, was das *Kommando Diego Garcia* sendet, der Wahrheit entspricht – die Welt vertraut Diego Garcia mehr als jedem Nobelpreisträger, jeder UNO-Verlautbarung, jedem Politiker. Aber in spätestens einer halben Stunde wird Diego Garcia nur noch eins beweisen, nämlich dass China die halbe Menschheit in den Abgrund reißt. Und, ganz am Rande, dass Europa das NWP dringend braucht. Diego Garcia ist im Begriff, der Welt den Rest zu geben. Denn es weiß ja keiner, dass du«, sagte er zu Diego, »nicht mehr auf der Brücke stehst. Du hast einen guten Namen. Zu Recht. Und du unterschreibst ab jetzt persönlich alles, was die wollen.«

Das Schweigen dauerte lange.

Paulina war schließlich diejenige, die es brach. »Heißt was?«, fragte sie.

Beck sah Oskar an. »Wenn die Seite noch steht, kommst du dann von außen ran?«

Oskar nickte. »Erst mal müssen *die* rankommen. Glaub mir, das ist nicht so leicht, das schaffen die nicht in einer halben Stunde.«

Beck sah seine Schwester an. »Findest du den Weg auch so?«

Ihr Blick war verständnislos.

»Zu diesen Nachbarn, zu dem Hof. Oswald. Oder zu der Straße.«

»Keine Ahnung«, sagte sie und zuckte die Achseln. »Ja, denke schon, aber …«

»Leihst du uns das GPS?«

»Was soll das, Thilo?«

»Oskar und ich gehen vor. Mit Glück schaffen wir es, bevor die«, er deutete zurück in Richtung Hof, »Oskars Passwörter geknackt haben.« Er klopfte sich kurz auf die Tasche. »Und in dem Fall geht der Eisele-Film ins Netz, das ist unsere einzige Chance, den Spuk noch zu beenden. Bevor der Spuk zu einem Albtraum wird, aus dem wir nie wieder herauskommen.«

»Wir gehen zusammen«, sagte Paulina.

»Nein«, sagte Beck. Er schüttelte den Kopf. »Nina braucht Hilfe. Und ich brauche Oskar. Sofern die Oswalds überhaupt einen Netzzugang haben. Sobald wir da sind, schicke ich jemand mit einem Wagen zu dem Feldweg, den du«, er sah Diego an, »vorhin meintest.«

»Bullshit«, sagte Paulina.

»Nein«, sagte Diego. »Er hat recht.« Er nickte und sah Oskar an, Oskar nickte ebenfalls und hielt ihm die Schrotflinte hin. Diego nahm sie, zögerte und reichte sie Oskar zurück. »Wir haben Paulinas Waffe, ich habe mein Messer.«

»Die sind dichter an euch dran«, sagte Oskar und versuchte die Waffe wieder Diego in die Hand zu drücken, aber der Anführer der Gaias verweigerte die Annahme, entschieden.

»Thilo hat recht«, sagte er noch einmal. »Wir passen auf Nina auf und bringen sie zum Feldweg, ihr passt auf euch auf. Und bei allem Respekt für uns«, er nickte Paulina und Nina zu, »wir sind entbehrlich, für die Sache, ihr nicht. Und du weißt genauso gut wie ich, dass ihr auf dem Weg Viechern begegnen könnt, die noch weniger Fragen stellen als die, die hinter uns her sind.«

Mehr musste er nicht sagen.

Beck schauderte. Und dass er im gleichen Moment fast beiläufig begriff, dass nur die Hälfte der kleinen braunen Flecken auf seiner Hand Schlammspritzer waren und die andere Hälfte frische Zecken, war zu seiner eigenen Überraschung nicht geeignet, sein Entsetzen noch zu vergrößern.

50

»Jetzt hör endlich auf mit dem Scheißpessimismus!«, brüllte Philipp gegen den Lärm der Cessna an. »Hier oben hast du nun mal keinen Empfang, und die Netze unten krachen doch eh gerade alle zusammen. Hab ich irgendwen in Hamburg erreicht? Nein! Und das nicht mal vorhin vom Boden aus …«

»Ich weiß, was ich gehört habe!«

»Ja, verdammt, Knattern!«

»Nein, Schüsse!«

»Nein, Knattern! Funklöcher im Anflug! Netzabstürze! Sonnenwinde! Herrgott, wart's ab! Wir sind in 'ner Viertelstunde wieder unten, und, zack, funktioniert dein Netz wieder, Thilo geht ran, der Film ist im Netz, alles ist gut! Hör auf mit der Schwarzseherei, das macht Falten!«

Sie schwieg.

Es hatte keinen Sinn. Mit ihm sowieso nicht. Erst recht nicht, wenn er sich Sorgen machte, wie jetzt, was wiederum erst recht verständlich war, da er wegen der offenbar zusammengebrochenen Hamburger Telefonnetze seine Tochter weiterhin nicht erreichte. Außerdem hatte er recht, was Mavies eigene Sorgen betraf. Selbst die Bestätigung, dass im Gaia-Camp etwas Unvorhergesehenes passiert war, hätte ihr nicht das Geringste genützt. Sie konnte nichts tun, nichts ändern. Weder konnte sie sich zurück nach Genf teleportieren, um Milett von der Vulkansprengung abzuhalten, noch nach Mecklenburg, um Thilo zu retten, zu helfen oder zu verarzten. Was sie tun konnte, war erschreckend wenig. Sie konnte lediglich Philipp unterstützen, seine kleine Welt zu retten, denn der Rest der Welt befand sich eindeutig außerhalb ihrer Reichweite.

Was Thilo betraf, konnte sie nur hoffen, dass Philipp recht behielte; dass sie sich geirrt hatte.

Und warum sollte sie sich nicht zur Abwechslung mal hilfreich irren? Nachdem sie sich die ganze Zeit so fatal geirrt hatte.

Ihr Blick fiel auf das Paket auf den zwei Sitzen vor ihr und Philipp, das dessen »Kriegsgewinnler« Slatko mitgeliefert hatte, zusammen mit den sagenhaft teuren Tickets für die dröhnende Propellermaschine, ihr Wasserflugzeug. Ein Revolver, ein Schnellfeuergewehr, ein Schlauchboot mit Paddeln und Druckluftkartuschen, ein riesiger Seesack, gefüllt mit diversen Utensilien – Funkgeräten, Taschenlampe, Leuchtkugeln, Anglerhosen, Gummistiefeln.

Alles, was sie zur Durchführung ihres simplen Plans brauchten. Auf dem Fluss landen, so nah wie möglich am Falkensteiner Ufer, das Schlauchboot zu Wasser lassen, an Philipps Villa heranfahren, je nach Wasserstand bis auf die Terrasse oder unter die Schlafzimmerfenster im ersten Stock, die Eingeschlossenen an Bord nehmen, erst die Kinder, dann Karla sowie Mavies Vater, falls der bereits das Ziel erreicht hatte, alle Geretteten auf den insgesamt neun Sitzen der Cessna anschnallen, die Maschine wieder starten, abheben und zurück nach Hannover fliegen, um von dort aus gemeinsam den weiteren Weg für die kommenden Tage und Wochen zu planen – südwärts.

Ganz einfach.

Der Rest würde sich ebenfalls auf dem Weg ergeben. Edward meldete sich garantiert direkt nach ihrer Landung bei ihnen. Thilo hätte das Video, das Eisele entlarvte und vernichtete, zu diesem Zeitpunkt längst ins Netz gestellt. Milett hätte es längst gesehen, ebenso wie der Rest der Welt, darunter alle Entscheidungsträger. Milett würde sie anrufen und sich entschuldigen und hätte längst Abstand von seinem irren Plan genommen, und während sie telefonierten, würde Eisele in Handschellen seiner gerechten Strafe zugeführt werden.

Seiner gerechten Strafe.

Eine innere Stimme tönte Mavie hartnäckig in all die optimistischen Szenarien. Eine Stimme, die so dämlich, albern, jung und naiv klang, dass Mavie sie ums Verrecken nicht hören wollte.

Er hat das alles aus Liebe getan.

Nein, brüllte sie die Romantikerin in ihrem Kopf nieder. *Hat er nicht. Kehr zurück zu deinen Pferdepostern und kämm deine Puppen. Geld und Macht, das waren seine Motive. Nicht Liebe.*

Liebe! Leidenschaft! Er würde ganz China umbringen, um den Mord an seiner Geliebten zu sühnen! Was für ein Mann*!*

Sie teilte ihrer inneren Stimme mehrfach mit, sie solle den Mund halten, aber es dauerte eine Weile, bis sie das vor sich hin schmelzende Mädchen wieder in den Griff bekam.

Ganz gleich, welche Motive Eisele haben mochte. Ganz gleich, was er verloren hatte, nichts rechtfertigte sein Verhalten. Nichts rechtfertigte Morde, schon gar nicht den Mord an Helen.

Er hat dich nicht umbringen lassen. Er hat dich immer geliebt. Er hat dich nicht angerührt, obwohl du dich ihm angeboten hast. Er wollte dich erheben, dich auf Augenhöhe an seiner Seite wissen. Die schreckliche Wunde, die sie in sein Herz gerissen hatten – du hättest sie heilen können, heilen sollen! Warum hast du nichts begriffen? Warum hast du so vollständig versagt! All das wäre nicht geschehen, hättest du irgendwann mal irgendwas rechtzeitig kapiert, du dumme, dumme Person! Du hättest ihn heilen können! All das wäre nicht geschehen!

Sie krümmte sich leicht zusammen und hielt sich die Ohren zu, aber da die Stimme von innen kam, nützte das natürlich nichts. Es bewirkte lediglich, dass Philipp sie ernst und erstaunt ansah.

»Druck?«, rief er verwundert durch den Lärm in der Maschine.

»Kann man so sagen!«, rief sie zurück.

»Ist gleich vorbei!«

Sie sah ihn verwundert an. Er deutete aus dem Fenster, mit dem ausgestreckten Zeigefinger, nach unten.

Mavie sah aus ihrem Fenster, durch den Regen und die grau in grau vorbeifliegenden Wolkenfetzen hinunter auf die Stadt und auf die pechschwarze Schlange, die mitten in der grauen Landschaft lag, auf ihrem immer gleichen Weg von Ost nach West.

Und obwohl die kleine Maschine durch die Windböen torkelte wie ein Sechsjähriger nach zwei Gläsern Wodka, unregelmäßig vorwärtsgetrieben von ihrem einzigen Propeller, hätte Mavie den Fluss gern noch eine ganze Weile länger aus unsicherer Höhe, aber sicherer Entfernung betrachtet.

Es war einfach zu viel Wasser. Zu viel Wasser in der falschen Form und Farbe. Kein notfalls für sie erträglicher flach abfallender Südseestrand, nichts Klares, Grünblaues, Ruhiges. Sondern sehr undurchsichtig und sehr lebendig. Dunkelgraubraune Brühe, in der man die eigene Hand nicht wiederfand, sobald man so dämlich war, sie zwischen all ihre tennisballkleinen Bewohner zu stecken, deren einziger Lebenssinn darin bestand, andere Lebewesen bei jeder sich bietenden Gelegenheit zu lähmen und fürs Leben zu zeichnen.

Während die Maschine förmlich durch die Wolken nach unten fiel, hörte sie Philipps unterdrücktes *Shit* vom Nebensitz, sah, dass er um den Sitz herumgriff und das Magazin des Schnellfeuergewehrs überprüfte, und erinnerte sich endlich daran, dass sich seit ihrem letzten Blick auf die Elbe einiges geändert hatte.

Die Quallen waren offenbar nicht mehr das, was sie am meisten zu fürchten hatte.

Sie zog ihr Handy aus der Tasche. Die Anzeige der Netzstärke flackerte zwischen »kein Empfang« und einem verstümmelten Balken hin und her.

Vor dem Fenster verwandelte sich die schwarze Schlange in ein aufgerautes schwarz-weißes Ledertuch und zeigte mit jedem Meter, den sie tiefer gingen, ihr wahres Gesicht – das eines aufgewühlten Flusses, auf dem sie unmöglich landen konnten.

Was zu Mavies Erleichterung auch der Pilot begriff und von vorn nach hinten brüllte. Was allerdings ihren Begleiter lediglich animierte, seinen Sitzgurt aufzuhaken, zurückzubrüllen, eine Landung sei sehr wohl möglich, und nach vorn zu stolpern, mit dem Schnellfeuergewehr in der Rechten.

Mavie wandte sich vom Fenster ab, starrte auf ihr Handy und wählte nacheinander Thilos Nummer und Edwards Nummer. In beiden Fällen sprangen sofort Bänder an.

Und im nächsten Augenblick landete sie mit der Stirn fast an der Rückenlehne des Sitzes vor ihrem, als die Maschine geräuschvoll aufsetzte und durch eine Gischtfontäne auf das Ufer zusprang.

51

Der Moment, in dem sie, aus dem Südarm der Elbe kommend, den Hauptstrom erreichten, war der Moment, in dem Edward Heller endgültig begriff, dass er einen Fehler gemacht hatte. Der Hagel hatte aufgehört, sogar der Regen und der Wind schienen sich ein wenig beruhigt zu haben, aber was einerseits angenehm war, sorgte andererseits für bessere Sicht.

Und was er sah, gefiel ihm nicht. Das Dockland ragte am gegenüberliegenden Ufer hoch vor ihnen auf, unversehrt und stolz, aber zur Rechten, über der Stadt, hing eine Wolke, die zu tief und zu dunkel war, um lediglich aus Wasser zu bestehen, das Regen werden wollte. Edward brauchte einen Augenblick, um sich einen Reim darauf machen zu können, dann verstand er, dass er eine Rauchwolke sah, gespeist aus zahlreichen kleineren Quellen. Bränden, die wegen des ständigen Regens nicht ins Freie dringen konnten, Bränden, die unter Dächern ihren Weg fanden. Jede Flamme, die ins Freie schlug, wurde umgehend erstickt und gelöscht, aber der Rauch hing tief und schwer über dem Hafen und der ganzen Innenstadt.

Durch das Geräusch des Regens, der weiter auf die Persenning des Bootes nieselte, hörte er von fern Sirenen, von überall her. Polizei, Feuerwehr und Rettungsdienste waren offenkundig im Dauereinsatz, und Edward mochte sich das Ausmaß des Chaos in der Millionenstadt nicht vorstellen. Die Kommunikation musste zum Erliegen gekommen sein, nicht nur sein Handy und das von Thomas hatten sich verabschiedet und meldeten nur mehr sporadisch Netzempfang, offenbar betraf das Problem die ganze Stadt. Er vermutete, dass nicht nur die Telefonnetze zusammengebrochen waren, sondern die gesamte Stromversorgung, was auch erklärte, weshalb weder im Dockland noch in den Häusern auf der anderen Seite des Flusses Licht brannte, nirgendwo. Das allerdings würde sich erst am Abend dramatisch auswirken, sofern die Behörden das Problem nicht bis dahin in den Griff bekamen. Aber schon jetzt, am helllichten, wenn auch regnerischen Tag, bedeutete ein Zusammenbruch der Stromnetze, dass die Stadt praktisch gelähmt war.

Wie, fragte er sich, wollten seine Tochter und ihr Begleiter auf einem Flughafen landen, der von der Stromversorgung abgeschnitten war? Hatte Fuhlsbüttel seine eigene Notversorgung? Vermutlich. Für wie lange? Stunden? Tage? Und wie wollten Mavie und Philipp vom Flughafen nach Blankenese durchkommen? Die gesamte Abwasserentsorgung war rechnergesteuert, die Rechner waren garantiert längst ausgefallen und die meisten Straßen zwischen Alster und Elbe unpassierbare Hochwasserkloaken.

Das Venedig des Nordens, dachte er. Ein Horrorvenedig. Denn es war eines, dessen Bewohner nicht daran gedacht hatten, sich neben zahllosen Brücken auch ebenso viele Gondeln anzuschaffen. Oder ausreichend andere Boote, um im Überschwemmungsfall mobil bleiben zu können.

Aber allem Anschein nach blieben auch die, die Boote besaßen, lieber im Trockenen. Die Aussicht, Regenwasser aus einer Jolle oder einem Kajütkreuzer schöpfen zu müssen, erschien den Leuten offenbar noch weit weniger reizvoll, als den Stromausfall hinter verriegelten Wohnungstüren auszusitzen.

Edward konnte sich ausmalen, wie die Nacht verlaufen würde. Ohne Strom, ohne Licht, dafür mit verstopften Abwasserrohren – und vermutlich in den meisten Haushalten ohne ausreichende Vorräte in den winzigen Vorratskammern.

Er wandte den Blick von der Stadt ab und sah nach links, flussabwärts. Dort lagen die Pötte, weit weg. Heck an Bug, ein Dickschiff hinter dem anderen, ordentlich hintereinander aufgereiht, mit Containern auf den klatschnassen Decks, so weit das Auge reichte. Sie warteten wie Sattelschlepper an einem geschlossenen Grenzübergang – auf besseres Wetter, das ihnen erlaubte, die Kais anzufahren und ihre Fracht loszuwerden; auf besseres Wetter, das nicht kommen würde.

Weiter flussabwärts fehlte gottlob die fette schwarze Rauchwolke, die die Innenstadt verdunkelte, dennoch bot sich ihnen kein erfreulicher Anblick. Denn aus den schwarzgrauen Wellen ragte wie ein ferner Felsen der weiß-orangene Rumpf der *Eastern Star,* ausgebrochen aus der Perlenkette der Dickschiffe und gefährlich nah am nördlichen Elbufer. Mit einem Blick durch sein Fernglas sah Edward, während Thomas das Boot unerschrocken weiter westwärts lenkte, dass die Piraten inzwischen mit dem Ausladen begonnen hatten – dem Ausladen ihrer Fracht, der etwa 4000 hungrigen und erschöpften Menschen, die die weite Reise gemeinsam unternommen hatten. Das erste Boot der Wasserschutzpolizei, das sie gleich nach dem Eintreffen in Hamburg gekapert hatten, war offenbar mehrfach im Einsatz gewesen, um weitere Boote zu kapern, und so standen inzwischen zwei Schlepper, mehrere Motorboote und eine gelb-schwarz gestreifte für den *König der Löwen* werbende Ausflugsfähre am Ende der langen Strickleiter an der Backbordseite des

Containerschiffs bereit, die Flüchtlinge aufzunehmen. Was sich indes als schwieriges Unterfangen entpuppte, wie Edward sah, denn es erforderte einigen Mut und einiges Geschick, sich in Wind und Regen über die zwanzig Meter lange schwankende Strickleiter von Bord der *Eastern Star* herunterzulassen zu den kleineren Booten, die auf den Wellen tanzten und in unregelmäßigen Abständen wie zu groß geratene Korken gegen den mächtigen Rumpf des Containerschiffs dotzten.

Auf der gesamten Weiterfahrt, vorbei am überschwemmten Blankeneser Ufer, vorbei an den fast bis zum Dachfirst unter Wasser stehenden Restaurants und Kapitänshäuschen längs der Promenade unterhalb des Süllbergs, behielt Edward die *Eastern Star* im Doppelauge des Fernglases, um einschätzen zu können, ob von dort Gefahr ausging, ob die Besatzungen der gekaperten Schlepper sich die Mühe machen würden, auch ihren unattraktiven Kajütkreuzer aufzubringen.

So gebannt schwenkte er seinen Feldstecher zwischen dem großen Schiff und ihrem Ziel am Ufer hin und her, einer großen weißen Siebzigerjahre-Villa hinter einer großen, jetzt überschwemmten und leicht ansteigenden Rasenfläche, dass er vollkommen überrascht war, als eine junge Stimme aus der entgegengesetzten Richtung, aus seinem der Stadt zugewandten Rücken, ihm durch Wind und Rücken zurief: »Ahoi, Skipper! Bitte um Erlaubnis, an Bord kommen zu dürfen!«

Edward drehte sich um und ließ verdutzt das Fernglas sinken. Thomas lenkte den Kreuzer weiter vorsichtig und langsam parallel zum Ufer und wechselte einen skeptischen Blick mit seinem Freund.

In dem Schlauchboot, das jetzt langsam längsseits zu ihnen fuhr, auf der Steuerbordseite, befanden sich drei Männer. Einer hinten, am Außenborder, einer auf der Backbordseite, einer vorn – derjenige, der gerufen hatte und der sich gleich in mehrfacher Hinsicht von seinen Begleitern unterschied. Erstens war er nicht vermummt, zweitens trug er keine Windjacke, sondern lediglich Jeans und ein T-Shirt über reich tätowierten Armen, drittens stand er im Boot, während die anderen saßen, und viertens hielt er als Einziger ein Gewehr in den Händen. Lässig, den Lauf nach unten gerichtet.

Und er lächelte, kaugummikauend, hoch zu Edward. »Bitte um Erlaubnis, Skipper«, johlte er noch einmal.

»Erlaubnis verweigert«, sagte Edward freundlich. »Wir sind im Einsatz, Kamerad.«

»Abgelehnt«, rief der Junge zurück, weiterhin fröhlich grinsend. »Vergiss es, Skipper, ich mag dein Boot.«

Edward schwieg.

Die Boote glitten langsam nebeneinanderher.

»Komm, Alter«, rief der Junge zu ihm hoch, »du willst nicht abkratzen wegen dem Kackboot. Sei 'n braver Rentner, dann schieß ich dir nicht deine Pissrübe weg, wir setzen euch sogar im Flachen ab …«

Edward hörte es direkt zu seiner Linken leise knacken, als Thomas den Hahn des Revolvers mit dem Daumen zurückzog und den Lauf der Leuchtpistole durch das Fenster direkt auf den keine fünf Meter entfernten Kopf des Jungen richtete.

Er behielt die Linke am Steuer und fuhr seelenruhig weiter.

»Gegenvorschlag, Junge. Du nimmst deine Wumme jetzt gaaanz langsam am Lauf und wirfst sie hier rüber, Griff voraus. Und dabei machst du aber so was von keine falsche Bewegung.«

Die beiden Vermummten wechselten irritierte Blicke. Damit hatten sie offensichtlich nicht gerechnet, aber der Mann am Motor kam nicht auf die Idee, die Fahrt zu verlangsamen oder einfach abzudrehen. Die Boote lagen weiter auf gleicher Höhe, in langsamer Bewegung.

Edward wusste, was geschehen würde, bevor es geschah. Aber er hatte, auch nachdem es geschehen war, nicht die leiseste Ahnung, was er hätte tun sollen, um es zu verhindern.

Die Bewegung des Jungen mit den Tattoos war eindeutig. Und eindeutig falsch. Statt die nach unten zeigende Waffe mit der Linken am Lauf zu packen und kapitulierend nach vorn zu halten, zog er den Schaft der Waffe tiefer, um seine Hüfte herum, und drehte den Lauf rasch nach vorn, die Linke nicht auf, sondern unter dem Lauf.

Thomas blieben nur Sekundenbruchteile, die Bewegung zu werten und darauf zu reagieren. Er konnte sich entweder ducken und das Steuer nach Backbord herumwerfen – oder er konnte abdrücken.

Er entschied sich für Letzteres, aber er fand immerhin noch Zeit, den Lauf des Signalrevolvers zehn Zentimeter sinken zu lassen.

Die Leuchtpatrone löste sich mit lautem Fauchen aus dem Lauf, traf den Jungen am rechten Oberschenkel und blieb hängen, schillernd rot leuchtend und qualmend wie eine frisch aus der Hölle gespuckte Klette. Eine Kugel löste sich aus dem Gewehrlauf und durchschlug den Rumpf des Kreuzers unterhalb von Edwards Füßen, dann verlor der Schütze schreiend das Gleichgewicht, und der Versuch seines bisher in der Mitte des Schlauchbootes sitzenden Kumpans, ihn zu fassen zu bekommen, scheiterte.

Thomas beschleunigte den Kreuzer, und Edward duckte sich reflexartig hinter die Reling und schaute zurück zu dem Schlauchboot, das jetzt stehen blieb und rasch wendete, zurück zu der Stelle, wo der Schütze über Bord gegangen war.

Eine kleine Rauchsäule stand noch über dem Wasser, aber Wind und Regen beeilten sich, sie zu zerstreuen. Edward sah zurück. Und erwartete, dass die beiden anderen den Jungen an Bord des Schlauchbootes ziehen würden.

Und wartete. Während Thomas die Fahrt wieder etwas verlangsamte, nun, da er fast hundert Meter zwischen sich, das Ufer und das Schlauchboot gebracht hatte.

Edward schaute aus dem Fenster des Führerhauses, mit unglücklich gerunzelter Stirn. Der Junge war noch immer nicht wieder aufgetaucht, und die beiden Vermummten schienen sich anzuschreien. Sie stießen einander vor die Brust, gestikulierten und deuteten immer wieder auf die Wasseroberfläche, streckten die Arme ins Wasser und zogen sie gleich wieder heraus, als hätte sie der Schlag getroffen.

Schaudernd begriff Edward, was vor sich ging.

Er senkte den Blick auf die Wasseroberfläche vor der Bordwand des Kreuzers, sah genauer hin und fand seine Vermutung bestätigt.

Es waren viele. Sehr viele Quallen. Keine dreißig Zentimeter unter der aufgewühlten Oberfläche schaukelten sie in der Strömung, unschuldig, willenlos der Kraft des Stroms überlassen. Kleine dunkelrote Sterne, deren fast durchsichtige Gallerthüllen man mehr ahnte als sah.

Edward sah wieder auf.

Sie mussten hineingreifen, die vermummten Freunde des Jungen, es nützte nichts. Sie mussten sich überwinden, den Schock und die Schmerzen in Kauf nehmen, die die Berührung der Quallen auslöste. Denn ihr untergegangener Freund musste längst Dutzende dieser nervenlähmenden Schläge erhalten haben und wäre nicht mehr in der Lage, sich von selbst zurück an die Oberfläche zu kämpfen.

Endlich stieß der Vermummte an der Pinne seinen Kumpan wütend beiseite, brachte das Schlauchboot fast zum Kentern, als er sich weit über den Rand nach vorn hängte und beide Arme ins Wasser senkte. Endlich tauchte der Kopf des Anführers wieder auf, und nach einer weiteren gefühlten Ewigkeit schafften die beiden Schlauchbootfahrer es, den Bewusstlosen an Bord zu ziehen.

Edward sah beide in seine Richtung blicken. In ihre Richtung. Er verstand nicht, was sie brüllten, obwohl es laut genug war, um durch den Regen zu ihm herüberzudringen. Ihre Handbewegungen kannte er nur aus Rap-Videos, ihre Sprache war, soweit er das heraushören konnte, weder Deutsch noch Türkisch, sondern klang nach Balkan.

Das Schlauchboot wendete, Gischt spritzte um die Abgasfahne des Außenborders hoch, und mit hohem Tempo schoss das Gefährt zurück flussaufwärts, Richtung Landungsbrücken, Richtung Stadt.

»Siehste, deshalb fahr ich schon nicht mehr U-Bahn«, brummte Thomas Edward durch das offene Fenster zu. »Da haben wir uns aber mal sicher keine Freunde gemacht …«

Er unterbrach sich, sein Blick wanderte an Edward vorbei, und auch der wandte den Kopf, als er das rasch näher kommende Geräusch hörte.

Er hatte noch nie ein Wasserflugzeug aus solcher Nähe gesehen. Schon gar kein fliegendes.

Keine zwanzig Meter rechts von ihnen, mitten auf dem Fluss, setzte die Maschine auf, schlug ein paar Gischtlöcher in einige der kleinen Wellenkämme und kam zum Stehen, direkt zwischen Thomas' Boot und ihrem Ziel am Ufer.

Ein athletischer Mann, bekleidet mit Anglerhose und Öljacke, stieß die Tür auf und ließ einen großen bunten Plastiksack ins Wasser neben den Schwimmern fallen, der sich schon im Moment des Aufpralls druckluftgetrieben zu einem Schlauchboot aufzufalten begann, und als Edward sah, wer dem Öljackenmann nach draußen folgte, sah er sich von zwei gleich starken Gefühlen überwältigt, die einander dummerweise diametral entgegengesetzt waren. Er war heilfroh, seine Tochter wiederzusehen, unversehrt. Und er war entsetzt, sie ausgerechnet hier zu sehen, zwischen der *Eastern Star* von rechts, albanisch-deutschen Plünderern links am Horizont und einem tödlichen Quallenteppich nur ein paar Zentimeter unter ihren Füßen.

Als sie den Blick in seine Richtung wandte, sah er sie breit lächeln und mit einer Hand in seine Richtung winken. Er erwiderte den Gruß. Mit einem Winken, das, wie er inständig hoffte, nichts weiter signalisierte als grenzenlose väterliche Souveränität und Zuversicht.

»Freunde von dir?«, fragte Thomas ungläubig.

»Meine Tochter«, nickte Edward.

»Ist doch schön, wenn man überall jemanden kennt.« Thomas brachte sogar ein Lächeln zustande, das er allerdings sofort wieder fallen ließ, mit Blick auf den Fluss, Richtung Stadt. »Lass uns trotzdem mal zusehen, dass wir Land gewinnen.«

52

Beck hatte Mühe, Oskar zu folgen. Obwohl der junge Programmierer nicht aussah wie ein gewohnheitsmäßiger Waldläufer, bewegte er sich erstaunlich geschickt über den durchweichten Waldboden und blieb, anders als Beck, nicht ständig an irgendwelchen Wurzeln hängen, die braun in braun als natürliche Stolperfallen aus dem Boden wuchsen. Zudem hatte Oskar in weiser Voraussicht am Morgen Arbeitsstiefel mit grobstolligen Sohlen angezogen, während Beck mangels Alternativen wie an jedem Tag seine bequemen, aber nicht wirklich standsicheren Lederschuhe spazieren trug. Nach fünf Minuten und sechs unverhofft auftauchenden tiefen Schlammpfützen hatte er klatschnasse Füße, nach zehn Minuten war er außer Atem und verfluchte sich für seine Faulheit in den vergangenen Jahren. Er war eindeutig zu wenig gelaufen und Rad gefahren, aber er hatte sich nie vorstellen können, dass diese Nachlässigkeit einmal sein Leben gefährden würde, jedenfalls nicht auf so dramatische Weise.

Sie hatten einen oder anderthalb Kilometer zurückgelegt, als sie den Schuss hörten. Beide blieben stehen wie angewurzelt, und beide sahen zurück in die Richtung, aus der sie gekommen waren. Und lauschten.

Und warteten auf den zweiten Schuss.

Der nicht fiel.

Oskar schüttelte den Kopf. »Nie im Leben«, sagte er. »Nie im Leben lassen die sich einfach abknallen. Und wenn, dann beide oder alle drei, und das schaffst du mal sicher nicht mit einem Schuss.« Mit einer ruckartigen Kopfbewegung forderte er Beck auf, die rasche Wanderung fortzusetzen, und Beck leistete der Aufforderung keuchend Folge.

Oskar musste recht haben. Hatten die Angreifer seine Schwester und den Anführer der Gaias aufgestöbert, würde ein Schuss nicht reichen, um sie außer Gefecht zu setzen. Genauso wenig hätten Diego oder Paulina es bei nur einem Schuss belassen, sofern sie zuerst Gelegenheit zu schießen bekommen hätten.

Und so blieb Beck nur das mulmige Gefühl, dass sie auf etwas anderes gezielt haben mussten, einen unbewaffneten Gegner. Ein mulmiges Gefühl, mit dem er sich ums Verrecken nicht beschäftigen wollte. Zumal er vollständig damit beschäftigt war, nicht auszurutschen, mit dem Gesicht im Schlamm zu landen und Oskar aus den Augen zu verlieren.

Seine paranoide Sorge, das Einsatzkommando, das das Camp überfallen hatte, könnte noch besser vernetzt sein, als er sich vorstellen konnte, und ihn und Oskar per Überwachungssatellit orten, legte sich rasch, als er einen Blick nach oben warf. Die Bäume, überwiegend Kiefern, standen dicht an dicht, und auch der scharfsichtigste Satellit konnte in diesem Wald niemanden ausfindig machen. Solange sie im Wald waren, waren sie sicher. Nass und matschig und zeckenverseucht, aber sicher vor allen etwaigen Verfolgern.

Sie brauchten fast eine Dreiviertelstunde, um den Wald zu durchqueren. Eine Dreiviertelstunde, bis es vor ihnen wieder heller wurde, allmählich, und sie durch die sich lichtenden Bäume hinuntersahen auf ein Feld, das etwa anderthalb Kilometer weit sanft abfiel, hinunter zu einem Feldweg und einem auf der anderen Seite gelegenen Bauernhaus, vor dem drei Autos im Regen geparkt standen, ein SUV, ein Pick-up und ein Kleinwagen.

Beck hockte sich neben Oskar hinter einen Baumstamm und ließ wie sein Begleiter einen Blick durch die verregnete flache Landschaft gleiten.

Nichts rührte sich.

Kein Laut war zu hören, abgesehen vom Geräusch des Regens und dem stetigen Tropfen von den Ästen der Kiefern hinter ihnen.

Hinter den Fenstern des Bauernhauses brannte Licht, aber Oskar richtete Becks Aufmerksamkeit noch etwas höher, auf die Satellitenschüssel auf dem Dach.

»Müsste reichen«, sagte er. »Falls die nicht auch noch zusätzlich Kabel haben.«

Oskar setzte sich in Bewegung. Die Böschung hinunter, die den Wald vom Feld trennte, und blieb vor dem Graben stehen, der sich am unteren Ende der Böschung mit reichlich Wasser gefüllt hatte. Er sah nach links, dann nach rechts und wandte sich dorthin, weil in etwa hundert Metern Entfernung von ihrem Standort ein umgestürzter Baum eine natürliche Brücke über den Graben bildete.

Beck folgte ihm, entlang der Böschung, die auf ihrem Weg steiler und höher wurde. Und während er weiter hinter Oskar hermarschierte, in nassen, quietschenden Schuhen, durchweicht vom Kopf bis zu den Füßen und mit der bangen Frage im Hinterkopf, wer ihm die zahllosen Zecken aus den Armen und Beinen ziehen würde, beschlich ihn ein Gefühl, das er nicht einordnen konnte. Sein Verstand sagte ihm, dass sie, die Angreifer, ihnen unmöglich gefolgt sein konnten. Mit etwas Glück ahnten die ja nicht einmal, dass überhaupt jemand entkommen war, hatten längst *mission accomplished* gemeldet und bissen sich seither die Zähne aus an Oskars Firewall. Nach menschlichem Ermessen konnten sie ihn und Oskar nicht abfangen, schon gar nicht hier. Höchstens auf dem Hof, falls sie so klug gewesen waren, den zwischenzeitlich zu besetzen und ihre schwarzen Humvees hinter dem Haus zu parken, aber auch das erschien Beck vollkommen unwahrscheinlich.

Er begriff zu spät, dass eine wesentlich ältere Stimme aus seinem Inneren ihn zu warnen versuchte, dass der Wind in Richtung des Waldes wehte und dass er, schlimmer noch, gerade einen absolut wesentlichen Geländevorteil verschenkte. Einen Geländevorteil, den sein lautloser, alles witternder Gegner sehr wohl als solchen begriff, weil genau das in seiner Natur lag.

Beck begriff zu spät, dass man sich als designierte Beute unter keinen Umständen direkt entlang einer zwei Meter hohen Böschung zur Linken bewegt, schon gar nicht, wenn einem der Fluchtweg nach rechts durch einen tiefen Graben versperrt ist.

Er begriff es erst, als der Angriff erfolgte. Er nahm die rasche Bewegung zu seiner Linken wahr, sah Grau, das sich pfeilschnell bewegte, hörte das Knurren, sah die Bernsteinaugen, viel zu nah, und konnte gerade noch den Arm hochreißen, vor seinen Hals, auf den die Zähne des Wolfs zuflogen. Das Knurren endete in seinem eigenen Schrei, im Schmerz, mit dem die Reißzähne des Wolfes in seinen Unterarm schlugen, im Reißen und Knirschen, mit dem das Tier seinen Kopf ruckartig hin und her schüttelte, mit unfassbarer Kraft ihn von den Beinen holte, für einen Sekundenbruchteil locker ließ und erneut wuchtig zubiss, wieder in seinen Arm. Entsetzlich waren die Schmerzen, eine alles vernichtende Explosion, der sein Körper lediglich seine eigene Adrenalinexplosion entgegenzusetzen hatte, aber keine wirkliche Gegenwehr.

Beck hörte Oskar aufschreien, gellend, und hörte das Knurren der anderen Tiere. Er sah einen zweiten Wolf, der auf ihn zurannte, wie schläfrig tänzelnd, von oben, das Maul geöffnet, die Zähne gefletscht, die Kehle seines Opfers fest im Blick, und versuchte den zweiten Arm nach oben zu bringen, den rechten, um sich vor dem zweiten Angreifer zu schützen. Im sicheren Wissen, dass nichts und niemand ihn vor den beiden Wölfen würde retten können. Ihn nicht, Oskar nicht, das Video nicht, die Welt nicht. Es war vorbei. Und es endete auf grässliche Weise, nicht nur grässlich schmerzhaft, sondern auch grässlich dumm und beleidigend. Ein Rudel Wölfe brachte Millionen Menschen um.

Beck war überrascht, als der Kopf des zweiten Wolfs mitten im Sprung zu einer nassen Wolke aus grauem Fell und Blut über seinem Gesicht explodierte.

Er war überrascht, als das Geräusch folgte, mit kurzer Verzögerung. Das Geräusch eines Schusses.

Der andere Wolf, zwei, drei Meter von ihm entfernt auf dem Hang, zuckte zusammen wie von einem Stromschlag getroffen, ging in die Knie, kam winselnd wieder auf die Vorderbeine und versuchte sich die Böschung hinaufzuschleppen, wo ein dritter Schuss ihn in den Rücken traf. Ungläubig sah Beck seinen ursprünglichen Angreifer loslassen, konnte seinen Arm wieder bewegen, leicht, frei und zu seiner Überraschung völlig schmerzlos, während er den nächsten Schuss in nächster Nähe explodieren hörte, direkt neben seinem Ohr abgefeuert.

Oskar feuerte die Schrotflinte mit der Rechten ab, auf dem Rücken liegend, ohne richtig zu zielen. Aber das musste er aus dieser kurzen Entfernung auch nicht. Zwei der Wölfe zuckten im Hagel der Schrotkugeln zusammen, einer blieb liegen, der andere schleppte sich hinter dem Rest des Rudels her den Hang hinauf, und Oskar feuerte eine weitere Schrotpatrone bergaufwärts, mit einem gellend geschrienen Fluch.

Beck legte den Kopf in den Nacken, drehte ihn leicht und sah, mit der Wange im schmutzigen Gras liegend, woher die ersten Schüsse gekommen waren. Der SUV, eben noch mitten in einer schlammigen Fahrspur am entfernten Ende des Feldes geparkt, setzte sich in Bewegung und kam rasch auf sie zu.

Es war ein unwirklicher Anblick, nicht nur, weil Becks Perspektive gründlich verdreht war. Der Schütze auf der Ladefläche des Pick-ups trug eine schwarze Windjacke und eine Baseballkappe, unter der lange blonde Haare im Regenwind flatterten. Das Gewehr hielt er in der Rechten, mit der linken Ellenbogenbeuge hatte er sich hinter dem Fahrerhaus festgehakt, sodass ihm die linke Hand weiter stabilisierend zur Verfügung stand, falls er noch einmal feuern musste.

Aber das musste er nicht.

Und während der Pick-up näher kam und nur wenige Meter entfernt von den beiden Verletzten stehen blieb, begriff Beck, dass er sich korrigieren musste. Die langen Korkenzieherlocken gehörten nicht zu einem Schützen, sondern zu einer Schützin. Und sie, ein höchstens zwanzigjähriges Mädchen, sprang jetzt von der Ladefläche, überquerte mit einem energischen Satz den Wassergraben und landete direkt neben seinem Kopf. Sodass er den endlich wieder normal halten konnte, nach vorn, wenn auch mit dem rechten Ohr im Gras.

Sie hatte sehr hübsche Augen. Blau und groß. Und sehr besorgt.

Beck sah, dass der Fahrer des Wagens, ein großer, stämmiger Mann mit grauen Haaren, sich neben Oskar kniete, dessen Wunden kurz begutachtete und den Verletzten dann mit kräftigen Armen hochwuchtete. Das Mädchen mit den blauen Augen griff gleichzeitig nach Becks Arm, drehte ihn leicht nach außen und zog scharf und mitfühlend etwas Luft ein.

»Kannst du aufstehen?«, sagte sie.

Beck nickte, umfasste seinen verletzten Arm mit der unversehrten Hand und ließ sich von der jungen Frau auf die Knie und dann auf die Beine helfen.

»Keine Sorge«, sagte sie. »Wir kriegen dich wieder hin. Das da«, deutete sie auf seinen Arm, »kriegt meine Mom genäht, und an Verbandszeug haben wir alles im Haus.«

Er nickte dankbar und hörte sich das Allerwichtigste aussprechen, ehe er auch nur darüber nachdenken konnte, welchen Eindruck das machen würde. »Großartig«, murmelte er gegen die Schmerzen an. »Habt ihr auch WLAN?«

Den entgeisterten Blick des Mädchens untermalte ein hysterisches Grunzen von Oskar. Der Grauhaarige war so freundlich, ihn trotzdem nicht zurück in den Schlamm fallen zu lassen.

53

Wäre irgendjemand eine halbe Stunde nach Mavies unehrenhafter Entlassung mit einer Frage nach ihrem Verbleib auf Leland Milett zugekommen, hätte der Nobelpreisträger den Frager bloß irritiert angesehen. Nicht nur, weil er nicht wusste, wo Mavie war, sondern weil er sich zu diesem Zeitpunkt schon kaum mehr an ihren Namen erinnerte. Was nicht nur daran lag, dass Leland Milett Namen von Menschen, die ihm und seinen Zielen nicht mehr nützen konnten, grundsätzlich binnen Sekunden aus seinem Gedächtnis strich, sondern auch daran, dass er mit einem weit wichtigeren Problem beschäftigt war. Allerdings nicht mehr mit der Frage, wie er die Versammlung von seinem kühnen Plan überzeugen sollte, umgehend den Emi Koussi nuklear in die Luft zu jagen, denn zu seiner erfreuten Überraschung hatte Fritz Eisele dieses Problem tatsächlich bereits gelöst. Der befürchtete Widerspruch der Versammelten hatte sich in verblüffend engen Grenzen gehalten, die Regierungen der EU signalisierten Professor Eisele und Nobelpreisträger Milett ihre bedingungslose Unterstützung, und offensichtlich hatte man sogar die US-Amerikaner binnen der wenigen Tage, die seit Bekanntwerden des Horrorszenarios vergangen waren, als Unterstützer gewonnen. Oder wenigstens erreicht, dass sie jedes Wissen von dem Plan leugnen und zunächst nicht intervenieren würden, sollten die Europäer, angeführt von Franzosen und Engländern, auf eigene Faust handeln – ohne Zustimmung der UNO.

So rasch und reibungslos gingen hinter den Kulissen, vor den Blicken insbesondere der Inder und Chinesen verborgen, die Vorbereitungen für einen Verstoß gegen jedes Völkerrecht vonstatten, dass sogar Milett bass erstaunt war. Eiseles Rückzug aus der Versammlung, nach einer knappen Stunde gemäßigter Debatte, in ein privates Büro am Ende des zum Versammlungssaal führenden Korridors war in Miletts Augen nur zu verständlich. Die Zeit drängte, es gab viel zu besprechen und zu verhandeln, und Eisele hatte dem Nobelpreisträger unter vier Augen noch einmal versichert, er werde sich weiterhin im Hintergrund halten und ganz gewiss nicht nach dem gelungenen Abschluss der Mission reklamieren, die weltrettende Aschewolke sei seine eigene Idee gewesen. Mehrfach hatte er Milett versichert, er selbst, geläutert durch etliche Erkenntnisse der vergangenen Jahre, bedaure die vergangenen Missverständnisse und wisse inzwischen sehr genau, wem Ruhm und Ehre gebührten, nämlich in diesem Fall ausschließlich Leland Milett.

Was Leland Milett natürlich genauso sah.

Die letzten Hindernisse, so Eisele, würden gerade beseitigt, auf politischer Ebene. Und selbst in Sachen lästiger *Grassroots,* fügte er hinzu, sprich Gaia-Kommandos und anderer unangenehmer Störungen, seien alle Probleme praktisch schon gelöst.

Was Milett natürlich ebenfalls freute.

Aber nachdem Eisele aus der Versammlung verschwunden war, um sich weiter um den genauen Ablauf des beschlossenen »friedlichen Nuklearschlages« zu kümmern, war Milett klar geworden, dass er ein ernstes Problem hatte. Nichts Nebensächliches wie Regen oder Dürre, Schlamm, Zecken, Quallen oder geladene Waffen, die ihm irgendwelche Menschen an den Kopf hielten, sondern etwas wirklich Existenzbedrohendes.

Genauer, er hatte etwas ganz Wesentliches vergessen.

Theo.

So selbstverständlich war ihm die tägliche Gegenwart seines Helfers geworden, dass er am Morgen gar nicht darüber nachgedacht hatte, dass Theo ihn diesmal, zum ersten Mal, solange er zurückdenken konnte, nicht begleiten würde. Was das bedeutete, fiel ihm aber erst auf, als Eisele den Raum verlassen hatte und seine, Miletts, Anspannung mitgenommen hatte. Alles war auf dem richtigen Weg. Eisele würde sich kümmern. Die Versammelten verlegten sich auf Gespräche mit ihren jeweiligen Tischnachbarn, viele schwiegen aber auch einfach betreten die Bildschirme an, die ständig neue Bilder von Unruhen, umkämpften Flughäfen, Flussufern und Landesgrenzen, brennenden Städten und aus der Luft aufgenommenen endlosen Karawanen in kargen Landschaften zeigten.

Milett spürte Panik in sich aufkommen, als er sich auf die Jackettasche klopfte, und war für einen Augenblick erleichtert, als er das Plastiktütchen unter seinen Fingern spürte. Aber seine Erleichterung legte sich umgehend wieder, als ihm klar wurde, dass sein Vorrat höchstens noch bis zum Abend reichen würde.

Wie sollte er am nächsten Tag in ein Flugzeug steigen und in den Tschad fliegen? Ohne seine Morgenration? Sein Körper würde ihm einen Strich durch die Rechnung machen und all den Schlaf einfordern, den er ihm in den letzten Tagen verweigert hatte, angeregt durch Unmengen seines pulverförmigen Helfers.

Wieso hatte Theo nicht daran gedacht, ihn mit ausreichenden Mengen auszustatten? Hatte er das einfach vergessen? Oder hatte er befürchtet, der Schweizer Zoll werde das Gepäck eines im Privatjet einreisenden Nobelpreisträgers von Drogenhunden beschnüffeln lassen, sodass die Rettung der Welt vorübergehend ausfallen musste, weil der Retter der Welt vorübergehend hinter Gittern gelandet war?

Nein, so weit hatte Theo bestimmt nicht gedacht. Eher hatte er wesentlich kürzer gedacht, oder in verantwortungsloser Weise gar nicht, und es einfach vergessen.

Milett wischte sich einige Schweißperlen von der Stirn, entschuldigte sich bei seiner Entourage, verließ den Versammlungssaal und machte sich auf den Weg nach unten, in die Lobby.

Die junge Dame am Empfang wunderte sich, dass der ältere Herr von oben herunterkam und sie nach den Waschräumen fragte. Sie teilte ihm mit, oben gebe es welche, direkt gegenüber dem Saal, aber als der ältere Herr darauf schwieg, teilte sie ihm freundlich lächelnd mit, natürlich gebe es auch unten Waschräume, und wies auf den Korridor zu ihrer Rechten.

Milett bedankte sich mit einem Nicken. Ging den langen Korridor entlang, der zu den Waschräumen führte, nahm erleichtert zur

Kenntnis, dass der Raum menschenleer war, und wählte die am weitesten von der Tür entfernte Kabine. Er schloss die Tür, nestelte den kleinen Plastikbeutel aus seinem Jackett und machte sich erleichtert daran, sich wieder in Bestform zu bringen.

Als er zum zweiten Mal schniefte und erleichtert konstatierte, dass er bei sparsamer Verwendung seines Vorrates wohl auch noch etwas für den nächsten Morgen übrig behielte, hörte er die Tür des Waschraums aufgehen.

Eine Männerstimme, merkwürdig leise, murmelte etwas wie »c'mon, this will do«, und Milett zog instinktiv die Beine an und setzte seine Schuhe vor sich auf den Toilettendeckel. Zwar konnte er sich nicht vorstellen, dass irgendein auf Privatsphäre bedachter Kongressteilnehmer sich auf alle viere begab und tatsächlich die einzelnen Kabinen überprüfte, aber das Flüstern des Mannes kam ihm immerhin so merkwürdig vor, dass er es vorzog, sich so unsichtbar wie möglich zu machen.

Eine zweite Stimme bestätigte den Eindruck der ersten Stimme. »Das« sei in der Tat gut, viel besser zumindest als der Waschraum oben. Anschließend hörte Milett zunächst einmal nichts. Und dann das unverkennbare, wenn auch leise Klappern eines kleinen Spiegels, der auf der Fläche zwischen den Waschbecken landete. Er war also nicht allein, weder im Raum noch mit seinen Vorlieben.

»Du«, sagte die eine Stimme, auffordernd, und im nächsten Augenblick hörte Milett ein verspätetes Echo seines eigenen Schniefens und danach einen erleichterten Laut. Während auch der erste Mann das rasche Hochziehen hören ließ, ertönten die Schritte von Schuhen mit Ledersohle, dann das Geräusch eines Reißverschlusses, und im nächsten Augenblick hörte Milett den Besitzer der Schuhe direkt gegenüber seiner Zelle in eine der Porzellanschüsseln urinieren.

Leise ertönte die Stimme: »Aber das muss man sich auch mal reinziehen«, und der andere Mann gluckste von seinem Standort vor den Spiegeln in sich hinein.

»Das hier, oder was?«

»Nee, 'ne DF-5A.«

»Hä?«, sagte der andere Mann, und erneut hörte Milett das Reißverschlussgeräusch.

»Na, komm. Hundert Kilotonnen wären ja wohl genug.«

»Wieso, wie viel hat denn die DF?«

»3 MT.«

Der andere Mann pfiff und urinierte gleichzeitig. »'Ne Menge.«

»Hat ja auch keine von unseren.«

»Wo hast du das her?«

»Postman. Und der hat's von Marsh.«

»Na, dann wird's wohl stimmen.«

Milett wartete. Nacheinander wurden Reißverschlüsse zugezogen, Spülungen betätigt, und den nächsten Satz verstand er im Rauschen nur halb. »Aber großartig, dass alle so zusammenstehen. Wie der alte Milett es wollte.«

»Hätte keiner gedacht«, sagte der andere Mann.

»Unterschätz nie einen Engländer.«

Die Stimmen entfernten sich. Wasserhähne wurden aufgedreht, aber obwohl Milett akustisch wieder mehr verstand, verstand er inhaltlich immer weniger.

»Oder die britische Diplomatie«, sagte die erste Stimme, wobei ein Fragezeichen mitschwang.

»Na«, sagte die zweite Stimme, verneinend. »Niemand hört auf die Briten, erst recht nicht in Asien. Vielleicht haben wir uns einfach nur getäuscht, und die *Chinks* sind doch nicht alle beschissen. Die sind ja auch die Einzigen, die jeden im Land zwingen, Bäume zu pflanzen.«

»Ist wahr?«

»Jeden Bürger.«

Die Schritte entfernten sich. Die Stimmen hoben wieder an, einer der beiden machte eine offenbar belustigte Bemerkung, die Milett aber wegen der nun hinter den beiden zugleitenden Tür nicht mehr verstand. Er hörte ihr leises Lachen auf dem Korridor. Ihre Schritte, die sich entfernten, immer weiter, leiser werdend. Und schließlich verklangen.

Milett setzte die Füße vorsichtig wieder auf die Kacheln.

Er blieb sitzen.

Und wartete auf die endgültige Rückkehr der Geister, die er gerufen hatte. Seiner Lebensgeister. Der enthusiastischen, energiegeladenen Geister, mit denen er die Welt aus den Angeln heben konnte, die ihn beflügelten, seinen Körper wie seinen Verstand. Die klugen, hochfliegenden Geister, die ihm schon so oft wunderbare Dienste geleistet hatten.

Als sie ganz zu ihm zurückgekehrt waren und er das Gefühl hatte, wieder alles zu sehen, alles zu erkennen, alles zu durchschauen, wusste er, dass etwas nicht stimmte. Oder besser: Es war alles nicht ganz richtig.

Sie würden die Chinesen nicht fragen. Europa bereitete sich auf einen »humanitären« Alleingang vor, auf eine Sprengung, von der die Amerikaner offiziell nichts wussten – weil sie, die Europäer, ebenso genau wie die Amerikaner wussten, dass China der Sprengung des Emi Koussi nicht zustimmen würde. Sofern man China fragte.

DF-5A? Drei Megatonnen? Die stärkste europäische Nuklearwaffe, eine französische, brachte es nach Miletts Wissen auf höchstens 800 Kilotonnen Sprengkraft.

Und wieso stellten die Chinesen ihre stärkste Waffe zur Verfügung, obwohl sie seines Wissens nicht einmal über den Plan informiert worden waren?

Milett machte sich gerade und holte tief Luft.

Er war klar.

Aber er brauchte noch wesentlich mehr Klarheit. Er musste dringend mit Eisele sprechen. Ganz gleich, mit wem der gerade telefonisch konferierte.

Sollten die Präsidenten und Kanzler doch zurückrufen. Später. Nachdem Eisele die wichtigsten Fragen des wichtigsten aller Menschen zufriedenstellend beantwortet hatte. Seine Fragen.

Stolzen Schrittes verließ Leland Milett den Waschraum, aufgeladen mit Kraft und dem bedeutenden Gefühl, maßgeblichen Einfluss auf den Lauf der Dinge nehmen zu können.

54

Als Thomas den Kajütkreuzer langsam und vorsichtig quer vor die Nase des Wasserflugzeugs schaukeln ließ, war Philipp bereits durch die Kabine auf den zweiten Schwimmer geklettert, hatte eine Taschenlampe herausgezogen und blinkte Signale in Richtung der großen Terrassentüren der weißen Villa, die dunkel in etwa 200 Metern Entfernung aus dem flachen Wasser ragten.

Die Antwort kam, wie nicht nur Philipp sah, sondern auch Mavie,

Edward und Thomas, aus den Fenstern im ersten Stock: ein langes Blinken, ein kurzes Blinken, eine kurze Pause, ein kurzes Blinken.

Mit einem zufriedenen und sehr lauten »Yessss!« ließ Philipp die kleine Taschenlampe in seine Öljacke gleiten und krabbelte durch die Maschine zurück auf den linken Schwimmer, wo Mavie auf ihn wartete, das am Bug des Schlauchbootes befestigte Seil in der Linken.

»Von wegen«, sagte Philipp zu Mavie und imitierte Blick und Tonfall einer genervten und nicht sehr hübschen Frau, »*was soll der Quatsch, dass du deinen Kindern das Morsen beibringst!* Wichtiger als der Scheiß-Geigenunterricht.« Er winkte Edward und Thomas zu, die den Gruß erwiderten, und behielt das Kommando inne, das er sich selbst erteilt hatte.

»Anglerhosen, Gummistiefel?«, rief er zur Besatzung des Kreuzers hinüber, und als Edward bejahte, wies Philipp ihn an, sein eigenes Boot zu Wasser zu lassen und ihm und Mavie zu folgen. Zwei Zodiacs reichten, um die drei im Haus Eingeschlossenen zu evakuieren, man würde versuchen, möglichst bis auf die Terrasse zu paddeln, je nachdem, wie tief das Wasser dort noch war.

»Kapitän und Flugkapitän bleiben an Bord«, rief Philipp. »Und die junge Frau Heller natürlich auch, wenn sie es vorzieht, hier zu warten.«

»Die junge Frau Heller begleitet ihren Vater«, sagte Mavie.

»Das muss aber nicht sein«, erwiderte Edward.

»Ihr zwei müsst paddeln, da könnt ihr schlecht Kinder festhalten, wenn wir wieder losfahren. Ende der Durchsage, Herr Luftkissenadmiral«, rief Mavie zurück.

Nachdem sie zu Edward in den Zodiac gestiegen war und ihren Platz am Bug eingenommen hatte, drehte sie sich halb um und lehnte sich, so gut es ging, nach hinten, um ihren Vater vorsichtig, aber lang und fest zu umarmen.

»Danke«, sagte sie und lächelte. »Du bist ein sehr unvernünftiger Mann, aber ich liebe dich für deinen Irrsinn.«

»Hilfsbereitschaft ist Irrsinn? Du gibst mir viel zu denken. Gestatte aber, dass ich das auf später verschiebe, wenn ich wieder vor meinem Kamin sitze.«

»Ich bitte darum«, sagte Mavie lächelnd, wandte sich nach vorn und sah, dass Philipp mit seinem Boot bereits die ersten fünfzehn Meter in Richtung Haus zurückgelegt hatte. Sie stieß das Zodiac mit dem Paddel vom Schwimmer des Wasserflugzeugs weg und ignorierte das Frösteln auf ihrer Haut, als sie das Holz ins Wasser gleiten ließ, durch den leichten Widerstand der unter der Oberfläche beiseitegleitenden Flussbewohner.

Es war verblüffend einfach, ans Haus heranzukommen. Der ganze Plan funktionierte reibungslos, und alles, was Mavie sich an Hindernissen ausgemalt hatte, glänzte durch Abwesenheit. Die Uferstraße stand fast anderthalb Meter hoch unter Wasser, ebenso wie die hohen Laubbäume hinter dem überschwemmten Erdwall, der als Deich nichts getaugt hatte. Die Hecke, die Philipps Grundstück von der Straße trennte, hatte sich in eine nur mehr zehn Zentimeter hohe und zudem leicht beiseitezuschiebende Hürde vor dem Bug der Boote verwandelt. Unter Wasser hingegen bildete das dichte Immergrün der Hecke eine Barriere, die die Quallen aufhielt, sodass das Elbwasser, das die gepflegte Rasenfläche vor der Schenck'schen Villa überschwemmt hatte, vergleichsweise klar war und schon vor Erreichen der Terrasse den Blick auf den Rasengrund freigab. Die Terrasse selbst, von der aus man unter normalen Bedingungen über mehrere Stufen die zum Fluss hin abfallende Rasenfläche erreichte, stand lediglich fünfzehn oder zwanzig Zentimeter tief unter Wasser, dennoch ließen Edward, Mavie und Philipp die Boote kurz vor der Terrasse liegen, wo das Wasser einen knappen halben Meter tief war, und befestigten sie am Stamm einer Eiche. Denn der Hausherr wies zu Recht darauf hin, Karlas Rosensträucher, mit denen die Terrasse unterseeisch vom Rasen getrennt sei, würden den Zodiacs nicht unbedingt Freude bereiten.

Als sie durch das flache Wasser auf die Terrasse traten, wurde die Terrassentür geöffnet, und die Frau, die ihnen in Gummistiefeln, Jeans und gelber Regenjacke entgegentrat, sah ganz anders aus, als Mavie sich Karla von Schenck vorgestellt hatte. Nach allem, was Philipp ihr geschildert hatte, war Karla eine anorektische Gewitterziege, verbittert und vorzeitig gealtert, die es nur auf sein Geld abgesehen hatte und verantwortungslos das Leben seiner Kinder aufs Spiel setzte. Die Frau hingegen, die sie mit einem ebenso erleichterten wie warmen Lächeln begrüßte, sah nicht nur hinreißend aus, sondern sprach auch mit einer Stimme, die ganz und gar anders klang als Philipps Keifen, wenn er sie imitierte.

»Gott sei Dank, es geht euch gut«, sagte sie zu Mavie und Edward, stellte sich als Karla vor, nickte beiden zu, als sie ihre Namen nannten, bedankte sich für die Hilfe, trat auf Philipp zu und öffnete die Arme. Die beiden umarmten sich, lang und fest. Mavie ertappte sich bei der Frage, wieso sie das zwar nett, aber irgendwie auch völlig unpassend fand, und dann drückte Philipp seiner zukünftigen Ex, die er nach eigenem Bekunden hasste wie die Cholera persönlich, einen zärtlichen Kuss auf die Stirn und fragte: »Wo sind die beiden …?«

Sie wandte den Kopf leicht nach links, aber er hatte Hannah und Max schon im Moment bemerkt, als er die Frage stellte. Beide standen in der Tür, Hannah hinter Max, die Hände leicht auf die Schultern ihres Bruders gelegt, und beide lächelten unsicher.

Philipp breitete die Arme aus und stapfte mit spritzenden Gummistiefeln auf die beiden zu, lächelnd und laut. »Hey! Meine Helden!« Er küsste Hannah sanft auf die Stirn, sie ließ es geschehen, dann legte er auch seine Hände auf die Schultern seines Sohnes und schaute den Jungen stolz an. »Klasse, Mann! Morsezeichen! Ich dachte schon, du morst mir rüber, *das wurde aber auch Zeit!*«

»Zu lang«, sagte Max und lächelte seinen albernen Vater an.

Philipp strich ihm kurz über die Haare, wechselte einen Blick mit Hannah und wandte sich wieder den anderen zu. »Okay, dann lasst uns mal besseres Wetter suchen. Keine Koffer, keine Bildersammlungen …«

»Die ist auch leider hin«, sagte Karla.

»Deshalb sind wir ja versichert«, sagte Philipp. »Hannah?«

»Ja?«

»Tasche. Keine schweren Sachen.«

»Das haben wir alles schon gepackt«, sagte Karla, ging an den Kindern vorbei ins Haus und drückte die Terrassentür von innen zu. Auch sie schien keinen Moment länger in dem Haus bleiben zu wollen als nötig. Mavie fragte sich allerdings, wieso sie sich diese grundvernünftige Haltung nicht schon ein paar Tage vorher zugelegt hatte.

Philipp sah Mavie und Edward an.

»Edward, Karla und die Taschen im ersten Boot, Mavie, ich und die Kinder im zweiten?«

Mavie und Edward nickten. Natürlich. Das war die beste Aufteilung für die kurze Fahrt zurück zu Boot und Flugzeug.

Karla kehrte zurück, vom Eingang des Hauses aus, mit zwei kleinen Reisetaschen in den Händen. Philipp nahm ihr die Taschen ab, stiefelte zu den Booten, warf die Taschen an Bord und kehrte zurück. Er breitete die Arme in Hannahs Richtung aus, sie winkte höflich ab, ging selbst zu den Booten, stieß sich mit den Händen auf dem Rand nach oben und ließ sich geschickt in den Zodiac gleiten. Max nahm das Angebot seines Vaters gern an, ließ sich auf den Schultern tragen und ins Boot befördern, anschließend half Philipp seiner Frau in das andere Boot, in dem Edward bereits Platz genommen hatte.

Mavie hievte sich in Philipps Boot, zu den Kindern, und nahm Platz, wieder am Bug. Philipp löste das Seil, das um den Baum gewickelt war, legte es vor seinen Füßen ab und stieß das Boot mit dem Paddel vom Baum weg. Vorsichtig glitten sie durch den überschwemmten Garten, hinter Edward und Karla her, die sich zu den Kindern umdrehte, mit einem zuversichtlichen Lächeln. Sie durchquerten den aus dem Wasser ragenden Teil der Hecke und machten sich im wieder stärker werdenden Regen auf den kurzen Rückweg zum Wasserflugzeug und dem Kreuzer, aber sie hatten die Heckenspitzen noch keine zehn Meter hinter sich gelassen, als Mavie ihren Vater nach links blicken und dann alarmiert den Kopf wenden sah, in ihre und Philipps Richtung. Mavie verstand nicht sofort, was ihn offensichtlich beunruhigte. Drei Schlauchboote, angetrieben von Außenbordern, kamen flussaufwärts, in der Mitte des Stroms, auf Thomas' Kreuzer und das Wasserflugzeug zu, aber weshalb hörte ihr Vater auf zu paddeln? Sie selbst hatte die *Eastern Star* im Auge behalten, weil eine der gekaperten Barkassen ihren Bug von der Schiffswand abgewandt hatte und dieser Bug nun in ihre Richtung deutete, aber selbst wenn die Piraten in ihre Richtung aufbrachen, würden sie sie kaum erreichen, ehe sie selbst zurück an Bord des Wasserflugzeugs gestiegen waren.

Als das Geräusch der ersten Schüsse über das Wasser hallte, erstarrte Mavie für einen Sekundenbruchteil, ebenso wie die Kinder vor ihr. Hannah hielt Max fest, Mavie stieß das Paddel energisch nach hinten und zog es unter Wasser wieder nach vorn. Philipp hatte den Bug des Schlauchbootes bereits nach links gelenkt, Edward das andere Boot nach rechts. Die beiden Männer reagierten schnell.

Philipp und Mavie griffen gleichzeitig nach links und hielten Edwards Boot fest, Philipp rief Karla ein energisches »Rüber!« zu und wechselte den Platz mit seiner Frau, in deren Augen nackte Panik flackerte. Sie setzte sich vorn in Mavies Boot und strich Hannah und Max einigermaßen hilflos über die Arme, während Philipp vorn in Edwards Boot landete, sich hinkniete wie ein Kanute und das Paddel ins Wasser stach. Über die Schulter brüllte er Mavie zu, sie solle zurück zum Haus paddeln und die Kinder in Sicherheit bringen. Sie wechselte einen schockierten Blick mit Edward, aber sie wusste, dass ihnen keine andere Möglichkeit blieb.

Die Angreifer kamen rasch näher, waren aber noch immer einige Hundert Meter entfernt. Weitere Schüsse fielen – und wurden von Bord des Kajütkreuzers aus erwidert. Philipp und Edward paddelten los, geduckt, so schnell sie konnten, und Mavie wendete das Boot in Richtung Ufer, in Richtung der überschwemmten Straße und des Hauses. Widerwillig. Sie wusste, was sie zu tun hatte, aber es kam ihr falsch vor. Dass nun ausgerechnet sie Philipps Familie in Sicherheit bringen sollte, statt an Philipps und Edwards Seite zu bleiben. Sie hatte Edward in diese Situation gebracht. Es war ihre Schuld. Nicht sie gehörte in das Boot, das sich aus der Schusslinie entfernte, sondern er.

Sie sah sich um, über die Schulter. Philipp und Edward wuchteten das Schlauchboot mit hohem Tempo durch die flachen Wellen, die Schlauchboote der Angreifer teilten sich auf, weiter draußen in der Fahrrinne, und steuerten ihre Ziele in weitem Bogen an. Mavie zählte insgesamt acht Männer in den Booten, von denen mindestens drei oder vier auf die Cessna und den Kreuzer feuerten – oder besser, in die ungefähre Richtung ihrer Ziele, denn präzise Schüsse konnten sie aus den hüpfenden Booten nicht abgeben.

Was das betraf, waren die Kapitäne des Kreuzers und des Flugzeugs im Vorteil, denn ihre deutlich trägeren Gefährte boten bessere Bedingungen für gezielte Schüsse auf die Schlauchboote.

Eines der angreifenden Boote wurde plötzlich langsamer, und Mavie begriff, dass Edwards Tischlerfreund den Mann am Außenborder erwischt haben musste, aber im nächsten Augenblick erstarrte sie, und ihr entfuhr ein ungläubiges »Nein!«.

Edward und Philipp erreichten den Kreuzer in genau dem Augenblick, in dem das Wasserflugzeug sich energisch in Bewegung setzte. Mit laut über die Wasseroberfläche dröhnendem Propeller.

Die Maschine entfernte sich rasch von dem Kreuzer, flussabwärts, und nahm Tempo auf. Sie sah Philipp und Edward an Bord des Kreuzers klettern, geduckt, sie sah die zwei in Bewegung verbliebenen Schlauchboote der Angreifer näher kommen, nahm fast beiläufig wahr, dass diese von rechts aus Verstärkung in Form einer von der *Eastern Star* aus näher kommenden Barkasse erhielten, an deren Bug mehrere Männer mit Gewehren hockten, Piraten, schwarz, in Lumpen, aber ihre ganze fassungslose Aufmerksamkeit galt für den Moment ihrer Cessna, ihrem Fluchtfahrzeug.

Der Pilot gab Vollgas.

Die Schwimmer lösten sich von der Wasseroberfläche.

Die Maschine startete.

55

Thilo Beck hatte sich inzwischen damit abgefunden, in Situationen zu geraten, die er sich noch eine Woche zuvor nicht im Traum hatte vorstellen können, geschweige denn vorstellen wollen. Dennoch war ihm entsetzlich unwohl dabei, beim Retten der Welt von einem landwirtschaftlichen PC aus nun auch noch von einem attraktiven jungen Mädchen geflöht zu werden beziehungsweise nach Zecken abgesucht, und das nackt bis auf eine vom Regen durchweichte Unterhose.

»Schmerzen?«, fragte sie, die Zeckenzange in der Rechten und immer noch auf der Suche nach weiteren kleinen braunen Punkten auf seiner Haut, die sich kopfüber in die Tiefe zu bohren versuchten. Er hatte bei fünfzig aufgehört mitzuzählen.

»Alles gut«, sagte Beck lächelnd zu dem jungen Engel, der ihn gerettet hatte und auf den schönen Namen Stella hörte. »Wirklich.« Das stimmte zwar nicht ganz, denn sein Arm schmerzte höllisch, trotz der doppelten Ration Schmerzmittel, die Stellas Mutter ihm in den Arm gejagt hatte, aber er sah dennoch keinen Anlass zum Klagen. Im Gegenteil.

Durch die schmutzigen Fenster der Bauernhausdiele sah er Paulina und Diego im Regen in den SUV von Stellas Vater steigen, auf dessen Rückbank sie Nina verstaut hatten, um sie ins nächstgelegene Krankenhaus zu transportieren, nachdem Stellas Mutter,

Christa, auch sie vorläufig verarztet hatte. Nina würde eine Weile brauchen, um wieder auf die Beine zu kommen, aber sie würde nicht verbluten.

Als Vater Oswald mit den offenbar letzten drei Überlebenden des Angriffs auf das Gaia-Camp zurückgekehrt war, von der Straße aus, die Paulina, Diego und Nina zielsicher angesteuert hatten, waren Oskars Wunden und die von Beck bereits fachkundig von Christa genäht, die Zecken von Stella aus Händen und Armen der Waldläufer entfernt, Borreliose-Spritzen verabreicht – und der Laptop der Bauernfamilie hochgefahren.

Oskar arbeitete schnell, auch wenn ihm nur eine Hand zur Verfügung stand. Wie er vermutet und gehofft hatte, war es den Angreifern noch nicht gelungen, seine Codes zu knacken. Das Decrypt-Programm war allerdings schon bei der sechsten von zwölf Stellen seines Admin-Passwortes angekommen, also gönnte Oskar sich und seinen Gegnern ein völlig neues Passwort, diesmal fünfzehnstellig, schickte das Dechiffrierungsprogramm seiner Gegner somit *zurück auf Start* und steckte Thilos Mem-Stick in den Firewire-Slot. Nach einer bangen Sekunde signalisierte er Beck, das File auf dem Stick sei unversehrt, und wies auf ein kleines Icon im Übersichtsfenster des Servers.

»Post von deinem Boss?«

Beck nickte, als er den Absender sah: a.olsen@iico.org. Hinter der Mail von Agneta Olsen hing der Film, den er von Gerrittsen verlangt hatte. Er sah sich nur die ersten dreißig Sekunden an, erstaunt und hocherfreut, während Oskar den Leibwächter-Clip mit den vorbereiteten Texttafeln und Becks Ankündigung verband und auf den Server stellte, dann wies er Oskar an, auch den Gerrittsen-Film hochzustellen, als Intro, vor den Clip.

Der IICO-Institutsleiter hatte offensichtlich begriffen, was die Stunde geschlagen hatte. Beziehungsweise wessen Stunde. Und während der gesamte Clip auf dem Server landete, vor den Augen der gesamten Welt oder wenigstens der zig Millionen Menschen, die die Site von Diego Garcia inzwischen fast permanent ansteuerten, sah und hörte Beck sich das Geständnis seines ehemaligen Chefs vollständig an. Es war allerdings nicht nur ein Geständnis, es war auch und vor allem eine Schuldzuweisung. Ja, er hatte Fehler gemacht. Ja, er hatte sich verleiten lassen von der Aussicht auf weitere Finanzierung seines Forschungsprojekts, von der Aussicht, ein Programm zu schaffen, das der Menschheit dereinst helfen würde. Ja, er hatte hier und da Daten manipuliert, zugegeben, aber immer nur zu einem guten Zweck, im Dienste der Forschung und der Menschheit. Eisele hingegen hatte von Anfang an andere Ziele gehabt. Eisele hatte nichts von seinen, Gerrittsens, Einwänden hören wollen, das Programm sei noch nicht ausgereift, hatte keinerlei Diskussion zugelassen. Und er hatte nicht nur die Prognose für valid, für gesichert gehalten, er hatte auch die Nachrichtensperre angeordnet. Was allerdings zu keinem Zeitpunkt für ihn selbst gegolten hatte, denn er hatte monatelang seine Vorbereitungen getroffen für den »Tag X«, den Tag, an dem er, allerbestens vernetzt, politisch wie industriell, alle humanitären Schritte zur Linderung der unausweichlichen Katastrophe vorbereitet haben wollte.

Dass er dies zu keinem Zeitpunkt geplant hatte, sondern lediglich seine persönliche Bereicherung, hatte Gerrittsen, wie er stolz und verletzt verkündete, nicht gewusst, ja nicht einmal geahnt. Bis zuletzt.

Er betonte, was seiner Ansicht nach inzwischen jeder begriffen haben musste, der Augen oder Ohren besaß: Die Prognose traf nicht zu. *Prometheus* hatte die Stürme nicht vorhergesehen, die über dem Norden Europas wüteten, und *Prometheus* lag inzwischen, nach einigen Wochen, in denen seine Prognose verblüffend genau den tatsächlichen globalen Wetterverhältnissen entsprochen hatte, in den meisten Regionen nicht mehr allzu nah an den tatsächlich gemessenen Temperaturen oder Windverhältnissen. Man möge sich trotz der entstandenen Hysterie, trotz aller Sorge, aller Panik, die Mühe machen, einen erneuten Blick in die Prognosedaten zu werfen. Man werde nicht umhinkommen festzustellen, dass *Prometheus* noch lange nicht so weit war, wie er, Gerrittsen, es sich wünschte.

Den Abschluss seines Geständnisses bildete seine pathetische Bitte an die Menschen der Welt, ihn nicht für sein Tun zu verdammen. Er habe der Menschheit *Prometheus* schenken wollen, ein Licht, eine Fackel im Dunklen, ein endlich fähiges, endlich mächtiges Programm, das ihnen allen helfen sollte, klimatische Veränderungen rechtzeitig zu erkennen. Ein Programm, ein Modell, das sie so dringend benötigten, wollten sie nicht weiter abhängig sein von den absurd unzureichenden Computermodellen, die sie in der Vergangenheit für Prognosen verwandt hatten und die sie, die Menschen, in seinen Augen zu hysterischen Schritten veranlasst hatten, Schritten, die sie wirtschaftlich und humanitär ins Verderben zu führen drohten.

Die abschließenden fast zwei Minuten mahnender Bemerkungen des Professors an die Adresse aller Nichtwissenschaftler und freundlichen, aber naiven Gutmenschen und Gaia-Freunde ließ Beck von Oskar aus dem Clip schneiden und anschließend auf dem Server die Langversion durch die kürzere ersetzen. Zwar war er ein erklärter Gegner der Zensur, aber alles hatte Grenzen.

Als sie die kürzere Version des Intros hochluden, wies Oskar ihn auf das Hit-Fenster hin, das er eben aufgeklappt hatte. Gerrittsens Anschuldigung und Eiseles unfreiwilliges Geständnis verbreiteten sich durch die Netze wie ein Lauffeuer.

Das war der Augenblick gewesen, in dem Beck und Oskar sich die Hände geschüttelt hatten wie alte Kriegs- oder Sportkameraden, und danach hatte Beck sich auf dem harten Küchenstuhl zurücksinken lassen, Stella höflich gefragt, ob er ihr Telefon benutzen dürfe, und von dem Handy aus, das sie ihm reichte, Mavie und Philipp angerufen. Um ihnen zu sagen, dass sie, das *Kommando Diego Garcia*, ihren Teil des Auftrags erfüllt hatten.

Dass Mavies Mailbox sofort ansprang, beunruhigte ihn nicht. Sie hatte zuversichtlich geklungen, bei ihrem letzten kurzen Anruf von Hamburg aus, ihn um einen umgehenden Rückruf gebeten und ihn ersucht, ihr eine möglichst gute Nachricht zu hinterlassen. Falls sie seinen Anruf nicht entgegennehmen könne, liege das schlicht und ergreifend an den dauernd zusammenbrechenden Netzen.

Er hinterließ ihr eine Nachricht. Gut gelaunt. Entschuldigte sich, ihm sei etwas dazwischengekommen, nämlich ein Wolf, aber jetzt seien er und Oskar trotz halb abgebissener Arme am Ziel.

»*Mission accomplished*«, sagte er. »Dein Freund Eisele ist Geschichte. Melde dich, sobald du wieder ein Netz hast. Und passt weiter auf euch auf.«

Er legte auf, sah Oskar zufrieden an und lächelte. »Mann, wär ich jetzt gern in Genf.«

»Würdste glatt deinen Arm für hergeben?«

Beck wusste nicht genau, wann er zuletzt gelacht hatte. Es tat weh, aber er wollte trotzdem gar nicht wieder aufhören.

56

Leland Milett war nicht amüsiert. Im Gegenteil. Er war empört, geladen, über die Maßen verärgert. Und zugleich irritierend euphorisiert, allerdings biochemisch und beileibe nicht von den unerhörten Dingen, die ihm widerfuhren.

Sie hatten ihn abgewiesen. Ihm keinen Zutritt gewährt. Sie: Lakaien, Lohn- und Befehlsempfänger, Leibwächter. Völlig unbedeutende Menschen. Ameisen. Hatten *ihn* abgewiesen. Und das, obwohl er ihnen überdeutlich gemacht hatte, wer er war und welche Bedeutung er besaß, im Gegensatz zu ihnen. Zunächst war er nur giftig geworden, dann aber, als das nicht fruchtete, giftig und laut. Sehr laut. Direkt vor der verschlossenen Tür von Professor Fritz Eisele. Der Tür, hinter der Eisele telefonierte und konferierte und nicht gestört werden durfte.

Nachdem Milett sein gesamtes Repertoire an Drohungen und Beschimpfungen abgefeuert hatte, war einer der Leibwächter immerhin so beeindruckt gewesen, dass er kurz den Kopf in das Büro des Professors gesteckt hatte, aber bewirkt hatte das nicht das Gewünschte. Bloß gereiztes Murmeln hinter der Tür und anschließend ein neuerliches stummes Kopfschütteln des Leibwächters vor der nun wieder verschlossenen Tür.

Sowie weitere empörte Drohungen von Milett.

Aber schließlich hatte er einsehen müssen, dass seine Wundermedizin ihn zwar zum mit Abstand wichtigsten Menschen der Welt machte, aber nicht zum stärksten. Jeder der drei Leibwächter überragte ihn um zwei Köpfe und war doppelt so breit wie er selbst. Er konnte sie nicht einfach aus dem Weg prügeln.

So hatte er sich zurückgezogen, einstweilen. War unverrichteter Dinge gegangen. Weg von den Wächtern, weg von Eisele, weg von der verschlossenen Tür. Zurück über den Korridor, zurück in den Versammlungssaal. Um dort herauszufinden, ob auch seine Entourage inzwischen von dem Gerücht gehört hatte. Von den Chinesen und ihrer Bombe.

Niemand hatte.

Seine Begleiter bedachten ihn mit skeptischen Blicken. Blicken, die stumm fragten, ob es ihm gut ginge. Was Milett erst recht wütend machte. Energisch wies er Jean-Baptiste, Aldo und die Vulkanexperten darauf hin, er wünsche eine umgehende Klärung des Sachverhaltes, im Übrigen mögen sie sich daran erinnern, weshalb sie hier waren und wem sie ihren temporären Platz im Zentrum des Universums verdankten. Insubordination dulde er nicht und erst recht nicht vielsagende Blicke. Er verlange Aufklärung.

Man hatte sich alle weiteren vielsagenden Blicke geschenkt und war ausgeschwärmt, durch die Reihen der Versammelten, um Milett zu verschaffen, was er verlangte: Aufklärung. Hinweise.

Was, fragte er sich in seinem gefühlt planetengroßen Hirn, hatte Eisele vor?

Eine *chinesische* Bombe?

Oder genauer: eine *angebliche* chinesische Bombe, die einen Vulkan im Tschad zum Wohle der Menschheit traf? Das ergab keinen Sinn. Wieso wollte Eisele ausgerechnet Chinesen den Ruhm und Ehre überlassen, die entscheidende Bombe beigesteuert zu haben?

Die Antwort lag auf der Hand. Aber nicht für Leland Milett.

Sein Grübeln fand ein abruptes Ende, als auf gleich mehreren der Bildschirme im Versammlungssaal die gleichen Bilder erschienen, begleitet von einem kurzen Tumult auf der rechten Seite des Saales, wo offenbar gestritten wurde, ob es überhaupt zulässig sei, diese Bilder vorzuführen. Die Befürworter hatten sich durchgesetzt, wie die Flachbildschirme bewiesen.

Milett fand, dass Bjarne Gerrittsen alt geworden war. Und dass der Norweger nicht aussah wie ein Genie, sondern bloß sehr abgespannt.

Er sah das Logo des *Kommandos Diego Garcia* rechts unten im Bild und verzog angewidert das Gesicht. Hatte Eisele ihm nicht versichert, diese gefährlich schwachsinnigen Wald- und Wiesenpropagandisten seien aus dem Verkehr gezogen worden? Auch dieses Versagen hatte Eisele ihm gefälligst zu erklären. Aber zunächst einmal hörte Milett zu, wie die meisten anderen im Saal, in dem das Murmeln schlagartig leiser wurde und schließlich angespannter Stille Platz machte.

Die Versammlung lauschte Gerrittsens Worten.

Milett sah Jean-Baptiste auf sich zueilen. Er konnte sich nicht entsinnen, seinen französischen Helfer je so ernst gesehen zu haben.

»Leland«, sagte JB, »das ist eine Katastrophe.«

Milett begriff nicht, was der Mann meinte. *Diego Garcia* war ein

Ärgernis, keine Katastrophe. Die Katastrophe, die Völkerwanderung, die Hunderte Millionen Leben kostete, würden sie verhindern, basta. Und zwar nicht mit getürkten chinesischen Sprengköpfen, sondern mit ihren eigenen. Der Retter der Welt würde kein x-beliebiger gelber Bauer sein, sondern er, Leland Milett.

»Was?«, sagte Milett stolz.

»Hören Sie zu?«, sagte Jean-Baptiste. »Er sagt, dass die Prognose nicht stimmt.«

»Bah«, sagte Milett.

»Und das da«, sagte JB und deutete mit ausgestrecktem Zeigefinger auf die Bildschirme, »ist schon seit fast einer Stunde im Netz.«

»Herrgott, Sie sollen sich um die *wichtigen* Gerüchte kümmern«, sagte Milett, »nicht um diesen haarsträubenden Unfug! Haben Sie denn vollkommen ...«

Und dann unterbrach er sich selbst, weil er durch die offen stehende hohe Doppeltür des Versammlungssaales eine völlig neue Horde breitschultriger Leibwächter sah, die im Laufschritt den Korridor entlang auf Eiseles Büro zustrebte – angeführt von einem kleinen, fast kahlen Mann in dunkelblauem Anzug und beigem Trenchcoat, der nicht so aussah, als werde er sich von Eiseles persönlichen Schränken am Betreten des Büros hindern lassen.

Wütend sprang Milett auf und setzte sich in Bewegung. Ganz gleich, wer diese Leute waren, sie hatten sich hinten anzustellen. Er war zuerst da gewesen, er war der wichtigste Mann der Welt, und bevor irgendjemand überhaupt es wagte, Fritz Eisele Fragen zu stellen, würde er, Leland Milett, seine Antworten bekommen. Nichts und niemand würde ihn daran hindern, kein Bodyguard, kein Wichtigtuer, nicht einmal einer, dem *Interpol* unsichtbar tätowiert auf der Glatze stand. Nicht *die* waren dran. *Er* war dran. Wer das anders sah, wer sich nun auch noch vorzudrängeln versuchte, nachdem er selbst stundenlang gewartet hatte, der musste ihn schon erschießen. Und niemand, das wusste Leland Milett in seinem kokaingeschützten Hirn, würde es wagen, auch nur seine lächerliche Dienstwaffe auf den wichtigsten Mann der Welt zu richten.

Niemand.

57

Die Kugeln, die den Kajütkreuzer verfehlten, flogen weiter in Richtung Ufer, und Mavie hatte das sichere Gefühl, dass es nicht mehr lange dauern würde, bis sich einer der Schüsse in ihren Rücken verirrte. Dennoch blieb sie sitzen, paddelte, so schnell sie konnte, und fand gar keine Zeit für die Frage, ob sie es richtig fand, dass Karla sich schützend halb über ihre Kinder gelegt hatte. Und deshalb nicht paddeln konnte.

Zwischen den Paddelstößen sah sie immer wieder über die Schulter nach hinten, auf den Fluss, in Richtung der Boote, in der Hoffnung, die Schlauchboote endlich abdrehen zu sehen. Oder sinken zu sehen. Aber das geschah nicht. Für einen Augenblick schien die nun wieder dreiköpfige Besatzung des Kreuzers in der besseren Position zu sein, denn Philipp und Edward feuerten auf die Schlauchboote, aber im nächsten Moment sah Mavie entsetzt, wie Philipp zurückgeworfen wurde, offenbar getroffen am rechten Arm oder der Schulter, und ihr Vater sich zu ihm hinunterbeugte. Kaum war das geschehen, ging auch Edwards Begleiter zu Boden, oder besser, verschwand aus ihrem Blickfeld, denn eine Garbe Schüsse erklang über das Wasser, und Mavie hörte die Einschläge in der Flanke des Holzbootes noch von ihrer Position aus.

Sie paddelte weiter, Schlag für Schlag. Sie befand sich bereits über dem überschwemmten Strand, keine fünfzig Meter mehr entfernt von der Hecke hinter der Uferstraße. Sie würde es schaffen. Wieder drehte sie sich nach rechts über die Schulter um, aber jetzt hatte sich das Bild in dramatischer Weise verändert. Aus den beiden mit je drei Vermummten besetzten Booten wurde weiter auf den Kreuzer gefeuert, aber das dritte Schlauchboot, dessen Fahrer draußen auf dem Fluß verletzt worden war und das Mavie gar nicht mehr gesehen hatte, war wieder aufgetaucht. Diesseits des Kreuzers, an dem es gerade vorbeigeschossen war.

Und weiter voranschoss.

Auf sie zu.

Mavie warf das Paddel vor sich ins Boot, zog die Pistole aus dem Hosenbund und wandte sich vollständig dem Angreifer zu. Aber schon in der Bewegung sah sie, dass der nicht mehr allein war. Denn von der anderen Seite, jener Seite, der sie beim Paddeln und Zurückblicken über die rechte Schulter keinerlei Beachtung geschenkt hatte und die erst jetzt in ihr Blickfeld geriet, sah sie die Verstärkung der Vermummten nahen – eine Barkasse, in ebenfalls hohem Tempo auf sie zusteuernd, über deren durchs Wasser spritzenden Bug drei lange Gewehrläufe in ihre ungefähre Richtung ragten. Sie sah die schwarzen Köpfe hinter dem Bugschott hervorlugen, keine weiteren Vermummten, sondern Piraten, hielt die Pistole fest und ließ sie von links nach rechts springen, unentschlossen, wohin sie zuerst feuern sollte.

Zwischen den beiden herannahenden Booten der Angreifer explodierte eines der Schlauchboote. Sie sah Philipp, zurück an der Reling, stehend, und aus der Mündung seines Schnellfeuergewehrs schlugen Funken, während er einen lang gezogenen, wütenden Schrei ausstieß. Auch Edward hatte sich wieder erhoben und feuerte eine Leuchtkugel flach über das Wasser, und Mavie richtete ihre Waffe auf den Kopf des Vermummten, der mit seinem Schlauchboot ungebremst auf ihres zugeschossen kam. Er musste die Waffe sehen. Er musste wissen, dass sie ihn aus dieser Entfernung treffen würde. Mit jedem Meter, den er näher herankam, kam er seinem sicheren Tod näher. Er musste abdrehen.

Mavie hatte noch nie geschossen. Geschweige denn auf einen Menschen.

Er musste abdrehen.

Aber er drehte nicht ab.

Im letzten Moment ließ Mavie den Lauf ihrer Waffe sinken und feuerte auf das Boot statt auf den Fahrer. Drückte ab, fing den Rückschlag instinktiv geschickt ab, als hätte sie nie etwas anderes gemacht, und feuerte, während Karla und die Kinder schrien, zwei weitere Kugeln in die Nase des Schlauchbootes.

Das Boot platzte keine fünf Meter vor ihren Armen. Der Fahrer flog förmlich an ihr vorbei, überschlug sich in der Luft nach links und landete hart mit dem Gesicht auf der Wasseroberfläche. Sein Hals knickte nach hinten weg, als wäre er auf Beton gelandet, nicht in einem Fluss, und sein bewusstloser oder bereits toter Kumpan, der im Boot gelegen hatte, rutschte nach links und verschwand stumm in den Wellen.

Aber all das nahm Mavie nur am Rande wahr, als Einzelbilder in dem Chaos, das mit der Explosion des Schlauchbootes ausbrach.

Denn der verbliebene Rest des Bootes, Plastik und der immer noch aufgepumpte, holzverstärkte Boden, flog weiter und traf, wenn auch deutlich gebremst, das Heck ihres eigenen Bootes.

Mavie verlor den Halt, kippte nach hinten und landete im Wasser, das sich im Boot gesammelt hatte, aber noch ehe sie sich wieder aufrappeln konnte, spürte sie bereits, dass etwas nicht stimmte. Dass zu viel Bewegung in ihrem Boot war, hinter ihr. Sie wandte den Kopf und sah entsetzt, dass Karla halb stand, nicht mehr kniete. Dass sie den Unterarm ihrer Tochter festhielt und dass dieser Unterarm nicht auf ihrer Höhe war, sondern viel zu weit oben.

Hannah stand. Und schrie. Gellend, panisch, außer sich vor Angst.

Und fiel.

Mavie streckte den Arm in Richtung des Mädchens aus. Karla versuchte ihre Tochter festzuhalten, aber das Mädchen stürzte, stolperte halb über den Rand des Schlauchbootes und landete im Wasser.

Mavie sah sie unter Wasser, eingerahmt von gallertartigen Sternen, auf dem Rücken, mit weit aufgerissenen Augen und immer noch sperrangelweit geöffnetem Mund, als schrie sie weiter. Und sie sah das Mädchen zusammenzucken unter den ersten Schlägen, die die Berührung mit den Quallen auslösten.

Sie zögerte nicht. Sie stieß die schockstarre Karla beiseite, lehnte sich über den Rand des Bootes, streckte beide Arme nach Hannah aus und bekam das Mädchen am rechten Bein zu fassen. Sie zog und zuckte zusammen, als die ersten Quallen ihre Handrücken trafen und ihr kaltes Feuer durch ihren Körper jagten, aber sie ließ nicht los.

Sie drehte Hannah zu sich herum, griff nach dem Oberkörper des Mädchens und lehnte sich noch weiter nach vorn. Schnauzte Karla und den weinenden Max an, sie sollten sich über die andere Seite des Bootes lehnen, aber gefälligst ohne ins Wasser zu fallen, damit sie die Verletzte bergen konnte.

Aber sie hatte kein Glück. Hannah konnte ihr nicht mehr helfen, denn Hannah hatte das Bewusstsein verloren, und sie würde Karlas Hilfe brauchen.

»Komm her!«, brüllte sie Philipps Frau an und begriff im gleichen Augenblick, dass ihr für eine Bergung keine Zeit blieb. Die Barkasse kam immer näher, die Gewehrläufe deuteten in ihre Richtung. Sie musste schleunigst ihre Waffe nehmen und auf die Piraten feuern, wollte sie wenigstens Karla, Max und sich selbst retten.

Sie konnte Hannah nicht mehr helfen. Sie musste sie loslassen.

Aber das tat sie nicht.

Sie schubste Max nach rechts, in den Bug des Bootes, zwang Karlas Hände um die Handgelenke ihrer Tochter und sprang um die weinende Mutter herum, setzte sich hinter ihr auf die andere Bootsseite, verschränkte ihre Hände unter Karlas Brüsten und stieß die Füße gegen die Bootswand vor Karla. Die Mutter begriff und tat es ihr nach. Streckte die Beine durch und zog, während Mavie ihrerseits an Mutter und Tochter zog, zweimal, dreimal, in einem Rhythmus, der Hannah immer weiter über den Bootsrand ragen ließ.

Max schrie.

Hannahs lebloser Körper brachte reichlich Wasser mit. Wasser, in dem etliche Quallen schwammen.

Mavie lehnte sich weiter zurück. Bis über den Rand. So weit, dass sie die Füße von außen gegen die Bootswand stemmen konnte. Und zog erneut, im Wissen, dass Gewehrläufe auf ihren Rücken gerichtet waren.

Hannah tat ihr nicht den Gefallen, endlich sanft zurück in den Zodiac zu gleiten, so wie sie es erhofft hatte. Als sie und Karla zum dritten Mal mit vereinten Kräften zogen, sprang das leblose Mädchen förmlich aus dem Wasser über die Bootsseite, und hätte Mavie Karla nicht sofort losgelassen, wären beide Frauen zusammen auf der anderen Seite über Bord gegangen.

So stürzte nur Mavie.

Sie sah im Fallen nach links. Einzelbilder. Den schwarzen Bug der Barkasse, keine zwanzig Meter mehr entfernt. Weiter weg, ein Schlauchboot. Einen Mann mit einem Paddel, wüst auf das Wasser einstechend. Philipp.

Zwei Männer an der Reling des Kreuzers, die Arme ausgestreckt, vor den Körpern. Waffen, in ihre Richtung deutend.

Sie schloss die Augen und den Mund.

Durchschlug die Wasseroberfläche mit einem Knall, dem kurze, ohrenbetäubende Stille folgte. Dann das Geräusch eines Motors. Und dann die Schläge, in ihr, als sie die Hände nach unten drehte, um sich wieder an die Oberfläche zu bringen. Es fühlte sich an, als risse man ihr die Haut der Handflächen ab.

Sie tauchte auf und fand keine Zeit zum Schreien. Es reichte für ein Japsen und ein Wimmern und die Erkenntnis, dass sie sank. Rasch sank. Die Anglerhose mochte ein wunderbarer Schutz sein, solange man nur bis zur Brust im Wasser stand. Fiel man hinein, lief die schwere Montur von oben her voll, voll Wasser, voll Quallen, die ihren Weg fanden, unter den Stoff von T-Shirt und Jacke, auf ihren Bauch, auf ihren Rücken, unter ihre Arme, und wurde binnen Sekunden zu einer zentnerschweren Last.

Wollte sie verhindern, dass sie auf den Grund sank, brauchte sie etwas, woran sie sich klammern konnte. Sofort. Aber alles war zu weit weg. Philipp ein paddelnder Punkt auf den Wellen, fünfzig, achtzig Meter entfernt. Viel zu weit. Er hätte genauso gut auf dem Amazonas sein können. Und ihr eigenes Boot? Weg, abgetrieben, fortgestoßen von ihr selbst bei ihrem wuchtigen Flug von der Seite, außer Reichweite, selbst wenn nur fünf oder zehn Meter zwischen ihr, Karla und den Kindern lagen.

Sie sank.

Wehrte sich mit Beinen und Armen. Schwamm. Stieß mit dem Kinn gegen eine Qualle und zuckte zusammen, als hätte man ihr ins Gesicht geschlagen. Dem Brennen folgte das Feuer, das alle Nervenbahnen erreichte. Alles lähmte, für einen Augenblick. Und dann folgte die Kälte, entlang der gleichen Bahnen. Und dann der Schmerz.

Sie sank.

Und wehrte sich.

Und fragte sich.

Warum tue ich das? Warum tue *ich* das?

Ihr Blick traf Karlas Blick.

Warum nicht sie?

Weil sie nichts verbrochen hat, im Gegensatz zu dir, erwiderte eine laute, spöttische Stimme in ihrem Kopf. *Weil sie nicht versagt hat. Weil sie bloß eine hübsche und vielleicht zickige Frau ist, aber keine, die ganze Völker umbringt wie du, nur weil sie die Motive des Mannes nicht versteht, den sie bewundert. Deshalb darf sie leben. Und du nicht.*

Sie sank.

Schnappte Luft und sank.

Schwebte. Schwebte unter den Dingen, den Blick nach vorn gerichtet, hinter geschlossenen Lidern. Nach vorn, nach unten. Aber da war kein funkelndes Licht am Firmament, da war nur Schwarz. Schwarz. Verdammtes Schwarz.

Und grellrotes Feuer, wie frische Lava, aus einem explodierenden Vulkan in ihr Gesicht spritzend, als die Qualle mitten in ihrem Gesicht landete. Sie riss die Hände hoch, fegte das Ding weg und spürte, wie die nächste ihre Wange traf, ein neuerlicher Feuerschlag, eine Welle, die bis hinauf in ihr Gehirn jagte und wieder hinunter bis in ihre Fingerspitzen.

Sie wehrte sich. Trat mit den Füßen Wasser. Gegen das Gewicht an, gegen die Zentnerlast. Fühlte sich wie in einem Anzug aus Eisen, mit Armen wie Streichhölzer.

Sterben, dachte sie. Schlafen. Aufhören zu sein.

Zwei weitere Explosionen erschütterten ihr Nervensystem, vom Hals ausgehend die eine, von der Stirn aus die zweite. Sie riss den Mund auf, ein stummer, entsetzter Schrei. Nicht atmen. Atme jetzt nicht.

Was sonst?

Sie glaubte, bereits jenseits von allem zu sein, als ihr Fuß ihr Metall signalisierte. Metall hatte hier nichts verloren. Unter ihr war Sand. Grund. Kein Metall. Aber der Fuß blieb dabei. Da ist Metall.

Und sie vertraute der Meldung. Ließ sich auf das Knie sinken und stieß sich ab, mit aller Kraft, die ihr verblieben war. Benutzte die Arme, schwamm durch die Dunkelheit um sie herum und die explodierende Lava in ihrem Inneren, kämpfte und schaute sich wie von ferne zu.

Sie schrie. Nach Luft, als sie die Wasseroberfläche noch einmal durchbrach und verzweifelt nach vorn und nach links sah. Philipp. Zwanzig, dreißig Meter. Ihr eigenes Boot, mit den Geretteten, zehn Meter. Wieso nahm sie nicht das Paddel? Wieso kümmerte sie sich nur um ihre Kinder, ihre Tochter?

Wieso ließ sie sie sterben?

Sie sank.

Wandte den Kopf nach rechts, ergeben in ihr Schicksal und voller Angst vor dem, was kommen würde. Jetzt und danach. Wandte den Kopf in Richtung der schwarzrostigen Wand, die vor ihr aufragte.

Und sank.

Sah den Gewehrlauf direkt vor sich, auf ihre Stirn gerichtet. Ein schwarzes, kaltes Auge. Dahinter zwei weitere kalte schwarze Augen in schwarzer Haut. Ein ausgemergeltes Gesicht, wütend, ein schwarzes, kantiges Kinn auf Eisen.

Tu mir den Gefallen, dachte sie. *Mach's mir leichter.*

Drück ab.

Und sank.

Und sah die Welt verschwimmen, endgültig.

Das Auge, das sich verwandelte in ein Stück Holz, ungebrochen, im Wasser direkt vor ihr. Das vom Lauf zum Schaft wurde und fast ihre Stirn traf.

Weshalb, fragte sie sich.

Weshalb willst du vor dem Lauf sitzen? Ist das nicht dumm, Pirat?

Sie sank.

Alles versank in tiefem Schwarz und brüllendem Schmerz.

Sie tastete nach dem Schaft. Mit beiden Händen.

Und spürte, während sie das Leben losließ, aber nicht das Letzte, was sie mit den Händen umklammert hielt, wie eine lähmende Ohnmacht sie empfing, erlösend, endgültig.

58

Niemand schoss auf Leland Milett.

Sie schubsten ihn einfach weg und ließen ihn zu Boden gehen, die Polizisten, an denen er sich vorbeizudrängeln versuchte, auf Eiseles Tür zu. Seine empörten Proteste prallten an ihnen ab, genauso wie er selbst bei seinem zweiten Versuch, nachdem er wieder auf den Beinen stand, und alles, was er zwischen diversen breiten Oberkörpern hindurch erkannte, war, dass in Eiseles Büro nichts mehr seine Ordnung hatte. Jedenfalls gehörte der große Mann mit dem Knopf im Ohr nicht rücklings auf den Boden vor dem Schreibtisch, ebenso wie die anderen Beine, die hinter dem Schreibtisch hervorragten und die Milett anhand der braunen Budapester als jene Eiseles erkannte.

Stimmen sprachen und riefen durcheinander, immer mehr Menschen versammelten sich vor dem Büro, im Korridor und machten Milett seinen Platz streitig, und im nächsten Moment rempelten ihn weitere unhöfliche Menschen aus dem Weg, diesmal welche mit weißen Overalls und Tragen in den Händen.

Der kleine Glatzkopf trat aus dem Büro, gab einigen seiner mitgebrachten Beamten in Zivil Anweisungen und wandte sich dann an die versammelte Schar aufgeregter Wissenschaftler. Milett erwartete, dass der Glatzkopf vor allem ihn ansprechen würde, aber der Mann schien überhaupt nicht zu wissen, wen er vor sich hatte. Und sprach in die Runde.

»Bitte«, sagte er laut. »Meine Herren. Treten Sie zurück, lassen Sie meine Beamten durch.«

Niemand trat zurück. Man wartete auf eine Erklärung.

Der Glatzkopf ließ die Versammelten einen DIN-A4-Zettel sehen, den er kurz wie eine Trophäe hochhielt. »Vermutlich ist Ihnen bereits zur Kenntnis gelangt, dass Professor Eisele dringend tatverdächtig ist, mehrere Morde in Auftrag gegeben zu haben. Besser, war, denn Professor Eisele ist tot.«

Ungläubiges Murmeln erhob sich im Gang und vor der Tür. Milett glaubte, sich verhört zu haben, und wechselte Blicke mit den Menschen, die sich um ihn herum drängelten und ihn ebenso ungläubig ansahen.

»Wir werden den Tathergang in gebotener Gründlichkeit rekonstruieren, denn auch William Hedges, offenbar der Mann, dem wir die Beweise für Eiseles Beteiligung an mehreren Morden verdanken, ist tot, und wir müssen davon ausgehen, dass der Beschuldigte selbst ihn getötet hat.«

Das Murmeln verwandelte sich in eine Kakofonie aus Fragen, die der kleine Glatzkopf mit einer beschwichtigenden Handbewegung abebben ließ. »Sie haben Verständnis, dass unsere Ermittlungen erst am Anfang stehen und wir noch nicht wissen, was genau hier geschehen ist. Wir werden im Lauf der nächsten Stunden alle Zeugen vernehmen. Sofern Sie Sachdienliches zur Aufklärung beitragen können, werden Ihre Aussagen zu Protokoll genommen.« Wieder hob er den Zettel, präsentierte ihn erneut den Versammelten. »In Anbetracht der Gründe, die Sie zu dieser Versammlung veranlasst haben, und im Wissen um die Bedeutung Ihrer Entscheidungen gestatten Sie mir, diese Zeilen zu verlesen, die der Beschuldigte unmittelbar vor seinem Freitod an Sie gerichtet hat …«

Alles, was er nach »Freitod« sagte, ging in neuerlich aufbrandendem entsetzten Murmeln unter, und während der Glatzkopf schweigend wartete, versuchte Milett erneut, um ihn und die Schultern seiner Beamten herum durch die einen Spalt weit offen stehende Bürotür zu spähen. Die Leiche des Leibwächters lag bereits auf einer der Bahren, verhüllt von einer weißen Plane, und hinter dem Schreibtisch hievten offenbar zwei weitere Weißkittel Eiseles sterbliche Überreste auf die zweite mitgebrachte Bahre.

Milett konnte nicht fassen, was er sah. Nicht fassen, was geschah. Eisele hatte sich umgebracht? Sich das Leben genommen? Nur weil irgendwer ihn schwer belastete? Nur weil er möglicherweise ein paar Morde in Auftrag gegeben hatte? Das war doch kein Grund, sich umzubringen. Polizei hin, Polizei her, sie wussten doch beide, alle, dass man für eine gerechte Sache hin und wieder Kollateralschäden in Kauf nehmen musste.

Eisele hatte sich umgebracht?

Die Weißkittel hievten, verdeckt vom Schreibtisch, die Leiche auf die Bahre. Und der Glatzkopf begann vorzulesen, was Eisele seinen »Freunden und Mitstreitern im Kampf um das Überleben unseres Planeten« mitzuteilen hatte.

»Mein Schicksal ist bedeutungslos«, erklangen Eiseles letzte Worte aus dem Mund des kleinen kahlen Mannes, »ebenso meine Entscheidung, aus dem Leben zu treten, vor meinen Schöpfer, der über mein Scheitern an meinem eigenen moralischen Anspruch zu richten hat. Dieses Urteil hat kein Mensch zu fällen. Ihr jedoch, meine Freunde und Weggefährten, denen das Schicksal unseres Heimatplaneten ebenso am Herzen liegt, wie es mir zeit meines Lebens am Herzen lag, werdet euch durch mein Verstummen nicht vom einzig richtigen Weg abbringen lassen, Millionen Menschenleben zu retten und das Leid zu lindern, das unserem Planeten und seinen Bewohnern droht. Der eingeschlagene Weg ist zu Ende zu gehen, und dem, der euch führen wird, gehört mein uneingeschränktes Vertrauen über das Ende meiner irdischen Existenz hinaus. Leland Milett wird euch führen.«

Und Milett hatte endlich die Aufmerksamkeit, die ihm seines Erachtens schon seit geraumer Zeit zustand. Alle Blicke wanderten in seine Richtung, und der Nobelpreisträger stand fest und gerade zwischen denen, die er von nun an zu führen hatte, ein Fels in der Brandung, ein kosmisches Gestirn.

»Alles«, las der Polizist, »ist präzise vorbereitet, die Völkergemeinschaft steht geschlossen hinter uns und unserem Vorhaben, die Sprengung des Emi Koussi wird die prognostizierte Katastrophe abwenden. Lasst euch von nichts und niemandem von diesem Weg abbringen, denn er ist der einzige Weg, der uns Erlösung verspricht. Lasst den Wind die Asche verteilen und unserem Planeten die Abkühlung bringen, nach der er sich sehnt. Lasst den Wind unsere Erlösung sein.«

Der Polizist ließ den Zettel sinken.

Jetzt sah auch er Milett an.

Und Milett stand schweigend. Stoisch.

Hinter seiner stolzen Stirn um einen klaren Gedanken bemüht.

Irgendeinen.

Die Tür des Büros wurde von innen geöffnet, und die Weißkittel verschafften sich Platz für den Abtransport ihres ehemals lebendigen Gepäcks. Direkt an Milett vorbei trugen sie den Leibwächter voran durch das sich teilende Menschenmeer, gefolgt von Eiseles Leiche.

Miletts Gedanken rasten. *Leland Milett wird euch führen. Die Sprengung des Emi Koussi wird die prognostizierte Katastrophe abwenden.*

Genau.

Er hatte gewonnen. Recht gehabt, immer. Und behalten.

Die prognostizierte Katastrophe.

Prognostizierte.

Hatte Eisele, bevor er seinen letzten Auftrag an ihn, Milett, formulierte, Gerrittsens Anklage noch gehört? Und was genau, fragte Milett sich, hatte der eigentlich gesagt? Oder gemeint?

Und spielte das noch eine Rolle? Nein.

Prognostizierte Katastrophe. Verhindern.

Was stimmte nicht an diesem Zusammenhang?

Leland Milett wünschte sich zurück in den Waschraum. Nur kurz. Um sich mit dem Rest seiner Ration wieder ganz wach und klar zu bekommen.

Die Weißkittel trugen Eiseles Leiche direkt an ihm vorbei. Zum Greifen nah.

Und Leland Milett zweifelte für einen Sekundenbruchteil an seinem Verstand, als sein benommenes Gehirn ihm einzureden versuchte, es habe eben wahrgenommen, dass der kleine Finger an der bleichen Hand, die direkt vor seiner vorbeischwebte, sich bewegt hatte.

Milett riss sich zusammen. Und laut hallte seine Stimme durch den Korridor, über die Leichen hinweg, mit den einleitenden Worten: »Meine Herren, ich darf Sie zurückbitten in den Versammlungssaal. Bei allem Entsetzen über das, was wir hier erleben: Vergessen wir nicht, weshalb wir hier sind. Besinnen wir uns darauf, was jetzt von alles entscheidender Bedeutung ist.«

Und das, wurde Leland Milett in diesem Augenblick schlagartig sonnenklar, war die Rettung seines exzellenten Rufs.

59

Nichts stimmte. Sie konnte nicht in der Hölle gelandet sein, denn dort wäre sie kaum jenen begegnet, die sie zu Hunderttausenden auf dem Gewissen hatte. Ihren Opfern, schwarzen Frauen und Kindern, würde sie nicht im Fegefeuer begegnen.

Im Himmel konnte sie aber erst recht nicht sein, denn dort hätte sie nichts verloren und erst recht keine höllischen Schmerzen. Zudem musste im Himmel das Wetter besser sein, sofern es dort überhaupt Wetter gab.

Dass sie noch immer lebte, sah sie allerdings nicht sofort ein. Denn nichts von dem, was sie spürte, sah und hörte, wollte sie spüren, sehen oder hören. Als sie das erste Mal wieder zu sich kam, für einen Augenblick, war alles schwarzgrau und verschwommen. Schwarzgraue Gesichter, schwarzgrauer Himmel, schwarzgraue Stimmen. Feuerrot, lichterloh, waren nur ihre Schmerzen, überall.

Als sie zum zweiten Mal wieder zu sich kam, sah und hörte sie etwas mehr. Das Geräusch des Dieselmotors, die Wellen, die gegen die Seiten des Bootes schlugen, das Prasseln des Regens. Philipps Stimme, undeutlich, von weiter weg. Englisch. Zu ihrer Linken, starr nach vorn blickend, Karla, Max im einen Arm, die benommene Hannah im anderen. Edwards Hinterkopf, drei Meter vor ihr, verschwommen. Vor ihrem Vater eine schwarze Frau, reglos, aber mit offenen Augen. Drei Kinder. Apathisch. Edwards Hand, einem der Kinder sanft über die Haare streichelnd. Das Kind lächelte nicht.

Sie schrie leise auf, als jemand ihr eine glühende Eisenstange von oben auf die Schulter drosch, zuckte zur Seite und begriff nur sehr langsam, durch einen Schleier aus rotem Schmerz, dass die Eisenstange keine gewesen war, sondern bloß die sanfte Berührung von Philipps Hand auf ihrer Schulter.

»Shhh«, sagte er und ließ eine ganze Reihe entschuldigender Laute folgen. »Bleib bei mir.«

Sie sah ihn verständnislos an. Sein Gesicht blieb unscharf, als trüge sie eine Brille, die sie nicht brauchte. *Bleib bei mir?* Sie konnte kaum den Finger rühren. Wo sollte sie schon hingehen?

»Wir sind gleich da«, sagte er, »zehn Minuten, Viertelstunde. Durchhalten.«

Langsam wandte sie den Kopf wieder nach vorn und sah jetzt auch ihren Vater direkt vor sich knien, durchnässt, auf nassen Planken, ebenfalls leicht unscharf. Sie hatte ihn noch nie so erleichtert gesehen und fand das unpassend. Wieso guckte er so? Er war klatschnass, das Wetter war grauenhaft, und die Leute, mit denen er reiste, waren weiß Gott nicht seine intellektuelle Kragenweite. Er konnte kleine Kinder nicht leiden, ganz gleich, in welcher Farbe. Wieso also guckte er so glücklich und gerührt?

Er drückte ihre Hand, ließ es aber auch gleich wieder sein, als sie gellend aufschrie.

»Gott sei Dank«, sagte er. »Gott sei Dank.«

Sie sah ihn nicht richtig. Sie musste sich einbilden, dass er weinte. Das konnte nur der Regen sein, der ihm über das Gesicht lief.

»Was«, sagte sie und verstummte, entsetzt über ihr eigenes Krächzen. Sie räusperte sich, und sogar das tat entsetzlich weh. Alles tat weh. Alles brannte. Ihre gesamte Haut fühlte sich an, als hätte sie acht Stunden in der griechischen Mittagssonne gelegen.

»Kopfschmerzen«, krächzte sie. »Aspirin.«

»Gleich«, hörte sie Philipp sagen. »Wir sind gleich da.«

»Wo?«

»Maria Hilf.«

Sie begriff nicht, obwohl sie sich erinnerte, das schon einmal gehört zu haben, und zwar nicht als religiösen Hilferuf.

»Krankenhaus«, half Philipp ihr auf die Sprünge. »Wir kommen relativ dicht ran, über Moorburg, die letzten paar Hundert Meter brauchen wir die Schlauchboote – und ein paar Krankenwagen für die Fahrt den Berg rauf, aber das ist organisiert. Wir haben Glück, die Netze stehen wieder, jedenfalls immer wieder mal.«

Sie sah ihn weiter verständnislos an. Und versuchte sich zu erinnern. Was war geschehen?

»Ist etwas weiter weg«, sagte er, »aber die Krankenhäuser in der Stadt kannst du vergessen, in den Ambulanzen ist Krieg. Und im Maria Hilf hab ich Freunde. Hat doch manchmal Vorteile, so 'ne Mitgliedschaft im gleichen Golfklub wie die Halbgötter.«

Erst jetzt bemerkte sie den Verband an seinem linken Arm. Nass und rot und nur noch an den Rändern vom ursprünglichen Weiß. Und ihre Erinnerung kehrte zurück, schlagartig.

»Du bist verletzt.«

»Ja«, sagte er, nickte und brachte ein Lächeln zustande. »Wollte ich schon immer mal sagen: nur 'ne Fleischwunde.«

Sie sah ihren Vater an. »Du?«

»Nein«, sagte er. »Alles heil. Die anderen auch, Karla, Max. Hannah ist groggy, aber stabil. Thomas hat nichts abgekriegt, sein Boot schon. Das Ding hat 'ne Menge Löcher, schafft's aber auch noch bis Harburg, bis ins Krankenhaus.« Da sie ihn verständnislos ansah, fuhr er fort, mit einem Nicken an ihr vorbei, Richtung Bug des Schiffes, auf dem sie sich befanden. »Teil des Deals mit Vincent. Wir bringen so viele Frauen und Kinder, wie wir können, zu unseren Ärzten. Ist ja auch das Mindeste.«

»Vincent«, sagte sie.

»Ja«, sagte Edward. »Der Mann, der dich rausgezogen hat.«

Gegen den brüllenden Widerstand ihres ganzen Körpers schaffte Mavie es, den Kopf leicht zu drehen, nach links, über die Reihen der anderen mit ihnen reisenden Boatpeople, und sah in Richtung des Barkassenbugs. Drei große, ausgezehrte Schwarze standen dort, auf ihre Waffen gelehnt, und einer von ihnen sah jetzt in ihre Richtung. Lächelnd.

Sie erwiderte das Lächeln, so gut sie konnte.

»Was ist mit den anderen?«, fragte sie.

»Welchen?«

»Denen in den Booten.«

Philipp zog die Augenbrauen hoch. »Die nehmen wir nicht mit.«

Mavie wollte ihn fragen, was das bedeutete, als sie die Musik hörte, die so ganz und gar nicht hierher passen wollte. Den *Raiders March*. Für einen Augenblick war sie sicher, dass ihre letzten Nerven durchgebrannt waren und es sich um eine akustische Fata

Morgana handelte, aber dann griff Philipp in seine Jackentasche, zog seinen iAm heraus und beendete den Marsch, indem er nach einem erstaunten, erfreuten Blick auf das Display den Anruf entgegennahm.

»Hey!«, brüllte er verblüffend laut, und während Mavie sich noch unwillkürlich fragte, wie er es geschafft hatte, sein Handy zu retten, fügte er nur geringfügig leiser hinzu: »Sag mir *bitte*, dass nicht nur *wir* einen guten Job gemacht haben!«

Er hörte zu, dann sagte er: »Gott sei Dank. Ja, wir auch, alle. Um Haaresbreite. Mavie hat sich ein *Purple Heart* fürs Kinderretten verdient und 'ne Menge abbekommen, aber wir kriegen sie wieder hin ... Habt ihr den Film?«

Er hörte wieder zu, und Mavie hätte gern etwas weniger verschwommen gesehen, um wenigstens an seiner Miene ablesen zu können, was er hörte. So blieb ihr nur die naheliegende Möglichkeit, ihn zu unterbrechen.

»Thilo?«, sagte sie.

Sie sah Philipp nicken und streckte die Hand aus. Er zögerte kurz, dann sagte er in den iAm: »Sorry, Augenblick, die Chefin will dich sprechen«, und reichte Mavie den Apparat.

Sie nahm den iAm, unterdrückte einen Schrei, als ihre Handfläche erneut explodierte und lichterlohe Lavaflammen durch ihren ganzen Körper schießen ließ, und sprach ungläubig seinen Namen aus.

»Bist du okay?«, fragte sie.

»Ja«, sagte er. »Soweit ja. Ich muss nur gelegentlich mal zum Arzt, ich hatte kurz einen Wolf in der Schulter. Aber wir sind rausgekommen, jedenfalls meine Schwester, Diego, Nina und Oskar. Was mit den anderen ist, weiß ich nicht.«

»Was ist passiert?«

»Sie haben uns angegriffen. Drei, vier Humvees, voll mit Bewaffneten. Sondereinsatzkommando, und sicherlich keins der Regierung. Die hätten ja nicht gleich auf alles geschossen, was sich bewegt. Nein, die wollten an die Rechner, Versuch einer ›feindlichen Übernahme‹ von *Diego Garcia* zwecks Eingliederung in die Solunia-Merchandisingabteilung. Aber Eisele hat sich verschätzt. Oskars Mauern waren zu dick, wir waren wieder drin, bevor die alles umpolen konnten, und das war's dann.«

Mehr als ein Echo fiel ihr nicht ein. »Das war's dann?«

»Für Eisele. Der Film ist hochgegangen, dazu ein Geständnis von Bjarne, und von Eisele bleibt nicht mal sein guter Ruf.«

Sie wollte es nicht hören. Sie wollte nicht, dass er es sagte. Aber er sagte es.

»Es ist vorbei. Er ist tot, Mavie.«

Diesmal jagte der Schmerz nicht durch ihre Nerven. Seine Worte trafen direkt in ihr Herz.

»Tot«, sagte sie.

Edwards und Philipps Gesichter verschwammen noch etwas mehr. Aber sie spürte die Verwunderung der beiden.

»Er hat sich umgebracht«, sagte Thilo, sanft, als spürte er ihren irrationalen Kummer. »In Genf, direkt nachdem der Film um die Welt gegangen war. Frag mich nicht, was danach passiert ist, wir kriegen ja hier auch nur das, was die Nachrichtensender berichten, aber das verändert natürlich die gesamte Lage. Ich hatte zuerst Sorge, dass jetzt dein Freund Milett direkt vor die Presse tritt und *in memoriam Fritz* erst recht den Koussi hochjagt, aber offenbar hat der Alte doch was gemerkt oder kann plötzlich zwei und zwei zusammenzählen. Er hat sich eben gerade vor die Kameras gestellt, kam live auf allen Sendern, und sich von Eiseles Plan distanziert. Keine Sprengung. Der Rest hübsch gestelzt, so sinngemäß: *Die dramatischen Entwicklungen und neuen Erkenntnisse der letzten Stunden erfordern eine Neubewertung der Prognose sowie gegebenenfalls eine Re-Evaluierung der vorgesehenen Maßnahmen.*«

Mavie hörte zu. Und begriff zunächst nicht, was sie gleichzeitig sah.

Zwischen den Köpfen der beiden schwarzen Frauen, die am Heck der Barkasse saßen, blinzelte sie ein kleiner heller Punkt an. Ein wackliges silbernes Morsezeichen. Was nicht stimmen konnte, denn zwischen den Köpfen der Frauen war keine Lichtquelle. Erst recht keine kleine Taschenlampe, mit der irgendwer wacklig morsen konnte.

»Verstehst du, was das heißt?«, hörte sie Thilo fragen. »Wir haben Zeit gewonnen, aber nicht nur das. Mag sein, dass Gerrittsens Formel am Ende wirklich genial ist, aber noch hat *Prometheus* schwere Macken.«

Eine Reflexion, begriff Mavie. *Auf dem blanken Metall der Reling.* Keine große Sache.

Ein leises Murmeln erhob sich an Bord der Barkasse, und Philipp und Edward blickten in Richtung Bug.

»Er hat sich vertan«, hörte Mavie Thilo sagen, »orbital vertan. Vielleicht um hundert Jahre, vielleicht nur um drei oder vier oder zehn, aber er hat sich vertan. Und das heißt, wir haben Zeit, uns vorzubereiten, auf den Ernstfall. Wir können und müssen Entwarnung geben, jedenfalls für den Augenblick. Wir haben noch eine Chance, diesmal die komplette Katastrophe zu verhindern, die ganze Völkerwanderung und den Bürgerkrieg hier bei uns – es gibt keine Dürre und keinen Dauerregen, noch nicht, nicht dieses Jahr.«

Mavie wandte langsam den Kopf und sah in die Richtung, in die bereits alle anderen an Bord blickten, Richtung Süden.

Es tat weh.

Obwohl die Sonne nur vom Horizont aus durch hohe weiße Wolken lugte, immer wieder verdeckt von noch immer vorbeiziehenden dunkleren, tiefer hängenden Regenwolken. Obwohl es nur erste Lichtblicke waren, die eine Pause versprachen. Ein paar Stunden ohne Regen. Vielleicht ein Tag. Vielleicht eine Woche.

Es tat weh.

Sie schloss die Augen.

Und spürte die Abstände zwischen den Regentropfen, die ihr nun seit einer gefühlten Ewigkeit auf Kopf und Körper getropft waren, größer werden. Größer und größer.

Eine Pause. Eine nie prognostizierte Pause.

Dumpf klang das Echo der letzten Tropfen von den Planken wider. Laut und doch gedämpft, wie durch Watte.

Es klang betreten.

Epilog

Selbst für südfranzösische Frühlingsverhältnisse waren 33 Grad Celsius am dritten Mai ungewöhnlich warm. Mavie hatte schon vor Beginn der Veranstaltung gezweifelt, dass Milett gut beraten war, seine Jubiläumsrede in der heißen Mittagsluft halten zu wollen, aber als er die gut hundertköpfige illustre Gästeschar auch noch warten ließ, wurde ihr bewusst, dass Ort und Zeit mit Bedacht gewählt waren.

Die meisten der anwesenden Herren trugen Anzüge. Sie behielten die Jacketts an, dem feierlichen Anlass entsprechend. Und tupften sich unauffällig Schweißperlen von der Stirn. Die anwesenden Damen, vorwiegend in teure sommerliche Kleider gehüllt, heuchelten Mitgefühl und gingen unauffällig auf Distanz zu ihren Begleitern. Nicht alle Anzüge waren zur Feier des Tages taufrisch aus der Reinigung gekommen.

»Also wirklich«, sagte Edward, der direkt neben Mavie getreten war, am Rand der Gästeschar. Auch er trug einen Anzug, auch er schwitzte und fühlte sich erkennbar unbehaglich. »An ein paar Sonnenschirme hätte er doch wirklich denken können.«

»Hat er bestimmt«, sagte sie. »Theo wird ihn darauf hingewiesen haben. Aber ohne Schirme wird doch das Verlangen nach seinem Auftritt umso größer.«

Edward runzelte die Stirn.

»Er ist noch gar nicht da«, sagte Mavie, »und schon hat er die ungeteilte, sehnsüchtige Aufmerksamkeit aller. Was will man mehr?«

»Das ist kindisch«, sagte Edward.

»Was hast du geglaubt? Dass sein neuer und vergrößerter Weltruhm ihn bescheidener werden lässt?«

»Vermutlich«, knurrte Edward. »Das muss das Alter sein, ich werde wieder naiv.«

Mavie lachte und strich ihm sanft über den Rücken. »Bleib so, bitte.«

Sie sah Thilo auf sich und Edward zukommen, durch die wartenden Gäste, von denen etliche ihn unverhohlen neidisch ansahen. Nicht nur, weil er im Gegensatz zu den meisten anderen Herren sein Jackett abgelegt hatte, sondern erst recht, weil er zwei erkennbar kühle Gläser in den Händen hielt, gefüllt mit profaner Limonade und, skandalös, Eiswürfeln.

Er blieb neben Mavie stehen, lächelnd, und reichte ihr eines der Gläser. Das andere hielt er Edward hin.

»Für mich?«, sagte Edward.

Thilo nickte in Richtung von Mavies Glas. »Ja. Wir teilen uns das andere.«

»Danke.«

»Der Butler leidet wie ein Hund«, sagte Thilo.

»Kann ich mir vorstellen«, sagte Mavie. »So ein aufmerksamer und höflicher Mann.«

»Er wollte draußen Tische und Schirme aufstellen lassen, aber Milett hat klare Anweisungen gegeben: Erst nach der Rede.« Erneut nickte Thilo in Richtung des Glases in Mavies Hand. »Trink das besser schnell aus, sonst nimmt's dir noch einer weg.«

»Glaube ich nicht«, sagte sie. »Die meisten von denen wissen doch, dass wir uns wehren können.«

»Woher?«

»Auch wieder wahr«, sagte sie und trank. Thilo hatte recht. Kaum einer der Gäste wusste, wer sie waren und dass sie eine Rolle bei Miletts Aufstieg zum Weltretter gespielt hatten. Miletts Entourage, natürlich, Aldo, Jean-Baptiste, Martha, Danielle und die Mitglieder des verhinderten Sprengkommandos. Donna Harris hatte sie begrüßt, sehr freundlich, und ihr gratuliert. Aber für Miletts wohlhabende Bewunderer und Freunde, die Maßanzüge aus der Savile Row und die Frauen mit den perfekten Botoxzügen, waren sie Unbekannte. Irgendwelche abstrusen Bekanntschaften des egozentrischen Nobelpreisträgers. Deutsche. Verehrer. Fans. Die er aus unerfindlichen Gründen zu seinem Sechzigsten eingeladen hatte.

Mavie stellte sich vor, wie die anderen aus der teuren Wäsche geschaut hätten, wären auch Diego und Paulina Miletts Einladung gefolgt. Diego wäre garantiert nicht im Anzug erschienen, und Paulina hätte spätestens jetzt, nach zwanzig Minuten Warten in der Sonne, für einen Eklat gesorgt. Aber die beiden hatten dankend verzichtet. In dem Paralleluniversum, in dem sie sich bewegten, waren *sie* die Retter der Welt, nicht Milett. Wer seine Nachrichten aus dem Web bezog, wusste das – und wusste auch, dass Leland Milett bloß ein Aufschneider war, ein Angeber. Wer hingegen seine Nachrichten aus dem Mainstream bezog, hatte Diegos und Paulinas Namen nie gehört – und hielt Milett für den Mann des Jahres.

Er hatte auch Philipp eingeladen. Der allerdings war direkt nach der Landung in Nizza verschwunden, in einem gemieteten Porsche, und hatte versprochen, er werde pünktlich zur Rede ihres Gastgebers eintreffen. Offenbar hatte er geahnt, dass Milett auf sich warten ließe, denn erst jetzt, zwanzig Minuten später als geplant, sah Mavie ihn den Security-Leuten vor dem Haus seinen Ausweis und seine Einladung zeigen. Sie tasteten ihn ab und ließen ihre Scanner über seine Brust und seine Beine gleiten, er ertrug es mit spöttischem Lächeln und sagte etwas zu einem der Männer, was Mavie nicht hören konnte. Aber dem Blick des Security-Mannes nach zu urteilen, unterschieden sich dessen und Philipps Auffassung von Humor.

Er zog sein Jackett nicht wieder an. Er schritt durch die Schar der Gäste, hemdsärmlig, nickte nach rechts und links und erntete verärgerte Blicke der Maßanzüge sowie interessierte der Damen. Er sah gut aus, wie immer. Braun gebrannt, trainiert, erholt und souverän.

»Na«, sagte Mavie, als er sich neben sie stellte.

»Na«, sagte er. »Vorgruppe schon fertig?«

»Gibt keine«, sagte sie.

»Klatscht ihn doch raus.«

Sie schüttelte den Kopf. »So was macht die Upperclass nicht.«

Er griff nach ihrem Glas, trank einen Schluck, ohne sie um Erlaubnis zu bitten, und sagte genüsslich »aaahhh«, so laut, dass die anderen Verdurstenden es hören mussten. »Die letzten Eiswürfel vor der Klimakatastrophe.«

»Wo warst du?«, fragte sie.

»Interessanter Kontakt«, sagte er und setzte ein dünnes Verschwörerlächeln auf. »Freund von Slatko.«

»Waffen oder Drogen?«

»Private Equity.«

»Aha.«

»Investiert in Ainulos. Große Nummer.«

»Aha«, sagte Mavie, einigermaßen desinteressiert. Ihr war grundsätzlich gleichgültig, wie er sein Vermögen mehrte, aber an diesem Tag war es ihr besonders egal. Seine zehn Millionen hatte er sich nach einigem Hin und Her von der Bahamas-Briefkastenfirma zurückholen können, nachdem seine Bank die irrtümlich geleistete Zahlung zurückgefordert hatte – der Besitzer der Firma, Mr Hedges, hatte mangels Puls keine Forderungen mehr geltend machen und das Geld auch nicht rechtzeitig beiseiteschaffen können. So war und blieb Philipp ein wohlhabender Mann, erfolgreich, unabhängig und offiziell fast geschieden.

»Nicht besonders originell, oder?«, sagte er.

»Nein«, sagte sie und meinte das Gesprächsthema.

»Einfach nur die Buchstaben umzudrehen.« Thilo gab einen belustigten Laut von sich.

Mavie begriff nicht sofort.

»Ainulos.«

»Ach, komm«, sagte sie. »Nicht schon wieder.«

Sie wusste nicht mehr, was sie dazu sagen sollte, zu seiner neuen Macke. Sie hatte schon einen Verschwörungstheoretiker in der Familie, ihr Bedarf war gedeckt.

»Wetten?«, sagte er. »Sitzt weiterhin auf den Caymans, hat schon wieder all seine unsichtbaren Krakenarme ausgestreckt und hat massiv investiert in Windenergie und *Clean Coal.* Wart's ab: neues Gesicht, neuer Name, die alten Verbündeten, du glaubst doch nicht ernsthaft, dass der aufhört, Krieg zu führen?«

»Ich glaube ernsthaft, dass Tote keinen Krieg führen.«

»Der ist genauso wenig tot wie du und ich.«

»Philipp.«

»Ainulos. Solunia. Damian Frost, CEO? Hey, dass ich nicht lache.«

Edward zog nachdenklich die Augenbrauen hoch, Thilo lachte. Mavie nicht. Sie konnte es nicht mehr hören. Fritz Eisele war tot, niemand musste ihn mehr suchen oder jagen, er hatte seine Strafe erhalten und schmorte entweder in der Hölle oder würde, falls die Buddhisten recht hatten, eine weitere Aufstiegschance in Richtung Nirwana bekommen, beginnend mit einem ersten neuen Leben als Küchenschabe. Aber Philipps neues Hobby, Gespenstersehen, brachte niemanden voran, und ihrer Ansicht nach hätte er besser getan, sein Geld zu spenden, statt es für First-Class-Reisen Richtung Karibik oder Detektive und obskure Whistleblower aus dem Fenster zu werfen, die allesamt nichts weiter zu verkaufen hatten als Gerüchte.

Sie war froh, dass Milett sie erlöste.

Genauso wie alle anderen.

Denn als der Nobelpreisträger jetzt endlich auf das von einem Baldachin geschützte Podest vor dem Wall aus blühenden Bougainvilleen trat, in einem beigen Anzug und perfekt frisiert, war ihm die Aufmerksamkeit und Dankbarkeit aller sicher.

Ein warmer Applaus empfing den Jubilar, der hinter das Rednerpult trat und wie ein siegreicher Feldherr sein Lächeln über die Köpfe der Anwesenden streichen ließ. Er hob die Linke, dezent, gespielt bescheiden, und wartete, bis der Beifall ganz verebbt war.

»Die wenigen unter Ihnen, die letztes Jahr hier waren, am gleichen Tag, werden sich, wenn auch mit gemischten Gefühlen, an meine Reaktion auf ihre Gratulation erinnern, mein weniger höflich interessiertes, denn wütend gekläfftes: Wozu?«

Die Gäste lachten, und Mavie sah lächelnd zu Aldo hinüber. Miletts Redenschreiber schien wieder einmal ganze Arbeit geleistet zu haben.

»Heute nehme ich Ihre Gratulationen gern entgegen. Denn es fällt mir leicht, sie als Gratulation für eine Leistung zu empfinden, die darüber hinausgeht, weitere 365 Tage am Stück CO_2 ausgeatmet zu haben. So banal es klingen mag: Für mich ist dies ein Wiedergeburtstag, und ich begehe ihn im Wissen, dass Millionen andere ihre Geburtstage in diesem Jahr im Zusammenhang mit meinem feiern. Ich empfinde das, glauben Sie mir, liebe Freunde, als große Ehre.«

Mavie zog überrascht die Augenbrauen hoch. Milett klang regelrecht bescheiden. Was war passiert, hatte er sich im Medizinschrank vergriffen?

»Wir beklagen statt der in normalen Jahren üblichen 75 Millionen Klimafolgeopfer in diesem Jahr vermutlich mehr als hundert Millionen. Das ist eine Tragödie. Allerdings eine alltägliche Tragödie, auch wenn wir in diesem Jahr dreißig Prozent über dem langjährigen Mittel liegen. Wir werden daraus auch diesmal, nachdem wir unsere Gewissen entlastet haben, mittels erschütterter Beileidsbekundungen, Blumenniederlegungen, Lichterkettenbildungen sowie der üblichen Benefizfeste unserer singenden und schauspielernden Leitbilder, keinerlei Konsequenzen ziehen. Dennoch«, fuhr Milett nach einer kurzen Pause fort, »sollten wir aus unserem berechtigten Stolz kein Hehl machen. Denn wir haben weit Schlimmeres als das alltägliche Sterben, das alltägliche Elend abgewendet. Wie viele Hundert Millionen Menschenleben sind gerettet worden? Wie viele Hundert Millionen wären heute tot, hätte ich nicht das elende Spiel rechtzeitig durchschaut, das Fritz Eisele uns allen aufzwingen wollte? Lassen wir uns das eine Warnung sein, liebe Freunde: Ein Einzelner, ein einziger Mensch, kann die Welt in den Abgrund führen, wenn es ihm nur gelingt, eine absurde Behauptung zu scheinbar gesichertem Wissen zu machen. Fritz Eisele war nicht der Fritz Rommel dieses Krieges, Fritz Eisele war Adolf Hitler. Hüten wir uns vor ihm und seinesgleichen. Hüten wir uns vor einfachen Wahrheiten, denn die Wahrheit ist nie einfach.«

Mavie wechselte Blicke mit Edward, Philipp und Thilo. So konnte die Rede nicht weitergehen, unmöglich, schon gar nicht vor diesem Publikum. Und Milett tat ihr endlich den Gefallen, in seine Rolle zurückzufinden.

»Machen wir uns nichts vor«, sagte er. »Wir haben Zeit gewonnen, aber die Welt dreht sich unbeeindruckt weiter. Wir werden keine Vernunft annehmen, wir alle werden unverändert zuerst an uns selbst denken und dann an den unbekannten anderen, erst recht an den unbekannten anderen in ferner Zukunft. Wer indes wie ich beabsichtigt, hundert Jahre alt zu werden und auch am letzten Tag noch exzellenten Rotwein zu trinken, der wird sich mir anschließen auf einem Weg zu mehr Aufrichtigkeit. Stehen wir zu unserer Schlechtigkeit.«

Er ließ den Satz nachhallen. Es war still genug.

»Stehen wir dazu, dass wir nicht teilen wollen. Dass wir nicht verzichten wollen. Dass wir, vor die Entscheidung gestellt, gut zu leben oder gut zu *sein*, immer das gute Leben wählen werden. Seien wir ehrlich. Bewundern wir Al Gore, aber bewundern wir ihn für das, was an ihm bewundernswert ist: dass er, ein gemachter Mann, ein Multimillionär, aus seiner vollklimatisierten Zwanzig-Zimmer-Villa in Nashville um die Welt reist, für 100 000 Dollar pro Auftritt Erderwärmungspropaganda verbreitet, um die Entwicklungsländer auf ihrem Weg zu bremsen, und ganz am Rande seine Millionen zu Milliarden macht, indem er sich in Hedgefonds einkauft, die sich am Emissionshandel bereichern. Loben wir ihn, bewundern wir ihn, aber loben und bewundern wir ihn für das, was er wirklich tut, was er wirklich ist: einer von uns. Einer von uns höchstens 600 Millionen, die diese Welt beherrschen, die alle Annehmlichkeiten genießen, die die Welt zu bieten hat – und nicht bereit sind zu teilen. Schon gar nicht gerecht.«

Milett ließ eine neuerliche Pause entstehen. Es blieb still. Verblüffend still. Mavie bedauerte für einen Augenblick, dass Paulina abgesagt hatte. Sie hätte garantiert nicht geschwiegen.

Sie hörte Thilos leisen, verächtlichen Laut von links und sah ihn an, im Wissen, dass er dasselbe gedacht hatte. Und während Milett wieder zu sprechen begann, jetzt deutlich jovialer, mit einem Dank an all jene, die ihn zur Feier des Tages so reichlich mit Kisten jenes guten Rotweins bedacht hatten, den er bis zu seinem hundertsten Geburtstag zu genießen gedachte, von einer 100 000-Dollar-Rede zur nächsten Preisverleihung eilend, beugte sich Thilo zu ihr herüber und flüsterte ihr ins Ohr: »Der Mann muss gestoppt werden.«

»Wir klauen ihm nachher seinen ganzen Rotwein«, flüsterte sie zurück, »versteigern das Zeug bei eBay und spenden den Erlös.«

»Deal«, flüsterte Thilo. »Und danach ruinieren wir ihm den Ruf, das neue Camp steht, und das findet diesmal kein Mensch.«

»Venceremos!«, sagte sie, so laut, dass es auch Edward, Philipp und alle anderen hörten, die in ihrer Nähe standen.

Sie bemerkte Philipps Blick, und der sprach Bände. Eine Frau, die die Wahl hatte zwischen ihm und diesem *Discountintellektuellen* und auch nur erwog, sich für Letzteren zu entscheiden, gehörte umgehend eingewiesen und gründlich an den Geschmacksnerven operiert.

Mavie erwiderte seinen Blick mit einem freundlichen Lächeln. Seit er seine zehn Millionen zurückbekommen hatte, schuldete sie ihm keine 10 000 Abendessen mehr. Und das eine festliche Dinner, das sie ihm dennoch versprochen hatte, war bislang schlicht und ergreifend nicht zustande gekommen, weil sie sich nicht auf ein Restaurant hatten einigen können. In dieser Hinsicht passten sie zueinander, sie war genauso stur wie er.

Thilos Sturheit war auch nicht ohne. Aber eben auch nicht das Einzige, was er und sie gemeinsam hatten.

Sie schloss die Augen und wandte das Gesicht dem über alles Leben auf der Erde entscheidenden Gestirn zu, das es schon wieder ein bisschen zu gut mit ihnen meinte. Miletts Stimme drang von weit her zu ihr, inzwischen angekommen bei amüsanten Heldengeschichten aus dem Leben des allerwichtigsten Menschen von allen.

Sie lächelte leise über sich selbst, als sie sich beim Gedanken ertappte, *seine Reden werden mir jedenfalls nicht fehlen.*

3000 Kilometer entfernt von Mavie und ihren langsam schmelzenden Eiswürfeln, lächelte Djamal nicht.

Er hatte gesehen, was Omar gesehen hatte. Er hatte endlich verstanden, was die Worte des Alten bedeuteten. Omar hatte nicht das Meer aus glitzernden kalten Streifen gemeint, das aus dem Himmel gefallen war.

Omars Meer war nicht kalt, es war heiß, es schimmerte silbern, in langen, festen Wellentunneln, und sein Wasser konnte niemand trinken.

Und es war groß. Sehr groß.

Die Herren des Meeres hatten sie abgewiesen, zurückgeschickt, durch die Wüste, die sie zuvor durchquert hatten. Djamal und seine Karawane, bestehend aus stolzen Männern und ihren Frauen und Kindern, waren unter den wenigen gewesen, denen die Herren der Wüste überhaupt etwas von ihrem anderen Wasser gegeben hatten, dem trinkbaren, das ihnen aus silbernen Schrauben in die Hände floss. Sie hatten ihnen zu trinken gegeben, ein wenig. Vielleicht weil die Handvoll Tuareg lange vor allen anderen das silberne Meer erreicht, vielleicht weil die Herren des Meeres Mitleid mit ihnen gehabt hatten, vielleicht wegen ihrer leuchtenden Blicke auf Fatima und Jamila.

Blicken, die Djamal nicht gefallen hatten.

Er hatte das Trinkwasser der Herren des Meeres genommen. Weil er keine Wahl gehabt hatte.

Und sie hatten ihn fortgeschickt. Zurück in die Wüste.

Sie hatten das Silbermeer gebracht, glitzernd und endlos. Das Ende der Tuareg.

Djamal hatte gesehen, was Omar gesehen hatte.

Er würde zurückkehren ans Ufer des heißen Meeres, dessen Wasser sich nicht trinken ließ.

Und würde es in Flammen sehen.

Meinem Freund und gelegentlichen Spielleiter Edzard Onneken danke ich für die vier Jahre zurückliegende Aufforderung »Denk doch mal kurz über Klima nach« sowie die Bekanntschaft mit Nico Hofmann. Dem ich ebenfalls danke, für »biblisch!« sowie den nett gemeinten Versuch, das Projekt auch auf den Bilderweg zu bringen.

Lutz Dursthoff ist zu verdanken, dass es diesen Roman überhaupt gibt. Wäre er nicht ebenso überzeugt gewesen wie ich, dass diese Geschichte erzählt werden sollte, hätte ich sie vermutlich nicht geschrieben (jedenfalls hätte ich ohne ihn während des abschließenden Dreivierteljahrs in meiner zergrübelten Hirnkammer keine Miete für die anderen Zimmer zahlen können), und ohne seine unschätzbaren Anmerkungen zu den verschiedenen Manuskriptfassungen wäre die Welt deutlich ärmer, auch die Welt dieses Romans.

Für akribische Lektüre, kritische und aufmunternde Kommentare, essenzielle Ergänzungs-, Änderungs- und Streichwünsche sowie ihre reichlich investierte Lebenszeit in dieses Projekt danke ich von Herzen meinen höchstgeschätzten Vor- und Testleser/innen Janina Starck, Melanie Opalka, Annette Ohlsen sowie Katharina und Henning Stegelmann.

Ulla Brümmer hat mich nach Lektüre der ersten Romanfassung mit ihrer Versicherung beglückt, das Werk sei sehr gelungen – dass sie daraufhin auch noch die elegantesten Umschlagentwürfe aller Zeiten hat entwickeln lassen, hat mir dann schier die Sprache verschlagen. Letzteres könnte aber auch an Iris Brandt gelegen haben, die in Sachen Hörbuchrechte eine derart charmant-entschiedene Verhandlerin war, dass ich nie *gegen* sie verhandeln möchte, sondern immer nur an ihrer Seite.

Ohne Kiepenheuer, ohne Witsch und ohne Helge Malchow wäre dieser bildschöne und überall erhältliche Roman bloß ein unschickes Book-on-Demand mit langer Lieferzeit und halb garem Satzspiegel. Ohne Gaby Callenberg und Petra Düker wüsste niemand, dass es das Buch überhaupt gibt, ohne Reinhold Joppich könnte man es nirgendwo kaufen, und ohne unsere Verlagsvertreter hätte ich bestenfalls Freude an den acht bis zwölf Lesern, die mir Komplimente fürs Selbstgebastelte schicken. Deshalb gilt mein Dank auch und besonders euch: Gerhard Betke, Wolfgang Determann, Vera Grambow, Stepan Lehmann-Özyurt, Raphael Pfaff, Jürgen Fiedler, Alexandra Wübbelsmann, Ulla Harms und Giovanni Ravasio. (Sollte ich beim Gedächtniskramen eine/n von euch kurzzeitig übersehen haben und ihr oder sein Name hier fehlen, bitte ich um Verzeihung – nicht ohne darauf hinzuweisen, dass unser zuständiger Lektor nicht weit von euch entfernt sitzt.)

Den Mitarbeitern der *Hamburg Port Authority*, insbesondere Boris Freund, danke ich für eine freundliche Unterrichtsstunde in Sachen Wasser, Flut und Regen sowie den Hinweis, dass ich untertreibe, weil schon ab circa fünf Meter stabilem Hochwasserspiegel der gesamte deutsche Norden nicht mehr mit Nahrungsmitteln zu versorgen wäre. (Mein Vorratskeller ist seither noch etwas voller.)

Die Namen der wichtigsten meiner weiteren unschätzbaren Fachberater finden sich aus gegebenem Anlass ein paar Zeilen weiter unten.

Meinen geliebten Töchtern Lisa, Emma und Katharina bin ich täglich von Neuem dankbar, dass sie mich durch ihre wundervolle Existenz daran erinnern, wie sehr wir alle, wir Erwachsenen, in der Pflicht stehen, uns in Zukunft deutlich besser zu benehmen.

Jens, Hinni, Hans-Hermann und Rolf: Möge Licht all eure Wege pflastern, und mögen diese Wege meine auch in Zukunft möglichst oft kreuzen.

Zuletzt, aber zuerst, danke ich Katia für ihre Geduld und ihr Verständnis für einen Mann, der ein halbes Jahr lang kaum ansprechbar ist, weil seine Figuren, Zahlen und Handlungsstränge ihn Tag und Nacht nicht loslassen. Dass sie zudem so freundlich war, mir die jeweils frischen Seiten mit Begeisterung zu entwenden, war mir nicht selten die rettende Wegzehrung auf diesem langen Marsch.

Um schließlich sämtlichen sonst noch denkbaren Missverständnissen vorzubeugen: Alles, was an diesem Roman misslungen ist, also hässlich, ungenau, schlecht beschrieben, beobachtet, recherchiert oder formuliert, ist allein mein Fehler. Alles hingegen, was gelungen ist, also schön, klug, präzise, erhellend und bemerkenswert spannend, aufschlussreich oder unterhaltend formuliert, verdankt sich ganz allein dem Schatten über meiner rechten Hand (unter all seinen oder ihren Decknamen).

Die Empfehlungen meiner nun wieder ihrer eigenen Wege ziehenden Freunde, Gefährten und Bekannten gebe ich abschließend fast unkommentiert weiter:

Mavie Heller empfiehlt öffentliche Verkehrsmittel, den Thermostat um zwei Grad herunterzudrehen und Wäsche bei dreißig statt vierzig Grad zu waschen. Außerdem: *Jonathan Safran Foer – Tiere essen, Peter Singer – Leben retten, Wally Broecker / Robert Kunzig – Fixing Climate* sowie *Fred Pearce – The Last Generation.*

Philipp von Schenck empfiehlt Kobe-Rind, Vollbäder nur zu zweit sowie das Abschlagen des Morgenurins unter der Dusche, Letzteres allerdings nicht ernsthaft. Dafür *Steven Levitt & Stephen Dubner – Superfreakonomics* (denen der Autor für exzellente Informationen über Ken Caldeira und seine *IV* dankt) und BRIC-Fonds.

Thilo Beck empfiehlt den Verzicht auf Flugreisen, dafür Genauigkeit und Skepsis. Außerdem: *Jean-Luc Ferry – Die Weisheit der Mythen, Albert Camus – Der Mythos vom Sisyphos, Erich Fromm – Haben oder Sein, Jaron Lanier – You Are Not a Gadget* und *Richard Buckminster Fuller – Gebrauchsanleitung für das Raumschiff Erde.* In Sachen Klima rät er Laien wie Fachleuten zu *David JC MacKay – Sustainable Energy – without the Hot Air.*

Leland Milett empfiehlt achtzehn Jahre doppelt gereiften Lagavulin (Jahrgang 1991). Außerdem: *James Lovelock – The Vanishing Face of Gaia* (mit einem Dank an seinen Landsmann für die originelle Litwinenko-Theorie), *Nigel Lawson – An Appeal To Reason, Christopher Booker – The Real Global Warming Disaster* und *Meinhard Miegel – Exit.*

Edward Heller empfiehlt die Anschaffung eines Recurve-Bogens sowie von Weck-Gläsern und eines guten Einkochtopfs. Außerdem: *Webster Griffin Tarpley – 9/11 Synthetic Terror Made in USA, Christian C. Walther – Der zensierte Tag, James Wesley Rawles – How to Survive the End of the World as We Know It, Shaun Chamberlain – The Transition Timeline, James Howard Kunstler – The Long Emergency* und *Eugen Herriegel – Zen in der Kunst des Bogenschießens.*

Fritz Eisele empfiehlt, Greenpeace im Kampf gegen die Kernenergie zu unterstützen. Zudem den Kauf von Quecksilberbirnen, Hybrid- oder E-Autos und Aktien aller Energieversorger, die in Windkraft investieren sowie Beteiligungen an Hedgefonds, die auf die internationalen Cap-and-Trade-Börsen setzen. Außerdem: *Al Gore – Wir haben die Wahl, Leonardo DiCaprio – The 11th Hour (DVD).* Und natürlich die Sachstandsberichte des IPCC.

Diego Garcia und Paulina Beck empfehlen Widerstand. Sowie: *John Pilger – Hidden Agendas* (dt. *Verdeckte Ziele*), *Freedom Next Time* und sämtliche TV-Dokumentationen des Genannten, *Arundhati Roy – Die Politik der Macht, Michel Chossudovsky – Global Brutal, Jean Ziegler – Die neuen Herrscher der Welt, Naomi Klein – The Shock Doctrine, John Perkins – Confessions of an Economic Hit Man, Eckart Tolle – A New Earth, Erwin Wagenhofer & Max Annas – We Feed The World, Hans-Ulrich Grimm – Die Ernährungslüge* und *Fritz-Albert Popp – Die Botschaft der Nahrung.*

Schließlich raten beide dringend zu RSS-Abos von *Alternet* und Greg Palasts Blog sowie zu Demeter-Gemüse und konsequentem Verzicht auf Fertiglebensmittel und alle Milchprodukte.

Nestlé hält das *Kommando Diego Garcia* für kriminell, Monsanto ebenfalls, und der Autor dankt abschließend seiner Muttersprache für ihre erfrischend ambivalenten Angebote.

DIE ZEIT

ZEIT WISSEN Krimi-Analyse
von Andreas Frey

Mavie Heller ist jung, hübsch und eine erfolgreiche Klimaforscherin. Sie lebt in Hamburg, wie so viele Klimaforscher, und sie stört sich nicht am Nieselregen, wie so viele Hamburger. Doch dann erhält die Expertin für Eisbohrkerne ein Angebot vom IICO, einem streng geheimen Klimaforschungszentrum auf den sonnigen Kanaren. Mavie nimmt das Angebot an.

Auf La Palma angekommen, erhält sie Einblick in ein dubioses Institut. Sie lernt Prometheus kennen, den Supercomputer, der vom Pleistozän bis heute alle wesentlichen Wetterdaten für jeden beliebigen Ort auf der Erde ausspucken kann. Und nicht nur das: Prometheus liefert Geburtsraten, Migrationsbewegungen, Bevölkerungsdichte. Wie ist das möglich?

Leider gar nicht, sagt der Hamburger Mathematiker und Klimaforscher Hans von Storch, der sich seit den achtziger Jahren mit Klimamodellen befasst. Denn Wetterdaten beziehen sich ja auf die einzelnen Wetterabläufe an den verschiedensten Orten der Erde. Diese Zahlen in Zeit und Raum zu rekonstruieren sei praktisch unmöglich – wegen des hochdimensionalen und chaotischen Charakters des Klimasystems, sagt von Storch. Auch die verlockenden sozialen Maßzahlen, die Prometheus abrufen kann, sind nach Ansicht des Klimaforschers reine Fiktion – und werden es auch bleiben. »Eine Bestimmung von Migrationsbewegungen beispielsweise könnte nur dann erfolgen, wenn diese sich unter der Wirkung gewisser externer Bedingungen zwanghaft entwickeln. Das tun sie aber nicht«, bilanziert er.

Das hält seine fiktive Kollegin Mavie allerdings nicht davon ab, eines einsamen Abends im Computersystem des Instituts herumzuspionieren. Sie findet heraus, was streng geheim bleiben sollte: Prometheus kann über Monate die Zukunft voraussagen. Das Institut hat die perfekte Wetterformel gefunden, berücksichtigt selbst den Wasserkreislauf. Doch die Prognose ist düster: Große Teile der Nordhalbkugel versinken im Dauerregen, während im Süden eine epochale Dürre ausbricht. Das Klimaprognoseprogramm rechnet mit 400 bis 800 Millionen Toten – innerhalb weniger Monate. Mavie begreift schnell, dass die Welt auf eine veritable Klimakatastrophe zusteuert, und will ihre Mitmenschen davor warnen. Sie informiert eine mit ihr befreundete Journalistin. Doch dann kommt ihr das Institut auf die Schliche.

Prometheus' Vorhersage ist das Fundament des Klima-Thrillers von Sven Böttcher. In der wirklichen Wetterwelt existiert ein solches Vorhersagemodell nicht. Das präziseste amerikanische Wettermodell beispielsweise, das sogenannte Global Forecast System (GFS), rechnet bis zu 16 Tage in die Zukunft. Doch mit jedem Tag steigen die Unsicherheiten in der Vorhersage. Eine Woche lässt sich mittlerweile ganz gut prognostizieren – mehr nicht. Selbst das Climate Forecast System, das mehrere Monate vorhersagt, versteht sich als rein experimentelles Modell. Dabei geht es höchstens um ein paar kleine Trends, die man aus dem Modell herauslesen kann, und ganz gewiss nicht um exakte Vorhersagen für jeden x-beliebigen Ort auf der Welt.

Aber ist es vielleicht doch denkbar, dass es ein solches Modell irgendwann gibt? Schließlich konnte man noch vor fünfzig Jahren nicht einmal den nächsten Tag sicher vorhersagen. Ist also einzig die geringe Rechenleistung der limitierende Faktor? Und wäre eine exakte Monatsvorhersage künftig mit starken Prozessoren nicht doch vorstellbar?

Auch hier lässt Hans von Storch den Traum vieler Meteorologen und Unternehmer platzen. »Der limitierende Faktor ist nicht die Rechenleistung, sondern die Unvorhersagbarkeit solcher chaotischen Systeme«, sagt er. Und selbst weitere und bessere Rekonstruktionen des vergangenen Wetters würden künftig lediglich helfen, bessere ungefähre Aussagen über große Regionen zu treffen. Das bedeutet: Exakte Monatsprognosen bleiben Fiktion. »Wir können ja auch nicht den globalen Wetterzustand von 2016 heute schon bestimmen – ebenso wenig wie für das Jahr 812«, so von Storch.

Für Mavie hingegen ist die Prognose bittere Realität. In großen Teilen der Nordhalbkugel setzt Regen ein, der nicht aufhört. Überall schüttet es, in Hamburg, Paris, London, New York, Peking, Moskau. Prometheus' Prognose tritt ein, sie wird wahr. Mavie wird gefeuert. Zurück in Hamburg, scheint ihre ganze Welt aus den Fugen zu geraten: Ihre Freundin, die Journalisten, stirbt bei einem Autounfall. Offenbar soll die Prognose und damit das Schicksal von Millionen von Menschen um jeden Preis geheim bleiben.

Die Katastrophe wird meteorologisch zunächst vage umrissen: In den mittleren Breiten regnet es ohne Unterlass, während südlich davon eine Dürre ausbricht. Die spontane Erderwärmung bringt in *Prophezeiung* den gesamten hydrologischen Zyklus aus dem Gleichgewicht, zudem gibt es in der wärmeren Welt mehr Wasser in der Atmosphäre und damit mehr Wolken. Möglich wird das, so erklärt es Mavie, »durch dramatisch veränderte Windströmungen« und eine Erweiterung der äquatorialen Zirkulationsmuster, der Hadley-Zelle »in Richtung der Pole«. Ist das plausibel? Ist es meteorologisch überhaupt möglich, dass es tagelang in den mittleren Breiten der Nordhalbkugel nicht aufhört zu regnen, während die Gebiete südlich davon unter Dürre leiden?

»Grundsätzlich ist es so, dass es fast immer irgendwo in den mittleren Breiten regnet und es in den Subtropen in weiten Gebieten anhaltend nicht regnet«, sagt Hans von Storch. Aber monatelang ununterbrochen regnen könne es nirgendwo, nicht einmal im norwegischen Bergen. Eine unaufhörliche Regenphase sei höchstens lokal und im Luv eines Gebirges möglich, aber nicht global.

Das liegt am Design der planetarischen Zirkulation, die zu einer beständigen Westwinddrift in den mittleren Breiten führt, in die viele Wirbel und damit Hochs und Tiefs eingebettet sind. Die Tiefs bringen Regen, die Hochs eben nicht – insofern kann es nicht weltumspannend regnen.

Anders verhält es sich mit der sogenannten Hadley-Zelle. »In den Tropen und Subtropen kann Regen lange anhalten, weil die Zirkulation eine von Ost nach West gerichtete vertikale Walze ist, die Hadley-Zelle, in der es eine anhaltende Niederschlagsneigung im aufsteigenden Ast in Richtung Äquator und eine anhaltende Trockenheit im absteigenden Ast gibt«, sagt von Storch. Dass sich diese Walze bis in höhere Breiten ausweitet, ist aufgrund der Corioliskraft, der ablenkenden Kraft der Erdrotation, jedoch nicht vorstellbar. Luft, die vom Äquator zu den Polen strömt, wird auf beiden Halbkugeln nach rechts und damit nach Osten umgeleitet. Die Hadley-Zelle würde durch diese Kraft zerpflückt werden.

Trotzdem entwirft Sven Böttcher ein vertrautes Katastrophenszenario des anthropogenen Klimawandels. Die globale Mitteltemperatur steigt in *Prophezeiung* aufgrund verstärkter Sonnenaktivität sprunghaft um drei bis fünf Grad. Die Erderwärmung, so prophezeien es die Wissenschaftler, wird in Form von Extremwetterereignissen den Planeten heimsuchen, die alle Lebewesen bedrohen. Allerdings rechnen Klimaforscher mit den spürbaren Folgen erst in ein paar Jahrzehnten. Böttcher lässt die Apokalypse schon heute beginnen. Beinahe über Nacht. Dort, wo es regnet, hört es nicht mehr auf. Und dort, wo es trocken ist, fällt kein Tropfen mehr. Muss man sich so den Beginn einer Klimakatastrophe vorstellen?

»Grundsätzlich kann eine verstärkte Sonnenaktivität eine deutlich klimatische Wirkung haben, wenn denn diese Verstärkung viel intensiver ist, als wir es in historischen Zeiten erlebt haben«, lautet die Einschätzung von Hans von Storch. Andererseits sei das Klimasystem träge, und es würde eine Zeit dauern, bis sich dieser Erwärmungstrend weiträumig durchsetzen könne. Denn der thermisch träge Ozean hielte ja lange dagegen. Eine wahre Klimakatastrophe käme also schleichend – und nicht innerhalb von wenigen Tagen.

Doch im Roman ist das Problem für Klimaforscherin Mavie nun einmal Realität. In einer klassischen Geschichte wären an dieser Stelle die wissenschaftlichen Fakten wahrscheinlich auserzählt: Mehr Kohlendioxid führt zu einer wärmeren Welt, führt zu mehr Extremwetterlagen, führt zur Klimakatastrophe ohne Ausweg. Jemand muss die Welt warnen. Aber retten – und die Katastrophe abwenden? Dafür ist es nun zu spät.

Nicht so bei Böttcher. Er führt alternative Handlungsmuster auf, mit denen man dem Klimawandel begegnen könnte. Alternativen, die bei der Entstehung des Buchs im Jahr 2011 von vielen Klimaforschern wahlweise belächelt – oder verteufelt wurden. In Böttchers Buch ist Geoengineering eben keine spinnerte Idee übergeschnappter Forscher, sondern Teil der Lösungsstrategie.

Wolkenboote und Wolkengeneratoren sind in *Prophezeiung* bereits erfunden. Sie sollen dicke Wolken über dem Ozean produzieren, um die Erwärmung zu mindern. Die finale Rettungsstrategie lautet: Um die Wetterkatastrophen auf dem Planeten zu beenden, muss ein ganzer Vulkan mit nuklearen Sprengkörpern in die Luft gejagt werden, damit Schwefel und Aschewolken in der Atmosphäre die überhitzte Erde rasch kühlen.

Diese Idee geht zurück auf den Ausbruch des Pinatubo im Jahr 1991. Durch diese Eruption gewann man endgültig die Erkenntnis, dass Vulkane einen gehörigen Einfluss auf das Erdklima besitzen. Die Wirkung ist allerdings nicht nur abhängig von der Menge des ausgeworfenen vulkanischen Materials, das die Sonne verdunkeln kann. Für Klimaveränderungen ist vor allem die Höhe der Eruption entscheidend. Um einen Einfluss auf das Erdklima zu erzielen, muss das ausgeworfene Material in die Stratosphäre gelangen. Die Explosion des Toba auf Sumatra vor 74000 Jahren war eine der gewaltigsten in der Erdgeschichte. Die Folge war eine Absenkung der Erdtemperatur um mindestens drei Grad im globalen Mittel. Manche Forscher gehen sogar von einer kurzzeitigen Eiszeit aus, die die Population des Menschen auf der Erde stark dezimierte.

Aber funktioniert Geoengineering, also der bewusste Eingriff in die Stoffkreisläufe auf der Erde, wirklich? Darüber gibt es eine intensive Debatte. »Heutzutage werden von interessierten Seiten solche Strategien favorisiert, die über ein Einbringen von Substanzen in die Stratosphäre funktionieren«, sagt Hans von Storch. Er sieht diese Eingriffe mit großer Skepsis: »Ein Fixieren der globalen Lufttemperatur ist damit vielleicht denkbar, stabilisiert aber keineswegs regionale und lokale Klimate«, erklärt er. Er sieht im Geoengineering einen Ausfluss des unglücklichen Zwei-Grad-Ziels. Der Eingriff hätte unabsehbare regionale und lokale Änderungen mit regionalen und lokalen Gewinnern und Verlieren zur Folge, so von Storch.

Könnte es gelingen, mit der Sprengung eines Vulkans den Planeten zu kühlen? »Wenn man einen ausreichend starken Vulkanausbruch erzwingen könnte, würde man eine Reaktion der globalen Temperatur haben«, sagt von Storch. Allerdings wären die Folgen global wie auch regional vermutlich kaum steuerbar. »So ein Aerosolschleier in der Stratosphäre würde aber nur wenige Jahre vorhalten; dann müsste man das wiederholen«, lautet sein Fazit.

Im Buch ist die Sprengung eines Vulkans schließlich nicht nötig. Es ist die schlichte Wirklichkeit, die das Computermodell Prometheus widerlegt. Insofern ist das Ende von *Prophezeiung* sehr lebensnah. Jedes Computermodell ist nur solange gut, wie es mit den tatsächlichen Beobachtungen übereinstimmt.

Unter Mitarbeit von Hans von Storch
Hans von Storch ist Direktor des Instituts für Küstenforschung am Helmholtz-Zentrum in Geesthacht und Professor für Meteorologie an der Universität Hamburg. Er studierte Mathematik, Physik und Dänisch an der Universität Hamburg und beschäftigte sich in seiner Dissertation mit numerischen Klimamodellen.

Glossar

Albedo: Eine wichtige Größe in der Klimaforschung. Die Albedo bezeichnet das Rückstrahlvermögen eines Körpers. Weiße Oberflächen wie Eis und Schnee reflektieren das Sonnenlicht, haben also im Gegensatz zum Ozean, der viel Sonnenlicht absorbiert, eine sehr hohe Albedo.

Bond-Zyklus: Die Schwankung der Sonnenstrahlung mit einer Periode von etwa 1500 Jahren. Die Strahlung wird reduziert, was zu kalten Phasen wie der Kleinen Eiszeit führt.

Carbon Sequestering: Carbon Sequestering ist in Deutschland als Kohlenstoffspeicherung (Carbon Capture and Storage, CCS) bekannt und sehr umstritten. Dabei wird CO_2 aufgefangen, technisch in die Erde gepresst und in unterirdischen Lagerstätten gelagert.

Dendroklimatologie: Die Rekonstruktion des historischen Klimageschehens durch die Bestimmung der Jahresringe eines Holzes, die quasi ein Klimaarchiv bilden.

Deutsches Klimarechenzentrum: Das größte Rechenzentrum in der deutschen Klimaforschung mit Sitz in Hamburg.

Eisbohrkern: Ein Klimaarchiv aus dem Eis. Die Bohrkerne stammen aus den großen Eisschilden und geben sehr präzise und über Zehntausende von Jahren Auskunft über das Klima der Vergangenheit.

El Niño: Ein Wetterphänomen in der pazifischen Äquatorregion, das alle zwei bis sieben Jahre auftritt und die gewohnte Zirkulation umkehrt. El Niño wirkt sich auf drei Viertel der Erde aus.

Exzentrizität: Die Erdbahn um die Sonne variiert. Sie ist mal mehr, mal weniger elliptisch beziehungsweise rund. Je elliptischer die Bahn, desto größer sind die Temperaturgegensätze zwischen Sommer und Winter.

Gaia und Gaia-Hypothese: Die Annahme der Mikrobiologin Lynn Margulis und des Geochemikers James Lovelock, dass die Erde wie ein Organismus sei, der sich selbst reguliere. In der griechischen Mythologie ist die Göttin Gaia die personifizierte Erde.

Geoengineering: Ein bewusster Eingriff in die Stoffkreisläufe der Erde. Geoengineering könnte die Erderwärmung stoppen, indem beispielsweise kühlende Wolken künstlich produziert werden.

Global Dimming: Global Dimming, globale Verdunklung, bezeichnet eine Verringerung der Intensität der Sonnenstrahlung, beispielsweise durch die Emission von Aerosolen.

Hadley-Zelle: Ein atmosphärisches Zirkulationsmuster der Tropen. Am Äquator steigt warme Luft in Tiefdruckgebieten empor und strömt nach Norden und Süden in die subtropischen Hochdruckgebiete. Dort sinkt die Luft hinunter, trocknet sich ab und strömt bodennah zurück zum Äquator.

Hockeyschlägerkurve: Eine umstrittene Metapher des amerikanischen Klimatologen Michael Mann. Stellt man die Erderwärmung des letzten Jahrtausends dar, ähnelt die nach langer Konstanz steil ansteigende Kurve einem Hockeyschläger.

IPCC: Abkürzung für Intergovernmental Panel on Climate Change, zu Deutsch: Weltklimarat der Vereinten Nationen. 2014 hat der IPCC seinen fünften Sachstandsbericht zum Klimawandel veröffentlicht.

La Niña: Ein Wetterphänomen in der pazifischen Äquatorregion, das auf ein El-Niño-Ereignis folgt und die normalen Zirkulationsverhältnisse im Pazifik verstärkt.

Milankowitsch-Zyklen: Die Schwankung der Sonnenstrahlungsintensität aufgrund der Veränderung verschiedener Erdparameter wie Präzession, Neigung der Erdachse und Drehung der Erde um die Sonne.

Peplosphäre: Die erdbodennahe Grenzschicht der Atmosphäre, in der die Reibung der Erdoberfläche noch wirkt. Sie liegt je nach Rauigkeit 1500 bis 2000 Meter über dem Erdboden. Darüber herrscht die freie Atmosphäre – und Winde werden vom Boden nicht mehr abgelenkt.

Perihel: Die Umlaufbahn der Erde um die Sonne ist nicht kreisrund, sondern elliptisch. Daraus ergibt sich ein sonnennächster Punkt (Perihel am 3. Januar) und ein sonnenfernster Punkt (Aphel am 5. Juli).

Präzession der Erdachse: Das Taumeln der Erdachse um den Pol durch leichte Kartoffelform der Erde und Anziehungskräfte von Sonne und Mond im Zyklus von 21 000 Jahren. Die Präzession hat Einfluss auf die Jahreszeiten.

Proxydaten: Wichtige Archive, um das Klima der Vergangenheit zu rekonstruieren. Dazu gehören etwa natürliche Archive wie Sedimente, Baumringe und Eisbohrkerne sowie menschliche Aufzeichnungen wie Chroniken und Ernteerträge.

Schiefe der Ekliptik: Die Neigung der Erdachse beträgt etwa 23,4 Grad. Durch diese Schiefe der Ekliptik wird die Erde bei ihrer Umrundung um die Sonne unterschiedlich bestrahlt. Dadurch entstehen im Jahresverlauf die Jahreszeiten. Die Ekliptik variiert innerhalb von 42 000 Jahren zwischen 21,5 und 24,1 Grad.

Schwabe-Zyklus: Eine Schwankung der Sonnenstrahlung mit einer Periode von etwa elf Jahren.

Stratosphäre: Das zweite Stockwerk in der Atmosphäre der Erde in einer Höhe von 15 bis 50 Kilometern. In der Stratosphäre nimmt die Temperatur in der Regel mit der Höhe zu. Das hier befindliche Ozon schluckt die Sonnenstrahlen, die Ozon-Konzentration nimmt mit der Höhe zu, deshalb wird es wärmer.

Treibhausgase: Der anthropogene Ausstoß von Treibhausgasen ist die Hauptursache für den rezenten Klimawandel. Kohlendioxid (CO_2)

ist das wichtigste anthropogene Treibhausgas, gefolgt von Methan (CH_4), Lachgas (N_2O), den Fluorkohlenwasserstoffen (FCKW) und Schwefelhexafluorid (SF_6).

Vulkan-Explosivitäts-Index (VEI): Skala zur Angabe der Stärke eines Vulkanausbruchs. Sie ist wie die Erdbebenstärke logarithmisch aufgebaut und variiert zwischen 0 und 8. Messgrößen sind vor allem die Menge an ausgeworfenem vulkanischem Material und die Höhe der Eruptionsskala. Für Klimaveränderungen ist die Höhe der Eruption entscheidend. Gelangt das Material nicht in die Stratosphäre, ist der Ausbruch selten klimarelevant. Der letzte klimarelevante Ausbruch war 1991 die Eruption des Pinatubo mit einer VEI von 6, die das Erdklima kurzzeitig um 0,5 Grad kühlte.

Wolkenboote und Wolkengeneratoren: Imaginäre Geoengineering-Maßnahmen. Die künstliche Herstellung von dicken Wolken, beispielsweise auf dem Ozean, könnte die Erde vermutlich kühlen.

1824
Der französische Physiker Joseph Fourier beschreibt zum ersten Mal den natürlichen Treibhauseffekt, ohne den auf der Erde tiefe Temperaturen herrschen würden und kaum Leben möglich wäre.

1859
Der britische Physiker John Tyndall identifiziert als Erster die für den Treibhauseffekt verantwortlichen Gase Wasserdampf und Kohlendioxid.

1896
Der schwedische Physiker und Chemiker Svante Arrhenius rechnet erstmals vor, dass Kohlendioxid die Hauptursache für globale Klimaschwankungen ist. Er identifiziert dabei den Menschen als wichtigen Faktor für die Emission des Treibhausgases. Den Anteil des anthropogenen Ausstoßes unterschätzt er zwar, gewinnt einer wärmeren Welt aber viel Gutes ab: »Der Anstieg des CO_2 wird zukünftigen Menschen erlauben, unter einem wärmeren Himmel zu leben«, notiert er. Seiner Theorie wird heftig widersprochen.

1941
Bereits während des Zweiten Weltkriegs weist der deutsche Meteorologe Hermann Flohn auf den anthropogenen Klimawandel hin. Er schreibt: »Damit wird aber die Tätigkeit des Menschen zur Ursache einer erdumspannenden Klimaänderung, deren zukünftige Bedeutung niemand ahnen kann.«

Fünfziger Jahre
Verschiedene Klimaforscher befürchten eine unabsehbare Veränderung des Klimas auf der Erde.

1960
Der Amerikaner Charles David Keeling stellt die Ergebnisse der Kohlendioxidmessungen auf dem Vulkan Mauna Loa auf Hawaii vor. Sie belegen, dass die Konzentration des Treibhausgases steigt.

1972
Erste UN-Umweltkonferenz in Stockholm. In den siebziger Jahren gibt es die ersten Umweltschutzbewegungen.

1979
Der sogenannte *Charney-Report* der amerikanischen National Academy of Sciences erscheint. Darin steht, es sei wahrscheinlicher, dass erhöhte Kohlendioxidkonzentrationen zur globalen Erwärmung als zu einer neuen Eiszeit führen. Die Veröffentlichung ist der Wendepunkt in der wissenschaftlichen Auseinandersetzung über den Klimawandel. Weil die Erwärmung vor allem auf der Nordhalbkugel ausbleibt, vermuten manche Forscher seit einigen Jahren eher ein Global Dimming, eine weltweite Abkühlung. Das *Time Magazine* ruft 1974 sogar eine neue Eiszeit aus. Kühlende Aerosole wie Schwefeldioxid hatten die Erwärmung jahrzehntelang verzögert.

1988
Die Vereinten Nationen gründen den Weltklimarat IPCC. Mitte der achtziger Jahre ist eine globale Erwärmung eindeutig messbar.

1992
Auf der Welt-Umweltkonferenz in Rio de Janeiro einigen sich die Staaten auf eine Klimarahmenkonvention. Die Konferenz wird zu einem Meilenstein der Umweltbewegung.

1997
Zahlreiche Industrieländer einigen sich im Kyoto-Protokoll auf verbindliche Klimaschutzziele bis 2020. Die USA ratifizieren das Abkommen nicht.

Dezember 2015
In Paris verhandeln die Staaten über ein neues Abkommen.